序跋·品论

宁夏文艺评论

2020卷 下

宁夏文学艺术界联合会
宁夏文艺评论家协会 编

黄河出版传媒集团
阳光出版社

苔花如米小，也学牡丹开

——“塞上散文诗书系”总序

◎崔晓华

2019 年 10 月，第 19 届全国散文诗笔会暨宁夏散文诗专业委员会成立大会在石嘴山市召开，作为特邀嘉宾，我出席了这次中国散文诗领域的盛会，并和石嘴山市委常委、宣传部部长苏保伟同志共同为荣获“中国散文诗大奖”的获奖者颁奖。会后，受这次全国笔会的亲力亲为者、宁夏散文诗专业委员会主任王跃英邀请，与出席过全国散文诗笔会的宁夏散文诗人杨建虎（第 9 届）、王西平（第 12 届）、白鸽（第 19 届）和马硕（第 19 届、北京理工大学在校生，宁夏中宁人）等一同合照“全家福”。时隔两个多月，我高兴地发现，由黄河出版集团阳光出版社编辑出版的“塞上散文诗书系”的作家队伍中，就有他们几位的身影。

纵观宁夏文学百花园，散文诗是一颗如米粒大小的苔花，孤寂地开放在文学苗圃。因其微小，且游走在“边缘”，很长一个时期以来，各类文学体裁大红大紫、大放异彩，唯独散文诗像涓涓溪流，按照它的“小众”、它的“边缘”，孤芳自赏般地发展。但是，美好的事物不以大小为衡量标准，作为一种文学体裁，散文诗同样如此。特别是当我看到这样一批在散文诗领域孜孜以求的创作者队伍，并通过他们了解到宁夏散文诗数十年来持之以恒的发展历程，更是感慨不已。正因为坚守，从最早成立的中国散文诗学会到中国散文诗研究会，以及中外散文诗学会等全国散文诗机构，都有宁夏作家诗人活跃其中。宁夏的许多著名诗人如肖川、吴淮生、王庆、屈文焜、贾长厚、韩长征等都在散文诗领域作出不俗的贡献。在创作成果方面，20 世纪 80 年代，王跃英、马钰分别出版了宁夏最早的散文诗集《走向故乡》和《爱河？恨河？》。20 世纪 90 年代，是宁夏散文诗创作的丰收期，这一时期，宁夏的散文诗人出版了《古峡涛声》（戴文烈著）、《叶子的低语》（禹红霞著)、《爱的维纳斯》(刘岳华著)、《春的履历》(张铎著)、《跋涉西部》(王维堡著)、《人在高原》(王跃英著),等等。进入新世纪,特别是以中国散文诗百年庆典为节点,宁夏散文诗迎来又一次繁荣发展。这一时期,以杨建虎、王西平、梦南飞、白鸽、陈斌、李耀斌等为代表的一批新生代开始活跃在中国散文诗舞台。他们的作品大量发表在《诗刊》《星星》《作家报》《散文诗》《散文诗世界》《诗选刊》《朔方》《宁夏日报》等区内外有影响的文学报刊。这一时期,《中国散文诗一百年大系》《中国散文诗百年经典》《百年女性散文诗选》等一批纪念中国百年散文诗的重要经典选集,分别选入王跃英、杨建虎、白鸽、梦南飞、禹红霞等宁夏作家作品。《时光书》(杨建虎著)、《十日或七愁》(王西平著)、《飘香的梦影》(梦南飞著)、《诗醉西楼》(梦南飞著)、《星辰的光芒》(禹红霞著)、《望海原》(白鸽著)等一批散文诗集的出版,引起宁夏乃至全国散文诗领域的广泛关注。王西平的散文诗集出版后,北京的研究学者为此出版了研究专著。2018 年 7 月,宁夏文艺评论家协会、宁夏作家协会和《朔方》编辑部联合举办了"宁夏的文学现象——塞上散文诗研讨会",来自宁夏各个领域的评论家采取"一对一"的方式,对王跃英、杨建虎、王西平、梦南飞、白鸽、李耀斌等 10 位活跃在全国散文诗领域宁夏散文诗人的作品进行了评析。《作家报》《朔方》《宁夏文艺家》等报刊进行专题报道,或为与会作家开辟散文诗专辑。这些举措,对宁夏散文诗发展起到了重要的推动作用。

散文诗的发展,同样离不开队伍的建设和阵地平台的打造。为适应宁夏散文诗创作的良好发展,2019 年,借助第 19 届全国散文诗笔会在宁夏举办这一机遇,宁夏散文诗专业委员会适时成立,一批散文诗爱好者通过这个学会积极开展工作,与兄弟省区散文诗学会加强联系,取长补短。创办的散文诗专刊推介宁夏散文诗作家作品,把更多的散文诗作家推向全国。在第 19 届全国散文诗笔会上,石嘴山市因其散文诗作家队伍建设成绩突出、散文诗阵地作用发挥良好、散文诗著作出版备受重视等方面的优秀作为,被授予"中国·散文诗创作基地"殊荣,这是石嘴山、宁夏散文诗发展的一个新机遇。建立良好的平台、阵地和队伍,是文学创作和发展的关键因素,同时,也是宁夏作为一个小省区,敢于在文学艺术创作中彰显大作为的重要法宝。相信通过努力,宁夏的散文诗创作和发展会像宁夏的小说、散文、诗歌、评论一样更上一层楼。

"塞上散文诗书系"全套 8 本,凡 160 余万字,系王跃英、杨建虎、白鸽、李耀斌、陈斌、张开翼、聂秀霞、尤屹峰 8 位活跃在宁夏和中国散文诗领域散文诗人的精心之作。他们的作品,或以塞上宁夏为歌赞,或以贺兰山为主题,或以西海固山川为依恋,或向古灵州倾诉,或以"飞泻的诗雨"去追寻"一束光",众位诗家以散文诗为媒,把在平凡生活中的所感诗化为春暖花开的语言,升华为宁夏大地绚烂的散文诗之花朵。特别值得一提的是，以书系方式展示散文诗成果，这在宁夏尚属首次，具有一定的倡导示范作用，他们的创作成果也为宁夏文学增添了丰富的内容，应当给予肯定。

清代诗人袁枚的一首小诗《苔》，很能表达出散文诗这个文学百花园中小众文体的情怀。

白日不到处，青春恰自来。
苔花如米小，也学牡丹开。

从这个意义上讲，它们都是美的。

是为序。

崔晓华，宁夏回族自治区文学艺术界联合会党组书记、副主席，书法艺术家。

捎去红枫一片

——诗词集《轻抚丝弦唱素秋》序

◎张　铎

最早接触邹慧萍教授的作品，是一篇散文《我的黑城子的爷爷》，情感真挚，诗味浓郁，给我留下了深刻印象。乃至于那个像我祖父的黑城子爷爷，时常出现在眼前。后来先生将自己的作品收集在一起，出了一本散文集《行走的阳光》，我为这部散文集写了一篇读后感《阳光之人 阳光之文》，谈了谈读先生作品的初步感受，在报上发表后，又收入我自己的文集《塞上涛声》。不久，先生推出了一本专著《最美中华诗词100首诵读指导》。查阅了有关资料，始知先生不光是一个有成就的作家，还是国家级普通话水平测试员，长期从事师范院校汉语言文学和普通话口语交际教学工作。怪不得这本书题解精当，注释准确，诵读指导到位，具有很高的学术价值。这也是宁夏学者出版的第一部研究朗诵艺术的专著。为了便于读者学习，先生还邀请宁夏朗诵艺术学会主席哈若蕙以及副主席朱江等朗诵名家和部分学生朗诵了书中所选的作品，制成光盘附在书后，使该书生辉不少，出版后深受广大读者欢迎。

邹先生擅长写散文，又通晓音律，故而她的诗词作品格律严谨，情切语挚，真率隽永，婉约而不失柔曼，别具一格。如《西江月·梦里山城秋色》。

梦里山城秋色，匆匆又是一年。
凭风遥祝体祥安，捎去红枫一片。
塞上纵横阡陌，淡然还复悠然。
且抛满腹愁和难，抬首高天云淡。

在古代，诗大都有题目，而词一般没有题目，只有词牌名。到了现代，诗人填词起名者，渐渐多了起来。然而这首词加题目，关键是带有强调之意，即诗人写的是“梦里山城秋色”。山城指固原，地处宁夏南部，是一座历史文化名城。作者大学毕业后分配到固原工作，如今离开山城固原“转眼二十余年”，而在梦中思念的却是“山城秋色”。“日有所思，夜有所梦”，那么“山城秋色”给作者留下的印象极为深刻。说是写“秋色”，开首又写时光流逝，“匆匆又是一年”。接下来过渡到固原的友人。除了祝福她们“体祥安”，还要“凭风”给她们“捎去红枫一片”。这句诗令我想起南北朝诗人陆凯赠范晔的诗：“折花逢驿使，寄与陇头人。江南无所有，聊赠一枝春。”陆凯和范晔是好朋友，陆凯在梅花盛开的江南，给远在长安的范晔寄了一枝梅花。以花赠友人，别开生面，极富情趣，烘托出了两人友情之深。陆凯送友人的是鲜花，邹先生送友人的却是树叶，即“红枫一片”，准确地说是“一片红枫”，但就是这似火的一片枫叶，昭示着作者对老朋友的感情像火一样红，非常真挚。由于色彩鲜明，颇为传神，令人印象深刻。

上阕末一句由枫叶写到秋色，自然而然过渡到下阕集中写秋色。“塞上纵横阡陌”，“阡陌”指田间小路，出自晋代陶渊明的《桃花源记》。山城秋色最有代表性的竟是“阡陌”，那在田间纵来横去的小路。而这田间小路，只有收获季节过后，才能看得清。由此可见，这山城并不大。古词新意，凝练、清顺，写出了诗人眼中山城固原的地理特征和时代特色。“阡陌”之中，色彩斑斓，果实累累，清香四溢。徜徉其中，饱览丰收的美景，呼吸大地的芬芳，感慨良久，情溢景外，真是别有一番韵味。晋陶渊明诗云：“采菊东篱下，悠然见南山。”在东篱下采摘菊花，不觉意看见了远处的南山，“淡然还复悠然”。邹先生与友人在田间散步，看见的却是“阡陌”，即脚下的小路。这井字般的小路，怎能让人做到“淡然还复悠然”，我看比较难。否则，就不会出现“且抛满腹愁和难，抬首高天云淡”，这里的“高天云淡”是毛泽东著名词作《清平乐·六盘山》首句“天高云淡”的倒装。试想，红军长征时期，地上围追堵截，天上狂轰滥炸，这是多么危险和困难！而现在遇到的“愁和难”又算得了什么。何况如今“高天云淡”，天地宽阔得很，又有什么可“愁和难”呢？以地带景，内涵丰富，质实感人。故地情深，老友情深。梦中的山城秋色，有太多人生的无奈与矛盾。所谓事业功名，在无情时光的冲刷下，既不“淡然”，又不“悠然”，常令人“满腹愁和难”，但是抬首远望“高天云淡”，以致作者的心情转为晴朗，旷达，显示出一种意兴潇洒的豪情。此词由“红枫”“阡陌”“高天云淡”之秋景，一步步转入人事，反映出了诗人对人生的深切体悟，忧而不伤，哀而不怨，豁达大度，别有怀抱，这是诗人创作一个比较显著的特点，在女诗人中比较少见。

邹先生喜欢填词，也喜欢写诗，而且曲写幽思，慨然一吐，内涵丰富，刚健而不失清丽，别开异境。如《岁末湖畔散步即景》。

岁晚黄昏寂寞风，疏林湖畔少人踪。

孤飞鸦鹊徐徐乱，群舞芦花渐渐空。

紫气融融朱鸟落，金星点点暮云横。

回身惊见团圆月，始悟相思天地同。

前面那首词写的是在田间散步，这首诗写的是在湖畔散步。一年将要结束的黄昏时分，晚风轻轻地吹着，"匆匆又是一年"，又是时光流逝。由于到了岁末，树上的叶子掉光了，林子当然显得"疏"，加之又是冬晚，那湖畔肯定"少人踪"。恬静闲适，本是世事纷扰之人向往之地，而此时在湖畔的散步者，却是那么"寂寞"。一个个"孤飞"的乌鸦和喜鹊，在天空慢慢飞着，渐渐地竟有点乱。这一"乱"字，借鸦鹊之乱，写出了诗人自己心情的烦乱。至于芦花"群舞"，表面上是写芦花在"寂寞风"的吹拂下，飞完了，空空如也，其实是侧写心也空了。思深律细，似有唐人之风。

以上四句勾勒了地上的景物，借景抒情，抒发了作者的"寂寞"之感，动静结合，清新自然，浑然天成。下面四句，写天上的景物。"紫气融融朱鸟落，金星点点暮云横。"紫气东来，给人带来融融的暖意。"朱鸟"，朱雀，这里借指太阳。夕阳西下，天上的点点金星闪闪烁烁。一块条状的"暮云"横在眼前。这个"横"字，让我们想起唐朝著名诗人韩愈的"云横秦岭家何在，雪拥蓝关马不前"的诗句，但此处的"横"，不是"云横秦岭家何在"之"横"，挡住了去路，而是像桥一样，即那座有名的"鹊桥"，把两岸连接在一起。"回身惊见团圆月，始悟相思天地同。""团圆月"一般是指八月十五的中秋月，此刻是岁末，哪来的"团圆月"。正因为如此，才"惊见"，当然也有月亮初升，看到它，亦有"惊"之意。事实上，是岁末这个月十五的月亮，但诗人这一美好的误会，一唱三叹，拓宽了诗境，亦觉情长。至此，诗人"始悟相思天地同"，即开始觉悟，天上地上原来是一样的。该诗从地上写到天上，到二者同一，有张有弛，刻画出了诗人的情绪转换，以及思想认识的升华，给人一种豁然开朗之感。这个由阴转晴的过程，说明了作者有蓬勃的上进心、事业心，不甘平庸，这也是时代使然。不过，作者在诗中喜用"横"字，切人切事，颇为尽致。如《塞上夏日雨后即景》"鸥随云影尽，日落紫烟横"，这横在眼前的"紫烟"，犹如"金星点点暮云横"，一点也不"横"，也没有韩愈"云横秦岭家何在"的"横"的意思，反倒让人有点亲切，充满了希望。以致"始悟相思天地同"，充分表现出作者对人生的通达与彻悟。诗人把自己"捎去红枫一片"，"孤飞鸦鹊徐徐乱，群舞芦花渐渐空"情思，描写得那么深刻动人，充满诗意，若仔细体会，便可发现诗人飘然洒脱的心境，旷远超脱的人生态度。毋庸讳言，这达观的背后有无限的感慨。

先生笔下的秋景色彩斑斓，摇曳生姿，美不胜收。秋景也有萧索的一面，那么人生在世，难免会碰到不如意或令人遗憾的际遇，既然这一切均是“天地同”，又何必太过执着呢？“人生到处知何似，应似飞鸿踏雪泥”。

邹慧萍教授嘱我为她的诗词集《轻抚丝弦唱素秋》作序，对我而言，谈不上作序，只是拉杂写了一些阅读体会，不知妥否，尚请邹先生和诸位方家不吝赐教。

拳拳赤子情　殷殷爱民心

——刘虎诗文《厚德集》序

◎张　铎

著名作家张贤亮曾说:“在中国悠久的历史中,贯穿着‘学而优则仕’的选拔人才制度,所以古今官员皆文人。”因各级公务人员大都是文化人,故而相当一部分人有文人情怀,喜欢舞文弄墨,更喜欢讲“修身、齐家、治国、平天下”。“居庙堂之高则忧其民,处江湖之远则忧其君”,素来是中国文人的优秀传统。刘虎毕业于陕西师范大学,按时下的说法,是一个文化人。窃以为,刘虎是一个文人气息更为浓重的典型的文化人,和我平常所见的行政工作者不大相同,言谈举止温文尔雅,有一种儒者之风骨。

作为一个在县区领导岗位工作多年的资深公务人士,刘虎在繁忙的工作之余,创作了数百篇(首)诗文,影响不小。2014年,他的理论文章发表在《求是》杂志上。2017年,理论文章又登上了《中国政协》杂志,并多次荣获省级和国家级论文奖励。作品入选《践行党的群众路线诗词箴言录》《为人民放歌》等集子。综观刘虎的理论文章,有一个显著的特点,就是结合自己的工作实际,谈观点,说思考,从不人云亦云,且颇有见地。如《加快农业产业结构调整工作的思考》一文,不板着面孔说教,立论严谨,论证严密,有理论高度,又便于操作,因而被全国思想政治工作科学发展专业委员会评为优秀理论成果一等奖,后来又被编入中共中央党校出版社出版的《科学发展 铸就辉煌》一书。又如《以民为本是落实好“三农”工作的根本保证》,从自己耕耘数十载的农业农村工作谈起,娓娓道来,说理中肯,用情颇深,令人信服。事实上,我国古代的政论文章大都很有文采,可以说既形象,又生动,但这个传统被不少人弄丢了,而刘虎能够保持这个传统,尤为可贵。文章说到底是要让读者读的,没有表现力,谈何影响?

刘虎的理论文章还有一个特点,就是作者所有的诗文都有一条线贯穿始终,那就是拳拳赤子情，殷殷爱民心，用他的文章标题说，是“在职不敢忘民苦”，用他的诗文集辑名说，是“责任、感恩、追求”。“感恩才会思报，才会有责任，才会有担当”，有人文情怀的人，大都自律性较强，有使命感，也有担当。作者的这几句话，其实是他理论文章的一个很好注脚。与一般喜欢写理论文章的公务员不同，刘虎还喜欢撰写修身养性类文章，而这更是一个具有人文情怀公务人士的特点。如《简谈公务员的作风与形象》《读书与做人做事做官》《做人要有骨气》等，自然、冲淡，作者将感情渗透到字里行间，洋溢着一种积极进取的精神，让读者不由自主地受到感染。这类文章，可称为随笔，有感而发，语言朴实，再读便会发现闪光的佳句，思想的火花，以及那颗炽热的心灵。“公务员应当做到——在社会上是一个有素质，善于助人为乐的好公民；在基层是一个有能力，乐于奉献服务群众的好公仆；在单位是一个有朝气，善于学习敢于担当的好同事；在家里是一个有孝心，肩负责任同甘共苦的好成员。”这些精警凝练的语句，意深情浓，其实就是诗。极省简的语言里，包含着某种跳跃性和多义性，深中肯綮，因而托意深远，引人入胜，启人深思，质实而含义丰赡。

诗人的父亲是一位教育工作者，钟爱诗词歌赋，退休后创作了 300 余首诗词作品，出版了两部诗文集。受父亲影响，刘虎也喜欢创作诗词作品，尤其是到石嘴山市政协后，文如泉涌，创作了 200 余首诗歌作品。虽说才开始创作，但在诗艺上已取得了较高的成就。试看《春日过平罗姚伏镇》。诗人在诗前小序里写道：“2018 年 3 月 27 日回平罗县姚伏镇老家祭祖，沿途看到麦苗青绿，草长莺飞，农民种瓜点豆，机声隆隆，一片春耕之气。到了太阳落山之后，缕缕炊烟冉冉升起，阵阵菜香飘来。不一会儿，农家谈论全国‘两会’的欢语声传来，深感今日之中华，处处洋溢着迈向习近平新时代的青春气息，故欣然歌之。”“昨夜微风细雨来，今晨野花遍地开。塞北古镇春意浓，笑语声声如云霭。”作者只用了 28 个字，就勾勒出一幅塞上春景图。开首一句“昨夜微风细雨来”，初看起来，有孟浩然《春晓》的味道，更有杜甫《春夜喜雨》的余韵。昨晚微风徐来，细雨蒙蒙；今早空气清新，野花盛开。一个“开”字，而且是遍地“开”，动词的灵活运用，使大地显得生气勃勃。由于“春意浓”，所以“笑语声声”，而且飞入了“云霭”，那袅袅炊烟中，表现出诗人对自然景物的独特体悟，不尽之意，见于言外。全诗景中含情，情自景生，情景交融，客观的环境与作者的主观心境感受有机地融合在一起，开合有度，跌宕有致，创造了一种生机盎然的艺术境界。当然，这浓浓春意，不只是自然之春，更为重要的是时代之春。作者在诗前小序中说，这首诗是在全国“两会”之后所作，诗中乡亲们谈论的就是“两会”精神。诗人讴歌我们伟大的时代，含而不露，不动声色，颇见其旧体诗词的艺术功力。又如《百年老藤》等，似乎并不怎么刻画景物，却能在景物中透露出作者的情思，寥寥数句，神情毕肖，深得唐人诗作的神韵。这也说明了，写诗不能专在景物上下功夫，而是先要有真情实感，才能写好景物，写好作品。否则，事倍功半，甚至毫无效果。

众所周知，“厚德载物”的出处《周易·坤》：“君子以厚德载物。”是说品德像大地一样容纳百川，指道德高尚者能承担重的任务。在某种意义说，只有行善积累深厚的功德，才能承受得起你今天所拥有的、所享受的物质和精神文明。由此可见，刘虎将自己的诗文合集命名为《厚德集》，不仅仅是昭示了自己的赤子情、爱民心，当别有寄寓，故弥觉动人。

是为序。

觉悟·诗歌

群 像

——宁夏诗人及作家速写

◎梦 也

骆英的《知青日记及后记》

说实话，骆英同志的《知青日记及后记》给了我一种新鲜的阅读享受，它不仅是众多知青的浓缩人生小传，也是那个特殊年代的真实切片。我觉得它突出的特点有两个。

一是叙事性因素的介入和强化取代了中国传统的以抒情为主的诗歌写作，使得诗作在接近真实的同时具有无懈可击的坚实力量，因此他的诗具有强烈的感染力和穿透力。随着西方现代派诗歌的介入，当下的一些中国诗侧重感觉、意识流和情感的抒发，虽有对精神世界的开掘，但由于缺乏生活，诗歌不免轻飘、苍白。相对于这一点，骆英的诗倒是一个很好的补充。

二是以朴素的方式接近真实。要想用一首诗来叙述一个事件，或写尽一个人的一生，难度不亚于一部长篇小说。我觉得骆英做到了以诗立传，以诗来描写一个复杂和宏阔的事件。这里面反映出的才能就是高度的概括和凝炼能力，以及诗人的自觉和本能。

能够想到，由于丰富的人生阅历和对人生、世界的深入体验、思索，骆英已经不屑于用华丽的词语和天马行空般的想象来进行写作，而是选择了朴素，以便于接近真实。确实，他的诗句像大白话，似乎没有惊人之处，而他要表现的东西却像一只体形硕大的鲸鱼突然冒出水面。因此我所说的诗歌的力量正是来源于此。

比如《被活埋的老猫》中的最后两句："黄昏(时)我在深坑中埋下那条(装有死猫的)麻袋，站在上面的整个世界都在抖动。"为此可以想见由嗜杀到良心的复苏。

还有《杀狗记》中的诗句。

我从两百米外射杀一只逃窜的黑狗心脏
小男孩牵来黄狗流着泪看我扣动扳机
……
我有不计数的子弹和不受限制的杀戮权力
我还有无法诉说的苦闷和不知前途的烦恼
……
在杀死第三百一十二条狗后我洗了洗手
之后,一入夜我就以枪刺顶住门睡觉

这种看似随意的朴素的口语化的语言,却准确地触及生活中最真实的一面,显得本色且具有生命力。

再比如《马华银》,虽是一首短诗,但不亚于一篇浓缩的人物传记。诗居然在短短的一二十行里,写尽了一个人的生死。这样的表现力是让人吃惊的。像这样的传记式的短诗还有很多。

然而,尽管我们具备了表现力,也不缺乏生活,但我们不一定能做到深厚。骆英的诗似乎欠缺的是微小和宏大的联系,或者说还不能透过具象折射出一个大背景来,也或许是一味地拘泥现实而做不到提升。

安奇的《前往北寺的旅程》

"一切都被略去,只有永恒还在",这是安奇在《三关口》一首中的一句诗,原文为:"风在碎石上/打了个旋/我在河道中/没有浮尘/一切都被略去/只有永恒还在恍惚里……"从具象开始,然后进入永恒,这不仅是意象的深化,也是自然和人生普遍意义的深化,这种深化不是虚幻的理想化的深入,而是被传达的物象的理性深化——自然而然,却又深奥无比。仅从这一句诗,就可看出安奇的不凡来。读过这组诗作后,我以为安奇过去那种理性的富有穿透力的锋芒没有变,那种意象纷呈且带有野性的语言风格也没有变,只是在一首诗的总体上变柔和了,变朴实了(尽管锋芒还在),这种变化恰恰使得他要表现的东西,包括让他激动的诗意物象,以及隐藏在背后的永恒性的东西,显得明晰而富有穿透力。这种柔和体现在这样的诗句中:"你从风中穿过/山色青青/石也青青/你的脸色也青青/但你融不进悲哀的天色也青青……"这种连续地重复使诗句不仅变得柔和且富有情感,也扩展了意象空间。

在此,我为什么总是强调朴实和柔和,这是因为伟大的作品,不在表面的华丽和强大,而在于隐藏在文字背后的东西的强大和极具震撼性。有时为了进攻得把拳头收回来,或者说得把身子隐藏起来,就是这道理,写作也一样,得明白隐藏,隐藏比一味地宣泄更难。说到底,语言仅是工具或载体,当它要传达的里面的东西足够强大时,语言就不存在了。

读安奇的《前往北寺的旅程》我以为有以下几个特点。一是境界的高远,这体现在他通过事物的表面穿透到事物的内里,或将表面的东西扩展化。如:“没有浮尘/一切都被略去/只有永恒还在恍惚里”(《三关口》)。事物变迁,人生无常,但山石恒在,一如永恒。二是个体与物象的深切融合和相互转化,再现出感动人心的效果。如:“天与地之间谁在合掌默坐/山形如此/我如风行/草丛上/石头在风中兀坐如遗忘/如此宁静/如此安详/我就在行走中接近了我自己”(《合掌》)。这里面还体现出万物归我,我为万物的统一表现出诗人阔郁高远的人生境界。三是语言的力度和穿透力,这得益于诗人自身丰厚的哲学思考。四是在选材上更具微小和苍凉,如《荒野之城》《又见沙葱》《北寺之下》等,在一定程度上反映出诗人朴素的人生观和从普通中发现不凡的眼光。五是开拓意境的能力以及在诗句中负载的理性思辨,使得他的诗具有特殊的风骨。

说到底,诗人的成熟不仅是表现方式的成熟,还是思想和世界观的成熟,而衡量一首诗伟大与否,除以上因素外,还要看诗人的人生境界是否高远,道德情操是否高尚。所有这些都是我们所要共同努力的。

结识安奇已久,因为看好他的才能和经历,见面时批评的话多一点,这也许是出于爱心过重,好在他从不放在心上,我以为诗人之间的交往除过酒精和烟草,还要多一点真诚和理解!我想我们之间做到了。

村庄之于潘春生

毫无疑问,诗来自悲愤,来自忧郁,而很大程度上却来自美,来自对美好事物和美好情意的感动和触发。我这里说的美,很大一部分来自有形的美,它与大自然有关。古往今来,所谓的田园诗人,实际上就是指那些沉吟和放纵于山水和田园的人。在21世纪的今天,痴情于山水和田园的诗人并不在少数,在宁夏,潘春生、洪立等当在此例。

潘春生从事诗歌创作达20多年,虽有劳作之苦,但不忘诗歌创作,其情之坚、之痴、之执着是我们的榜样。他的诗纯朴自然、温馨感人。他的诗不仅是对乡村生活的讴歌,也是对大自然的赞美。在他的精神世界里,一个安静的村庄集合了他对人生和世界的全部梦想。村庄之于他,不仅是诗的生发地,也是他灵魂的安放之处。

正如他自己所说:“我写季节的流转,我写燕子的呢喃,我写耕牛,我写炊烟,更写一生和泥土打不完交道的乡亲父老。诗于我,是宗教,更是信仰。”

作为潘春生诗歌的第一个读者,他的妻子对他的诗有这样的评价:“有生活气息,通俗易懂,像诗!”

我觉得这样的评价是准确的。

我就想围绕“有生活气息”和“通俗易懂”这两个问题谈谈自己的意见。

一首诗有生活气息,就说明这样的诗不是无根浮萍,也不是空穴来风,而是有根基的,有人间烟火味。这样的诗也就有生命气息,也就显得真实(可摸可感),而真实是一切艺术的生命。所以说不要小看“有生活气息”这样的评价,实际上这是最高的肯定。

再来说“通俗易懂”,实际上也是个高境界,做到通俗又能让人容易看懂,只有高手才这样做,因为越是浅薄之人越是想使自己的诗高深起来,其实透过表面唬人的东西,里面没有内涵。我这里说的高手是指有思想有见解且有高超表现力的高手。因为他们的作品看似简单,实则深奥无比。他们的作品往往有这样的特点:几乎每个人都能看懂,都能根据自己的理解得出自己的答案,但都解释不透。解释不透是因为它的主题表面看起来是模糊的,却具有这样一些特点:一是具有广义性,二是太深,三是寓意呈现出多样性。

通俗,弄不好就成为庸俗和浅薄,成为白开水,成为没有意思的大白话;易懂,到底是要哪些人易懂?我觉得我们写的诗,假若只是为了让中学文化程度的人看懂,那么我们追求的档次就降低了。

诗是一切艺术里最为高超的艺术,如果说数学是人类知识王冠上的明珠,那么诗歌就是人类艺术王冠上的明珠。可见要成为一个不朽的对汉语艺术有贡献的诗人并不简单。

春生笔下的村庄,大多是传统意义上的诗意村庄,也就是说他只注重了美好的一面,却忽视了复杂甚至是不如意的一面。他的诗多少还有些流于表面,有描写但没有雕刻,看不到往深处去的开掘。原因也许是对大自然和人生的感受还停留在表面,这样一来诗就缺乏深度和广度。再者表现手法还没有达到鬼斧神工般的效果,对语言还缺乏适当的敏感,缺乏创造性的书写。我觉得这些都得补上去。

不当之处请批评!

冯雄的《诗意大地》

这是一本期待已久的诗集，一向谦逊的冯雄终于拿出了自己的“宝贝”——《诗意大地》。其实冯雄的“诗意大地”，不仅是他赖以生存的西海固，更是他魂牵梦萦的精神家园。

以“苦焦”出名的西海固，在外人看来并无诗意，但从精神的层面上来讲，却又充满了诗意和救赎的力量。

冯雄的诗，立足故土，取材于朴素的日常所见，却又注入了丰富的现代元素。古典与现代的融合，飞速发展的高科技与固守农耕文明的对立，使他的诗既具古典的温馨，又具现代的明快。

其诗句的简洁与含蓄，诗意的朦胧与明朗共同构成一幅美丽的乡村画卷。透过他的诗，我们不仅能体悟到浓浓的古典情怀，也能感受到现代人类的喜怒悲欢。

他的诗不仅是对已逝的过去的挽回，也是对遥远的未来的探寻。一个或温柔或敏感的诗人心灵，通过写作得到了净化与升腾。

在冯雄的诗意世界里，马车的影子，总是穿行于乡间古道或秋月冷霜之下，而遍地歌谣又会把我们带入远古的苍茫和邈远。他在《倾听》的一首诗里写道：“雨水降临大地/花儿听到哭泣的声音/我走过旱塬/西海固听到疼痛的声音……”然而，这种疼痛有时也会因为对人类永恒主题的追求，而又赋予全新的意义：“我的疼痛来自一声枪响/撕破的黎明……风暴吹皱了/以色列憔悴的皮肤/拉宾。唯一用信念喂养鸽子的/老人。祈祷的颂词/离你中弹的心脏最近……从一只鸽子到另一只鸽子/拉宾，你完成了一次/人类不可企及的飞翔”（《疼痛》）。

冯雄不卑不亢，温文尔雅，既领受过生活的欢乐，也承受过生活的重负，但苦难在他脸上从不以悲戚呈现，他往往以内心的坚守和个性的顽强化解了心灵之痛。

假若诗也有根，它的根必定深植在诗人的故乡；假若诗性的根亦能抽枝展叶、开花结果，那它必定灿烂在诗人的精神大地。

金晓雯的《椰子树上挂着谁的声音》

椰子树上挂着谁的声音？且不管是谁的声音，只要是能悬挂起来的声音，必定是有质感的。尽管诗人提供给我们的仅仅是一个有关声音的意象，但出奇的语言处理，就带给人无限的想象空间。

让夕阳在我的前方坐定
把天空染红
我喜欢的海是蓝色的
不闭眼睛
翻动着冒泡的诗句
大声念给我听
一浪一浪的柔情
椰子树上挂着谁的声音
两只安静的渔竿
被海鸥拨弄

在金晓雯的诗集《我是一张沉默的网》中，唯有《椰子树上挂着谁的声音》吸引了我的目光。首先是表达方式不陈旧，其次是表达得温馨而亲切，那种不慌不忙的调子，那种淡定的人生态度，那种对表象世界的细心把握，都给我们带来了一种淡然却深远的诗意世界。

海本身是蓝色的，然而诗人却依然说“我喜欢的海是蓝色的”，并且“不闭眼睛”。这重复多么有意思，这喜欢有对既定世界的肯定，更为重要的是，在诗人的眼中，大海“不闭眼睛”“翻动着冒泡的诗句”，如此拟人化的处理，使诗句富有张力和穿透人心的力量。再一次细读这首小诗，那挂在椰子树上的声音，就仿佛成了一种透明的晶状体，在微风里轻响。如此单纯的声音，如此安静的画面，如此广阔的背景，让人心生遁世之心。

窥一叶而知秋色，仅是一首小诗也可看出诗人的功夫。在高雅的诗学艺术逐渐沦落为口语化的当下，一个具有天赋且下过功夫的，尤其是对自然和人生有着独到体验的诗人，是可以通过他(她)的作品看得出来的。我以为在网络化的当下，一个致力于写作的诗人，一生能给读者留下一两首好诗也就不错了。

金晓雯虽缺少大诗人的气象，但她的可贵之处在于，维护了本真的自我，且能从真切的内心出发，以朴实、天真的诗句表达对世界和人生的思考和理解。

说到底，好诗的产生，只能来自那些真实的不装腔作势的心灵。作为一个女性诗人，金晓雯的诗单纯、淡雅，既像委婉的述说，又像甜蜜的歌声。它不是普通意义上的口语，而是通过诗人诗化了的诗句，自然具有一种打动人心的力量。当然这种力量不是猛然敲击，而是轻轻触及。

在这本诗集里共收入诗人的一百四十多首诗，其中有对自然万象的感悟，有对人生经历的回顾，也有对情感历程的追索，概括起来都是诗人独具特色的心灵世界的完美体现。它不喧哗，不浓艳，不矫情，在褪尽表面的繁华之后，透露出了果实的芳香。

晓雪的《十里红妆》

自从读了《十里红妆》就记住了晓雪的诗，硬朗、颠踬，吃水很深，犹如一只驳船负重前行。这似乎与一位女性诗人的个性不大相符，然而这就是她——一个矜持的不妥协的女性形象，纯粹而唯美。对精致的迷恋，对深度的探寻，在微小处对宏大的扩展，一度让她的步伐显得有点滞重，之后就有了这组《我们交换呼吸时，便有了梦想》，虽有踯躅，但已显得从容；虽有犹豫，但已显得坚定；虽有拘谨，但已显得自如，尽管在细部的打磨上还留有痕迹，但整体已显得圆润饱满。

虽说晓雪的诗还显得有些艰涩，但提供了无数可能性。她的努力和不放松使她的诗作有一种往深处去的力量。读她的诗，能感觉到有一个大的东西在逐渐成熟，且变得明晰。

无序而来，浑莽而去，也许是写诗的另一种高度，但是却少有人接近了这一高度。

刘岳不是一个“卖关子”的诗人

老实说，编辑当久了都会得“阅稿疲劳症”或“厌稿症”，这并非懒惰所致，而是当下的诗歌作品，千人一面，有独特见解和特殊表现力的就更少，因此在众多诗作中，能发现一两首好诗，实属不易。

2009 年，由北师大文学院与美国当代《世界文学》杂志联合主办了“当代世界文学与中国”的研讨会。在会上德国波恩大学汉学家顾彬教授说：“德国到处都有作家，他们代表德国，代表德国人说话，所以我们有一个德国的声音，但是中国的声音在哪里？没有，不存在。”

顾彬的话，虽说有点绝对，但确实击中了当代中国文学的一些要害。从表面看，中国并不缺少作家，但代表中国人说话的声音却很少，或者说几乎没有。有的作家且不要说让他发出公众的声音，其实连自己的声音都不是。原因是，他们是用假嗓子说话，并且说的不是自己的话。这样写出来的作品就让人觉得假，你能期望它感动人吗？

文学作品首先要真，作家的态度要端正，说话要老老实实，就是说要实话实说，要让人信服。这样的道理适应于任何类型的作品，包括诗。

记得第一次看到刘岳的诗，大约是三四年前，一个偶然的机会，经诗人杨森君推荐。说实话，没看之前还有些轻视，一看却吃惊不小。原因有以下几个方面：一是表现得老练和成熟；二是感情的真挚（就是我前面说的“说实话”）；三是作品直抵生命的核心——生的忧伤和死的美丽。其实能做到这一点，对一个诗人就足够了。

刘岳虽属打工族，但对诗艺的理解足够深刻，且悟性很高。他的诗真切忧伤，且有坚实的生活基础，因此才能打动人。所以说，刘岳不是一个“卖关子”的诗人，不是一个靠虚假气势唬人的诗人，他知道怎么表现，且表现得挺好。他为人真诚、善良，为诗才真切感人。

我十分推崇刘岳，一是看重他的人品，二是看重他的诗才，只是为他的生活担忧。试想：一个纯洁高远的心灵与置身其中的繁华世界之间，反差毕竟是很大的，这或许能造就一个诗人，但如此造就的方式让人痛心。因此，我要说，活着必须坚强！

诗意“三弄”

1. 生世洁白的云

由于喜欢这样干净的词，就随手做了题目。其意来自周瑞霞《诞生》中的诗句：“它生世洁白，委身于一朵云里”。其实整首诗写的不仅仅是云，而是雨水和雪花。诗一开头即道出“它生世洁白”，且“委身于一朵云里”，却并未指出它具体是什么，而只是周身洁白且又委身于一朵云里，显然这在自然物性中是讲不通的，可是在诗里却可以。因为在诗里包含着无限的可能性。那么，让我们来看看这“生世洁白”的东西到底为何物。它是比云朵更轻的风吗？抑或是飘忽不定的云气，一种比风略重且具形状的东西？尽管作者在具体指向上并不明确，可从其“委身于云”，且与其后出现的“雨”与“雪花”联想，或可意会为一种云气——一种湿漉漉的云气在一种类似于梦想般的状态中化而为云，凝而为雨，再凝而成雪。然而，这是从物理层面得到的结果，要是从想象的层面去理解，这种说不清道不明的东西或许是一种精灵，从无到有，从有到无，混混莽莽，无始无终。

“你永远无法预见，它将变换出怎样的腰身：

是雨水，也是雪花；是拯救，也是陷落。”（《诞生》）

若是从色彩上去联想，它显然更接近于雪花，因为只有雪花才生世洁白，它的前身也才可能“委身于一朵云里”，继而化为雨或化为雪花，滋润万物，化解干渴。

天有大恩而不言，如此行为也可理解为一种滋育或救赎。按照自然常规，似乎唯有如此才能解释得通。可是周瑞霞的立意或表达的梦想显然还不止于此，现代诗的朦胧或含蓄之美也体现在此。所以诗之所以是诗，除了记述或抒情的功能之外，它还有一种难以言说的东西，即神秘性。在周瑞霞的表达中体现出来的特征，似乎是在一丝犹豫中尝试抵达，似乎是在一丝恍惚中完成摸索，甚至是在一种战战兢兢的状态中去完成种梦想，去接近一种无限，或是去触及一种难以言说的存在。唯此，才能真正体现出一种无我、无他的状态，或唯此才能达到一种“神秘幽暗的中心”，或是一种无限的灿烂或澄明，或是她在诗中试图要传递的那种洁白、那种“委身于一朵云里”的诗意的回归或升华。在“委身”一词的奥妙里有甘愿献身的悲悯，有寻找到归宿的自娱或妥帖。生命的意义，似乎只有在这种无声无息的转化或归依中才实现了其自身的价值。因为生而为云必定是飘忽的，无着落的，忽聚忽散的，或被一阵风吹散的，所以，生而为云尽管是诗意的，但若不化而为雨，不化而为雪，就不是一次自然层面的回归，也绝不是一次精神层面上的完善。所以“只有它从大地吸取力量，钟情自由，拥有慈悲心肠”，并在“一次猛烈的碰撞中它才会降生”（《诞生》）。

你看，萌生于一个简单的想法，或产生于一个随随便便的意象，经诗人诗化之后却有了如此传奇的力量，这也许就是表达的魅力，以及吸引诗人前赴后继的动力所在。

在周瑞霞笔下，一个类似于精灵的，说不清的东西委身于一朵云里，在经过震动和碰撞，甚至风的修剪之后，才终于脱身为雨为雪，因此，在她看来，一阵雨的降落，一场雪的飘落，都不是简单的降落，也许是欢快地扑向大地，或许，恰恰相反，却是一种陷落。为此，诗人想到了拯救，而“那砸在我们身上的一个又一个冰点儿”（《诞生》）似乎就是印证。《诞生》虽是一首短诗，仅有八行，虽体量小，却内含大，开拓的意境也大，尤其可贵的是它体现出一种神秘性，尽管这种神秘性并不太清晰，指向还不太明确，但也能意会到其中的奥妙。

除了形式上的探索，整首诗还体现了诗人全部的疼痛、努力和追求，以及在阵痛中的自我完善。它的规制和完成过程都是诗化的。它的个性特点也正是周瑞霞式的，有那么一丝轻柔，一丝柔滑，一丝恍惚，一丝犹豫，还有隐藏在表面之下的一丝坚硬和一丝决绝。诗的生成过程似乎是一次拼尽全力的释放，刚柔并济，不屈不挠。然而或许是修炼不到，在她的“制作”之中尚留有一丝粗糙，一丝可有可无的痕迹，距离“清晰中的神秘，平静中的惊雷，或朴实中的深邃”有一定的距离。

2. 倾斜的腰身

“因这倾斜的腰身/山坡比悬崖多出一份柔和”，这是周瑞霞《倾斜》一诗中的头两句，如此优美的表达感性十足，且诗性十足。试想，将一处山坡与一处悬崖相比，且将山坡的形状比喻为人的“腰身”，如此拟人化的写法，胜过多少正面描写，韵味十足，可摸可感。尤其重要的是赋予一种静止的东西以动态,一种无生命的东西以生命,其创造性在此体现得十分充分。在诗人的笔下,山坡竟然比“悬崖多出一份柔和”,如此优美的表达既体现出了诗人奇特的感受力,也体现了诗人在语言上的自觉或奇妙的创作力。这还不是一种习惯的驾驭和掌控,而是货真价实的创造力。一缓一急,一平一陡,在此,自然形态已完全脱离了物理层面的意义,上升到人性的高度。即使仅此一句,也可判定一个诗人的才情。

在高与低中,在静与动中,作者试图传递的不仅是一种自然胜景,而是在自然情景中脱离或生发出的一种精神层面的东西。“夕阳挂在天边,阳光从坡顶/缓缓流下,风将野草吹倒又扶起/野花因蝴蝶的光顾而微微偏下头颅/女孩以同样的姿势靠在/男孩的肩膀上”(《倾斜》)。

为了某种美好的情感,夕阳、野草、蝴蝶都在一种盛大中与一对情窦初开的男女青年融合为一体,这也许恰是《倾斜》一诗的主旨所在。

3. 玻璃窗

事实上引起诗人震动的,或让诗人产生联想的不仅是玻璃窗,而是那块透明的玻璃,正因为它镶嵌在窗户上,才有了被看或透过它去看的价值,看或被看,尤其是透过一块玻璃往外看,有一种探究的渴望或梦想,并且对于一间房子来说,一处明净的窗户本身就是一双眼睛,一双打量或观望世界的窗口。因此,这首以《玻璃窗》为题的短诗,立意是高妙的,它抓住了人们日常所见又常常容易被忽略的东西,并开掘出意义来。在她看来,尽管是“薄薄的、易碎的玻璃窗”,却能将坚硬的风和“整个冬天挡在外面”,可是“阳光温柔的手指,却能穿过它,并能将其点燃”,一冷一热,在强烈的对比中,突出了阳光的悲悯和慈爱。然而,要是诗意仅仅留于此,就会略有“遗珠之憾”。其最后三句将整首诗突然升华:“不必担心它会阻挡住春天/在三月的第一个早晨/神明将在它面前显露真迹”(《玻璃窗》)。

先由冬天刀子般的风,再到阳光的温柔,以至到最后,悄然而至的早春——神明忽然将在它面前显露真迹,这不是奇特的联想,几乎有些神奇了。这或许就是我们常说的不期而至,有如神授,有点“吓人”。

以上谈到的三首诗均来自周瑞霞的组诗《微小的幸福》,整组诗看完,一个明显的感觉是,作者不仅对事物的认识与感悟有独特的地方,且能透过日常发现“异常”,并有建树,在想象力和表现力上也均有长处。

需要注意的首先是,避免用大的词、强烈的词,要脱掉艺术腔、诗人腔,用最朴实的语言去写,这应当是写作中的常识,对于我们都是适用的。

其次，我们不能只写让自己觉得好奇的东西，应当去写让我们感动的东西。一句话，当我们的眼界提高了，看问题的角度独特了，看问题的深度够深了，我们的作品就有了深度。

最后，表现力是衡量一个诗人是否具有力量最为显著的标志之一，它不仅是基本功，也是事件的容量，思想的载体，诗意的醇香，月光的背影。

梦也，原名赵建银，中国作协会员，一级作家。在国内多家报刊发表诗歌、散文及小说，作品入选多种年度选本。出版诗集《祖历河谷的风》《大豆开花》、散文集《感动着我的世界》、长篇小说《秘密与童话》、中短篇小说集《羊的月亮》等。

从小事情入手

◎梦　也

当代印度有一位很有才气的女作家叫阿伦德哈蒂·罗易，曾于20世纪90年代末写过一本极具影响力的长篇小说,名字叫《卑微的神灵》。其实这本书还可翻译成《小事情的上帝》或《微物之神》,我想她的原意大概可以这样去理解:在小事情中蕴含着“上帝”,或者只有在小事情中才可以见到“上帝”的光辉。其实在她的这本书中“上帝”也好,“神灵”也罢,仅仅是一个象征,并非人们常说的那种上帝或神灵。在我看来,她所说的“上帝”或“神灵”其实指的就是人性的光辉。

对于写作,也许是一个回到常识或回到小事情的层面,以求得到“上帝”或“神灵”重现的过程。因为真理和人性之光,常常闪现在那些最为普通的事物当中,所以说,我理解的“上帝”常常蕴含在小事情当中,就像草尖上的露珠。因为小事情中更见人生常态,也更见人性。这是我写作三十多年后才悟到的真理。这里面暗含着一个意思,那就是说,写作必须回到日常生活,必须在小事情中去发现“上帝”。因为我们不能总渴求自己生活在伟大的事件当中。这就是说作为被表现的主体——人几乎大都生活在小事情当中,活在最为普通的柴米油盐当中,活在最为常见的喜怒哀乐当中。你要是试图表现日常就离不开柴米油盐,以及由柴米油盐引发的喜怒哀乐。

我比较排斥所谓的宏大叙事,因为我是一个普通得不能再普通的人,微小得不能再微小的人,如果说我有什么长处,那或许就是学会了用文字去表达自己。

要表现人生常态,就得熟悉普通生活的情状。那几乎是波澜不惊的生活,庸常得像老牛拉车,吱吱扭扭,不紧不慢,恼人喜人又忧人。

俄罗斯作家巴别尔年轻时,曾专程从故乡敖德萨去彼得堡拜访担任年鉴编辑的高尔基，想请教如何写作的问题。虽然高尔基十分欣赏巴别尔的才气，但发现他的文章里还缺乏像石头一般坚实的生活，于是在他们第二次见面时，高尔基便对巴别尔说："很显然，您不能了解任何东西，先生，可猜想了很多……还是到人间去吧。"

于是，巴别尔就去了人间，在布琼尼领导下的由最为强悍和野性十足的哥萨克组成的红色骑兵军中去服役。七年之后，巴别尔复员了，想重新开始写作，这时他收到了高尔基寄给他的便函："好吧，你可以开始了……"于是巴别尔在经历了最为残酷的战争之后，写出了震撼世界的《骑兵军》。

说了这么多，其实只有一句话：致力于写作的人，必须要有生活垫底，并且，要懂得和学会在生活中去发现"上帝"。

写诗尽管和写小说有点区别，但同样离不开生活，所以我常强调一句话：写诗也是经营事实。假若要让我用一句话来概括自己的创作历程，那就是：由虚幻的高蹈回到实地。

要像农民那样朴实，要像工人那样直爽，要像知识分子那样含蓄，这正是写作的奥妙所在。那么作品的意义和深度呢，它来自作者对生活的理解力和认识深度。

左拉说，真实比想象更重要。契诃夫说，文学之所以叫作艺术，就是因为它按生活的本来面目去描写生活。它的任务是无条件直率地书写真实。他还说，如果他是文学家，就需要生活在人民中间。

要使自己的作品更真实，除了有真实的生活外，其次就是表现力。表现力，可以通过训练得来，但毫不排除天赋，因此我从不无缘无故地鼓励一个人去写作，除非他真有天赋。

以诗的名义为生命正名(外一篇)

◎禹红霞

外在世界中,人类统辖王国的范围,由于缺少诗意而枯燥,内在世界会同比例寂枯,很多人虽意识到自己的存在,却在追逐着各种物质,自己还是物欲的奴隶,而我以爱孕生诗性,在诗性中获得完全的自由。

真正的诗性是自由的诗性,是属于自由心灵的,它既是自由的圆心,又是智慧的圆周,它由爱出发,包含善和美,也必然伸延善和美。自由的诗性是比理性更神圣的灵智,渗透于生命的本质中,会拯救本有的灵性,唤醒生命意识的觉醒,自由意志的建立。

诗性受心灵的引导,心灵受自由意志的支配,会对爱的种子不限时播种。因此,诗性既坚定着爱的信念,也是爱的方法,是修养心灵和提升生命意识的在场。

真正的诗人是大爱之人,因关注人类的不幸和灾难,会强烈感受到生命深陷不幸的痛苦,有解除不了人类灾难的忧虑。诗人因爱得太深而深怀生命的热望,是勇敢的人,会将悲悯和忧伤转化为希望和力量,以充满激情的诗意激发心灵的语言,用忧患的笔触唤醒人们爱生命爱世界的意识,以免灾难将腐坏的东西深植人心,贯穿整个世界。同时,诗人在持续磨砺自己的自由意志,关注美好心灵,记录和吟诵最美好、最幸福的精神事件,是孤独的人,也是幸福的人。

真正的诗人是有自由意志的人,诗人知道,自己想在进入世界的同时愿望被改变,被修补,同样,也希望自己能够修补世界,改善世界。爱的自由意志是一种最有力的修补元素,因此,要想从根本上改变和修补世界,首先必须改变自己,塑造自己,掌握和运用生命的真理。如果有绝对真理,只能是人自省的爱,爱的自由意志。

爱和自由同在,爱的自由意志中一定有完全的自由。自由的爱是美德的精髓,是心灵航行的灯盏,衡量生命轻重的标尺。自由的爱源于自由的心灵,不会从快乐中得到,只能在救赎中体会。

有自由的爱的诗人是有思辨意识的人,终极关怀的人。当心灵宁静的时候,一种更神圣的激情渗透于意识的本质,诗人会运用思辨,以理性审视精神事件,开始爱的哲思活动。诗人在强烈感受爱时唤醒美,思考我知道的美和应创建的美,获得爱与美之间的和谐。

诗人受爱的自由意志支配,会清楚地感觉到自己和他人与世界的关系,会有一种激发诗意的深沉情绪。情绪被爱充满,使理性和神性同在,有对美好的人和事物的想象和追寻,使爱和美的感受切实存续。这种状态不依赖于外在,既单纯朴素,又丰富奇妙,能够容纳过去的经验,又能换来无限的超验。在超验中把握语言的本质,选择切近心灵的词,写出的每一个字都源于深刻的内心体验,爱的体验。

当心灵碰触崇高事物的时候,爱融会诗意,联结起情绪,情绪驱使心灵闯入某个禁区,无拘无束地漫游,写出心灵荡漾的诗。当心灵感受到生活中的一些不幸,爱激发疼痛的情绪,诗是蘸着泪写的,甚至是蘸着血写的。诗中有悲情、忧伤,更多的是召唤、期待和憧憬。当看到太阳从山上徐徐升起,看到星光灿灿地走进窗户,当雪花柔柔落在额头,微风轻轻抚摸你的脸和手,都会让你瞥见自己内心永在的纯洁和美好。这些光明、安详、和美的时刻,会使你喜悦地泪盈,幸福地欢跳。

秉持爱的自由意志的诗人,在诗意地建立自己和世界相处的方式,和他人相处的方式。他是真诚的,也是坦荡的,他是为心灵而写作,绝不自欺欺人,绝不附庸风雅,绝不依附权贵,绝不在乎名利。

诗人有爱和美的诗意,以生命的源头活水,不断向内看,用舒缓的音色铸就心中的星辰,感觉爱生命的热忱和爱世界的热忱是一致的。凡发生的和所遇的诗意都是心灵的感受,对美好瞬间和精神事件的观照,充满善的因子。

爱是非凡的自由,美是智慧心灵的品质,缺失了爱和美,文字只是编排的文字,语言只是干枯的词句。诗人真爱的心唤起真诚的手抒写真情的诗,用善美的文字留住的是最真最纯的诗意,用诗意给心灵开拓一条通往星空的通道,给人们缔造人间天堂,试图使世间最善最美的一切成为永恒。

因此,真正的诗人,是有爱的自由意志的人,凡是未经自由的爱衡量的诗,绝不轻易拿出。相信有了爱与美的诗意,写出的都是心灵的诗,做的事情都是和谐美好的事,有修补和美好世界的功能。

在这世上,只要有爱的自由意志,一切问题都会迎刃而解,你就会诗意地生活,就会随心所欲而不逾矩，就会像花朵一样幸福。

当你像花朵，就能承担星辰赋予的一束光，就会用诗为心灵正名，为生命正名。到头来，你会说，你来过，有星辰为你作证。

感　谢

我来到世上，像一片叶子，从枝头萌芽，含着阳光，迎着风雨，向世界绽开，是因为爱。怎么让自己在短暂的舒放过程承担生命的主权，成为爱本身？必须认识自己，牢记本心，明白自己希望什么；认识世界，理解世界要我做什么，怎么做才符合生命的初衷，一步步接近至纯至真。

首先要找到对生命来说为真的真理，走上那条通达的阳光大道，守护本真，让灵魂飞翔。站在高处，看无尽的生命，感觉世界会永远存在下去，并越来越美好。把星辰种在心里，认同宇宙中那些相对永恒的事物，如浩瀚的星空，辽阔的海洋，伟大的思想，进而修养心灵，完善自我，融入大千世界，使自己有存在感。同时，把自己当作无限宇宙微小的一点，思想江河中闪光的一点，使自己不显得多余。

遇到诗，是我的幸运，而非我给自己的一项工作。爱是我存在于世，认识自己，理解世界，融入万物的介质。把自己的心灵和思想嵌在诗歌的枝上，相信诗是灵魂在说话。在诗中，用爱的哲思解说自己，展现生命最本质最真实最深刻部分，心灵在现实中的经历，对生命的关怀，审察生命和世界的关系；在诗中，掂量道路的长短，思想的轻重，解说自己对生命对世界的观察和期许。不管会不会被理解被接纳，诗让爱的哲思释放，心灵有了栖息处，思想有了芳草地。

诗意使我度过了痛苦而欣悦、自在又幸福的时光，使我将孤独当作艺术一样享受，感受生命的美好，世界的美好。

无论低语还是歌吟，在自我意识里，爱无所不能，我的心流溢着能输给他人的热血。世界像个大花园，盛开的花朵，张开花瓣，像阳光的眼睛，又像星辰的小手。尽管心灵的诗很难在社会上流通，但当爱唤起激情，激情唤起真诚的手，写真情的诗，是一种不会终止的练习，没有中介可以到达终点。尽管不擅长技巧，用来协调生命观感的语言不够精准，但每一个词的出现，每一句话的流动，都是我内心版图上的鸣音。有人听或无人听，不会影响我的诗性，不会使我热爱生命和关注世界的热情减弱丝毫，使我诗意生活的幸福感减少一分。

我时常幸福得如一枚欢笑的枫叶，一棵垂向天际的银杉树。我带着大地母亲给我的馈赠，只能以爱的本心，从生命源头的无限光芒中，在有限的时间生出光，成为爱得最深的人。

因为一些限制，难以为世界的美好添彩，但至少可以活得纯洁至善，向大地交还干净的骨肉。尽管我置身其中的世界还不是我希望的样子，许多景致还有不透明的斑点，阳光映照出的一些生命还带着忧伤。把我幸福生活的方法送达给人们，让我认识和不认识的人像我一样幸福，还很困难，但我必须端着亮闪闪的心，反复摩挲世界的厚薄，让相遇的路遍布于我，沿爱的阳光大道往更深处走。

我必须掘出心中爱的种子，希望爱的种子在每一个人心里扎根、发芽、茁长，长成生命本来的样子，回到初始的自己，成为爱的无限的自己。

知道有爱，心就有了空气的品质，水的能量，与万物的沟通就不需要太多的语言，就能分享无法言喻的美，可面对人，面对世界，不给予语言，就缺乏完整的可能的接纳。因此，我在不厌其烦地说着爱，说着对世界的关注和希望，就像日升日落，季节轮转，就像多少年来六盘山依然高耸青翠，泾河水依然潺潺流淌。

感谢星辰的庇护，感谢大千世界的慷慨，感谢我们伟大祖国使我诗意栖居。我有爱和美的强烈感受，很感恩，很幸福。

且以这些文字，把一腔热爱，一束光芒，一份祝福送给你。

感谢你的目光，你的手，触摸我内心爱的焰火，我思想的小溪。

感谢你的理解。这世上，再没有比你爱的心灵更明净更博大更美好的事物。

祈愿你的生命如一枚欢乐的爱的种子，在时间的花园结出幸福的果子。

祈愿这世界以美好心灵样呈现，大地安详，生命多彩，万物相依相爱。

禹红霞，笔名叶子。生于泾河源头，长在六盘山区。善思喜诗，爱哲崇美。著有散文诗集《叶子的低语》《爱的种子》。

宁夏诗歌浅谈

◎黄金龙

在诗歌语言陌生化与口语化两极分化最为鲜明的当下，杨梓、杨森君、冯雄、单永珍、马占祥、王怀凌、梦也、洪立、周彦虎等宁夏著名诗人在全国诗坛铸就了经久不衰的宁夏诗歌方阵。而正在趋于成熟的宁夏中青年诗人，如林一木、查文瑾、郭玛、王学军、马泽平等，作品频频亮相于全国各大期刊，为宁夏老中青三代诗歌创作赢得了荣誉。

在宁夏众多诗歌创作者中，一部分因为盲目崇拜诗歌语言的陌生化，不遗余力地创作出了一些意象杂乱的诗歌而逐步放弃了写作。而另一部分追求诗歌语言口语化的诗人，因为降低了诗歌创作的难度，一味崇尚所谓的语感，口语化蜕变为口水化而被逐步淘汰。

由俄国形式主义评论家什克洛夫斯基提出的陌生化理论，一经中国诗人们运用，就已经显得不那么自信了。因为在数千年的中华诗词创作中，那些伟大的诗人们摆脱了文言文的束缚，毅然创作出了口语化的诗词歌赋。就连南唐后主李煜也写下了“问君能有几多愁，恰似一江春水向东流”的口语化诗词。甚至在20世纪八九十年代诗歌语言盛行陌生化之际，曾一度鼓吹口语化写作的于坚先生，于2011年写下了代表性作品《悼迈克尔·杰克逊》：“唱歌的骷髅/搂着火焰的肋骨跳舞/生命的领导人/唤醒人类新姿态/黑天堂/天鹅拒绝了你/坏蛋们跟着你摇摆啊摇摆/解放了被压抑已久的屁股和喉咙/它们在身体的岩石上起身/它们在春天的云朵里升腾/啊 青春 你不再是涂脂抹粉的脸/豹子们走出森林 高扬自由之臂/呵 迈克尔 我的幸运弟弟/那一年你才二十岁 已经征服了聋子/我二十六岁 一生都快中年了/还没有摇摆过一秒钟/有一天忽然在短波里听到你/用一种地下的嗓子秘密歌唱/脚上的绳子忽然散了/机器培养的笨蛋/居然开始扭动臀部/尾巴翘到天上/唉 黑孩子 何必用那些漂白粉/光明之国的毒品/你带来美丽的死神/使我在沉闷的制度中长醉不醒/你死了吗 我的黑皮肤美酒/今天我看见黑暗起舞/哦 重金属的黑暗/在空掉的世界舞台中央/跳着舞”。(《十月》2011 年 4 期)

站在普通读者的角度,宁夏诗人语言陌生化运用最为娴熟的当数单永珍。他的诗歌的品质源于他以诗人的视角探访了甘南的玛曲和西藏高原。古典诗歌运用最为巧妙的当数冯雄的《悲怆八行》,其中《铁匠铺》可见古典文学的养分。而口语化应用最为自如的当数杨梓的扛鼎之作——三千余行的《西夏史诗》。这些诗人们,绝非在诗歌创作难度面前望而却步,而是把诗歌创作当作了副业,整天在钢筋水泥包裹的城市里忙碌,轻而易举撇下了他们的忠实读者,从“写诗者”转为“谈诗者”。宁夏诗坛要给这些诗人们足够的自由和荣誉感,也要给这些宁夏诗歌创作的标杆相应的压力,激励他们回到诗歌创作的原点,再出发,再创作。

优秀的诗人不一定是哲学家,但他们一定是哲学的忠实践行者。他们要把哲学的概念通俗化,把苦涩难懂的哲学概念用艺术的语言来形象化,继而把最核心的部分从废话连篇的冗杂中抽离出来,用口语化或陌生化的语言方式,呈现给广大读者,并且赋予其贴近记忆的黏性。难道不是吗?一位读者不一定能记得住哲学概念,但他一定能记得住几首富有哲理的诗句,比如“沉舟侧畔千帆过,病树前头万木春”“野火烧不尽,春风吹又生”,等等。

而伟大的诗人有权力和自由质疑哲学。因为诗人在哲学与神性之间更倾向于神性。崇尚神性使他们能够在瞬间捕捉到一闪而过的感觉与稍纵即逝的意象。诗人的快感和成就不在于发表了多少作品,而在于接近了多少次事物的真相以及揭示了多少次鲜为人知的秘密。因为诗人常常穿梭于黑与白、生与死、强与弱之间,并且心甘情愿接受内心的一次次拷问,孤独与偏执是诗人的特性,内心的高贵与阔大的格局是他们一生都在坚守修炼的品质。他们也甘愿充当第一位品尝毒药的品尝家。诗人有权问天、问地、问人间、问生死、问轮回。有权把可有可无但至关重要的生存法则或奥秘用诗性的语言揭示出来,就像揭穿谎言一样供人们借鉴或欣赏,或者成为最后一块巨石被抬上金字塔尖时的劳动号子。

因为我们正处在一个日新月异的伟大时代,伟大时代一定不会缺少伟大的诗人。

黄金龙,宁夏文艺评论家协会会员,宁夏作协会员,作品散见于《黄河文学》《朔方》《诗选刊》《诗刊》《诗歌年度选本》

专题·同心

落落蓬的花开得那么小

——评马占祥《西北辞》

◎刘立云

我是第一次读马占祥的诗，第一次如此隆重地读，如此密集地读。而且，可以说，我读进去了，我像喜欢这个安安静静的西北汉子那样喜欢上了他的诗。读完他题为《西北辞》的这叠诗稿，我在阅读笔记中写道："精致，简短，纯粹，绵密，读来给人一种纤云弄巧、落英缤纷的感觉。读这些诗，你千万不可一目十行，囫囵吞枣，而是应该静下心来，慢慢地鉴赏，细细地品味。远远地看，它们像携带着泥沙的河流在沉沉流淌中发出细细碎碎的光，像黄土高原拥挤在高高低低山坡上的那些黄泥小屋此起彼伏升起的炊烟，像一张张坐在深深的巷子里影影绰绰晒太阳的脸，像一朵朵站在山坡上轻轻摇曳却没有名字的野花。走近了瞧，你才发现它们千姿百态，色彩纷呈，各有千秋。诗人的感觉敏锐，精细，其中的锋芒与洞察力及深藏的柔情蜜意犹如密布在枝枝叶叶上的神经末梢。稍不注意，就会漏掉他对生活的发现、体察和微带痛感的醒悟。"末了，我概述它们"篇幅小，格局不小；切口小，内涵不小；事物小，世界不小"。

不是我被他的"小"一叶障目，是他这本诗集充满小事物、小景致，如小城、小街、小花、小草，乃至风声、虫鸣、水滴、一闪即逝的梦痕，等等。这些诗，有的十几句，有的七八句，有的只有三四句，像路边那些你注意或不注意都在静静绽放的花草。"流水破碎，故事的漩涡还走在路上/只有河床上留下的苦籽蔓的白色花朵才会记起/夜晚，月亮在透过树枝间隙留下余光/温暖而静默"；"一公里的路。沿途的香茅草、大丽花、芨芨草和/水蓬都是安静的"；"我需要给你说些什么？风还在吹着荒野的哨子，野草的气息/在诱惑城里的人。我给你说的都在里面"；"我爱着的燕芨芨草抱着梦，在半个城畔的田地里/熟睡。它忽视河流，忽视山丘/五米埋着一节骨头。十里有个故乡"；"哦，我说人间美好/落落蓬的花开得那么小/在西北的沙砾之中/释放无垠之香甜，呈现空寂之华美”。

有一首诗,名字就叫《野草歌》:“风吹草低,原野上的人轻轻俯下身子/有一粒籽,被捡起来/遍野的草忽然抬起头来/……多年以后/风吹草低/整个原野俯下身子/护住一颗草籽”。

或许同病相怜,同是写野花、野草,马占祥写得让我心颤眼热的,是写野花开上他父亲坟头的那首《山花开》:“以前,我认识的花朵都开在野外/就像父亲的村子在城郊,孤零零的/自己开着。以前的花不会跑/现在,花都跑到山上躲起来。我的父亲/也躲在一堆土里。我到山上才能找到它们/面对一堆土时,我才会想起以前的花/有马莲、苦籽蔓、燕芨芨草、猫头刺……”

我注意到了那些野花野草的名字:苦籽蔓、香茅草、落落蓬、燕芨芨草、芨芨草、灰条、马莲、猫头刺、打碗碗花……被马占祥如数家珍地写进诗里,竟有十种之多。它们纤细,孱弱,生僻,一次被风吹倒又站起来,站起来又被风吹倒。我生长在郁郁葱葱的南方,躺在树下睡一觉都会被草木淹没,不明白马占祥在如此精短的篇幅里,为什么要那么铺排地陈列它们,抚慰它们,甚至讴歌它们?我还注意到了,马占祥笔下的野花野草,不仅是“小”的,而且是有知觉的,有灵性的。它们记得被月光亲吻过,被雨水抚摸过;如果风吹落一粒草籽,整个原野上的草都会簇拥过来,护住它;一粒草籽被捡起来,一片原野的草都会抬起头来;父亲躲进一堆土里,那些野花也会跟着他从郊外跑到山上躲起来,陪伴父亲。

我发微信问马占祥什么叫苦籽蔓?什么叫落落蓬?它们长成什么模样?他马上发来落落蓬的照片,其实是贴地爬行的一种极普通的杂草,有点像微缩的夹竹桃。过一会儿,他大概意识到我对他写到的花草感兴趣,又发来几张香茅草、燕芨芨草和灰条的照片。又过一会儿,再发来一幅落落蓬,像终于了却一桩心愿,说:“找到了一个有花的。”我看那朵花,白色,展开来也就铜钱那么大,五个细长而柔弱的花瓣,一副努力睁开眼睛的样子,还不如我们不当回事的韭菜花呢。

我用百度查阅他的故乡,希望对他,对生他养他的那片土地,对他上一次用整本诗集书写的那座名为“半个城”的小县城,有更多的了解。未想,这一查,差一点让我辛酸地流出眼泪来。原来,他出生在宁夏同心县,那个地方沟壑纵横,常年干旱,年降雨量只有 200 毫米,蒸发量却是 2300 毫米,严重的入不敷出。陷在漫漫黄土中的小县城,其实就是一个稍大的村庄,同样也缺水,吃水需要下沟上塬,走很长一段路去挑。四十多年来,他无论走多远,无论在哪里听见水声,都会情不自禁地想起他的故乡。他讲过一个多次被访者引用的细节：一个妇女挑着水走在回家的路上，桶里的水每洒出一滴，她就“哎哟”一声。

一滴水那么小，那么微不足道，但它是一棵草的命，一朵花的命。当然，也是生活在那片土地上人的命。这样，我们就能理解在他那些拒绝滥情，拒绝洋洋洒洒的铺排，如同代替芸芸花草对我们倾诉的诗作中，为什么常常会出现一张一闪即逝的脸，就像偶尔的闪电照亮这片土地的荒凉。因为在他看来，生活在这里的人，也像草那样卑微，贫贱，那样默默无闻，一生“在塬上寻找粮食和水”。你看，在《冬月记叙》中：“黑旭文的麻将店锁了。杨发林的载人三轮车在路上停着/一条街长而空寂。冬月的清冷像衰老填满整个街道。”在《月底——致Q》中：“等到傍晚，雨水会编织出紧密的歌声/贺国丰唱道：神仙也挡不住人想人。”在《葡萄》中：“有些酸涩必须要咽下去——建行门口被称为狗娃的孩子/趴在地上晒着阳光。他身后三条狗脏而小/都闭着眼睛，不看来人，也不看身前有人丢下的零钞/他捡起地上一粒被遗落的绿葡萄——小而脏/他小心翼翼地塞进口里，脸上看不清是笑还是哭。”在《失败的冬天》中：“同心大道空无一人，两边的槐树被北风吹得枝枯叶落/冬天的云还在路上。没有雪，整个冬天多余/槐树咳嗽着，枝条空虚，没有遮住另一面坟茔/那里的人都没有名字/也没有心事……”在《阳春歌》中，他再次写到他的半个城，“我爱的地方：一座背山临水的小城，有小段落的故事/在阳春次第出场的物事：手持大丽花的人艳俗/满面枝条的槐树告老还乡/南风吹来，实不能安慰我心中戚戚。”

确实如此，马占祥的诗初读是“小”的，它们和蔼，谦逊，甘于寂寞，有一种淡淡的伤感，像他故乡同心原野上的青草，一蓬蓬，一摊摊，开着细碎而朴素的花。但细读，你会惊奇地发现，他诗中的“小”，其实是一种主观视角，一个由心而生的精神世界。因为，作为诗人，他已经不满足于记录这片土地上发生的事物，而要揭示在这里发生的人与自然、人与社会和人与人构成的紧张冲突。这需要改变审美的位置和方法，拉大与现实对视的距离。因此，他采取的对策是：“我不能不到山上去，站在高处/看我生活在其中的小城的渺小”。而这时，由于变幻了观察角度，才有了他在《故事》中对故乡的另一种更深刻也更严酷的透视：“我在半个城的四十年， 还没看够那些风云寓言/有些屋舍里攒着铜钱，购买去年，今年。明年还在山坡上/有十里长河，瘦，且小，风一吹，没人看见波澜”。换句话说，只有站在时间的高度，哲学的高度，才能看清我们眼前的山河为什么这么瘦，这么小。而没人看见风在这山河中吹起的波澜，其实是岁月的波澜，我们命运的波澜。进而，他面色苍茫地感叹：“我不好意思打搅青山辽阔。它们小，它们低于活着的云”。因为“我内心有团火还烧着/一念灰烬，一念花开”。

这就是马占祥渐渐进入的诗的境界——由形而下至形而上。就像孟子说的:“孔子登东山而小鲁,登泰山而小天下。”读马占祥的诗,接受他的引领,跟着他从那片土地上的最小事物开始,一步步登高,直到登上他用了40多年认识的黄土高原——从这个意义上说,我很高兴向读者介绍这个诗人和他的这本诗集。

刘立云,历任《解放军文艺》编辑部编辑、编辑部主任、主编,解放军出版社文艺图书编辑部主任。获中宣部“五个一工程”奖、全军新作品特殊贡献奖。诗集《烤蓝》获第五届鲁迅文学奖。

“要素时代”的诗歌要素构成

——兼论吴玲的诗集《言土寸心》

◎柳向荣

在诗歌创作中，那种已经成为传统的意象叠加、词句锤炼、意境开拓的创作方法，似乎在一种回归原生态的写作中寻求突围，一种注重要素构成的表达方式渐成风气。如果追求精致会让诗歌回归原生态，那么就必须明确一个原则：诗歌创作不是用来划要点的，而是需要找出应有的要素。

《言土寸心》是吴玲女士的第一本诗集，也是她第一次整体呈现自己的诗歌。也许没有多少写作经验可以拿来炫技，但是“清水出芙蓉”，正如她把“诗”拆分成“言、土、寸”，最后再加上一个“心”字，用来命名这本诗集一样，我们不仅看到了她别具一格的用心，也有了说一说诗歌要素的兴趣。当然，我不会拘泥于一首诗的意象的创设，但我会按照诗集的分辑，从诗歌要素的整体角度做一些解读。

一、时光、时间、时下，在时间的横轴上，思念是诗歌的唯一行李

“时光”在“思念”的要素里，所能抵达的诗意是“岁月不老”。因为在时间面前，我们都是匆匆的过客。时间是永恒的，诗歌是用来守护这一永恒的。在诗人的创作中，她很自觉地意识到了这一点。在《致我所爱》中，她这样写道：“我以为时光不会老去/为你卷起时光的一角，你却两鬓染霜/我以为岁月不停/是因为成熟/可万物都会凋零和老去/只有我拿来的思念/却越来越年轻”。清新、明确是吴玲诗歌的核心要素。因为在她的诗歌构成里，“时光”不光是流动的，它还是青春、青草、孩子、云朵，是生死、种子，是门、路，是枣树、山雀，是黎明、长夜，是回归、流浪，等等。这些要素让人体验到的是：时光的成熟和永远的年轻。

女性的视角不光细腻，还轻松。哪怕是生死这样的话题，她都会直面愉悦、直面幸福和温馨。很少有人用“落花流水”来讨论人生，但是吴玲能写出新意：“来时，我们没有修好回时的路/回时，我们一定要照顾好来时的路”。这首诗写得很短，而且通篇基本上都是在表达人生经验。但是，这些经验用石头、萤火虫、山峰、马莲花，还有晚霞等意象表达出来，构成诗歌的要素，就是一种感觉和体验。这里用到了“照顾”这个词，起到了“起死回生”的作用，也透露出“视死如归”的超脱。而我要说的是，把这么一个很日常的词，用到与时间有关的意象里，非女性诗人所不具。有了这份“照顾”，时间怎么会老？

二、生命、土地、家园，在空间的纵轴上，成长是诗歌不二的选择

在这一辑里，“土地”是诗人锁定的一个诗歌要素，它与成长有关。围绕“土地”所展示的诗歌意象，是与之有关的烟火、油灯、耕种、故乡、麦田、四季鲜花、村镇老屋等。这一切都是与生命有关的话题，都是作者用来体验成长的空间。

呈现给我们的第一要素是微笑。诗人一直在寻找自己的身份定位，她想成为一个隐士，显然这是文人的雅事。对于一个来自农村的诗人，把握它还是有些难度的。那么，作者想象过无数个身份，她可以是一个牧羊人、耕田人、浪子、守园人。但她始终不忘一个固定的身份，那就是一个无知的孩子，总是微笑着看着家乡，念着亲人。因为笑声是生命绽放的鲜花（哭声也是，只是颜色和品质不同而已）。所以，作者会在不同的身份里，不同的诗里，就像种花一样，种植着自己的微笑。

我想说的第二个要素是烟火。诗人用这种人间的烟火味，煨热自己的故乡、家园和亲人，这不能不说吴玲的体验是深刻的，也是自己的。如《烟火》一诗里写道：“把前半生留在了一个村子里/把后半生留在了一座城市里/在游荡的城市/想着前半生在一个村子里的烟火/又在一茬又一茬的青麦里/总忘不掉一座城里的后半生”。这样的生活状态，是我们每一个人基本的生存状态。这里有我们的乡愁，有我们的诗意。当然，这首诗更像是一首偈语诗，可以成为这一辑的引子。在这一辑里，这样的情绪显得饱满、丰富、精确、从容。可谓“一种乡愁，两处相思”。在另一首诗《油灯》里，她这样写道：“上苍有一个温情的口袋/将我的思念装起又打开/一座老了又老的老屋，在朦胧的心里亮着闪烁的灯光/在追逐光的梦中，外婆就坐在一盏油灯的炕沿边，安详/……我想，一定有一朵油灯的火焰，躲进了外婆的身体里/随她而去/留给我，一生无尽的怀念”。作者所要表达的思念，是根植于心里的麦田。也许正是因为有麦田、有外婆，才让生命有了渊源，有了诗意。没有无根的庄稼，没有无爱的家园。没有根和爱，我们凭什么有诗？

第三个要素是土地。那是诗人决定要做的“最后一次献礼”。如果我们总是把每一次都当作最后一次的话，我们也许会格外珍惜这最后一次机会。那么诗人所表达的“最后一次献礼”,是不是这样一次不同寻常的表达。

尝着万物给我的食物,我生命的枯荣,围绕着它,它却独守一处,宁静安详

翻过千山万水,我会失去阳光吗?我幸运的人生,在一寸一寸的光阴里,换来你花落结食

那不朽的木,有你用不尽的生命气息,不用计算和你分离的日子

我的手,很小很小,在黑暗中,指星抚月,它依然可以

容纳你的给予

我不停行走,不停缩小,直到最后,我把自己献给了

离天边最近的土地

这是一首很美妙的诗篇。细心的读者会发现,诗人的叙事技巧是很优雅的。我和大地的关系,可以理解为孩子和母亲的关系,但我是弱小的,大地是伟大的;我是索取的,大地是给予的;我始终处于行走的状态,而大地始终独守着安详。正是这样强烈的对比性描述,把诗歌的叙事性发挥得惟妙惟肖,成功地塑造了一个渴望爱抚,但更懂得回报的赤子形象,一个乐于奉献、更善于等待的母亲的形象。当然,我说这首诗显得各方面都很成熟的原因,还有一条是最主要的,那就是在纪实性描绘的基础上,不经意地落在虚拟的诗意上,那就是最后一句“离天边最近的土地”。这里既有空间的距离,也有虚实的意境,写得很有气势,让整首诗一下子就显得超凡脱俗,诗意蓬勃。

三、窗前、闹市、路灯,在生活的轨道上,日常是诗歌钟情的归宿

一寸光阴,一寸赤心。以“寸”为题的这一辑,展示的是日常的生活画面。诗人其实是想说,生活的常态是诗意的常态。因此,诗人对着时光钟说:“在流失的时光里/它把我折叠成了岁月的/孩子、少女、老妇”。她会在闹市的一角,发现生活的秘密:“在这一角/听声,闻果香,拾景/才知道了人间烟火的旺季在哪里”。诗人会被一束灯光感动,她感受到了灯光的暖意:“一盏灯,活成了生命的样子/挂在风的路口/岁月的纸张上写满了思念的字/每一行都踩着时光的脚印/或深或浅”。其实,在生活中我们往往最计较的是时间。“时间浮在燃烧的火苗上睡去”,诗人对时间的流逝更是富有女性特有的敏感,她在一首诗里明白无误地说:“生活不知我是谁,我却不停地描摹着生活的七七八八。”这是她的日常生活,这是她给生活写着诗的样子。这幅生活照被她藏进了《时光的盒子》里:“我必须走过一段时光,去寻找一只起航的船,我不能/把生活搁浅在虚度里/时光在黑暗中走失,我遥遥期盼,是黑夜里唯一的明灯/我的青春是生命树上最甜蜜的果

实，那是我最无惧的/施舍/我的欲念，在这日日夜夜里，你降下四季，告诉我时光/又在轮回/我坐在时光的椅子上，看着岁月流逝，看着星光合起/它耀眼的光芒”。最让我欣赏的是，诗人少有的自信，来自她活力劲爆的欲念。这个很中性的词，放在时光轮回的大背景下，显得顽强，甚至有些悲壮。可见，它是有别于“理想”之类很正面的褒义词，多少有些烟火味。从这首诗里我们能感受到诗人对时间的流逝，是充满着焦虑的。在题目里用“盒子”的说法，太过老旧了一些。但当看到诗人对时光的流逝，始终有一种陷入黑暗隧道的焦虑，也就有几分理解了。

四、对历代诗人的书写，不是诠释“诗心”这个概念的

诗心究竟在哪里？其实，诗人给出的答案是，在每一个诗人的心里，在每一首诗的意境里，也在我们与诗人和诗的邂逅里。

这几首诗，分别写到了李白、屈原、李煜、李清照、纳兰性德、张爱玲、三毛，还有一个小说人物林黛玉。这类诗是最难写的，因为这些人物尽管都已经成为历史人物，但是凭借着他们家喻户晓的知名度，第一是写不像，第二是写不准。最好的办法就是写写自己的感觉，这样大家也不会太计较你都写了些什么。倒是也有写得好的，能唤醒很多共识，那就十分难得。如写李煜、李清照、纳兰性德、张爱玲、三毛的都不错，还是写出了一番滋味的。最好的当数《尘埃中的张爱玲》，写出了一个张爱玲，也写出了一个自己：“你是一朵花，把它开得艳丽无比，开得奇特，一朵花/开出了两色/一半是你值得炫耀的才情/另一半是你开在内心的情感，这半朵花，你让它开得/很低很低/直到尘埃中，你都不觉得卑微”。如果能这样深入自己写作对象的内心里去，就会写出最真实的感受。真实往往是文学最独特的要素，是无法模仿和复制的情感要素。我们其实就是在期待着这样的诗歌。

诗歌以要素的形式呈现，会成为一种成分，参与到我们每一个人的生活中。正如诗人所言：“世界很安静，没有一点尘埃/一滴小小的水珠/落下/世界就被打开了一个洞”。一首诗也许只有一句，或者只有一种意象，就像这滴水一样，我们的世界因此被打开了。

也许，打开这个世界的不是诗，而是我们的想象。

柳向荣，宁夏作家协会会员，宁夏评论家协会会员。出版诗歌散文合集《第九条建言》，历史文艺随笔集《大唐十八相》。《陆贽救时不逢时》被《月读》转载，理论研究《不断提升红色同心的文化价值》入选《西征丰碑》丛书。

孤独的骑士之歌

——读马泽平诗集《欢歌》

◎陈 斌

《欢歌》是马泽平诗歌创作的集结亮相。阅读这些诗歌的时候，我的耳边不自觉地响起那些自己喜欢的民谣，它们以单曲循环的方式呈现，或柔情，或沧桑，或豪迈，或各种味道兼而有之，让人说不清道不明，就像是一支烟草散发出来的味道，熟悉的人自然会去靠近。当缓慢阅读的时候，诗中的字句会让人的情绪不自觉地融入那种散淡冲和、余味绵长的节奏与旋律之中。清新自然的诗风、娴熟的叙事技巧、深婉动人的情致，以及细读之下语言延伸的边界，令人不得不佩服他对叙事力道的把握和对诗歌语言日常化的独到处理。那些幽微难明的情思经过他的简单言说，让你觉得他有一颗不安的心，敏感而孤独，甚至有点自说自话、歇斯底里。会发现在那些诗的背后不仅站立着一个忧郁又多情，孤独而决绝的诗人，更站立着一个类似中世纪文学中出现的为了荣誉而战的骑士。

马泽平的诗歌在叙述上整体保持了一种青春的姿态，敏感而多情的他总善于在细微之处捕捉诗意的焦点，让叙事带有一种浪漫而忧郁的气质，通过自我的叙事，抵达精神的抒情。从题材上看，马泽平的诗歌主要以抒写个体经验为主，由个人的当下处境延展开来，思考“我”之存在的意义。强烈的自我意识表现，在诗中贯穿着极为鲜明的个人独特的生活体验。

在马泽平抒写个体经验的作品中，写爱情的诗占了很大的比重，甚至可以说构成了他诗歌创作的半壁江山。情诗里的马泽平最直接，也最热烈。他爱的所指有时很具体，有时又极为抽象，他所倾诉的对象也更多的是自己理想中的恋人，是一个恋爱的综合体。这类作品既有诗人对爱情的真切渴盼和执着追求，又有与爱情失之交臂的哀愁痛苦。诗人对情诗的驾驭极为娴熟，固然是建立在自我体验的基础之上，但同时又有着一种天然纯真的美感。在他最具有代表性的诗《欢歌》中，更是将这种才情发挥得淋漓尽致。“我们终于就要会面/时隔多年/我们已变得不再年轻/寡言、谨慎/不再谈论应该信奉怎样的神/阳光多么明媚/我们握手/不再抱怨彼此有过的坏脾气/多么亲切/需要告知对方的/都以眼神/和嘴角的笑意代替/我们点你爱吃的/甜品和果汁/要服务生准备素洁的床单/还有双份的洗漱用具/我们没有时间悲伤或者哭泣/——仿佛世间只此一日”。这首诗让我想起叶芝的那首《当你老了》，大概美好的情感跟优美的语言都是相通的吧。在历经岁月的洗涤之后，年轻时的那种恣意横生的枝枝叶叶都已删繁就简。全诗娓娓道来，形成一种心灵的对话，情真意切。没有“你”和“我”，只有“我们”。也没有过去与未来，只有当下。诗人通过自我的心路历程解剖，把自我内心展示给他人，以期达成内心的和解。叙事与抒情水乳交融、通达无碍，可以说诗中哀而不伤的情调深得中国古典抒情美学的精髓。诗人把《欢歌》作为整部诗集的名字，可见他对这首诗的重视。

在马泽平的诗歌中“孤独”一词频频出现。“你们都拥有不止一次爱情/而我是个孤独的人”，在《而我是个孤独的人》这首诗中，诗人表达了自己对爱情的渴望，“你们”的爱情与“我”的爱情又有何不同？这让我们想到当下人们的滥情，动辄谈情说爱却不知爱情为何物。“孤独”是诗人对待爱情的态度，庄严而神圣。“孤独是/唯一的主题”（《我们都有一个好听的名字》）、“孤独的人没有出声/点一支烟，看鸟翅擦过船舷”（《湄江河上》）、“人群里/你是孤独的/一个”（《富春山居》），这样的例子实在太多了，没必要一一罗列，在这些涉及“孤独”的诗句里，有对自我及他人的心理关照，但更多的是关于生命的思考。孤独是人生中一种自觉的独处，不是怪癖也不是无病呻吟，而是作为一个人（尤其是诗人）历经千帆后生活的唯一、真正的存在状态。“诗者，感其况而述其心，发乎情而施乎艺也。”马泽平自己也说：“一个人孤独着，心有戚戚焉，便也郁结成诗，可琢可磨，颇多玩味之处。”不管是从心理学的角度讲，还是从文学发生学的角度讲，这里的“郁结成诗”的说法真是恰如其分地概括了他诗歌的特质，那种强烈持久的审美，经由语言抵达生活现场，达到直击人心的效果。

在马泽平的诗中，我们会发现那些世界文学大师的影子，如布罗茨基、布考斯基、阿多尼斯、佩索阿等诗人，也有米兰·昆德拉、马尔克斯、米沃什等伟大的小说家，也会发现客西马尼花园、布拉格广场、巴拉那河、古拉格群岛等众多的西方地名及其相关的事件，这让他的诗充满了强烈的域外气质。这非简单地夺人眼球，而是一个善于学习和借鉴经典作品的诗人带给阅读者源源不断的希望与信心。诗人的想象自由驰骋，心境丝毫不受国界的限制，和他所表达的情感妥帖融合，毫无违和之感。这不单纯是在表述上借鉴、吸收外国诗歌元素而制造出的一种陌生化效果，更多的是个人阅读经历的呈现和抒情的需要，诗人在向笔下那些文学大师致敬的同时，也是对自我的一种观照。如《茨维塔耶娃的悲伤》这首小诗："可能就是像现在这样，想听到你说晚安/可能一棵树并不叫作合欢/如果你无法爱我/我将在雨水中度过整个秋天"，茨维塔耶娃的悲伤也是诗人自己的悲伤，这种感同身受是理解与认同的基础，在这里我们在看到世界文学大师作为诗人灵魂导师与精神恋人的影子。同样，在马泽平的诗中我们会发现诸多中国古典文学的元素，如《雪日寄北》《富春山居》《千帆尽》《有所思》等，这些诗歌并非对前人的简单照搬或临摹，而是汲取古典文学中大写意的方式，以情景相生之法将自我的理解融入意境之中。如《千帆尽》："唯有水映群山才配得上我赞美/唯有你的浩荡/能够盛放我的疲惫/我确不曾爱过明月与青松/我比它们更熟知/我亏欠过的，我的软肋"。但凡优秀的诗作皆以境界取胜，其中的意趣气脉贯通，气息、节奏的把控恰到好处。这样的诗要耐下性子静下心来一个人读，慢读，两三遍地读。

作为从宁夏西海固地区走出的诗人（当然也从未离开），他没有像众多家乡诗人一样大肆书写熟悉而擅长的乡土，或通过书写乡土呈现生活的苦难，而是通过对西方文学与中国古典文学的吸收与借鉴，跳出了所处生存地理环境的拘囿和狭隘的诉苦式抒情，更多的是表现现代生活的一种精神苦闷。他的诗歌走出了那种庞大而深厚的乡土体系的意识束缚，有了一种更为深广的意义。"我有一滴水落在秋草上的欢愉/我热爱居士般的生活/持有大野心，也持有小情欲/我喜欢黑白斑纹的蝴蝶落在手心里/我需要这样一种怜悯/从世界的心脏/——倒墩子（我世居于此）/通往偏僻的纽约、北京与巴黎"，在《村居一日》这首诗中，作者提到了自己的家乡宁夏同心县的倒墩子村，诗中虽有乡村田园的描写，但又明显区别于一般的乡土诗歌，他把自己的家乡置于跟国际大都市同等重要的地位，甚至说倒墩子是"世界的心脏"，这是诗人的境界使然，更是以诗人的"野心"，胸怀丘壑，把诗歌作为安顿心灵的一剂良药。在《回溯》这首诗中他则以温情的眼光来审视倒墩子，"我还年轻，我可以支配时间，做些无用的事情/当我不再年轻——/或许我就会厌倦这样一种生活/回到倒墩子，做一枚寂静中枯萎的柳叶"，一个人的出发地是故乡，回归地依旧是故乡（尽管有时是精神的回归），这对一个常年漂泊的人来说体会尤为深刻。在《一个诗人的绝望与失败》一诗中这种情感表现得更为强烈。"这些年，我最想呈现给世界的/是早年住窑洞/点煤油灯的记忆/它足够黑，足够漫长/以至于无数次尝试/我始终不能/找准一个/能够全部涵盖它/却又不失形象生动的/比喻句"，这样的书写超越了对家乡具象的描摹。"窑洞"与"煤油灯"作为诗人记忆中家乡的标签，自然也是苦难的一种象征，但诗人并没有将这种情感简单化处理，而是置于个人的理性思考之上，把它作为思想斗争的一个焦点。

一个人的诗歌史就是一个人的生活史和阅读史。马泽平在《诗歌写作是我自证存在的需要》一文中说："我的阅读先于写作，于我而言，阅读是喜好，是始于整个贫瘠的少年时代养成的被动习惯（我别无选择），而写作则是需要，呈现诉求的需要。"当下，更多的诗人缺乏的是一种艺术的自觉与内省的精神，缺乏的是一种真正的诗性与诗意。更多的诗人沉浸于个人的小情绪之中无法自拔，过分地把玩粗浅的个人感伤。就诗人而言，其实应该思考，面对写作生涯，我需要怎么做。在马泽平的诗中，我们看到他的诸多尝试与努力，他通过多元文化境遇的自我整合，以更为广阔的视野和更成熟的情感反应介入诗歌的内核，通过语言中经验的细节与我们所面对的世界交流。

一次结集便是一次尝试，是为了更好地走向下一阶段。作为第35届青春诗会诗丛的一员，其诗集《欢歌》的面世，在向我们呈现了较高的创作水准的同时，当然也会暴露出诗人写作的某些缺陷甚至软肋，但这都是无法避免的，一切艺术的创作都存在着某种瑕疵，诗歌自然也不例外。诗人们最满意的诗歌大多都存在于下一首里，那种神秘的召唤吸引着诗人在诗歌之路上不断前进。正如马泽平所说："我多想拥有一首自己死后依然被人所称颂的诗歌，但《欢歌》不是。"这并非对名声有多么在乎，而是诗人对诗歌艺术的诚挚追求，当然也是很多诗歌写作者的抱负。如果执着地醉心于诗艺，能够"赢得生前身后名"又有何不可？"我比任何人都了解自己多一些，我也就比任何人都清楚《欢歌》的不完美处"，这是诗人的自谦之言，也是他对待诗歌创作的严格要求。当然他的创作正在路上，我们相信他的作品会更加丰盈，语言、诗意会锤炼得更加纯熟，诗学思想也会更为深刻。他说："我的确想写一首诗，写一首肉身烂了，初心还在的诗。写我眼中世界的样子，物的样子，人的样子。"希望诗人能够坚持那颗"初心"，一直写下去。

陈斌，就职于石嘴山市第一中学，二级教师，从事语文教学工作。

众鸟的翅羽藏在风中
——同心诗歌研究

◎马　伟

一、同心诗歌创作概述

2017 年 10 月 13 日，中国诗歌学会在宁夏同心县举行授牌仪式，授予同心县“中国诗歌之乡”的称号，这是全国第十二个获得该称号的县，也是宁夏首个获得该称号的县。在中青少诗人的共同努力下，同心诗歌欣欣向荣。诗人们将文化地方性和民族现代性紧密结合，体现出了一种特殊的风格，杨梓对马占祥的诗歌有句评论：“苦守与祖视”[①]，这也同样适合于同心诗歌。

目前，关于同心个体诗人的讨论还是比较多的，中国诗坛讨论了 90 后诗人马骥文，宁夏诗歌界讨论了马占祥，杨梓、张富宝、苏涛等人对同心诗歌有相应的评论，多以对比方式呈现。但还缺少专门以同心诗歌、同心诗人为对象的评论。

“以诗歌为例，可以毫不夸张地说，宁夏诗歌在这一时期所取得的成就一点儿也不亚于宁夏小说的成就，只不过在主流媒体的声音与现行的评价机制中，它被严重忽略和遮蔽了。”[②]作为宁夏诗歌的一部分，同心诗歌更是没有引起重视。本文力图重视地域文学的价值，将其历史性与文化价值彰显出来，将其人文性和学术价值展现出来，目的在于探究同心县当代诗歌在宁夏诗歌史上的价值和影响，意义在于研究同心县当代诗歌的整体风貌和创作过程。

---

① 马占祥. 半个城[M]. 银川：宁夏人民出版社，2009：1.

② 张富宝. 宁夏文学六十年：历史、现状与问题[J]. 朔方，2019(10)：160.

同心诗人的当代诗歌创作早就随着改革开放而生根发芽，20世纪80年代起，杨少青以“花儿”为中心创作了大量叙事长诗，于1994年出版了花儿叙事长诗《豫海英杰》，2006年出版了新花儿作品集《大西北放歌》。潘春生以种地、打工为脉络创作了大量的生活化诗歌，于2009年出版了《在农历的筋脉上穿行》，等等。但真正的发展是随着《同心》文学杂志在2007年的创刊而开始的。之后，“同心诗社”的成立更是引导同心诗人开始凝聚，并自觉认同“同心诗歌”这一旗帜。

同心诗歌目前主要发表在《同心》刊物以及“同心文艺”和“同心本土诗人（同心诗社）”等微信公众平台上。不少诗人也开通了自己的微信公众号展示诗歌，如马占祥的“半个城”等，同心县诗歌专栏见于宁夏及其他省区的文学刊物上，如青海的《湟水河》在2018年第四期（大雪卷）中的《同心》专栏推出了马泽平、周瑞霞等九位诗人的诗歌等。部分优秀诗作被选登在《诗刊》《中国诗歌》等刊物上。同心诗歌的创作成就不仅在于获得了区内外的认可，还在于它本身努力呈现出来的优秀，如马占祥出版了四本个人诗集，马骥文出版了两本个人诗集，马泽平出版了一本个人诗集，马晓麟出版了两本个人诗集，等等。

《众鸟的翅羽藏在风中》是2019年3月《同心》诗歌专刊刊发同心诗歌的栏目名，象征着同心诗人的诗歌创作现状。同心诗人目前在县文联的带领下以同心诗社为阵地，在《同心》刊物和“同心文艺”微信公众平台上大量发表诗歌。目前，同心诗人中发表作品较多的有民冰（马成荣）、马晓麟、谈笑有鸿儒（马鸿儒）、余生成、丁永贤、周占忠、马敦海、雨中印记（杨宗林）、马东清、王学军、马科、马超、张伟、卢三鑫等人。女性诗人有周瑞霞、吴玲、瑶草（张桂萍）、杨桂香、马彩芳、凡姝（马相红）、香山红叶（锁桂英）、田淑兰、陆小梅、马芳、苏芯、马海莹、马存梅、海永霞等。需要特别指出的是，本文所提的同心诗歌主要是基于地域的划分，绝未将其上升到风格和流派。

同心诗歌以群体站在宁夏诗歌之中，为他人解读宁夏诗歌提供了一个鲜明的视角，展现了地域诗歌的价值。同心诗人的诗歌创作是极为丰富的，总体上是多产的，但个体的作品量还是不够多，尤其是精品诗歌较少。这些诗歌意境优美、取材独特，在语言上颇具匠心，但耐读性不够，鲜有可以代表同心诗歌加以评论的作品，但于表现诗人自己的诗心而言，还是大有意义可言。“对生命的最初时光的贪恋以及对日常生活的诗意呈现，无不体现出宁夏作家对传统文化的诗意关照，其作品中对普通大众的温情注视以及对善美的崇尚与守护，更具有一种摄人心魄的力量。”③朴素生活的力量往往震

③ 郎伟等. 宁夏文学走进新时代——“中国文学的宁夏现象”专题研讨会发言摘要[J]. 朔方，2018(7)：14.

撼人心，同心诗歌也不缺少这些大量表现普通生活中认识和思考的诗作。

同心诗人对生活的敏锐感知令人欣喜。民冰的《悲秋》中表达出了一个诗人在自然中的敏感和深情："活在世间/幸运的是/体验和见证了/这个世界的动感和光彩/悲哀的是/我没有/复活一棵/草木的能力"。"幸运"和"悲哀"是任何一个人都可以写下的词语，但是，连缀在"世界"和"草木"之间便是一个诗人的得意了，"复活"一词更是升华了全诗的情感，带有生命意义的思考和悲悯意义的问答将诗歌的艺术内涵展现出来了。但是，这首诗歌的极致不仅于此，它的题目是《悲秋》，但它全诗未提一个"秋"字，这正是它展现极大的"悲凉"的深刻。同心诗人的一些诗歌中存在着令人惊叹的精巧，周瑞霞的《角落》展现了一位女性诗人在这样一个创作环境中的心境，"一只蜘蛛和我有同样的喜好/一处避世的墙角/它和我分别占据了上下角/它忙着织就一张寂寞的网/而我等着落入它织好的网中"。"一处避世的墙角"似乎指的是同心这个偏安一隅的小地方，或者是这块不被人注意的文学领地。偏僻并没有给诗人带来荒凉，反而是一份难得的安静，于是诗人"等着落入它织好的网中"，这种心甘情愿是自发的欢喜，于是诗人便在开头点名这是一种"喜好"。这首诗的巧妙就在于让读者陷入开头设置的意象，然后在诗人解释清楚后又不得不再读一遍，从而获得完整的理解，这首短诗的魅力就在于这种挑逗带来的深入理解。还有马晓麟那些充满理想主义的诗歌，等等。

对于同心诗歌来说，"灯一盏一盏地亮了"。

二、同心诗歌的创作特色

（一）黄土与清水

诗歌的语言无论多么含蓄或简约，归结到底还是需要依托实际事物，但一个事物的反复出现显然是不符合语言的个性的，所以多借助其他意象进行表达。无论是"山""草""古堡"还是"村庄"，都是黄土的一种形式；无论是"河""花""浴室"还是"河滩"，也是清水的一种形式，这像是一种涂抹不掉的底色，或者可以说是同心诗人的本色。诗人们就在其间享受、挣扎和选择，黄土象征坚实，也带着贫穷，清水象征着清洁，也带着清苦，给诗人以最辽阔意象的同时，也带来无限重复和无限可能，如何精心选择和设计，才能避免它的固有印象，于是展现诗人感官和视角下那个独特的体验，就成了一个容易思考却不容易实现的艺术路线。

黄土，贯穿了历史与现实。环境是一个诗人获取灵感和素材来源最直接的地方，这上面的人和情给了诗人最基础的情感体验，无论是大到黄土高原的环抱，还是小到一抔沙土的拥有，都是基本的架构。"旱天岭""芨芨草""红柳""山""城""风"等，都裹挟着历史的洪荒而来,直直地站在你面前。同心,能带来这样感觉的地方太多了。

精神是一个诗人个性表达和风格形成最神秘的地方,无论是自己感悟到的美学,还是书本上得来的哲学,都是可以加工成诗人自己的诗学,这是诗歌创作的动力。从百里清水河的流淌到三升清水的沐浴,象征意义又多了些柔软的部分。“喊叫水”“沙枣花”“水窖”“河”“湾”“雨”等,都满怀着生命的希望对视,悲悯地看待生命的生长与归途。同心,能引发这样的情绪太普遍了。

吴玲写道:“我做了原野上的牧人/你做了山间的清泉/清晨你与我同饮/傍晚你与我共眠/我以为我们相隔世纪/其实咫尺天涯/你不想我流浪/却陪我奔跑”(《牧人》)。诗人放牧即在牧心,通过反复强调陪伴,实则突出了流逝,水的奔跑是从不回头的,但诗人的流浪却充满不舍。分析其创作来源,旷野上流浪而非远足体现了诗人扎根黄土地,这是一种不曾发觉但确实存在的联系,诗中可以明显看出“清泉”是一种无法割舍的情感寄托,“同饮”“共眠”这种无法做到的事情恰恰凸显了诗人的向往。从黄土到清水架构起同心诗歌的天地,这二者共同构成了同心诗歌创作的典型话语。它们在同心这个地方并不存在对立,反而给文化提供了无数可能性和丰富性。如苦守与祖视,黄土的苦守,黄土的祖视,清水的苦守,清水的祖视,等等,在地域和民族等方面,每一种搭配都有意味深长和意犹未尽的妙用。从熟悉的地方,由生活语言中提炼出来诗歌语言,是“三马”(马占祥、马骥文、马泽平)早期作品涉及最多的题材,也是成长中作家反复书写的素材。从这上面衍生出来的文化新潮和西方美学才有了可能性。最具有典型性的就是马泽平。

(二)沉缄与呐喊

中国诗歌传统,在《诗经》和《楚辞》的基础上形成了现实主义和浪漫主义,在地域上和时代上形成的同心当代诗歌显然是立足于中国诗歌文化,其情感和风格都在大文化环境范围里,但又有着自己小小的个性。杨梓提到宁夏诗歌“书写地域而歌咏民族”④。当诗歌具有了强烈的民族意识和地域特色之后,才具有独特的审美情感。但关于形成,话语权最大的还是诗人自己。如何真实地表达同心诗人创作风格的形成,恐怕还是要从诗人自己的经历和后期文联的领导说起。诗人本身所围绕的生命性和成长性是不用多说的,但是形成一股力量时,那种对神秘的探索、追加和理解,是语言诗性的重要来源,是别人所不了解的同心地域文化及民族风俗。至于其诗歌所呈现出来的神性

---

④ 杨梓. 宁夏诗歌史[M]. 银川:阳光出版社,2015:001.

以及读者所感受到的人性,是基于神秘语言的组织而深含的韵味。这种从“生”到“死”的系列思考,已经带有了独特的神秘感和艺术感。

沉缄是诗人面对荒原上的一株孤草而产生的对生命意味的思考,是面对城市里的万家灯火而产生的对生活意义的反思。呐喊是诗人面对一株荒草下的荒原而生成的对豪迈情怀的高歌,是诗人面对万家灯火构成的城市而生成的对现代文明的感叹。万般思绪,都是诗人和环境的交互感受,将本来固定的环境写出了不同的面貌。不过,这在诗人个体的表现上还存在着较大差异。马占祥似乎对荒山间站立感兴趣,其诗歌创作往往是荒野之间,但这并不影响他对沉缄与呐喊的应用,他可以写出“第一声啼叫从清晨开始/接着/一个个清晨嘹亮而清晰地/从邻居家的大红公鸡口中溅出”(《清晨是邻居家的一声鸡鸣》),“它开一次/生命就被灼伤一次/十二朵依次开放/我甚至看到周围火红的气流/以及巨大的炸裂/透过耳膜直达心房”(《花开的声音》),可以写出“大地上的雷声”,也可以写出“为祖国放歌”。他选择的是那种震破庸常的声音,如果现实没有,那么他便扩大或者制造这样一种巨大的响声,然后突然熄灭,巨大的反差正是他所想要表达的激荡和落寞。马泽平似乎对城市间穿行感兴趣,其诗歌创作多与生活相关,这同样不影响他的沉缄与呐喊,他可以写出“烟囱是独立的/仰望其上/星宿并不言语/只有余光冷彻苍茫大地”(《界河》),可以写出“哦,这是鸽子,这是松木枝,这是墓地/我们手挽手,哭得多么整齐,我们没有台词/到死也没有喊出那个名字”(《呓语》),甚至可以写出《欢歌》组诗。他同样将极致的情感写进极致的诗歌语言中,要么冷漠至死,要么在末日之时微笑。不过,诗人大体还是忧郁的使者,同心诗人写得最多的,还是呢喃般的语言。这种更倾向于沉缄的诗歌创作倾向,一方面是文化使然,另一方面也暴露出了认知局限。

三、同心诗歌的艺术价值

(一)人性与诗性

同心诗歌使评论家们感到最惊奇的地方大概就是它在诗歌艺术语言上呈现出的那种独特气质,甚至能够突破和掩饰语言诗化上的不足。其独特气质体现在语言诗化过程中所呈现的自然与纯真的状态,配合诗人神秘的精神世界,就具有了独特性。也许正是过少地受诗歌体式和韵律的束缚,选择了在无意识的节奏中跳舞和歌唱,从而无限地接近诗歌语言艺术的根本——人性和神性的声音。诗人们将这种无意识声音诉诸笔端,借以表达缄默和呐喊。从情感上来讲,这种声音是诗歌的灵魂和生命。朴素的表达被称为口语性艺术,赵彬在《新诗的语言和形式》一书中提道:“正是激情的力量使语言成为可以脱口而出的口语性艺术，成为诗，因此口语性是诗歌的本质属性。”⑤

语言是自然诗歌，但这并不意味着一些语言写下来就是自然的诗句。目前，同心诗歌语言中存在着文白驳杂的问题，一些诗句读起来颇有些尴尬。熟悉感的消失源自创作过程的不自然，即一首诗并非一气呵成，而是多次拼凑，这并非自由。对于地方性诗歌创作而言，过度追求诗性，一则存在文化障碍，二则会丧失一部分特性，正是特性的存在——同心方言在诗歌中的存在，才使得同心诗歌有明显的标识感，是“我之所以为我”般的存在。过度忽视诗性，也会丧失其走出去所必需的艺术价值。所幸，同心诗歌注重人性与诗性，在坚持底色的基础上不断探索，并在韵律、诗体等方面着重培养。在此，我们需要指出的是：“韵律是自由的必然性结果。”⑥

马占祥选择的方法是理论加讨论，从而磨合出一种适合诗人自己的语言。他对诗人的建议是每一个段落的划分、每一个句子的拆分、每一个标点符号的去留都是需要仔细斟酌、认真思考的。艺术，是必须要精益求精的，诗歌尤为如此。诗歌创作，尤其是地方性诗歌创作，需要清醒的观察者和领导者，从而诗人可以领会如何促进人性与诗性的平衡。

（二）民族与世界

“一个人，该如何拯救自己？并使生命不再成为那持续陨落的一瞬？……一个民族是他自己的拯救者，也是行刑人/当又一轮新月升起，那庆祝的难道/不再是篝火前闪动的身影？而是虚无？”（《叙利亚之死》）人性的悲悯突破了民族之间那点薄得可怜的隔膜，虽然未曾亲听惨叫，也没有目睹尸体，在诗歌领域仅仅思考同而为人的生命价值，这种以生命为思考对象的高度无声地回答了所有关于民族和世界的争论。因此，同心诗歌在纠结于选择时便有了一个可以借鉴、可以反思的范本。马骥文是90后同心籍诗人，他虽然是一名青年诗人，但是他在“民族与世界之间”的诗歌艺术探索道路上已经取得了不俗的成绩。他在京期间所展现出来的诗歌创作力超越同心本土诗人，其诗歌艺术风格瑰丽丰富，在极大保留着民族性的同时，也展现了世界眼光。

“我们接触的好期刊还是太少、太迟。”这是同心诗人的感叹。他们在真切地感受到自己在诗歌创作上的地域和民族局限后，热切地渴望新的诗歌理论和诗歌作品。同心诗歌走向全国、走向世界的目标让他们激动不已。于是，他们每个人都或大或小地踏出

⑤ 赵彬. 新诗的语言和形式[M]. 北京：光明日报出版社，2014：72.

⑥ 赵彬. 新诗的语言和形式[M]. 北京：光明日报出版社，2014：189.

了这一步。

除了马骥文以外，其他诗人还处在初步的探索过程中，甚至可以毫不客气地讲，他们只是在代入西方符号。这种简单地代入是将西方素材融入自己的诗歌当中，他们将自己对西方世界感觉到的诗性书写出来，颇有一种西方诗的既视感。无缘去西方一游的诗人也会写一些遐想。但是，这些诗歌都是探索性作品，关于同心诗歌世界性的问题，在艺术性和理论性上还有很长的路要走。同心诗人对于“世界性”更好的理解应该建立在“一带一路”建设背景下的文化交流基础上，更好地承担起沟通当地文化和民族文化的责任，而不是一味地书写外国文化和填写外国符号。

通过马骥文的诗歌，我们可以发现，民族间平等的交流更能帮助我们更好地去观察、发现和书写。我用我的语言去书写你的生活，我的感悟才是一种比较良好的状态。民族性是探索世界性的前提和基础，只有把握好自己的艺术基础，才能在世界诗歌文化之林中迎接那一束不刺眼的光。

四、马占祥、马骥文、马泽平的诗歌

从马占祥的诗歌在中国诗坛名声渐起之后，同心“三马”（马占祥、马骥文、马泽平）开始进入诗歌评论的视野，成为同心诗歌的代表。他们的创作比较完整地展现了同心诗歌的特点，并成为引领同心诗歌创作的标杆。

马占祥，1974年生，笔名马茹子。中国作家协会会员、宁夏作协理事、宁夏诗歌学会秘书长、同心县文联主席，出版的诗集有《半个城》《去山阿者歌》《山歌行》《西北辞》。

马占祥扎根在黄土高原上，对这片土地爱得深沉，爱得热切，他的诗行里满是这片土地上的厚重与真实，在客观白描的书写之下，燃烧着他内心的激情火焰。“马茹子”是他的笔名，其习性从侧面反映了马占祥对自己文化环境选择的解释，甚至说是一种向往。他本人的性情与气质也是从黄土高原的土地上生长而来，具有独特的风情，读他的诗，就能感受到从大山深处裹挟着野性而来的诗风。就像杨梓在《苦守与祖视》这篇序中所言：“他眼里充满着桀骜不驯，脸庞上铭刻着琴心剑胆，胸腔激荡着沸腾热血，匪气十足地行进在龟裂的土地上。他嘴里呼出苍白的狼烟，双手伸向旱死的禾苗，心里流出苦涩的泪水，孤立无助地仰望上苍祈求生命之雨。”⑦《半个城》一书是他早期诗歌的合集，全书分为三辑，分别是《乡间民谣》《爱与歌声》和《又唱散曲》。《乡间民谣》展现了浓

⑦ 马占祥. 半个城[M]. 银川：宁夏人民出版社，2009：1.

厚的乡土人文气息和地域文化氛围，有对宁夏、西天（大西北）的壮阔的抒发，也有对周家河湾村等地方的真实的叙述。还有一些诗是宁夏乡间的歌唱，如《有关西海固》《我在西海固》等。《爱与歌声》主要是对亲人、自然的爱以及对这片土地发生的触碰诗人内心之事的歌唱，如《母亲》《姐姐》《写给丫丫的诗》《怀念一条河》等。题材的丰富和语言的多变，显示了马占祥的诗歌源自一个人突破生活的诗性自觉，此时的他想写什么和写出了什么还是不可控的，“我想勾勒另外半城河山的画卷/却没料想到一下子就提到了人”（《半个城：纪实或叙述》）。他就是得意于自己对这片土地的熟稔，知道自己可能还无法写出经典的歌曲，但能写出神性的民谣。“我静在一旁：我写的诗简直是流水账/就像上面写的一样”（《神性的歌谣》）。这种坦诚中带着点诗人的天真和自得。叙事，抒情？是一个诗人在出发时难以选择和平衡的问题，也是我们厘清诗人创作特色的关键点。于是我们就在诗集中仔细寻找，他在跋中作出了解答：“当初的抒情和激情也转变成现在的写实和悲悯。”（《廿年之后不敢称诗人》）[⑧]。所以，结合诗歌内容，我们几乎可以确信，这一时期的马占祥是以叙事为导向，将情感放在一砖一瓦般的一字一句下，执着地去按响诗歌的门铃。

《去山阿者歌》中诗人保留了乡土的情感，但是在内容上体现出他山之石可以攻玉的尝试，转变是非常明显的。《去山阿》是诗集的第一首诗，由此可以理解“去山阿者歌”所指之意。他意识到了自己在常年的书写后，面对熟悉山水时的词穷，转而四处寻求新的认识和理解。“我穿黑褂，抱紧拳头/面对石头鞠躬/‘小生有礼了’”（《去山阿》）。这种感悟脱胎于熟悉之后的自觉远离，期待新的视角和理解。他不满足甚至是讨厌《半个城》给他带来盛名的同时带来的局限，他认为自己是具有大视野和大胸襟的人，而不是别人眼中那个眼中只有“半个城”和只能写出“半个城”的人。“岁末年终，我理不胜辞/年初的雪睡在一场雨里/自春而夏，有那么几朵花/在秋季的预言不完全正确”（《今年》）。他不能讲自信的话不代表他在诗歌里写不出自负的回答，同心之大小与他的名气之大小应该是毫无关系的。这种内力促使他完成了诗歌的升级，由拙朴走向细腻，诗歌形式也开始关注理论的紧密，至此，马占祥的诗歌走向成熟。

《山歌行》中的诗歌显示他的诗风已经趋于稳定。比较突出的是两个类型诗歌。一是以时间为前缀的诗歌，体制上较为自由，内容上偏向据实。如《十一月二十八日，预旺镇，沿途残雪》《冬日廿三，黄谷川，与李进祥踏雪》等，在这一类诗歌中，比较清晰的情

⑧ 马占祥. 半个城[M]. 银川：宁夏人民出版社，2009：193.

感是诗人感慨物是人非，故地的变迁和故人的逝去，如："那些蒿草已不记得我的名号，它们老了，老得仓皇，老得不是我与它们初识时……""一回头，我们就老了，老得苍翠，老得找不到内心的灯火"。二是以"歌"为后缀的诗歌，如《秋风歌》《旅人歌》《劈柴歌》《城南歌》《晚登山垣歌》《白雪歌》《大风歌》等，这一类诗歌不必有歌的体例，但都是必有歌的心情，是他在"游山归来"后对本土重新"自信"的欢呼。诗人抒发了对物、情以特质为中心的情，多有旷远的想象，有喜有悲，个人情绪是他所挥舞的，令人羡慕。"旷野之上，有诗为证"，他终于完成了对家园的承载与构建，说完"北京太偏僻了"，剩下的便自信地交给读者去补白了。读完《山歌行》和《西北辞》，像是能感受到马占祥背负着黄土地的指望遥看来客和去者，一如既往。

马骥文，原名马海波，1990 年生。写诗，兼事批评，先后在《诗刊》《中国诗歌》《十月》《黄河文学》等刊发表诗作及评论若干。出版有诗集《唯一与感知者》《仙雀寺——马骥文近作选》。现于清华大学中文系攻读博士学位。

《仙雀寺——马骥文近作选》收录了马骥文在 2015 年创作的 18 首诗。这些诗作体例不一，长则达 24 个长句，短则 4 句。他的诗歌形式应该引起人们关注，有些诗里每句二十多字，有些诗里每句二三字，而且相对工整，可见他对语言的熟练运用近乎炫技。诗人的创作是安静的，也带有学府之风的严谨与认真。这位年轻诗人这一时期的喜欢是坚定的，偏向是明显的，他在诗中毫不掩饰地分享自己的虔诚和感悟。他的亲切是有着深厚底蕴的，他将这些底蕴放在那些语言之间，你理解便知道那些华美源自何处，"仙雀寺的尖塔上，响着节日的赞词"（《仙雀寺》）。关于意象的延伸，不会觉得艰涩，反而充满了欣喜，在这个他认为乐园的精神世界里，大家似乎并肩而站，细数那些很有意义的小事情。他对这个乐园的享受如在母亲怀里一般，温柔而且舒适，"你把我抱在怀中亲吻我，亲吻这个世界/我在你柔软细密的胡须中呼吸/在那一天，我们都像是被拯救了一次/平静、渺小，近乎微萤"（《仙雀寺》）。他对自我的解析是极为深刻的，像是凝视着青年裸露的肉体哭泣。这一时期的诗歌酣畅淋漓地将心中的情感大段写出，如地基一般稳稳地放在了他即将建起的诗歌大厦下面。

马泽平，1985 年生。中国少数民族作家协会会员。作品发表于《诗刊》《中国诗歌》《朔方》《六盘山》等，获第九届宁夏文学艺术奖三等奖，出版诗集《欢歌》。

《欢歌》是马泽平新出版的诗集。作为一名不断尝试不断突破的诗人，他的诗歌丰富而有趣，体现的风格也较为明显，即文人浪漫下的古典与现代。《欢歌》共有 30 首诗，一部分诗歌受中国古典诗词影响较深，多用赋、比、兴的手法，整体上，叙事性语言习惯还是比较明显，如《弦外》中，"此后风月/再也不及当初，我把一檐夜雨/灯下读给你听”。这首诗将诗人的温柔缓缓道出，如同画卷，揉碎在诗篇中的古典字句为他的诗歌增添了不少柔美。一部分诗歌并没有拘泥于西海固的人文地理，而是将目光探索到了世界，如《给布考斯基》《暮春：阿多尼斯的孤独花园》《布拉格广场》等，这类诗歌引入了外国元素和哲学命题，虽然诗人从未涉足异域，但这并不影响他将诗歌的触角伸向全世界，在外国地域遥望中国文化，场景角色的置换使读者产生不一样的感悟，如“下午的时候，小说家米兰·昆德拉先生/用食指敲了敲椅背和桌面/他点了两份咖啡/他把加了小块砂糖的那份/递向留出来的空座位/时间还早，足够他完成想象：古老中国……”（《布拉格广场》）。“熟悉”和“陌生”，这是诗人在《未完成的思考》一文中提到的关于灵感来源的解释，也符合读者的阅读感受。正是由于这样的认知，才促使了诗人进行不断的自我认知。“于是我又想到了先知，他一定是在人群深处，重新认识了自己，因此他才能读到某些信息——庸常生活所掩藏着的诗意。”⑨马泽平的诗歌相比于马占祥和马骥文的诗歌来讲，更加贴近大环境下的审美，一个诗人创作也许不必在某方面特别出色，还可以在生命和生活的纵向和横向之间寻找美感和诗意。

马占祥、马骥文、马泽平三人在诗歌创作上走在了同心诗人的前列，每个人都在诗歌上取得了不俗的成就，在认识自我、突破本我、实现超我的道路上脚印渐深。道路尚远，未来可期。

五、同心诗歌创作的问题和未来

在当代语言环境下，文学语言被边缘化，尤其是诗歌语言，诗歌创作突破的内力和外力大大削弱，使得一个诗人的成长极其艰难。没有文学批评的尖锐带来痛感，也没有诗人互辩的热烈带来反思，诗歌创作便陷入了可怕的舒适圈。我们应该清醒地认识到，同心诗歌的成就更多的是建立在现代媒介的发达之上，它还存在着许多不足。

重复。由于诗歌创作来源相对狭小，同心诗人还没有学会从生活中提炼诗化语言，或者形成自己的语言诗化特征。多是从已有的和显现的素材中选择，尤其是同心县典型事物，有代表广博的荒原，有代表清洁的清水，有代表希望的雨，等等。还有一些口号性语言，如“同心同德建同心”等语句大量重复在不同诗人的不同诗作中，纷乱表象之下，体现了同心诗歌的创作活力不足。

直白。口语化语言是诗歌的基本特质，但是，这导致了误解，使得大量日常口语和

---

⑨ 张富宝，郎伟. 论宁夏青年作家群的创作心理[J]. 宁夏社会科学，2011(05)：165.

诗歌语言交杂在诗歌当中。诗歌并没有因此表现出诗人所希冀的自然风格和地域特质，反而拉低了其作为文学的一种应有的艺术水准。如“同心，……/同心，……/同心，……/我们，……/我们，……/我们，……”等，理解其作为朗诵的一种，但是不能理解其随意拼凑。诗歌，并不是将想到的一段话打散成诗行，而是字斟句酌，写出诗歌的语言，在这一点上还需要大量的练习和改变。

失衡。平衡是马占祥对同心诗歌创作讲了很多次的一个词，表现在长句与短句、人性与诗性、民族与世界等各个方面，针对的正是同心诗歌中所存在的不足。所有的“推翻”都是建立在新颖的探索和成熟的实验上的，而不是刻意标榜自己个性的外在形式。新诗虽然自由，但其体例、韵律等仍然是一门科学，即便创新，也应该是建立在熟练运用传统方法之后。

同心诗人的创作是扎根在西海固土地上的，无论是精神内核、人文情怀还是文学梦想，都有着浓重的黄土底色，这是区别于其他地域诗人最主要的特征。马占祥诗歌在地域特征上的突破和马骥文在民族文化上的深化都昭示着这片土地上的诗歌拥有着巨大潜力和无限可能。无论是在同心写诗还是写诗给同心，诗人能够做的，可不是“贩卖荒凉”。我们受中国古典诗歌的写意风格影响太深了，以至于在读同心诗歌时会莫名地期待它会有词约义丰的表现，实则不然，西海固这块土地上长出来的文学之花本来就是直愣愣的好看。也许这种诗的语言不如古典诗词那般好看，但是同心诗歌的欣赏本来就不仅仅是在屋子里，当坐在黄土上，它的味道就浓了。我们的过度“期待”反而是一种偏见，误解了它的创作语境和解读环境。尊重诗歌创作的自由，尤其是避免艺术的绑架、错位的交流，至此，我们笔下的地域和民族才会有生命。“这种‘乡土’清新、陌生、真实而富有生气，它在很大程度上祛除了‘乡土’那些纷繁复杂的象征意味，而更接近于乡土本身。”[⑩]当然，对待同心诗歌，诗歌欣赏和成就评价的路径是不一样的。就艺术角度来看，它的魅力除了体现在学术和人文上，更主要的是它是地域上的民族的一种记忆档案，希望它能够沉淀着更多情感、保存着更多历史，等待当代和后代细数其中的美好。

同心文化的“黄土”并没有写尽，灵感的“清水”还在源源不断流淌，同心诗歌的翅羽必将借着风飞翔起来！

马伟，宁夏大学人文学院2016级汉语言文学（教师教育）专业毕业生，宁夏同心人。

⑩ 张富宝，郎伟. 论宁夏青年作家群的创作心理[J]. 宁夏社会科学，2011(05)：169.

艺理·探析

从民间舞台走入艺术殿堂

——浅谈“宁夏数花”

◎骆少卿

数花，顾名思义用花的名作为对象来比说生活事理，多以赞扬为主题，具有很浓郁的民族特色和地方情趣。

“数花”是流行于宁夏地区的一种说唱小曲，因其唱腔欢快轻松、自由活泼，曲调优美动听，唱词取材于百姓生活且即兴编词，深得百姓喜爱。其特点是多人同台演出，一般为先领唱，后合唱，每段均有齐声合腔，有时也间以说白。每段唱词常由花名起兴，引出演唱内容，最后回到花名上来以告结束。

数花，花是主体，宁夏本地常见的花儿有沙枣花、马莲花、枸杞花、牡丹花、山丹丹花、迎春花、丁香花、芝麻花、高粱花等，根据所要表现的主题，结合花儿的特性，以不同的曲调来歌唱。数花是用比较传统的比兴手法，对人或物加以形象的比喻，以比喻、象征、烘托等手法，引发所要歌咏的内容，表演生动鲜活，有很强的韵味和感染力。

“沙枣子开花，哎哟哎嗨哟，哎！香天下，塞上江南好宁夏，嗯哎哎嗨哟，东有黄河一条龙，西有贺兰山呀宝疙瘩……”这是《宁夏数花》歌曲中的一段，在宁夏家喻户晓。这首歌曲是宁夏音乐工作者在传统的数花调子、格式基础上创作的展现宁夏平原风貌的歌曲。在 1991 年中央电视台春节联欢晚会上，宁夏歌舞团的十多名女演员，手持响板，以优美的演唱形式，将其作为开场节目搬上舞台，被全国的电视观众熟悉并喜爱。同时，也作为宁夏的一种文化符号，受到广泛好评。

据统计，全国共有 345 个说唱曲种，数花位列其中。这种曲艺形式，源自民间说书艺人常作为正篇开书前的“书帽”，即加唱的用来提神、逗趣的小段子。通常歌词为自由式的七字句民歌体，以花名和花的特征、颜色作套子式的领句和合句，中间是可以表现各种内容的说唱。其语言生动、活泼、风趣，曲调明快、流畅，节奏感强，表演形式也不固定，一两个人可，十人八人也可，形式比较灵活。

近年来，宁夏数花作为一种舞台表演形式，逐渐为大家所认知和熟悉，在全区各地悄然兴起。从地方到政府，从村镇到剧院，每有大型庆典活动，观众都能领略数花的魅力。

2019 年 9 月 8 日，在河南郑州举办的第十一届民运会上，现场响起了宁夏数花欢快的节奏。40 名舞蹈演员来到舞台中央，手持数花板翩翩起舞，为全国观众表演了《新宁夏、梦飞扬》，虽然只有短短的 30 秒，但整个表演欢快灵动，整齐划一，音乐节奏感强，民族韵味浓郁，尤其服装造型别致、色彩鲜艳，让人眼前一亮，赢得现场热烈的掌声和欢呼声。

对于现在的大多数观众来说，数花或许是一门既熟悉而又陌生的传统说唱艺术。说熟悉，是因其常在电视屏幕上出现；说陌生，是因其已很少能单独听到，让人意犹未尽。追根溯源，在艺术长河之中，数花的历史并不算太久，自清朝末年至今仅有 100 多年的历史。它起源于宁夏、甘肃、青海等地区，经几代民间艺人口口相传，逐渐形成的一门独立的曲种。

曲艺是中华民族宝贵的文化遗产，最突出的价值便在于深植民间，是民众喜闻乐见的艺术形式，寓教于乐中体现大众审美。然而，曲艺的发展史就像田野上茂盛的野花野草，多靠民间艺人口传心授。宁夏数花，就是曲艺百花园中的一支较为独特的曲种，能从民间小舞台进入高雅的艺术殿堂，彰显了这种曲艺形式的巨大魅力。迈步新时代，历经百年传承的宁夏数花，在广大文艺工作者坚持不懈的努力下，正焕发着勃勃生机，在宁夏大地上盛开。

骆少卿，宁夏文艺评论家协会会员，中宁县文艺评论家协会主席。

乡村振兴战略下农民文艺团队建设研究
——以银川市为例

◎钱朝晖

农民文艺团队是广大乡村开展文化活动的中坚力量。农民文艺团队通过农民的语言讲述农民喜闻乐见的故事，拉近了与农民的距离，宣传了党的方针政策，密切了党群关系，用农民的话来说，农民文艺团队就是“农民自己的队伍”。本文以宁夏银川市农民文艺团队建设为例，探索在乡村振兴战略下，如何通过加强农民文艺团队建设促进乡村文化振兴的路径。

一、农民文艺团体建设必要性

农民文艺团队在农村文化繁荣与发展进程中的作用是不可低估的，也是不可替代的。农民文艺团队通过舞台表演和各类互动交流，吸引了众多农民群众广泛参与，并在农村发挥着凝聚人心的作用。归纳起来，主要有以下几点。

（一）农民文艺团队是农村文化建设的排头兵

农民文艺团队，既肩负着党在农村各项方针政策的宣传责任，还承担着各类节庆活动的造势宣传任务，甚至在一些对外经济和文化交流活动中还担负着展示当地经济和文化旅游特色的重任。银川市兴庆区掌政镇农民艺术团多年来农忙种田、农闲演出，自编自演的反映农村生活实际的各类文艺节目深受广大农村群众欢迎，因而承担了上级组织安排的送戏下乡演出和重要节庆演出活动，在银川地区举办的农民文艺会演中，多次取得优异成绩，成为全市农民文艺团队的排头兵。该团还和贺兰县农民艺术团共同代表宁夏参加了在苏州举办的首届中国农民文艺会演，并取得了一金两银的好成绩，展现了宁夏农民的新形象。本人作为本次农民文艺会演宁夏代表队领队、编导及主持人，见证了宁夏农民艺术团在全国舞台上的夺目风采。

（二）农民文艺团队的演出是当地的重要文化品牌

凡是当地农村的节庆或重大活动中，唱主角的常常是农民文艺团队。留给人们印象最深的还是能代表本地特色的品牌节目，而这些品牌和特色的体现多数是由农民文艺团队来完成的。这些农民文艺团队还在乡镇之间、县区之间进行交流演出，极大地丰富了城乡群众的文化生活。特别值得一提的是，本人作为银川市文化艺术馆的负责人，曾策划、直接参与并组织实施了由银川市文化和农业部门共同举办的多届“银川市农民文艺会演”品牌活动。每届农民会演都有各县市区的20多支农民艺术团600多位演员参加。通过层层筛选，最后在全市举行复赛、决赛，最终评选出优秀节目和优秀团队予以表彰奖励。银川市文化主管部门还组织获奖节目深入全市城乡进行巡回演出，进一步扩大宣传效果。演出的节目大多属于原创节目，演农村事，唱身边人，紧贴农村社会和农民生活实际，具有鲜明的地方特色和浓郁的乡土气息。每届会演都有企业冠名赞助支持，实现了企业和文化的融合。

（三）农民文艺团队在当地具有凝心聚力的作用

常年活跃在最基层的各类农民文艺团队，其足迹遍布农村的每个角落，其演出内容与形式可根据农民的需要随时进行编排调整，村民参与的积极性非常高，甚至村委会每次开会前，都要请农民文艺团队先行表演聚人。在一些自编自演的节目中，有党的政策宣传，科学技术普及，公民道德教育，邻里、家庭纠纷调解等内容，起到了凝聚人心、和谐邻里的作用。永宁县胜利乡农民艺术团在乡政府和文化部门的支持帮助下，每年都自编自演并为基层群众演出一百多场，节目质量不断提高。群众受到了教育，增长了知识，提高了觉悟，脱贫攻坚的信心更足了、干劲更大了，经济收入也逐年提高了。农民艺术团为乡村文明建设和乡村振兴战略发挥了积极的推动作用。该团还参加了由海峡两岸共同举办的“2013台湾阿里山杯舞蹈服饰合唱艺术盛典”活动，参演的三个歌舞节目同时获得金奖，还获得了一项优秀组织奖。这些荣誉的取得，大大提高了艺术团在当地的声誉和演职人员的凝聚力、向心力。

（四）农民文艺团队演出具有愉悦身心、融洽关系、增进和谐的作用

农民文艺团队的演出现场，也是农民群众接受教育的大课堂。本人曾在农民文艺团队演出现场多次看到过这样的情景：台上演出的是他们自编的关于孝敬老人、调解家庭纠纷的小品，到高潮时，台上台下许多人抹泪，有的甚至泣不成声。这充分说明他们的演出真正打动了观众，起到了教育人、感化人的作用，使大家在观看节目的同时既接受了教化，有利于改善干群、邻里、家庭成员之间以及家族的关系。这对缓解矛盾，化

解纠纷都会起到作用。

(五)农民文艺团队具有弘扬社会主义核心价值观的作用

如果农村文化建设得到了加强,农民文艺团队能较好发挥作用,一些腐朽没落的封建迷信、赌博、传销,甚至是吸毒贩毒、盗窃、抢劫等危害社会的现象就会减少,先进的、优秀的、健康的文化占领才能发挥弘扬先进、抵制落后的作用。作为一名群文干部,本人曾多次到基层农民艺术团队培训骨干、指导排练,亲身感受到一些演员家属对农民艺术团的真情支持。她们说:"过去一年到头挣的钱,到了冬天都让男人要去赌博输光了,不给就闹矛盾甚至打架,现在农民艺术团农闲排练演出管理非常严格,他们既受到了教育,也没有时间参与赌博了,思想觉悟提高了,家庭关系改善了,同时还能有一些演出补贴,日子越过越好了。"

(六)农民文艺团队是农村各类文艺人才的摇篮

常年活跃在农村的农民文艺团队,他们知道农民爱看什么、需要什么,他们的创作和演出都是和农民群众的需求紧紧联在一起的,因为他们本身就是农民。有了这个得天独厚的条件,多年来他们创作了许多充满泥土芳香的作品。在他们原创的基础上,再经过专业人士的精心打磨,这就产生了许多脍炙人口的精品力作,有的在全国获奖,有的还上了央视春晚。同时,农民文艺团队也是最能锻炼人的地方。在一些专业文艺团体和文化馆的业务人员中,有不少是从基层农民文艺团队中选拔的,有的还成为单位的业务骨干。农民文艺团队是文艺创作的源泉和文艺人才的摇篮,已为大家所公认。

二、农民文艺团队发展中存在的问题

自2009年国家有关部门发布关于鼓励发展民营文艺表演团体的相关文件后,全国各地民间文艺团体的发展如雨后春笋,在数量和质量上都有所提高。但由于受各方面条件制约,尤其是各地的农民文艺团队发展情况差异极大,有的每年演出几百场,经济收入几十万元,有的勉强维持甚至中途夭折。究其原因在其发展进程中还存在着许多问题,根据本人的调查,主要表现在以下几个方面。一是党和国家有关农村文化建设的方针政策贯彻落实不到位,一些单位和部门的领导对农村文化,特别是基层农民文艺团队建设重视不够。会上讲得多,文件写得多,真正为农民文艺团队解决生存发展中的困难和问题的少。二是缺乏优秀骨干人才,尤其是缺乏较高水平的适用型编导人才和表演人才,这是制约农民文艺团队发展的突出问题。三是缺乏排练演出场地,演出设施设备(服装、道具)、交通工具短缺。没有经费支持和物质保障,活动经费十分有限,有的团队靠一部分人的爱好与热情自掏腰包勉强维持。四是组织管理水平不高,队伍不够稳定,人员流动性较大。有的临时组团说散即散,有的管理制度不健全、协调组织能力较差,缺乏文化主管部门和农村基层组织的有力指导与支持。五是演出的节目质量不高,形式单一,观赏性不强。个别节目粗制滥造,品质不高。上述问题的存在,使一些农民文艺团队的生存与发展举步维艰,十分困难,应该引起各方面的高度重视。

三、加强农民文艺团队建设的对策

(一)明确农民文艺团队的定位与特点

农民文艺团队是农村文化的重要组成部分,也是农民文化的代表队。一般是以自娱自乐、强身健体为出发点,以"自愿组团、自我管理、自主运行"为原则,以地方戏曲、小型歌舞、小品、曲艺、社火、健身操、非遗保护项目传承等为表现形式,以专业文艺团体退休人员或学校退休教师以及党政机关退休人员中有文艺特长的人员为骨干,以本村或社区、家族、家庭、亲属、朋友、邻里中有专业特长及爱好者为主要参与人员,以村文化室、文化中心、戏台、文化大院、街头广场、农贸集市等为活动场地,具有直接、灵活、方便、群众能随时随地参与等特点。现阶段农民文艺团队为丰富和活跃农民群众的精神文化生活发挥了极其重要的作用,是促进乡村旅游、振兴乡村经济的积极因素,是推动和谐社会建设的重要力量。

(二)掌握农民文艺团队的发展规律

随着农村土地承包制度改革不断深化,许多地方土地流转,农村专业化、产业化的发展使农民的经济收入逐年提高,农民住进了楼房,日子逐渐富裕起来,生活方式也发生了相应的改变,对精神文化生活的需求越来越高。农民文艺团队顺应时代发展而发展,同时时代的发展也为农民文艺团队的发展创造了有利条件。第一,农民文艺团队的形成与发展是满足农民日益增长的精神文化需求的必然结果。随着农民群众物质生活水平的逐步提高,追求丰富多彩精神文化生活的需求也随之提高。各类专业文艺团队深入农村基层的演出每年也只是屈指可数的几场,远远满足不了农民的愿望和需求。农闲时节、茶余饭后,农民更愿意主动参与和自我展现。这应该是其文化自觉的一种具体体现,也是农民文艺团队发展的社会基础之一。第二,农民文艺团队的发展是繁荣农村先进文化的迫切需要。从目前农村实情来看,一部分较偏远落后地区,文化生活相对贫乏,严重影响了当地经济和各项事业的发展。因此,加强农民文艺团队建设,让健康向上的文艺形式占领农村文化阵地,既能让广大农民在自娱自乐中接受教育、愉悦心灵、向善向上,又能优化农村的社会文化环境,形成良好的社会风气。第三,建设农民文艺团队是改革开放和走向小康社会的需要。在党的十九大精神指引下,农村的改革进一步深化。实施乡村振兴战略和脱贫攻坚,从根本上解决了农业农村农民问题,按照产业兴旺、生态宜居、乡风文明、治理有效、生活富裕的总要求,加快推进农业农村现代化建设。这一切,都离不开科技知识的普及与提高。而农民文艺团队通过自编自演节目进行宣传与普及,让农民在娱乐中自觉接受先进的科技知识和信息,掌握更多的致富本领,早日奔向小康之路。这不但符合改革开放的目标和要求,也是贯彻落实党的富民政策的具体行动。第四,农民文艺团队是体现农民文化自信、自尊、自强的群众组织,为广大农民群众提供了一个自我学习、自我教育、自我提高,充分展现自我价值的广阔舞台。实践证明,凡是农民文艺团队活跃、农村文化生活丰富的地方,群众的精神面貌和社会风气就好,农民的综合素质和幸福指数就高,经济和各项事业的发展相对顺利。

(三)大力整合基层文化服务资源,提升乡村文艺团体建设质量

2016年12月25日,第十二届全国人民代表大会常务委员会第二十五次会议通过的《中华人民共和国公共文化服务保障法》第三十条明确规定:“基层综合性文化服务中心应当加强资源整合,建立完善公共文化服务网络,充分发挥统筹服务功能,为公众提供书报阅读、影视观赏、戏曲表演、普法教育、艺术普及、科学普及、广播播送、互联网上网和群众性文化体育活动等公共文化服务,并根据其功能特点,因地制宜提供其他公共服务。”各级党委和政府有责任积极落实相关规定,制定切实可行的扶持农民文艺团队建设的政策措施,特别是在排练演出场地、服装道具、演出场次等方面给予照顾和支持,每年安排一定数额的专项资金和相应的配套资金,专门用于扶持农民文艺团队的建设与发展。同时应减少环节、简化拨款流程,按照相关程序直接拨款给农民艺术团。在具体操作上各级文化艺术馆、文化站、文化中心应把农民文艺团队的辅导与培训作为中心工作来抓,应对所辖地区的农民文艺团队的建设与发展情况做深入调查研究。通过调查、走访、摸底,搞清各地的实际状况,因地制宜,有针对性地提出辅导与培训计划,分期分批组织实施,使农民艺术团队健康发展。

(四)社会各界都应积极支持农民文艺团队的发展

社会各界在支农扶贫的同时,也应对农民文艺团队给予相应的支持。这样更符合“打造共建共治共享的社会治理格局”。一些专业文艺团体更换下来的、长年压箱底的设备和服装等,可以捐赠给农民文艺团队,也可以结对帮扶,使其发挥应有的作用。大力发挥广大文化志愿者的作用。主动和各级工会、妇联、共青团、文联及各民主党派的志愿者团队密切联系,寻求为农民文艺团队的辅导培训和对口支援,使这些组织和志愿者发挥更大的作用。

总之,农民文艺团队是广大农民实现文化自觉、自尊、自信,获得文化权益的重要

载体,是农村文化繁荣发展的具体体现,是一支牢固地扎根在农村第一线的文化骨干队伍,也是最被广大农民群众充分认可的文化艺术团体。建设好农民文艺团队,是广大农民的迫切愿望,更是社会主义先进文化建设的客观需要。只有把农民文艺团队建设好、巩固好、发展好,才能为乡村振兴战略提供强大的思想动力和智力支持。

钱朝晖,中国音乐家协会会员,中国曲杂家协会会员,宁夏音乐家协会主席团委员,宁夏朗诵艺术学会常务副主席,银川市朗诵艺术家协会副主席。

荟萃·综艺

悠悠千古情

——《再别康桥》《春江花月夜》朗诵比较谈

◎哈若蕙

《再别康桥》《春江花月夜》是为不少朗诵爱好者所深爱的作品。因为诗中所蕴含的悠悠深情,因为诗中所呈现的幽曲意兴,因为诗章复沓回转中的美的音韵,美的旋律。然两首绝美之诗作,毕竟相隔千年,诗境有别,况味不同,朗诵起来也一定是各有分别,各致风韵。好诗当珍重,好诵达心曲,故拟此题做两诗朗诵之比较谈,亦以此表达对中国经典诗作之无上敬意。

俄国教育家乌申斯基说过:“比较是一切理解和思维的基础,我们正是通过比较,了解世界上的一切的。”确实如此。无论是浩如烟海的世界文学领域,人们发现了“比较”这把金钥匙,形成了比较文学学科,大大拓展了文学研究的视野,还是在更宽泛的文学研究中通过“比较”的透视镜,洞幽烛微,彰显作家创作的独特品性,“比较”均是一个好的视角。文学研究如此,朗诵作为文学语言的有声化表现形式,也应该可以在“比较”的坐标系上,对位出各类作品(前提是有可比性),从而在比较中更深入地理解文本,体察创作,品鉴作品间的异中之同、同中之异,由此强化我们对所比较作品的审美认知,通过诵读基调、风格,行腔咬字,控制气息及情感表达上的区别,彰显不同作品中深婉丰沛的意蕴与韵致。或许,这也是让朗诵回归文化的一种途径吧。

凌空对望逾千年

将《再别康桥》《春江花月夜》放在一起品读,的确有一种穿越之感,因为两部作品相隔的岁月有些漫长。《再别康桥》是诗人徐志摩写于20世纪20年代末的一首现代新诗（作者曾在英国剑桥大学留学，1928年故地重游后在归途的中国南海上吟成），而《春江花月夜》却是初唐诗人张若虚写于唐开元年间（约公元713年）的一首七言体长篇歌行。各领风骚的两位诗人，一个生活在90多年前的民国，一个翩然于1300多年前的初唐，他们以自己超拔的才情与诗作，惊艳诗坛，开启诗风。他们像漫漫诗河中两颗闪烁的银星凌空对望，向人间投下俊逸潇洒的一瞥。

作为今天的阅读者和朗读者，我们循诗踪沉潜其中，会重新发现斯人斯作的不同凡响。

一首《再别康桥》，是诗人徐志摩的遗世绝唱。那一声"轻轻的我走了，正如我轻轻来；我轻轻的招手，作别西天的云彩……"不知唱醉了人世间多少离人的心。的确，《再别康桥》是20世纪中国最出色的一首别离诗，犹如一首轻柔优美的小夜曲，诗人的自由天性、潇洒飘逸的风格与康桥宁静优美的自然风景融汇成别具一格的诗境美。《再别康桥》既是现代诗人徐志摩脍炙人口的诗篇，亦是中国现代新诗史上"新月派"诗歌（"新格律诗派"）的代表作品。全诗以离别康桥时感情起伏为线索，抒发了对康桥依依惜别的深情。语言轻盈柔和，形式精巧圆熟，诗人用虚实相间的手法，描绘了一幅幅流动的画面，构成了一处处美妙的意境，细致入微地将诗人对康桥的爱恋，对往昔生活的怀念，对眼前无可奈何的离愁，表现得真挚、浓郁、隽永，在诗歌形式上是"新月派"诗歌"三美"主张（绘画美、音乐美、建筑美）的集中体现。

《春江花月夜》呢？这由五个中国最美汉字组合而成的词组，如一缕沉香，深深浸染了中国人的审美心灵，化作一份文化基因，尽显东方文明的魅力与情韵。是的，世人皆知《春江花月夜》，知其是诗，是乐，是舞……然其作者张若虚在璨若星河的唐宋诗人中又呈何等气象呢？张若虚不似诗仙李白，斗酒（诗）百篇豪放飘逸，"笔落惊风雨，诗成泣鬼神"，不似诗圣杜甫沉郁顿挫、忧国忧民，笔底波澜留诗史，甚至也不似其他"网红"的初唐诗人，他虽与贺知章、张旭、包融并称为"吴中四士"（四人同为江浙一带人，彼处古代属吴郡，也叫吴中），其诗却曾长期被湮没无闻，且大部分散佚，仅存两首于《全唐诗》中，其一为《春江花月夜》，另一首诗是《代答闺梦还》。等待了将近一千年，张若虚及其杰作的命运才开始扭转。明嘉靖之后，张诗声名渐起，《春江花月夜》一诗收获"以孤篇压倒全唐"之誉（清末学者王闿运云："张若虚《春江花月夜》，用西洲格调，孤篇横绝，竟为大家。"——《湘绮楼说诗》），闻一多先生，更是将其称赞为"诗中的诗，顶峰上的顶峰"。的确，"春江潮水连海平，海上明月共潮生。滟滟随波千万里，何处春江无月明！……江天一色无纤尘，皎皎空中孤月轮。江畔何人初见月？江月何年初照人？人生代代无穷已，江月年年只相似。"今日之我们，每当击节唱吟《春江花月夜》一诗，眼中胸中皆澄澈空明，那一幅淡雅而空蒙的春江月夜图，那婉转悠扬的美声美韵，那寄托着中国文人的天问以及孤独与超越的生命情感意味，总让我们沉醉其中，流连忘返，情不自已。是啊，夜色春花，花下流水，水映月光，轻轻摇晃的小舟上，望月问天的张若虚，于今逾千年的张若虚，是怀着怎样的一种深思与遐想，吟出了这"孤篇横绝"的《春江花月夜》!

行文至此，《再别康桥》《春江花月夜》两诗的概况与格局已有分明。同为写景抒怀之作，一新一古，诗体有异。诗风均清丽雅隽，辞章精美，韵调婉转悠扬，然一境幽，一境阔，一如小夜曲柔润似水，一如交响诗，音诗如画，是诗家绝唱，各领风骚。而在文学创新方面，则可见二者之间遥遥相承，"草蛇灰线，伏脉千里"，《春江花月夜》一诗对以闻一多、徐志摩为代表的"新月派""三美"有着直接而重要的影响。

如此，朗诵者端对二诗，竟当何为?

含英咀华咏佳篇

平心而论，《再别康桥》《春江花月夜》二诗，诵好其中之一亦属不易。今将二者并列而言之，是为了在区别中细揣文意，在品鉴中含英咀华，在字斟句酌中阅微探幽，在抑扬起伏中升腾奇美之诗境……

熟悉二诗者均知，《再别康桥》全诗计 195 字，分七节，每节四句，字数相近，错落排列，回环呼应。《春江花月夜》一诗 252 字，全诗九段，每段四句，计 36 句；四句一韵，犹九首七言绝句。凡朗诵者诵读之初，当对两诗概况有所了解，前文即是。其后，也需知人论世了解作者创作之心路。再其后，可有诵读基调的确立，以及朗诵中的行腔咬字，气息控制，情感呈现之把握。

《再别康桥》风格清新、意境深邃，诗歌基调惆怅、惜别，但又"哀而不伤"，宜用舒缓、平和的语速，轻柔的语调诵读。《再别康桥》取韵有开有合，有轻有重，回环往复，诵读者也要在了解作者"康桥情结"、情感经历的基础上厘清诗人情绪发展脉络，读出起伏与变化。

《春江花月夜》为乐府体长篇歌行，融诗、理、情三者一体，时空意境如画、如乐，尤具语言音韵节奏美，最适于朗诵。诵读者同样需要在辞章品读中寻找作者的创作心路，体悟其才情绝世、立意谋篇之妙，气韵万千、意象铺排之美。此诗由春江引出海，由海引出明月，又由江流明月引出花林，引出人物，一系列复杂的人类情感贯穿始终。无论是初月的明媚、高月的皎洁还是斜月与落月的迷离缠绵，抑或楼头月的徘徊、镜中月的清影、帘内月的倾注、砧上月的流照，无一不打上情感的烙印。全诗写月升起、落结，其间意象连绵，气象万千。春江花月夜之外还有沙滩、原野、清枫、花林、飞霜、白云、扁舟、高楼、镜台、砧石、长飞的鸿雁、潜跃的鱼龙、水纹、落花、海雾等众多景物，以及漂泊的客子、不眠的思妇，感情细密、环环紧扣、连绵不断。

同时，《春江花月夜》的章法结构，以整齐为基调，以错杂显变化。三十六句诗，像九首绝句，韵脚在平仄中不断变化。开头一、三组用平韵，二、四组用仄韵，随后五六七八组皆用平韵，最后用仄韵结束，错落穿插，声调整齐而不呆板。在句式上，大量使用排比句、对偶句和流水对，起承转合、气韵无穷。诗中春、江、花、月、夜、人几个主题词错落重叠、伸缩变化，海潮声、江流声、捣衣声、凄凉的雁叫声与游子思妇的叹息声此起彼伏，营造出一个意境美、声律美的诗歌世界。

诵读《春江花月夜》，要实实在在体会古体诗含蓄隽永的特质，读出意蕴连绵，也读出古典诗人的情怀与风骨。朗诵者还应注意把握每句诗音步结构的划分和变化，做到气息的深蓄贯通和沉稳，行腔咬字富有穿透力，明亮清澈，开阖有度。

淡妆浓抹总相宜

其实，对《再别康桥》《春江花月夜》二诗的朗诵比较谈，归根结底还是古今诗文朗诵之比较。现代诗文与经典古诗文在朗诵面貌上的不同已是不争的事实。但究竟是怎么样的不同，为什么不同，应该如何认知等，真还需要有学理、实践上的探究与总结。窃以为，如能将古今诗文朗诵贯通起来，从整体角度加以审视，寻求经典古诗文朗诵与现代诗文朗诵美美与共、各美其美的特点与方法，为当下的朗诵提供一份参照、一份帮助，亦不失为朗诵走向成熟付出的一份努力吧。

赘言至此，又记起本文开篇时提到的比较文学。尽管本文花费了大量篇幅做的仅是文学比较中的朗诵比较。但在不远的将来，随着更多有识之士对朗诵理论与实践及其教学案例的关注，相信视野也会进一步拓宽，在比较文学的框架下，对中外经典作品的朗诵比较投下关注的一瞥。这是后话。

言归正传。

“悄悄的我走了，正如我悄悄的来，我挥一挥衣袖，不带走一片云彩。”—— 这是徐志摩的潇洒与飘逸，这是云的轻盈，梦的温暖，如柔波荡漾 溪流潺湲……

“江天一色无纤尘，皎皎空中孤月轮。江畔何人初见月？江月何年初照人？人生代代无穷已，江月年年望相似。不知江月待何人，但见长江送流水。”——这是初唐诗人张若虚的“天问”，这是宇宙时空的大气象，这是历史长河的大境界，这是岁月人生的大诘问，浩然之气，凌空而至，大胆奇崛，回响千年……

苏轼有诗："水光潋滟晴方好，山色空蒙雨亦奇。欲把西湖比西子，淡妆浓抹总相宜。"(《饮湖上初晴后雨二首·其二》)或许，这也是朗诵的最高境界。

声气通幽，心曲相拥，"淡妆浓抹总相宜"。无论诗之古今，无论诗之中外。

哈若蕙，宁夏朗诵艺术学会主席。中国作协会员，中国诗歌学会会员，编审。宁夏文联原副主席、巡视员，《朔方》原主编。出版有文艺评论集《一片冰心》。策划撰稿有《战火中的夜莺》《西去列车的窗口》《清明诗会》《寻梦中华》等大型音乐朗诵晚会。

诗歌里的中国情韵悠长

——大型原创音乐诗史《寻梦中华》朗诵晚会创作谈

◎哈若蕙

2019年岁末，一台以彰显中华五千年文明为主题的大型原创音乐诗史朗诵晚会《寻梦中华》在宁夏银川剧院首演，并于2020年新年在宁夏电视台公共频道播出。晚会首演和播出反响强烈，被誉为“一台震撼心灵的演出”。

网络直播平台有观众感言：“《寻梦中华》大型诗会的演出特别成功。那淡淡的音乐，浓浓的情感，绚丽多彩的舞台灯光和舞台背景，当24位飞天舞蹈演员从乐池升降台突然现身舞台时，所有的观众都不敢相信自己的眼睛，美得令人窒息。那五千年的中华文化，那熟悉的韵律，感觉似曾相识，却又不敢相认。每一句优美动人而又经典的诗句，和每一串动人的音符，将心灵沉积已久的都市尘埃全都带走。朗诵声中充满着古色古香的宁静，没有一丝浮躁，留给观众的是一种恰似天籁的共鸣。舞台背景与音乐将朗诵的情感与节奏展现得淋漓尽致，犹如水乳交融，悠然而有韵味，听来令人心旷神怡，洋溢着一种高贵而又浪漫的味道。似一次典雅而舒缓的心灵之旅，是现代与历代时空的缩影，《寻梦中华》，一道精心打造的，难得的精神大餐。”

一台朗诵晚会，能够收获肯定与赞誉，对主创团队而言是一份激励，一份欣慰，但更宝贵的是创排这台晚会所给予的深刻启示与思考。

以中国梦为引领，讲好中国故事

党的十八大以来，习近平总书记反复强调要“讲好中国故事”。用文艺讲好中国故事，弘扬中国精神是新时代文艺工作者的光荣历史使命。

2019年是中华人民共和国成立70周年，策划创排一台以弘扬中华文化为主题的朗诵晚会献礼共和国70华诞，被列入自治区宣传文化部门重要活动项目。能够承担此项任务，主创团队深感使命神圣，考验与挑战并存。

首先，朗诵晚会在现阶段尚属一种有跨界实验性质的文艺新样态，没有成熟的艺术规范可循。

其次，朗诵晚会顾名思义朗诵是艺术呈现的主体。而朗诵艺术本身具有高雅艺术的品性，它是通过富有张力，充满审美感的有声语言艺术和舞台艺术传播中外经典和优秀诗文作品。由此，朗诵晚会对朗诵文本和朗诵艺术同时提出了较高的要求。

最后，朗诵晚会的参与者（演员与观众）具有大众性，是全民阅读的重要组成部分。如何探索提升群众性朗诵活动，树立朗诵晚会的品牌，做到艺术审美与大众接受的融合，也是晚会创新突破的难点之一。

“纸上得来终觉浅，绝知此事要躬行。”为了让这台朗诵晚会变为一张弘扬中华文化的生动名片，《寻梦中华》的创意排演实际经历了一个寻找文本依托——确立文化定位——聚焦中国故事——升华主题立意——创新性转化文本，让书写在诗歌中体现中国智慧、中华文明、中国精神的文字活起来、立起来，从而完成舞台精品创作的艰辛过程。

寻找文本依托，确立文化定位。朗诵晚会与其他舞台艺术一样，是艺术的整体，它所依傍的是一个血肉丰满的剧本。而朗诵晚会更注重文本力量，注重文学文本的经典性、可诵性以及受众视听感受的审美性。

经过反复论证，宁夏人民出版社的新中国成立70周年献礼重点图书出版项目——宁夏诗人邱新荣诗集《诗歌中国》（宁夏人民出版社2019年10月出版）进入我们的视野。六卷本《诗歌中国》是中华五千年历史文化的诗意读本，以此为蓝本策划编创本台晚会，也就自然蕴蓄了一种恢宏的史诗气魄，具有了不同寻常的文本力量和文化定位。

聚焦中国故事，升华主题立意。应该说，能够为晚会寻找到坚实的文本依托和立意高远的文化定位是令人激动的，但随之而来的是晚会脚本在诗作选择、视角切入、框架结构上的巨大考验。

一台弘扬中华文化的晚会，或许可以有无数种呈现方式，五百万字、五万诗行的

《诗歌中国》本身亦是浩浩汤汤，横无际涯，内容丰沛繁复。作者循中华文明之根脉，梳理传统文化资源所做的创造性转化，已然有让“阵列在广阔大地上的遗产、书写在古籍里的文字都活起来”的宏大与细密，其文化之眼、赤诚之心卓然可鉴。走进六卷本的《诗歌中国》就是走进了一幅幅连绵不绝的中华文化画卷，就是倾听着一个又一个感天动地意蕴深长的中国故事。比如诗卷开篇的“远古神话”(《开天辟地》《女娲补天》《精卫填海》《愚公移山》……)；比如东方视角中的“天人合一”(《永远的神农氏》《羲和制历》《夏小正 夏小正》……)；比如温润静美的古代科技发明(《织机在响》《青青的青瓷》《纸书卷轴的出现》……)；比如那些穿越时空的经典歌吟(《在〈诗经〉的第一篇》《静读〈离骚〉》《梦李白》《诗圣杜甫》……)；再比如那些凝重，那些昂扬激奋的民族精神的旋律(《虎门销烟》《五四 五四》《嘉兴啊，那条红船》《〈国际歌〉的歌声》……)等。珠玉其间，琳琅满目，撷取其中一两个点或一两个侧面都可以折射中华文明之光。但是，一台现实中的朗诵晚会演不成“折子戏”，也不可能面面俱到。确定时长不能超过90分钟的朗诵晚会需要提炼出更加鲜明的主题，聚焦出既贯通历史又烛照文明，并寓意深远的“故事中的故事”，渲染铺排中彰显中华气象，辞章飞扬间传递中国梦想。

由此，主创团队最终提交的朗诵晚会主题立意与文化定位的阐述是：一部中华文明历史就是中华民族薪火相传、心怀梦想、追寻梦想、实现梦想的历史，就是中华民族从历史的深处走来，自强不息、革故鼎新、协和万邦、奋起腾飞，努力实现中华民族伟大复兴的历程。而将此台晚会命名为《寻梦中华》，其寓意即是：不忘初心、牢记使命、继往开来，弘扬中国精神和时代精神，为实现中华民族伟大复兴的中国梦，奋力拼搏，砥砺前行！

讲述中国故事，呈现“诗歌里的中国”

既然“寻梦中华”的主题立意是一棵拔地而起的大树，它的枝繁叶茂，它的馥郁芬芳，必然需要缀满枝头含蕴深长的中国故事。

作为新时代的文艺工作者，我们当然渴望能够将一支诗颂中华的洞箫吹响中华五千年文明之旅。但理想的丰满与舞台实现的骨感不能无视。如何在90分钟的晚会中彰显立意，篇章架构和诗文遴选异常重要。

应该说，《故事里的中国》对《寻梦中华》朗诵晚会的启示怎么说都不为过。其中至关重要的是：一个“讲述中国故事，呈现‘诗歌里的中国’”的晚会格局豁然呈现。也由此，依托《诗意中国》蓝本所做的脚本撰写以及艺术创意才有了诗意呈现五千年中华文明情韵悠长的一种舞台可能。

最终确定的晚会演出脚本由邱新荣《诗歌中国》中的23首作品组成，分为七个篇章：《永远的飞天》(序篇)、《原初流韵》(第一篇章)、《秦月汉关》(第二篇章)、《唐风宋雨》(第三篇章)、《铁马华章》(第四篇章)、《血荐轩辕》(第五篇章)、《祖国啊，我的祖国》(尾声)。这一脚本结构，路经了中华文明进程的重要节点，是开放而宏大的文化图景，而支撑篇章的一首首诗作，轻轻推开一扇扇历史的窗口，张开文化之眼，穿越时空与过去、现实和未来对话。主创团队对晚会篇章结构作出如下阐述。

《永远的飞天》。飞天的神话成熟于敦煌文化(壁画)，飘逸的飞天形象凝结着中国古代先人对自由 、创造、和平、美好的热烈憧憬……飞天之梦，也是中华民族走向复兴之梦，是我们童稚的初心。以《永远的飞天》开篇，开宗明义，在朗诵表演之外，也为华美绚烂的舞台呈现预留了空间。

《原初流韵》。追溯呈现远古初民阶段的中华文明，意境质朴、淳厚。选取作品涉及远古歌谣(《〈击壤歌〉啊，祖先的铿锵》)、天文历法(《羲和制历》)、中医药学(《扁鹊为我们看病》)、农耕文化(《水稻在梳妆》)等。

《秦月汉关》。追溯秦汉(魏晋)时期中华文明，意境宏阔、俊朗。选取作品有《蒙恬开边》以及《汉司南》《蔡伦造纸》等中华科技发明，篇章最后《曲水流觞的那一天》，则折射魏晋时期文艺繁荣，呈现山水清觞 ，风骨萧朗，清峻通脱，超然绝俗的人文意境，与第三篇章《唐风宋雨》做勾连衔接。

《唐风宋雨"》中国文学、艺术的鼎盛时期莫过于唐宋，大量影响深远的文学、艺术创作以及许多为后世所称道的文学家、艺术家活跃于此时，其文学经典已经化为中华文明的优秀基因，影响着一代又一代国人的精神成长。故，在这一篇章撷取《诗歌中国》相关诗作，咏叹李白、杜甫、范仲淹等流芳百世的爱国诗人，感发中国诗歌大美意象和家国情怀当为重点。

《铁马华章》。如果说整台晚会此前的篇章整体格调淡远悠长，细腻优美，而从这一篇章开始，舞台意境将逐渐宏阔、昂扬并且激奋了。在本篇章，无论是《元代杂剧在舞台上唱》，还是《马可·波罗》《郑和下西洋》，都表现出中华文化的多元和中外文明的交流之意象。

《血荐轩辕》。从1840年这个沉重的年份开始，在一个又一个丧权辱国的条约上，民族的表情惨痛悲壮。中华民族此后的百年历史，就是在血与火的考验中，高扬以爱国主义为核心的民族精神，争取民族独立，振兴中华的壮丽诗章。在这一篇章，《寻梦中华》的舞台上呈现《虎门销烟》的壮举，再现传播新思想新文化新知识的伟大思想启蒙运动和新文化运动的《五四 五四》，而《嘉兴啊，那条红船》《〈国际歌〉的歌声》，把中国共产党领导下的划时代的革命画卷铺展。

《祖国啊，我的祖国》。在激情的朗诵和《天耀中华》的歌声中，升腾起万众一心，砥砺前行，实现中华民族伟大复兴中国梦的信心与畅想，是全场晚会的华彩时刻。

由此，我们有理由相信，穿行于中华文明历史长河的《寻梦中华》，是大气恢宏的中国故事，是诗意绵长的中华气韵。它是细细悠长的岁月的故事，是泪水流淌的我们自己的故事。它是凝重的大地，是赤子之语，那里有梦，有民族复兴的希望！我们更有理由相信，《寻梦中华》朗诵晚会彰显的是一份文化自信，而深厚大美的中华文明自有一种撼天动地的伟力。

而晚会副标题“大型原创音乐诗史《诗歌中国》暨2020年全民阅读朗诵晚会”，则透露出本台晚会的格局和艺术传播的特点与指向。所谓“诗史”，即《诗歌中国》是“诗的历史”“历史的诗”，它与《寻梦中华》一道呈现出一种恢宏的“诗史”特质；“全民阅读”则具有多方面的辐射与涵盖，其范围指向包括宁夏朗诵艺术学会演出团队，包括观众构成的多样性。而本文开头引述的观众感言折射出的正是一台晚会的文化影响。

创新舞台表现，绚烂中国梦想

朗诵晚会，是诗的艺术，也是舞台的艺术。

如前所述。《寻梦中华》以大型原创音乐诗史的格局和形式展开，在流动的气韵中彰显中华五千年文明，逻辑严整，内容厚重，这在全国朗诵诗会中实属少见；而晚会朗诵表演由宁夏朗诵艺术学会的朗诵爱好者完成，而非专业演员，更是难能可贵的。

然而，在策划阶段，主创团队曾十分担心晚会的文化定位、历史内涵以及诗歌文本的雅隽深沉会与受众心理有一定距离，直白地说，就是担心冷场。这样的担心也不是没有道理。通常意义上的朗诵诗会，除去在内容上多为不同作家的作品组合，在表现形式上也不外乎“音乐+视频+朗诵”的简单演出程式。且许多朗诵诗会存在有朗诵诗作的高度雷同化，加之朗诵水平的参差不齐，表现形式的相对单调，都在很大程度上影响诗会的传播效果。

在诗歌朗诵活动日益活跃的当下，通过打造一台有相当艺术水准的朗诵晚会，参与地方精神文明建设，传播中华优秀文化，提升地方及至全国朗诵艺术活动水准，也是主创团队的文化使命。继《战火中的夜莺》（纪念抗日战争暨世界反法西斯战争胜利70周年朗诵晚会）、《清明诗会》《西去列车的窗口》（宁夏成立60周年大型音乐朗诵诗剧）后，《寻梦中华》无疑又是一次重要而难得的艺术创新与实践机会。为了舞台的绽放，主创团队曾倾尽心力。首先,打磨脚本。晚会脚本数易其稿,最终从六大卷《诗歌中国》中节选23首诗作,以此连缀彰显主题,体现了坚持文化初心、尊重诗歌原创、专注于内容质量打磨的专业精神。其次,让朗诵直抵人心。朗诵晚会,朗诵是重中之重。中央广播电视总台播出《故事里的中国》,让观众看到了一幕排练前导演、演员做剧本围读的场景,而《寻梦中华》为了让每一位演员深刻理解作品精髓,则由作者和总撰稿与朗诵者做面对面的内容阐述,由资深专家做演出排练环节的朗诵指导,这样才有了舞台上直抵人心的朗诵,有了现场演出时台上台下的沉浸交融与共鸣。最后,最挑战主创团队的是朗诵晚会舞台形式的创新。

2019年12月3日《寻梦中华》首演后,各家媒体纷纷报道,作出评价:"晚会以泱泱中华五千年灿烂文明为历史脉络,融诗歌朗诵、音乐、戏曲、舞蹈、杂技、合唱多种艺术形式为一体,凸显中国风、中华情,以气韵流转、充满意境美的舞台呈现深情回溯和咏叹中华文明、彰显民族精神。"

朗诵编排以情景诗或音诗舞的形式加以调度,并适当融入中国戏曲元素,让观众耳目一新。

的确,如媒体所言,为了这一份绚烂中国梦想的初心,《寻梦中华》的舞台创新主要体现在以下几点。

(一)杂技艺术的融入

《永远的飞天》是《诗歌中国》中咏叹敦煌壁画飞天形象的一首诗作,意境唯美而深邃。总撰稿老师第一眼就为之迷醉震撼,也是在第一时间就将这首诗确定为开场"序篇"。随即进入的舞台设计,主创团队大胆地提出了杂技艺术的融入思路。事实证明,舞台效果非常震撼。

开篇启幕。悠悠的音乐响起,背景画面徐徐打开,伴随着浑厚的男声旁白,24位飞天少女从前台乐池缓缓升起翩然起舞,继而,一条自天幕而垂的蓝色绸吊上飞起一对飞天使者,四位身着清丽纱裙的朗诵者适时融入,进入朗诵意境。

这是真正的飞天
目光在飞
心灵在飞
飞到无障碍无挂牵时
我们飞出了自己的天
我们是美美的飞天

……

飞天是我们童稚的心

一直都很浪漫地

返回童年

巨大的敦煌壁画飞天与舞台上舞者诵者的飞天融为一体，也就把所有观众的心带入了中华民族自远古而始的飞天之梦。飘逸的飞天形象凝结着古代先人对自由 、创造、和平、美好的热烈憧憬……屏幕上悄然转换的澄澈晶莹的蓝色星空，也足以引发人们无限的畅想，在精美绝伦的表演中将中华民族走向复兴的梦想与初心烘托彰显。

（二）诗戏相融

如前所述，在《寻梦中华》的前期策划中，创作团队曾担心纯粹且表现形式单一的朗诵会有审美疲劳。在思路的碰撞中，萌发了在整台晚会中适当融入中国戏曲元素的想法。由此竟引发了与宁夏秦腔艺术剧院老师们的合作佳话。事实证明，专业戏曲演员的助演与情景营造，一招一式倍显功力，丰沛饱满的传统文化意蕴与晚会意境十分吻合，也在某种程度上凸显了晚会诗史、诗剧的特点。在舞台上，无论是《〈击壤歌〉啊，祖先的铿锵》中远古先民“日出而作，日入而息”的恬淡自在，还是《扁鹊给我们看病》中医祖扁鹊的东方智慧，以及诗仙李白的飘逸、诗圣杜甫的沉郁，朗诵调动与戏曲表演水乳交融浑然一体，至《元代杂剧在舞台上唱》，青衣旦角衣袂翩翩的转场，与两位身着旗袍的朗诵演员以及背景视频水袖翻飞的叠影流韵相映成趣，构成了一幅细腻唯美、赏心悦目的艺术画面，让人拍案叫绝。应该说诗戏相融思路的实施，为整台晚会增添了一抹亮色，也是朗诵诗会提升艺术审美意境的一次成功尝试。

（三）舞台意境的精心营造

虽然《寻梦中华》不是一台高成本的晚会，可以说是甚为节俭的一台演出，没有足够的经费制作舞台装置与场景，但没有放弃通过其他途径营造舞美氛围。一是舞台两侧各增加三面 LED 侧屏，与主屏画面响应，舞台由此更显亮丽。《虎门销烟》一节，释放干冰形成的缭绕烟雾，舞台主屏历史画面、侧屏熊熊燃烧、火光冲天的画面，迅速提升了剧场内的视觉温度，林则徐的形象以及四位男生慷慨激昂的朗诵，引发了在场观众的强烈共鸣。

不同的作品，用不同的方式营造舞台氛围。

《春江花月夜》是唐代诗人张若虚的经典名篇，晚会第三篇章《唐风宋雨》朗诵篇目《在〈春江花月夜〉中沉静》，通过淡雅朦胧的背景视频，呈现“春江花月夜”唯美意象，而古筝、琵琶的现场伴奏，与朗诵表演相契相合，赏心悦目。而《曲水流觞的那一天》，讲述书圣王羲之所代表的魏晋艺事，主屏、侧屏则是大幅的同题古画，舞台正中微微升起的圆形副台上置一张古琴，抚琴人一袭素裳盘坐其上，画面简洁、古意悠然，朗诵者在古琴的伴奏中演诵诗章，自有一种飘逸超拔的古风。

此外，在晚会的音乐编辑上，背景音乐的选择也力求做到与篇章内容、朗诵基调节奏的自然贴合，达到了烘托意境，突出主题的效果。观众在声、光、电、音、舞的情境中，感受诗歌之美，感受中华文化的灿烂与辉煌。

（四）篇章之间的无缝衔接

区别于一般性的综艺晚会，《寻梦中华》不设主持人，七个篇章以音诗画旁白讲述加以贯穿，行云流水般渲染勾连华夏文明历史进程。

开幕钟声后，恢宏大气又委婉深幽的音视频画面徐徐展开，浑厚的男声旁白在第一时间磁石般扣紧了观众的心。

从女娲补天的神话中
从钻木取火的传说里
我是一支久远的历史民谣
……

这里第一人称的“我”，是充满意蕴的华夏之子的化身，既发思古之幽情，又渲染着时代与历史的真实，自豪而神圣，也为序篇《永远的飞天》做了很好的铺垫。而后依次展开的各篇章旁白讲述，同样以极具张力的文字和音视频背景起落跌宕，回环衔接。但统一中也不乏节奏张弛之变化，如第三篇章《唐风宋雨》的幕间词是在孩子们情景表演《清明》中自然融入女声现场讲述，尾声《祖国啊，我的祖国》前的幕间词则紧随上一篇章最后一个节目《国际歌》进入。舞台后方是白色军服的战友合唱团的庄严造型，华彩恢宏的音乐响起，讲述进入。

岁月啊 岁月
背着手走过
细细悠长
听着自己的故事
泪水流淌

今天的人们和未来的人们

都有着自己的鸣响

……

这是一段回溯式讲述，是对整台晚会承上启下的贯通，内涵厚重，音韵铿锵，犹如一道光束辉映人心，与尾声的歌舞表演《天耀中华》一起将晚会推向高潮。

综上所述，《寻梦中华》大型原创音乐诗史朗诵晚会，是传播中华文明，讲好中国故事，彰显中华优秀文化的有意义的尝试。

《习近平总书记在文艺工作座谈会上的讲话》中指出，新时代的作家艺术家"应该成为时代风气的先觉者、先行者、先倡者，通过更多有筋骨、有道德、有温度的文艺作品，书写和记录人民的伟大实践、时代的进步要求，彰显信仰之美、崇高之美，弘扬中国精神、凝聚中国力量，鼓舞全国各族人民朝气蓬勃迈向未来"。文艺是时代的眼睛，是春风化雨服务人民，滋养人心的绵绵血脉。《寻梦中华》带给我们的启示是多方面的。

其一，一台精品晚会，一部优秀的文艺作品绝不是一蹴而就的，艺术需要想象，但必须脚踩坚实的大地，矢志不渝坚定信念，善于学习勇于创新，锲而不舍勤勉耕耘，才能放飞梦想。

其二，社会主义文艺的舞台天宽地阔，飞速发展的当代社会，人们日益丰富的精神文化需求，呼唤着新的更加多样的文艺样态。以人民为中心，不断发现、培育人民群众需要和喜爱的文艺新品种，演出新样态，当是新时代文艺工作者义不容辞的责任。

而本台晚会给予我们最深刻的启示在于：文艺工作者只有立足中国现实，回到中国语境，植根中国大地，阐释好中国精神、中国价值、中国力量，才能找寻到五千年中华文明的根。在中华传统文化肥沃的土壤上耕耘，用经典致敬经典，才有可能创作出为新时代立传，为人民喜爱，"传得开，留得下"的优秀作品。

当然，作为一支专注于朗诵艺术的普及和群众性朗诵艺术活动组织的团队，如果《寻梦中华》能够为朗诵晚会这一文艺新样态提供新内涵，贡献新视角，也自是一份额外却欣慰的收获。艺无止境，以文化人，使命在肩，我们将以此为起点，继续努力，为观众奉献更多的艺术精品。

红色基因薪火相传

——观音乐剧《花儿与号手》

◎马珊珊

由宁夏演艺集团歌舞剧院创作演出，以“革命文化”为题材的宁夏首部音乐剧《花儿与号手》，自 2018 年 3 月 19 日晚在宁夏人民剧院演出以来，已在区内外演出 36 场，受到社会各界的高度关注。

该剧由李春喜、冯静、张宗灿担任编剧，王晓鹰、信洪海分别担任总导演、执行导演，温中甲、刘闻担任作曲，讲述了红军小号手李瑞金从江西老家随中央红军长征北上，在宁夏六盘山区遭遇马匪军阻击身负重伤无法行走，被救疗伤，其间一位姑娘用自己的生命挽救了瑞金，演绎了一出闪烁革命理想和信念光芒的凄美爱情故事。专家认为该剧是一部“具有时代特征、地域花儿特色的音乐剧”创新之作。先后入选 2017 年国家艺术基金大型剧目资助项目、2019 年西部及民族地区重点原创剧目专家支持项目和 2020 年度国家舞台艺术精品创作扶持工程重点扶持剧目。

题材独具优势。该剧的创作，是策划者和艺术家们一次非常有意义的文化践行和艺术创新。取材于毛主席在六盘山上留下著名的诗篇《清平乐·六盘山》，埃德加·斯诺在《西行漫记》一书中拍摄到红军小号手的珍贵镜头以及红军西征纪念馆小号手塑像。男主人公“小号手”既是红军的代表，是方向的指引，更是理想信念和革命奋斗目标的象征。女主人公“花儿”既是地方民众代表，更是中华民族精神、民族文化和民族家园的象征。全剧以全新的艺术表现形式，以小号手和花儿两个主要人物的相识和情感经历为主线，有《收留》《智救》《教唱》《较量》《诉请》《落花》六场戏，幕间由讲述人回族长者用民歌“花儿”演唱串联，既委婉动听又扣人心弦。故事结束时花儿从瑞金手中接过红军小号，昭示着红色基因薪火相传，以小视角反映大主题。该剧既是表现红色题材、长征题材、革命题材的艺术乐章，又是以浪漫主义和现实主义相结合的艺术手法，赞美各民族大团结、大融合的奋斗史诗。该剧目自2014年策划到2018年搬上舞台，历时4年，18易其稿，作品选材具有强烈的现实意义和厚重的历史意义。在宁夏还具有艺术开拓创新的里程碑意义。

音乐极具特色。本剧引用六盘山“干花儿”与江西民歌作为主要音乐元素嫁接组合在一起，节律和谐、情感统一，地域特色鲜明，民族特色浓郁。全剧引子用一只小号独奏，悠远感人，意境深邃，生动象征男女主人公的爱情主题，首尾呼应。演唱设计有巧思，象征着红军的江西民歌旋律的运用，亦成为了加强剧中军民情感的重要纽带。舞台上，瑞金与花儿二人相诉爱情的二重唱场面，瑞金、马少爷、花儿的三重唱，把人物的心理和思想脉络非常清晰地展示给观众。瑞金、花儿与父母同在舞台上，以蒙太奇手法跨区域梦幻般表演的四重唱旋律，音调上既有传统歌剧的庄重动感，又有现代音乐剧的通俗性格，可谓情调浓郁且颇接地气，十分具有欣赏性和群众性，也为剧中爱情、亲情、友情以及剧中各色人物情感表现进行了细致的铺垫。合唱部分细腻生动，段落个性分明、亲切真挚，深化了故事情境。

舞台呈现精良。整场演出，音服化道灯演和谐统一，音舞中有戏，戏中有音舞。以新颖的艺术手法、百姓的视角、群众的语言为特点，朴实、真实。瑞金教花儿吹军号“听、听、听”这段曲子，特别自然，非常朴素、非常真实，同时也很打动人。尤其值得一提的是，剧中几位主要演员的演唱颇具特色，他们出色地掌握了演唱技巧，又形成了自己独特的演唱风格，也成为该剧在表演上的一大特色。剧中舞蹈场面也为剧情发展做了很好的推进和铺垫，比如花儿歌会中的群众民族舞蹈，体现了西北民风的突出特点。一些现代感较强的现代舞，带着年轻人火热的时代个性，呈现出生机勃勃的震撼力和感染力。该剧以独特的舞台设计和呈现方式，油香、馓子、羊响板等带着泥土般芬芳的民风民俗，原汁原味地反映了六盘山革命老区的风土人情，更增加了浓郁的地域特色，为我们展现了一个群众喜闻乐见的中国音乐剧样貌，即以悦耳且接地气的花儿语汇、多元化的艺术表现手法讲述鲜活的革命主题，培根铸魂、化人养心。

音乐剧《花儿与号手》作为一部原创剧目，还有许多不足，有待进一步完善提升。该剧目的上演，是对我国民族音乐剧进行创新尝试的重要艺术实践，为主旋律作品的艺术表达提供了新的思路。希望该剧目通过不断打磨提高，能够在我国原创音乐剧舞台上立得住、留得下、传得开。

马珊珊，宁夏回族自治区文化和旅游厅二级调研员。

浅议“学习强国”平台抗疫公益主题歌曲

◎朱玉龙

在抗击新冠肺炎疫情中，正确而有力的宣传舆论工作，有助于防疫信息的通畅、精神的引导、社会的稳定和民心的凝聚。“学习强国”平台坚持以人民为中心的工作导向，充分发挥了党的舆论宣传优势，先后开通了“在家上学”“在家看电影”“在家学慕课”“在家读书”“在家听音乐”等系列专区，通过讲好战“疫”故事、刻画最美人物，激发正能量，在广大党员、群众中进一步提升了“学习强国”学习平台的影响力、公信力，真正把疫情防控宣传做到群众心坎上。

一、以“学习强国”平台为载体，构筑“战疫宣传”强势网

在抗击新冠肺炎疫情的大考中，“学习强国”平台创新推广方式，第一时间发布了一大批激情澎湃、能量充沛的音乐作品，为全民抗击疫情营造强大宣传声势、提供不竭精神动力。广大的音乐从业者和音乐爱好者以词言志、以歌传情，创作、改编、录制了许多首优秀的抗疫主题公益歌曲，给全国人民交出一份满意的时代答卷，在歌曲创作数量上来看，创下历年新高。

抗击新冠肺炎疫情期间，在“学习强国”平台收录的抗击疫情公益歌曲辑达 82 部。其中有中国音乐家协会和人民音乐出版社联合推出的《抗“疫”战歌——全国抗击疫情公益歌曲选》、上海音乐出版社联合“学习强国”上海学习平台推出的《音乐传情、风雨同心》《人民的战役——战“疫”优秀公益歌曲选集》等作品辑，还有《等风雨经过》《在一起》《守护希望》等主题公益歌曲辑 42 部，全国优秀战疫公益歌曲辑 7 部，全国校园抗疫主题原创歌曲辑 6 部，各省发布的抗疫歌曲辑 27 部。据不完全统计，“学习强国”平

台收录抗疫主题公益单曲千余首，歌曲不仅讴歌了那些逆风而行的无名勇士，同时也给全国人民带来许多温暖，也鼓起了全国人民战胜疫情的决心和信心。

二、“学习强国”平台公益主题歌曲呈现的主要特征

（一）作品坚持正确的舆论导向，创作主题鲜明

在抗击冠肺炎疫情中，文化舆论有着重大的历史使命，音乐从业者、爱好者及社会各界积极响应与落实党和人民政府的号召，坚持正确的政治方向、坚持正确的舆论导向，通过抗疫公益主题歌曲引导大众正确认识疫情，为奋战在疫情防控工作中的人们鼓劲助威，凝聚起万众一心打赢疫情防控阻击战的强大精神力量，表达出对最美逆行者、全国人民众志成城抗击疫情的感动，涌现了大量的有大爱、有情怀、暖人心的作品，为战胜疫情输送了大量的优质精神食粮。

总体来看，抗疫公益歌曲创作主题鲜明，切入点呈现多样化。主流创作题材主题聚焦抗疫防疫，创作角度主要从歌颂白衣天使和英雄勇士、鼓励疫区人民战胜困难、祝福全民抗疫成功等方面开展的创作。有的作品反映人间大爱，如《坚信爱会赢》《最美的温暖》《点亮生命》等；有的作品是对祖国大爱的讴歌，如《相信祖国》《大国大爱》《致敬祖国》；有的作品是向最美逆行者致敬，如《白衣战士》《解放军来了》《谢谢白衣天使》；有的作品侧重为武汉人民鼓劲，如《挺住，武汉！》《武汉，加油》《等你，武汉》《武汉，我的家》等。这些优秀的公益歌曲艺术形象鲜活，富有感染力，对抗击疫情起到了抚慰和激励的作用。

（二）作品创作速度快，平台宣传推广力度大

面对突如其来的疫情，“学习强国”平台，积极承担起文化宣传的使命，第一时间发布了中国唱片集团录制的《武汉加油，中国必胜！——抗疫优秀原创公益歌曲 MV 作品精选专辑》，将音乐作为连接情感的纽带，传递勇气和关怀，为打赢疫情防控阻击战提供有力舆论支持。平台发布的由中国音乐家协会和人民音乐出版社精选优秀作品集结成专辑《抗“疫”战歌——全国抗击疫情公益歌曲选》，专辑中的每首歌曲或激昂、或温馨、或朴实，用爱发声致敬医务人员，展现了中华民族的伟大凝聚力和全国人民携手同心、攻克难关的精神力量。随后一批又一批抗疫歌曲如同海浪般接力发布。歌曲《唱给人民的信》，通过朴实、诚恳、走心的音画演绎，鼓舞因疫情而失业、停工、待业、确诊、隔离的人民群众要相信党和国家，通过歌曲宣扬革命主义和爱国主义。歌曲《风雨涅槃》饱含深情地展现了武汉这座英雄城市的自然景象和人文风骨，描绘了经历坎坷、跨越磨难、穿过风雨后，生命坚毅绽放、城市涅槃重生的壮阔画卷。歌曲大气磅礴、情感真

挚、打动人心。作品以大开大合的曲调,刻画大武汉的大美,以由内而外的吟咏,揭示大武汉的城市精神。

(三)词曲创作视角独特,制作独具匠心

整体来看,多数抗疫公益主题歌曲较好地融入了当代音乐的很多新手法,部分作品在和声、配器、色彩的发展空间上做了拓展,一些作品达到了很高的音乐水准,如周杰伦作曲、方文山填词的歌曲《等风雨经过》作曲编配、风格形式不落俗套,从艺术的角度讲,曲、词与主题完美地契合,仅用钢琴作为伴奏,诉说一切感动的瞬间,同时也能表达对在前线奋斗的人们的敬意和感谢。还有一些作品词曲创作视角鲜明独特,例如由邓东源作曲、著车行作词共同创作的《为祖国加油》,歌曲站在全民抗疫的角度,用催人奋进的旋律、简洁的歌词,激励人们在灾难面前把祖国利益放在第一位,为打赢这场抗疫阻击战而奋力拼搏。陈涛作词、王备作曲、歌唱家韩磊演唱《白衣长城》,将白衣战士比喻为作战时的军人,由于医护人员女性比例较高,所以在创作中用到了偏柔情的元素,歌曲以第一人称视角"我"的倾诉,表达了医务工作者不忘初心、使命在身的责任担当。17 位武汉文艺工作者创作公益歌曲《武汉伢》,用最深情的旋律将武汉的每一个角落通过武汉人的视角一一描述,歌曲以深情柔美的旋律、清新质朴的语言,描绘了武汉热干面、黄鹤楼、大桥,特别是在病毒肆虐武汉这个特殊时期,让每个中国人都记得武汉最美的样子,温暖抚慰了身处疫情一线的武汉人民,同时也深深打动了全国人民的心。

(四)创作手法多样,音乐类型丰富

歌曲创作主体和演绎极其广泛,不仅有张学友、周杰伦、林俊杰这类明星歌手参与的创作或演唱,也有文艺剧团、高等院校教师等专业艺术工作者自发参与的创作演绎,同时创作覆盖了全社会各行各业,有医务工作者、电力检修员,还有旅居海外的企业家、军医大学的政委等,用公益歌曲共同传递着抗击疫情的坚定勇气。

在众多的公益主题歌曲中,不仅有流行音乐作品,还不乏美声、民族、摇滚、融入戏曲元素的歌曲。如京歌《战疫情》《勇往直前》,越歌《风雨逆行人》《逆行千里》,评弹歌曲《秀发》《会说话的眼》等,大多采用中国传统戏曲元素与现代作曲技法相结合,将二者融合统一,使歌曲与戏曲完美融合,旋律部分个性鲜明,特色突出,具有较高的识别度和较强的现代气息等特点。武汉汉剧院汉剧工作者创作的抗疫汉剧戏歌《武汉城》,旋律优美、对白雅致、文本大气,使传统的"皮黄韵味"具有了现代色彩;海宁越剧团创作的《抗击肺炎之歌》,采用进行曲的形式,20 句,每句是 7 个字的唱词,运用越剧特色的旋律和普通话的演唱形式,通俗易懂;还有被网民称为"最另类抗疫新歌"的摇滚民族风抗疫公益主题歌曲《天亮去赶集》,摇滚乐结合极具中国特色的陕北民歌要素所迸发出的中国魅力,作者把封禁比成长夜,把解禁比成天亮,把世俗的快乐比成赶集,用大量通俗的形象,如山花、蜜蜂、公鸡、人山人海来代表日常生活,用热干面、豆皮、卡拉OK、唱大戏来代表世俗享受,用姑娘来代表内心的理想和追求,用近乎呐喊的歌唱反映了压抑状态下的人们的心声以及对未来的憧憬,作品所展现的信念价值和人生意义使人振奋,充满正能量。

三、坚持正确的舆论导向,凝聚强大宣传合力

党的舆论宣传工作是党的一项重要工作,“举旗帜、聚民心、育新人、兴文化、展形象”是新形势下宣传思想工作的使命任务,在防控疫情的严峻斗争中,党的组织体系高效运转,充分发挥出舆论宣传作用,彰显了党的思想引领力。

正确的舆论导向是把握重大疫情防控主动权、增强人民群众战疫必胜信心的重要法宝。“学习强国”平台作为党的宣传、学习阵地,在抗击疫情宣传中第一时间传播权威信息、普及防疫知识,引领主流舆论场,并用文艺作品来凝心聚力、振奋精神,同时不断探索创新之道,迅速进入到互联网这一舆论引导的主战场。平台发布的抗疫公益主题歌曲充分发挥了传播快、覆盖广的独特优势和感染力强、贴近群众的显著特点,是“互联网规范文艺”时代凸显人文主义思想、彰显人文关怀的具体表现,是文化、艺术进步的标志。通过公益歌曲的传播营造出万众一心、阻击疫情的舆论氛围,创造了疫情防控良好文化环境,消除群众恐慌情绪,展现了中国人民同舟共济、众志成城的良好精神风貌,彰显出坚定抗疫一定胜利的决心。

朱玉龙,艺术学硕士,宁夏警官职业学院讲师。

舞蹈《花儿漫漫》的形象塑造及艺术特色漫谈

——舞蹈《花儿漫漫》灵感题记

◎严 惠

一、舞蹈《花儿漫漫》主要内容及创作构思

在《花儿漫漫》中听到了“花儿”的歌唱，生命如同花儿一样纯美、清莹。花儿是歌，花儿是人，花儿就是生命最完美的绽放。舞蹈艺术创作来源于生活的点滴，来源于真实的生命体验，在创作者对自然美、生活美的真切体验和感动中，运用舞蹈艺术的语言，表现美、传递美，正所谓“情动于中而形于外”，这一份对生命、生活炽烈的真情用灵动、柔曼、俊俏的花儿之美淋漓尽致地体现。

舞蹈《花儿漫漫》的主题表达：通过对深沉而厚重的黄土地，像母亲般孕育花儿的馨香的意象创造，以花儿的曲调、歌唱烘托民族的地域文化色彩，舞蹈语汇形式以踏脚的节奏感，踏出民族特点的节奏。在此基础之上，编导充分运用现代舞的编排技法诠释着花儿的万千姿态，在艺术表现上编创既熟悉又陌生的语言表达效果，营造出花儿在空中飞扬，花儿在银河曼舞的美丽图景。黄土地像母亲一般，为每一个生命奉献无私的爱，它平凡而真挚地孕育了花儿的烂漫。舞蹈《花儿漫漫》的创作，力图将这独特的美和花儿生命的情调用舞蹈艺术的表现予以呈现，表达了人与自然的完美结合，也表达了对黄土地深深的眷恋和颂赞。

作为参加两届回族舞蹈展演的年轻编导，希望通过不断的创作实践活动，继承和发扬宁夏舞蹈人为了宁夏舞蹈发展而努力的精神，在众多优秀的地域性特色浓郁的舞蹈作品中吐蕊、烂漫，这更是一种来自创作的幸福。探索符合宁夏地域性的舞蹈文化符号，通过舞蹈艺术创作予以体现，并且在不断的创作中思考。

二、舞蹈《花儿漫漫》的形象塑造

在舞蹈《花儿漫漫》的创作过程中，作为创作者，我们深受花儿烂漫之美的感染，只有自我内心的感动和激情是远远不够的，需要对花儿进行具体的能够让观众感受得到的塑造，这就涉及了舞蹈创作中的核心关键——关于舞蹈的形象塑造。

（一）舞蹈形象塑造的直观动态性把握

舞蹈艺术的本体体现人体动作，以及通过人体的姿态和造型的不同组合和发展变化，来对舞蹈形象进行具体可感的体现。塑造花儿的形象，需要通过具体的动作、姿态、造型予以凝练，赋予其符号性的同时，蕴含宁夏的地域性特色。《舞蹈艺术概论》中分析："从舞蹈艺术的物质外化形态方面，舞蹈最重要的艺术特性就是舞蹈形象是一种直观的动态性形象。"

舞蹈《花儿漫漫》的形象塑造，在直观动态性方面，从直观感觉塑造对花儿的自然美的呈现，继而通过具体的模拟花儿的生长动作，以及花儿含苞、初绽、绽放、盛放等不同状态的造型来体现动作性和造型性，最后准确地把握花儿的生命状态、生长过程是舞蹈中的"花儿"，这种舞蹈着的生命感要符合舞蹈的节奏性、韵律感。

（二）舞蹈形象塑造的内在情感性表现

舞蹈的内在本质的重要体现，就是情感性的表现和思想性的表达。舞蹈《花儿漫漫》在情感表达方面，蕴含着对花儿之美浓烈的喜爱和赞美。这种喜爱和赞美，不仅仅是对娇艳的花儿本身的喜爱，更是在对其本身喜爱的表达的基础上，对生命的礼赞。生命的生长是一个融合着时间浸润的神奇过程，在这个过程中，每一个阶段都有独特的存在状态，充满着不同生命质感的魅力，带给我们无尽的遐想。跨越花儿本身的自然美，花儿也是我们宁夏地域性特色的文化元素，从自然美的第一性，升华到生活美、社会美的第二性，这一层面的情感投射，更是对家乡的眷恋和赞美。舞蹈《花儿漫漫》是一个以"抒情性"为主要特点的作品，因此，在情感的抒发和表现上则运用了充分的舞蹈艺术手法予以呈现。

（三）舞蹈形象塑造的多元综合性融汇

舞蹈艺术的艺术特征，从表现方式来看，某种程度上更是一种多元综合性元素的融汇，舞蹈作品在舞蹈艺术的综合性中彰显独特的艺术魅力。正所谓"舞蹈，是一种以人的身体动作为主要表现手段的艺术，但是从它产生的那一天起就离不开音乐、诗歌、美术等因素，它们同样是舞蹈艺术的重要组成部分。因此，舞蹈的形象是一种综合性的艺术形象。"首先，在舞蹈《花儿漫漫》中，不仅塑造舞蹈中的花儿的形象，花儿还充分地体现在作品的音乐形象中。众所周知，在舞蹈和诸多艺术的关系中，尤其突出的紧密联系是和音乐的关系，一部优秀的舞蹈作品，舞蹈和音乐在某种程度上是高度的契合关系；其次，舞蹈作品的服装设计，从色彩、式样都紧紧围绕着花儿的形象，塑造花儿烂漫的舞蹈形象特点；最后，在演出时对现场灯光，以及舞美的设计也是舞蹈创作中不可或缺的一部分，舞美效果的配合和协调，为了体现花儿的生命生长过程，以及不同的生命质感。

三、舞蹈《花儿漫漫》形象塑造的艺术特色

（一）《花儿漫漫》形象塑造的艺术特色——语言创新

舞蹈语言是塑造舞蹈形象过程中最终的具体方式，舞蹈的题材、主题，人物、形象，关系、情感等，是靠形象塑造予以呈现，而形象塑造、表现的具体方式要依靠具体的动作、短语、语汇，以及“有意味的形式”共同配合体现。因此，毋庸置疑，舞蹈语言是舞蹈创作中最核心的本体。对于一门艺术而言，艺术表达的魅力也在于语言的创新，基于宁夏地域性舞蹈特色的风格性语言，我们需要更多的探索性语言的创新，甚至是某种程度上的“陌生化”“独创性”，创新能体现出一门艺术独具个性的魅力。所以，就舞蹈艺术创作而言，创作者在具体实现舞蹈创作的过程中，特别注重形象塑造的语言创新的艺术特色。

具体在舞蹈《花儿漫漫》的表现中，舞蹈的第一段在舞台中心形成一朵用人体构成的花朵，舞台中心的空间位置首先就具有强表达性，突出了人形花朵美的意象，每一个人都是一朵美丽的花朵，而每一朵花拥簇在一起，随风摆动、摇曳多姿。同时，在舞蹈的形象塑造上突出各种头部的动作，以点动、闪动、摇动、颤动等不同动作质感的灵动，点缀着花儿破土而出的青涩，继而在花儿的成长中，意图表达对青春、对生命的赞美。

（二）《花儿漫漫》形象塑造的艺术特色——动静相宜

《花儿漫漫》最终将舞蹈立意定为用拟人化的手法来诠释宁夏的花儿，从孕育、生长到烂漫的生命过程。生命的过程充满了动态感，在动作性上着力把握花儿生长的动态，而由于万物存在的相对性，动态之所以为生动的质感，也需要静的状态予以衬托，动静相宜、动静融合，在花儿灵动的生命成长变化和安静的生命存在状态中，一动一静，表现《花儿漫漫》形象塑造动静相宜的艺术特色。

冰心说：“成功的花，人们只惊慕它展现出的明艳，然而当初它的芽儿，却浸透了奋斗的泪泉，洒遍了牺牲的血雨。”常人眼中，花儿不过是美丽的符号，令人赏心悦目的一道亮丽风景了而已。其实花儿告诉我们的不仅仅是美丽，还有隐藏在美丽背后无尽的哲理。

（三）《花儿漫漫》形象塑造的艺术特色——诗意表达

创作初期，舞蹈《花儿漫漫》的创作者鉴赏了许多关于花儿的诗句，对其中两首诗

印象深刻，使之产生了关于“美”的诸多联想。“一沙一世界，一花一天堂，无限掌中置，刹那成永恒！”以及“一朵飞翔的花，改变着日子的颜色！”诗的语言在极简的表达中，却蕴含着无限的意境和韵味；诗的形象在生动的表现中，更体现着无尽的唯美和追求。这是多么美好、多么浪漫的一种境界，简单，纯粹，寓意无限。在诗的深度感染中，影响着《花儿漫漫》形象塑造体现诗意表达的艺术特色，同时使编创者更加明确要用简单而纯粹的舞蹈语言，像诗一般的舞蹈语言，表达花儿的创作基点。

著名舞蹈评论家张苛老师对宁夏地域性舞蹈做了独到、精彩的点评：“《花儿漫漫》表现回族少女的花儿漫漫，把晃头发展为摇头、点头、甩头，幅度之大，节奏之密，这样的头部运动在民族舞蹈中居首位，这恰恰表现了回族少女天真活泼的形象。”这一席话使我大喜过望兴奋不已。在作品的创作阶段，有些感受只是在意识当中，没有这么清晰。张苛老师的点评就像迷雾散开般透亮，更是一位值得尊敬的前辈对我们的美好祝福和对后辈成长的期待、寄语。

望着宁夏特色的地域性舞蹈之花漫山遍野开放，在花儿滴滴的露水中品尝到了特有的芬芳，生命如同花儿一样完美地绽放。让我们宁夏的舞蹈创作者们心中持有同一个信念——勠力同心，让宁夏舞蹈之花馨香四溢。

严惠，毕业于北京舞蹈学院，中国舞蹈家协会会员，宁夏舞蹈家协会理事，现为宁夏艺术职业学院舞蹈骨干教师，讲师。创作的舞蹈《花儿漫漫》荣获中国文联、中国舞协舞蹈“荷花奖”作品银奖，多次荣获全区少儿“希望杯”舞蹈比赛金奖和优秀指导教师。2018 年创作舞蹈《一棵树》获国家艺术基金舞台艺术创作项目等。

专题·书法

辉煌六十年 走进新时代
——庆祝自治区成立60周年全区美术摄影书法作品展策划后记

◎宋 琰

2020年9月16日，在宁夏文联的领导下，宁夏书法家协会与宁夏美术家协会、宁夏摄影家协会共同策划举办了“辉煌六十年 走进新时代——庆祝自治区成立60周年全区美术摄影书法作品展”。

应《宁夏文艺家》的要求，我谈一点策展感言。

本次展览是在全区上下深入学习贯彻习近平新时代中国特色社会主义思想和喜迎自治区成立60周年的热烈气氛下举办的，因此意义重大、影响深远。为了组织好本次展览，我们动了一番脑筋。

首先，为了体现宁夏书法60年以来的发展历程，我们邀约了宁夏书法家协会所有担任名誉职务的老书法家作品，体现了宁夏书法薪火相传的传统。其次，严格评审程序，让更多优秀作品展现出来，展览中的很多新人新作昭示了宁夏书法的未来。为了更好地以书法的特色体现本次展览的主题，我们组织了“十九大报告小楷十四条屏”和“自治区党委十二届三次全会精神组合式创作”两大主题创作。本次主题创作，书法家协会高度重视，精心部署安排，创意、设计、书写、装裱历时7个月。对书写作者反复斟酌选拔，确定了53人的创作团队。对作品内容、形式排版反复设计，然后组织创作研讨会对作品整体创作效果、创作过程、技术细节、装裱要求等环节进行反复研究探讨。为了保证作品最终的书写效果，专门从广东购买特制创作用纸，并进行创作前期制作。为了避免书写过程中简繁字错用的情况，专程从香港地区购买繁体版本的《十九大报告》。此次主题创作的装裱也一改过去传统挂轴式的装裱，采用新式的板式装裱法，更加突出了作品的立体感和展厅效果，提升了作品的档次。在展览中，这两大主题创作格外引人注目，是本次展览的亮点之一。这两大主题创作可以说是宁夏书法家协会在“思想精深、艺术精湛、制作精良”文艺方针指引下的一次有力尝试。

宋琰，宁夏书法家协会主席，国家一级美术师。

菁华皆从质朴来

——马学智小字书法赏读

◎马文祥

从今天的视角看,20世纪七八十年代的宁夏,书画艺术已经逸出了当时地域的界定,成为特定历史条件下一道亮丽的文化景观。胡公石、罗雪樵、李芳春、刘正谦、胡介文等都在这里留下了足迹和身影,他们的书法展览无不引领时尚,辐射书坛。宁夏书法家协会创建之初的参与者马学智先生,长期致力于书法创作和学术研究,在书法艺术的认识上始终保持着平和的心态和清醒的头脑,在人生与艺术上追求宁静致远的境界。

马学智幼年时在家藏丰厚的各类典籍与名人字画的熏陶下学习诗文书法,磨墨临池。早年得到段启信老先生的启蒙,笔力渐成,后来,又观国内书法大家林散之等现场挥毫,又通过胡公石、刘正谦等先生的指点,与同道相互交流切磋,加之自身潜心钻研,涵养心性,其书艺渐入佳境。我每去心印堂,听他的教诲,言真语诚,受益良多。

在求学的过程中,马学智始终围绕二王一脉的书法经典展开深入研究。勤奋、博学、自信是马学智一贯的书写精神和孜孜以求的信念。从他各个阶段书写的作品来看,无论是从楷书到行书,还是从草书到各类小字微书,每一步都反映了他对书法的发展所作的探索和思考,其对历代书法经典下过的功夫亦是常人所不及的,其艺术追求已经不局限于一张素白的宣纸之中了。近日,他的《马学智小字书法》一书即将付梓了,书中小字作品起笔稳重、笔调古雅、姿态自然、内涵丰富、章法新颖,在盈尺之间,笔力、笔性与笔韵得以充分展现。

马学智所书《苏东坡·前赤壁赋》《李白·将进酒》《尹旭书学新论》等,并没有刻意恪守古法,也不讲究纸墨,浓郁的书卷气息扑面而来。每一个字有每一个字的格调,每一行字有每一行字的风度,有时密不透风,有时疏可走马,细微处可见笔锋,鲜活和灵动之气存于法度之中，更多地保留了魏晋之风的结字特点，以晋人笔法统之，又注重多方汲取艺术营养，笔墨自然而精心构造，儒雅端庄的自家气息。

在点画、使转、提按上颇有特色，行笔自然流畅，为点画带来了更加丰富的书写变化，深得王字的审美意趣，将这些毫厘小字放大若干，一定会发现每个字气象宏阔高昂、潇洒遒劲之美。或许，有人对用小字书法书写古人经典不以为意，认为这是机械简单地还原"传统"，不足言写，殊不知如此随性随意的书写方式，是一种饱学厚积的遣兴，使古老的以书写实用为目的文字上升为艺术创新，其功力之深厚自然不言而喻。作品《白居易·长恨歌》，虽然尺寸不大，内容也只是一首诗，但左右空间微妙的章法分隔、布局的处理，成了可以用艺术规律和审美特征来鉴赏的一件不可多得的艺术品，达到内心与艺术、内心与自然的相交与相通，吟读之间让你身入其境而耐人寻味。这件作品全面展现了学智小字书法丰富的形式，整体布局严谨、缜密，行笔自然舒缓、简淡玄远，笔势遒美健秀、平和自然、墨淡秀雅，无论是一字之内还是一行之中，点画轻重粗细，浓淡间呈现强烈对比，让观者可以清晰地感受到淡墨的运用更体现出运笔遒丽纯熟。字里行间始终透着平和悠远的意境，较好地反映出学智书写小字高超娴熟的书写技巧。昭示了他运笔的操控能力和谋篇构字的驾驭力，给人神韵悠然之感，不愧为其小字书法中的上乘佳作。

学智近年来一系列小幅小字书法的完成，得业内公认并一直享誉区内书坛，他为此付出了努力，他的每幅作品都倾注了他的心血认真完成，这对书法家而言，都是创作的更迭和技法的提升。他以古人先贤为基点，深入书法艺术表现的内层，兼容并包、博采众长，宽博厚重中见韵味，简淡流畅中见神奇，追求化繁为简，笔断意连的韵味，这是基于他在长期书艺实践中获得的体会与认知。学智的书法经历就是一个不断丰富修养的过程，他常常自谦地说，自己是信手写、游于艺。他常说，书家的风格是在临习、消化的过程中提升的，既要有字内功的技法锤炼，更要有字外功的艺术滋润，之所以有许多人喜欢他的作品，都是因为自己几十年临摹传统日课的积累。他是从内心吐纳古人精神，同时也是以自己的笔墨实践不断为传统注入自己的感悟。

70 岁后，马学智将主要书写精力转入小字书法的研究上。他用"半虚轩"这个斋号，激励自己不断充实自我。从他的作品可以看出，他很重视体现书法与文学的亲缘关系。书写内容的选择，往往注重品位、格调，选择历史传统经典中名篇、名诗与古句，并把自身的情感与追求写进自己期望的意境中，以小字书法形成自己的面貌和艺术语言特色。

综观马学智小幅小字书法，窃以为他是一个相当有毅力、有胆魄、有新意的书家，他将王字的笔法融入小字中，尽得古人意蕴，这种带有楷书同时又用行书交融的笔法，点画丰富、动感十足、韵律颇深，有质感、有弹性、有内涵。他深悟古意，对“二王”帖学有不同于常人的深刻见解，在审美取向上极善解悟古人意味、情感和古雅气息，形成了古稀之年个性小字书法的探索模式，字里行间呈现出耐人研读的古静之气，在当今艺术界，摒弃浮躁与虚狂，追求安静至境，而更显返璞归真、自然流淌的风尚。这种风尚在今天看来，仍显得是那么自然平和，质朴敦厚。

马文祥，中国文艺评论家协会会员、宁夏文艺评论家协会理事、宁夏美术家协会理论艺委会副主任、宁夏作家协会会员、宁夏文史研究馆研究员。

专题·美术

六十年沧桑巨变 六十载春华秋实

◎王雪峰

在庆祝自治区成立六十周年的日子里，自治区党委宣传部、自治区文联主办的“辉煌六十年 走进新时代——庆祝宁夏回族自治区成立60周年全区美术摄影书法作品展”如期开展。作为美术作品的组织承办方，宁夏美协提前大半年就开始了紧锣密鼓地筹备。为保证展出作品质量，集中体现社会主义核心价值观和主旋律的宗旨，根据文联指示，美协特别邀请了4位有创作实力的画家，针对壮美宁夏这一主题和脱贫攻坚的先进人物创作了《绿水青山今六盘》《巍巍贺兰魂》《塞上江南黄河韵》和《脱贫攻坚的好书记李进祯》4幅主题性作品，取得了非常好的展出效果。

公开征集作品时，遇到作品数量多、质量也比较高，但展出面积有限的难题，最终选出了90幅参展作品。这些作品形式多样、生动活泼，表现了画家们直面生活、关注社会、有感而发的创作精神。这次作品征集评选，从一个侧面反映出近年来宁夏美术事业的蓬勃发展和美术队伍的壮大，已经形成了一支包含老中青三代艺术家的稳定创作队伍。

这次展览中国画作品的水平普遍较高，作品尺幅也大，展出效果好。油画不够理想，版画有新人涌现，其他画种表现中规中矩，表现毛泽东诗词《清平乐·六盘山》的雕塑很有创意，展示效果也非常新颖。总之，这次画展也为明年的全国美展进行了一次摸底和探路。

王雪峰，宁夏美术家协会主席，国家一级美术师。

画人何以画心

——谈谈周一新的画

◎赵炳鑫

对于画家周一新，我早有耳闻。我与他都生活在宁夏，但说实话，我们并不熟，仅仅见过那么一两次面，印象并不深刻。但周一新的画却是见得多了，他在画坛享誉盛名，他的名字如雷贯耳，这些都是不用我在此饶舌的。在宁夏这个偏远地区，他的突出真还是一个奇迹。我们说，奇迹不是凭空产生的，奇迹的背后，肯定会有一个相当深厚的铺垫，对于艺术更是如此。这就如《庖丁解牛》中的那个庖丁，“砉然向然，奏刀□然，莫不中音”。这种炉火纯青的技艺，只有长期苦心孤诣的经营和钻研，到达一定火候就会水到渠成。观他的画，给我突出的印象是具有强烈的视觉冲击力和鲜明的艺术特色，可以说，他把中国人物画推向了一个新境界。

考察美术的历史，发展到当代，据我感知的情况大致有这样三个分支。一是承继文艺复兴和启蒙运动以来张扬人的主体性的人文主义绘画艺术。这一分支发展到现在，在美术学院里表现得最为突出。笔者曾在四川美院参观时感受尤为强烈。那些大学生的作品可以说把西方印象派、抽象派甚至野兽派的画风发挥到了极致，那种线条、比例的夸张和变形，那种色彩的极端化运用形成强烈的视觉冲击。笔者能理解这些孩子在导师的指导下已经深悟康定斯基的“艺术精神论”的精髓，他们把反讽的艺术手法运用到了极致，运用隐喻的修辞画语，把荒诞的现实线条化、色彩化，扭曲变形，从而达到审视人性、批判现实之目的。所以，他们的绘画已然成为反抗个体孤独，张扬生命意志的一种表征。这一类绘画不言自明，主要目的是表达作者的价值诉求，以思想取胜。二是传统主义绘画，以传统为宗，极力张扬传统文化所塑造的集体人格和地方民族特色，挖掘传统文化中的历史文化特质、风土人情，旨在表达原生态的文化、民族特色和地方风物所载的传统象征意义，这种接近自然主义的画风在我们当下的美术创作中比较常见。还有一种画风就是消费主义意识形态蛊惑下的“向内转”所催生的个人主义表现论。他们以表达个体经验和个人趣味为是，在这些个体中我们丝毫看不到充分“社会化”的个体，在他们的作品中，现代性缺席所导致的问题丛生的社会现实基本上看不到，因此，这样的画作与他之外的人基本上没有半点的关系，艺术的社会功能被缩减为零，审美也就成了无本之木、无源之水了。

要把周一新的画简单地划归于这三者中的任何一类还真不是一件容易的事。有人说，他选择的画路是传统人物画，也就是说他的学术主张是文化上的传统主义，但我并不认同。当然他的画路是根植于传统文化的沃土之中，但审美观念上却是现代的。他的画面中洋溢着现代人的生活气息，因此，他的画摆脱了传统的陈迹腐气，具有很强的人文气息。他非常清楚，要做一个有创见的画者，就不能仅仅停留在技法的层面，必须要有品位，有性情。既要训练技法，又要培养眼界与胸襟。只有“美”与“术”的交互作用，才能成就一位有品位的画家。他把从民间生活、神话传说和传奇故事中得来的体验，与对历史的阅读和理解、对现实的关注结合起来，以新的观念意识、笔墨图式和内在的思想情感、心灵意象相结构，在既定的传统画语中寻求超越。与此同时，他又在创作实践中有意识地在现有画派的风格中寻求突围，“既关注现实又不图解现实，既表现人物又不模拟人物”。注重人物角色的身份特征和主体意识，以及人物情感与激情的表达，在画面中探索变革与生机的可能。

记得著名美学家蒋勋说过，21 世纪是东方重新审视自己美学的时代。也就是说，我们要在西方强势美学思潮的冲击中找到自己的视点，重新认识自己几千年来传承久远的美学传统，找回自己的书写和观看方式，找到真正属于这个时代自己的美学，找到自己的生命在时间里延续的意义，这也是我们当代艺术家的使命。周一新在这方面的探索应该说是成功的。他的画作既具普遍的人文关怀又不失独特个性之表达。观周一新的画，之所以给我以强烈的视觉冲击，正在于他所构建的元气淋漓的艺术世界给观者以超强度感染力，这就不得不说他艺术创作所具备的倚马可待的功力了。出身于学院派的周一新，用线条和色彩开启了交往与沟通的大门，让我们感受到了来自西方的理性精神和来自东方的笔墨意趣。笔锋线条的传统一直是东方美学的核心，具有东方韵致的中国式笔墨一直是周一新的最爱，他深受明末人物画大家陈老莲、扬州八怪金农等画家的影响，将艺术之根牢牢地扎在中国美学的传统之中。比如陈老莲的“方笔直拐”，强调线条的转折与变化；比如在扬州八怪中以诗词见长的金农喜欢置入长篇大幅落款的特点等，都在他的画作中可以看到鲜明的印记。在当代，对周一新的艺术理念产生过重大影响的还有戴敦邦和刘国辉两位画坛大家。他早年师从戴敦邦先生，深悟戴先生那“传神的人物画线条、出神入化的白描手法”。他的画非常注重线条的表达功能，笔墨的渲染，工笔的运用，整体的和谐，不断追求艺术上的完美，力求实现自己心中极致的艺术理想。与此同时，他把从刘国辉先生那里习得的“写意人物画创作理念和手法”加以创新性运用，极大丰富了他的创作视野。他大胆运用当代的艺术语言表达传统文化精髓，从他的画作中可以看出，他立足于民族文化传统、风俗人情和当代社会现实，力图打通中西，创造性地运用笔墨，以大色系、大面积的铺彩，加上一种如丝一般的线条，力求达到色墨交融的艺术效果。

英国艺术家弗朗西斯·培根说：“真正的画家，不是按照事物实际存在的样子来画它们，而是根据他们对这些事物的感觉来画它们。”周一新有敏锐的艺术感悟力，他对人物的理解、捕捉人物的神态准确到位，他的画作在写意性上，力求与时代相契合，凸现人物的时代气息，使之更有当代性、趣味性，在人物的内涵、气质、境界上追求丰富、灵动、高远。与此同时，他又娴熟地运用中国画的工笔笔法，精微刻画呈现对象世界，在一幅画作中，这两套笔墨同时运用，却能和谐统一，达到镜像高度契合的艺术效果。近年来他致力于在传统文学题材的固有语境中探寻新的艺术表现形式。在他的笔下，历史、风俗、仕女人物、《水浒传》等中国古典长篇小说中的人物，生动鲜活，摇曳生姿。比如他的《怀素》是一幅水墨写意的巨制之作。莲花的泼墨写意，人物的精雕细琢，写意加工笔，妙手得之，浑然天成。水浒人物、关公、钟馗、古代仕女等在周一新的笔下，可以说焕发出了新的生命，他从文化上贯通古今，赋予人物以饱满的时代气息，特别是他的关公、水浒人物系列，可谓鸿篇巨制，蔚为壮观，从中可以看出他个性鲜明、独具特色的艺术面貌。这也是他在当今画坛占得一席之地的缘由。无论是对他所表现的对象世界的写实追真，还是在绘画时加入新思想、新感悟，他的作品既保留了前人风格，又更加丰盈动人。这既是对传统艺术形式追寻与探索之后在思想上的提升，也是对千年来所积淀的传统艺术的反向构建。当然，他笔下的现代人物，比如时尚女性、文艺青年、普通工人、劳动者等，同样给我留下了深刻印象。这种多种工笔和小写意人物造像，情景交融，妙趣横生。从他的画作中可以看到“养浩然正气，极风云壮观”的清新刚健，也能体会到“采菊东篱下，悠然见南山”的自在超然；既有“闲云逐野鹤，白鹭上青天”的悠然空灵，又有“铁马金戈，大江东去”的壮怀激烈；既有“独钓寒江，空望天涯”的深沉寂寥，更多的是“梦里千年飘忽远，唯有丹青自留香”的自信。

西汉大文学家扬雄曾说：“言，心声也；书，心画也。”书法是心迹，绘画何尝不是作者的心迹。书画不仅传达着个人的才情气质，也承载着作者的胸怀及精神气象。衡量一个艺术家的艺术价值，如果仅仅停留在技法的层面，那肯定是肤浅的。“手艺人”仅仅是一位艺术家走向成功的第一步，要真正学有所成，必须要有超越手艺人的勇气和追求，在这里，作者的胸怀和精神气象，也就是文化价值理念起决定性作用。观周一新的绘画，最能直击人心的是他的人物画语叙事中所体现出来的人的主体性和对“人”的发现，我以为这是周一新艺术价值的核心要素。这也是我没有把他简单划归为文化传统主义画家之列的缘由所在。我们说，西方开启启蒙现代性进程有三个最重要的指标，那就是“新大陆”的发现，知识的发现和人的发现。其中最为核心的就是人的发现。人的发现意味着一个有“内在性生活”的人的出现。周一新是一位有“内在性生活”的画家。这一点很重要。记得著名美学家李泽厚先生的《二十世纪中国（大陆）文艺一瞥》一文中在追溯中国现代性发轫之源头时，对号称“佛门不肖弟子，民国第一奇人”苏曼殊诗作进行分析发现，五四前夜的苏曼殊在其“情调凄凉，滋味苦涩”的文学作品中传达的“近现代人才具有的那种个体主义的人生孤独感与宇宙苍茫感”，无疑是一个文人内在性生活的表征，他称之为“黎明至时刻闪烁出的一簇微火”。有内在性生活的画家，他的笔下肯定有一个大写的“人”，这也是一个画家具备文化现代性叙事的标志。观周一新的画，给我最大的感受是对人的生命个体的尊重与张扬。黑格尔说，关心人比关心什么人更重要。周一新笔下人物众多，有传统文学作品中的人物形象，有宗教神话中的道士和尚，有仕女，有历史人物，有现代社会中的劳动者，有时代青年，有现代时尚女性……他画作中的人物都是一个大写的人，一个有独立精神的自由个体，整个画面展示的人物给人以强烈的自信和生命蓬勃的气息，神采飞扬，灵性十足，活灵活现，栩栩如生。我能感受到他画人物时的投入与用心，他把自己忘掉了，创作时的周一新已经不是他自己，而是他笔下的人物。这种以手画心的创作，为他笔下的人物注入了鲜活的血脉，同时，注入了精魂，充满着神采焕发的生命感，率性灵动。因此，他笔下的人物从里到外，散发着生命勃发的气息和神韵，无怪乎观者目之所及会怦然心动。这也就意味着，他的人物画已经摒弃了一切展览体和一切评奖体，超越了仿真和图解生活的工匠阶段，直达真正意义上的“存在”，是对现实生活的反向构建，从精神价值上其实是对文化传统主义的一种解构。这也是我不认同有些画评家把他简单归类为传统本土画家的缘由。

西方雕塑一隅之见

——以《全彩西方雕塑艺术史》为例

◎解怀福

阅读这本精美的书籍，西方不同历史时期、不同国籍的艺术家惊人的艺术创作成就，令我叹为观止。那一件件技艺精湛的雕塑作品，构成立体的文化精神盛宴，冲击着我的双眸和心灵，给我带来了极大的艺术审美享受。

不过，在看到多纳泰罗的《大卫》、切利尼的《珀修斯与梅杜萨》等作品时，我的第一感觉是心里发紧，不寒而栗。这些作品与二维空间的绘画艺术不同，与精巧细腻的工艺美术不同，与庞大而实用的建筑艺术也不尽相同。这些雕塑作品在三维空间里，毛糙坚硬的石头，冰冷黝黑的青铜，已被艺术家制作成立体的圆雕，鲜活为有血有肉有思想有情愫的人物，赋予了作者的思想智慧和艺术追求，主要是供于人们艺术审美的，因此，给欣赏者带来一定的视觉冲击力。

尽管不同历史时期，不同国家的各个民族，乃至整个人类，都无法避免战争等一系列问题，但能像西方这些雕塑家直截了当、惊世骇俗地表现暴力题材的，而且还被大多数民众接受，比较少见。这一点，与东方的艺术作品风貌和文化美学，存在很大的差别。

然而，或许由于社会文化背景与社会风尚不同，艺术理想、艺术态度不同，美学观念、美学趣味有别，我从这类艺术审美对象中窥视到西方文化渊源的河流中，流淌着较为浓郁的崇尚暴力倾向的暗流。

如文艺复兴时期，多纳泰罗的《大卫》，突破了中世纪教会的禁规，塑造成一个全身裸露的少年。这是古罗马时代结束之后的第一件裸体圆雕，它再次体现了米开朗琪罗的创新精神。这件取材《圣经·旧约》故事的作品，其历史地位、思想水准和艺术水准是毋庸置疑的。身体成“S”形曲线的大卫，正在低头进行深刻的思考。他将目光落在自己身上，似乎通过战胜敌人发现了自身的无穷力量。这种对自身价值与力量的肯定，正是文艺复兴精神的体现。同样是文艺复兴时期，为了超过多纳泰罗 40 年前制作的同名雕塑作品，委罗基奥从多方面对《大卫》进行了不同的处理："大卫"穿上了无袖短皮上衣和裙子；手中的武器由长剑换成了短剑；除了具有文艺复兴的理想标志——沉思中的人之外，作品还具有另一个标志——行动中的人。委罗基奥在形式上强调的是运动，而非多纳泰罗的宁静和放松。文艺复兴时期，切利尼的《珀修斯与梅杜萨》取材于古希腊神话故事。珀修斯姿态豪迈、潇洒，一手高举着梅杜萨的头颅，一手持刀，左腿弯曲，重心落在后腿上，呈放松状，加之略为低垂的头部，生动地表现出人物在结束紧张战斗之后的轻松。他脚下还踩着恶魔女妖的躯体。可以设想一下，在历史悠久、文明灿烂的中国，无论是古代还是现当代，不会有哪位艺术家"敢于创新"制作出类似的雕塑，以传达他的审美情趣。

或许是历史背景、文化背景、社会风尚、题材故事、审美情趣的变化，17 世纪以后，赤裸裸地表现暴力题材的雕塑作品就比较少了。即使 19 世纪的《提修斯和怪兽》，与以上列举的雕塑作品不同，有了很大的变化。《提修斯和怪兽》是卡诺瓦的一件以古希腊神话故事为题材的雕塑作品。它描绘的是雅典工子战胜半人半马的怪兽米诺陶的故事：提修斯左手捏住怪兽的脖子，右手扬起木棍正要下落，显示出了提修斯体内蕴藏的英雄气概和无限力量。这件作品似乎是个具有非凡意义的过渡，它更契合历史的道德、文明的理想，人物主体所挥舞的不是剑戟，而是棍棒；他要打杀的不是自己的同类，而是异类怪兽，整个艺术氛围温和了许多。

值得强调的是，我们无意忽略西方雕塑艺术的辉煌成就，仅是透过些许暴力题材的小小切口，凸显西方文化中的一种倾向。这种倾向的旁证也很多，譬如在十分发达的西方悲剧中，莎士比亚的悲剧，往往是剑戟铿锵。再譬如决斗这个古老习俗，自古罗马始源远流长，成为一种法律制度、文化风尚，直到 19 世纪初才被彻底废除。其间，骑士、贵族和普通人，动辄为司法、荣誉、政治、利益等进行决斗，拔剑相向，生死相搏。还有斗兽场，斗牛的风俗之类。

而在西方的绘画中，则会呈现出另一种风貌。

19 世纪的《萨宾妇女》，反映了 1794 年 7 月法国大革命失败后作者大卫的真实思想和感情。画面以高耸的城堡为背景，前景的两边是刀枪林立、两军对峙的战场，中间是一群萨宾妇女，她们带着孩子苦苦地哀求自己的父兄停止这场战争。德拉克洛瓦的《自由引导人民》表现了法国大革命中巴黎街垒战的场面，歌颂法国人民保卫共和，反对专制，争取民主自由的精神。德拉克洛瓦的《十字军进入君士坦丁堡》，柯勒惠支的

《农民战争·爆发》等这些带有暴力色彩的画面，大都属于历史画，描绘了战争和起义的瞬间场面，是集体群像，其暴力倾向不会像人物圆雕那样突出。取材于希腊神话传说的《愤怒的美迪娅》中的恐怖悲剧，则比较少见了。

在东方的艺术作品中，尤其是以描绘山水景物为主的中国画，以宗教佛像为主的中国雕塑，几乎看不到那样刀锋凌厉的作品。中国现代雕塑《人民英雄纪念碑浮雕》的八幅浮雕，描绘了近现代中国不同历史时期人民革命的典型画面，展示了英雄的群像；中国红色革命历史题材的战争纪念雕塑创作，也是以正面的集体群像为主，书写英雄主义情怀；即使展示个人英雄的圆雕，也不会放置在暴力和恐怖的背景中。

当然，西方文化中崇尚暴力的倾向，有多方面的根源和复杂的原因，而暴力的形式、暴力的危害和后果也是多种多样的。西方文化源头古希腊、古罗马及基督教经典《圣经》对文学艺术、文化的影响力，就是其中之一。不过话又说回来，暴力倾向毕竟不是主流，因为人类的“一部文明史也就是人类同自己的暴力倾向作斗争的历史”，否则，这个民族、国家，就会灭亡、消失。正如假恶丑与真善美同在，野蛮和暴力，也总是趋向文明、良善、救赎、和谐、爱与希望等。就是多纳泰罗，也有另类浮雕《圣母玛利亚与圣婴耶稣》的温馨，圣母紧抱着圣子，舐犊情深，优美而动人。《圣经》主题人物，在不同艺术家心中的艺术形象也各不相同，米开朗琪罗心中的《大卫》，表现的却是一个正准备投入战斗的英雄形象。中国传统叙事文学，如当代著名作家阿来所说，明清小说基本都是在写人与人的关系，习惯去挖掘人性的恶和卑劣。而古代诗歌、散文主要是正面宣扬真善美的，洋溢着满满的人性的温暖和人情味，是儒释道文化的精髓所在。

在思考恶的过程中，我们努力争取善。正义的战争是为了和平，英雄的价值在于消除暴力、制止争斗，驱邪为民、匡正社稷。构建人类命运共同体，和而不同，那是一种平和优雅、含蓄蕴藉的诗意生活。这正是我们美好的憧憬。

解怀福，宁夏作协会员、永宁县文联名誉副主席、县作协名誉主席，出版文学作品集《仰望星空》。

新锐·托举

“世界总量第一”和“全球单一市场票房之最”光环下的中国动漫产业

◎钟 文

一、动漫产业的概念

本文所述的动漫产业是指以创意为核心，以动画、漫画为表现形式，以设计、开发、制作、生产、出版、发行、播出、演出、销售和人才培养为产业链的二维和三维动画、网络动画、影视动画、游戏动画，以及与动漫形象有关的服装、玩具、电子游戏等衍生产品生产和经营的产业。动漫产业是文化、艺术与现代科学技术高度结合的新兴产业。

动漫产业是中国最具发展潜力的新兴产业之一，也是被中国政府列为重点扶持的文化产业，正在成为新的经济增长点，研究其发展前景、发展历程、发展规律及产业化对当今社会的影响，具有重要意义。

二、中国动漫产业发展的七个阶段

（一）万氏兄弟开启中国动漫产业

1922 年，万氏兄弟制作出中国第一部广告性质的动画短片《舒振东华文打字机》，其后拍摄的动画长片《铁扇公主》更是达到当时的巅峰。日本大神级漫画家手冢治虫就是因为看了此作品之后，放弃医学从事漫画事业，并将日本动画产业带上神坛。

在这个时期，中国动漫事业的成就可谓举世瞩目，是包括日本在内的世界各国学习的典范。

（二）《大闹天宫》等优秀作品震惊世界

新中国成立后，著名漫画家特伟指导建立了上海美术电影制片厂，曾在 20 世纪 60 年代和 20 世纪 80 年代两度出现动漫艺术创作的高潮，大批优秀动画片相继问世，诞生了《大闹天宫》《哪吒闹海》等许多我们耳熟能详的作品。

这个时期，文艺界百花齐放，大批动画创作者以独特的想象力，用木偶、剪纸、水墨等，为中国的孩子奉献了大批经典作品。这批作品相继荣获各类奖项，有许多甚至是最高奖。

20世纪60—80年代中国动漫作品获奖情况

时间	奖　项
1962年	第13届卡罗维发利国际电影节短片特别奖
1963年	第二届大众电影百花奖最佳动画电影
1978年	第22届伦敦国际电影节最佳影片奖
1980年	第二次全国少年儿童文艺创作评奖委员会一等奖
1982年	第五届基多国际儿童电影节三等奖
1983年	第十二届菲格腊达福兹国际电影节评委奖

（三）国内动画市场开放后，中国动漫劣势竞争

1993年以后，中国动画市场开放了，国家不再限制产量但也取消了政府收购，国内动画行业开始受到严峻挑战。一方面是中国动画片的产量少，原创作品只适应计划经济下做短片，庞大的市场需求不能被满足，同时国外动画片进入中国市场不再受限制，美国、日本动画产业经过近20年的打磨锤炼，早已从赶超者成了领先者，远比中国作品要成熟，作品数量也多得多，中国动画产业在竞争中处于明显的劣势。另一方面，面对国内巨大的消费群体，在销售上却没有形成真正的市场。国内动漫企业获得的播出许可费仅占制作成本的15%左右，甚至更低。

当时，国内动漫行业主要但不局限于这些问题：一是播出渠道少，采购价格低；二是版权模糊，例如《大头儿子小头爸爸》至今还有纠纷；三是衍生品市场不成熟，成本难以回收；四是政策相关限制，作品偏低幼化，难以吸引年轻人，导致了国内动画作品难以抵御海外同行的冲击。

（四）资本青睐，动漫产业驶入快车道

自2010年以来，中国文创领域快速发展，动漫IP成为相关行业及资本的追逐目标，动漫平台和制作企业发展迅猛。

2014年后，中国游戏企业对IP的需求达到巅峰，几乎将全球的IP全部采购，因此

刺激了国产动漫的发展。

(五)动漫产业营利模式探索呈现多样化

互联网播出模式同电视台播出模式并行,拓宽了作品出口,不仅为创作者松绑,也建立了全新的商业模式。

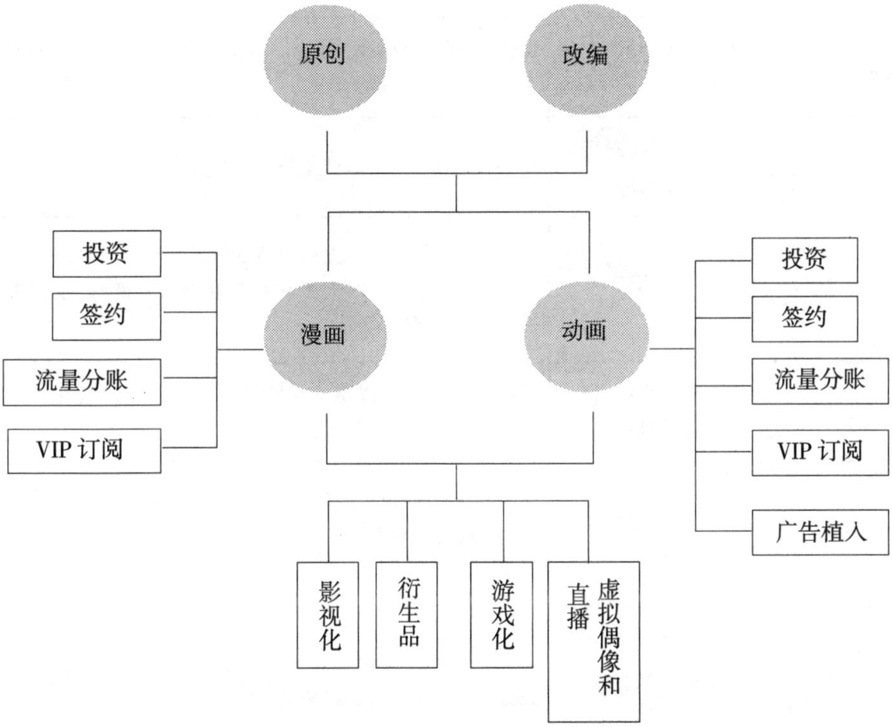

动漫产业营利模式

广告、用户付费和 IP 授权是动漫企业盈利的三大来源。动画受众门槛较低且广泛,内容播映能带来大量广告和用户付费收入;漫画受众门槛较高且小众,IP 授权带来的收入占比更高。IP 创造作为产业链的源头,直接影响整个产业链其他环节的变现能力,而下游 IP 衍生开发环节的盈利能力最强。所以,未来业内各企业布局的重点将覆盖整个产业链。

（六）国家连续出台系列支持动漫发展的政策，产业快速发展，总量迅速成为全球第一

2006—2019年中国动漫产业部分相关政策

时间	文件名	内 容
2006年4月	《关于推动我国动漫产业发展的若干意见》	国家将加大财政投入力度，用于扶持优秀动漫原创产品的创作生产，推动形成成熟的动漫产业链
2006年9月	《国家“十一五”时期文化发展规划纲要》	加快发展民族动漫产业，大幅度提高国产动漫产品的数量和质量
2008年8月	《关于扶持我国动漫产业发展的若干意见》	扶持民族原创，完善产业链条
2012年6月	《“十二五”时期国家动漫产业发展规划》	“十二五”期间，将着力打造5至10个知名国产动漫品牌和骨干动漫企业，同时完善动漫产业融资政策，鼓励各类资本投入动漫产业
2017年2月	《文化部“十三五”时期文化发展改革规划》	推动中国国际动漫游戏博览会等重点展会市场化，支持原创动漫创作生产和宣传推广
2018年5月	《关于延续动漫产业增值税政策的通知》	动漫企业增值税一般纳税人销售其自主开发生产的动漫软件，对其增值税是实际税负超过3%的部分，实行即征即退政策
2019年1月	《文化体制改革中经营性文化事业单位转制为企业的规定》	鼓励有条件的文化企业利用资本市场发展壮大，推动资产证券化，充分利用金融资源

（七）动漫作品市场定位趋向细化

尽管我国相关部门和相关政策对动漫作品没有实行分级，但在市场推动下，作品的创作实际上已经出现了少儿和国漫的区分：少儿类作品延续传统低幼动漫的路线，满足幼儿对动画的需求。国漫则主要面向20—30岁的青年，在画面和故事情节上更加热血、青春和冒险，例如《斗罗大陆》《斗破苍穹》《魔道祖师》等，大多数由高热度的网络小说改编而成，甚至播放平台也以网络为主。

目前的国内动画市场，国产动画电影主要占据二、三、四线市场，进口动画电影主要占据一、二线市场。少儿动画电影收入稳健，头部作品独大，但制作较为一般；成人动画电影市场潜力巨大，爆款较少，量和质都有较大提升空间。同时，动画电影市场呈现10亿票房门槛，两极分化较为严重，低于1亿元票房的作品占90%以上。

三、中国动漫产业的骄人成绩

(一)中国已成为总量世界第一动漫生产大国

中国社会科学院此前发布的国内首部动漫蓝皮书《中国动漫产业发展报告》(2011年)显示,在2011年我国国产动画片就达到385部22万分钟,取代日本成为世界第一动画生产大国,产量为日本的两倍。

(二)单部动画电影票房取得成功

《哪吒之魔童降世》累计票房达50亿元人民币,超过《复仇者联盟4》,成为全球单一市场票房最高的动画电影。

中国电影票房总榜 TOP3

电影	类型	制作	总票房(亿元)	上映时间
《战狼Ⅱ》	动作	中国	56.79	2017.07.27
《流浪地球》	科幻	中国	46.56	2019.02.05
《哪吒之魔童降世》	动画	中国	43.14	2019.07.26

(三)部分动漫企业逐渐形成以漫画、游戏、动画等融合发展的IP生态

在IP授权概念的影响下,动漫衍生形式泛娱乐、漫影游联动现象普遍,向着新领域积极进发。以国产动漫大IP“熊出没”的持有者华强方特为例,2018年,其文化科技主题公园营收达36.1亿元,远高于其动漫作品本体业务收入,成绩十分喜人。

四、当下中国动漫产业的问题及对策

在前面所述政策的催化下,尤其是从2006年4月26日国家把动漫纳入文化战略的一部分开始,国家广电总局在全国影视动画工作会议上宣布,通过一系列的税收激励措施,支持国内原创动画的发展,当时产量仅占全球11%份额的中国动漫产业走上了快速发展的道路。到2010年,短短4年的时间,仅动画片的产出就已经达到了22万分钟,取代了当时世界第一的日本,中国成为动画产量第一。

到了2011年,中国动漫产业全力刹车,但是由于政策驱动的惯性,中国动画片的产量还是突破了26万分钟,这一年日本作为世界第二动画大国,产量仅仅9万分钟,被中国在产量上拉开了两个档次。

现在,中国动画在产量方面,无论是和日本还是和美国比,都不是问题,产值和品质才是问题!为什么产值、品质与产量不成正比呢?笔者认为主要有三大问题需要解

决。

（一）动漫作品创意问题

在美国，动漫公司的核心竞争力是编剧。剧本是创意的基础，只有具有优秀的编剧，才会有好的创意，才可能有更多的变现环节。在欧洲，动漫市场也已成熟，同样是给予编剧足够的创作空间，不给团队制造任何压力。在我国，动漫产业迅速发展，但不成熟，许多动漫企业急于变现，对编剧的重视程度远远不够，甚至没有自己的核心编剧团队，靠购买剧本生产作品，这种模式下编剧责任心不够，意识形态的把控不足，主观意识参与过多，夹带私货成为常态。

2015年《大圣归来》获得成功后，迅速掀起了一股投资原创动画的热潮，资本蜂拥而入，以为有了钱就能搞原创，一些原本靠外包生存的动漫公司纷纷拉投资，并如愿以偿，但是他们没想到作品创意之难。结果一批又一批的动漫公司倒在了通往原创的路上，倒在了作品创意这个门槛之外。

2019年9月2日，《解放日报》记者龚丹韵撰写的《中国动漫产业真的崛起了吗》，讲述了在《哪吒之魔童降世》累计票房已超45亿元人民币，超过《复仇者联盟4》，成为全球单一市场票房最高的动画电影这一大背景下，通过深入采访动漫产业上的企业和工种，梳理出“前期创意：致命的短板”“中后期技术：欠缺合作研发”“影视后期：人才结构性断层”等诸多问题，客观中肯，尤其注重前期创意的重要性，得到动漫产业众多资深专家的高度认同。

好的剧本是在政策允许范围内讲好故事，故事不夹带私货，私货是作者的主观认识，过多地与常识相违、与观众看法不一样，会让人产生厌恶感。

（二）动漫技术问题，即人才问题

许多动漫技术都是跨专业跨学科的，仅图形图像处理，涉及的专业和学科就有美术、设计、建筑等。技术问题归根到底就是人才问题。

从20世纪20年代中国动漫发展的初期，一直到20世纪80年代末期，动漫输出载体少、作品少，仅有漫画和电视动画，又是类似“美影厂”制作模式，人才培养针对性强、稳定性强，在技术上没有太多的难度。从20世纪90年代开始，美国、日本等发达国家经济的发展带动了互联网的快速发展、电影电视工业的成熟、动漫衍生产业的发展。恰恰那时候，中国刚刚处于市场经济发展初期，粗放型经济占据社会主导，动漫等文化产业发展相对滞后，动漫人才不足，人才培养一度滞后。

20世纪80年代以来，随着中国电视的普及，我们才发现日本、美国动画片已经占据了我们的电视屏幕。2006年之后，国家制定了支持动漫产业发展的系列政策，动漫产业迎来发展的春天，但是原有的人才培养模式已远远无法满足快速发展的集科技、创意于一体的现代动漫产业，动漫人才的短缺成了中国现代动漫产业发展的瓶颈。

以《哪吒之魔童降世》这类3D动画电影为例，制作过程一般包括剧本、美术、分镜、模型、特效、渲染等环节。在中国动漫界，特效、渲染等中后期制作水平不差，与日本、美国的差距主要在前几个环节。动画电影并不是技术做得炫就完美，剧本、美术、分镜这些环节才是决定一部片子好坏、成败的关键。拿分镜来说，分镜导演的重要性不言而喻，但是国内动画和影视专业里几乎没有分镜专业，一般只有一门分镜课，很少有专业分镜人才，导致动画片的导演需要找大量画工画分镜。导演描述镜头，画工根据要求画出来，效果可想而知，往往大打折扣。分镜的缺位把导演搞得很累，直接影响影视制作的工业化流程。

可以说，人才的缺乏是造成中国动漫与日本等动漫强国存在较大差距的重要因素。中国动漫在很长的一个时期是世界动漫的“加工厂”，也有人将这种模式解释为“用外包养原创”。不管怎么表述，实际上做代工只是挣到了快钱，并没有把原创“养”好，丧失了文化话语权，中国动漫、中国文化走出国门成为空谈。当美国用《花木兰》《功夫熊猫》等中国元素把人物设计得妙趣横生、故事讲得引人入胜，成功包裹美国价值观推向中国时，我们才发现我们自己挖掘本土文化能力的孱弱。

中国动漫产业长期处在“动漫加工厂”模式下，导致动漫编导、造型、美术设计等前期创意人员，以及负责策划运营的后期商业人才严重缺乏，而中间生产人员却相对过剩。

目前，中国动漫人才的需求主要集中在动漫编导、造型、美术设计等技术、创意方面人才和后期策划运营商业人才，因此无论是大学还是高职、高专，动漫相关专业在课程设置和人才培养方式上，应该结合市场需求，才能更符合现代动漫产业发展的要求。一是优化动漫相关专业课程教师队伍；二是调整动漫专业学生和老师的考核标准；三是加强学校与动漫企业、学校与动漫领域人才的交流互动，如聘请动漫界专家讲课、动漫企业订单式人才培养、企业参与专业课程设置，等等；四是鼓励学生参与动漫设计相关社会活动和大赛，让学生尽早了解社会对动漫专业人才的要求；五是学校多营造、提供动漫设计相关校园活动，在学校内、院系内、专业内形成良好的氛围，如引进动漫展览、校园动漫展等，无论是引进还是学校自己办，让动漫专业学生参与其中，对学生来说都是一种很好的锻炼和提升；六是组织动漫专业学生参观动漫相关大型展会，提前知晓、接触国内乃至世界领先的、成功的动漫相关技术、创意、理念等；七是加强对最新动漫相关作品成败的研讨，一个案例的研讨可以全面而深刻地了解一部作品，甚至对动漫产业形成新的认识，让学生的知识在这种研讨中迭代、更新和丰富。

在动漫创意人才发掘方面，我们可以参考日本的经验。在日本，漫画连载成为他们发掘创意人才的重要“法宝”，如果漫画连载获得良好的市场反馈，接下来则会相继推出漫画单行本、动画片、衍生品等，通过市场对动漫作品进行淘汰和优选。这样既选出了优秀的动漫创意人才，又选出了经过市场检验的优秀动漫作品。

（三）动漫产业经济模型问题

动漫产业是一个人才密集、资金密集、技术密集型产业，没有良好的产业经济模型，必然无法形成产业的良性循环。动漫产业经济模型的建立是以优秀的创意和良好的制作技术为前提的，而中国的动漫产业快速发展是以国家政策催化和补贴、奖励为代价的，在快速增长过程中一味追求总量、时长，在质量、产值方面没有得到相应的提升，因此没有形成中国特色的可持续、可复制的动漫产业经济模型。

动漫产业的市场主要包括播映市场和衍生品市场，成熟的动漫产业经济模型涵盖影视动漫生产制作——电视台、电影院线播放——动漫图书出版发行——动漫音像制品制作发行——版权授权代理——衍生品开发和销售。美国、日本、韩国等动漫强国在成熟良性的产业经济模型下，衍生品市场的收入应该是远远高于播映市场的收入，成为盈利的主要部分。

在日本，电视台购买动画片播放权，动漫企业获得的播出许可费即可收回70%以上的制作成本，这些收入仅是动漫企业收入的一小部分。形成了漫画出版——动画制作播出——版权授权——衍生品生产及销售——部分动漫作品外销授权——成功动漫产品的深度开发及新动漫产品开发——良性再循环产业模型，极具品牌价值，甚至还可以开发具备混合消费模式的主题园区或主题店。各环节衔接良好、效益递增的动漫产业经济模型使得日本动漫迅速占据全球份额超过60%，成为世界最大的动漫产业输出国。动漫产业占日本GDP比重超过10%，成为日本第三大产业（也有人说已经是第二产业了）。

日本企业高管人员办公桌上常有漫画书，地铁、街头阅读漫画书的人随处可见，东京18岁以下的青少年每年不少于两次到迪士尼乐园游玩，说明日本人受漫画的影响是深远的，并且这种影响还在持续扩展。

在美国，电影业的繁荣带动了动漫产业的高速发展，诸如《变形金刚》《玩具总动员》《海底总动员》《狮子王》《人猿泰山》等电影动画获得全球性成功，为后期带来源源不断的收益。大多数动漫企业建立了以动画作品本身的生产、放映，间接动画作品和产品的生产销售，衍生品的开发三大模块环环相扣的产业模型。

以日本为例，成熟的动漫产业经济模型主要有四大特征。一是具有规模性。动画播出、漫画销售、衍生品销售、动漫广告在日本随处可见，漫画正成为一种语言工具，甚至许多产品说明书、提示内容、企业标志、广告制作都使用动漫语言，虚拟文化正成为一种潮流，影响日本整个社会生活。二是复制效果明显。动漫出版物和衍生品是最典型的复制产品，具备产业化基本特征。三是商业模式确立。日本动漫各环节都具备了投入产出良性模式，形成有现金流支撑的产业链模式。四是高成功率。20%~30%作品的成功率，保证了创作热情和成功产品的深度开发，动漫产业形成持续发展势头。

钟文，现供职于北京艺投行文化有限公司、中国国家艺术网 。

泰国青春类型片的艺术特征

——以影片《天才枪手》为例

◎郝天石

曾几何时,青春片在国内电影市场上方兴未艾,青春片中偶像剧式老套的浪漫纯爱、刻意伤痛的情节比比皆是。泰国电影《天才枪手》则创新了主题,让国内观众眼前一亮。这里面,考场的画面非常贴近很多人的青春记忆,让人感觉真实不做作。《天才枪手》成功的原因主要有两点:一是它并没有受到之前这类影片的约束,让青春片的范围更加广阔;二是它涉及的范围更广,其中会有很多猎奇的内容,加强了影片的故事性,不同的元素交融到一起,让青春片变得更加生动,给国内的青春片带来完全不一样的参考。

一、叙事与人物设定

《天才枪手》把单一的青春片演绎成了综合性的混合类型片,将青春片进行了拓展,加入了动作、悬疑等内容。观看影片之后,可以充分感受到导演的用心,其对节奏的把握非常巧妙,娴熟的拍摄技巧以及精到的剪辑手段,让整部片子的氛围变得非常紧张。在此片中,众多特写画面、背景音乐不断地变化,以前在谍战片里常见的方式,现在竟然被用在青春片里,非常有突破性。影片取材于一个真实的事件,而没有像很多国产青春片那样的完全杜撰和虚拟。《天才枪手》整个故事节奏非常紧凑且顺畅,连背景音乐都非常强烈,片中的作弊过程让人感觉很惊心。在结尾部分,琳认识到自身的错误,开始改变;而班却不一样,他越陷越深,使剧情变得更紧张。整部影片让人有更多的思考,充满了对社会、人性的探究。

《天才枪手》的人物设计内核具有符号化的指代意义,充分体现了当前社会的种种情况,对其中的不公、各层次群体的缺陷进行了抨击。影片通过对其中各个角色的塑造，对整个故事的描述逐渐完善，构建了全新的世界观。当遇到难题的时候，人物会不断进行选择，并且在潜移默化中发生了很多变化。片中的难题需要人物去处理，有了问题的存在，人物的内质才更加完整。这类问题不断地细化，人物的个性才更加突出，其成长曲线才会更加清晰。人物的心路历程通过影片反馈给社会大众，就出现了曲线形式的改变，这是比较复杂的，充满了变数。琳、班是非常重要的人物形象，也是非常突出的故事线索。片中的主线跟“作弊”息息相关，充满了各种悬念，紧紧抓住了观众的眼球。《天才枪手》中的主悬念是琳及其同伙在国际考试中集体作弊会不会被发现。主悬念的结果关系着主角未来的命运。主悬念没有分量，紧张氛围就会荡然无存。因此，主悬念一定要在短时间内呈现到观众面前，让他们开展不同的预想，紧跟剧情的方向。所以，在片子开头部分，主悬念就已经架构完成，片中在主悬念相关的内容上用时大约有60分钟。《天才枪手》中有3个次悬念，分别用时15分钟左右。里面还有大量的小悬念让整部影片更加丰满。通过对小悬念的设置可以让主、次悬念得到更好的构建，这些小悬念一般都非常细微，更加直观。《天才枪手》对于构建悬念是非常重视的，采用了各类不同的手段，其中在构建主悬念的时候用的是插叙，可以让观影者更加关注影片的内容，不走神。延宕的手法用得也比较多，会让其中的冲突更加激烈，并且巧妙地隐藏了结果，让观影者更加迫切地想知道后续的故事。片中反复提及考试时间，叙事中加入了时间的限定，悬疑自然而然就产生了，其实这部分的内容并不复杂，却在导演的巧妙设置中变得高潮迭起。其中对角色眼神的特写非常精妙，不断地变换，让整个氛围变得非常紧张，让观众不禁跟着作弊的两个女孩一起屏息凝气。在影片开始不到半个小时的时间里就将剧情带入第一波高潮。导演拍摄恐怖惊悚电影无疑是非常熟练的，让他在处理作弊场面的时候异常熟练。对于整个叙事过程，导演添加了大量的悬念，让观影者沉浸其中，充满了对影片的期待，这也让整部影片变得更有味道。

片中的剪辑也是非常用心的，选取了碎片法，非常有新意，相对于以前的青春片，有了非常大的突破。《天才枪手》里面的镜头组接非常有创意，可以让观影者的情感得到有效的调动，让人们在观影期间享受到一场刺激的探险旅程。很多情节看上去并不复杂，却充满了矛盾对立。正是这些矛盾冲突的存在，充分反映了人物内心的缺陷，让人物的成长直观地展示到众人面前，这是该片的重要优点。避免出现黑白分明的角色设置，片中主角的内心呈现了横向成长的状态，不会出现其他影片中的问题。

二、视听手段

影片《天才枪手》在电影视听手段上运用了非常多的经典电影技法，也反映出了很多类型电影的特点，充分反映了该片类型杂糅的特点，与该片的主题保持了非常强的一致性。

（一）音效与配乐共同引领节奏

本片三段作弊的配乐节奏明快又张弛有度，对整部影片起到了非常重要的作用。在首次作弊中，配乐展示了完全不同的两类节奏，其中有和缓的部分，又有紧张的部分。音乐不是在这部分中自始至终出现，它是按照一定的节奏有选择地出现，琳看到试题完全是老师给格蕾丝的原题，并告知老师，其间，整个音乐都是非常紧张的。当监考老师用黑板擦提醒大家，拍打墙面时，音乐就停止了。而后，琳继续答题，这时候的音乐又开始了，还是非常紧张的，中间伴随着间歇。而格蕾丝获知答案后，整个音乐都变得非常轻松，让人感到非常惬意，这充分体现到格蕾丝是非常自得的。声音效果变得非常夸张，这在整部影片中非常有新意，正是通过考场把考试的情景跟紧张的音乐融合到一起，可以让整个考场氛围显得更加真实可信，还能让角色的紧张淋漓尽致地体现出来，让电影的节奏更加紧凑。

（二）剪辑技法诠释故事内核

通过观影可以看到导演的用心，正是想让整个考试过程变得紧张。因此，第三次作弊的时候，还设置了琳弹钢琴的场景，这是凭空想象的，通过交叉剪辑的方式体现出来，让整个氛围更加紧张。地铁追逐中，也是通过交叉剪辑的形式表达出来，近景的跟镜头在考官和琳二人之间交替使用紧凑的音乐，完成一次完美的紧张叙事。影片进行了多处分剪，一方是固定镜头，另一方是移动镜头，这两方并非完全对称的，却更凸显了琳身处危机之中。同时，在组织作弊现场与班受伤脸部都通过分剪技法进行呈现，也就是说，在宣讲现场中，通过这样的手法，添上了两次脸部镜头。可以看到，分剪的手法是其中使用最多的，其他还有挖剪、拼剪，也为整部影片的效果作出了贡献。就像扔黑板擦的画面便是通过挖剪的方式呈现的，直接给了一个黑板擦撞击墙面的特写镜头，此类方式能够非常好地把控节奏。拼剪的方式也在很多紧张的画面中不断呈现。这样的方式会把同样的镜头多次进行拼接，就像多次按自动铅笔等，会让其中的动作细节更加突出，而且让人更加紧张。而中断性剪辑的方式也用得比较多，让导演可以更好地把控影片的节奏。

（三）序列特写镜头与升格镜头提升细节魅力

一个序列的特写镜头可以构成紧张的叙事节奏，影片中有非常多的特写画面，让人觉得非常紧张。这样大量的特写组合在一起，伴随背景音乐营造的气氛，让整个节奏更能抓住人心。升格镜头是比较常用的电影手法，在动作电影里面比较常见，在该影片里,也通过这样的方式展示了很多动作画面,并且对很多角色的塑造也起到了很大的作用,让升格镜头的用途得到进一步的开发,琳在做题的时候,整个人身上拥有一股气势,就是通过升格镜头仰拍的方式,让那股横扫一切的气势体现出来。

三、社会现实意义

影片《天才枪手》一片所蕴含的社会现实性隐喻主要包含三个方面。

一是抨击应试教育的道德绑架。

二是解构社会阶层的贫富差距。几位主演其身份阶层背后的贫富鸿沟始终难以逾越。琳、班两人家庭条件都很一般,都希望通过奋斗让自己的生活变得更好。而仅仅是这样并不复杂的愿望,却是富有学生认为的痴心妄想。那些富有家庭的学生,由于拥有非常多的财富,在教育上可以大量投入,得到别人不可企及的发展空间;家境贫寒的学生由于家里没有太多的金钱,连生活都成问题,更不要说在教育上进行投入了。很多时候,家境贫寒的学生并不是不愿意奋斗,只是已经固化的阶层让他们逃离当前的命运变得异常艰难。

三是挖掘内心深处的人性矛盾。我们在观影期间可以看到,这里面的"作弊"在初期是完全贬义的,不过,影片的内容不断地发展,慢慢有了变化,不再令人生厌,很多观影者心中还隐隐希望可以完成作弊。这种正反两面的特质淋漓尽致地体现到女主角身上,其中比较正面的部分就是她乐于助人,而反面的部分就是不管怎么说作弊都是一种欺骗的行为。正是因为作弊,让整部影片都充满了人性的矛盾,中间既有对于未来美好生活的期待,又掺杂着各种无底线的欲望。在影片中,人性的话题通过作弊活动体现出来,探讨了善恶之间的灰色地带。这之中,道义、规则一直在争斗不休,充分挖掘了内心中的人性矛盾。

四、国产青春片的发展前景

(一)国产青春片的现有模式

在我国,之前的一些青春片里面,一方面比较常用的细节都是拼贴、堆砌出来的,让整个情节结构都不够立体,看上去毫无逻辑。另一方面国产青春片的叙事主体显示出了过多的错乱感,叙事主体模糊不明朗,情感单薄、随意跳转,在校园的氛围下展示青春期的点点滴滴,让所有的一切都可以直观地展示给观影者,容易出现碎片化的情况。中国青春片主力的第6代导演,通过写实的形式让大家更加了解边缘青年的生活情况,让人感受到生活的残酷。现阶段,很多导演通常会通过浪漫愉悦的画面展示一种在青年中不应该有的怀旧情怀，这种浅薄的怀旧情怀的抒发是通过影像符号的展示来实现，而且反复使用这些影像符号。正是因为怀旧情结中存在反复性的情况，很多问题流于表面，并不能完整地将内容呈现给观影者，让情节变得很混乱。这样的青春片严重缺乏现实意义，观众对国产青春片的虚假爱情和青春经历无法完全认同，也没有办法把自身的一些经历体现在影片内容里，如果一味地虚假，是无法让观影者感同身受的，与观众的观影期待相去甚远，因此这样的青春片注定会衰退。

（二）国产青春片的低质带来的负面社会影响

青春片似乎最关键的就是演员一定要有个性和时代感，符合人物的身份特质，这种泛滥的青春感慨，对于青年是没有太多价值的，一部坏电影，无疑是一种精神鸦片。为什么有些青年对这一类型的电影如此狂热呢？第一点，幼稚。第二点，过早衰老的身体与尚未成熟的心智纠缠。青年的人生应该是积极明朗的，而且应该是向未来看的，当美国好莱坞电影正在动员自己的青年向未来、向远大的宇宙看的时候，国内某些电影人却故意引导青年往自己刚刚过去的青春看，还怅惋起来。作为电影人要坚守正确的价值观和社会责任心，避免创作套路化的青春影片。

（三）影片《天才枪手》启示了国产青春片创作的新视野

影片《天才枪手》虽然也是以青春校园作为基本背景，但却是以学生时代最常见的考试作为关键词和核心场景，把青年的个人生活成长、成功、青春与社会现实紧密地关联到一起，将静态考试场景变为动态的社会事件。导演使用了非线性的叙事模式，将作弊过程和事后“审讯”场景交织在一起，避免了碎片化的叠加，从小处升华为一种大格局和更具故事性的框架，叙事主体固定、形象丰富，观众感受到了男女主角身上所体现的一种多面多变的人性状态。从碎片化到整体化的过程让观影者更加深入地了解其中的主题内容，并且认可角色的内心，比较符合群众的审美思想。观看影片，可以从中找到贴合自己的青春审美心理图式的同化内容。观众在观影过程中产生新奇的心理欲望，不断接受新信息，变更自己新的心理结构，因此以《天才枪手》为代表的新青春片题材的选择和处理符合大众的认知，充满了创新和变化，探索出了一套新的程式以满足观众的需求。

1.国产青春片主题方面存在的问题主要是单一化和复杂化

近年来国产青春片的资本取向和产业取向特征明显，这是以市场经济为背景的必然情景，但观众一般只会关注商业化的内容，如果雷同化倾向严重观众就会产生审美疲劳。《天才枪手》在商业化的青春片上就有了非常丰富的启示作用，充分体现了导演眼中看到的不足，并且进行了大量的思考，对一些不良现象进行了批判，重点分析了泰国长久以来存在的教育、贫富差距等非常尖锐的热点难题，通过对不同阶层人物的处理，让人看到了社会中的灰暗，很多人物被严重约束，不能施展自己的才华。怎样才能改变当前的社会规则，让人更加自由，在片中也进行了思考。缺乏深刻的故事内核以及内核中的现实性也是影响青春片在国内形成固定类型最大的障碍，青春片不应该只沉浸于男女爱情的情调，而是应该以《天才枪手》这样的影片作为参照，探讨一些更有深度的话题和内容，观照现实反映时代的真实面貌，才是青春片真正需要承载的意义。

2.影片《天才枪手》在视听语言的运用方面对国产青春片的创新启示

观众的欲望和追求也是通过电影独特的视听语言来展现的。首先，一定要对时间节奏进行良好的掌控。要想获得比较优质的内容，打造良好的效果，通常导演会将播放的时间做一定的调整，有针对性地增删。要想获得紧张的气氛，一般都会调节一下时间，通过音乐、剪辑等手段来渲染，制造出浓烈的紧迫感。在描述第一场考试时，通过蒙太奇的办法，让整个气氛更加紧张，不过因为时间的演进，很多观影者的内心也逐渐地轻松起来，这时候要利用延宕时间的形式，让其中出现很多的矛盾冲突，让整个情节也更加不可预测，这时候就会更加紧张。其次，要对空间进行整合。电影就是把生活里面的东西变得更有艺术性，通过影像时间对其中的一些空间设置进行管控。其中，要想让所有的考试都出现非常清晰的紧张气氛，通常就要持续切换画面，让影片中的特写更加突出，更加注重其中的细节。通过良好的设置，让其中的考场空间更加精彩，让观影者仿佛置身其中，随着人物的际遇不断地转变心情。在影片里，导演正是利用对时空的良好掌控，将作弊活动设置为动作模式，让青春片不再单一，而是有了更多的形式，这才是中国青春片应该遵循的路径和模式，既要防止类型错乱，同时又要倡导类型融合。对于我国来说，青春片的品质要想得到加强，就一定要将另外一些种类的影片的长处收归己用，不再是简单地谈情说爱，要更加有层次，更加丰富。

五、结语

《天才枪手》清晰地勾勒出泰国电影趋向“内在”的重要变化：将重点放在了影片的内在品质上，利用科学的情节、人物设定，让观影者接受良好理念的指引，不再受以前思想的约束，将一系列的元素交融到一起，就可以不断取得突破。打破以前的拍摄理念，顺应时代的潮流，时刻了解观众的思想、看法，让影片的质量不断提升，就会获得口碑、票房上的成功。

国产青春片目前创作处于疲软和停滞不前的状态，源于市场饱和、类型固化以及中国电影人自身缺乏创新而造成，与我国有相似文化背景的东南亚国家——泰国电影,为我们提供了具有启发价值的可参考借鉴的蓝本,对类型元素的创新性运用与对社会现实的审视。影片《天才枪手》中呈现出的学生对考试的恐惧,与作弊害怕被抓的紧张感准确地呈现出来了,同时具有精彩的场面调度,但在片尾还是会通过女主人公琳的自首把作弊这一件负面的内容变成对于正义感的抒发和救赎思想的完美诠释上,说明社会中正义、正直、善良必将战胜邪恶的精神层面的内容。因此,《天才枪手》很好地解决了国产电影很难处理的如何在看似负面的内容找到正能量的内容,这种转化的技法非常值得我国青春片的创作者认真思考和学习,并且能对节奏精确把控,可以把不同的种类交融到一起,让内容更具有深度,还要具备正确的价值观,可以充分反映当前社会中存在的一系列问题。因此并不是青春片在这个电影时代落伍了,而是我国青春片的创作者缺乏故事创新、僵化和老套的镜头语言和表现手法所共同造成的,以泰国影片《天才枪手》为例的青春片的创新,为我国青春类型电影的日后创作和研究树立了一个非常明确的目标,这样的类型片杂糅和延伸创新就是我国青春片发展的走向之一。

郝天石,天津市艺术研究所副研究员。

音乐写作观念的演化与调和

——评达尔豪斯《音乐史学原理》

◎刘 倩

"该如何去写作音乐的历史","该如何让一部音乐史书更加具有音乐性和辨识度",是近年来颇受西方音乐史学界关注的重点学术问题。从 17 世纪的"功能性"艺术理论、18 世纪的"感情类型学说"、19 世纪的"表现美学"、20 世纪中的"形式主义美学",一直到实证主义的极端代表"文献学"研究,我们总是在不停地进行对传统的颠覆和对新方法的架构与解构。

具体来说,如何梳理和挑选西方音乐史中多种多样的音乐事项及音乐作品、人物、流派等作为自己思考研究的对象,是学者们热衷讨论和必须面对的问题。而在《音乐史学原理》中,作者以"艺术"和"历史"之间的调解和平衡为中心论题,通过对马克思主义学说的积极回应,详尽探讨了何为"音乐史的事实""历史性与艺术性""音乐历史中的主体性""历史主义与传统""历史的诠释""价值判断的历史前提""自律性美学观念对音乐史写作的影响""结构性音乐史""音乐接受史"等多方面的史学命题,对音乐学界和其他人文思想界、知识界的读者均有重要参考价值。本文将从音乐史写作观念演化的历史性梳理中,对达尔豪斯的代表作《音乐史学原理》进行解读与评判,期望能够为更多的阅读者带来启示。

一

说起"功能性"艺术理论对音乐史学写作观念的影响,可以追溯到巴洛克早期。那时的美学–哲学观认为,音乐创作的目的无外乎三种情况:教化、娱乐及自足。于是,从音乐的“功能”角度来看,音乐的演变过程似乎没有什么进步性可言了。无非是教化、娱乐和自足这三者之间的冲突、矛盾与平衡。古希腊的音乐文明高度发达,音乐作为感召、唤醒人类净化心灵的工具,其教化功能空前繁荣——但统治阶级无限扩张的野心使得原本纯洁的音乐沦为了淫乐的工具,柏拉图为此痛心疾首。漫漫千年的中世纪之后,人文主义风潮使得人们的民主意识高涨起来,不甘教会的专横统治,不愿为其“教化”音乐所拘束、控制,于是市井音乐得到了发展,到了16世纪末,更为“娱乐”的古希腊悲剧得以“复兴”。再看格鲁克的歌剧改革,法国歌剧的“虚有其表”,意大利歌剧的“哗众取宠”,都“娱乐”过了头,认识到音乐这种上界的语言,其“教化”传统不能丢掉,歌剧改革便应运而生。再看现今的古典乐坛,不论是音乐会还是唱片市场,19世纪成了分水岭,几百年前的经典仍是时代的主流,而当代作曲家的作品却少有人问津。究其原因,可能是这些音乐作品太过标新立异了,总想颠覆音乐的传统、形式,创造出新的音乐语汇来展示自我。这种极端的“自足”情绪,很少为人所理解,于是孤芳自赏、曲高和寡也就不奇怪了。也许,当代音乐也到了该“改革”的时候了。再也许,根本不用改,因为伟大的作品,伟大的作曲家都有不被当时所接受、理解的惯例。巴赫、莫扎特、贝多芬、勃拉姆斯、布鲁克纳……只有时间才能证明一切,如果作品真属于经典的话。

达尔豪斯思辨地认为,仅仅将音乐史理解和叙述为音乐“功能性”的发展演化史显然存在着巨大的问题。音乐事件与具有外在同时性的事件是否有着内在的同时性?音乐是否可以反映一位作曲家周围的社会与现实?作曲家是否总是(抑或偶然地)在试图用写作音乐的方式来回应他生活的真实世界?这一系列的设问显示出达尔豪斯“德国式思辨”的写作风格和强烈的方法论反思意识。

二

18世纪的“感情类型学说”不仅仅是一种美学思潮,更能体现出古典时期音乐作品的整体风格。需要特别注意的是,这里所指的“感情”是程序化的客体,而非通常理解的个人主观感受。音乐作品所反映的不是作曲家的内心独白,而是一种被限定的感情类型。这种音乐理论似乎很滑稽、悖谬。难道给定一个感情主线,如欢愉、悲怆、暴怒、忧愁、伤感之后,作曲家便能绝对客观地将这种情感内容落实到作品之中而不掺杂任何的个人主观感受?情感之于个人本就有着程度、色彩、内涵等层面的千差万别,想要将其统一而对号入座,绝难实现。不过这种音乐理论也有可取的地方,古典主义时期音乐作品严谨的结构,规范的思路似乎正是基于此种美学观念。根据这一学说,作曲家在音乐中所传达的是他对某种特定人类情感类型的本质洞察,而不掺杂些许个人情感体验。

作为音乐"自律论"阵营的一员,达尔豪斯却不认同依据"情感类型学说"而写作的音乐史就是纯粹而正确的。我们通过聆听的方式来理解音乐作品,但绝不意味着,理解音乐即是理解音乐中的客观内容——因为唯物史观告诉我们,"绝对客观"是不存在的。

再看 19 世纪狂飙运动所带来的"表现美学",这应该是最能够为人所接受的哲学-美学观点了。"表现美学"所强调的作曲家的"人性化"影响,恰恰是其个人生平与时代背景相结合的产物。关注作曲家生平(当然还有其社会环境)并不一定就降格了其作品的艺术价值,这种将历史与个体审美有机融合的音乐理论使得作品成为一种历史必然。例如,肖邦作品中自然流露出孤寂、忧伤和无言的抗争,正是由于波兰所经历的磨难,其背井离乡、举目无亲的生存状态和个人的天性种种因素相结合的写照;而李斯特作品中的浮华与深刻的矛盾,也与作曲家清高的个人信仰以及所处的沙龙似的生活环境息息相关。

达尔豪斯对此持谨慎乐观态度。观念反映着现实,反之,现实也能反映出观念。在音乐史写作中,音乐作品与作品背后的人格因素是密不可分的,音乐的艺术性格与音乐的文献性格同样也是不可分割的。

三

音乐的"自律"与"他律"之争由来已久,但每每提到"形式主义"美学观点的时候,印象最深的便是汉斯立克了。20 世纪音乐被视为绝对的"自足",形式便是其内容。音乐所反映的,不是作曲家的思想与情感,不是世态炎凉,而是音乐本身。这种看似荒谬的理论将音乐创作视为严谨的数学公式与音符之间有序的裒辑。仿佛作曲家都是些高明的砖瓦工,像盖房子一般构建音乐大厦。不过这种极端化的强调音乐作品本身的理论还是有积极意义的。让人更注重作品本身,从音乐形式、构建出发,去分析、理解音乐,体会其所蕴含的巨大能量。拿巴赫的平均律钢琴集来说,对其曲式、对位进行剖析之后,主题、答题、对题、插部等有机结构组织变得非常清晰,形式之美一览无遗。通过汉斯立克等人的努力,音乐在文艺类学科中的地位得以提升,它不再是亚种与附属品,其意义也不再需要用诗意化的言语来表达,通过音乐自己的语言来诠释音乐作品的意义与价值,这才是"形式主义"美学最大的贡献。

"文献学"研究的音乐理论却又偏向了另一个极端——对音乐之外的文献材料的重视程度似乎僭越了对具体作品的研究。历史事件外在的同时性预示着其中必有内在的联系，而断然否定了音乐自律的本真特性。音乐创作毕竟不是政治争斗，不可也不必细细探求其中的缘由，一定要找出个上下逻辑。对于音乐，有人抒发情怀，有人寻求庇护，有人就事论事，有人仅为音乐而音乐……一句话，作为音乐家、作曲家的人，才是音乐的上帝，赋予了音乐以生命，才是创造音乐的内因。而此外的一切，政治事件、社会动荡、人文环境等都是次要的，只能算是个诱因。 同时，这种音乐理论的优势也是显而易见的，历史事件的罗列能让我们对当时的社会环境有个大体的认识，对音乐作品的把握也就不会犯原则性的错误。就像看待勃拉姆斯，虽然他极力地想维护、保持、发扬自巴赫、贝多芬以来的德奥音乐传统，同当时无限扩张的“个性化”“情绪化”音乐创作理念划清界限，但不能说他属于“古典派”。时代的影响已经在他心中打下了深深的烙印，仅从他的匈牙利舞曲中便能真切感受到其身上流淌着的只属于浪漫主义的鲜血。

两极化的发展显然不是达尔豪斯所倡导的音乐史学观和音乐史写作规范。对于“历史性观点”——着眼于音乐本体之外的作曲家个人生平、社会背景及相关的文献材料研究，将音乐作品视为连续的历史进程中的一个“偶然”事件的观点，达尔豪斯一针见血地指出，这是对音乐艺术史的扭曲。而对于“艺术性观点”——音乐作品是个体的、孤立于历史的客观存在，其形式决定其表现内容，音乐的美来源于音乐本身的构建，达尔豪斯强调这绝不是音乐史的全部。在重视音乐作品概念的同时，对人格的观照也是不能缺失的。

物永远不能凌驾于人（创造者）之上，这是真理、公理。如果其逆命题亦成立的话，那我们可能天天为机器人与人之间的关系而提心吊胆了。作曲家才是作品的主宰者，音乐只能是作曲家思想、观念、情感、天赋、灵感的承载体。因为人不能够脱离社会而独立存在。同时考虑到音乐本体的特殊性，可得出结论：音乐是自足的，它的美体现在形式、构建之中，它的美可以通过发出的音响效果为听觉所感知，即便是仅仅通过查阅乐谱，这种天然的形式之美也能够为音符错落有序的排列所反映。同时，音乐也是历史的，它属于创造者，属于它的创作时代与背景。于是对于音乐审美来说，不应当、也不能只是片面地以孤立、自律的理念去观照。

四

音乐的种种特殊性也应该反映在音乐史的编写之中。自律的审美让我们知道了什么是音乐的“如其所是”。连续且带有强烈因果逻辑的历史性理论则可以告诉我们音乐为何便“如其所是”了。走极端，硬是要在艺术与历史，自律与他律，本体与文献之间分出个高下，评出个对错，那面临的无疑将是旷日持久且莫衷一是的口水战。在其间寻求基础的平衡点才是音乐史编写的正道。两者之间看似矛盾重重，不可调解，但达尔豪斯在《音乐史学原理》中给我们指出了方向。

首先，保持适度的抽象，避免过分的细节纠缠。音乐本就是抽象的，于是对待历史（音乐的历史）的态度不可能像肥皂剧一样详尽到日日夜夜，分分秒秒。一些太过细微的评述，实则是在钻牛角尖。说贝多芬的音乐充满抗争，那第四、第六交响曲似乎是个反例，说他是莎翁笔下的李尔王，那作品78号的钢琴奏鸣曲和其唯一的一首小提琴协奏曲（D大调）则显出其多愁善感的动人一面。说勃拉姆斯很保守，同汉斯立克的友谊让他被视为“形式主义”的一分子，但他的第五号匈牙利舞曲所蕴含的巨大激情丝毫不逊于“魏玛帮”。历史的编写应该有大局观，能把握事物的主次矛盾。太过于较真往往使得写作举步维艰。如《THE NEW GROVE》中关于音乐断代史（periodization）说明的那样，一个新的音乐时期的划分，是以一种新的音乐形式的首次出现（first appear）为准，还是以这种形式成为时代的主流为准呢？ 第二种观点更能站得住脚。在时期的大范围划分上要分得清主次，对待个别作曲家的风格特点也是如此。比如一些有着承上启下作用的音乐家，威尔第或是贝多芬，主次的观点就显得尤为重要了。

其次，需多多结合具体作品。既然是音乐史，当然应该以音乐作品为主体，否则便会沦为一般性的社会史，甚至在叙述顺序上都可以作品为先导。通常的音乐史的叙述总是以背景为切入点，先讲时代、社会、人文环境，最后才抬出具体作品。比如，某个年代的社会状况——作曲家身居何处、正经历着怎样的人生磨难——作品问世。何不先谈作品，先从音乐自律的角度去审视纯粹的作品，再结合作品的创造者的个人性格、经历以及创作背景对作品进行二次剖析。

达尔豪斯在《音乐史学原理》中，沿袭其一贯文风，点到为止，不给定论，没有结语，似引论一般的论述风格留给读者更多思考的空间。确实，音乐理论这类意识流的事物，本就无分好坏与对错，只要能自圆其说，任何一种观点、看法就都有可取之处。固执己见的负隅顽抗最终只能是穷途末路。多综合，多协调，博采众家之长，再结合自己的认识去看待，编写的音乐史才是理性的，有价值的。

刘倩，重庆师范大学涉外商贸学院教师。

纪录片叙事的修辞性与说服性

——以《美国工厂》为例展开论述

◎刘 振

2019年8月,奈飞公司(Netflix)出品的纪录片《美国工厂》(American Factory)上映,反响颇大。影片主要讲述了一家中国企业福耀玻璃接手和改造俄亥俄代顿废弃已久的通用汽车厂房,雇佣当地工人进行生产的故事。故事以2008年通用汽车代顿工厂的关闭为开端,描述了次贷危机下的美国制造业工人因产业外迁而引发的结构性失业,以及由此导致的生活困境。数年之后,福耀玻璃将代顿作为开拓美国市场的重要基地,购买和翻新了废弃已久的原通用汽车工厂,并在当地雇佣了上千名工人,其中大部分为原通用汽车的失业员工。自此,故事情节围绕着福耀工厂的开工、生产衍生的两国工作人员在工作方式和文化观念上的戏剧性冲突而展开,深度地剖析了美国后工业化时代的制造业工人的思想面貌,也在某种程度上探讨了包括美国制造业在内的传统产业在新兴人工智能产业冲击下面临的困境。当然,这部纪录片在叙事结构和描述手法上体现出明显的修辞特征,尤其是影片作者试图以中立的陈述视角借助修辞学中的演说范式来说服观众理解和接受其暗含的观点。

从叙事结构上看,《美国工厂》的内容可分为三部分,每个部分都围绕相应的核心主题展开叙述。当然,这三个部分又相互蕴含着后续事件发生的条件,属于典型的线性叙事模式。第一部分以代顿工厂的关闭,工人失业为开端,主要围绕福耀工厂的到来以及开工建设和运营展开。第二部分内容则在整部影片的叙事中起到过渡的作用,围绕福耀美国工厂的管理者如何使工厂快速地达到预期产量而展开叙事,其间贯穿了两国管理层的互动、工人个体之间的交流以及美国工人对福耀工厂和中国工人的看法。可以说,第二部分的描绘性内容较多,两国工人的互动性细节描写也较为细腻,呈现两种文化观念的交流与碰撞。第三部分以冲突为基调,主要围绕劳资双方的各种冲突展开,如工作环境、安全保障、薪资福利和企业认同等方面。其中,工会之争成为工厂与当地工人之间冲突的主要呈现点,也成为福耀工厂能否在美国实现快速发展的关键。概括来说,影片在叙事策略上运用了诸如隐喻、换喻和象征等修辞手法,试图通过情感渲染和论证逻辑这两个方面向观众传达相关理念。

通常来说,传统修辞作为一种用以辅助演说和语言表达方法,主要思考如何营造出使受众易于接受的说服力。对此,修辞学则有着更为宽泛的理解,即修辞不仅是一种用以辅助口头或者文字表达的手段,还可以诉诸其他媒介来说服和影响受众,其中电影也是如此。哲学家佩雷尔曼(Chaim Perelman,1912—1984)指出修辞属于一种说服性的理论,涵盖了各种知识与情感手段。当代电影学者波德维尔(David Bordwell)和汤普森(Kristin Thomson)皆对修辞学在电影叙事中的作用表现出浓厚的研究兴趣。当然,学术界早已将人文科学的这种从语言结构到心理分析范式的转变称为"修辞转向"。美国当代修辞学者布莱克斯利(David Blakesley)认为人文学科的修辞转向体现了修辞意识在包括电影在内的象征性艺术中发挥的功能①。可以说,所有电影,无论是纪录片还是虚构片,皆可被视为一种修辞性的文本,因为它们暗含了对其主题的意识形态的说服性立场。在学术史上,有关说服的有效方式的著述汗牛充栋,可以上溯到古希腊时期,其中亚里士多德的论述对后世影响深远。他将修辞分为两种形式:一种是需要辩护要表达的观点,另一种是证明观点的方法。而传统论证的逻辑结构以亚里士多德的三段论为主,如论证可以从较弱的论据开始,然后依次递增,将最有说服力的论据放在最后。根据亚里士多德与其后的西塞罗和昆体良等修辞学家的著述来看,修辞性的表达中存在着某些惯例——先引入主题,进而阐述观点,再论证,然后反驳论点,最后进行陈述。那么,在《美国工厂》中,叙事或者论证结构是否也符合这种模式呢?或者说,制作者是否也借助了某些特定的修辞惯例来清晰地阐明其观点呢?

答案当然是显而易见的。可以说,从《美国工厂》制作的意图及其内容的象征寓意来看,它属于一种修辞性的纪录片。理由主要有三:其一,这部纪录片意在向世界各国政府和企业警示以人工智能为架构的机器生产对未来制造业形态的影响,尤其是对工人阶层的影响,以及由此引发的社会问题;其二,这部纪录片之中运用多种修辞性手

---

①David Blakesley, ed.,The Terministic Screen: Rhetorical Perspectives on Film [M]. Carbondale: Southern University Press,2003:8–10.

法，如悲剧式的讽喻、隐喻、象征，皆反映了作者试图借助上述修辞手段营造一种说服性的情感，使观众可以接受作者潜在的观念，这属于典型的修辞学观念；其三，这部影片在内容的布置、立意的构思等方面也借助了修辞学中有关演说的谋篇布局手法，采取一种三段论的论证形式，通过各种叙事情节的铺陈、情感的渲染，最后才引出作者的观念。概括而言，这部影片的说服力主要体现在情感和理性两个方面，为此作者借助各种修辞方法将繁杂的素材串联起来，为叙事策略和论证逻辑的构思提供了语言基础，也为各种“材料”的解释与更深层次内涵的阐释提供了可能。

在纪录片中，修辞性手法与论证结构的使用早已是一种普遍存在的现象。尽管传统纪录片大多强调其制作理念是基于对现实的客观性描述，但纪录片本体的构建却全然依赖于摄影技术的索引性特征。换言之，纪录片中的每个场景都会自证，画面上的所有物体都曾出现在镜头前。另外，许多学者也开始注意到纪录片存在的修辞和论证特征。尼克尔斯(Bill Nichols)认为，虽然纪录片和虚构电影都是一种被构建的文本，但纪录片存在着有关社会历史情境的论证。他还强调纪录片的表现性和诗性的特征。美国电影学者普兰丁格(Carl R. Plantinga)认为，包括纪录片在内的非虚构性电影从本质上说属于一种修辞体裁，“非虚构类型的电影并不强调复制真实，而重视有关真实的内容”[②]。特雷弗·波尼奇(Trevor Ponech)则强调影片制作者的叙事意图，他指出制作者运用电影技术和叙事策略向观众暗示了他们应该对这些被呈现的眼前事物采取何种态度[③]。在《美国工厂》中，尽管各种文本的构建看似比较随意，显示出某种后现代纪录片的碎片化和随意性的特征，但这种状况的形成缘于制作者采取了一种较为巧妙的隐含作者的方式，将影片的文本通过影片中的个体言语叙述出来，以此来强化叙事的客观性。不仅如此，这部纪录片对隐含作者的强调还体现在没有出现画面人物之外的叙事声音或旁白，完全靠画面人物的言语推动情节的发展。可以说，这种叙事文本的处理手法与传统纪录片画外之音的说教形式相比更加具有说服力，因为以画面人的口吻将故事传达出来，更容易获得观众的情感共鸣。

当然，修辞学对纪录片制作的渗透与介入也并非一蹴而就，而是循序渐进的过程。

---

② Carl R.Plantinga, Rhetoric and Representation in Nonfiction Film[M]. Cambridge: Cambridge University Press, 1997:122.

③ Trevor Ponech, What Is Non-Fiction Cinema? On the Very Idea of Motion Picture Communication [M]. Boulder, Colorado: Westview Press, 1999:15-20.

通常来说，早期的非虚构影片大多属于教育性或宣传性影片，这种形式的影片大多以单纯说教的形式向观众传达某种观念，而较少会采取演说所使用的修辞手法，并且论证逻辑也缺乏严谨性。20世纪60年代，随着电影对现实事件的关注和介入，纪录片的论证和意义也借助声音叙事生动地传达出来，而在使用视觉证据来陈述某个观点上，则体现了修辞学的典型特征。另外，直接电影（Direct cinema）试图摆脱画外音与作者对拍摄内容或者情景的影响，延续了讲述故事的传统。可以说，从罗伯特的《北方的纳努克》（Nanook of the North）开始，纪录片便延续了讲述真实故事的创作路径。由于直接电影、个人纪录片和后现代纪录片在某种程度上对传统的修辞性纪录片的形式进行了批评与修正，此后便形成了画外音和各种修辞性纪录片与新形式电影并存的局面。就《美国工厂》而言，制作者也遵循了传统纪录片不干涉拍摄对象和故事情境的范式，力图以客观的立场呈现美国工人的日常生活情境，尤其在表现福耀工厂与美国工人之间的冲突上更是如此。可以说，这种描述手法始终贯穿在影片的创作中，加强了故事内容的可信度与客观性。例如影片中对于企业主曹德旺的全程拍摄并没有给观众带来刻意与不自然的感觉，而且这种不介入的叙述手法对于人物性格和心理特征的呈现细致入微，自然生动，对影片情感氛围和客观性的营造也起到了积极作用。

一般而言，纪录片的观点是中立或者客观的，如显而易见的自然事实一般。这些观点可以通过中性的画外音呈现出来，而影片中的人物则可以直白地叙述其个人化的、主观性的观点。在修辞性纪录片中，与之有关的观点和论证通常是开放性和主观性的，并且会有一些很难被觉察到的间接性观点。观看者可能不会意识到这种论证的潜在影响，或者无法理解其构建的本质，反而会认为这种论证是自然的，如同电影叙事一样。而论证和叙事背后的意识形态也可以是"不言而喻的"或者"自然的"。在电影中，我们可以通过各种方式表达自己的观点，不仅可以通过简单的镜头，还可以诉诸不同场景的组合来构建各种关联，进而经过结合场景、剪辑等手段进行叙事和论证，也可以按照时间顺序，传达因果、对立、相似和隐喻关系，这种思路与传统修辞学有着不谋而合之处。早在古希腊时期，亚里士多德就在《修辞学》一书中对修辞的有关范畴进行了系统的阐述④。其中，他对理性（logos）、情感（pathos）和道德（ethos）的论述则为修辞性纪录片的创作提供了启发。同样，《美国工厂》在情感层面产生的效果亦是如此。当电影制作

④ Aristotle, The Art of Rhetoric[M]. London: Penguin Books, 1991: 19–30.

者运用不同的风格和广泛的美学可能来营造情感以支持其论证时,这种行为可以称为“情感说服”,属于典型的修辞范畴。也可以说,这种情感和理性的说服是一种让观众相信或者同意作者预设观点的修辞手段,可以被描述为“艺术证明”。有关情感层面的渲染也贯穿在这部影片的创作过程中,主要体现在事件的转折之处。其中,最为明显的就是影片的序幕描写了通用关闭的场景,整个画面洋溢着悲壮而喜悦的矛盾性的氛围,但是这个片段却蕴含着工人失业的负面事件,也为后续福耀工厂出现所具有的意义提供了铺垫。在此,制作者使用了一种反讽式的修辞,即描述了通用工厂第N辆汽车下线的庆祝仪式,却伴随着工厂的关闭与工人失业,象征着美国汽车制造在俄亥俄的终结,也预示着当地汽车工人原有的优渥生活的结束。显然,作者不仅希望通过隐喻的手法来说明美国制造业的终结,预示着这些工人此后将不能有效胜任福耀工厂高强度与现代化的生产,而且含蓄地说明了企业的可持续发展是当地工人生活的重要保障。

在《美国工厂》中,制作者对影片拍摄的意图进行了陈述,意在使观众能够理解其叙事的要旨。影片意在通过福耀工厂的案例呈现中国的企业文化以及工人的精神面貌,力图塑造美国观众对中国企业、工人的认知和观念,属于思想观念层面上的传达。为此,作者着重描述了福耀工厂中美两地工人的互动情节,以及福耀将百余名本国工人派遣到美国对当地工人进行培训,以促进美国当地工人对福耀企业管理观念的认同。在影片的前部,第8~10分钟描述了中国工人教授美国工人操作设备进行生产的场景,以及福耀工厂专门聘请了相关人士对来自中国的工人讲述有关美国社会、文化的内容。显然,作者试图通过这些细节来呈现这样一个事实:尽管中国工人起初或许对美国社会和文化的了解并不多,但是企业或者个体注重通过学习来弥补这些不足之处,相反,整部影片却没有美国工人了解、学习中国社会和历史文化的情节。这种反差和对比预示着这种理解和交流仍然是一种单向性的、缺乏互动的行为。虽然作者并没有对这种现象给予评判,却在叙事情节上为后来中美工人、福耀工厂与当地工人之间在企业文化和管理观念上的冲突埋下了伏笔。这种对企业文化的漠视,也反映了美国工人对工作采取了一种漠不关心的态度,因为对他们而言,这份工作仅是一种可以获得维持生活所需的手段而已。这种状况反映了美国的产业工人已经失去了关注劳动自身价值的动力,不论是其狭隘的视野,还是劳动技能上的颓废皆被呈现得淋漓尽致。

进一步而论,影片呈现出的美国工人对中国文化或域外文化缺乏了解的意愿和动力,也正是《美国工厂》试图传递的一种非全球化的观念。在美国工人看来,中国工厂对美国产业的收购意味着美国工人的工作习惯与劳动所得将与以往有所不同。例如,影片选取了许多美国工人认为中国工人缺乏劳动保障,假期休息的权利,以及工作环境的恶劣言语。这种状况在影片后部被细致地描绘出来,反映了代顿工人对福耀工厂态度的转变。不仅如此,这种形象的转变形成的社会群体效应与影片的前部形成了明显的对比。在影片的开端,作者呈现了许多媒体报道福耀的片段,如当地政府将某条道路命名为“福耀大道”,并且称赞福耀工厂对当地经济发展的意义,然而影片后部,工人的群体示威,媒体的负面报道营造出与此前截然相反的氛围。加之,作者还使用了许多工作人员对福耀工厂的工作环境和薪资福利的评价,尤其是对因受伤而被解雇工人的细节性的描述,进一步烘托出福耀工厂在当地形象的转变。这种转变恰恰与影片开端社会的积极评价、工人的感激形成了明显而强烈的对比,流露出几分讽刺、戏谑的色彩。

整部影片皆通过画面上人物的陈述来推动故事情节的进展。这种叙事方式看似中立客观,然而其叙事结构、陈述语言的选择却流露出作者的观念。换言之,影片的作者希望借助素材剪辑、叙事顺序和语言,以第三者的身份来揭示对当下美国制造业与产业工人衰落境况的叹息,对以中国工厂为载体的文化形态与美国本土文化之间的对话与冲突的观察和反思。不仅如此,对机器的叙述也贯穿到整个影片中,许多工人的工作境况和情节矛盾也围绕着能够有效驾驭机器而发生,尤其在影片的后部,随着工厂生产率的提高,管理者明确地提出了以机器代替工人的设想,而此时镜头再次聚焦在影片第 7 分钟曾出现的那几台生产机器人,而此时的机器人正在有序快速地生产着,它们以无言的动作预示着一个新的生产时代的到来。

在纪录片中,内容和观念可以通过多种修辞方式呈现出来,而有关理性的内容可以从论证的观点和逻辑结构中体现。在传统电影中,叙事结构通常被预设成与故事内容相互关联的前提,其呈现方式也颇为细腻和含蓄。而修辞性纪录片的目的在于说服观众接受其传达的观念,因此其观点则显得较为直白。而《美国工厂》观点的传达依赖于一系列的修辞手段和论证结构,反映了当下纪录片观点陈述的典型手法,既没有传统纪录片的含蓄,又不像后现代纪录片那般直白。这部影片的论证结构是一种递进上升的形式,并没有在开篇表明机器对劳动工作者的冲击,而是通过一系列的微观叙事相互叠加,最终演绎出作者的真实意图。就此来说,这种渐进式的论证结构在叙事情节的处理上颇为巧妙,彼此互为前提。《美国工厂》的整体叙述看似围绕福耀工厂如何在美国实现运营而引发的与工人之间的冲突,但其深层叙事线索则是遵循着工人如何适应机器生产日益提高的技能和强度要求展开。尽管作者没有表明,弥合社会文化之间的差异所带来的冲突的尝试是失败的,最终只能是一种文化取得支配性的地位,这种观念也体现在福耀工厂撤换了原有的美国管理层。然而,影片的终极目的却不止于此。

在作者看来，上述矛盾在人工智能颠覆性创新的冲击下都属于次要矛盾，画面最后两国成群的劳动者的画面以及字幕明确无误地呈现出作者的叙事要旨。

不仅如此，《美国工厂》的制作者还熟练地运用了各种修辞方式使观众信服其观点。在纪录片中，修辞并非全部依赖语言论证，相反论证只是诸多手段中的一种，而情感因素，尤其是可信度才是纪录片修辞的关键。论证形式的组织也是多样的，并且论证的结构与电影的叙事之间并无必然联系。从表面上看，影片呈现了中美两个国家管理者、工人在历史文化方面的差异引发的冲突，以及工厂内部管理人员、工人之间采取的各种应对策略。然而，作者的意图却是提醒观众注意包括机器在内的人工智能对制造业，尤其是人类社会形态的潜在影响。例如，在影片中，作者反复呈现了工厂管理者对引入机器人替代工人的言语，实际上，作者在此运用了一种讽喻的手法，含蓄地引发出这样的思考，即当管理者还沉浸在机器代替人类而带动的生产效率和管理的提高的美好憧憬之时，他是否意识到其管理功能也面临着被替代的境况。可以说，在人工智能的冲击下，管理者与制造工人所面临的境况并没有本质区别。

另外，这部影片在悬念的设置上较为巧妙，许多重要细节被集中呈现在影片最初的几分钟里。例如，在第 6 分钟的工厂招聘的宣讲中，工会第一次被提出，虽然宣讲人员给予了简单的否定回复，却为本片的主要悬念埋下伏笔，使得工会成为贯穿在此后影片中的一条重要线索，象征着劳资双方的冲突所在。尤其在福耀工厂开工剪彩仪式上，出席典礼的议员再次抛出工会的话题，至此这个隐含的悬念开始成为故事的主要叙事线索，也预示着劳资双方冲突的加剧，最终工会成为二者斗争的主要焦点。在此，影片作者对工会的作用也提出了多维度的思考。一方面，作者通过呈现美国工人对工会的看法，说明工会在维护工人利益上发挥的效用；另一方面，又展示了资方，尤其是企业管理者对工会的反对看法，以及中国工厂与工会的关系，从而为观众呈现出立体性的描述。更为重要的是，作者通过画面人物的语言传达出一种观念，即美国工会一味地标榜维护工人利益，而忽视企业的发展，将工人、工会置于企业的对立面，这种状况是否符合双方的需求呢？显而易见，作者并未给予直接回答，而是通过此后双方围绕工会的进一步斗争而展开。尽管影片描述了企业聘请公关公司应对的场景，但其重点却放在企业通过改善福利举措争取员工信任和支持的细节上，并借管理者之口说明企业与工人的命运是共同体。在此，是否表明作者对美国工会的价值提出了质疑呢？这是需要读者深思的问题。

再者，《美国工厂》的叙事也频繁地运用了叙事文本的插叙手法强化故事的情感价值。当然，在不同阶段对叙事文本的插入有着不同的用意。例如，在影片第 18 分钟描写了一位黑人工人对获得福耀工作的感激,作者以画外音的手法回忆了这位工人在失业后的窘境。这一片段的插入虽然与整体叙事情节显得有些不符,但是突出了福耀为当地工人摆脱困境带来了希望以及他们对未来生活的美好憧憬。换言之,这个片段的运用,意在以微观叙事的方式呈现福耀工厂在最初阶段的正面积极形象。与此相对,这种叙事插入的手法在影片的后半部分再次出现,然而用意却相反。其中,影片对一位黑人女性工人因此前通用汽车厂关闭失业而造成的无家可归的境遇进行了细致的描述,作者意在说明工作对于工人的重要性,可以说是美国中产阶层的基础和保障,而失去工作则意味着失去一切。在此,作者通过相同的叙事文本凸显福耀工厂的工作对这些工人的重要性,在某种程度上强化了观众的情感,使其赋予工人同情之心。尽管作者没有对福耀开除这些工人进行道德价值的评判,但是却通过人物生活细节的描绘流露出对这些工人失去工作的担忧与同情。

总的来说,《美国工厂》在情节构思、叙事策略和论证模式等方面皆体现出与传统修辞学范畴的紧密联系。影片的作者以一种微观叙事的手法通过描述福耀工厂在美国生产过程中遇到的各种故事细节意在呈现不同社会文化和企业观念之间的碰撞与冲突,也在一定程度上揭示了当代美国工人的颓废精神状态。其间,作者运用看以福耀管理者的立场审视了美国企业和劳动者之间的关系和制度,并从中美两国工人和管理者的视角上对工会的功能给予了多方面的阐述,由此呈现出两国工人在工作传统、企业文化等诸多方面存在的认知差异,而这些差异也成为贯穿在整个影片叙事中的主要矛盾。尽管如此,影片作者却将其深层意图掩盖在这些表面化的矛盾冲突之下,仅借助不断出现的机器画面来暗示其观念,最终在影片的结尾作者揭示出人工智能对制造业的冲击,以及由此引发的社会形态的变化是跨越文化和国界的,值得各国政府和企业重视。也可以说,这部影片以带有警示性的口吻呈现出叙事意图,反映了传统修辞学对纪录片创作的影响。

刘振,武汉理工大学艺术学博士,湖北省文艺理论家协会会员。

强风吹拂，逆风奔跑

——谈谈国产动漫创作发展

◎马武君

谈起动画和动漫，无论从历史发展，还是内容都经历了多个发展的过程，“动漫”一词通行解释是指动画和漫画的统称，也包括现代连环漫画和动画片。如今，动漫已不是狭隘意义上低龄人群的专属，随着艺术多样化和城镇化不断推进，动漫对成年人群的影响也在不断扩大。据艾媒数据中心显示，中国的二次元用户规模在迅速增加，2015年为1.58亿人，2018年增长至2.81亿人，2019年达到3.34亿人。2018年10月，一部运动题材的日本动漫《强风吹拂》在爱奇艺、腾讯视频等网络平台中播出，豆瓣评分高达9.6，引起众多网友讨论。故事讲述了十位性格迥异、经历背景不同的大学生为争取参加日本全国大学生箱根长跑接力赛的参赛资格，努力拼搏、克服艰难达成目标的故事。本文通过对这部作品的梳理和对动漫强国（日本、美国）发展的介绍，结合我国情况，浅谈如何更好发挥自身优势，打造自己优质的动漫IP，构建符合我国特色的场域，提升我国动漫作品质量。

一、动漫《强风吹拂》的四个视角分析

《强风吹拂》改编自日本作家三浦紫苑创作的同名小说，由 Production I.G 负责动画制作，于2018年10月在日本电视台首播。下面我们从现实意义、题材选择、人物设置和细节处理四个方面分析这部作品。

（一）选题的现实意义

客观条件下通过奋斗超越自我，达到自我价值的实现和集体目标的统一，这是它带给观众最本质的精神内涵。主人公清濑灰二（以下简称灰二）中学时期曾是学校优秀

的长跑运动员，因为腿部手术无法继续个人长跑，但他一直怀揣着能代表自己所在大学（宽政大）参加日本全国大学生长跑竞赛箱根接力赛的梦想。这项有着悠久历史的比赛以十人组队接力的形式，每人跑10公里，以累计总时长计算成绩，获得前十名的大学代表队，能够参加箱根接力赛决赛，因为凑齐十位都具有较强能力的队友很困难，这大大增加了这项比赛的难度。已经大四的灰二知道留给他的时间只剩一年，当他与另一位主人公藏原走（以下简称阿走）邂逅时，让灰二深藏在心中的希望再次燃起。阿走和其他许多校友被灰二以住校房租低租免租的方式“骗”入了团队，家庭背景不同、性格迥异的“宽政大”长跑队成立了。面对队长灰二的目标，开始大家并不理解，不相信大家能完成这个看似不可能完成的“任务”，其中几人都因为这样那样的原因一度脱离队伍，选择了逃避，之后又因为实现自我与集体的统一这个目标回到了团队，再次凝聚起来的团队，在欢乐与痛苦、争吵与选择中完成了一年艰苦的训练和比赛，最后如愿以偿地获得了箱根接力赛决赛资格。作品描写大学校园平凡点滴的奋斗故事，呈现了年轻人在面对自己人生选择时的不同选择。涉及独立生活、人生目标、自我要求、对爱情和一切美好事物的向往与追求、个体在团队中的作用、集体的力量。当然每个人也会面对生活的不如意，现实与想法的差距，面对困惑后的选择，这些也是生活在当下的每一位青年都需要面对和思考的。所以从题材选择意义上说，《强风吹拂》这类动漫作品对广大观众特别是年轻观众价值认知层面具有积极的作用。难怪有网友感叹：“如果今天的你还在繁忙焦虑，迷茫不安，那就试试《强风吹拂》这部爽到爆的运动动漫，一定会让你重新审视自己的生活。”

（二）为什么选择长跑

长跑这项运动在众多体育项目中最为常见，但又属于较为枯燥艰苦的田径类项目。没有直接的身体对抗，而且训练、比赛过程中的疲劳孤独、缺少交流等特点，必然给故事的呈现和编排增加了困难。不难想象一场充满激烈对抗的竞技类比赛，其本身就充满看点。比如，以中学生篮球为主的动漫作品《灌篮高手》，运动本身的过程就有丰富的看点。训练中、资格赛或者全国制霸赛上比比皆是。主人公樱木花道与赤木刚宪的第一次“较量”，搞怪的言语和满是喜感的较量过程令人捧腹，带给观众深刻的印象；全国最后一场比赛湘北队与山王工业的关键时刻，赤木刚宪与河田雅史的对抗、三井寿与赤木的对视、樱木与流川枫的联手关键球等，都将故事情节推向高潮，竞技类运动特点的实例不胜枚举。而长跑这项运动可描述的手段相对单一，这在叙事方面增添了一些困难，为解决这个问题，导演野田和也和他的编剧们突出了角色多样的优势，并大量运用蒙太奇的手法将同一事件中多人的状态、心理波动细致而流畅地记述到训练比赛中，加上运用插叙、倒叙的手法叙述故事，结合比赛进程，这些元素汇聚在一起，起到了很好效果。

（三）人物设置

《强风吹拂》中的CP是两个男孩。一位是虽然受伤，但外表阳光，内心坚忍，敢于为理想目标去拼去闯的大学四年级学生灰二。另一位是具有运动天赋但性格内向、不善言辞、心理受过创伤的入学新人阿走。这样的组合比较符合日本动漫人设性格搭配一大一小、一静一动的传统套路。参加比赛的团队共十人，这十位队员除了男主灰二之外的其余九人对于这个目标，开始存在这样那样的顾虑甚至是内心的排斥。第一，除掉团队中灰二和阿走两名队员外，其余八人均没有做过长跑训练，没有比赛经验甚至零基础，而要在全日本一百多所高校的平台上争取前十名的成绩，无疑非常困难。第二，他们只是十位普通的非体育专业大学生，现实中各自都有需要处理的问题，比如已经读大四的坂口洋平面临着棘手的就业压力，屡次求职失败的他对长跑这项计划心生排斥。另一位阿雪是一名来自单亲家庭的法律系学生。因为原生家庭破裂，母亲重新组建家庭将要生产，面对这种多年积淀的心理压力，成绩很好的他一度选择了逃避、放纵。还有一位计算机系肄业的学生尼古，自由职业的他本已做好了在学校里得过且过的打算，而最后让他们几人重新归队的原因还是集体、友情、信任、荣誉以及内心自我实现的迫切愿望。看似有些不"靠谱"的团队，在欢乐与痛苦、争吵和磨砺中完成了训练和比赛，每位队员都实现了自己心中的目标，完美地展现了自我升华与集体精神的诠释。

因为故事和这项运动的特征，男性占据了绝对位置。编剧巧妙地设计了唯一的女性角色，住在竹青庄（宽政大学田径俱乐部驻地）附近的高中女孩菜子"菜叶妹妹"。这个戏份不多的女孩，将这十位队员毫无违和感地穿接了起来，这与动漫《灌篮高手》中赤木晴子这位女性角色的作用类似。看似局外人的设置，在剧情发展和人物关系上自然地起到了互补作用，在充斥着男性之间的较量或碰撞中，女性角色的作用往往会把故事的发展从冲突引向和缓，这种对美好事物的追求、人与人之间信任和友爱符合观众的心理预期。

（四）内容构思与细节处理

动漫作品需要有幽默轻松的桥段，愉悦观众本来就是其属性的一部分。《强风吹拂》也不例外，作品中令人捧腹的情节不胜枚举，但是极少出现荒诞无稽、无厘头的搞怪内容。这符合日本文化中强调细节的传统。在轻松幽默的语境下呈现的是制作方对情节发展的细致构思。剧情开始的第一幕，灰二无意中遇见了恰巧因为愤懑和拮据，在便利店偷走面包后逃跑的阿走，他出众的奔跑能力，正是灰二一直寻觅的。兴奋的灰二骑车紧跟着全速奔跑的藏原，创作方用蒙太奇镜头剪辑的方法，时而让观众跟随着灰二的视角，紧盯着前方奔跑中的藏原走，感受着灰二心中急切喜悦的状态；时而又体会着阿走在逃跑中害怕、焦虑、疑惑的感受。终于在藏原的身旁，兴奋的灰二大声地向吃惊的阿走喊道："你喜欢跑步吗？！"类似这样的设计在整个作品中还有许多，创作者利用细致巧妙的构思，增强了观众的代入感，使叙事更加生动、自然。

此外，作品中还有大量长镜头的运用，长跑这项运动本身是在户外，比如公路、街道、郊外等场景，针对这一特点，《强风吹拂》加大了对审美体验的挖掘和镜头语言的运用。将日本动漫场景刻画的强项不断放大，让观众随着奔跑者的视野，展望头顶的蓝天、绵长的海岸线、身边的街道花草，再从周围的世界审视自我的内心，重新把视角拉回到这些奔跑者，增强了观众的代入感，激发联想，提升了作品与观众之间的情感共鸣。

二、动漫发展背景和社会价值

动漫是当下全球众多人群所喜爱的一种娱乐形式，让人们获得身心愉悦的同时，也传递一种文化信息。20 世纪是世界动漫发展最快的 100 年，其间出现了现代主义和生活浪漫内涵的动漫风靡全球，作品反映了观众对动漫本身以及其中所呈现出的现实社会下人文情怀的肯定与向往。新世纪，随着经济、文化和科技的不断进步，动漫被赋予了更多文化内容，加速向生活化、大众化、娱乐化、国际化发展，凸显出生活在当下社会中不同人群的情感诉求，如自由、信仰、荣誉、勇气、爱情、亲情、诚信、孤独、自然、友谊等。如今为了兼顾不同人群的情感需要，动漫的题材与内容变得更为丰富。一些优质动漫 IP 已经不局限于满足社会人群市场需要，它们甚至通过营造文化场域的方式扩大国家、民族文化影响力，从而向世界输出该国特有的文化魅力和价值理念。

（一）美国动漫作品特点

作为全球影视动漫产业的第一大生产国，美国依靠强大的科技优势、资本运作和人才储备，在动漫制作中大量运用 3D 视觉科技、动画渲染、音效制作、真人与动画的结合等令人艳羡的制作手段，加上快节奏、多样化、娱乐化、充满创新与活力的内容创作，使美国动漫作品风靡全球。好莱坞、迪士尼、皮克斯、梦工厂等影视动漫行业巨头创作生产的《唐老鸭和米老鼠》《星球大战》《变形金刚》《蝙蝠侠》《钢铁侠》《蜘蛛侠》《美国队长》《超人》《阿凡达》《哈利·波特》《V 字仇杀令》等众多动漫 IP，畅销全球数十年，逐步形成了一整套以美国主导的西方价值观为核心的动漫文化场域。不但对加速影视动漫的发展，对本国文化旅游、服装设计、航空航天、汽车制造等多项产业发展也起到积极作用，特别是在世界范围内起到了文化侵蚀与价值引导的重要作用。直到今天，钢铁侠、蝙蝠侠、美国队长、神奇女侠、绿箭侠等各种美国"正义"之"侠"依然占据着全球影视动漫和相关文化产业的重要位置,赚得盆满钵满的同时给消费国带来的文化和产业冲击更是难以估计。2019年4月,美国漫威动画改编的电影《复仇者联盟》(以下简称《复联》)系列第四集在中国上映,公映的头几日全国数个城市的影院现场很多家长与孩子高票价排队等待观影。公映数月时间便狂揽25.42亿美元的票房收益,其中大陆就贡献了6.05亿美元(折合人民币41.9亿元)。足以看到美国漫威电影对中国的影视文化的影响程度,然而作为动漫IP的全产业链,票房收入只是其中的一部分,上游部分,下游衍生产业会有更大收益,空间约为上游的8—10倍。另一部是2019年年底上映的《冰雪奇缘2》在全球票房也达到10.32亿美元,中国票房1.115亿美元以上。

(二)日本动漫作品特点

日本动漫长期受到中国观众的喜爱。据不完全统计,有超过50%的中国动漫观众青睐日本动漫。除中日两国拥有较为相近的文化背景外,作为向全球提供二次元动漫的主要生产国,日本动漫的发展一直做得很好,主要特点,归纳于两点。一是其动漫作品中呈现出特有的人文气质。这里需要提到高畑勋、宫崎骏、新海诚等为代表的日本动画电影大师和他们的动画电影作品。《幽灵公主》《天空之城》《岁月的童话》《辉夜姬物语》《千与千寻》《萤火虫之墓》《侧耳倾听》《哈尔的移动城堡》《言叶之庭》《你的名字》等这些中国动漫观众熟知的作品中,大都有鼓励人与人的诚实友爱、鼓励勇敢面对自我、控诉战争的残酷、赞美纯真爱情,以及呼吁人与自然和谐共处等现代主义思想的内核,饱含了东方浪漫主义的人文气息。数十年间,日本先后推出了以手冢治虫《铁臂阿童木》、藤子不二雄《机器猫》、鸟山明《七龙珠》、车田正美《圣斗士星矢》、北条司《城市猎人》、井上雄彦《灌篮高手》、高桥留美子《乱马1/2》等一大批优秀漫画家和漫画作品,正是他们大量的多样化作品成就了日本动漫如今的地位。就是题材类型上也不乏佳作。以运动题材作品为例,《灌篮高手》《足球小将》《黑子的篮球》《飙速宅男》《强风吹拂》《排球》《乒乓》《排球少年》《网球王子》《哨声响起》《棒球大联盟》《棒球英豪》等一大批多维度运动题材的优质IP为人津津乐道。二是"求道"的精神文化,也就是所谓的"匠人"文化。在众多日本动漫作品中能够反映日本民族的一种精神文化。这个"匠人"精神也影响着他们的动画产业,日本的动画业者,大到监督、制片、小到音响师、声优,大多也是抱着求道的心态来完成自己的工作的,每一环都要把自己的工作做到极致。2004年被推荐的《仁太坊:津轻三味线始祖外传》这部作品,就反映了这样一种求道的精神。故事主人公盲人仁太郎就是在寻求三味线的道;影片的制作上,每一个背景图片都是制作团队在现场写生后真实场面的再现,这部动画电影的配乐,是著名三味线演奏家上妻弘光，他力求完美地模仿片中几位演奏者的不同风格。在最后一场主人公仁太坊与田原坊的终极对决中，影片通过演奏时画面的转换，演奏台与观众，演奏时的场面与人们通过乐曲展现的一幅幅生活画面，配背景音乐，把三味线演奏中的魅力展现得淋漓尽致。通过主人公的琴声和生活劳作的场景刻画，把作品的情感意图传递给观众，让观众愉悦到美的享受和心的感悟，笔者认为，这种表里相统一的匠人文化反映出日本动漫的求道精神所在。

三、国产动漫创作发展现状和存在的问题

(一)国产动漫的发展现状

提起国人熟悉的国产动漫，首先想到的便是具有明显中国风的水墨画、家喻户晓的传说故事等，在20世纪七八十年代曾经广为流传，在美术艺术方面也有突出的成就。90年代后动漫发展面临着制作题材偏向低龄化，海外的动画投入与质量双升的不足与压力一度发展缓慢。进入新世纪后，在政策引导与市场需求的双重驱动下，我国文化产业内容消费市场迅速发展，动漫产业在文化产业中的占比稳步上升。

一方面，国家广播电视总局2004年印发《关于发展我国影视动画产业的若干意见》和国务院办公厅2006年下发《关于推动我国动漫产业发展的若干意见》(以下简称《意见》)以来，国家动漫行业相关主管部门相继制定一系列政策，支持促进文化创意产业的发展。尤其是《意见》的发布，明确指出我国动漫产业创作要以“创意”为核心，不断加强动画、漫画的表现形式，其中包括动漫图书、报刊、电影、电视、音像制品、舞台剧和基于现代信息传播技术手段的动漫新品种等动漫直接产品的开发、生产、出版、播出、演出和销售，以及与动漫形象有关的服装、玩具、电子游戏等衍生品生产和经营的产业。另一方面，随着资本、新媒体和消费人群的需求不断加大，国产动漫作品的生产呈现高速持续增长，许多作品收到了很好的口碑。2017年年底，中国动漫产业产值达到1560亿元，同比增长19.91%。近年来，动漫产业作为第三产业的重要组成部分快速发展。如《哪吒除妖降魔》《大鱼海棠》《我的三体》系列和《白蛇:缘起》等，在票房和口碑以及文化产业动漫带动方面都有不俗表现。《围棋少年》《超智能足球GGO》等一些运动题材的动漫动画作品也陆续出品，受到一定关注。

同时也应该对国产动漫作品创作的质量有客观的认识，现阶段比起日本、美国两大动漫制作强国，仍有一定差距。以豆瓣网(2020年2月10日豆瓣网统计结果)分类统计动画类(含动漫)统计为例，历史口碑评分排名前120位的动画作品中，国产动漫作品入围作品数只有10部（含台湾地区作品1部）。由高到低排序是:《大闹天宫》

(1961年)、《狐妖小红娘剧场：月红篇》(2016年)、《天书奇谭》(1983年)、《金猴降妖》(1985年)、《哪吒闹海》(1979年)、《西岳奇童》(1984年)、《魔法阿妈》(1998年)、《岁城璃心:鬼蜮咒原》(2014年)、《古剑奇谭:永夜初晗》(2014年)、《铁扇公主》(1941年)。从时间、制作、内容题材上梳理这十部国产作品主要可以分为两类。一类是在20世纪80年代制作,以继承中国传统民间故事文本为核心IP的动画电影题材。如《哪吒闹海》和《天书奇谭》等。另一类是近十年来以网络流行小说文本IP改编创作的网络动漫,题材主要以穿越、玄幻、格斗等为主。参照日本作品入围的情况,有46部日本动漫作品入围前120位,占比为38%,其中3部作品入围前10名,25部作品入围前50名。豆瓣网是我国主要影视评分网站,评分的主要人群大都为国内网友。这反映出作为动漫制作的传统强国日本,其优质动画动漫IP无论是从时间跨度还是内容的广度深度,对我国观众都有很大影响。

(二)制约国产动漫发展的因素

1.题材单一,缺乏创新

以2000年为节点,之前的国产动画主要以中国传统故事为核心,如《西游记》《三国演义》等传统IP为核心,这样做的优势是在创作阶段缩短时间周期、降低成本、降低创新等带来的票房风险,毕竟利用已有的文化场域和IP架构做适当调整易于被观众接受。但缺点是内容上缺乏创新和对故事的进一步挖掘,加上一些传统文化故事的叙事逻辑、道德观念、价值观念等与现代社会发展存在一定差距,导致作品有时难以被现代观众认同。所以,近十年来为了达到商业收益的目的,迎合广大网民观众的喜好,部分动漫创作方以时下流行的网络小说为故事文本,延伸IP制作为动漫、游戏等,多是穿越、玄幻、格斗、宫斗等讨巧观众的题材内容。对物欲的放大,短时间来看能够满足一部分观众对个人化喜好和情感要求,但长期看,一旦内容核心缺少了个体与他人之间的积极社会联系、必要的社会责任和正确的价值判断,作品的高度便无法提升。因此故事题材和内容文本还缺乏本质上的突破和创新。

2.观众定位不清,低质与低智问题并存

在制作前期,创作人应该对观众人群有一个较为清晰的定位。针对预计观众人群的年龄、性别、地域、职业、教育、收入水平等有一个较为清晰的用户画像。但是为了追求较高的商业回报、减少前期投资、缩短制作周期,许多还在以小样本计算规划,缺少前期大数据的调研设计,加之国内暂还没有对动漫作品作出评级标准,所以业内一些制片方使用了简单讨巧的方法,没有认真做观者的用户画像,缺乏借鉴垂直领域意识,还沉浸在广撒网增用户的初级定位手段中。对营造属于观众群体的理念不够重视,所以经常有某些国产动画动漫制片方为了满足他们所认为的低龄受众,在作品中硬生生加入许多本不应存在的低龄化内容的桥段,让整个情节结构都不立体,逻辑性缺失,在装萌卖傻间显示出了过多的错乱感,叙事主体模糊不明朗,情感单薄、随意跳转。这样,受众定位不清晰的作品,质量下滑,低龄化内容与低质问题并存便不难理解了。

3.同质化问题突出,恶性竞争

现阶段不但国产影视制作中存在大量同质化问题,在动画动漫制作中也有比较明显的反映。虽然近年来网络小说的发展迅猛,但题材多集中在穿越、打斗、盗墓、玄幻、宫斗这一些内容,导致动漫制作中文本核心存在严重的同质化问题。往往一个题材成功后,短时间会涌现一大批类似作品。哪一部哪一类型受到市场好评,制片方便不遗余力地跟进制作同类型甚至同一题材的作品,比如国产科幻小说《三体》获奖之后,仅该题材的动漫在短时间内,就制作了七八部。继《大圣归来》动画电影大受好评后,出现了《真假孙悟空》《悟空传》《小悟空》等多部动漫作品上映。预计在未来5年还将有5部IP为孙悟空的动画作品。由此看来,即便是多年引导我国国产动画发展的上影,也存在缺少创新作品吃老本的问题,至于穿越题材和盗墓题材的作品更是大量出现,良莠不齐,让人唏嘘。

4.过度市场化和泛娱乐化问题日趋严重

在我国泛娱乐的概念,从提出到应用,其产业生态至今日趋壮大。它基于互联网和移动互联网的多领域共生,是产业融合的现象。泛娱乐产业以文化为核、娱乐为表,通过精品IP衍生和技术创新驱动来创造具有创新性的文化产品。然而,发展动漫市场化和泛娱乐化,并非没有好处。首先,动漫作品与其他影视作品一样,先天具备娱乐化的要素,满足了受众的心理需求,是对观众合理要求的一种积极回应。随着市场的发展,泛娱乐化、市场化发展的趋势愈发明显,是不会再倒退回过去的。所以对于如今的动漫作品,其自身的市场化、泛娱乐化属性是正常的。上海大学文学院教授葛红兵认为:“泛娱乐化不会害死人,也不会真的危害社会,一个洋溢着自由和欢笑的社会总比一个拘谨和压抑的社会更好。”其次,这是市场这个看不见的手调节的作用。通过市场竞争而形成的泛娱乐化趋势,是符合如今社会多样性文化需求的产物。通过市场的资源整合和合理化配置,有助于动漫的发展壮大,形成规模,形成产业。所以立足社会当下,无论是市场化还是泛娱乐化,都具有一定的时代属性。

然而尼尔·波兹曼在著作《娱乐至死》中告诫人们:“毁掉我们的,不是我们所憎恨的东西,而恰恰是我们所喜爱的东西。”过度的泛娱乐化带来的负面问题却不能小觑。主要有两个方面的问题。一是降低观众的审美标准。动漫的观众大多为青少年,正处于塑造文化标准和价值观念的关键时期，而过多强调享受、无限制娱乐的内容容易让观众的文化品位和基本判断能力受到损害，对善恶美丑的概念变得模糊不清，辨别是非能力容易受到影响。二是减弱观众和制作方的社会职责。对于制作方来讲，为了取悦观众市场，势必会有部分制作方用非主流价值观、制造感官，刺激扩大收视，而观众一旦适应了这种感官欢愉，长期沉浸在这种氛围之下，逐渐丧失了客观真实的逻辑和对现实的思考。

四、国产动画发展及创作的几点建议

2014年10月15日，习近平总书记《在文艺工作座谈会上的讲话》中强调，文艺作品要有筋骨有道德有温度。这对我国的文化产品创作者生产者是一个目标和遵循。围绕充分发挥社会主义先进文化优势这个目标发展我国动漫产业，有几点建议。

（一）加强政策规划建设引导

向社会提供优质的国产动漫作品，优化产业结构，把优秀的作品推向社会甚至全球去讲好中国故事，这不单是动漫产业从业者的义务，也是政府相关部门的责任。2019年3月，李克强总理在《政府工作报告》中明确指出，要加强互联网内容建设，繁荣文艺创作，推动文化事业和文化产业改革发展，提升基层公共文化服务能力。随着动漫市场前景的不断增大，受众人群的增多，政府应更加重视，在政策扶持和规划引导上提出和制定更为切实的政策。一是在加强内容题材创新，鼓励形式内容创作的多样化。营造崇尚精神的文化场域，从而丰富加大优质作品创作空间，尤其是针对与社会主义核心价值观相契合的题材类作品，讲好中国故事，展示我国改革开放以来取得的成就，反映人民生活的优质作品更要加强政策扶持鼓励。二是主管部门针对国产动漫建立分级制度，为市场和制片方提供清晰的政策法规。比如以年龄段区分观众，刺激产品生产者对观众进行准确的用户画像，让动漫创作者把注意力更多地放在作品本身的生产创作上。

（二）把握经济和改革的机遇期，建设和培育高质量的人才队伍

1.利用我国经济体总量和市场的巨大资源优势，抓住难得的发展机遇

2012年以来，我国文化产业连续以每年超过11%的增速发展，2019年增长到4.37万亿元，占全国GDP的4.6%，成为国民经济的支柱型产业。2018年，全国居民用于文化娱乐的人均消费支出为827元，比2013年增长43.4%，2014—2018年年均增长7.5%，文化娱乐支出占全部消费支出的比重为4.2%。由此可以看到，动漫产业发展空间巨大。

2.发挥人才优势

鼓励用市场和政策扶持的手段刺激高素质青年人才进入动漫高水平制作中来。一方面,现阶段我国动漫产业人员年龄结构主要是70后、80后和90后,他们大多受过规范的高等教育,知识结构化水平整体较高,对现代产业的发展和市场的环境较为熟悉并正处于成熟旺盛的创作阶段。另一方面,随着我国改革开放,释放市场潜能的不断加深,国家的经济发展和城镇化水平不断提高,我国与世界文化产业有了更广泛的合作。受众人群结构的多样化,可以预想未来国产动漫产业会吸收更多的优秀人才。

(三)科技进步与文化产业融合背景下动漫产业的机遇

在科技高速发展的当下,运用大数据优势能够实现在受众用户不知情的情况下搜集信息,用户画像、分析市场、提前预测等行为在我国多项产业发展中已经广泛运用。在"互联网+"背景下,文化产业与互联网逐渐走向深度融合,文化产业内涵与外延得到极大丰富。一个与传统文化产业链表现形态不同的全新的文化产业链逐步形成。网大、网游、网综等一批新型文化产品应运而生并以惊人的速度发展壮大,中国产动漫也需要利用科技进步与文化产业大融合的背景抓住发展机遇,科技的发展让作品的生产周期大为缩短,制作上渲染、特效、建模等基于计算机发展的新型技术打破了传统制作方法和流程,在视觉听觉等感官上有较大进步,将会加速与"互联网+"、大数据等前沿科技融合发展,加快推动优质动漫作品供给,进而刺激市场繁荣,形成国产动漫产业良性发展。

(四)谈几点创作感想

1.守好创作初衷

创作优秀的动漫与创作其他艺术品一样,只靠政策的鼓励扶持,先进的制作手段、渲染水平,充足的资金支持还是远远不够的。动漫故事的核心内容才是作品真正的灵魂,拥有灵魂的作品才能够征服观者,才是优质的IP 。前面分析了与我们文化较为接近的日本文化,日本动漫的创作在选材和内容中的求道精神是值得我们借鉴的。借鉴《强风吹拂》《灌篮高手》这类运动题材动漫作品,创作的初衷不仅是为了取悦观众,创作人也像他们作品中的人物那样,为了梦想去创作,这一点是我们国产动漫创作人需要进一步明确的。崇高的目标就是可以为之奋斗的动力,树立向往高原高峰的精神追求,追求更有意义和更有价值的目标,只有这样才有可能在创作实践中迸发出更强的生命力和创造力,中国动漫创作人是拥有这样的品质和能力的。

2.多样化与创新性思维

从众多优质传统文艺作品中提炼创作符合当下社会思想、文化理念的作品,形成独特的文化场域，是摆在国产动漫创作者面前的一项课题。传统作品中难免存在一些相对单一滞后、刻板守旧的内容，不符合当代多样化的发展趋势，所以需要以更多的角度和创新的思维对我国传统的优质IP进行创新性改造。正如2019年动画电影《哪吒之魔童降世》的成功，创作团队在选取中国传统题材“哪吒”这一题材后，并没有受到传统故事内容的束缚，反而经过多角度、多层次、多结构的改造，对传统的“哪吒”在人设、内容、情节上加以创新性改造。在传统故事场域的基础上突出了作品的时代感、独特性和创造性的特点。另外还有“中国唱诗班”系列动画短片作品，如《元日》《相思》《饮湖上初晴后雨》《夜思》等较好的动漫作品，结合当下社会的价值和审美观，让传统故事再一次苏醒起来，赋予优秀传统IP新的时代生命，逐渐形成独特的文化场域。

五、结 语

对于国产动漫创作发展来说，未来的路虽然还很长，但值得期待。面对国外动漫的竞争，创作符合当下社会和我国文化特质的优质动漫作品，是当下每一个中国动漫人需要正视的问题。期望我们的国漫发展越来越好，最后借用《强风吹拂》中一段台词与大家共勉。

> 强风迎面吹拂，逆风奔跑前行。坚信答案就在前方，为何强大，为何奔跑，为何生存？一切都在风之彼方，希望就在我们各自的心中。看啊，道路就在我们的脚下，所以我们要奔跑于今天，一路奔跑直到永远！

马武君，宁夏文艺评论家协会副秘书长。

“完美”楷模与真实女性，谁终将“送我上青云”？

◎丁艺淳　孙　宁

2019年国内的暑期档电影非常耐人寻味，一部《哪吒之魔童降世》脱颖而出，几乎包揽了整个七八月的热门话题，《烈火英雄》也口碑极佳，而同期安静上映的一部《送我上青云》，或许算不上一部常规意义上非常成功的电影，在势头正盛的几部影片的光环之下，它借由演员的影响力与不断上涨的口碑，能够在后期争夺到影院稍显宽容的排片量。滕丛丛的这部处女作，为这个夏天的电影档新增了一份细腻的发声。它的表述是少有的从女性视角出发的，在看似云淡风轻的调侃中囊括着对生活的严肃思考与反叛的、掷地有声的话语。

电影讲述的是姚晨饰演的女主角盛男，一个清高、有着自身理想与抱负的女记者，在被告知患上卵巢癌后努力赚取手术费的过程中发现的一系列关于和解与自我找寻的故事。在她的这段充斥着对生死和爱欲的追问的旅程中出现过很多角色，可她周围这些最为亲近的家人和好友却都无法成为容她短暂休憩的港湾，沉重的生活压力迫使她不得不努力地去变得独立而坚强。

癌症、死亡、金钱、原生家庭……这些现代人真切面临着的现实困境，仅仅是简单的词语堆积好像就足够叫人感到压抑了，不过在影片里面，我们看到更多的还是调侃和轻松的元素。虽然透过盛男的遭遇，我们看到了生活施于每个人一层又一层的困境，但影片讲述这些困境的笔触却一直都是轻盈的，没有矫情附会的乐观，也无所谓歇斯底里的哀怨。就如同它的片名，好风凭借力，“送我上青云”——柳絮本是漂泊无根无绊的东西，却能够凭借扶摇直上的东风成就自己的理想，众人在这世间的无奈与沉浮，何尝不似飘浮的柳絮。

一、"好风凭借力",力从何处来

盛男在这场寻找的过程中,看似遇到了很多人,但她却是孤立无援的。第一个知情的男闺蜜面露难色地说:"万一,这钱你还不上了呢?"回到老家,同自己出轨的父亲见面时对方第一时间竟然还是同她借钱,而面对比自己心智还要幼稚的母亲,关于病情她更是无法再提。影片中的盛男就是柳絮的代表,随风飘浮无所寄托,可她想要找寻帮助自己的重生的"力"。

男闺蜜关于她去替人写自传的建议或许是怀有一些自己的小算盘,不过也切切实实为盛男找到了一份可以尝试的活儿,这份工作成为盛男求生时凭借的第一股"力"。这个时候,走投无路的盛男不得不收起自己高昂的头,去为自己打心眼里瞧不起的李总做事。然而澡堂里面对李总颐指气使的得意,她还是选择撕掉了合同。本是无枝可依的她,为了捍卫自己的尊严,依然放弃了这股"力",重新回归作为"柳絮"的迷茫。

随后她遇到了挎着相机拍着云的刘光明。他看上去是那样儒雅而又智慧,又恰巧出现在盛男生活最为力不从心的时刻,困境层层不断地扑面而来,无处依靠的她不得不自己去面对不容乐观的病情、世俗无奈的生存方式和令她心力交瘁的原生家庭。于是刘光明的出现,正如他的名字一样,成为盛男逃离暗淡生活的一抹浪漫的希望。他成为她的光,成为她再度寻求的那股"力",然而他也亲手毁掉了她的幻想。

现实的势利、家庭的疏离、情感的失意,频频面临打击的盛男,在这看不清的浓雾里愈加迷茫了。即便她那样努力,似乎也依然无处可依。而在山上,面对母亲梁美枝埋怨她不将病情告诉自己,她终于用略带哭腔的声音发泄出积压已久的不满:"我为什么不告诉你?我敢吗?因为我觉得又是我的错。"她难过地释放着自己积压已久的委屈,"我想做正确的事情……我努力学习、努力工作,努力不让你们失望。我那么努力,还是要死。"

死亡这一话题贯穿影片的始终,而正是对于死亡的思考,盛男终于找到了一个重新审视自己的人生,以及关注身边人的机会。身患癌症、无比孤单的盛男在这个时代中,就仿佛在迷雾笼罩的山林。她面临的迷茫来自对死亡的恐惧、对原生家庭的无奈,来自爱情与欲望,来自性别本身的焦虑。不得不过早地肩扛起比同龄人更多责任的盛男,性格里始终有着不服输的刚强。影片中无论是开场独自上山去考证新闻、遇到精神病依然淡定地打电话报警的她,还是面对地产老板李平的傲骄面不改色怼回去的她,还是知晓自己生病以后独自选择赚钱做手术的她,在每个时刻她都表现得那么强大而坚忍。这种性格与她的原生家庭有关,习惯了直来直往、争强好胜,在面对家人的时候依然如此,出轨的父亲、幼稚的母亲,令她只能生硬地去表达着别扭的关心和爱。片中有一个场景是梁美枝半夜想要搂着女儿睡，可盛男僵硬地转过身去，一言不发。

好风凭借力啊，盛男曾对身边的人抱有很大希望，可是最终父母和好友无法依靠，爱慕的人也无法给予自己救赎。唯一能够帮助盛男找到意义的，始终只有她自己。她站在陡峭悬崖的风口，或许想起了李老关于好心情才能够面对病情看似好笑的一番话，或许想到了他说的“人生是一场戏，生旦净末丑，唱了，醒了……红尘过往，没有人握得住天长地久，人生之事岂能尽如我意，哭笑皆由人，悲喜自己定”。她对着遥远的地方学着李老豁达地大笑了三声：“哈！哈！哈！”最终一切都悬而未定，但面对生活的三声笑里，或者包含了她与家庭的和解、与爱和理想的和解，以及与自己的和解。

纵然柳絮，也是有自己的风骨的，于是才能够借东风之力“直上青云”。在充满戏谑与黑色幽默的表达中，我们纵然望见了浓雾笼罩的迷茫，而透过大雾却又能窥见一点过尽千帆的豁达。

二、“完美”的母亲与真实的女性

《送我上青云》的剧本是女性导演从女性视角出发编写的，而她塑造的女性形象不同于以往，成为影片出众的特点。无论是盛男，抑或她的母亲，其实都是性格鲜明而同时带有明显的性格缺点的人，如此真实，像我们生活中的每一个人。

这里值得琢磨的是母亲梁美枝的形象。大概从电影中开始出现女性形象起，对于她们形象的构建与解读就多是模糊且暧昧的。而漫长的社会发展进程中，银幕上的女性形象也在数千年延宕至今的男性话语体系之下，在“被观看”与“被崇拜”的主流审视下不断地挣扎与重构着。而总体上看，在中国所有电影中的女性形象里，“母亲”这一角色总是最为伟大而叫人大加赞颂的。人们总说“女子本弱、为母则刚”，似乎历来电影中出现过的正面的母亲，也总是集东方女性贤良淑德的传统美德于一身的，具有“榜样”性质——她们美丽、贤良、大度而隐忍。无言的奉献与牺牲，成为影片中“母亲”和“妻子”身份女性美好品质的高度总结。

虽然说进入新时期以来，银幕中女性的形象越来越丰富和饱满，但大多数对“母亲”的女性形象的正面刻画，仍然是在“父亲缺席”的家庭环境下，富有牺牲精神，坚强、勤劳、忠贞而隐忍。在《我的父亲母亲》中，女主人公招弟倾其一生、坚贞不渝地等待着一个不在场的父亲；电影《九香》中的母亲则更是近乎完美的女性形象，温柔贤良而无私奉献，在丈夫死后的艰难生活里强忍着孤独，因为儿子的反对舍弃了自身的爱情，并独自将子女抚养长大；张艾嘉的《相爱相亲》里，乡下的姥姥为了一场被包办的婚姻守了一辈子活寡，固执地坚守着她所理解的爱与忠贞。这些影片或多或少也开始对以满足男性期待和鼓励子女成功而牺牲掉自己的“完美”母亲形象进行反思了，能够做到这些的女性固然是伟大的，令人尊敬。只是在某些时候这种被歌颂和赞扬的伟大，将女性作为真实个体的意识给掩盖了。

作为“母亲”的女性，应该如何在寻求社会认同和自我实现之间找到平衡呢？在之前上映的《找到你》中曾有意识地提出了女性的这一生存困境。片中无论是姚晨饰演的都市精英女性，还是马伊琍饰演的明显弱势的底层农村妇女，又或者是为了家庭放弃工作却在争夺孩子抚养权的案件中败诉的全职妈妈，她们都面临着一个同样的问题——如何兼顾家庭和社会对于女性的不同期望。对于独立意识越来越强大的中国女性而言，事业与家庭似乎总是难以两全，而在种种现实压力的责任之下，女性又应该如何找到自己的定位，成为困扰万千当代女性的难题。

哪怕是开放自由的今天，网络和媒体上也依然容易把女性的奉献和牺牲端出来大加赞颂，但女性究竟是应当做社会价值评判体系下的“完美”楷模？还是寻找作为女性个体的真实自己？现在的一些作品里，她们已经不再仅仅安于把自我价值的实现简单地等同为满足家庭和社会的期待，或者说导演的意图已然不是单纯地去对女性无私奉献的这种精神品质进行歌颂，而是对其自身在社会和家庭中的位置进行更深入的反思。

《送我上青云》中的母亲梁美枝从出场就一点也不符合社会的这种期待。她从第一次露面便是粉粉嫩嫩的，举手投足也总是招招摇摇，甚至略显任性，影片里她始终幼稚地逃避着那些不愉快的现实，对女儿的依赖更甚。无论从哪个方面看，她的确都是一位不太懂得表达的母亲，或者更直接一点说，她不算是一位合格的母亲。但是这个人物非常有趣的地方在于，滕丛丛并没有去让她如同乍一见时那般肤浅，反而赋予了她一股子青春的生命力。对于丈夫的出轨，她没有被打击得一蹶不振或是歇斯底里，抛下一句“我要离家出走”，然后依然画着精致的妆容，打扮得漂漂亮亮去约会，并不忘八卦着女儿的感情问题。梁美枝总是随身带着一支口红，即使只是和女儿在一起也时刻保持着对美貌的追求，实际上这也不过是她的一种寻求自我认同的方式。

而盛男的采访对象，也就是地产老板李平的父亲，从第一次与这对母女会面，目光便一直追随着比女儿打扮得还要青春靓丽的梁美枝。她在他温柔的倾听中，打量着手中开片的汝窑，轻言细语地将自己在陶瓷厂的回忆娓娓道来。那个时候，她回忆起了师傅烧冰裂窑时噼里啪啦的声响，回忆起了当年不小心烧着的喇叭裤，回想起过去脸上流露出对那些逝去的细碎的美好的缅怀。末了，当提到自己人生中最为重要的决定之一——婚姻时，她只略带自嘲而又轻描淡写：“然后，就生了女儿。”接着继续把玩着手里的汝窑,感慨道,“现在厂里都现代化了,烧强化瓷了,再也听不到这种开片的声音了。”

对于梁美枝而言,“开片的声音”是如此美好,而又再难觅其踪影,何尝不像她懵懵懂懂稍纵即逝的青春呢? 作为在生活中没有得到足够重视的家庭主妇,她极力地试图证明自己这辈子并不是“白活了”。当她撒娇要求陪盛男去采访的时候,说到唯一依赖自己的小狗狗也走丢了,她心里真的感到惆怅——如果连最亲近的女儿也不再依赖自己,那她的价值又是什么呢?表面上对于女儿的病情无动于衷,但她也始终以她自己能够给予的陪伴去待在女儿身边,弄些各处听来的偏方希望能够帮得上忙。

梁美枝这样的母亲形象或许在众多电影的主题下都会被塑造成一个负面的形象,但滕丛丛既没有对她赞赏有加,更没有对她大肆批判,甚至很多观众在看到一半时,会发出这个妈妈有点可爱的评语。总的来说,她其实也只是众生中拼命找寻着自我价值的茫茫之一,并不高尚,亦不可恶,虽然最终影片也没有给予她一个确切的答案,但她却如此真实而又鲜活地表达出了一类女性的矛盾。并且无论怎样,她都没有放弃对更加美好的生活的追寻。

可以说,中国电影里从不缺乏母亲的形象,真正缺失的是作为“个体”的母亲更加真实的独立人格,她们在“妻子”“母亲”等社会关系所赋予的称号之后,真正作为“女性”的意识与发声。她们可以是有趣的,可以是任性的,可以是智慧的,可以是娇嗔的,可以是自我的,这种女性在生活中的多样性,需要获得真实的表达。

三、银幕前与后的女性认同

最为难得的一点在于,《送我上青云》确实是国内至今为数依然不多的,完全基于女性的立场去揭露现实、表达女性真实的欲望与困境的影片。而幸运的是,滕丛丛的剧本与想法和正处于想要转型做监制、扩宽戏路的女演员姚晨一拍即合,抱有远大抱负的这位新人女性导演拍摄的电影遇上了她的伯乐。女导演和女演员,这两个身份在漫长的社会发展进程中,一度在电影界的尴尬边缘徘徊着、抗争着。两位重要的女性身份,也赋予了这部电影之于现代女性意识觉醒的一种意义。

事实上,女性形象在电影初入公众视野的头 20 多年里一直都是缺失的,直至 1925 年电影《狐雏悲声》的完成,中国才终于出现了第一位女性导演。中华人民共和国成立后,中国妇女终于获得了空前的历史性解放,女性导演才真正地随着这股妇女解放的大潮被社会承认而不断涌现出来。

随着 60 年代女权主义运动的兴起,沉寂已久的女性意识进一步觉醒,社会上开始越来越多地出现了对女性自我价值和主体意识的反思。到了充满希望的 80 年代,中国的女性导演也终于能够拍摄出真正对女性的生活困境有着切实反思的电影作品了，好比张暖忻的《青春祭》和黄蜀芹的《人·鬼·情》，可以说至此女性导演终于能够在银幕上开始书写真实的女性意识，随后又有一批如李少红、许鞍华、薛晓璐等女性导演在延续着女性主题的创作。而进入新世纪以后，李玉、徐静蕾和唐晓白等更加具有“自我”意识的女性导演开始以不同于以往的鲜明的姿态活跃在电影界。

银幕之前与银幕背后的女性意识，反反复复地经历了从萌芽到觉醒、从迷茫到抗争以及不断地试错徘徊这几个过程，重要的契机是现如今我们所处的这个时代，是女性获得了空前的独立与话语权的时代，也让越来越多为女性争取权利与尊重的发声能够得以倾听和尊重。

《送我上青云》的导演与演员便是在这样的契机中相遇的。事实上，滕丛丛自2014年就开始筹备关于女性电影的题材了，在与姚晨商讨以前也找过不少演员，因为各种各样的原因最终都不了了之。而姚晨近些年恰好因为生育，逐渐对中年女演员随着年龄的增长愈受限制的演艺事业有了全新的规划，同时她也致力于挣脱束缚，塑造更加贴合新的时代环境下拥有独立思考的女性形象，于是二人一拍即合，剧本的探讨很快便达成了共识。

作为滕丛丛本人，她一开始希望呈现的便是能够展现女性最真实的生存状况的小小浮世绘。当她不断地被生活提醒，当下很多女性都存在着渴望被倾听的困惑，而在我们生活当中真实存在着的这些困惑，“好像没有人帮我们倾诉”。作为一名电影学院毕业的研究生导演，一名在当今对女性导演的表达越来越包容的环境中有能力发声的青年导演，她不自觉地想去更多地捕捉女性群像这个时代独特的焦虑与迷茫，去讲述社会中每个人的人生桎梏，以及他们的身不由己。

演员与角色本就是相辅相成的。姚晨身为中生代女演员，其自身的困境与探索，为她诠释盛男这样一个迷茫中寻求自我的女记者提供了现实的参照。实际上，早在一年前，姚晨就接拍了失孤题材的现实主义影片《找到你》，虽然主题看似是“寻子”，但它同时也是一部国内为数不多的，从女性视角出发去探讨阶层和人文关怀的电影。在影片中，导演有意识地塑造了中国三种不同阶层女性——姚晨塑造的需要同时兼顾工作与家庭、难以寻找到平衡的都市精英女性形象；马伊琍扮演的遭受家暴却因缺乏生存能力，无法自力更生的农村底层妇女形象；同时还有影片前半段一心只为争夺孩子抚养权的全职妈妈形象。这三位母亲的形象其实正是当下中国不同阶层的女性在社会生活中的缩影，因为失踪的孩子与争夺抚养权的官司，她们被微妙地联系到了一起。在当时姚晨接拍的这部片子里，所有的女性角色不断寻找的不仅仅是孩子，更是在节奏匆忙的现代社会中,在家庭与事业都不断提出更加严苛要求的大环境下,女性应该如何找到“丢失的自己”的疑问。在那个时候,她对当代女性困境的同情与理解就可见一斑了。

同样类型的角色还出现在 2019 年大热的现实主义题材电视剧《都挺好》中,姚晨扮演的出生于重男轻女家庭、不受重视因而被迫“独立”的苏明玉,与《送我上青云》里那个原生家庭不幸、争强好胜的盛男在人物的性格上也有许多异曲同工之处。

在 2019 年 7 月的第 13 届 FIRST 青年电影展闭幕式上, 姚晨与作为颁奖嘉宾现身的海清,还有其他几位中生代的女演员共同发表了感言,噙着热泪说出了当下女演员面临的困境:“我们大部分人是被动的,市场、题材常常让我们远离优秀的作品,甚至从一开始就被隔离在外。”舞台上的这些女演员,诚恳地表达着对于导演和制片人能够给予她们更多机会以及对所热爱的表演艺术孜孜追求的那份渴望。诚然,在国内众多的电影与电视剧中,我们不难看见各个年龄段的、风格迥异的男性角色,从不苟言笑的政坛人物到智勇双全的警察律师, 从幽默搞笑的无名之辈到落魄失意的颓废大叔,银幕中男性角色的多样性与层次感远多于女性。这或许是社会无意识的产物,导演更多的是男性,观众更多的是女性,无可避免更多的陈述话语主体都是男性,但越来越多的女性开始意识到自己性别的主体意识也需要公开地被表达。

在大量的影视作品中,女性角色的第一选择还是更为年轻、貌美的新生代小花。除了批量复制恋爱故事中凭借年轻姣好的容貌即可胜任的人物形象,更多的女性依然是作为男性主要角色的配偶、妻子、情人的身份出现,她们被给予的身份往往只是她之于一个家庭成员而言扮演的角色,而非作为一个真实可感的有自我价值的人。与此同时,她们的外在形象标准接近一致而高度统一,美丽自然是不可忽视的重要条件,但当美丽成为衡量女性唯一的标准,少女感成为衡量美丽的唯一标准,那一定是有什么地方出了问题。

紧随其后,姚晨在腾讯星空演讲上发表了《一个中年女演员的尬与惑》。总是被贴上“独立”“自信”“坚忍”“成功”的标签,被当作女性代表的她,坦露真实的她其实面临着更多的彷徨、沮丧、无力与失败。而每每当她准备充分、雄心勃勃地想要投入工作干出一番成绩来,就被怀孕、生孩子等一系列意外打断,随之而来的是不可抗拒地衰老、肥胖,年近 40 的她,重新面对事业时发现自己正站在女性演员最尴尬的路口,这也让她对自己的人生和作为女性的社会身份产生了更深的思考。

由于导演和演员的女性身份与对于性别在社会环境下的关注和思考,影片中塑造的两位女性,她们面临的种种困境与迷茫都是普遍而又真实的。她们有着鲜明的性格缺点,不够完美,不够楷模,始终用顽强的生命力试图在尴尬的境遇中寻找着她们的价值。影片没有安排其他善意的命运拯救者，只有她们自身才是自己最为有力的“好风”，当意识到这一点的时候，也是她们自我的觉醒，于是在布满浓雾的山谷里，不断回荡着的是她们豁达而坚定的抗争：“送我上青云！”

四、结语

2019年是中国电影的又一个丰收之年，电影市场保持上扬的增长势头，全国票房达到642.66亿元，较2018年同比增长5.4%。其中，一大批国产电影精品不断涌现，取得了社会效益与经济效益的双丰收。全年国产电影总票房达到411.75亿元，同比增长8.65%，市场占比64.07%，而票房前10名的影片中有8部为国产影片，这8部国产影片占到全年国产影片票房总收入的80%左右，充分说明了优秀的国产影片备受观众青睐。而同年上映的女性主题电影中，以《妈阁是座城》《亲爱的新年好》《送我上青云》等为代表的影片票房虽均未过亿，但影片在内容制作及口碑反馈方面均获得了观影大众的肯定，说明这一类型影片仍拥有较大的可提升的空间。相信随着更多的女性电影人专注于内容创作，越来越多的优秀女性主题影片将呈现在观众面前。

随着新冠肺炎疫情防控的常态化和电影市场的逐步开放与恢复，一大批优秀女性电影人的作品即将上映，包括李少红导演的《迷妹罗曼史》，陈冲导演的《英格力士》以及李玉导演的《阳光劫匪》等。另外，五年磨一剑的文艺片导演许鞍华将携手著名女性编剧王安忆，将张爱玲小说《第一炉香》搬上大银幕，该片不但集合了彭于晏、马思纯、俞飞鸿、张钧甯、范伟等实力派演员的加盟，更有包括音乐人坂本龙一、摄影指导杜可风、服装设计和田惠美以及美术指导赵海的超强主创阵容压阵，相信该片亦将会成为今年华语电影的扛鼎之作。

丁艺淳，北京大学艺术学院戏剧与影视专业研究生。

孙宁，桃河影业（北京）有限公司CEO。

互联网时代电影的机遇和挑战

◎王嘉俐

近年来,互联网快速发展并在各行业渗透。新媒体形态不断涌现,数字技术、通信技术的飞速发展,促进了电影的快速和广泛传播,但也给传统的电影产业带来很多问题。原定于2020年大年初一公映的电影《囧妈》,未能如期上映,随后选择与字节跳动合作,在该企业旗下多个平台免费播出,成为历史上首部网络首播的院线电影,受到网友热烈欢迎,出品方欢喜传媒也因此股价大涨,但这一行为却遭到来自院线的抵制,全国诸多院线联名致信国家电影局,呼吁叫停在线播放。《囧妈》转网免费播出是一个独立的偶然事件,但在互联网加持下的今天,偶然性蕴含着打破传统电影放映垄断模式的必然趋势,中国“网络大电影”时代是否会真正开启?当大投资、制作精良、全明星阵容的院线电影参与网络首播、在线视频内容竞争后,又会给相关行业带来哪些冲击?

无独有偶,在《囧妈》转网的两个月前,厦门第28届中国金鸡百花电影节开幕,在以互联网和电影为主题的“互联网之夜”活动中,腾讯和猫眼联合发布了首份电影产业报告《从相加到相融——互联网时代的电影发展研究报告》,用数据记录了互联网与电影产业不断融合的历程,展示了近年来互联网和电影行业的发展脉络。静观行业研究、网络发展,“融合”势必是互联网和电影今后很长一段时间还要走的路。

本文试从互联网对传统电影行业的影响角度出发,分析互联网给电影产业带来的机遇和挑战,进一步探寻互联网与电影的融合及未来发展趋势。

一、互联网对传统电影产业的影响

我国电影产业发展至今,只用了短短几十年走完了国外电影100年的路程,其中离不开互联网的推波助澜。互联网对电影行业的渗透刺激了整个电影产业的横向整合与纵向重塑,电影行业得到颠覆性的升级换代,其影响主要体现在传播方式、用户体验、电影生态这几个方面。

(一)传播方式的革新

电影,作为一种媒介形式,诞生之初与广播、电视一样,都是作为单独的媒介形式出现的。但是,随着社会的发展和互联网的出现,电影的传播方式日趋多元,且各具特点,不同方式之间既有竞争也有合作。

1.影院传播

电影院是承载电影的第一市场,为人类塑造了一个以奇观性为主的审美空间,人们在这里获得视觉上的享受、心理上的满足、交流与归属感。互联网时代高端影院日益增多,高科技硬件设备已成为影院建设的重要组成部分,3D、IMAX、中国巨幕成为大多数影城的标配,激光放映机和杜比全景音响陆续投入使用,影院经营模式也逐步由粗放化向精细化转变。

2.电视传播

电视、DVD的出现,使电影从大银幕走进小屏幕,电视台相继开设了电影频道,中央电视台电影频道曾启动"电视电影"工程,制作专为电视播放的电视电影。随着网络技术的发展,数字电视、家庭影院的出现,电视观影变得更加便捷,拿起遥控器就可以随意点播,电视台和运营商也找到了新的盈利点。电影从大银幕走入电视,从电影院走进家中,经历的是从大众观影到小众观影直至个人观影的转换,呈现出越来越浓厚的私人和私域色彩。

3.网络传播

如今电脑、手机、iPad等新的载体进入我们的生活,网络在电影传播阶段扮演着越来越重要的角色,显现出了传播与更新速度快、信息海量、多媒体化、交互性强等特点。网络传播也经历了从视频播放器到门户网站再到短视频传播三个阶段。从最早的快播、暴风影音、迅雷看看到优酷、爱奇艺、腾讯等视频门户网站兴起,从"门户网站式"单向传播,到2009年衍生的"微博式"互动传播,到2012年兴起的"朋友圈式"闭环传播,再到逐步兴起的抖音等"短视频式"洗脑传播,电影传播方式不断被革新,营销环境愈加复杂。

(二)用户体验的改变

随着电影传播方式的改变,电影"观众"的概念被"用户"取代,电影创作者把电影当作"产品"(而不仅仅是"作品"),更加注重"产品"的"使用价值"(而不仅仅是"艺术价值"),开发"产品"的"娱乐功能"(而不仅仅是"审美功能")。

1.消费习惯的改变

互联网购票和移动支付的发展,使观众买票更为便捷实惠,选电影、选场次、选座位都可以在手机上轻松搞定,各类电商平台和促销活动,不仅在票价上带给观众极大的实惠,更能培养、促进消费者的观影习惯。以票务为切入点,互联网进一步改变了电影和观众的联接方式,为互联网与电影产业深度融合打开了通道,而票务平台的数据,又使片方、院线更能聚焦目标"用户",推动电影走向更精准的宣发。

2.观影方式个性化

相对于电影院里不能随意走动和需要保持安静,网络传播观众不再受场地、时间等限制,真正进入多屏时代,只要有屏幕、有信号,就可以观看电影,没有了传统观影的仪式感,网络传播时代随意性增强。而借助互联网巨大的片库和便捷的搜索功能,不再受制于排片场次,人们可以依据喜好主动寻找影片资源,观影中随时播放、暂停、中止,控制影片播放进程,主动性大大增强。

3.观影的互动性增强

用户可以通过网络随时随地掌握当前热门影片信息,了解票房排行,发表意见,网络上的评分和影评也都影响着人们观影的选择。"弹幕"的出现,更为观众提供了一种及时、有趣的互动新形式,观众可以在屏幕上随时发表看法、分享感受,互动性大大增强。电影通过网络传播放映,改变了院线放映的狭窄性、艺术批评的局限性,使电影艺术从神坛上走下来,人们的言论表达也为电影创作提供了更加丰富的素材。

(三)电影生态的重构

电影与互联网的结合,使电影艺术更加多样化,最重要的影响是对电影生态的重构,电影形式、创作、产业链结构等都发生了巨大变化。

1.电影形式

2000 年,第一部网络电影《175 度色盲》诞生,网络电影(网络电影:狭义的,特指专供网络传播的院藏音频作品;广义的,用来泛指"数字到户"以后,受众通过因特网接受的各类影视节目)的概念被提出。网络电影具有个性化、交互性、开放性、追求平民快乐的审美特征。近些年,优酷、爱奇艺、腾讯三大视频网站自制能力不断上升,推出了许多优质网络大电影,"网络大电影"凭借项目周期短、投资回报率高、题材广、受众面广等特点,实现爆发式增长。2014 年我国网络大电影市场规模仅为 1 亿元,到 2017 年首次突破 20 亿,截至 2018 年市场规模将近 30 亿。从"微电影"到"网络大电影",与传统电影的巨大投资相比,网络电影制作成本小,成为人人都能参与的"草根的艺术"。而制作精良,符合国家相关政策法规的网络电影,也可以在电影院上映,让网络电影与院线电影之间的鸿沟逐步缩小。

2.电影创作

随着互联网思维的普及,网络IP成为电影创意一个很重要的来源,一些阅读量高的网络小说被改编成剧本,很多知名网络写手参与到剧本创作中,IP成为电影圈一个很火的概念。与经典IP电影相比,网络IP电影受众也主要是网络文学读者,一些点击率很高的网络文学作品,被称作“大IP”,如改编自论坛热帖的《失恋33天》,改编自热门网络小说《鬼吹灯》的影片《鬼吹灯之寻龙诀》,等等。2014年,“IP”成为行业热词后,各大电影公司纷纷抢占热门IP,爱奇艺、优酷、阿里巴巴等互联网公司也纷纷成立影视公司,围绕IP所产生的商业价值不断被挖掘、开发。

3.电影产业链结构

前文提到《囧妈》转网播出虽说是个特例,但沸沸扬扬的背后,折射的更多的是影视行业日子并不好过,网络电影改变了传统电影的产业链结构,实体影院效益下滑趋势明显。万达电影2019年总营收为156亿元,较上年同期下降4.22%,行业发展整体放缓。在传统的院线传播模式中,“渠道”和“媒体”是截然分开的两个概念,“渠道”就是院线,是票房收入的来源,而“媒体”就是电视、广播、报纸等大众传媒,是宣传和营销电影的地方,前者是收入,后者是投入。如今网络承担了电影播出与宣发的双重功能,电影的生产、营销、收费模式等都将受到影响,电影呈现的媒介属性越来越弱,成为单纯内容产品的趋势越来越明显。

二、互联网时代电影的机遇

随着移动网络、新媒体、大数据技术的日趋成熟,“互联网+电影”正改变着人们的生活。开放的互联网、传统媒体与新媒体的碰撞融合、数字技术的发展等,都给电影产业带来诸多新机遇。

(一)电影制作多样化

1.融资环节

互联网时代,电影的融资模式不再局限于版权质押、银行贷款、私募股权、电影基金、预售融资等传统的B2B模式,而是着眼于C2B的众筹融资。电影众筹是通过互联网平台,使普通大众通过小额资金投资一部电影并获得较为稳定的收益,收益率基本与该电影作品的票房收益率保持一致,若众筹金额未在约定时间内筹齐,计划就会终止,钱也如数返还。对于电影投资人而言,电影众筹是一笔“名利双收”的买卖,既可以筹集到资金,又可以借机宣传,获得粉丝的口碑。而对于大众而言,还能带来除资金回报以外的附加价值，比如电影票、签名海报、首映式门票等。《西游记之大圣归来》就是一部众筹电影，总计投入780万元，累计票房9.56亿，可分账票房为9.56亿，豆瓣评分为8.3，票房与口碑都取得不错成绩，参与众筹的89位投资人成了人生赢家。此外，《十万个冷笑话》《大鱼海棠》和《纳米核心》等也都是众筹电影，分别筹到130余万元、150余万元和168万元的投资。电影众筹颠覆了过去消费者只能被动接受的传统电影模式，依靠“粉丝经济”，使融资环节成为连接电影作品和粉丝观众的新途径，既解决了电影制作初期的融资困难，又通过剧组探班、明星见面会等回馈方式吸引粉丝，撬动“粉丝经济”。

2.内容环节

在互联网思维下，“大数据”、IP以及市场导向因素，电影的内容创作更加迎合受众。2013年大火的《纸牌屋》就是利用大数据分析的成功典型，对用户精准的分析使电影人看到了庞大的“数据”所产生的巨大力量，一部电影从片名、内容、演员到档期，都可以得到不同的数据支持，国产电影《小时代》《心花路放》等也是依托大数据的成功案例。如果说大数据只是被动的分析，那么互动电影的诞生，则是让观众亲自参与到影片内容制作中。美国视频网站Nctflix制作的互动电影《黑镜：潘达斯奈基》就是由观众决定剧情走向，比如早餐是吃燕麦片还是玉米，在公交车上听什么歌曲，剧情走向都由观众手中的遥控器决定，不同的选择根据不同的支线剧情会导向不同的结局，观众对整体剧作的掌控感大大增强，数据和技术与电影的融合给观众带来耳目一新的观感体验。

3.拍摄环节

随着移动互联网技术的发展，各种短视频App如雨后春笋般涌现，拍摄手段的变换也使电影的表现形式越来越丰富。2019年，导演蔡成杰用华为P30 Pro手机创作拍摄了第一部竖屏电影《悟空》，巧妙的叙事方式、后科技与后现代的质感，使这部8分6秒的竖屏微电影广受好评，喜提热搜。随后，电影《直播攻略》也制作了标准版和竖屏版两个版本在院线和优酷先后上映，这是国内视频网站推出的首部竖屏长篇电影。面对各界对竖屏电影的探索，传统电影人也按捺不住，2020年张艺谋团队创作拍摄了四辑竖屏贺岁短片，短小温暖的故事，新的美学展示，竖屏给电影带来更多视觉可能和美学方面的变革。

（二）电影营销方式多样化

新媒体的发展为电影传播提供了丰富多样的平台，微博、微信、H5页面、抖音等的出现，为电影创造出全新的面世阵地，传统新闻媒体、电视节目、路演和发布会等单一渠道被打破，电影营销方式更加多样化。

1.社交化

面对有着“短、平、快”互联网思维的观众,电影的宣发越来越注重贴近用户,以国产动漫电影《哪吒之魔童降世》为例,在宣传上融合了多个社交媒体平台。在粉丝聚集地微博,利用热搜话题“扎个哪吒头”与电影发布同框照,吸引用户参与和关注,并联合美颜相机等多个相机产品,生成哪吒形象COS、表情模仿、精美壁纸等,将IP与用户关联,撬动“社交流量”。在短视频平台上,“我是小妖怪,逍遥又自在”的经典台词刷爆抖音,将近93万的用户参与了配音演绎。在微信上,“饺子导演的励志故事”以超过十万的阅读量成为朋友圈爆文,从电影到导演,从台前到幕后故事,情怀升级,激发分享欲,形成了熟人圈的闭环传播效果。《哪吒之魔童降世》最终取得49.7亿票房,创造了中国影史动画电影新纪录,上线视频平台一小时内点击量就超过2亿次。各类宣传数据显示:微博话题榜35亿,抖音播放量100亿,微信证书5800万。社交平台中的口碑传播不仅有效扩散了电影信息,成为评价电影的重要尺度,更把握了潜在观众群,对电影票房收益起到助推作用。

2.游戏化

强大的互动、视效等数字技术的支持,越来越多的游戏元素被运用到传播过程中,电影宣传也不例外。游戏化不是指制作一款游戏,而是将游戏元素引入非游戏领域,吸引用户更主动、快乐地投入其中。很多国产电影会在宣传期,将游戏元素渗透在新媒体宣传的方方面面,与电影话题相关联,为受众带来更高的互动感、沉浸感以及趣味感。例如电影《动物世界》在宣传时制作了“你的内心究竟是哪种动物”的H5测试,引发朋友圈用户纷纷测试并转发,原本单向、被动式传播,升级为互动、主动式传播。此外,各个平台的转发抽奖、签到、排名等都是游戏元素的体现。

3.直播式

直播已是很多媒体平台常见的宣传方式,电影宣传仿佛也不甘落后。《我和我的祖国》全球首场电影发布便采用了5G直播的形式,联合电影频道融媒体中心在北京、天津等七座城市举行了国庆献礼活动,这一全新的宣传方式获得了极大关注。借助电商平台,《受益人》更是采用了直播卖票的方式进行了一场线上抢电影优惠券的活动,40分钟的直播,116666张优惠券累计20秒内售完。随后,《吹哨人》《南方车站的聚会》《只有芸知道》也相继尝试了这种直播卖票的模式,每次都能很快将优惠券卖完。电影优惠券能带来多少实际票房的转化,我们尚未得知,但随着这一模式的兴起,相信很快又会改良出更多更直接的票房转化新模式。

(三)电影产业链的创新变革

数字文化的发展,科技和文化融合的政策扶持,都给互联网与电影产业融合带来利好。从消费到生产，互联网与电影的融合逐步加深，数字技术、云计算、VR、全产业链等发展或许将推动电影产业下一轮革新。

1.数字技术或成电影技术核心

从胶片时代到数字化时代，数字技术的出现让走进电影院的观众们又多了一分期待，使电影朝着更加宽广的方向发展。所谓数字技术就是借助一定的设备将图、文、声、像等信息转化为电子计算机能识别的二进制数字“0”和“1”后进行运算、加工、存储、传送、传播、还原的技术。细数当前银幕上的大片，尤其以好莱坞大片为首，精美的画面、超强的视觉效果，都是靠尖端的数字技术制作完成，数字技术缩短了电影制作时长，让画面质量更加清晰，也有效降低了电影生产成本。2016 年美国电影未来研讨会上，导演李安采用 4K、3D、120 帧的拍摄手法展现其影片《比利·林恩的中场战事》时谈到，数字技术潜力无限，电影制作者应创新拍摄手法，改变旧思维，去适应和使用这种技术。

2.云计算促进电影制作全球化

当前很多电影后期制作都是由多个工作室协同剪辑完成，低成本、短时间也成了电影制作人们追求的目标。后期制作是一项计算密集型工作，传统的后期制作主要是运用软件、服务器和交换机来完成，而云计算采用虚拟化技术，利用云端储存大量音视频文件，可更好地实现系统资源复用，让多个工作室协同作业，在提升效率、压缩时间的同时降低制作成本。如电影《少年派的奇幻漂流》，电影中有超过 90%的动画内容，这些动画片段需要在多个工作室分别完成后，再传到好莱坞总部进行最终剪辑合成，他们之间大量的数据传输都是通过网络来完成的。目前我国能够通达全球的电信级传输网络已经非常发达，不远的将来电影“即摄即传”也将成为可能。

3.电影全产业链模式成发展趋势

随着电影与其他媒介产业的不断融入，电影衍生品不断被开发，电子游戏、商场、主题游乐园等所导致的生产、销售链条不断发展壮大。从环球影城、迪士尼世界级的实景娱乐项目，到日本宫崎骏、柯南特色小镇，“影视 IP+主题乐园”早已被证明是切实可行的商业模式。2019 年，迪士尼第三季度财报显示其营业收入为 202.45 亿美元，影视娱乐方面收入为 77.9 亿美元，主题乐园收入为 195.7 亿美元，后者的收入超过前者近三倍，可见影视 IP 背后的商业价值。迪士尼的运作模式已经十分成熟，作为国内影视行业的领跑者华谊兄弟、光线传媒和华强方特等也都在积极筹划，纷纷斥资建设电影小镇、主题乐园等。未来，随着 VR 技术的成熟，VR 电影、VR 影视基地等还将为电影行业带来全新的观影方式和体验。

三、互联网时代电影面临的挑战

互联网时代，电影人的生存焦虑在大银幕上集中显现，互联网为电影行业提供机遇的同时，也带来相应的挑战，成为传统电影行业的“野蛮女友”。

（一）影院方面

1.影院银幕增速下降

2012年中国电影银幕数量呈现出暴发性增长，很多房地产商将投资建设电影院作为一个重要的转型突破口，影院扩建速度继续加快。而2013年以来，我国影院数量增速持续下降，增速由2013年的36.0%下滑至2019年的14.5%。截至2019年底，全国影院数量为12408家，全国银幕数量达到69787块，全年新增银幕9708块，但从增速来看，近年我国银幕数量增速呈现下降趋势。

2.电影窗口期缩短

电影终端市场的传统影院受网络影响，日子越来越不好过，而视频网站也正试图打破电影发行窗口期，想当最先吃到螃蟹的人。随着视频方的介入，电影在视频网站的上线时间和电影院的上映日期之间的时间差正在不断缩小，三个月标准的电影窗口期现已缩短至一个月，而没能登录中国院线的外国电影，登录视频网站的窗口期更短。院线电影越来越迅速地投入网络平台，让观众少了走进影院的动机。

3.院线抵制或成电影退路

面对网络冲击，当前大多数的院线都持抵触心理，乐视视频曾尝试举办电影《消失的凶手》的超前点映活动，但遭到实体院线“撤销排片”；Netflix曾宣布将与北美IMAX影院同步上映《卧虎藏龙Ⅱ青冥宝剑》，同样也遭到院线抵制……一些小成本商业片或票房口碑不佳的作品，宣发投入低、排片少，在院线毫无竞争力，视频网站则成了一条“退路”；对于部分商业电影、小众的艺术电影来说，也是互联网发行给了它们新的生机。影院应该清楚地认识到，网络院线是必然趋势，如何以积极正面的心态来解决问题才是关键。

（二）电影制作方面

1.电影资金来源

资金是制约电影创作发展的一个很重要的问题，我国电影业主要融资方式有：金融贷款、版权预售、政府出资、电影基金、间接赞助、个人融资、广告投入、风险投资，以及海内外企业投资等。随着我国电影制片融资能力的不断提高，融资渠道大大拓宽，电影行业外以及国外资金的涌入，单一资金制作的影片比例逐渐降低，混合资金运作已成为目前国产电影融资的主要形式。而随着众筹平台等的出现，传统电影制作模式不断被打破，电影制作变得更为多源与多元，电影人在投融资上还将投入更多的注意力。

2.电影人才

中国电影发展迅猛,暴露出的问题也越来越多,硬件资源紧缺,专业人才匮乏,复合型人才几乎没有,涉及策划、制作、营销、后期制作等各个环节。著名导演冯小刚曾感叹:电影人才匮乏,除了主创都是民工。而一些非专业导演(比如作家、企业家)可以通过招募模式组建团队,一些高精尖的特殊工序(比如数字特效)可以根据需要直接在全球范围内外包,“不为所有,但为所用”的资源调度策略成为电影制作的常规做法,电影创作门槛不断降低。

(三)电影发行方面

1.平台爆炸,受众越发分散

互联网时代,电影宣传面临的一大难点是受众注意力和聚集地的分散。以兴趣喜好、年龄层、受教育程度等不同因素,区分出越来越多“小众文化部落”,比如以二次元为主的哔哩哔哩、以知识青年为主的知乎、以文艺青年为主的豆瓣等等,人们更趋向于在自己熟知和偏好的平台上获取资讯、交流分享。对电影宣传来说,将会面临“目标受众难觅”和“对话门槛提高”。比如,曾入围柏林电影节、获金马奖最佳动画长片的《大世界》,虽然在业界广受认可和肯定,但片方宣传依然停留在新闻媒体、微博等大众平台,没有去深挖触碰目标受众的小众圈,最终以200万票房惨淡下架。一部电影若想有效地打入某个平台,必须熟悉其话语方式才能被接受,这便对电影宣传提出了更高的“适应性”挑战,同一个物料,在不同的平台配以不同的文案,才能融入语境为受众所消化。

2.信息爆炸,内容难以脱颖

新媒体飞速发展的同时,信息量也急剧增加。打开手机,目之所及无不是明星、电视剧、电影等文化娱乐信息。人们也更为珍视自己有限的注意力:不够新奇,不入法眼。如此环境下,一部电影若想突破信息重围,获取受众关注,不能仅凭一个IP、几个流量明星,必须深挖受众心理,在影片内容和宣传角度上有所创新,否则就会沉寂在新媒体信息的海洋中。

3.原创性与侵权问题日益严重

对IP电影的过度开发也同样体现出创作者迎合市场、讨好观众的不良倾向。如今抢占热门IP的风潮愈演愈烈,有名气的小说、漫画、游戏的IP早早就被“搜刮干净”,就连一些不甚知名的IP也遭到疯抢,既无法得到电影市场的认同,也不利于构建完善和健康的电影产业体系。盲目跟风IP电影的做法并不可取,短时间之内可能会借助原著的噱头吸引观众,但终究禁不起市场的考验。此外,网络盗版、侵权问题也日益严重,都会对电影市场的健康运行产生不良影响。

四、互联网与电影的融合发展之路

互联网时代下，我国电影产业呈现良好发展势头，但二者如何更好地发展，绝不只是简单的“互联网+电影”或“电影+互联网”，走向融合才是共生的关键。

（一）电影院“开放共影”心态

影院观影带给观众的视觉冲击和感受始终是其他形式无可比拟的，在产业融合的大背景下，电影院需要转换思维方式，要有更加开放的心态。

1.电影放映方面

在移动终端的普及和观众在线选座观影习惯定型的双重压力下，要更注重实体服务意识，提供顾客在网络线上平台体验不到的服务。会员制度需要重新引起高度重视，做好市场调查，根据观众的年龄、教育背景、观影频率、观影类型等，对观众群体进行细分，针对其不同特点，做好排片，利用互联网平台适时开展优惠福利活动等。

2.影院投建方面

整合市场，壮大影院规模，院线渠道下沉，向三四五线城市发力，同时将经营压力较大、经营效益较差的影院关停。根据自身特点进行装修设计，凸显自己的经营特色，加大对巨幕、放映设备等的投入，增设主题厅、点播厅，开辟卖品区、咖啡厅、VR 体验等区域，进一步提升观影体验，提高影院品牌影响力。比如以明星效应吸引客流的成龙耀莱影城，配备会员俱乐部、酒吧区和餐厅的传奇奢华影城等。

3.影院营销方面

贯彻差异化、精细化经营方针，定期对所处商圈进行市场调查，总结居民阶段性消费特点，并通过对线上数据的分析，结合影片宣传点、内容和受关注度等，有针对性地进行客户营销。此外，还要丰富非票房收入，定期推出多样化的小卖部卖品种类，搭设柜台售卖电影相关纪念品，积极开展明星见面会、首映式、专题讲座等。

（二）互联网倒逼精品内容创作

电影是科技和艺术的结合，本身具有创作规律，需要在尊重影视行业规律的前提下，不管什么时代，“内容为王”的逻辑始终不变，要善于运用互联网的资源和数据，更好地服务于电影产业，倒逼精品内容创作。

1.内容角度

针对电影观众年轻化趋势，电影创作生产仍然要以内容为主，而不是盲目追求票房至上、娱乐至上。传统院线电影既要把握观众的喜好，又要从题材选择和拍摄手法上符合观众多样化的欣赏需求，不能敷衍买票观众，质量效果好的影片，票房自然有保障。而网络电影更不能粗制滥造，一味追逐流量，无论科技如何变迁，优质内容依然是生产者、渠道以及观众的共同选择,一部作品最终能够获得观众认可并引起共鸣的前提,还是有诚意地讲好故事。

2.宣传角度

立足传统营销,开拓全新玩法。传统的宣传方式比如院线下方物料、全国路演、全网通稿等,为电影宣传布下基础的营销矩阵;在此基础上,片方还须在新渠道、新平台中,开拓出不一样的玩法,用新意抓取观众的注意力。比如,《哪吒之魔童降世》与《西游记之大圣归来》联合制作的短视频,就是一次电影营销路径的成功尝试,两大超强国漫联合,大圣和哪吒首次同框,难得的画面、搞笑的风格在抖音发布后就获得单条323万的点赞。

3.投资角度

进一步完善投融资政策,拓宽电影融资渠道,推动我国电影投融资模式的建立。针对互联网娱乐金融产品等,要进一步规范和加强引导,建立行业信用体系和担保机制,推动电影产业价值链的延伸,增强电影市场活力。众筹项目在关注商业大片的同时,也应该把目光放在一些制作精良的文艺电影、独立电影等小众电影上,为其提供更多支持,解决其生存困境。

(三)给电影插上网络翅膀

互联网与电影的融合共生,应是方方面面的,尤其从电影制作到整个电影生态环境,都离不开互联网的支撑,只有全方面地与互联网融合,电影才能走得更远。

1.电影工业方面

科技是电影的驱动力,只有与先进的工业和技术相匹配,才能推动中国从电影大国走向电影强国。通过透明、高效的影视工业流程进行加工生产,通过健康规范的影视市场体系进行资源配置,优化产量规模,提升经济效益。当前,区块链、大数据、云计算等互联网领域最前沿、最关键的科技在国内发展方兴未艾,5G、人工智能等更是互联网与电影深度融合的机遇和不断深入探索的领域。在提升技术的同时还要注重高端综合性人才的培养,为推动中国电影工业化进程注入更多力量,不断提高我国电影工业化水平和市场运营能力。

2.电影大生态方面

电影与非电影之间的互动交流应更加热络,大电影的电影观才能确立并落到实处。电影要更多地融入其他领域,甚至主动与之对接,比如电影金融、电影主题公园、电影旅游等融合性产品;非电影领域也要看中电影的高人气,与之结盟联姻,互通有无、资源共享,比如在电影中植入营销、冠名营销等。电影人要借助互联网平台的资源互融互通,打造从上游的项目研发、投融资、电影制作到下游的电影放映、衍生品开发等产业链条，推动整个电影产业健康发展。总之，在互联网时代，电影的生态将焕然一新，电影的触角将更长，不光与互联网融合共生，与其他领域的关系也显得千丝万缕。

当前，我国电影产业仍处于起步阶段，我们既要看到互联网为电影市场带来的机遇，也要看到由此衍生的问题和挑战，既要利用好互联网来推动电影创作和营销，又不能被它所牵制。相信在优惠的政策、繁荣的市场、活跃的资本和强大的技术支撑下，互联网时代的电影产业一定会取得跨越式发展。

王嘉俐，宁夏文艺评论家协会会员，现供职于宁夏文联。

日本动画电影中的东方美学研究

◎杨晓博

在动画领域，日本的动画电影在世界上占据举足轻重的位置。亚洲的青少年深受动画电影中的绘画、语言、传统、礼仪、民俗等多个元素影响。无论是老一代还是新一代的动画电影导演，都在特定时代中向世界输送东方美学价值观，并且在动画电影的发展中，做到了很好的传承。这些跨时代的动画电影，既适合儿童，也适合成人，它们是一部部"儿童化"的成人故事，画面的技术处理精致有序，寓意深远，回味无穷。这么多年过去了，日本的动画电影导演仍然尝试将作品的风格、主题、隐喻等方面做到创新，但不变的是，动画中人文关怀、以自然为宗旨、强烈的家庭观等传统的东方美学观一直不曾改变。作为一个第二次世界大战的战败国，作为一个工业、设计行业在世界首屈一指的国家，作为将传统文化最早立法并制定保护制度的国家，在动画电影中对于传统东方文化的探究和传承是很成功的，这样的东方美学，与中国、韩国等国家相较，仍然能够找到它们的根基。

一、万物有灵——人与自然"天人合一"

无论是宫崎骏、新海诚还是细田守等日本动画电影导演，在他们的作品中，最初让我们感慨万千的就是画面的美，这种美，是设计师精湛表现技法的呈现，也源于作品在东方土壤中生长出来的气息。作者在乡村、田野、城市、居家等各种场所不断地切入和游走，当然也包括魔幻虚拟的场景，比如未来之城、太空等，其实均象征了导演对于生活，对于成长的期待、思考、忧虑等人生状态。我们在欣赏作品时，似乎就是影片中某一角色的眼睛，跟着剧情和环境变化穿梭，有美的享受和对人生、环境、社会等诸多问题的思考。那些静谧的田园风光，乡村的小屋和树木，广袤的森林，宽广的海洋等，引发了我们对童年或者乡村的热爱，而这些自然环境的设计，恰恰大多数来自导演幼年时期的美好回忆。童年对人一生有很大的影响，而这样美好的画面恰恰是东方美学中人与自然合而为一的美学观的体现。

中国自古以来就有“人法地，地法天，天法道，道法自然”的美学观，在传统书画中，鼓励和提倡作者走入自然，师法自然，在自然中汲取艺术的力量，这种融于自然的美学观，对于作品的真实性和纯洁度的塑造是庞大的土壤基因。即便现今世界上污染情况严重，在作品中仍然呈现出的是干净、整洁的生态环境，在自然环境中发生许多扣人心弦的故事，还有优美的音乐作为背景，使得人们有非常美好的共感，做到了人与自然和谐共生。

无论是多层次的自然环境，还是平静朴实的近景，抑或火车穿梭于海洋的梦幻情景，都是自然与人相互融合的理想场景。主人公在这样的环境中，进行着属于他们的故事，而观者会随着这种和谐的环境滋生积极向上的审美品格，也能够洗净心中的一些烦恼，净化心灵，在娱乐中实现美育。植物也象征了生命的生生不息，它们是有灵性的，在导演的编排中，它们可以与人类成为朋友，可以相互思念等。导演将人们歆慕却也遗忘许久的自然环境绘制出来，是我们内心真正向往的净土。森林有灵，田野有灵，阳光有灵，海洋有灵，这样有虚实、有明暗深浅的作品，给人以强烈的亲近感，人物和自然的生命在持续生长，向前推进，相互依存。这种浓重的艺术感染力，是自然与人的勃勃生机，是对自然的敬畏，对生命的尊重。

二、“诗性的叙事”与中国美学中的“意境”

我们在观看动画电影时，常常被紧紧相扣的叙事结构所吸引，心随着跌宕起伏的情节波动，虽然每个导演的创作主题和风格不尽相同，但严谨的叙事模式是这些作品的共性。如果一部作品的叙事结构有缺陷、逻辑出错，那么画面再美好，音乐再动听，也是虎头蛇尾，让人一声叹息。大卫·波德维尔曾说：“叙事是依观众对同一性的追求，为满足观众、改变观众、挫折观众或打败观众组织而成。”所以，动画电影中的叙事手法对于观众而言至关重要，也关乎这些作品的成败。在叙事结构中，我们能感受到情节中的曲折和宛转，有的是沿着故事从开始到结束的脉络一一进行，有的是以联系情节和主人公的自然物体作为媒介，有的是采用倒叙手法给观众留下悬念，如此一来，形成了成熟的情节设定和循环。

日本动画电影中，新海诚的作品，是“诗性叙事”的代表。无论是《云之彼端，约定的地方》《秒速五厘米》，还是近几年的《你的名字》《天气之子》等，新海诚导演延续了他诗情画意、朦胧唯美的诗性风格。作品主题总是与童年、乡村、初恋、成长等相关，由于他在乡村出生、成长，他对乡村田野有很深的眷恋，他渴望情感的回归，所以在他的作品中能看到很多乡村的美丽景色。在他的作品中，即便是高潮部分，也往往少有让人情绪大喜大悲的情况，也没有过于强烈的人物冲突，通常都较为平缓，像是一幅幅美丽宁静的作品，也像一首散文诗，这样的"诗性叙事"，带来的更多的是略为抽象的美学风格，并且始终有唯美、忧伤的感情融入其中。如果我们大胆假设，抽掉影片的字幕和对话，只剩下主人公在表演，那么新海诚的作品可以说是一种"诗化的表演"，意味深长。类似的动画电影，风格单纯直接，更注重对电影内涵中"意境"和细腻情感的追求。

中国有"立象以尽意""言有尽而意无穷""意在笔先""气韵生动"等传统美学观。在中国传统艺术中，"意"的定位超过了"技法"，很注重作品深层次的意境，郑燮之"眼中之竹""手中之竹""胸中之竹"便是例子。而"意象"，我们恰恰无法用语言或者技法去定义它，这种"意境"化了的空间美学，是一种并不激烈直接的叙事风格，而是淡淡清浅的故事基调，但表达的情感却是丰富且捉摸不定的，在新海诚的作品中，始终有一种平和安静的氛围，这种氛围，就像文徵明的作品，是"生命如画"般的美好。导演的作品也基本代表了其个人的美学观，是忧郁而不张扬的，是诗性而不直接的，是婉约而不强烈的，这样的风格，恰恰是东方美学中"含而不露"的审美特征。

三、东方艺术的用线风格

纵观动画电影的发展，在画面的制作方面，从起初的二维平面动画过渡到三维立体动画，不管从最初的手绘方式，还是当今加入了科技元素的影视动画，画面的美感是动画电影中非常重要的一个方面。我们试想，如果一部动画电影作品画风粗鄙，画面也不美观，即便有再好的叙事，我们能喜欢它吗？答案是否定的。我们如果拆分某一画面的元素，会发现线是构成画面分割的组成部分，形成了有层次感和秩序的构图。虽然当今用科技手段使动画电影的制作更为便捷，但是手绘的功底是动画电影制作者不可或缺的能力，是作品具有生命力的源泉。以宫崎骏为例，他的作品初期草稿基本是徒手绘制，在这些手绘草稿中，我们能够看到这些制作者细腻、高深的技法，这些或长或短的线条，是制作者多年练习的积淀，是他们的灵魂。

中国传统书画，也是"线"的艺术。书法的诞生早于绘画，而且中国传统画中"线"的技法是从书法中得来。例如，绘制竹子时，上面的叶子的形态就类似于书法中的撇和捺。我们看看中国的绘画史，东晋顾恺之在其作品《洛神赋图》《女史箴图》中，用线条组织画面，将其绘制得曼妙多姿，这样的技法，也被称为“高古游丝描”；曹仲达的“曹衣出水”和吴道子的“吴带当风”；谢赫“六法”中的“骨法用笔”，无论中国传统书画历经了多少朝代的洗礼，始终不变的，就是对线条美的执着追求。这些美丽的线条，从勾勒物体的外部轮廓到表达人的情感，再到表现山石树木的壮观，是中国传统书画中一种独特的艺术语言。通过线条的形态，将从外界悟得的意趣与胸中所蓄之情感寄于笔端，迹化于外。所谓以手写心，心手相应，意在笔先，画成意足的高妙境界，只有在中国画的创作中才能达到。

随着唐代文化在日本的传播，中国绘画中的线的语言也影响了日本的艺术，无论是大和绘还是浮世绘，都是唯美纤细的线条和笔墨。我们在宫崎骏作品的很多画面中，都能看到明显的线条勾勒痕迹，如：草地、树木、房屋、大海的边际等，虽然有电脑制作的成分，但手绘的线条融入画面中的原始质朴感，是科技手段无法代替的。由线塑造了形，由形塑造了体。动画电影的线条与静态绘画中的线条差别在于，绘画中的线条是二维的，是静态的，是能够让我们静止地欣赏很久的，但动画中的线条因为有情节的推进，是动态的，需要向前走，需要不断变化，是转瞬即逝的美。镜头的切换，人物和动物的奔跑，场景的交替等，都会在时间的推移中得以快速呈现。这些运动着的线条给画面带来的张力，是活泼的绘画心灵意趣，这些由线条带来的美感，是塑造人物性格、描绘美好世界的重要元素，塑造了“诗化的人物”、温馨的情感和意味深长的内涵，通过如此具有东方美学的表达方法触动观众的心灵，让更多的人在作品中获得洗礼。

四、真实、简约的色彩美学

迪士尼动画具有浓烈的美国文化特征，夸张的造型、动作和表情，幽默、诙谐的语言，鲜艳、热烈的色彩，在玩乐中诉诸人生的哲理，意味深长。区别于美国迪士尼的动画电影，色彩就含蓄得多，并且更具有东方韵味。这些作品经常呈现出事物的原色，并且对于人物、自然环境尽可能用写实的手法，所以当我们看到日本动画电影中城市的车水马龙时，很多场景是在现实中有迹可循的，这也是一种文化输出，通过动画来展现该国文化和城市形象，也吸引更多的国外观众认可和喜爱日本文化，甚至促进了旅游业等相关行业的发展。如此的色彩美学风格，在画面空间中，营造了一种优雅、精致、宁静的东方色彩。

一部动画电影中的色彩设计，是观众对其初步认知和感性判断的关键，色调在动画电影视觉处理中是十分重要的组成部分。这些色调，能够展现导演的个性和作品的气息，日本的动画电影导演在色彩的处理上更接近于自然物，也就是原色，但动画的趣味性又使这些色彩不能与实物完全相同。无论是什么类型题材的作品，每一部动画电影都有其主色调，这个主色调烘托了整体环境空间的气氛，也与作品的叙事相一致。例如森林环境，主题色调为绿色，在树叶之间有晨光的波动，树木色彩深浅不一，人在树林中行走或者车辆在森林中行驶，是静谧而平和的。这些色彩的表达很简约，却不简单，环境中的色彩的差别有时很微弱，但恰恰形成了明暗和层次，充满了诗性的美。新海诚导演在其作品中，将色彩运用到了极致，他将色彩不仅仅理解为“颜色”，还包含同情、感恩、优美等情怀。以《你的名字》为例，男女主人公相遇的地点，也是剧情中的关键点，取材于日本的一个真实地方，是一条有山坡的路，路旁有房屋、树木。这幅画面中的色彩有灰、蓝、绿、褐、黄等，但搭配起来却是细腻多变的，而且有一种朦胧的诗性美，与迪士尼的动画色彩完全不同，这是他感悟于生活的气息，是他独特的色彩观与审美观。

日本动画电影中的色彩画面描绘了自然界的一切，表现了光影斑驳，在画面中，有明快亮丽、魔幻诡异、质朴原生，也有平和宁静，同时，也蕴含了东方美学中的意境，营造出优雅的色调。

五、“绘卷”与中国书画中“长卷”的美学探析

日本流传的古老的艺术形式“绘卷”影响了当今日本动画电影的主题和创作形式。什么是“绘卷”呢?绘卷是从奈良时代开始兴起，在平安时代和镰仓时代变得昌盛，在室町时代衰退的可被称为日本的传统的画卷。绘卷主要以贵族们的生活等为素材描绘的。大部分绘卷的整体构成为最上面是故事和关联的文字，紧接着就是画的部分。从整体看来更让人感觉到简单，这是因为由含蓄性表现的画构成。如果我们看到日本的绘卷，会发现一幅接着一幅的作品呈现出丰富的类似动态的效果，里边的人物和环境似乎都活了起来，这样的构图和艺术表达方式，与电影中的蒙太奇很相像，当然，也与今天的动画电影在时间、空间中的流动很相似。今天的动画电影，是由电脑、手绘板等科技设备将无数张画面连接成一个完整的故事，而在绘卷中，这种构图的逻辑顺序，有时并非对客观世界的真实呈现，而是画家主观的情感流露或者幻象的塑造。

中国传统绘画中，如果按构图来划分，一般分为横轴和纵轴。日本的绘卷、西方的蒙太奇，不管是什么技术表达手段，都是人们从内心表达艺术的方式。以顾闳中的《韩熙载夜宴图》为例，整幅作品就是有始有终的一则故事，画面从右向左徐徐展开，包括如下几个场面：演奏、跳舞、休息、轻吹和送客。画面故事的逻辑性严谨，在画面的细节中也能看到主人公更衣、兴奋、疲惫、喝酒、送酒杯等按先后次序发生的状态。而《韩熙

载夜宴图》的创作年代，比蒙太奇的发明足足早了约1000年。东晋顾恺之的《洛神赋图》，描绘了曹操和甄洛可悲可泣的爱情故事，在那个绘画以人为主题的年代，仍然将故事的情节塑造成一幅一幅画面，我们能从中看到历史人物以及他们在任何画面中出现的故事。

今天的动画电影比从前的绘卷或者传统的横轴长卷绘画内容和形式更为丰富，也更具趣味性，增加了声音、剧本、科技等元素。艺术形式的变化，源于人类生活和生产方式的变化，就像当代艺术中的装置、影像等，因为科技随时代进步，艺术形式也随之改变。我们将动画电影追本溯源，能够发现古老的东方艺术在世世代代流传，人们顺其自然地将其流进了自己的血液中，深入骨髓。也许未来的艺术形式，会有更多意想不到的突破，但总有那样一种亘古不变的传统艺术宝库，是我们创作的根基和源泉。

六、人文关怀——“以人为本”的人文美学观

日本动画电影中除了画面好看，音乐考究，剧情值得推敲之外，作品中浓浓的人文情怀也是让观众长期喜爱的原因。在观看作品时，总会有欢笑、感动、思索等，让人回味无穷，所以，经典的作品数量多，而且长盛不衰。

在日本动画电影中，有些故事的主角是青少年，看似是儿童动画片，其实是讲给成年人的故事。在青少年的角色设定中，必不可少的就是教育，即他们的个人成长。尤其是少女角色的塑造中，导演往往将少女的人设从一个柔弱的、嗲声嗲气的女生，成长为一个独立、自信、勇敢的人，甚至在这个过程中收获了学业和爱情，这也很符合日本文化中的“矛盾”，野心勃勃却也细腻柔弱，骄傲却也谦恭，遵守规矩却也随机应变等，所以他们对于心目中理想女性角色的定位既有女性温和优雅的一面，又有坚强硬朗的一面。日本是十分重视教育的国家，在影片中，我们也常看到青少年在家里做作业、去图书馆阅读的画面，还有父母教育孩子的场景。青少年的成长，除了日常的学习，还包括性格的养成、孝顺的意识等，这些在影片中都有积极的体现。

青少年的成长，离不开家庭教育和学校教育。以宫崎骏和新海诚为例，他们虽然年龄差距较大，但共同点是，年少时都在乡村生活过，并且过着较为舒适富足的日子。所以在他们的作品中，经常会有主角从年少时的田园生活逐渐到成长后进入大都市的生活，从前的生活安静惬意，时光悠长，后来逐渐融入陌生拥挤的大城市，与车水马龙、钢筋混凝土、人来人往相陪伴。我们能够看到童年在两位导演内心深处扎下了根，无法替代。“对于艺术家而言，童年经历往往能左右他的创作冲动，发生在童年时期的精神愉悦或创伤在成年后的艺术创作中会不知不觉地表现出来。有时候，我们会用‘乡愁’来形容成年人对童年时代的怀旧心情，其实，年幼的小孩子也会有类似乡愁的感情。甚至，每个年龄层都一定有。只是年纪越长，乡愁的宽度和深度都变大了。"这样世外桃源式的美好，成为导演一生魂牵梦萦的乡愁。

七、结语

日本的动画电影，早已不仅仅是一些作品的汇集，它们是东方文化的象征，是具有人文情怀和人类精神信仰的依托。随着世界经济水平提升，在当今国际化的语境下，日本的动画电影已是改变历史的重要文化现象，改变了传统动画电影的单一性，融入了多种文化元素，最终达到对人类灵魂的拷问。无论任何时期的日本动画电影，都透露出强烈的东方美学观，始终以民族文化为主心骨，维护东方文化的整体性与传承性。这就注定与西方动画电影在本质上的差别，是两种不同意识形态的对抗。

杨晓博，沈阳大学美术学院讲师。

论反腐剧《人民的名义》中反面人物形象的塑造

◎佘国煌

电视剧《人民的名义》是一部现代题材的反腐剧，该剧自2017年3月播出以来大获成功，成为一部现象级的影视剧，至今仍给人留下了深刻的印象。文艺作品成功与否的一个重要标志，就在于它是否塑造了一批令人印象深刻的人物形象。电视剧《人民的名义》的成功也在于此，剧中不仅塑造了以侯亮平、沙瑞金、李达康、易学习为代表的正面人物形象，也有以高育良、祁同伟、赵德汉、高小琴、赵瑞龙为代表的反面人物形象。然而，与正面人物相比，该剧中反面人物形象的塑造更为出众，令人印象深刻，比如剧中的大反派赵立春为代表的"赵家人"、祁同伟"胜天半子"的梗至今仍被网民使用，再如剧中反面人物高育良、刘新建、陈清泉等人的表情包至今仍不时在网络上可见。该剧的反面人物塑造，摆脱了以往对反面人物塑造的"脸谱化""符号化"方式，着力刻画故事人物在物欲与情欲，以及命运与情欲下摇摆艰难抉择的复杂状态，将反面人物塑造成一个个有血有肉、有爱恨情仇的鲜活个体。本文将从该剧的反面人物塑造入手进行分析，进一步梳理和分析《人民的名义》剧中反面人物的类型、意义以及塑造方式，为今后反腐类型题材的创作提供些许启示和借鉴。

一、反腐剧《人民的名义》概况

由"政治小说第一人"周梅森编剧、李路执导的电视剧《人民的名义》是一部当代反腐大剧。该剧突破了以往文艺作品"写到副省级为止"的红线，首次在这类题材中涉及高级领导干部的贪腐问题，其尺度之大令不少观众都拍手称快。因此，该剧一经推出，就受到观众热捧，引发了全民的讨论。该剧的收视率自开播以来也从1.52%节节攀升，一路飙升到单集最高 7.3%,单日最高 6.7%,最终以平均收视率 3.66%收官,屡次刷新收视榜纪录,也刷新了 21 世纪省级卫视最高纪录,成为一部令人瞩目的现象级作品,并被业界誉为“中国顶级政治剧标杆”。同时,该剧在 PPTV 聚力、芒果 TV、腾讯、爱奇艺等多个视频网站,也收获了超百亿的播放量,引发了全网的广泛关注与热议。在国家新闻出版广电总局公布的“2017 年度中国电视剧选集”中现实题材现象级《人民的名义》赫然在列。

在某种程度上,《人民的名义》的大获成功意味着反腐剧的强势回归。反腐题材的影视剧创作,属于当代涉案题材范畴,因其能对社会发展变革中出现的各种腐败现象进行无情的揭示和抨击,形成了一种独特的艺术审美,启迪观众进入对社会现实状况的反思,从而受人欢迎。但这类题材的创作因立项、拍摄、制作、审核等多个环节都有不同程度的制约,因此作品数量并不太多,且其中大多借古讽今,以古装历史剧的形式呈现,如《大明王朝 1566》《包青天》《李卫当官》《神探狄仁杰》《一代廉吏于成龙》,等等。当然,当代题材的反腐影视剧也存在市场,曾活跃于荧幕。最早一部真正意义上的反腐电视剧是 1955 年拍摄的《苍天在上》。而后在新世纪初随着社会经济的发展、腐败现象和问题的加重,反腐题材的作品踊跃出现并受到观众的喜爱。这一时期推出了《绝对权力》《大雪无痕》《至高利益》《国家公诉》《忠诚卫士》《省委书记》《红色康乃馨》《黑洞》等一系列优秀的反腐影视艺术作品,风靡一时。然而,自 2004 年国家新闻出版广电总局对涉案剧作出规定后,反腐剧经历了长达十余年的沉寂,其间,该题材的作品也鲜有佳作问世。因此,反腐剧《人民的名义》一经问世就受热捧,体现了反腐剧市场的潜力,体现了现代观众对优质反腐剧作的强烈需求。

在反腐剧中,反面人物一般是指与腐败现象相关的人员,主要是腐败了的官员干部。鲁迅曾说,中国有两种人:一是腐败的人,二是想腐败而不得的人。[①]可见,腐败问题与人性的扭曲和阴暗有关,是古往今来都存在的现象,是严重且不容忽视的。现代社会中,腐败分子一般都是手握权力的政府官员,他们是人民的公仆,运用手中拥有的权力时需要以人民的利益为中心,且要做到“全心全意为人民服务”,这是他们的责任和理念。然而,他们却在实际行动中,为了自己的私欲,罔顾身上的责任,肆意践踏国家和人民的利益,干出违法乱纪的事,拥有“社会实践中假、恶等与人的本质相背离的否定性内在品格”[②],因而他们是丑陋的、矛盾的,也是复杂的。反腐剧中塑造腐败分子的复杂

① 李朝阳. 电视剧“反面人物”形象塑造的审美误区剖析[J]. 学理论,2011(01):199.

② 欧阳周等. 美学新编[M]. 杭州:浙江大学出版,1993:66.

性，不仅是现实主义创作的要求，而且随着对他们人物性格的深入挖掘，越能展现腐败分子作为一个人在其所处的社会环境、制度以及历史背景下所做出的选择，展现人性在面对权力和欲望诱惑时异变和撕裂的过程，形成真实而又独特的艺术审美。

二、《人民的名义》中反面人物的类型分析

有人将《人民的名义》称为“一幅当代社会的《清明上河图》”，其原因在于它再现当下社会生态的同时，还描绘了“一幅人物众生相，塑造了包括官员、知识分子、商人、工人和普通市民等众多人物，更呈现了这些人物在面对物质欲望、情感需要时做出的背离本性的不同选择。”[③]观照剧中的反面人物，也可以说《人民的名义》塑造了反腐剧中反面人物的众生相，我们不妨将其中典型的反面人物的类型进行梳理和总结，以便进一步理解该剧对于当下社会的剖析，对于人性的反思和探讨。

（一）于连式人物——祁同伟

在《人民的名义》中，塑造得最为成功的人物是祁同伟，这于连式的人物是作者着墨最多的，也是整部剧中最丰满的形象之一。如同名小说中作者周梅森所述：“祁同伟是于连式的人物，为了出人头地不顾一切，为了保住得之不易的名誉、地位、权力、财富，同样也会不顾一切。”[④]于连是法国著名小说家司汤达代表作《红与黑》中的人物，出身贫苦的他，为了实现自己的野心，孤身一人在等级森严的社会里辛苦地奋斗，为达目的他甚至不惜用种种不光彩的手段。然而，正当他自以为踏上了飞黄腾达的坦途，得到了超越阶级的爱情之时，社会却把他送上了断头台。于连是时代中产生的典型人物，在他身上展现了贫寒的出身与高贵的灵魂之间的矛盾，在贫富差距悬殊、社会等级固化的背景之下，底层青年澎湃的上进欲望同残酷的现实之间的矛盾，这些是时代发展中一直潜藏的问题，与我国古代文艺作品中文人墨客感慨的“怀才不遇”有着异曲同工之妙。因此这类人物一直作为一个典型，而屡屡被文艺工作者所关注。

祁同伟出身赤贫，家里穷得揭不开锅，凭借自己的努力考上汉东大学政法系时，需要全村人卖东西凑钱才能上学。然而祁同伟却如于连一样，为了野心而不懈努力，加入学生社团活动，成为学生会主席，成为高育良的得意门生，与侯亮平、陈海并称为“政法系三杰”。然而现实却是残酷的，毕业工作分配时，祁同伟没有背景、没有资源，被分配到了岩台山区一个无名乡镇司法所当了一名司法助理员，在那个能一眼望到头的岗位上，

③ 姜青山. 论周梅森《人民的名义》的人性书写[D]. 吉林：延边大学，2018：6.

④ 周梅森. 人民的名义[M]. 北京：北京十月文艺出版社，2017：172.

祁同伟心有不甘，他必须逃亡与挣扎。于是，想要同命运与现实搏斗的祁同伟逐渐黑化，违心地追求比自己年长十岁的辅导员老师梁璐，企图依靠梁璐的父亲——时任汉东省委政法委员会书记的梁群峰，来改变当下的困境，实现自己的野心。剧中反复提及的“惊天一跪”，就是祁同伟追求梁璐时的场景，这一场景是祁同伟选择丢弃灵魂、放弃尊严和爱情的起点，如小说中写的，祁同伟“心就变硬了，以后就啥都不在乎了”[5]，这也是祁同伟人物形象塑造的最佳悬念。当然了，这一跪也确实改变了祁同伟的命运，而且是大大地改变了他的人生轨迹。他调离了司法所，在老丈人梁群峰和老师高育良的提携下，开始了平步青云的十年。凭着自己出色的能力和拼命工作的精神，祁同伟从缉毒一线的英雄缉毒队长，到政保科科长，再到后来的公安局局长、法院院长、公安厅副厅长，一步步地当上了汉东省公安厅厅长，实现了人生的逆袭。

在剧中，祁同伟不时地将自己同小说《天局》中“胜天半子”的浑沌相比，浑沌以自己的生命为棋子，与天下棋，最终胜天半个棋子。祁同伟心仪浑沌，不惜生命和尊严，企图同宿命搏斗。在他看来，自己于连式的奋斗无异于同宿命下棋，若要获胜，他并没有其他选择。因此，在宿命中挣扎的祁同伟，有着于连式的疯狂，可以为了实现自己所谓的抱负而不择手段。当陈海掌握了罪证时，他选择不念大学期间给他饭票用、给他秋衣穿的旧恩，安排一次谋杀；当侯亮平将要调查到真相时，他选择不念旧情，两次暗杀侯亮平。

弗洛姆说：“人并非一定是邪恶的，只有当适合他成长与发展的条件缺乏时，他才会变得邪恶。邪恶本身并不是独立存在的，它是缺乏善良，未能实现生命的结果。”[6]在《人民的名义》中，真实地还原了祁同伟变化的过程：如何从好学生、好干部、中弹不退的缉毒队长、刚正不阿的检察长转变成了贪污杀人的祁厅长。这是一个于连式的人物，有血有肉的丰满又复杂的形象。他不同于传统的荧幕上的反面人物大奸大恶、无所事事，相反他身上有许多闪光点：他勤奋努力，渴望通过自身的奋斗改变祖辈沿袭的“打牛屁股”的生活；他有自己的感情追求，和陈海的姐姐陈阳的爱情是校园瞩目的一对，后面与高小琴的相爱中也显得柔情有责任感；他也有自己的骄傲和倔强，最后选择孤鹰岭这个给他带来无限荣光的地方作为结束，面对侯亮平的质问，他咬牙说：“在这个世界上，没有谁可以审判我，老天爷也不行”，最后选择吞枪自杀。

祁同伟如于连、高加林一样，是社会不公正产生的个体悲剧。在高速运转的社会，总是

⑤ 周梅森. 人民的名义[M]. 北京：北京十月文艺出版社，2017：246.

⑥ 弗洛姆著，孙依依译. 为自己的人[M]. 上海：三联书店，1988：200.

要有一部分人去承受其代价,去承担发展带来的不良后果。正如赫勒所言,对于社会中的弱者来说,也许“历史是一个可怕的屠场,在其中目的与目的的交错,罪行与邪恶居于统治地位。它不是快乐的领地。个体与特殊不断在普遍性的祭坛上被牺牲。”⑦尽管抱着同情的态度,但创作者对于祁同伟这类人物的态度是反对的、不支持的,于是才有了孤鹰岭的吞枪自杀。观众也通过对祁同伟悲剧式的概览,进一步思考现实与理想、人性与欲望以及个人奋斗与社会公平之间存在的反差,从而在现实的人生道路上作出正确的抉择。

(二)老谋深算型人物——高育良

影视剧中经常有这样一类反面人物,他们老谋深算,擅长玩弄权术,遇事处变不惊,是反面人物的“领导者”,而且往往是披着一副仁慈的外表,骨子里却堕落腐败,甚至阴险狡诈,如电视剧《暗算》中的代主任,《潜伏》中的天津站站长吴敬中等。在《人民的名义》中,汉东省委政法委书记高育良大致也属于这一类人物。

在《人民的名义》中,高育良是高级知识分子,曾经是汉东大学政法系受人欢迎的教授,是“腔调手势满是家国情怀”的高老师,桃李满汉东政坛。而后,高育良转战政坛,成为一名学者型的高级干部,因受到梁璐的父亲梁群峰的提携,他在官场混得风生水起,成了一位懂政治、会诡辩、有谋略又擅长“打太极功夫”的政治老江湖。剧中,高育良在前半部几乎是以“正面形象”出现,而随着案情的逐步进展,他真正的面目才逐渐显露出来。高育良也可以说是一位十分矛盾的角色,他不贪图钱财,却十分迷恋官场权力;他是法律的培养和维护者,却又因私心和情欲不惜违法犯法;他原本拒腐蚀永不沾,明白在改革的浪潮中“风光无限,诱惑无限,但也风险无限”,但他自己却抵挡不住美色的诱惑,没能把握住自己的欲望。他身上仍旧残留着知识分子的骄傲与风雅,连出轨年轻貌美的高小凤都要美其名曰是遇见爱情,还要披着一层《万历十五年》以及关于明史的遮羞布。然而可笑和讽刺的是,高育良的原配妻子却恰巧是一位明史研究专家。

高育良式的人物存在的作用,正如罗伯特麦基所说“我们将能量注入故事的负面一方,不仅是为了主人公和其他人物得到充分的展现与发展——这些角色足以挑战并吸引全世界优秀的演员,而且还为了将故事本身带到主线的终点,带入一个辉煌而且令人满足的高潮。”⑧剧中以侯亮平为代表的正面人物,正是因为有了高育良这样潜藏较深的对手,他们之间的博弈才显得更加精彩。同时,高育良这类老谋深算的反面人

---

⑦ 阿格尼斯·赫勒著,李瑞华译. 现代性理论[M].北京:商务印书馆,2005:36.

⑧ 罗伯特·麦基(Robert Mc Kee)著,周铁东译. 故事:材质、结构、风格和银幕剧作的原理[M]. 北京:中国电影出版社, 2001:372.

物，无疑是对现实中高高在上的腐败分子虚伪又丑恶嘴脸的无情刻画，极具讽刺的效果和意味。回顾高育良的堕落过程，可以看到一名学者型官员的知识分子风骨与价值观被金钱、美色与权力生生撕裂的过程。

（三）胡作非为型人物——刘新建、赵瑞龙

在反腐类型的电视剧中，胡作非为型的人物是不可或缺的，他们往往是以网上经常被批评的“官二代”形象而出现。在《人民的名义》中，刘新建、赵瑞龙是这一类型的代表。仔细对比，两人又有不同，赵瑞龙作为汉东省前省委书记的公子，是玩世不恭、不受任何约束的官二代，任意妄为、奸淫掳掠、无所不用其极。从影视史的维度来看，这样纯粹的反面人物是较为常见的人物典型，也更为类型化和程式化。与赵瑞龙相比，刘新建这红色革命后代的形象却是旧式家臣式的人物类型，其人物心路历程无疑更加丰富和饱满，也更有启示和教育意义。

刘新建是省油气集团董事长，是老革命的后代，家族里有着革命传统。刘新建本人是部队出身，当过侦察兵，从大火中救过驻地百姓的孩子。他有着非凡的记忆力，能将《共产党宣言》倒背如流，也有较好的文字功底，因此成为赵立春的秘书，一干就是八年，刘新建与赵立春两人情同父子。可以说，刘新建的腐化是受赵立春的直接影响，剧中说赵立春声称自己此生有两个儿子，一个是赵瑞龙，一个便是他刘新建。刘新建是赵立春的“干儿子”，也成了赵家的“家臣”，而他所任总裁的油气集团也成了赵家的提款机，通过权力与商业的勾结，不断地将权力转化成个人的私有财产，最终实现权力的资本化。

从历史的维度来看，刘新建这类人是非常典型的，是封建传统的“家臣制”在现代政坛上的异化，在现实中也能找到原型。家臣制起源于西周，家臣的权力来源于家主，因此家臣对于家主有巨大的依附性，对家主有无条件服从的义务。在《人民的名义》中，对于刘新建而言，省委前书记便是家主。作为家臣，刘新建是合格的，但这样的做法不符合当代的社会制度和伦理。

这类胡作非为型的反面人物，如赵立春、赵德汉、刘新建，因自己对物质欲望的过度贪婪，对私利的看重，总以改革作为旗号，大呼促进经济发展和为了人民的口号，做着利己的勾当，将国有资产掏进了自己的腰包。他们将社会赋予的权力和责任，用于牟取私利，将人民赋予的权力滥用和异化，从而走向腐败，成为影视中“审丑”的对象。这类人物是反腐剧中较为传统而典型的，他们在推动戏剧情节发展同时，也作为正面人物的对手，与正面人物高大光辉的形象形成强烈的对比和反差，从而产生独特的艺术审美。

（四）反面人物中的女性形象——以吴慧芬、魏彩霞为例

有评论者指出，剧中的女性形象“刻画片面而单薄”，甚至有“贬低女性形象”的倾

向[⑨]。然而，当我们除去女性主义或女权主义的目光，重新审视剧中的女性，我们可以发现剧中的女性形象还是较为丰富多彩的，虽大都是配角，但基本做到了罗伯特麦基提出的“尽管小配角的分量必须小于主人公，但是他们也可以是复杂的”[⑩]的要求，而且每个女性都有其突出的鲜明特点和人格。如离婚不离家的精致主义者吴慧芬、出身贫寒却颇有蛇蝎美女蛇味道的民营企业家高小琴、渴望纯真爱情因不得而苦闷的欧阳菁以及活得没心没肺的魏彩霞。编剧周梅森采用漫画式的手法将剧中反面人物中的女性进行刻画，通过夸张和强化该人物的某一方面的特质，使得其形象更加尖锐鲜明，从而收到“借一斑略知全豹，以一目尽传精神”的效果。接下来，我们试着以吴慧芬和魏彩霞为例简要论述。

吴慧芬是剧中出场较多的女性角色之一，是政法委书记高育良的前妻，是“精致的利己主义”的典型代表。在外人看来，吴慧芬有着幸福的人生，自己是汉东大学的一位美女教授，丈夫是身居高位的省委政法委书记，女儿秀秀也非常优秀，靠自己的努力一路读到博士，没让家里拿过一分钱学费，还通过兼职打工，挣回了十万美金。就连好友梁璐也为吴慧芬的家庭和婚姻艳羡，“我以您为坐标，以为只要像您一样嫁个大自己几岁的男人，有个优秀的孩子，就会幸福。以为只要像您那样宽容、温柔，婚姻就不会失败。”现实却是，吴慧芬的生活却一地鸡毛，丈夫高育良出轨了高小凤，两人还有个孩子，逼着吴慧芬离婚。作为受过高等教育的吴慧芬，却为了捍卫自己“书记夫人”的特权和虚荣心，不得不一忍再忍，选择与高育良“做戏”表演和睦恩爱的婚姻典范，直到高育良被立案审查时，这场不堪的婚姻才被戳破。正如吴慧芬向侯亮平解释的那样，“老高需要我做幌子，我也需要老高的权力给我带来的荣耀和便利，而且我也不想让那些一直嫉妒我的人笑话我，现在的人心很可怕，有些人就怕你不倒霉！亮平，你……你可以把我看作一个精致的利己主义者！”[⑪]吴慧芬这样的女性形象，正是精致的利己主义在婚姻和爱情中的投射，其中彰显的是人性中自私与懦弱的阴暗面。

再如被网友们调侃为“《人民的名义》最大赢家”、不如跳舞的魏彩霞，她是山水集团会计的老婆，一个处处算计的奇葩的人物典型。剧中，她与丈夫毫无感情，虽明知丈夫已经出轨、离家，却为了不让对方好过而硬生生地耗着不愿意离婚。当得知丈夫死了时，魏

---

⑨ 孙立媛. 基于女性主义视角探析《人民的名义》中的女性形象[J]. 新闻研究导刊，2019(14)：92-93.

⑩ 罗伯特·麦基(Robert Mc Kee)，周铁东译. 故事：材质、结构、风格和银幕剧作的原理[M]. 北京：中国电影出版社，2001：446.

⑪ 周梅森. 人民的名义[M]. 北京：北京十月文艺出版社，2017：269.

彩霞表现的不是难过,反而是冷漠和高兴,因为高小琴给了她200万的安置费。当侯亮平等人找她了解线索时,她唯一关心的是跳舞,想着马上回到广场舞的队伍中,网友们甚至调侃她"谈恋爱不如跳舞,结婚不如跳舞,抓贪官不如跳舞",这种自私又真实、冷漠的性格,使得魏彩霞在剧中圈粉无数。然而严肃地看,魏彩霞这类戒备森严、彼此算计的婚姻在"蓄房时代"的今天并不少见,这是经济发展的时代所带来的人性异化的体现,其呈现的人性深处的无情和冷漠也是社会学、文艺创作所应关心重视的问题之一。

如前所述,剧中的女性角色其实并不完全如有些批评者批评的那般不堪,都有其各自的心理特色和人物性格,也代表着现代社会中存在的各类不同的女性形象。但客观而言,反腐大剧《人民的名义》确实是一部男人之间博弈的电视剧,女性形象的塑造相对男性而言略显得苍白,而且剧中几乎所有的女性都是配角式的存在。这与编剧的创作风格虽不无关系,但在某种程度上,也折射了女性在我国官场上的"缺席"和"失声"的社会现实,同样值得反思。

三、《人民的名义》中反面人物塑造的艺术

一部影视作品的成功得益于其所创造的人物形象。《人民的名义》的大获成功,与其反面人物塑造的成功和出彩是不无关系的。我们不妨从《人民的名义》这一部现象级的大作中反思和总结其反面人物形象塑造的艺术和规律。

(一)现实主义的态度

艺术源于现实,又高于现实,反面人物形象的真实同样来源于生活。好的现实主义题材作品要选取具有现实意义的态度和视角。《人民的名义》中反面人物之所以塑造得如此成功,与主创团队的现实主义态度是分不开的。在剧中,我们可以看到编剧非常自觉地关注现实社会和认识,关注改革开放进程中贫困、失业、下岗等社会现象,结合国家反腐的精神,关注政治权力中贪腐的现状以及各级反腐工作开展的情况,从而塑造了一些符合现实和现代观众审美的典型形象。《人民的名义》的剧本创作用时八年,多次修改,多次深入当地政府、工地采访,体验生活。编剧一直以现实主义态度创作了《人间喜剧》的巴尔扎克作为榜样,在接受采访时他说:"我们这三十多年的改革,每一天都在发生着复杂的变化,每一天都产生奇迹,产生冒险。我完整地经历了从计划经济到几乎未经过渡一步迈入金钱安排一切的年代。而且我和老巴尔扎克相似,我也热衷于亲历这个时代,参与过证券投资、房地产,后来又到政府去挂职,有很好的发展机会,银子的响声在哪里,我也能听到。我的运气要好得多,起码我在变革的时代最早实现了财务自由,有了财务自由就有心灵自由,可以不看任何圈子的眼色。我一次次地经历,这些东西随着我年龄的增长成为宝贵的财富。”[12]

（二）人文主义的关怀

人文主义主张重视人的个性与尊严，一切以人为本。文学即人学，文学创作中，展现人物和挖掘人性的深度一直是创作的重心。同样在影视剧中，“人物”也是最基本的叙述元素，也是贯穿于影视剧创作的核心问题，如宋永琴在《电视剧视象叙事美学》中所说，“‘形象’是指通过艺术概括而创作出的具有具体的、可感的、有审美意义的生活图画。在叙事作品中，形象的主体是人物”[13]。《人民的名义》的反面人物之所以能够立得住，能够打动观众，与创作者将每个人物都当作实实在在的人这种人文关怀是分不开的。马克思主义认为，人的本质和性格是复杂的，“人的本质并不是单个人所固有的抽象物，实际上，它是一切社会关系的总和。”[14]创作者的任务，就是要用平视的视角将这种变化具体完整地展现出来，以引发接受者的审美情感。

在《人民的名义》一剧中，创作者并非站在法律和道德的制高点去审视戏里的反面人物，而是关注人物性格的复杂性，挖掘人心内心历程的转变。如前文所述，不论是祁同伟还是高育良，抑或是刘新建，他们都有着纠结和挣扎，而他们的转变也是在一步步的抉择中逐步走向堕落腐化的。再如《人民的名义》开头表现的项目处处长赵德汉，这个小时候“穷怕了”的官员，并非一开始就选择贪污受贿，而是从他收了丁义珍行贿的一张五十万元的银行卡后，他的贪欲才被逐渐打开，以致后面想收手都困难。他收钱时“像捡麦穗一样”，然而他有了巨款的他却并非像一般的贪官那样大肆挥霍，而是每天骑电动车来看上一眼就非常满足，从来不敢花，也舍不得花。在此，编剧非常细腻地表现了一个农民出身的领导干部脱掉了农民朴素一面后的另一种人性的所在，淋漓尽致地展现了由贫穷环境中滋生出的深入人性的自卑与贪婪。正是由于创作者人文主义的关怀，使得观众看到了面对金钱、权力或是美色诱惑之下的众生相，也使得观众在欣赏剧中的人物形象时引起共鸣、引发深切的思考。

（三）用尖锐的戏剧冲突塑造人物

就具体手法而言，《人民的名义》中反面人物的塑造时常是将人物放在尖锐的戏剧冲突中来表现其性格，在矛盾冲突中完成人物形象的刻画。冲突是影视戏剧的灵魂，脱离了冲突就不能写出剧中人物的性格，推动剧情的向前发展。一般而言，戏剧冲突分为

---

⑫ 舒晋瑜. 周梅森:《人民的名义》让我离巴尔扎克更近一步[Z].《中华读书报》微信公众号，2017-04-30.

⑬ 宋永琴. 电视剧视像叙事美学[M]. 北京：中国广播电视出版社，2011：157.

⑭ 马克思，恩格斯. 马克思恩格斯全集:第3卷[M]. 北京：人民出版社，1960：5.

两种——外在矛盾冲突和内在矛盾冲突。外在冲突是人物与人物之间的冲突，而内在冲突是人物内心世界的冲突。在《人民的名义》中，创作者较为常用是外在矛盾冲突，而且常常是一个个的小冲突接连不断，层层推进，推动剧情的发展以至高潮。正如席勒在《论悲剧艺术》中所言的："一个新手就会把惊心动魄的雷电，一撒手，全部朝人们心里扔去，结果毫无所获，而艺术家则不断放出小型的霹雳，一步一步向目的走去，正好这样完全穿透别人的灵魂，只有逐步推进，层层加深，方能感动别人的灵魂。"⑮例如，剧中抓小官巨贪的赵德汉事件，丁义珍出逃境外，陈海出车祸，以及后来的一一六护厂事件，摸底山水集团，堵截欧阳菁，抓捕陈清泉等等，大大小小的冲突如同一个个的"小型的霹雳"，将汉东省的反腐行动逐一铺展开来。

性格引起冲突，冲突又反过来表现性格。反面人物因为具有较为复杂又独特的性格，容易使剧中的故事情节构成一种戏剧冲突对立状态下的动态平衡，而正反人物之间交锋也更能展现不同人的性格。如，剧中开篇的一场的戏，李达康、高育良、祁同伟、季康明、陈海围绕对丁义珍是实施拘捕还是双规的问题进行讨论。一场汇报和讨论看似风平浪静，实际却暗潮汹涌，将复杂而又微妙的官员与权力博弈机制刻画得栩栩如生，所有人物围绕这一冲突而开展的博弈，也将每个人物的性格和心理展现得淋漓尽致。

总体来看，该剧创作者善于运用尖锐的戏剧冲突来塑造人物形象。在剧中通过不停地设置典型环境，组织种种矛盾以构成戏剧冲突，从而展现人物的性格和心理，剧中的反面人物处于不断发展的矛盾冲突的状态中，使得他们的语言和动作不仅是矛盾和冲突的结果，同时又是矛盾冲突的导因。通过这样的手法和方式，不仅赋予人物鲜明的个性特征，而且使得戏剧充满悬念，不断地引起观众的注意和好奇，让观众追剧时不知疲倦。

四、结语

总而言之，《人民的名义》作为现象级的反腐巨作，对反面人物形象的成功塑造是有目共睹，其中该剧对人物心路历程的挖掘、现实主义的创作态度、人文主义的关怀以及用戏剧冲突刻画人物的方式，对接下来国内反腐题材影视剧的创作有着重要的启示，值得我们重视和学习。期待反腐剧《人民的名义》的强势回归，能开创当代反腐剧创作的另一个春天。

余国煌，中国艺术研究院戏剧戏曲系硕士研究生。

⑮ 汪流. 电影剧作的结构形式[M]. 北京：中国电影出版社，1985：29.

时代变迁中城市男女情爱的艺术性表达

——以娄烨电影《风中有朵雨做的云》为例

◎张　含

娄烨，中国第六代导演代表人物，在同时代的其他导演纷纷向市场妥协，转入商业电影创作的时候，娄烨如同西西弗斯一样，年复一年地坚持独具个性化风格的都市题材艺术电影的创作。如果说时代的变迁是娄烨电影创作的大背景，那么都市之中的男女关系和情欲纠葛便是他创作激情的引擎。由于导演自身的生活经验、人生感悟和哲学思辨使得电影呈现出男性导演作品中与众不同的气质和风格。从早期的《周末情人》《危情少女》到中期的《苏州河》《春风沉醉的夜晚》《花》再到后期的《推拿》《浮城谜事》《风中有朵雨做的云》，娄烨电影一直将悬疑、犯罪、情欲纠葛、人性欲望作为影片的主题。

作为一个对时代变迁、人与人之间的关系敏锐感知、细腻捕捉的导演，娄烨从来不吝在影片当中表现赤裸裸的两性镜头与动荡的情感纷争。电影自从1917年被意大利先锋诗人和电影先驱者乔托·卡努杜提出“作为第七艺术”的主张后，电影的艺术性一直是有着深厚艺术修养和对生活充满敏感情绪的艺术家所追求的，与电光石火闪亮一段时间就消失的商业电影不同，艺术电影，尤其是由同一导演按照自己独有的、鲜明个性的手法创作的作者电影①一直在光影之海中长存。毋庸置疑，从第一部

① 法国新浪潮运动中提出“作者电影”的口号，即“拍电影，重要的不是制作，而是成为电影的制作者”。影片在表现方法上，广泛使用能够表达人的主观感受和精神状态的长镜头、移动摄影、画外音、内心独白、自然音响，甚至使用违反常规的晃动镜头，打破时空统一性的“跳接”“跳剪”等。还采用一些以人物为对象的使用轻便摄像机完成的跟拍、抢拍以及长焦、变焦、定格、延续、同期录音等纪实手法，将“主观写实”与“客观写实”相结合。电影带有强烈个人传记色彩。

电影开始,娄烨就具备这种创作的特质。

一、娄烨导演及其作品综述

娄烨,北京人,曾担任过上海电影制片厂的美工师,阴差阳错考入北京电影学院导演系之后,娄烨开始了学习欧洲电影大师作品的奇幻之旅,徜徉在世界顶级艺术电影的殿堂之中,科班出身的教育背景也使得娄烨的电影审美有了质的提升。毕业之后娄烨就开始创作自己的第一部电影《周末情人》。至今,娄烨已经拍摄了十部影片。不得不提的是,对于对先锋文化和欧美艺术的喜爱,娄烨在电影当中也呈现出了先锋意识。十部影片当中有六部因为种种原因无法在内地公映,娄烨一度成为观众耳熟能详的"禁片导演"。"禁片导演"这个标签使得娄烨在中国导演之中毫无意外地成了一个特别的存在,与同属于第六代的导演贾樟柯一样,他们都作为"先锋艺术家"被一部分观众痴迷地追随,他们的每一部作品都曾成为电影爱好者私下里保存的"地下影片"。如果说贾樟柯的电影更多地表现大时代变革中城镇小人物的命运起伏,那么娄烨的电影更多反映时代变迁中都市男女的情感骤变。前者更适合男性观众的审美趣味,后者则是更像是为女性而拍摄的电影。难得的是,一个男性导演,在撕开情感真诚与谎言、承诺与背叛、激情与幻灭的血淋淋的伤口的时候,能如此精准和犀利。诚然一部分观众是无法接受娄烨电影的幻灭感和悲情意识的,尤其是每部作品中手持摄像机拍摄形成的摇晃感及接近于阴暗清冷的色调使得观影感沉重而压抑。

《风中有朵雨做的云》(以下简称《风雨云》)上映于2019年,是娄烨的第十部作品,影片以广州天河区黄金地段城中村冼村的拆迁事件为背景,以开发区主任唐奕杰在施工现场意外坠楼致死案为线索,牵扯出十多年前年与林慧、姜紫城、连阿云四人之间的情感纠葛;杨家栋警官介入案件的调查追踪中,被设计圈套与当事人林慧的"偷情艳照"在网络上盛传,杨警官迫于压力被警队辞退,但他并没有放弃对这个案件的调查。一方面由于对自己同为警察的父亲几年前因为调查连阿云失踪案件而意外遭遇车祸导致植物人的结果心存不甘,想调查个水落石出;另一方面,与林慧的女儿小诺的暧昧情愫也使得他在被迫逃到香港后继续请私家侦探帮助调查案件真相。影片看似是个商业片的悬疑故事,但其内核却是一贯的在商品社会发展、时代变革下人们对于金钱欲望的无限膨胀及男女情感迷离的情欲表达。与娄烨之前的影片命运多舛一样,《风雨云》上映之前经历了大幅度的删减和修改,险些被撤档,几经波折最终才与观众见面。影片中揭露的官商勾结的社会丑陋现象颇具有现实主义意义,基于利益捆绑下的权色交易、行贿受贿、买官卖官等违法犯罪行为无不让观众联想到前些年因为此类行为纷纷落马的官员。

二、时代发展中的城市背景

前文提到,娄烨自幼在城市长大,对于城市的认知与了解已深深融入骨血。城市是人类赖以生存的空间,城市每日每夜都在发生着翻天覆地的变化。人是寄居在城市中的生命体,城市作为最直接的空间环境决定着人类生存状态的好与坏。有担当的导演总是会将视点聚焦在城市发展中的“不和谐”因素,在娄烨的电影中,上海、南京、武汉都是作为故事背景出现过的城市。《苏州河》拍摄地在上海,与其他电影表现上海作为中国的经济中心的繁华、富庶不同,娄烨将目光聚焦在破旧衰败的苏州河畔。《春风沉醉的夜晚》和《推拿》都以南京为取景地拍摄,与观众记忆中的秦淮河畔风光旖旎不同,娄烨电影中的南京雾霾严重,雾气蒙蒙。作为中国重工业城市的中心城市武汉,更是以其冰冷的城市建筑和纵横交错的高架桥成为影片凸显的城市载体,“浮城”是娄烨对于武汉这座城市的艺术化书写,《浮城秘事》则是发生在谜一样的错综复杂的城市脉络中的复杂情感故事,这一次的《风中有朵雨做的云》的取景地则是在广州,众所周知,广州是我国南方最发达的城市之一,改革开放之后因为享有巨大的发展契机,GDP连年攀升,至今仍处于全国领先地位。以广州为背景发生的故事就是“对这个大环境的小隐喻,资本的累积以牺牲一部分人为代价,商品化的世界降低了人的尊严,当一个小世界的话语权被一部分人垄断,那些被侮辱的个体,只能通过暴力来宣泄自己内心的苦闷”。近年来,这样的电影已然成为东亚世界的新潮流,例如韩国导演李沧东的《燃烧》、中国台湾导演杨雅喆的《血观音》,如今《风中有朵雨做的云》加入了这个阵地,导演用发达城市中具有代表性故事来揭示人在商品经济社会中的异化。

除了房地产业的迅猛发展,广州的粤式酒楼、服装商贸城、箱包批发城等都给这个城市经济发展带来了无穷的活力,而影片中主人公的发家史与这些主要经济行为也密切相关。姜紫城作为最早下海的一批商人从台湾回来后就从事房地产工作,生意版图越做越大,与当地的官员,尤其是唐奕杰形成利益捆绑关系,不仅被树立为“青年才俊创业成功”的典范,还将业务拓展到方方面面,其企业在香港地区成功上市,顺风顺水,令人艳羡。林慧则充分发挥自身聪明能干的特质,由早期的服装生意掘到第一桶金之后,在姜紫城的帮助下开了一家规模很大的粤式酒楼,丈夫唐奕杰仕途顺利,升上了开发区主任这个让人艳羡的具有实权的位置。影片用快速剪辑的方式交代一家三口居住环境的变化:由拥挤的小居室搬入了敞亮的大别墅,林慧买起了跑车和奢侈品,女儿小诺也出国留学,过上了富二代的生活,这一切光鲜亮丽的经历,正是广州这片土地上一个一个成功人士发家史的缩影,各种利益的纠葛远比我们想象的要复杂。广州是最早让人们体会到财富带来人生成就感巅峰的纸醉金迷的地方,也是最容易让人们在声色犬马的生活中迷失自我的地方。

三、城市变迁中的男女关系与情欲表达

城市中每天上演着各式各样的故事,而城市中的男与女正是组成这些故事的重要元素,情爱主题是艺术片导演关注城市中人的生存状态的主要着眼点,从较早开始聚焦都市题材男女情欲的韩国导演金基德开始,多角、复杂、情欲的两性关系成为影片主要表现对象。他的《空房间》《时间》《呼吸》等影片用极致的表现方式描绘城市中男女无法安放的情感。韩国作为亚洲四小龙率先在经济上崛起,以首尔都市圈为中心的城市化发展达到世界发达国家水平,人与人之间的关系尤其是男女之间的情爱关系自然发生了显著的变化:猜忌、嫉妒、占有、背叛、疏离等负面感情纷纷发生在城市中的饮食男女身上,结婚率逐年下降,已经超过日本,成为亚洲单身率最高的国家,社会老龄化日益严重,对爱情不信任的主题屡屡出现在都市题材的电影当中。中国自改革开放以来,经济飞速发展,尤其以北京、上海、广州、南京等为代表的发达城市经济出现翻天覆地的变化。工业文明日渐发达、物质生活逐渐富裕,精神世界却随之萎靡,出现空虚的幻灭感,人与人之间的距离感也随之产生。其实不仅仅是亚洲,意大利著名导演安东尼奥尼早在自己的一系列代表作《红色沙漠》《放大》《云上的日子》中就对工业文明发展背景下人与人的疏离关系进行过深刻的剖析, 成为意大利新现实主义电影的代表之作,娄烨曾坦言自己的创作就深受意大利电影和法国新浪潮影片的影响。娄烨是国内导演中把握男女情感关系最为敏锐的导演之一。

《风中有朵雨做的云》中的人物关系同样也是源于男女情爱的纠葛,影片中六位主要人物,其中有五组情感关系,能在有限时长的剧情中将这五组关系讲述清楚,实属不易,而导演娄烨是最擅长梳理情感关系的。女主角林慧在大学时就是远近闻名的校花,身边不乏追求者,已婚商人姜紫城是林慧最心仪的异性,然而因为姜紫城已有家庭而感情未果,唐奕杰则是一直追求林慧并最终将她娶回家的男性,可惜因为唐奕杰深知林慧并不是真心爱自己,当他发现他们的女儿并非自己所生,而是姜紫城的亲生子,顿时失去了情感的平衡。唐奕杰渐渐开始用家暴的方式来折磨林慧,林慧也在这样的畸形情感环境中得了精神病,因屡次自残被送到了精神病院。姜紫城离开大陆去了台湾地区发展,在风月场所结识了歌女连阿云,并对连阿云展开了强烈的攻势。若干年后,生意成功的姜紫城将连阿云带回了广州,二人以合作伙伴的身份开展在大陆的业务。姜紫城的生

意越做越大,但他心中始终对林慧念念不忘,尤其是女儿小诺,他一直在经济上支持她。小诺在小学三年级的时候就得知唐奕杰不是自己的亲生父亲，并且还目睹了唐奕杰在KTV强暴自己最喜欢的连阿姨的画面。小诺对唐奕杰失望透顶,内心默认了妈妈林慧与姜紫城的关系。然而连阿云在唐奕杰讲述林慧与姜紫城的私情后,内心崩溃了,她觉得自己这么多年陪在姜紫城身边,眼看着他从一无所有到年轻才俊,极度不甘心。她在极度无助茫然的时候找姜紫城索要公司股份作为补偿,遭到了姜紫城的无情冷漠对待。随之而来的带小诺到家里居住也变成了变相的绑架和要挟。姜紫城将小诺带走时还愤怒地威胁连阿云,连阿云的精神世界彻底崩塌了,她偷了公司的硬盘决定去警察局告发姜紫城买官卖官黑色交易的丑事。姜紫城让林慧去堵截连阿云,连阿云上了林慧的车后情绪失控,决定与林慧同归于尽,在车辆行进中疯狂争抢方向盘,林慧惊恐当中拿出包里提前准备的剪刀插向了连阿云的胸口,连阿云受到攻击后更猛烈地争抢方向盘,车辆失控撞上了防护桩,连阿云因为惯性一头向前栽去,剪刀深深插入了她的胸膛,刀尖从后背穿出,情景十分恐怖。林慧恐慌到几近崩溃,下车呕吐后,立即重新上车,载着连阿云驶向偏僻的道路。姜紫城赶来帮助林慧处理连阿云的尸体,用汽油浇灌连阿云全身,即将用打火机点燃的时候,唐奕杰从远处赶来,目睹了这一切,三个人似乎捆绑成了一个更加无法分割的共同体,此处并无一句对白,三人却用精湛的演技将复杂的内心用表情和眼神传达,伴随着熊熊的火光这一幕成为影片中的高潮部分。唐奕杰因为有姜紫城和林慧合伙谋杀连阿云并焚尸的把柄,所以引来了杀身之祸。导演设置了悬念:究竟是谁杀死了唐奕杰呢?在负责案件的杨家栋背负着屈辱坚持不懈调查案件真相的过程中,一个个谜团随之揭开。林慧虽然自首说自己杀死了唐奕杰,然而经过杨警官最终的调查发现,杀死唐奕杰的凶手居然是与其有着暧昧关系的小诺,小诺担心唐奕杰去告发林慧和姜紫城杀死连阿云的行径而将其从楼顶推下。

四、意识流的碎片化叙事风格

"意识流"这个名词最早由美国心理学家威廉·詹姆士提出,他在《心理学原理》中说:"意识……并非以一段段的情势呈现,像'链'或'环节'这样。它不是联结兴起的,而是活动的。河流或流水是描写意识形状的借喻。"电影中的意识流起源于瑞典导演英格玛·伯格曼的经典代表作《野草莓》,后来在欧洲电影的创作中广泛使用,尤其以法国新浪潮电影中的"左岸派"为甚,阿伦·雷乃、玛格丽特·杜拉等小说家在影片创作中常常以主人公的内心独白引导影片的叙事。由于人的回忆和独白常常带有意识流的特征,因此意识流电影常显得碎片化、逻辑关系不强,但强烈的个性化风格也使得影片的艺术风格较为显著。

娄烨电影深受欧洲电影的影响,在作品中经常使用意识流的手法表现主人公的情感经历,有时候感情是说不清道不明的,所以在电影叙事上也呈现出感性、杂乱、缺乏逻辑性的特征。因此在观看此类型影片的时候不必去追寻过于严谨的故事脉络和因果关系,毕竟它们不是戏剧性电影和好莱坞电影的类型。《风中有朵雨做的云》中一共交代了两个悬案:一个是开头青年男女在河边的树林约会时偶然发现一具烧焦了的女尸;另一个是开发区主任唐奕杰在城中村安抚情绪激昂的村民后,上楼顶视察时坠楼身亡。复杂的案情与纠结的情感使得影片的剧情扣人心弦又如梦似幻。影片结尾两件悬案彻底了结,其中五组感情关系也在导演纵横交错的叙事结构中呈现:姜紫城与林慧、唐奕杰与林慧、姜紫城与连阿云、唐奕杰与连阿云、杨警官与小诺。影片用意识流手法按照时间字幕的提示向观众交代情感线,将姜紫城对林慧的不伦恋,唐奕杰对林慧卑微而变态的爱恨交加表现得淋漓尽致。连阿云在其中是最为可怜的人物,她既是姜紫城用于权贵交易的工具,也是唐奕杰报复姜紫城和林慧的出气筒,最终陷入感情的漩涡而失去了自己的生命。如果说杨警官与林慧之间的"艳照门"是姜紫城设计出来的圈套,使其失去调查案件的资格,那么他与小诺之间的情感则是由年轻人空虚、飘摇、茫然心理自然滋生出来的。浮沉变化、风云四起,这段本来可能会有结果的恋情也随着小诺杀死唐奕杰走向了未知。

从《苏州河》中周迅略带沙哑声音的喃喃自语,到《风中有朵雨做的云》中细碎的时间点字幕提示,娄烨的电影始终拒绝被驯服.他关注的对象始终是社会的失语者,从意识流般的追忆,到纪录片式的尝试,再到商业化与自我风格的结合,还有那个电影中无处不在的大写的"我",感官真实被放置在一个很高的位置,理性的神话破灭,取而代之的是感性的理解,在那些剥离社会规训的赤裸生命里,隐藏着娄烨对存在本身的不断追问:"我为什么是我?我的意义在哪里实现?当一切理想幻灭成碎片和云雾,我该如何在风中寻找曾经的梦幻?"而意识流的表现手法则是最恰当的诠释此种主题的叙事手法。

五、个性化的视听语言风格

第六代导演的作品都有着自己鲜明的视听语言风格,因此它们能成为一个代际的代名词,它们承接"第五代"但又与"第五代"关注宏大叙事不同,第六代导演更关注大时代变迁中小人物的命运,因此在视听语言的表达上,也与"第五代"的四平八稳、大气磅礴有所区别。其中,贾樟柯和娄烨是最具个人视听语言风格的导演,他们最爱使用手持摄像机的方式进行拍摄,因此画面通常是晃动的,甚至有些纪录片的风格。与贾樟柯电影不同的是，娄烨的电影色调更为暗淡，焦点更为虚化，剪辑更为断裂。娄烨从处女作《周末情人》开始，就体现了自己独特的美学风格：同期录音、手持摄影、长镜头跟拍，逼近人物、直击现场，给人一种身临其境的疏离感。那感觉有点矛盾，明明切近，又无法靠近。影像始终笼罩在一团雾气之中，仿佛离得越近，却把越多的真相隔离在了画框之外。在《苏州河》中，娄烨最令人惊叹的不是他致敬经典影片《维罗妮卡的双重生命》的叙事，而是他精确的节奏感和对意象的敏锐捕捉。而最被人津津乐道的则是他在《推拿》里熟练地运用移轴虚焦镜头、色彩抽离和日夜交叉剪接。音乐的使用也是娄烨电影的一个特色，由于娄烨对先锋文化的追逐，他个人一直与地下音乐人保持着良好的关系，因此作品中使用小众音乐作为配曲使影片的艺术感别具一格。

在影片《风中有朵雨做的云》中，从空中俯视城中村的长镜头到跟拍人物在城中村奔跑的长镜头，大城市急速发展进程中不和谐因素的存在历历在目，触目惊心。接下来城中村的打斗场景，再一次显露出娄烨对相对大的场面的控制能力和运镜能力（《紫蝴蝶》上映后，有评论者质疑娄烨对于打斗场面的控制力）。在这里摄影不是单纯的摄影，而是导演观念和情绪表达的媒介，影片的每一个镜头似乎都有了象征与隐喻的能力以及被观众解读的价值。而影片结尾处姜紫城与杨警官在车内打斗那场戏的全知视角，也给观众造成了巨大的晕眩感。如此真实场面的呈现，与拍摄的时候对于逼真性的要求密切相关：拍摄现场救护车严阵以待，替身从车里被抛出，浑身扎满玻璃碴，随即被救护车呼啸着带走。

如果持续关注娄烨电影，就会发现《风中有朵雨做的云》里的镜头运用方式在《苏州河》里都可以找到出处。大量手持摇镜，令人眩晕的迷离气质，以及突然贴近演员面部的特写凝视，颇具意识流方式的转场剪辑。然而随着技术手段的推陈出新，《风中有朵雨做的云》显得更为流畅、精致，不同的是，比起十多年前更想表达自我内心的青年艺术导演娄烨来说，不需要再用《苏州河》里的独白式自述来填充文本，熟练的镜头表达已可以交代一切，已过天命之年的他已经形成了自己成熟的影像风格，并用这种影像风格来表达自己看待这个社会的角度和价值观。

从《周末情人》到《风中有朵雨做的云》，二十多年十部影片，娄烨的电影似乎始终表现的是社会中的异类——那些因为空虚寂寞而情感过剩的人，那些欲望充沛、精力旺盛的人，那些在情欲里沉沦幻灭无法自拔的人。正因为如此，他的影片不能被绝大多数观众认可和喜欢，成为绝对的小众电影，然而艺术家不就是引而不发，用最沉默的方式与自我对话，在芸芸众生中寻求心有戚戚然的共鸣者吗？

诚然，很多影评人指责娄烨在影片中，经常犯下故事逻辑不够顺畅，人物弧光逆转没有动机,宏大历史观虎头蛇尾等毛病。或许,《风中有朵雨做的云》的故事从逻辑到主题都有瑕疵,但我们应该明白造成瑕疵的根源。

张含,云南艺术学院电影电视学院教师,云南省影视评论学会副秘书长,昆明市电影电视艺术家协会副主席。

跋

2020年是令人难忘的一年,世纪疫情突袭武汉,侵扰中国,席卷全球。我们共同经历了一段异常艰难的时日,逢这样的特殊时刻,我们明显感受到了国家的强力担当和雷霆行动,感受到了人民的精诚团结和严格自律。养育我们国家与民族底蕴力量及精神品格的就是我们独特的文明与文化,它庞大而又精深,沉静而又致远。而文艺,就是民族精神的引擎与火炬,文艺评论则是文艺发展的方向盘与加油站,意义皆重大,独特而深远。

宁夏文艺评论家是时代的同行者、见证者与参与者,也是时代气象的有效建设者与精神引领者。2020年,同仁们于此作出了各自不同的努力与贡献。这些努力与贡献是可见的,也是珍贵的,比如这本《宁夏文艺评论　2020卷》。

总体来说,这一年可以说是宁夏文艺与文艺评论的丰收年,质与量方面都有这样的支撑,本书中的《本土·实力》《地域·新作》《专题·同心》等即是明证,这是最令我们喜悦的。本书定稿的时候,我们像往年一样,又踏实而深深地换了一口气,宁夏文艺评论事业又一年的工作就这样到了最后,也是最重要的结尾。除了在区内外各报刊公开发表的评论作品外,这就是我们本年度最集中的收成。于此时光与收获的交汇处,作为编者,我们的内心还是有许多复杂的欣喜、感慨与感叹的。欣喜的是,自从宁夏文艺评论家协会成立以来,宁夏文艺评论家队伍逐年壮大,已有可观之势,作品质量与格调的整体提升也明眼即见,编之可感。感慨的是,时光易逝,毕竟把人抛,一年忽而,许多事情还没来得及做,去年的文章还在做新篇读,这部新作又与大家见面了。变化的现实督促我们应当珍惜年华,多读多思,勤奋创作,不负光阴。感叹的是,宁夏的艺术评论相比于文学评论偏弱的局面依然没有明显的改观，艺术评论家少、参与度低、作品少、深度不够的问题存之不隐，显豁地告诉我们改观不可能仅凭一年之功，还得寄希望于更远的将来。

本书的编辑出版颇费周折，我们对内容有新要求，稿件层次不尽相同，协会兼职的同志们本职工作压力益增，等等吧，使得本书今天才到达各位读者手中，可谓与诸位“相见恨晚”了。但我们特别想说的是：好饭不怕晚。诸位评论家的作品是好作品，不敢说都是“大餐”，但至少都是“硬菜”。有这分量在，我们心底还是有安慰的，还是有底气的。值此，要特别感谢大家的热心支持、耐心等候、恒久坚持和相与为伴。文艺评论是寂寞者的事业，也是孤傲者的事业，尤其在当今这个精彩纷呈，多元多极，才华迫切变现的时代，我们坚守文艺评论其实是坚守着内心的崇高与理想的不息，坚守着专业的精神与学术的旨趣。不必否认，我们都是有强烈主体精神与使命情怀的人。不必期待过多的华盛与繁茂，理想主义就是我们的旗帜，理想文本就是我们的追求，让我们为自己点赞吧，也特别借此书的出版为我们自己留言：聚力文艺是因为热爱，操持评论是因为情怀，笔墨当随时代，文艺的发展一直在路上，文艺评论一直在路上，我们也一直在路上。重要的是，我们是在一起的，有每年的《宁夏文艺评论》为媒、为证。

编者

宁夏文艺评论

2020卷 上

宁夏文学艺术界联合会
宁夏文艺评论家协会 编

黄河出版传媒集团
阳光出版社

图书在版编目（CIP）数据

宁夏文艺评论. 2020卷：上、下 / 宁夏文学艺术界联合会, 宁夏文艺评论家协会编. -- 银川：阳光出版社, 2020.12
ISBN 978-7-5525-6174-6

Ⅰ. ①宁… Ⅱ. ①宁… ②宁… Ⅲ. ①文艺评论－宁夏－当代－文集 Ⅳ. ①I209.943-53

中国版本图书馆CIP数据核字(2021)第263376号

宁夏文艺评论　2020卷
宁夏文学艺术界联合会　宁夏文艺评论家协会　编

责任编辑　金小燕
封面设计　马惟军
责任印制　岳建宁

黄河出版传媒集团
阳光出版社　出版发行

出 版 人　薛文斌
地　　址　宁夏银川市北京东路139号出版大厦（750001）
网　　址　http：//www.ygchbs.com
网上书店　http：//shop129132959.taobao.com
电子信箱　yangguangchubanshe@163.com
邮购电话　0951-5047283
经　　销　全国新华书店
印刷装订　宁夏报业传媒集团印刷有限公司
印刷委托书号　（宁）0022473

开　　本　787 mm × 1092 mm　1/16
印　　张　25.25
字　　数　550千字
版　　次　2021年12月第1版
印　　次　2021年12月第1次印刷
书　　号　ISBN 978-7-5525-6174-6
定　　价　58.00元 (全2册)

摄影《塞上湖城》 王健

中国画《富强》 马红霞

中国画《芳华》 梦也

油画《花开时》 马永成

中国画《花语》 王清霞

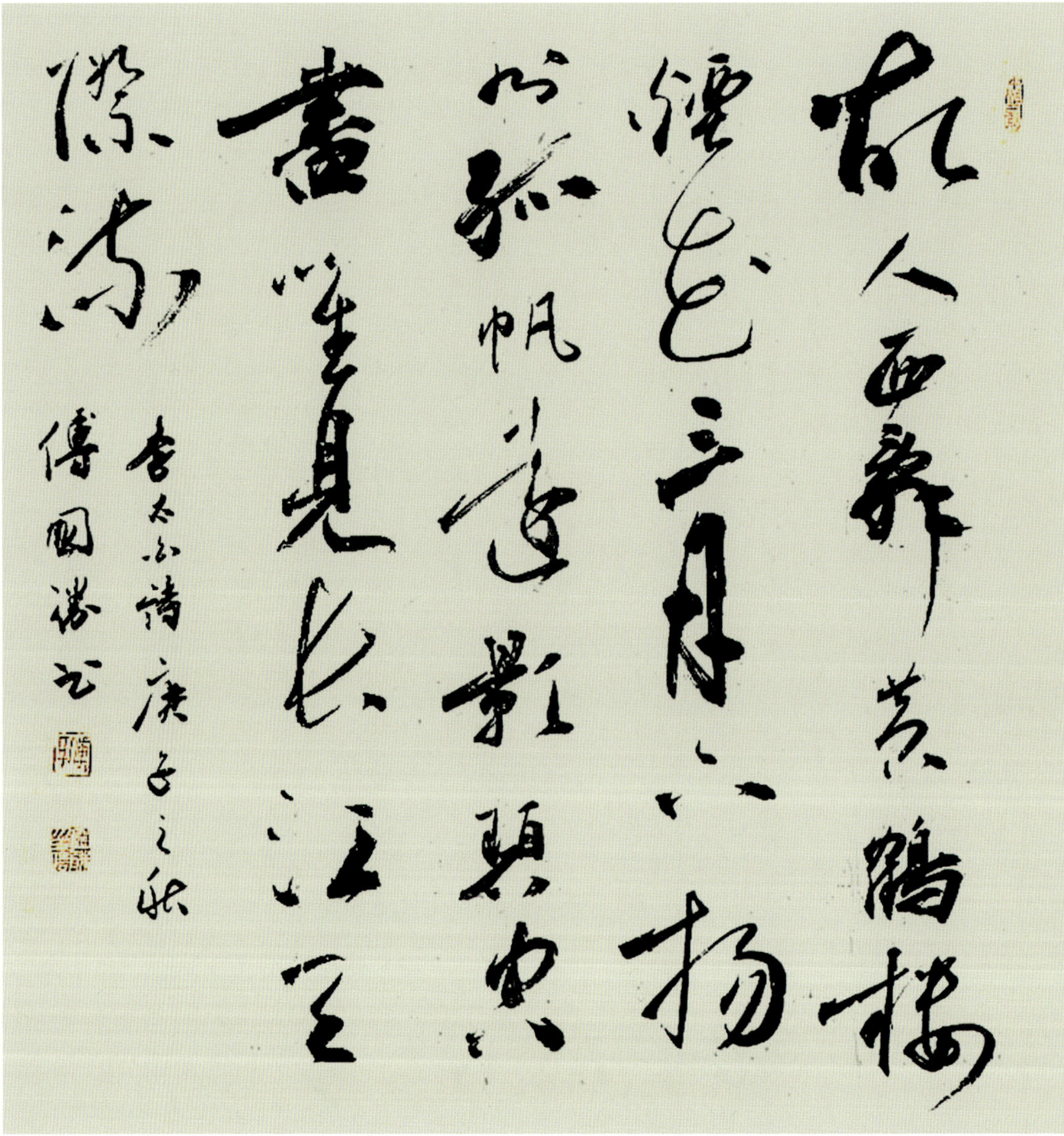

傅国胜 书

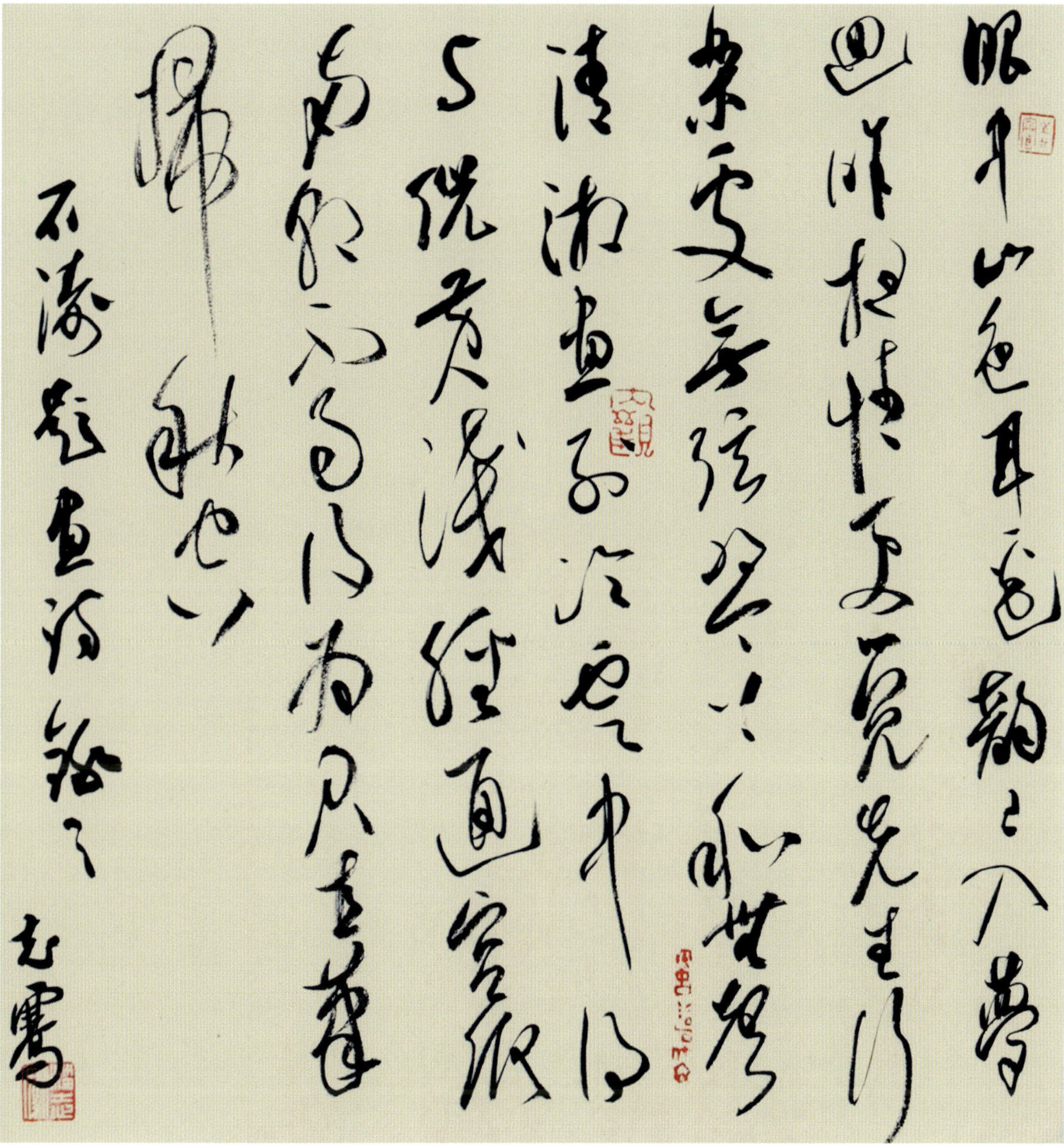

潘志骞　书

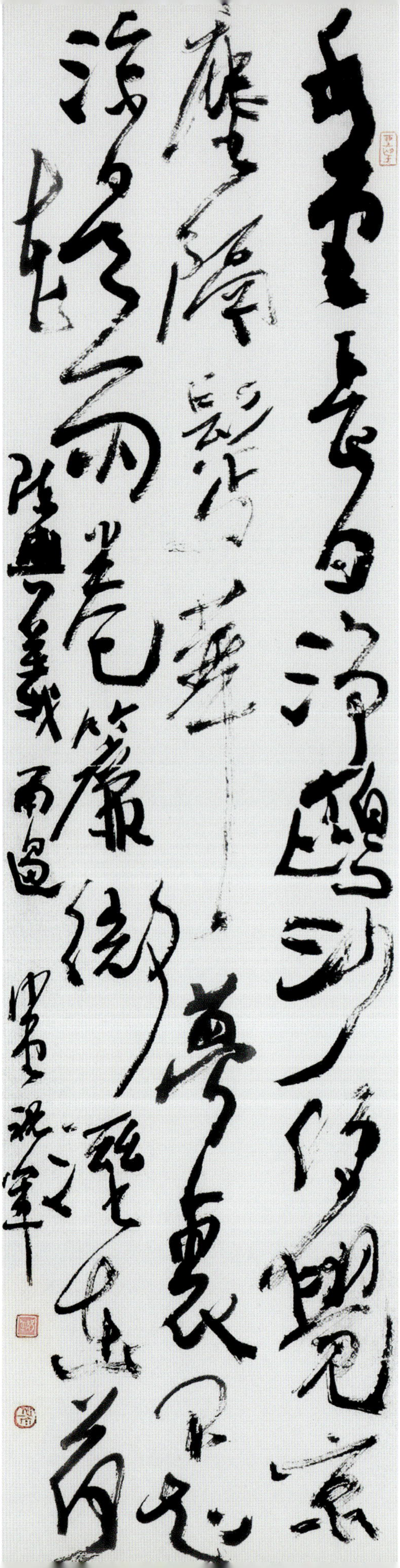

祝军 书

序：闭门觅句非诗法 只是征行自有诗

党的十九届五中全会明确提出到2035年建成社会主义文化强国的远景目标。这是文艺工作者必须为之不懈奋斗的职责要求，是我们心中必须有数的“国之大者”。在这样一个宏伟蓝图之下，推动文艺工作繁荣兴盛是中国特色社会主义事业的发展需要，是建设社会主义现代化国家征程中的必备要素。

建设文化强国、坚定文化自信，必不可少的是具有强大感召力、引领力、影响力的文艺格局。文艺无法脱离时代，它是一个时代人的精神、审美、思想、价值等意识层面的载体，与特定时期政治、经济、社会等各项客观生活的发展紧密联系、相互影响、相互作用。社会主义文艺的性质决定了它必须以反映时代精神为神圣使命，决定了文艺发展的基本方向。如果创作者仍是以自己的“小悲欢”为主旨，将自己幽闭于自我的象牙塔中，在恢宏的时代主旋律之外茕茕孑立、喃喃自语，只能被时代淘汰，也极容易偏向历史虚无主义等错误思潮。我们从事文艺工作，必须站稳社会主义文艺立场，坚持马克思主义文艺观，把培育和弘扬社会主义核心价值观作为根本任务，把社会主义文艺最鲜明的特征通过真诚、真实、真心的文艺评论发扬出来，让“以人民为中心”的文艺创作导向熔铸于文艺作品的思想性、艺术性当中。

习近平总书记指出：“以人民为中心，就是要把满足人民精神文化需求作为文艺和文艺工作的出发点和落脚点，把人民作为文艺表现的主体，把人民作为文艺审美的鉴赏家和评判者，把为人民服务作为文艺工作者的天职。”关注人民是现实主义文艺创作最基本的要求。古往今来，优秀的文艺工作者与人民命运惺惺相惜，伟大的文艺作品与人民的悲欢密切相关。文艺创作者要走近人民，关心人民的痛痒，表达人民的意愿，厚植人民的情怀，将才气与眼光同人民的世界相契合、相统一、相同步，让讴歌党、讴歌祖国、讴歌时代的现实主义精神以讴歌人民幸福生活、讴歌人民辛勤劳动、讴歌人民无私奉献等文艺表现形式得以精彩呈现。

文艺创作如是，文艺评论亦然。文艺评论是推动文艺事业健康发展的“磨刀石”，文艺评论工作者既是文艺创作的“工匠”，也是文艺作品的“医生”。宁夏广大文艺评论家要不断砥砺大情怀，要有深入融入人民、深入走进时代的主动与自觉，结合丰富多彩的阅历、扎根泥土的实践、入细入微的洞察、实事求是的态度，把文艺理论的高度与人民生活的温度统一起来，从人民物质和精神的进步与需求中提炼文艺作品的优劣标准，与继承和发扬中华优秀传统文化、与培育和弘扬社会主义核心价值观、与促进社会主义文化自信，共同熔铸为衡量新时代文艺作品的价值尺度，在揭示评论对象的审美价值和思想意义过程中，更加深层次地将文艺作品的艺术性与人民性挖掘出来，追求既严肃认真、客观公正，又贴合人民、生动活泼的文艺评论境界，不断激浊扬清，引领文艺创作质量与格调的进步，在促进宁夏文艺创作发展中发挥出更大的作用。

寒冬萧萧，始为春来。宁夏文艺评论家协会成立至今，秉持社会主义文艺评论的初心使命，有力促进了宁夏文艺工作在新时代不断开拓进取的步伐。为宁夏文艺评论工作者搭建了施展才华的舞台，为宁夏文艺创作不断推陈出新、守正创新注入了可助持久的动力，更加有益于宁夏文艺创作的继承和发展。杨万里诗曰：“闭门觅句非诗法，只是征行自有诗。”希望宁夏文艺评论工作者能够更深地感人民之喜悲，察人民之痛痒，将个人的文艺理论功底与现实生活紧密结合，以百科全书式的社会知识储备和深沉的人民情怀，不断拓展文艺评论的视角广度，创作出更多的社会主义文艺评论精品，更加坚实地担负好举旗帜、聚民心、育新人、兴文化、展形象的使命任务，为繁荣社会主义文艺事业贡献更多的力量。

是为序。

崔晓华

2020年9月

目录 CONTENTS

名家·要义

本土·实力

名作 · 欣赏

地域 · 新作

年度 · 白草

年度 · 邹慧萍

专题·张铎

专题·了一容

专题·计虹

专题 · 李增林

记忆 · 留痕

序跋 · 品论

觉悟 · 诗歌

专题·同心

艺理·探析

荟萃·综艺

专题·书法

专题·美术

新锐·托举

跋

名家·要义

伦理精神、美学精神与生活哲学的融通

——谈谈李进祥的小说创作

◎李建军

在读了李进祥的小说之后，我有很多话想说，因为他是一位优秀的作家。

作家应该具有培养人们内心的一种高贵，以及那种善良的对人理解和同情的态度，并且负有从精神上把人们提高的使命。从伦理精神这个层面评价作家，是一个更重要的方面。

在当代作家的某些作品里面，对生活的糜烂意识泛滥，一种仇恨，一种恶趣，而且已经变成作家的无意识，他们以为写这些就是先锋，就是现代性的东西。一种根本的恶、极端的恶、平庸的恶，他们根本不去辨别，尤其是拒绝把善作为叙事的精神组成。这种例子非常多，我就不举了，一些著名作家，甚至获过诺贝尔文学奖、茅盾文学奖的作家都有这方面的问题。写起恶就淋漓尽致、心花怒放、稀奇古怪，但是你在他们的作品里面，看不到善的东西，或许因为他们没有这个能力，他们的作品也就没有呈现出这样一种能力。

读李进祥的小说，我们会发现，他是一个有信仰的人。信仰里包含着善良和爱。在他的所有小说里面，能看出他对美好生活的向往、对生命尊重的情感和态度。

首先，从伦理精神的层面看，李进祥是一位很优秀的作家。看完他的作品，我们会感动，觉得人性是美好的，生活亦是美好的，鞭策我们要努力去做一个美好的人。从他的小说中可以看到，人性无意识的恶转化为一种有意识的自觉的善。在宗教意识里，善恶是有报应的，作恶要受到惩罚，当然也可以得到救赎。在《鹁鸽》这篇小说里，一个叫三虎的人经常打鸽子。三虎后来果然得到了报应，但是最后他也变善良了。后来，村里每家屋顶上都有一对鸽子，鸽子象征着人性，象征着善。我们这次去李进祥家，屋顶上果然有鸽子。善几乎体现在李进祥所有的小说里面。比如《带着男人去北京》,这完全是一个善的小说,以理想主义的高度和态度来写人性、写善。一个女人带着生了重病的丈夫去北京看病,车上还有一男一女,男的是干部,女的是他的下属,还有一对年轻的恋人。小说真实地描写当下社会人的情感存在危机,尤其是权力对人性的扭曲与对情感的侵害,但是小说的结尾写的是人性的善良,那个女下属拒绝了她的上司对自己的猥亵和龌龊的挑逗。读到最后,我还想象那个女人包里的钱够不够看病,会不会在下车前丢失。我一直悬着心。后来,她的那个包里,竟然多出来一沓钱。读到这里我特别感动。文学就是要给我们的内心注入这样一种善良。

李进祥有一篇文章,写得特别好,叫《快的世界,慢的文学》,里面谈到了很多东西,主旨是思想感情,是对生活、对文学的辩证和理解,对乡村的态度,包括对文学和对生活负有什么样的责任。他说:"文学总是觉得未来会更好些,世界可以更好些,生活可以更好些,人也可以更好些。"这就是李进祥的文学信仰。他说文学,就是说他自己。文学就是他的信仰。李进祥的文学认知和文学实践是相统一的。

其次,从美学精神来看,我们现在的作家写什么生活的都有。他们不知道美究竟是什么。他们甚至将生活中最丑最脏最恶心的东西,写得淋漓尽致。这是一件非常可怕的事情。

李进祥的作品中充满了那种安定的、宁静的东西。他的叙事世界的本质是和谐。我指的是美学的和谐。他的写作包含着对生活的绝对的爱和绝对的善,展示了对生活的祝福态度。李进祥的所有小说,和谐是最突出的特征,也是李进祥小说叙事的一个总体的美学原则。

《换水》里面的马清从农村到城里打工,受到那么深的伤害,经历了那么多的痛苦,但最终完成了自己的精神超越,这是一种和谐。

《挦脸》叙写两个女孩子之间的情感冲突,但是最关键的是,整个作品的基调是非常乐观的,这也是一种和谐。

我们的内心有冲突,有各种各样的不平静,因此我们更需要和谐。李进祥作为一位优秀的作家,应该是在自己的作品中创造了这样的和谐。

再次,从生活哲学来看。就像李进祥文章里所讲的快的世界那样,我们现在所处的世界确实太快了。我们什么都要讲速度,步子再快一点,生活节奏再快一点。日常生活其实不是这样的。日常生活像小溪一样,是一个缓慢流动的过程,一定要慢,甚至再慢一些。就生活哲学而言,我觉得李进祥选择的是一种保守主义的姿态。这是一种非常成熟的、非常智慧的保守。我们现在很多作家,对于人在现代化背景下应该怎样生活没有深入思考。在李进祥的小说中,却体现出非常成熟的保守主义的成分。"保守主义"不是一个贬义词。对我们固有的财富和经验,采取谦虚的、审慎的、吸纳的、成熟的态度,这叫保守主义。所以从生活哲学来看,李进祥的思考也是很成熟的。比如他对土地和乡村,对我们的传统,充满热情和敬意,很用心地思考和抒写。他爱乡村,爱土地,尊重自己的传统和信仰。他的小说在精神上有一种非常稳定的东西。

最后,关于李进祥的文学成就。对于一个作家的评价,最终我们要从他的文学成就,从他的写作达到的艺术高度来展开。如果一个作家的作品病句满篇、修辞拙劣、结构混乱,那他算什么作家?一些著名的作家就是这样粗制滥造地写作的,读他们的作品,就像受酷刑一样,没有任何美感。

李进祥的小说朴素自然,使用的语言是规范的现代汉语,又有浓郁的民族气息和民间气息,很多宁夏的或者他家乡的方言放在里面,读来自然、妥帖。这是李进祥小说语言的显著特点。

另外,李进祥的叙述态度很亲切。我们现在一些作家写作时板起面孔,故作高深,似乎只有把作品写得复杂晦涩才是高明的。他们把陌生化当作美学原则,拒人于千里之外,使读者觉得特别难懂。李进祥的小说却是娓娓道来,像是在聊家常。读他的作品,是非常愉快的、亲切的。这也是作家特别重要的修养和能力。

李进祥的作品当然不是平铺直叙的,他的感觉和想象看似随意,其实他对作品的结构特别用心。比如有一篇小说叫《换骨》,杨木匠的媳妇是南方人,到北方后由于水源和食物结构的不同,得了一种怪病——换骨病,没药可治,据说唯一的办法就是挨骂,被人骂得越厉害,病就好得越快。后来杨木匠就去偷人家的鸡,让丢鸡的人家骂。这篇小说非常新奇,读者觉得挨骂会让人特别不安,但是这篇小说没有给人带来一丝不安。这篇小说就写怎么去讨骂,怎么去骂人,最后怎么样呢?杨木匠把每天偷来的鸡都杀了给媳妇吃,结果媳妇的病竟然好了。事实上,她吃了那么多鸡,身体需要的营养跟上了,病自然就好了。从隐性的层面讲,写的其实是人性之善,那些被偷的人其实都知道杨木匠要干什么,他们依旧配合杨木匠骂偷鸡人。杨木匠的媳妇病好了,他们养了一窝鸡,一家一家地送鸡,一家一家地道谢,这特别令人感动,这就是伦理精神、美学精神和生活哲学,体现和融通得非常好。从结构来讲,它也非常有吸引力,结尾的时候,通过杨木匠一家一家地送鸡这个情节,突然照亮了所有小说叙事的场景。

就从这四个方面讲,李进祥的写作都是成熟的写作。非常可惜,中国当代文学有一个非常不幸的现象——不少作家都是到了写作成熟的时候,创作要灿烂绽放的时候,突然去世。这是中国当代文学巨大的不幸。有人曾经讲过,小说家应该是在五十岁左右的时候成熟,这是有一定道理的。因为小说家需要积累经验,需要有一个深入思考和自我审视的思想成熟的基本过程。李进祥和路遥一样,他虽然起步比较晚,但是出手不凡。

路遥很快达到成熟,《平凡的世界》之后,才是他创作黄金时代的开始,可惜他去世了。李进祥的去世,不仅是宁夏文学的重大损失,对中国文学来讲也是很大的损失。

李进祥作为小说家,其创作已经达到成熟的阶段,所以他自己想得特别清楚,比如关于"快的世界和慢的文学",他有很多思考。很多当代作家都没有真正懂得爱与善是何物。路遥其实也是一个保守主义者,是一个伟大的对土地对传统充满了深刻理解和爱护的作家,同时路遥的写作又是面对世界和未来、面对现代的写作,而且通过自己的努力将小说创作提到了一个很高的境界。路遥教会我们对人的理解、同情和爱,李进祥也是如此,他的小说同样充满对人的理解、同情和爱,包括悲悯和希望。最近我写了一篇文章,探讨了路遥与托尔斯泰的文学关系。许多当代作家根本不知道托尔斯泰的意义,也许偶尔会讲一下,但没有路遥那么深刻。路遥写《平凡的世界》这样的作品,不是偶然的,而是必然的。

毫无疑问,李进祥是一个很优秀的作家。我也相信,对李进祥及其作品的研究,会继续深入下去。这是中国当代文学的一笔宝贵财富,理应给予高度重视。

李建军,文学博士,中国社会科学院文学研究所研究员,当代文学研究室主任,中国社会科学院研究生院教授、博士研究生导师。曾在《中国社会科学》《文学评论》《文艺研究》等多家报刊发表大量理论及批评文章。有专著及论文集《宁静的丰收——陈忠实论》《小说修辞研究》《时代及其文学的敌人》《必要的反对》《小说的纪律——基本理念与当代经验》《文学因何而伟大——论经典的条件与大师的修养》《文学的态度》《文学还能更好些吗》《是大象,还是甲虫——莫言及中国当代作家作品析疑》《大文学与中国格调》《并世双星:汤显祖与莎士比亚》《陈忠实的蝶变》《超越消极写作》《重估俄苏文学》等多种。曾获"冯牧文学奖·青年批评家奖"、《文艺争鸣》优秀论文奖、《南方文坛》优秀论文奖、《当代作家评论》优秀论文奖、《北京文学》文学评论奖、《上海文学》优秀论文奖、《文学自由谈》"重要作者奖"、2002 年度和 2006 年度中国当代文学研究优秀成果奖、中国社会科学院文学所首届"勤英文学奖·青年学术奖",以及《文学报》首届、第二届、第三届" 新批评·优秀论文奖"等多种奖项。

“宁夏故事”里的一曲华美乐章

——读“石嘴山故事”丛书

◎郎 伟

在宁夏回族自治区建设和发展史上，石嘴山这座城市所作出的贡献以及生活和战斗在那里的人们所付出的炽热激情与辛勤汗水，是无论如何都要浓墨重彩地写上一笔的。六十年前，石嘴山建市，不仅拉开了石嘴山建设和发展史新的大幕，同时，它也燃起了宁夏工业文明的又一把冲天大火。六十年弹指一挥间，当我们回首宁夏当代史，谈说1958年以来宁夏的建设发展成就和发生在这片神奇土地上诸多感动人心的“宁夏故事”时，我们会发现，“石嘴山故事”以它动人的旋律和丰富饱满的声音，构成了宁夏当代史中一段令人难忘的乐章。我们读“石嘴山故事”，既深深迷恋于石嘴山这座西北小城的山高水阔、久远历史、独特文化，又被曾经在这片土地上改天换地、挥洒豪情、巧手绘新图的杰出人物和英雄事迹深深打动。

读“石嘴山故事”丛书的第一个感受：这是一套视野开阔、具有历史纵深感的大书。作为全面展示石嘴山市过往历史和建市六十年所取得辉煌业绩的系列丛书，丛书设计为主题相对集中的六卷本，内容涵盖工业、农业、科技、文化、旅游、历史、军事等多个领域，收录文章三百多篇，总字数近二百万字。六卷本的设计，避免了通常的纪念文集所带有的内容庞杂而主线不清的弊病，形成了各卷独立成章而又与总主题遥相呼应的格局。读者们阅读此书，既可以各凭兴趣，细读单卷，又可以上下求索，通读六卷。单卷读来，某个领域和行业的历史，可以清晰感知；整体读来，石嘴山的历史风云、社会演进、时代风貌、人物命运皆鲜活生动，震撼人心。从这个角度而言，“石嘴山故事”在结构的组织和内容的总体设计上是相当用心的，其阅读效果也是值得期待的。

读“石嘴山故事”丛书的第二个感受：这是一套通过讲述故事，提炼和升华奋斗者人生，弘扬艰苦创业、无私奉献精神的大书。我们都知道，宁夏是地处祖国西北的一个小省区，经过六十多年的建设发展，已经成为当今闻名遐迩的“塞上明珠”。但是，六十年前，石嘴山建市的时候，作为宁夏的北部地区，它的生活条件之艰苦和自然地理环境之荒寒，确实是超出一般人的想象的。然而，正是在“风吹石头跑”的一片不毛之地上，来自祖国四面八方的干部、工人、军人和知识青年们响应党和国家的号召，怀着一腔热血，凭着建设祖国大西北、建设国家十大煤炭基地之一的信念，来到石嘴山，开始了他们筚路蓝缕、改天换地的创业历史。以本丛书中的“人物卷”《儿女正当好年华》为例，“人物卷”共收录了现代和当代石嘴山64位革命先辈、知名人士、英雄模范和两个群体的事迹。仔细读来，无论是雷启霖的灿烂人生，好矿工郝珍舍己救人，铁面书记杨正喜心中只有百姓，高节局长花国家的每一分钱都心疼，还是朴凤歌的母爱师情，徐华棣视患者为亲人，周淑琴甘当爱心天使，白琴带着爷爷奶奶出嫁，一直到2020年上半年不怕牺牲、千里驰援湖北的石嘴山医疗队，书中所记述的每一个人的人生轨迹和命运可能各不相同，但是这些英雄模范人物身上始终都葆有人类精神的高贵性和神圣性。那种不惧艰难困苦、敢于不懈奋斗的精神，那种舍生取义、无私奉献的善美情怀，不仅是我们民族穿越无数苦难走到今天的精神密码，也构成了“石嘴山精神”的核心内涵。

读“石嘴山故事”丛书的第三个感受：这是一套带着大地和生活气息，贴近普通读者心灵，又显现着足够的精神深度的雅俗共赏之书。石嘴山立市已经六十年，如果算上这套书所讲述的某些故事和人物，这套书所涉及的历史长度差不多已经有一百年。如何讲述一百年以来发生在石嘴山这片土地上波澜壮阔的社会风云史、时代变迁史和人物命运史，这对套书的策划者和编写者而言，是一道不小的难题。好在，丛书的策划者和编写者从一开始就定下了写作的总体基调：平民化、接地气、可读性强。在这个写作基调的引领下，这套书以普通读者乐于接受的讲故事的方式，将社会历史风云和人物悲欢离合结合起来，在时代变化和人物命运起伏之间，叙述了石嘴山这座城市的发展变化以及生活在这片土地上的人们的共同生命旅程。读者如果花些时间认真读完六卷本当中所讲述的三百多个各种各样的故事，我有理由相信：犹如宁夏建设和发展史上曾经燃起的一把冲天大火，石嘴山市所取得的辉煌业绩，已经幻化弥漫为我们眼中的无边灯海。

郎伟，毕业于北京大学中文系中国现当代文学专业。现任宁夏大学副校长，二级教授、博士研究生导师，是20世纪90年代以来宁夏较为知名的学院派评论家。在国内第一个提出“文学宁军”概念。长期追踪宁夏文学创作事业，为宣传宁夏和把宁夏作家推向全国文坛作出了杰出贡献。出版《人类重要文学命题》(合著)、《负重的文学》(获全国第八届少数民族文学创作“骏马奖”)、《写作是为时代作证》《欲望年代的文学守护》《孤独的写作与丰满的文学——宁夏当代文学创作论》《守护风沙中的一盏灯》《巨大的翅膀和可能的高度》等著作。多篇论文获得全国和自治区级奖项。2015年，荣获宁夏首届“塞上名师”。

本土 · 实力

生存的本真展示与文学向上的力量

——2019年宁夏中短篇小说述评

◎杨志兰

对现实社会和生存本相的展示和关注,是百年中国文学的重要传统。特别是在经济迅速崛起、文化愈加繁复的时代,在文坛普遍以"奇"吸睛的写作策略下,作家能将目光投向现实社会中最为隐蔽的角落,不仅是良知使然,同时也是在为文学创作寻找新的可能性和有效路径。宁夏小说创作者正是意识到这一点,2019年的宁夏中短篇小说,从主题思想来说,作家以集束性的创作表达了对现实人生的关注。绝大多数作家都从苦难写作和乡村叙事中抽身出来,将目光投向更广阔的社会现实,从日常人间烟火中捡拾诗意与神性,从人的存在的荒诞性和悲剧性中寻找向上的力量,从人情、人性以及人道主义的角度试图扭转和矫正文坛风气。近年来一直比较活跃的作家,如张学东、季栋梁、马金莲、杨军民、王心军、马悦、高丽君等,在2019年的小说创作中展现出强大的把握现实生活的能力。张学东的《一意孤行》《归途》《被狗牵着的女人》,马金莲的《主角》《我的母亲喜进花》,韩银梅的《浪漫伴侣》,王心军的《活在城中》,杨军民的《只想和你唱秦腔》等作品,从不同侧面展示了现实主义写作的气度。除此之外,高丽君和田埂两位作家不约而同将笔触伸向基层教育,正视现实,揭露问题,为文坛贡献了《校园三记》和《让他们好好长》这些优秀的非虚构作品。从艺术手法上来看,除了使用现实主义和现代主义手法之外,作家们逐渐从苦难叙事、经验书写的困境中走出,探寻更多写作的可能性,做了可贵的艺术探索。特别值得注意的是,作为宁夏短篇小说领军人物的石舒清,2019年创作的几篇小说,敢于在形式上"回头看",大胆采用文学旧制,由现代小说体式转向古代笔记体的写作,在旧小说的形式中表达世道人心和社会历史内容。此外,在马金莲、杨军民、马悦等的作品中,能看到古代世情小说的当代回响。小说表面写时代背景或平淡无奇，或惊心动魄，但人物命运无一不蕴含在历史的不确定性中，所指涉的仍然是深沉的社会历史内容。

人间烟火中的诗意与神性

2019年，一部分宁夏的中短篇小说集中去挖掘生活中的温暖与诗意。文学中温暖明亮的色调展示需要作家具有出色把握现实的能力和阳光的心境。然而，我们身处一个嘈杂喧嚣的时代，过度匆忙的脚步和浮躁的心灵，使得以苦难叙事和悲情色彩为主的小说在文坛大行其道，却忽略了日常生活中那些温暖明亮的因子。众所周知，现实主义思潮几乎贯穿整个中国现代文学史。从20世纪20年代小说中“改造国民性”主题的开掘，到社会主义现实主义、20世纪80年代的“新写实主义”、20世纪90年代的“现实主义冲击波”以及中国长篇小说最高奖茅盾文学奖对小说现实品格的要求，可以看出小说对现实生活的描写一直情有独钟。但事实上，现实生活永远是复杂而丰富的，我们当然不能放弃文学对现实生活的敏感把握，因为这是文学的基本职责和作家的良知所在，但也不能忽略日常人间烟火中的温暖与阳光。2019年，很多宁夏作家尝试从社会现实的苦难叙事中超脱出来，延续沈从文等现代作家的写作传统，努力超越现实，进入自然和人性的维度中，致力于在日常生活中寄寓一种人生理想和生命形式，从凡俗人生中寻找生存的诗意与神性，表现美好的人情人性，他们的作品也因此获得了一种可贵的品质。

青年作家计虹在2019年给读者带来很多惊喜。从年初开始，她的作品开始在多家刊物亮相，其中《舞狮的老龚》和《沙发客》两个短篇展示了作家对日常生活的感受和对人性的体察。前者通过对老龚坚守梦想的描摹来展示一种积极向上的力量。后者通过一个颇具戏剧性的故事来记录城市人的生存状态。尽管计虹写的多是市井百姓的日常形态，但因为其朴实真挚的叙述方式和理解尊重的写作立场，使其小说呈现出鲜活的日常生活气息和向善的品质。70后作家蒙彦琼的短篇小说《迎喜神》，是一篇通过描写日常生活和凡俗人生诗意再现美好人情人性的好小说。小说中一家人和老牛枣儿的情谊，经历了岁月的变迁，从家长里短和细微小事中演绎世道人情。郭乔《星星屋》传递的是人世朴实的美好和温暖。吟泠的短篇小说《收骨头的人》同样展示的是日常生活的温度。父亲葬礼上的人情百态，包括送别的人们对死者节制而又颇有温度的评价，亲戚之间的互相帮忙，以及礼尚往来的慰问金，都藏着一种红红绿绿、令人感念的温厚情谊。樊文举的短篇《抬水》则通过一个天真烂漫小姑娘的视角，描写乡村人贫苦生活中简单而纯粹的快乐，传递出世间最朴实的温情和善意。除此之外，瑶草的《许你一世安宁》，树语石的《看电影》，王正有的《纳鞋底的女人》，鲁兴华的《列文的一天》等小说，或者写普通人人性的光辉，或者借父母的一段往事写平凡生活中的温情和诗意，或者于世道人心和世情的变化中寻找美好而永恒的人间价值。这些作品探寻的正是那些日常生活中难以察觉的细微体验和隐秘的心灵感受，让读者体察世俗人生中的诗意和温暖。

当前中国的中短篇小说中，写人到中年的艰难和女性生存悲剧的作品占很大比例。吟泠的短篇《与黄籽臻说再见》同样写的是人到中年的女性，却是完全不同的写法。这篇小说，更像是一首年过半百的女性悉心打量岁月、审视自我的心灵絮语。别人眼中一直循规蹈矩、刻板生硬的设计师黄籽臻，在步入五十岁时，收拾行囊，携带少女时代色彩斑斓的梦，去她情窦初开的地方，向自己的青春时代告别。在小说中写心理和情绪素来极难把握，很多作家极容易陷入滥情或者浮夸的书写境地，这样的写法会使小说的艺术效果大打折扣。但吟泠凭着节制而又饱满的笔触，细腻传神的心理描写，为读者塑造了一个优雅老去的女性形象。让读者看到，女性的一生中不仅有青少年时的躁动，并非兵荒马乱、险象环生的中年危机，还可以有自怜自爱、从容老去的镇定。如果说，中年女性黄籽臻表达的是一位平凡女性波光荡漾的内心世界，那么朱敏的《屠兔》，则称得上艰难岁月中一个母亲的史诗。一个平凡的母亲身上显现的坚强能干、执着坚韧等优秀品质，在寻常的人间沧桑和岁月烟尘中，永远闪耀着熠熠光辉。

生存的本真展示与文学向上的力量

在经济高速前进的时代，每个普通个体的生存都陷入了一种庸常的状态。我们不再深陷动乱的泥潭，但同时也失去了 20 世纪中国人所具备的那种经由历史转变而来的忧患感和崇高感，也缺失 20 世纪末因为经济形势的转变和诸种社会思潮“你方唱罢我登台”的热血与澎湃激情。当今时代，个体的生活表面看来都是一派岁月静好的模样，实际上却多了些面对现实生活的无力感。敏锐的作家已经注意到，这种平静和庸常的生活表面下其实掩盖着巨大的潜流涌动。2019 年，很多宁夏作家，揭开了风平浪静、波澜不惊的日常生活面纱，努力寻找人生存的悲剧性。日本诺贝尔文学奖获得者大江健三郎在一次访谈中说：“文学应该从人类的暗部去发现光明的一面，给人以力量，让人更信赖人。”真正优秀的作家，总是致力于透过丰富繁杂的生活表象，去探索人类生存的荒诞性和悲剧性，从中努力寻找积极向上的力量和因子。

张学东 2019 年发表的几篇小说关注的都是现实生活中的小人物，但却以一种冷静而客观的叙事方式与现实保持着距离，努力揭开覆盖在现实外层的面纱，深入揭示人类生存的荒诞性，从而探索积极向上的勇气和力量。中篇小说《一意孤行》（《当代》2019第5期）中因为被误判坐了十多年冤狱的屠师傅，二十年后，面对一个无辜死亡的女孩子，还是忍不住去追查凶手，抓到后一度想亲手处决他，但善良和理智使他最终选择将凶手交予法律裁决，他也获得了心灵的救赎和平静。在这富有启示意义的选择面前，屠师傅的高贵人性让每个读者动容。短篇小说《归途》（《芙蓉》2019第4期）尽管展示的是人间琐碎与灰暗的生活光景，但作家的创作立意和态度是积极正面的。小说通过出色的叙事才能，客观冷静而又细腻传神的笔致，传达出对冷漠的人际关系的思考，对人的生存处境的忧虑及对存在的荒谬性的反思。尽管笔触冷峻犀利，写的也是处处布满暗礁的人生，但从小说的结尾我们能清晰地看出作家批判的立场和悲悯情怀。

对复杂敏感的现实生活和情感问题，如何认识和拿捏，考验着一个作家的智慧和笔力。张学东的《被狗牵着的女人》（《小说选刊》2019第11期）将目光投射到退休人群。小说以入世的悲悯情怀与凛冽的笔触深入描摹老年人的晚年生活。芬素因不幸的经历，总是被孤独和无助包围，退休后终于在宠物狗身上找到了情感慰藉，她甚至为此放弃了现实亲情，成为一个“被狗牵着的女人”。作为一种文学形象，“被狗牵着的女人”直指现代都市人的精神孤独。在这几篇小说里，张学东小说的叙事和语言尤其值得称道。他的小说语言带着强烈的视觉和神经冲击力，这种冷冰冰的语言，以及近乎幽暗甚至带着魔力的叙事方式，将生命、人性以及存在的荒诞感尽数展示出来，这是张学东小说的叙事魔力所在。这种荒诞叙事所带来的艺术张力，成为张学东小说重要的审美特征。

在2019年的宁夏中短篇小说创作中，还有一部分小说通过对人类精神伤痛的集中展示，尝试重新点燃反抗绝望、反抗荒诞的精神之光。如马悦的《银玲珑》（《芒种》2019第5期），围绕小女人麦燕一生的悲剧，写一个有关西绪福斯神话主题的故事。在古希腊神话中，西绪福斯是一个有着悲剧命运的受难者形象。加缪的《西绪福斯神话》一书却赋予西绪福斯反抗命运、实现理想的崇高悲壮的精神内核，《银玲珑》很好地承续了这种精神内核。麦燕八岁时被母亲卖掉，成为童养媳，逃跑成为她此生唯一坚持的事。但耗尽大半生光阴，她仍然没能从魔窟里逃出来。麦燕一生都在希望和绝望间重复着，但她一直反抗，努力向前，并以此构成她悲剧而传奇的人生。从这个意义上来说，麦燕和西绪福斯的形象有着某种联系，与鲁迅之后中国现代文学中反抗绝望的生命哲学有了内在延续性。每个人都知道命运之神的强大，但绝不会放弃挣扎，这才是生命真正的韧性和高贵之处。类似主题的还有王心军的中篇小说《活在城中》（《朔方》2019第11期），小说通过不紧不慢的口吻，将地下停车场收费员与保安、车主、停车场管理人员之间的矛盾和冲突写得精彩纷呈，全方位地展示了挣扎在城市底层人们的生存故事。小说中的"我"尽管厌倦人事纷争，但仍然保持着美好的品质和高贵的做人准则。小说既不回避人物贫困窘迫的生存处境，也不让他们陷入没有精神的泥淖中，而是将生存的残酷挤压和心灵的超拔相碰撞，从而营造出小说的诗性品格。王心军的小说并不有意美化生活中的琐碎与痛苦，但是在叙述的时候又能保持节制的笔致，使得小说有一种理性的力量。朱敏的短篇小说《犯月羊命》写的也是反抗绝望的主题，小说中的翠翠命运坎坷，屡遭打击但仍然向往美好的生活。这篇小说中小人物挣扎向上的力量无疑是动人的。

2019年宁夏的一部分中短篇小说，努力从反思现代性的角度出发，展示乡村人们的真实处境和精神世界。客观来说，从20世纪20年代以来，作家们一直以改造乡村的方式表达他们的现代性思考，但是受时代环境影响，这样的写作大多带有一种惯性写作的特征和为时代服务的意识，缺乏独立的创造精神。很多作品，对当前农村的现实状况，并没有真正从反思现代性的角度切入，只是停留和沉浸在简单的社会和道德谴责中，这显然是一个巨大的精神缺陷。事实上，缺乏理性精神和反思意识的作品，也不可能真正揭示乡村社会现实的真实面貌。马金莲的中篇小说《主角》(《芒种》2019第9期)将目光投向农村，从反思现代性的角度出发，以一个傻子的视角展示了乡村政治的荒诞性。小说有对乡村基层政治的批判和对形式主义的反思，也有对英雄主义精神失落的叹息。但细读之后，会发现作品表现的并非对现实人生一种简单的否定，还有批判与反思立场的表达。与此相似的是，卢永的《头羊》(《朔方》2019第7期)通过刚刚找到情感慰藉的郭瘸子的意外死亡，透视和反思乡村孤寡老人异常孤独和寂寞的情感现状。与经济快速发展相伴相生的，必然是一系列新的社会问题。从现代性反思的角度及时地捕捉和把握乡村社会中的新问题，是作家们责任意识的体现和基本的写作伦理。2019年宁夏的中短篇小说，有多篇反映社会中的新问题和新矛盾。董永红《纸上有座山》(《朔方》2019第7期)是一篇值得仔细玩味的小说。小说透过一只还未出壳的小蛇的眼睛观察人间世相，展示斑驳岁月和大的时代进程，同时对利用留守老人生财等乱象进行揭示。作家杨军民的《只想和你唱秦腔》(《朔方》2019第7期)触及的是养老问题。农村老汉栓子独居，只好在唱秦腔中寻找精神寄托，他和剧团的麻女子之间产生了一段相顾相怜的情感。小说虽然以悲剧收尾，但麻女子身上坚毅、豁达等优秀品质使人动容，这是生长于民间的一种积极向上的力量，在作者平静的叙述下尤为震撼人心。

韩银梅的短篇小说《浪漫伴侣》(《朔方》2019第6期)带给读者一种难以言传的震撼体验。从题材看来，小说关注到当下炙手可热的人工智能和虚拟世界等问题，但如何将冷冰冰的科技知识嵌入文学作品中，如何将科技问题转换为文学话题，以文学的方式表现科技对于人性的异化，是摆在作家面前的一个重大艺术难题。韩银梅选择了一个非常好的角度，小说通过为一对夫妻分别安排机器人伴侣这样夸张的方式，凸显人物内心世界的极端孤独和痛苦，通过反讽的艺术手段将现代社会人和人之间的隔膜疏离悉数展示出来，表达的是存在主义式的文学主题。作家将技术性的因素很好地消融在对生活细节的描写里，将哲学反思寄予在人物的生存境遇中，这种艺术和哲学的探索具有深远意义。

对人道主义创作原则的坚守

李建军在《滋育型经典与静静的顿河》(《朔方》2019 第 2 期）一文中有这样的表述："当代作家的写作里，严重缺乏真正的人道主义情感。他们不懂得同情人……我们在大量的当下中国作家的作品里，看不到人性的光芒与美好。因此，人道主义危机，是我们今天文学最为严重的危机。"这段话揭示了当代小说创作中人道主义情怀缺失问题。但通读 2019 年宁夏的中短篇小说，我们能够察觉，宁夏作家的创作中，人道主义原则和情怀在回归，有相当数量的作品对人道主义精神进行关注和思考。如马金莲的《我的母亲喜进花》(《朔方》2019 第 5 期)，小说通过对两代人婚姻悲剧的书写，表达对人的生存痛苦的怜悯，这是一种带有人道主义情怀的温情写作。朱敏的《犯月羊命》也体现了鲜明的人道主义精神。翠翠因为童年时父母的遗弃而遍尝人间坎坷，又因为没有正确的婚恋观，人生屡次陷入泥潭，最后只能将种种辛酸遭际归结为命运。小说因为作家从人性和人道主义出发，从真正的悲剧性角度着墨，所以读者看到的就不仅仅是一个底层女性的波折人生和情感经历，还能看到女性的精神隐疾。

季栋梁的中篇小说《脑袋里那个声音》(《清明》2019 第 2 期)写一个有关成长的故事，小说通过书写傻小子的人生故事，彰显人性的光芒和美好。傻小子外表粗粝，内心善良，一生波折，但能固守内心，让人想起"归来仍是少年"这句话。世间怎么会有人历尽千帆，归来仍是少年呢?这就是文学为现实搭建的梦想。杨军民《两个铁匠的故事》(《天津文学》2019 第 9 期)，读者能明显地看到作家的人道主义写作立场。小说通过两个铁匠爱恨纠缠的故事，表达了生活粗粝的表面下，人心的纤细和脆弱。小铁匠外表倔强而内心柔软，他敬重师父老铁匠，却花了几十年时间来消化师父和母亲相爱带来的背叛感。小说看似写一个灰暗的人生故事，底色却是明亮而诗意的。此外，杨军民《乡关何处》(《朔方》2019 第 2 期)，孙海翔的《北岔口》(《朔方》2019 第 7 期)等没有简单的道德层面的评判,而是从人道主义原则出发,将叙述重心指向人性救赎层面。

除了这些完整呈现人物命运的小说之外,还有一些作品从极小的切口进入故事,从中窥探人性的复杂和命运的无常,从而表达文学的人道主义关怀。如石舒清的两组短篇小说《小说三题》(《宰牛》《高邻》《情事》,《上海文学》2019第10期)和《九案》(《喜姐》《何张氏》《剃光匠》《小纸包》《麻布衫》《烟泡儿》《二百九十文》《身份证》《学生证》,《十月》2019第1期)。《宰牛》表面写牛,实际写的是人性。《高邻》写独居的溥伯因为保姆而重燃起生活激情,后来保姆被儿子驱逐,溥伯又坠入孤独,老态毕现。人性都是复杂的,小说想表达人性的自由永远摆脱不掉世俗的偏见和道德伦理的束缚。《情事》一篇通过感情一事写尽人性的复杂,文笔老到,出神入化。《九案》包括极为精炼的九篇小说。九个故事有一个共同的主题,即无心之失,却付出了巨大代价,反映的是人生和命运的无常。作者几乎在每篇小说里都会强调故事的真实来源,但按照存在主义哲学的观点来说,真实的也即是荒诞的。小说通过九个人生荒诞故事的讲述,想表达的应该是一种人生的不确定性。《喜姐》是作者从《宁夏审判志》里记载的一例案子取材构思而成的一篇小说。恶婆婆刘田氏被人围殴教训,与此事无关的李戎却为这件事付出了生命。小说对命运的无常性有独到揭示。《何张氏》和《剃头匠》两篇,世事的离奇和命运的无常跃然纸上。还有《小纸包》《麻布衫》《烟泡儿》三篇所书写的由偶然性导致的存在的荒谬,是对小说在世俗之外令人沉思的哲学意味的展示。《二百九十文》《身份证》《学生证》三篇,保持了作家一贯素朴沉静的叙事风格,以举重若轻的艺术手段,丰厚的情感积淀,将沉重的死亡观念转换为人生命运的偶然性和日常人性景观。

此外,宁夏大学学生张颖的中篇小说《炎夏永昼》(《朔方》2019第1期)富有校园文学特有的诗意和美好。小说内容不够厚重,也缺少虚构的内容,但胜在文笔清丽,构思巧妙,让每个有过相同经历的人都能感同身受。张颖的小说让我们看到了90后的创作潜力,也看到了宁夏文学的另外一种可能。

纵观2019年宁夏中短篇小说的艺术成就,采用传统的现实主义创作手法的仍是主流,佳作纷呈。像非虚构小说《让他们好好长》(《黄河文学》2019第7期),其感人至深的力量就来自小说创作的现实主义手法和对农民工子弟生存处境的人性观照。非虚构小说的出现是2019年宁夏文学交出的一份亮眼的答卷,这些代表作家已经意识到了社会进程对于文学的巨大影响。《让他们好好长》的作者田埂是一名教师,一直接触农民工子弟,她将家访材料结撰成这篇非虚构小说。《大棚蔬菜绿油油》《纸糊的围墙》里的马梅花和马蕊都想飞翔,却背负着生活重担。《假模式式的老鹰》《历史分数我第一》《我要她考上大学》等篇则是对教育公平、当前教育评价机制等基层教育问题的深刻反思。高丽君的《校园三记》节选自其长篇非虚构作品《疼痛的课桌》，也是2019年宁夏非虚构小说的重要收获。《粉笔记》写基层教师因师道尊严受损而陷入精神困境。《录像记》对当前中学生由于青春期生理教育的缺失而引发人生悲剧的问题有独到揭示。《转学记》则对当前“升学难”问题深入反思。《粉笔记》《录像记》《转学记》三篇小说从不同的侧面展示了基层教育的种种问题，整篇小说因为作者从容不迫的叙述，显得自然真实，体现出正视现实、直面真相的现实主义品格。正如作家在其创作谈中所说：“从回避到正视，从温暖到坚硬，从背离现实到投入时代洪流，我希望揭露一些真相，思考一些问题，唤醒一些渴望，寻找一些方法，甚至改良一些弊端。”还有李继林的《狗剩属狗》、王心军的《活在城中》等小说对底层人物生存境遇的悲悯表达，都采用了现实主义艺术手法。2019年宁夏很多作家在小说中熟练运用了一些现代主义艺术手法。比如吟泠的《与黄籽臻说再见》，几乎通篇都在用意识流的叙事方式推进故事的发展。《狗剩属狗》里对小人物尊严被冒犯后的心理活动有精彩描述。

在小说的叙事方式上，我们能看到作家明显的探索和努力。宁夏的小说家们，正在努力地突破经验写作的困境。尤其是马金莲、石舒清这些成熟的作家，他们对评论者指出的问题有所注意，不再进行单一的乡土经验写作和底层叙事，而是从历史的烟尘和民间的褶皱中寻找创作的灵感，创作了一些新笔记小说。石舒清2019年的短篇小说创作也能明显表现出他在叙事方式上的转变。他的《九案》和《杨增新将军》（《朔方》2019第5期），皆从历史和地方志材料中寻找素材，不但扩大了写作空间，而且在叙事上取得了更多的可能性，他的小说艺术探索正在向着一个更为丰富和深广的方向前进。

当然，2019年的宁夏中短篇小说创作，尽管保持了对时代和社会的关注，但对一些重大的社会问题仍然缺乏深刻把握和深入批判，表明很多作家在思想能力的提升方面还有很大的上升空间。真正优秀的小说，必然能够穿透现实和时代的包围，剥离繁冗庸俗的世相，冲破历史和文化的内核和基质，去探索人性本质，关怀人类存在的意义。未来可期，相信宁夏作家们在探索人性的深度上，逐渐会与川端康成、卡夫卡、海明威等文学大师的精神接轨。

杨志兰，宁夏大学人文学院西北民族地区语言文学与文献专业2018级在读博士生。

心藏盛景花枝俏
——读邹慧萍女士格律诗

◎武淑莲

一、邹姐其人

“邹姐”是我们对邹慧萍女士亲切的惯称。她是宁夏大学中文系八五级学生，比我高一级，又是老乡，大学高年级师姐中我就只认识她，啥时候见她都是笑吟吟的，亲切、温暖。邹姐毕业回固原师范任教，后师范院校撤并，有一部分老师去了中学，一部分去了高校。邹姐去了新成立的银川幼儿高等师范专科学校。从上大学至今，和邹姐的交往就是不断在刊物上读她的散文。大多都是写故土故园的人和事，乡土气息、生活气息扑面而来。动人的是她娴熟老到的笔法，蕴涵着爱与感恩的情怀。美好的情感，独特的审美，总是能让人在庸常的生活中读出各种美好。

邹姐有一个温暖的家庭，全家堪称学霸，是知识分子家庭。与夫君相悦互进，亦喜亦怨，与学霸理工女儿比人文情怀。邹姐像个“大宝贝”，是家里爱的核心与源泉。可贵的是，温馨的家庭生活并未消退邹姐的生活意志。邹姐爱家，爱事业，更爱学生。一心扑在教学工作上，对普通话的朗读与指导，倾注了心血。于2016年出版了《最美中华古典诗词100首朗诵指导》，其用心的遴选、撷取，认真的发音、纠正、校对，是对古典诗词的热爱和对学生正确发音，发“美好之音”的殷殷期待。

与邹姐近年来接触稍多，相聊甚密，愈发觉得邹姐身上从外而内散发着乐观、明亮、古典、优雅的女知识分子气质。衣品、举止、言谈都浸润着古典的诗意，但又丝毫不让人感到有半点距离感，相谈甚欢时，妙语迭出，如沐春风，诙谐俏皮，快哉！

二、邹姐的诗词

邹姐的创作由散文至格律诗，越来越高大上，及至某天接到厚厚的一摞诗稿，说要出版，我确实吓了一大跳。原以为邹姐就是且教且写，亦教亦读，不想日积月累，竟有了如此多让人望而却步的高深大作，着实令人啧啧称羡。

“冰冻三尺，非一日之寒”，还是很想揣摩、寻绎邹姐的诗心、诗情、诗路，试着读她丰富的内心与情感。当然，我自己对古典诗和格律诗真的不敢贸然感喟，搜肠刮肚也很难找个准确的类似于“意境”“有味”的词来概括邹姐的诗词创作。就感性地觉得是生活中各种有爱的怡怡之情，成就了美好的情感。这些诗词作品清丽典雅、阳光明媚、少有愁怨，确如她说的“心藏盛景花枝俏，不管冬夏与春秋”。

在邹姐的笔下，万物皆景，物我为一。她善于在日常诸生活、诸景物里进行审美，在庸常的生活中善于发现美、欣赏美和创造美。自然山川、历史遗迹、农家小园、四季校园、城市街区、小区道路、居家寓所……各类风景，各色物种，在她的笔下，物我为一，主客相通，都能成为她抒情言志的对象。

邹姐格律诗最突出的特点是用她美好的情感，丰富的内心审美需求，独特的审美情怀，唱出了一曲曲对人情美和自然美的颂歌。

邹姐的情感之歌中，亲情、友情、爱情构成了情感之美。邹姐有一颗追求真善美的美好心灵，有一颗热爱生活的心灵，有一颗被古典诗词浸润的心灵，因而诗词的情感主色调是积极乐观、明朗向上的。诗词里处处用典，句句含情，用古典的情怀呈现她丰富、敏感的内心世界，虽也有古典诗词固有的多愁善感，但并不悲观，洋溢着坚毅、向上的正能量。光是与“紫”搭配的词，就可以罗列出一大串：紫日、紫气、紫云、紫台、紫轩、紫烟、紫光、紫溪、紫彩、紫树、紫藤……说明主体的情感倾向是美好的，但也不乏一些“淡淡的哀愁”的意味。写诗词是回避不了悲苦之情的，这是中国古典诗词的特质。但是邹姐擅用典，会化典，反用典，诗词读来温馨明亮，清丽中带着温暖，典雅中带着质朴，乐观中略带着点忧愁。她笔下众多写亲情、友情、爱情、人情的诗词篇章，构成了她的情感之美，可谓是一曲曲人间美好情感的赞歌。

邹姐诗词的另一个主题是四季之歌。春夏秋冬，四个篇章，是她的专题表现，可见四季更替，季节轮回，时序之变对作者的心理感受和情感变化的影响之大，也在一定程度上反证了作者的古典情怀，敏感内心，丰富感受，独特审美。春的生机，夏的灿烂，秋的意蕴，冬的静美，都是她要呈现的审美意蕴，她把季节变化与心绪变化、人生感悟结合起来，构成了独具审美情怀的四季之歌。

三、不一样的烟火

邹姐作品集中的《春之篇》《夏之篇》《秋之篇》《冬之篇》以及《抒怀篇》《友情篇》《行吟篇》《唱和篇》《辞赋篇》《古风篇》等共十八章，内容丰富，万物皆景，诸事有情，源于邹姐深厚的古典文化知识底蕴。在这里可以捕捉到本土化、地域化的地理名词。阅海湖、绿博园、镇北堡、海宝公园、唐徕渠、北塔湖、西夏公园、黄沙古渡等等，既是日常生活足迹和范围，更是作者将自然之景心灵化、审美化的抒情对象，地理名词和个人感情水乳交融，是将日常生活进行超越的审美活动。这些具有地域文化特色的地理名词，可以看作是作者对地域和本土文化的自觉建构。

同时，邹姐的诗词歌赋多用典，擅用典，能化典，而且在文本后进行了细致的注释和说明。这些文字绝不是等闲之笔，是作者对典故来历、理解的详细释义、批注、说明，也是传统古典诗词文化严谨、传承的标志。这些注释构成了有效的“副文本”，和正文相得益彰，对正文起到了有效的补充和深化作用。这也从另一个方面说明邹姐在创作的过程中对文字、对意境的珍惜和尊重。

邹姐是热爱生活、会生活的人，是对生活有讲究、有要求的人，在生活中是个有滋味、有情趣的人。生活的滋味是她的作品的最大特点，弥漫着生活的烟火，但邹姐的烟火充满古典的情怀和韵味。

邹姐是低调、诚恳而谦虚的人，是“腹有诗书气自华”的人，她看见学生的成长与收获，也可能比她自己的收获更欣喜。邹姐是一个爱学生、爱事业的人，亦是一个深爱古典文化，有着古典情怀，感时并不伤世的人。

邹姐的诗词大作要出版了，写了以上文字，算不上书评，是一些自然想说的话，权作是对邹姐诗词作品的一个感性印象吧。希望今后邹姐的诗在题材表现上更开阔，在诗境上再拓展，在审美风格上再多样化。

武淑莲，文学硕士，教授、硕士生导师，《宁夏师范学院学报》主编。中国评论家协会会员，宁夏评论家协会理事，固原市作协副主席。出版学术专著《心灵探寻与乡土诗意》《雁岭集》和散文集《真水无香》。曾获固原市文学评论一等奖、自治区哲学社会科学成果三等奖、宁夏全区高校人文社会科学成果二等奖、宁夏全区高校社科管理先进个人等奖项。

梦回贺兰

——唐荣尧《贺兰山——一部立着的史诗》读后

◎张　艺

唐荣尧先生的《贺兰山——一部立着的史诗》是在探寻“新人文写作”途经的背景下完成的，历时10余年，应该说是宁夏、内蒙古乃至西部人文创作的重要收获。这一力作收入20篇文章，将远古走来的贺兰景观、风物人情唤醒，呈现求实又诗意的文学试验场，生生不息显趣味；5幅地图，聚焦于山脉散落的地理、历史和文化，推动“黛青色”史诗进入主流视野，亲切如初见情怀；151帧照片，让巍巍贺兰的“前世今生”清晰再现，揭开山阙的神秘面纱，幅幅奇观灿星罗。

此书“借山而文”，每篇文章都体现了作者的严谨、睿智、乡土情怀和生命体验。全书蕴涵着唐荣尧先生作为记者、行者和作者的良知，浸透着他对整个贺兰山所孕育历史文化的人文关怀，令我这个生长在贺兰山脚下的读者在品读此书时，不禁对记忆中贺兰山的浮光掠影做一番回味，对书中彰显的贺兰底色有了更近距离的感知。

唐荣尧笔下的贺兰山是有“高度”的、有“门槛”的，他从地理、历史、政治、宗教等不同视野强调贺兰山的重要地位，他的野心是为贺兰山“立传”。俄国探险家科兹洛夫勘探贺兰山后有这样的描述：“我至今仍记得，那一眼望不到头的高低起伏的长丘在尘雾的笼罩下，如同海洋的波涛一般，从两侧向远方伸去，西面是一片戈壁沙滩，而东面则是水光微现、细长如带的黄河……”我想，正是这样和谐又鲜活的景致，促使作者往来于贺兰山东西两麓，挖掘此山的秘密。书中最先吸引我的便是20世纪70年代以前未通公路的阿拉善(位于贺兰山西麓)，那弥足珍贵的“驼峰上的白色财富”。唐先生以阿拉善人民所赖以生存的“神赐一味白与咸”和双峰驼为切入点，引起我们对阿盐外运场景的无限遐思。比起青海茶卡盐湖的盛名，阿拉善的吉兰泰盐湖更默默无闻些，但如书中所述,从汉代开始,星罗棋布在金色沙漠中的吉兰泰白色盐湖便已成为我国重要的池盐产地。驼队负盐向东横穿贺兰山,驼铃悠扬的声响联结着贺兰山两侧经济运输的命脉。和今天开阔的银巴高速公路相比,唐先生追溯的那条已消失几十年的横穿贺兰山的“宁定驼道”(“宁”为宁夏府,即今银川;“定”为阿拉善和硕特旗治所定远营,即今巴彦浩特镇),曾经作为阿拉善至银川距离最短的运盐之径,承载着更厚重的文明足迹和生命礼赞。这条遁迹的驼道是作者重新审视、辨认贺兰山下游牧文明与农耕文明交融的线索,让我们对贺兰山文化的追寻有迹可循,也让我们得以在变化的时间里感悟不变的文化基因。至此,作品的大视野变得格外清晰,情怀也愈发鲜明。特别是书中“三关”名称的来源,对我这个从小往来于银巴路的读者来说,不再只是耳熟能详的路段称呼。这一驼道制高点及骆驼运载的诸多货物,如驼毛、驼绒、羊毛、羊绒、苁蓉、发菜等,为我们离开故土的魂牵梦萦增添了更多的历史情愫,让我与作者、与这些文字甚至与不同时代穿行于此的人和物产生了情感共鸣,这些似乎都先文学一步深入了读者情感的肌理。书中的篇章,正如歌曲《苍天般的阿拉善》中所唱:“遥远的海市蜃楼,驼队就像移动的山,神秘的梦幻在天边,阿爸的身影若隐若现。唉,我的阿拉善,苍天般的阿拉善,浩瀚的金色沙漠,驼铃让我回到童年……”让人读来忍不住梦回家园。

唐荣尧笔下的贺兰山是细腻的、日常的,它始于远古时代人类活动演变的遗迹,终于山阙底层人民生活的依赖与兴味,为贺兰山的“传记”增添了故事密度。20 世纪末,“奇石的传奇之旅”就在我的家乡阿拉善拉开序幕,奇石节、奇石街上人头攒动,我与家人也曾参与到戈壁滩寻宝中。大部分阿拉善人家中都有一些奇石摆件、挂坠、手串等,价值虽不及 1997 年宁夏送中国香港的贺兰石雕“牧归”,但它们同样是贺兰热土上地理风云流变最忠实的见证者,是具有地方志属性的石头。除形状外,石头的内容也留存了先民的画作史诗。在被枯寂和风沙冲刷的岩石上,《岩画——石头上的诗》一章呈示了一份对贺兰山岩画的审美想象,其中饱含了作者的理性考量。而沿着银巴高速进入宁夏平原的路段,远眺一排排整齐的葡萄架,仿佛已身处“葡萄美酒夜光杯”的惬意中。正如英国诗人艾略特所说:“用艺术形式表现情感的唯一方法是寻找一个‘客观对应物’。换句话说,是用一系列实物、场景,一连串事件来表现某种特定的情感。要做到最终形式必然是感觉经验的外部事实一旦出现,便能立刻唤起那种情感。”①这些故乡的细枝末节,把作者与我们联系在一起,文章的语言没有多少诗意,却浸润着细碎的温情,一点点化开了那些坚硬矗立的西部风物。

①王恩泽编译,樊心民校. 艾略特诗学文集[M]. 北京:国际文化出版公司,1989:13.

唐荣尧笔下的贺兰山是包容的、深情的，他用凝望历史的现代眼光深入贺兰山所接纳的不同文明，他借“读万卷书”“行万里路”来书写贺兰山情结。应该说，此书读来令我心生愧疚，它足以弥补我之陋见，关于家乡定远营的来源、王爷府拆了又建的历史等，我自觉追寻和叩问太晚。在《佛音塔中来》《王爷在此》这些篇章中，作者重现了六世达赖仓央嘉措、岳钟琪将军、阿宝王爷等历史人物与贺兰山下城镇的交融，似乎我与他们通过贺兰山建立了深刻的血肉联系。品味这些联系，总让我回想起离开阿拉善前每年的农历六月初三，我的父亲都会起个大早开车到贺兰山下的广宗寺（俗称南寺）入口，徒步上山经过牦牛塘到达贺兰山第三高峰——巴彦笋布尔峰参加蒙古族的祭敖包盛会。而我则在山下看看那些山石上的藏传佛教岩画，可以悠闲地感受这贺兰山中的汉蒙藏画风。这样的风景和情结在唐先生的贺兰书写中是坦率、真挚地表露出来的，没有华丽的辞藻点缀，只是在激动之余发出追问。作者在追问的同时，以敏感的洞察力穿透历史，在陈述历史时灌注了有所节制的深情，这便是此书最令我动容之处。文章在诉说和硕特部回归、定远营“九代十王”的政治变迁、六世达赖建寺遁世时，塑造了豁然开朗的立体画面，苍翠的贺兰山、坚硬的定远营城墙、闪烁的酥油灯、醇香的咸奶茶、12位远嫁的清朝格格等，都被融入了民族味道与柔情。在作者的笔下，这些历史是包容的贺兰山所赋予时代的，它接纳了蒙古族的精神信仰与藏传佛教的新鲜血液，值得收获生活在此的人民的一片厚爱。

贺兰山文化源远流长，底蕴深厚，值得特别关注。驼道、池盐、煤炭、石头、岩画、葡萄酒、蘑菇、枸杞、佛寺等物象终将转化为历史记忆符号，这些记忆与唐荣尧先生的文字血脉相通。借用作家铁凝的话概括：“好的文学让我们体恤时光，开掘生命之生机，从惊鸿一瞥里，或跌宕的跋涉中……生活自有其矜持之处，只有奋力挤进生活的深部，你才有资格窥见那些丰饶的景象，那些灵魂密室。”②而唐先生所“努力追寻的，不仅仅是传承的或遁迹的生活场景，更是一座山赋予这里的历史”，这历史保留了西北人民内心深处属于贺兰山的“诗与远方”。钟情于贺兰山文化的人，即便不到贺兰山，也能从《贺兰山——一部立着的史诗》中体悟一番贺兰山风味。

张艺，曾就读于中国青年政治学院中国语言文学系、英国格拉斯哥大学教育学专业，现为宁夏大学人文学院西北民族地区语言文学与文献专业在读博士生，主要从事中国当代文学和西北地区文学研究。

②铁凝. 文学最终是一件与人为善的事情[J]. 文艺报，2017-09-01.

杨军民中篇小说《只想和你唱秦腔》阅读笔记

◎马晓雁

杨军民的中篇小说《只想和你唱秦腔》还可以写得更好！

当然，除了少数几个天才降生在高处之外，绝大多数的写作者都有过一条从低处向上攀爬的路途。限于时间与精力，我不再回溯杨军民的早期跋涉，只在此谈他发表于2019年第7期《朔方》上的中篇小说《只想和你唱秦腔》。

在谈如何“更好”之前，先说说它的“好”。

第一，这篇小说最抓人心的地方还是故事情节及其蕴蓄的情感。小说从尘世烟火出发，穿越了人间风情之后落脚到对人的存在的思索，这也是众多小说的骨骼，更是普遍的人生划过的曲线。也正是如此，小说才对平凡人生给予了抚慰。老栓子丧妻之后鳏居，儿女们各有生活，麻女子拖着瘫痪的丈夫在现实生活的泥淖中负重前行。两个孤苦的人，因为共同的爱好，有了相互了解的机会，也互生了怜念。但这份怜念却被周遭的各种关系围追堵截、诽谤棒杀，着实令人叹惋。但即使没有外力的驱逐，在现实情境中，老栓子与麻女子之间的情感也很难有别的出路，因为他们自身已内化的良心伦理、道德观念等是难以逾越的鸿沟。“戏对着呢，人对着呢，就是命不对！”这是芸芸众生都可能面对的难题，因此，小说首先具备了一个引起情感与精神共鸣的基础。在故事情节上，小说也不过分戏剧化，比较贴合实际生活，具有可靠性，也使得小说在讲一个故事，而不是在讲一个事故。这很了不起。

第二，故事推进的过程中，人物命运与秦腔唱段比较完美地融合，不至于将秦腔只作为故事的背景虚设，与故事形成两张皮。尤其是小说的后半部分，戏曲中的一段《杀庙》与现实中老栓子和麻女子的情感命运相叠合、相掩映，生出复线叙述的丰盈，层次分明又完美融合:“两个人都入了戏,又出了戏,都是满满的探寻与抚慰。”此戏是舞台上的戏,也是人生命运中的戏。人物命运和故事情节也是与戏曲的进程相协奏的,舞台上的大幕缓缓合上时,小说也结束了。从中,也见作者的写作功力和他对生活的涉入度。

第三,这篇小说的好还在于它的语言上,尤其是对日常语言、民间语言、方言运用得得心应手,为小说的语言注入了活水。而且,这些运用并非某一时某一处,而是金辉遍洒,使得整篇小说在语言上显得丰满多汁。

第四,小说结尾的处理也十分干净利落。“两个主角都没能到场”,在语言表述上,这个结尾给出的是一个确定的结尾,是人物的确定的结局。但这个明确的结局又具有开放性。它本身包含着哲思的意蕴:世间事,大多数时候主角都是缺席者。具体到小说,真正的主角的故事早已随老栓子的倒下而终结,其余物事皆为乌有。在叙述上,这个结尾作为故事的结局是融化在情节之中,在故事内被讲出的,但同时,它又包含了故事之外的感喟。一篇小说的画龙点睛之笔往往就在结局的走向上,这篇小说中人物命运的结局、小说的结语、叙述的结尾,都收拢得十分出彩。

以上诸种,是这篇小说比较突出的几个优胜之处。小说目前呈现出的种种已经能够把它划入优秀中篇小说的行列之中,似乎也无需画蛇添足来说它的不足之处。但就我个人的阅读感受而言,我总觉得这个小说还可以更精致一些。如果赘述可以对作者今后的写作起到一丁点儿作用,我也深感欣慰。

第一,这篇小说叙述者的存在感略显庞大,叙述者在某些地方说的、评的、论的过多,这样会阻断故事的进程,也会削减故事的留白。小说中的议论性语言还是交给某个具体的人物更好一些。

比如小说第一节中介绍完老栓子这个人物的基本情况之后有一个段落:“现在是个信息通达的时代,人们谈论事情的时候,总爱往高大上方面靠,明星、球星,甚至有些见识的人还能说一说这国总统、那国部长的事……”这个段落中的大部分是叙述者的评议,这些文字完全可以删除,它们着实局限了读者的参与度。如果说有作用,就是引出了故事中的几个人物,但这几个人物完全可以在故事进展中出场的。把小说中的评议交给人物是最好的处理方式, 比如让随便哪个需要出场的人物来承担这段议论,都是更妥帖的选择。人物的议论不仅能够丰满人物性格,也会避免给读者看透叙述者的机会,让读者参与进来。

第二,故事在整体结构上还可以再精当一些。目前这个讲述,个人感觉是可以在第九节就结束。初读时,我以为故事就要结束了,结果后面还有故事。再读就发现,故事若在第九节处结束更为紧凑,但后面的情节也似乎不忍割舍。那么,问题出在何处?应该是结构上的问题。故事出现了脱节的现象。如果调整大的框架,可能是一个大工程。当然,也可以通过一个小的缝合手术消除它的脱节现象。如在第九节结尾处有铺设,为下文铺设轨道,有个更为自然的过渡会更完美。但目前,第九节结尾处的议论实属一次收尾,因为升华性的议论已经让故事的讲述出现了一个小高峰,而且该节的结尾也太像一篇小说的结尾。“栓子泪飞如雨”,多好的一个结尾,甚至超越了“两个主角都没能到场”可能收到的艺术效果。为了不让故事断弦,此处的结尾处若有一句补缀,就可以将人物、将故事送到下一节的情节之中去。

马晓雁,宁夏师范学院副教授,宁夏文艺评论家协会理事,固原市文艺评论家协会副主席。

名作·欣赏

伦理和情欲的搏斗

——评胡安·鲁尔弗的《塔尔巴》

◎李万成

胡安·鲁尔弗的叙述艺术

小说的全部叙述过程一直在回顾丹尼罗奔往塔尔巴参拜圣母的过程,以及他一路上的苦修、祈祷,终于惨死。作者不在一个段落一次把丹尼罗的死亡经过全部叙述完,而是把它夹杂在“我”和娜塔丽娅关系的变化中反复追忆,每每另起一段,都把已死的弟弟又提起来。

丹尼罗死了,但是化作厉鬼没完没了地追逐、纠缠着背叛他的妻子和使他蒙羞的哥哥——一奶同胞的哥哥,使他们的灵魂从此不得安宁,这给人一种阴森森的追逼感,不,追杀感!一直到小说结尾两段,仍然絮絮叨叨地在回顾着被他俩埋进塔尔巴公墓里的丹尼罗。鲁尔弗这种絮絮叨叨的叙述风格在《那个人》《你还记得吧!》和《请你告诉他们,不要杀我》等短篇小说中发挥到登峰造极的地步。他在叙述埋葬了“我”之后,娜塔丽娅再也没看过“我”一眼,再也没和“我”说过一句话,甚至她的精神,她眼睛里的光彩都随着丹尼罗的埋葬全部被埋葬了。人类积淀的伦理道德并不是没有重量的,只要你胆敢触及那块烧红的铁。娜塔丽娅与“我”的感情历程是以丹尼罗的死为分界的,前后截然不同——在辛松特拉的那些日子里,在前往塔尔巴的路上,娜塔丽娅和“我”一直激情似火地在偷情。正因为这个原因,自始至终“我们”俩心照不宣地同意陪着丹尼罗前往塔尔巴,怂恿丹尼罗去朝拜塔尔巴圣母,求圣母拯救他。当然,“我们”在等待,与他相比,我们有的是时间,一直等待着恰当的时机,一直等到他自己一再提出要“我们”陪他到塔尔巴去,甚至在丹尼罗走到精疲力竭想要返回辛松特拉时,“我们”还合伙儿竭力怂恿他继续前行,并且告诉他,只有塔尔巴的圣母才能治好他的烂疮。

现在,梦想成真了,横挡在“我们”之间的障碍被“我们”不露痕迹地消灭了,神不知鬼不觉,且“我们”的双手干干净净,并没沾上血。障碍,永远给清除了,但是,“我们”如痴如醉的私情却完结了!丹尼罗进入塔尔巴的过程,鲁尔弗不是一次叙述完的,而是反复从头再来。这不是冗长芜杂,不是小说家叙述的败笔,这种没完没了的纠缠、反复叙述正是鲁尔弗的写作风格,这种反复萦回、一唱三叹,使得读者身临其境地感到活着的已经死了。伦理的巨大力量反扑上来,这种黑暗中的无形摧毁力,不是个人心理素质脆弱所致,而是整个民族文化一种根深蒂固的顽强反映,是图腾禁忌或古老部落规章致命的反扑。这将变成“我们”所熟悉的丹尼罗的形象,从暗地里摧毁、击垮“我们”——那违反伦理道德的当事人,毁掉“我们”两个人今后的每一个寻常日子,从此,审判化作丹尼罗的形象,厉鬼一般追讨“我们”。从今往后,每一个白日和夜晚,不让“我们”有片刻的安宁、喘息。

让古今写过男女情爱的小说家羞愧,胡安·鲁尔弗这一次,就这一次,把男女情欲的苦难和灾殃写尽了!

明知是罪恶为什么还要犯

人类文明几千年的伦理道德,在各民族文化里形成各自不可触碰的禁忌,像一大块烧红的铁,部族内部任何个体不得逾越,凡逾越者都将受到残酷的拷问。人们都知道违反本民族禁忌的严重性,明知道那是罪恶,十恶不赦的,但在男女情欲的怂恿下还是有人触犯。被社会发觉的,众人群起而攻之,像古代有些部落,判通奸者乱石砸死,那些就地用石头堆起来的坟,是对全部落的警告;人们没发现的,当事人只得在内心里没完没了地谴责自我,比他人砸来的石块还要残酷,没有白天,没有夜晚,厉鬼一般追逼,直至死亡来临。

触犯禁忌的罪人为什么不仅要躲开人们,还要躲开太阳和星星呢?这就是宗教里所说的暗室亏心。胡安·鲁尔弗写道:“娜塔丽娅和我便去寻个天上的星星或月光照不到的地方躲起来。我们就这样来到丹尼罗目力不能及的孤寂的田野里,消失在黑夜中。那万籁俱寂的环境促使我俩偎依得更紧。”为了阻止人们触犯禁忌,有的地方大伯哥和弟媳妇不得说话,就是见了面也互不问候。这就是古人的聪明之处,防患于未然。古老中国已经是周礼时代,蛮荒的墨西哥可能还是披发左衽的野蛮时代,或者还没有人类文明。如果他们有周礼,次而求之,河套人的大伯哥和弟媳妇不得说话这么简陋的部落禁忌,“我”和娜塔莉亚也不至于跌入万劫不复的地狱。

胡安·鲁尔弗是个讲故事高手,他把我们当作一个手支着下巴颏,眼巴巴听故事的人,他是这样开头的:“娜塔丽娅扑到她母亲的怀里,吞声饮泣地痛哭了许久。她早想痛哭一场,但一直忍着,一直忍到我们回到辛松特拉后她见到了她母亲,开始感到需要痛哭一场的时候。”

这就是小说家的技巧,四两拨千斤。胡安·鲁尔弗,以轻描淡写的笔调吸引着读者的眼球。“难者不会,会者不难”,说的就是这个道理。

李万成,中学高级教师,宁夏作家协会会员,石嘴山市作协名誉主席。

爱、诗歌、文学本质精神

——泰戈尔散文诗集《吉檀迦利》析论

◎刘　静

印度诗人罗宾德拉纳特·泰戈尔（1861—1941）是近代印度民族文化的杰出代表，也是世界文学史上罕见的多才多艺又多产的作家之一。在泰戈尔的众多文学作品中，最能代表其哲学思想、宗教观念、艺术风格的则非《吉檀迦利》莫属。它是泰戈尔有感于古老印度文学，从宗教格律诗集《祭品集》《献歌集》《渡口集》中选出来译成英文散文诗的。这部来自神秘古国深邃迷人的诗集曾经让千百万西方人为之惊叹、折服，泰戈尔由此摘取了 1913 年度的诺贝尔文学奖桂冠，在世界文坛上享有崇高的声誉。

通读泰戈尔众多作品，不难发现，“爱”是泰戈尔文学思想的核心，许多研究泰戈尔作品的学者对此一致认同。泰戈尔 1861 年出生在加尔各答一个地主家庭，祖父特瓦纳特·泰戈尔是贵族，泰戈尔从小便受到良好的教育。他的家庭是极为典型的自由资产阶级家庭，因而资产阶级所提倡的“博爱”思想对他的思想观念的形成产生了很大的影响。同时由于受到西方宗教的影响，提倡人类之爱必然成为他思想的重心。他是“爱”的哲学的创始者，“爱” 的伟大的讴歌者。他曾说过：“一切存在的矛盾都在爱中融化、消逝。在爱中，得与失和谐起来。”泰戈尔同情贫苦人民，反对压迫和剥削，怀着极大的热情赞美爱情、儿童和母性，赞美世间一切美好的事物。在他看来，爱是实现他的世界观和人生观的方式，是他文学追求与关怀的核心。

《吉檀迦利》中，诗人所歌颂和描述的爱是与他的哲学思想相一致的，诗人用了许多具体的物象来表明生命的快乐和活力，这些快乐和活力像光明一样笼罩着诗人，诗人的心情感染着一切景物，让大自然的一切事物都具有了生命，都充满了激情，充满了爱。

“吉檀迦利”在印度语中是“献歌”的意思。在这本诗集中，泰戈尔怀着极其虔诚的心情，要把心中的歌奉献给自己仰慕的神。从诗的字里行间，我们感受到诗人的热血在沸腾，生命犹如喷发而出的烈焰，在激情燃烧，有一股无形的力量，牵引着读者走进诗人构筑的激情与爱的世界。这种伟大而深沉的爱是由诗人对神明的爱，对社会、人生及自然万物的爱共同融合汇聚而成的，最终合奏出一曲伟大的爱的赞歌。

对神明的爱的礼赞

《吉檀迦利》是作者献给心目中至高无上的神明的一首赞歌。从诗歌的内容来看，整部诗集大部分为颂神诗，抒写了诗人对神的赞颂，对神到来的渴望，与神失之交臂的失望，以及与神合一的狂欢。寄托了诗人对无限世界的向往和深思。那么，泰戈尔心目中的“神”到底是谁呢?他在哪里?对此，泰戈尔自己也多次表示过他并不清楚他的“神”到底是什么。有一次圣地尼克坦的一个年轻教师直接问泰戈尔是否相信他自己反复谈到的“神”，泰戈尔的回答是：“不相信，我只能说，只有当我沉浸于一首新歌里时，我格外深刻和亲切地感受到他的存在。”这位被泰戈尔热情称颂的神，敬仰的神，苦苦寻求的神，非一般意义上的神。他是“主人”，是“万王之王”，是“朋友”，是“兄弟”，又是“情人”。他无所不在，无所不包，不但存在于自然界中，而且存在于人类社会之中，甚至存在于诗人的心灵深处。他是人格化了的神，代表着真理，代表着真、善、美。这个不可言说的神，只能以一颗对生命充满激情和爱的心灵才能体会和领悟他的真正本质。

要想理解这一点，首先必须简要地考察一下泰戈尔的哲学思想。泰戈尔深受印度传统哲学思想的影响，特别是古代印度《奥义书》哲学的“梵我一如”思想的影响。在《奥义书》哲学中，“梵”是最高的存在，也是最高的精神；具有不可思议、不可描述的特性；是宇宙的主宰，是宇宙的生成原因，也是宇宙万物的最终归宿。人可以通过一系列修行和善举，以达到与“梵”的同一，即实现“梵我一如”，最终进入至高无上，无比圆满，无比欢乐的境界。实际上，泰戈尔的“神”和《奥义书》哲学中的“梵”有着一脉相承的关系，他的爱归根结底来自神。神赋予人类以灵魂，也赋予人类以情感，神以无边的爱关怀着人类。同时，自己也只有通过爱，才能真正抵达神明，才能最终实现神人合一。这种爱是一种超越一切的爱，一种自由自在的爱，一种不受任何法律和规章约束的爱，也是最纯洁、最无私、最真诚，最神圣的爱。

从《吉檀迦利》的结构来看，诗人和神的关系成为诗集的主线，贯穿了诗集的首尾。在前七首诗中，诗人怀着激动的心情，向自己心目中的神袒露胸怀，热情地赞颂神，歌唱自己与神的亲密关系：“当你命令我歌唱的时候，我的心似乎要因着骄傲而炸裂；我仰望着你的脸，眼泪涌上我的眶里。”(第二首)在第八至第十三首诗中，诗人进一步明确指出自己心中的神并不是上帝，不是指某一尊具体的、看得见的偶像，而是活动于一切事物中，在自然界里无所不在，无所不包的精神本体，他不断变换着形态，又不断在人们平凡的日常生活中出现。他是无限的，又是有限的。泰戈尔的“神”是泛神，存在于世间一切人和事物之中：“这是你的脚凳，你在最贫最贱最失所的人群中歇足，你穿着破敝的衣服，在最贫最贱最失所的人群中行走，骄傲永远不能走近这个地方。”(第十首)

诗人认为人们只有达到与神完全合一的境界，才会得到真正的快乐和幸福。诗人渴望着与神的合一。在第十四至第三十六首诗中，诗人着力渲染了他那焦急等待的心情，他盼望着与神的会面，他在努力追求自己的理想，却又存在着种种障碍。他的内心是矛盾的：“罗网是坚韧的，但是要撕破它的时候，我又心痛……我身上披的是灰尘与死亡之衣，我恨它，却又热爱地把它抱紧。我的债负很多，我的失败很大，我的耻辱秘密而又深重；但当我来求福的时候，我又战栗，唯恐我的祈求得了允诺。”(第二十八首)从第三十七首开始，又进入了一个新的境界，诗人终于与神会面了。诗人感到无限的喜悦、快乐和光荣：“我觉得我的四肢因受着生命世界的爱抚而光荣，我的骄傲，是因为时代的脉搏，此刻在我血液中跳动。”(第六十九首)诗人的快乐、光荣是跟时代的命运紧紧相连的。从第八十六首到最后，诗人的思想境界进一步升华，他决心与神合一，获得新生，从而“在有限中达到无限的快乐，在束缚中求得解脱”。诗集在反复赞美着“与神合一”的理想境界中结束。

通篇较多地采用了对比、比喻等手法将作者对神超自然的爱表现得淋漓尽致。第二十七首诗中：“灯火，灯火在哪里呢？用熊熊的渴望之火把它点上吧！灯在这里，却没有一丝火焰——这是你的命运吗？我的心啊！你还不如死了好……灯火，灯火在哪里呢？用熊熊的渴望之火把它点上吧！雷声在响，狂风怒吼着穿过天空。夜像黑岩一般黑。不要让时间在黑暗中度过吧。用你的生命把爱的灯点上吧。”诗人把爱比作灯火，爱就像灯火一样，在黑暗中给人以光明和希望。

诗人还形象化地将恋人之间的爱比作自己对神的爱，将自己对神的思念写成了恋人之间的思念。孟加拉国文学自古就有将宗教诗歌写成情歌的传统，孟加拉人喜欢采用情歌的形式，表达自己对神的思念和爱慕，通过对男女性爱的描写表现人对神的爱。在《吉檀迦利》中，泰戈尔继承并发扬了这一传统，其中许多宗教诗如同爱情诗一样，情真意切，情意绵绵。如第五十九首诗，诗人称神为“我心爱的人”，并将大自然的良辰美景看作是情人赐给自己的爱，诗人把对神的赞颂化作了对恋人的赞美，感情强烈而真挚。又如第三十八首诗，诗人反复吟唱：“我需要你，只需要你。”读着这样的诗篇，我们仿佛看到一位恋人在向自己的情人倾诉爱的心声。实际上,《古檀迦利》中的宗教诗并非情歌,诗人只不过是借助表现世俗爱情的语言,表达自己在心灵深处对神的思念和仰慕。应该说,孟加拉国的文学传统影响了泰戈尔,也影响了《吉檀迦利》,从这个意义上,我们说《古檀迦利》是充满了东方文明气息的诗歌集,是东方文学的瑰宝,不无道理。

对现实社会人生爱的关怀

泰戈尔不仅是一位伟大的诗人、艺术家,还是伟大的爱国主义者、人道主义者。他并不是一个想脱离人类社会,对现实生活漠不关心的宗教狂,而是一个十分热爱祖国,强烈关心人民命运的伟大诗人。诗集中,诗人所追求的理想境界并不是在现实生活之外,而是根植于印度的现实土壤,与他对人间理想社会的追求紧密地联系在一起。他把对祖国、对人民、对世间万物深深的爱寄托在写作中,同时借用精妙的手笔将它表现出来。在这一点上,他明显地区别于有些人文精神单薄、文学关怀欠缺的作家,正因为有这种高于一般作家伟大的人格魅力和人文关怀,才会被无数读者仰慕,才会被授予诺贝尔文学奖。

如第三十六首诗:"赐给我力量,使我能轻闲地承受欢乐与忧伤。赐给我力量,使我的爱在服务中得到果实。赐给我力量,使我的心灵超越于日常琐事之上。"这首诗中,诗人将这种爱具体化,这种具体的爱表现在人生之中,表现在为民众的服务之中。心中充满了爱,就具有了无穷的力量,不仅可以"轻闲地承受欢乐与忧伤",而且可以"超越于日常琐事之上",可以"永不抛弃穷人也不向淫威屈膝"。这种爱被具体化为一种道德力,一种意志力,一种社会责任感。

所以,在泰戈尔那里,爱既是抽象的,又是具体的,既要在心目中把它献给不可知的神明,又要在人生中贯彻始终,落实到社会行动中。

泰戈尔是一名忧国忧民的诗人,他对自己的祖国和人民爱得那么深沉,那么真挚,针对现实中印度的专制、愚昧和落后,他把祖国的将来描绘成充满了"自由""理智"和人人追求"真理"的理想社会,是"完美无瑕"的,他总是执着地追求美好的理想和愿望,时时刻刻关注着祖国的前途命运,直到生命终结也没有动摇过。

泰戈尔对祖国、人民这种强烈的关怀和爱与当时的社会政治背景密不可分。早在16世纪初,西方殖民者就对印度进行了疯狂的殖民掠夺,经过多次战争,印度被英国殖民主义者强占,沦为殖民地达近一个世纪。在殖民统治的长期奴役和盘剥下,印度绝大多数民众一直处于贫穷、愚昧和落后的境地。他们缺衣少食,终年在死亡线上挣扎,处境十分艰难。泰戈尔一生完全是在英国殖民统治下度过的，虽然他接受过西方教育，受到英国人的好处，但作为一个印度人，看到自己的国家在外国人的统治下，自己的同胞受奴役，他又怎能没有亡国之恨，怎能不怀有刻骨铭心的悲哀呢？泰戈尔参加过许多社会实践，对当时社会底层人民的生活有着较深的体验，对劳苦大众给予了极大的同情和帮助，他曾经在各种场合呼吁人们帮助穷人，他自己也身体力行，不仅在诗作中表达了深深的关切和同情，而且在实际行动中进行了社会改革实践。他是一个知识分子，出身地主家庭，但他的宗教观和祖国的社会现实告诉他，他和普通人一样，都是“梵”的派生物，上帝对一切人都是平等的，都是博爱的，他与他的“上帝”一起，深入劳动人民中，穷苦的劳动者身上虽然都是汗臭和尘土，但他却并不觉得脏，反而认为那是圣洁的，他把上帝和劳动者同等看待。他诗作中的“上帝”很大程度上就是劳动者的化身，因此，从他对“上帝”无限的爱也可以看出他对劳动人民的赞美和热爱。

具体到作品中，诗人把对神的崇拜与对劳动人民的颂扬结合在一起，把对神的虔诚和对祖国、人民的爱融合在一起，表现了强烈的爱国主义精神和人道主义精神。

如第三十五首诗：“在那里……进入那自由的天国，我的父啊，让我的国家觉醒起来吧！”诗人通过对爱的召唤，唤起人们挣脱奴役的枷锁，获得自由。诗中通过对神的赞颂，寄托了诗人对自由和谐、美好幸福生活的向往。在诗的最后，诗人发出了自己内心由衷的呼喊——“让我的国家觉醒起来吧”。至此，我们深刻地体会到，诗人对理想世界的描摹都是为了现实中自己的国家，在祖国和人民受压迫 、受奴役的漫漫长夜里，诗人急切地渴求光明和希望，为了祖国的自由和光明，诗人将贡献出自己的一切，强烈的爱国情绪在此得到了高度的升华。

再如第四首：“我要永远从我的思想中摒除一切虚伪，我要从我的心中驱走一切的丑恶……”诗人要自己洗练得像爱情一样单纯，像儿童一样纯洁，他的目的是要让自己“永不抛弃穷人也永不向淫威屈膝”，从而把自己整个生命和力量奉献给自己苦难的祖国。第十一首诗中：“他在最贫最贱最失所的人群中歇足”，“他是在锄着枯地的农夫那里，在敲石的铁路工人那里，太阳下，阴雨里，他和他们同在，衣袍上蒙着尘土，脱掉你的圣袍，甚至像他一样地下到泥土里去吧。”诗中的“神”同情劳动群众的苦难，他的立足点在劳苦大众之中，借助对神的赞颂，诗人把自己的命运同祖国和人民的命运紧紧地联系在一起。

诗人在他那充满着浓郁的爱国主义精神和人道主义精神的慷慨激昂的诗作中，抒发并实践了自己的爱国理想，同时也极大地鼓舞了群众的斗争意志，为印度民族的独立解放作出了自己的贡献。

对自然风情的倾情歌唱

诗人这种伟大而深沉的爱同时也体现在对大自然以及美好生活的赞美中。泰戈尔对自然极为倾心。他认为，人只有投入自然母亲的怀抱，才能找到“无尽际的幸福之海的岸的道路”。在他看来，一片草叶，一切花鸟虫鱼，都可以让我们感受到生命是有意义的，是快乐的，可以给人以无穷的勇气和激情。他沉醉在自然中，并在作品中赞颂自然的美与真。

《吉檀迦利》带领我们饱览了印度美丽的自然风光。在诗人笔下，雄伟的山川、蔚蓝的大海、白云流水、月夜星空、林间小道、田园小溪、鸟语花香，令人神往，使人陶醉。冰心老人曾赞叹道：“从这一百零三首诗中，我们可以深深地体会到这位伟大的印度诗人是怎样地热爱自己有着悠久优秀文化的土地，热爱这土地上爱和平爱民主的人民……从这些诗的字里行间，我们看见了提灯顶罐的印度妇女；田间路上流汗辛苦的印度工人和农民；园中渡口弹琴吹笛的印度音乐家；海边岸上和波涛一同跳跃喧笑的印度孩子，以及热带地方的郁雷急雨，丛树繁花……我们似乎听得到那繁密的雨点，闻得到那浓郁的花香。”对自然风光生动逼真的描写的确使诗集增色不少，哪怕对泰戈尔的宗教思想不甚了解的读者，在这景色如画的描写中，也会在不知不觉中被迷住。

作品中，泰戈尔对大自然做了精彩的描述，由于作者是把自己表达的情思融入自然之物中，因而诗句多包含深层的内涵。例如第四十八首诗一开篇便绘声绘色地描绘了鸟语花香的良辰美景：“清晨的静海，漾起鸟语的微波；路旁的繁花，争妍斗艳；在我们匆忙赶路无心理睬的时候，云隙中散射出灿烂的金光。”一幅幅北印度特有的色彩缤纷的图画呈现在读者眼前，令人目不暇接，心旷神怡。

在第二十至二十四首诗中，它们虽然不是专门为歌唱大自然而写的，也没有明确写出大自然的字样，但诗人对大自然的热爱之情已跃然纸上。正如诗中所描绘的那样，大自然是美丽的，然而也是多变的，大自然时时影响着诗人的情绪：“在莲花开放的日子，他的心魂飘荡，感觉迷茫；在落红遍地的时节，他感到时而空虚，时而惊喜；在七月清晨的淫雨中，他感到冷寂和孤独；在暴风雨的夜晚，他感到了失望和悲愁。”在这里，诗人渴望与大自然相互交融，渴望人与自然的和谐统一。

泰戈尔热爱大自然，不仅因为大自然是美丽的，更重要的是他认为自己是大自然的一员，人生活在自然之中，人与大自然是和谐的一体，他从与自然界的情感交流之中获得了巨大的快乐，使自己的精神世界达到了一个相当高的境界。

泰戈尔仅凭一部《吉檀迦利》就征服了当时的西方世界，是不可思议的。早在几个世纪之前，处处讲“霸权”的西方国家就以一种居高临下的眼光来看待甚至践踏东方文明。而现在，却有一位东方诗人以其美丽深邃的诗句向西方人展示了一个神秘而丰富的东方人的精神世界，表现了东方文化艺术神秘博大的独特魅力。《吉檀迦利》带给西方世界的是一种不同于他们文化的特质，西方人在那里找到了他们所匮乏的单纯、自然、宁静、原始、和谐的精神特质，与他们的贪婪、虚伪、玩世不恭、物欲横流形成了鲜明的对比。现代西方人有史以来第一次倾听到从古老而沉默的东方发出的全新的声音，它在宣告着一个不容置疑的事实——东方的心灵和文明并不比西方的心灵和文明落后，它充满着无尽的生机和潜力。

有人把《吉檀迦利》比作一部有起有结，有主题旋律又有变奏旋律的多乐章组成的交响乐，沁人心脾、引人回味。在这部诗集中，诗人热烈地赞颂神，执着地追求“与神合一”的理想境界，充分展示了他的哲学观念与人道主义思想。诗集还表达了诗人对神明的崇高的爱，以及对世间万物具体的爱。不论是对神明的崇高的爱，对祖国、人民深切的爱，还是对大自然及美好生活的热烈的爱。这种种的爱，最终就像水滴合流，百川归海一样归入一个伟大的爱。这种爱可以帮助人们化解彷徨和悲哀，度过黑暗和寂寞的时光。这种爱是无比伟大无比高尚的，也是能够超越一切的。

瑞士作家瓦尔纳·冯·海登斯坦曾这样评论《吉檀迦利》：“我读了这些诗歌，深受感动，我不记得过去二十多年我是否读过如此优美的抒情诗歌，我从中真不知道得到多么久远的享受，仿佛我正在饮着一股清凉而新鲜的泉水。在它们的思想和感情所显示的炽热和爱的纯洁性中，心灵的清澈、风格的优美和自然的激情，所有这一切都水乳交融，揭示出一种完美的、深刻的、罕见的精神美。”诗人用他那明丽而深沉的爱向我们昭示着：生命虽然是有限而无常的，但我们对生命的那份爱却是无限的。我们的生命，世上一切的生命，都需要这种不懈的追求与爱，也正因为有了这份爱，我们的文学是有意义的，也是有力量的；我们的生活才会变得更加有意义，更加美好，一切的生命才因此更加充满生机与活力。

刘静，宁夏平罗人，毕业于宁夏大学人文学院汉语言文学（师范）专业，系宁夏育才中学语文教师。

论张爱玲中短篇小说人物的情感缺失

◎樊　文

"生命是一袭华美的袍,爬满了蚤子"①,因此张爱玲中短篇小说中的人物大多经历了不幸,即缺失家庭温暖、缺失父母之爱、缺失异性之爱。在20世纪40年代的中国,情感缺失的书写无不与当时的战争大环境有直接或间接关系,大众的情感和价值观也在战争环境中得到新的阐释。张爱玲站在时代与人生的高度,以宏观的时代视角和微观的个体人生书写,解构了亲情、爱情,呈现了战乱时代背景下人的个体命运和时代的关系,重构了个体的生存价值与意义。

一、情感缺失书写的文本呈现

(一)家庭温暖的缺失

"家庭"在中国传统文化中是团圆美满的符号,但在张爱玲的小说中鲜有团圆美满的家庭,张爱玲在小说故事叙述中造成了对传统意义上的家庭的解构。在《茉莉香片》中,聂传庆在腐朽阴冷的家庭中逐渐形成压抑性格,家庭与父亲对聂传庆造成的心理伤害和精神创伤不可估量,致使其最终产生了暴力行为。暴力行为的发生,实质上是文本主人公对理想家庭的期待与现实家庭的堕落两者间产生的落差所催化的。聂传庆的生母因未嫁给理想爱人郁郁而终,生父与继母在鸦片云雾中醉生梦死,因此传庆的童年中父母缺席。父亲的暴力与继母的刻薄造就传庆的寡言、冷漠,但是欲与传庆结交的

① 张爱玲. 流言[M]. 北京:北京十月文艺出版社,2009:3.

女同学言丹朱，拥有一位大学教授父亲和一个幸福的家庭，聂传庆性格的封闭自卑与言丹朱性格的开朗健康之间形成的比照，对应的是两个环境相反的家庭对性格形成的不同影响。对健康温暖的家庭的渴望，激发了聂传庆的嫉妒心理以及对现有家庭的厌恶与逃离感，对言子夜所代表的理想家庭近乎变态的渴望最终导致了聂传庆暴力行为的产生。此外，在《倾城之恋》中，白流苏所在的大家族之中也充斥了家庭成员之间的相互猜疑、倾轧、算计，最终白流苏只得自谋出路，离家出走。又如《金锁记》中，曹氏兄长因爱慕姜家的财富将七巧嫁给姜家的患病少爷，从不关心她的个人幸福。综上，张爱玲的小说文本解构了"家庭"团圆和谐的传统意义。重构之后的"家庭"系列均是衰落、不和谐、冷漠的灰色图景。

在张爱玲的小说中，对父母亲情感冷漠的书写处处可见，父亲与母亲的缺席也处处可见，由此形成了小说人物父母之爱缺失的图景。小说中的父亲群像和母亲群像也一反传统的高大和慈爱，父亲形象萎靡、懦弱、暴力，解构了男权传统的刚强。《花凋》中郑川嫦为家族中的众多女孩之一，性格沉稳，很少得到母亲和父亲关注，在患肺病之后，父母也未竭尽所能为其治疗，最终郑川嫦英年早逝，而其家人却在墓碑上雕刻了充满爱意的碑文。面对女儿的生死和家庭的责任，郑先生"有钱的时候在外面生孩子，没钱的时候在家里生孩子"[②]，父亲责任的消解和母亲形象的自私同构了伪幸福家庭的书写。再如《倾城之恋》，白流苏的母亲得知其饱受兄嫂排挤，却道："我年纪大了，说声走，一撒手就走了，可顾不得你们……她所祈求的母亲与她真正的母亲根本是两个人。"[③]父母的缺席为小说人物的悲剧命运提供了导火索，也加重了小说人物的孤独色彩和悲剧意味。

（二）爱情的缺失

张爱玲笔下的爱情书写，似爱而非爱。作者通常以爱情为线索进行叙述，但是文本中主人公的爱情常被物化、异化，爱情的缺失也是张爱玲中短篇小说人物的必然命运。在《金锁记》中，曹七巧因出身卑微饱受姜家上下的欺辱。作为繁衍后代的工具，曹七巧成为不幸婚姻的牺牲者，无法从将死的丈夫身上满足情欲，因此曹七巧成为小说中行为最极端的"缺失者"形象。当爱情遭践踏，亲情遭弃置，绝望的曹七巧转向对金钱的极端掌控，致使曹七巧的心理变态和人性扭曲，异化的人性最终使曹七巧毁灭了自己儿女的人生。再如《倾城之恋》，白流苏作为另一个"缺失者"，不断追寻爱情也追寻物质。

---

② 张爱玲. 传奇[M]. 北京：中国青年出版社，2000：31.

③ 张爱玲. 倾城之恋[M]. 北京：中国青年出版社，2000：167.

"一个女人,再好些,得不着异性的爱,也就得不着同性的尊重"④,但是白流苏最终逃离了家庭,也没有得到范柳原真挚的爱情。家庭的压力与范柳原老练的情场手段,使得白流苏最终还是屈服为范柳原的情妇,直至战争之后才获得一妻之名。张爱玲似乎是要传达出不是自身的感情因素,而是战争为两者的结合提供了机缘而已,这样的书写便解构了爱情因素的存在。在张爱玲的爱情书写中,女主人公或男主人公的爱情往往缺席,在巨大的时代推力和现代文明的冲击之下,爱情也在物质中不断被侵蚀。因此在张爱玲的小说中,情感的缺失成为一条鲜明的线索,也成为张爱玲书写苍凉人生的一个叙事起点。

二、情感缺失书写的来源

"人生往往是如此——不彻底。"⑤不彻底,是张爱玲对人生理想与现状反差的总结。回望张爱玲的人生,也充满无法填补的缺憾:父母在她成长过程中的缺席、家庭的破裂、继母的欺侮,都赋予张爱玲灰色的人生体验。其弟张子静说:"我们的童年与青春时代,是由父母的迁居、分居、附和、离婚这条主线贯穿起来的。其间的波折和伤害,姊姊的感受比我更为深刻"⑥。

张母在张爱玲的幼年时期并没有投入太多的情感。张母因为个人理想而早早出国游学,母亲在张爱玲童年大部分生活中是缺失的,因此在张爱玲的中短篇小说中,可以看到多数母亲形象均被弱化、模糊化。如《茉莉香片》中聂传庆的母亲,张爱玲对聂传庆的母亲只做了模糊的性格和经历描写,人物也是过早亡佚,从人物塑造的形式上虚化了她的母亲形象。《倾城之恋》中对白流苏的母亲的塑造是通过对话描写来体现的,并且对白母在家庭中的地位也未做详尽描写。虽然张爱玲说过没有母亲也没有感到任何的缺陷,但长期的母爱缺失使张爱玲对母亲有急切本能的渴望。母亲回国后,张爱玲内心喜悦,"姊姊偶尔侧过头来看着我,对我俏皮地笑一笑,眨眨眼睛,意思似乎是说:'你看多好!妈妈回来了!'"⑦。然而有母亲陪伴的生活仅仅持续了三年,张爱玲十二岁时,母亲与父亲离婚并又一次远赴欧洲。不难发现,张爱玲年少时期父母之爱和家庭温暖

---

④ 张爱玲. 倾城之恋[M]. 北京:中国青年出版社,2000:248.

⑤ 张爱玲. 传奇[M]. 北京:中国青年出版社,2000:10.

⑥ 张子静. 我的姊姊张爱玲[M]. 上海:文汇出版社,2003:42.

⑦ 张子静. 我的姊姊张爱玲[M]. 上海:文汇出版社,2003:51.

的缺失，在她之后的小说创作中有大量情感投射。

张爱玲的父亲虽在身边，但是也未能给张爱玲带来心理关怀和父爱。在年少时期，张爱玲经历了家庭的分裂与重组，这对她情感的消极倾向影响巨大。对于父亲再婚，张爱玲的心中愤恨，“我父亲要结婚了……我哭了……我只有一个迫切的感觉：无论如何不能让这件事发生”⑧。后来的多数研究者将张爱玲对父亲再婚直接的感情表露理解为一种“恋父情结”，但这实则是张爱玲长期与父亲共同生活积淀的父女情感，是张爱玲渴望父亲疼爱的合理表现。在张爱玲的成长生活中，父亲的参与时间要多于母亲，因此张爱玲对父亲的爱与理解隐含而深刻，“我知道他是寂寞的，在寂寞的时候他喜欢我”⑨。父亲是张爱玲家学的启蒙教师，尤其在《红楼梦》等古典小说的熏陶上影响颇多，父亲的陪伴让张爱玲度过平稳的童年。但是再婚后的父亲与继母沉迷鸦片，继母个性强势，父亲的性情也逐渐暴虐，最终伤害了张爱玲的身心。“我回到家里来，我父亲又炸了，把一只大花瓶向我头上掷来……我父亲扬言说要用手枪打死我”⑩，当年张父的暴力行为在《茉莉香片》中有大量的映射，聂传庆的父亲的暴虐冷漠，继母的尖酸刻薄，正是少年张爱玲家庭经验的重新书写。父亲的暴力和监禁，使张爱玲消解了对“家”和“爱”的概念。实质上，“家”是代言者，代言美满、爱、和谐。而在张爱玲的大多数小说中，“家”是缺席的，并且是主人公逃离和堕落的根源。在《倾城之恋》中，白流苏精明的哥哥，对家族的不公正置若罔闻的母亲，最终让流苏出走，“如果她是纯粹为范柳原的风仪与魅力所征服，那又是一说了，可是内中还掺杂着家庭的压力——最痛苦的成分”⑪。家庭情感的缺失使张爱玲处于对“家”抗拒与渴望的矛盾之中。“我姑姑与我母亲同住多年……她的家对于我一直是一个精致完全的体系……乱世的人，得过且过，没有真的家。然而我对于我姑姑的家却有一种天长地久的感觉”⑫，张爱玲对姑姑家有一种热衷和保护之情，这也是源自她对家庭中爱与归属感的需求。正常情况下，人类产生的某种情感需求，往往是因为这部分情感的缺失，因此在张爱玲的小说文本中会出现聂传庆这样渴望美好家庭的书写，也是作者情感缺失的一种心理补偿。

---

⑧ 张爱玲. 流言[M]. 北京：北京十月文艺出版社，2009：107.

⑨ 同上.

⑩ 张爱玲. 流言[M]. 北京：北京十月文艺出版社，2009：109.

⑪ 张爱玲. 倾城之恋[M]. 北京：中国青年出版社，2000：49.

⑫张爱玲. 流言[M]. 北京：北京十月文艺出版社，2009：24.

三、情感缺失书写的形态

张爱玲经历沪战、港战，战乱为张爱玲提供了创作的养料。在战争环境的大背景之下描绘细琐的市民生活与浮躁的都市人生，构成了张爱玲情感缺失书写的形态，张爱玲不做抗战时期左翼进步作家的宏大书写，而是笔落微处，用人物对时代的感叹、对感情的把握、对金钱的掌控等形态，来书写小说人物的情感缺失状态。上海与香港作为张爱玲生活与求学的地方，在战争时代也给张爱玲带去异样的人生体验。在张爱玲同期的创作之中，表现了战争环境下普通大众对于生命和生存价值的理解。

在战乱的年代，战争使生命朝不保夕，也使家族、家庭、家人，这样的集体概念逐渐淡薄，人类的自私本性驱使人更加关注个体的生死存亡。个体存在消解集体观念和价值，人性自私使相互关心减少，由此造成情感缺失。活着是战争时代生存的底线，在《小团圆》中，九莉面对清朝遗老背诵"商女不知亡国恨"，可见一个时代的倾覆造成了生命个体的孤独感与漂泊感。张爱玲经历过港战，并在港战时期做过护士工作，对时代的倾覆、命运的无常、生命的可贵，她有着自己独到的感受。张爱玲敏感地体会到："个人即使等得及，时代是仓促的，已经在破坏中，还有更大的破坏要来。有一天我们的文明，不论是升华还是浮华，都要成为过去。如果我最常用的字是'荒凉'，那是因为思想背景里有这惘惘的威胁"。[13]其中"惘惘的威胁"实则是时代变动之中带给常人的不安全感。张爱玲对时代交替的敏感呈现在她笔下人物矛盾的生存状态中，即同时生活在过去与未来之中。《花凋》中郑川嫦的父亲以及多数遗少式的人物都在落后的封建体制与先进的现代文明两种冲突环境中生存，对旧式生活的留恋与现代生活的追求形成了个体行为的悖论。张爱玲正是用这些时代"夹缝"中的人物，来呈现个体与时代二者的关系，尤其战乱时代对个体生命意义的毁灭，造成人类心理的情感缺失状态。但是，"张爱玲笔下的女主人公，却并不哀叹时代的变迁，她倒是渴望着从中解放自己"[14]，这种解放，实则是对个体生命意义缺失的一种补偿，是在不确定的生存环境之下，寻找确定的生存方式。张爱玲对人生的认识多以"苍凉"为结，"时代的车轰轰地往前开……我们只看见自己的脸，苍白，渺小；我们的自私与空虚，我们恬不知耻的愚蠢——谁都像我们一样，然而我们每人都是孤独的"[15]。

---

⑬ 张爱玲. 流言[M]. 北京：北京十月文艺出版社，2009：156

⑭ 李欧梵. 上海摩登——一种新都市文化在中国(1930—1945)[M]. 北京：北京大学出版社，2001：312.

⑮ 张爱玲. 流言[M]. 北京：北京十月文艺出版社，2009：59.

张爱玲在情感缺失的书写中贯注了这样一种时代的情绪，凸显了个体飘摇的生存状态。在情感缺失的过程中张爱玲也在完成追寻，她笔下的男人、女人，无论处在如何动荡的时代，对于安稳有着不懈的追寻。“张爱玲的爱情，是‘没有爱情的爱情’，都基于生存、立世、依靠。”⑯，正如王安忆所说：“是张爱玲的虚无挽救了俗世的庸碌之风，使这些无聊的人生，有了一个苍凉的大背景。这些自私又盲目的蠢蠢欲动就有了接近悲剧的严肃性质。”⑰世俗的浮躁与悲剧的严肃所构成的矛盾，是张爱玲揭示缺失和追寻这一过程的艰难性。《色·戒》中，“他对战局并不乐观。知道他将来怎样？得一知己，死而无憾。”⑱个体安稳的缺失、时代对生活的左右，使小说中的人物多抓住细微的情感聊以自慰，这种细微的心理描写展现了人物从情感缺失的空虚到个人价值缺失的迷茫。在张爱玲的笔下，还有另外一种对生存实感的追求——金钱的掌控。《花凋》中，“丰厚的嫁妆一点点被侵蚀，她心里清楚，只有攒在自己手里的私房钱才是最可靠最值得依靠的”⑲，在《金锁记》中，曹七巧也最终以掌控金钱安慰苍凉的一生。金钱之于乱世的人们，是唯一可见的实在的依靠因素。可见，张爱玲对于情感缺失的心理捕捉敏锐且到位。张爱玲深谙人生苦短，因此张爱玲的现实生活意识极强，钟爱静中取闹的公寓生活。“我喜欢听市声……我们的公寓邻近电车厂，可是我始终没弄清楚电车是几点钟回家”⑳，有细心的学者这样解读：“‘电车回家’这句子仿佛很不合适——大家公认电车是没有灵魂的机械，而‘回家’两个字有着无数的情感洋溢的联系。”㉑由此也可以看到，战争打乱了常态的安稳生活，使得作者对细琐的生活形态的把握十分精准到位，对情感缺失的书写也运用了这些具体的生活形态。

四、情感缺失书写的延伸

张爱玲在中短篇小说人物塑造的过程中体现了人物的个体意识，张爱玲多以情感缺失书写为切入点延伸至更深刻的层次，即以时代为背景结合人物个体的经历差异来描写人物个体价值的缺失。1937年，在圣母玛利亚校刊《国光》半月刊上，17岁的张爱

⑯ 金宏达. 华丽影沉[M]. 北京：文化艺术出版社，2003：20.

⑰ 同上.

⑱ 张爱玲. 张爱玲文集：第一卷[M]. 安徽：安徽文艺出版社，1996：33.

⑲ 张爱玲. 传奇[M]. 北京：中国青年出版社，2000：255.

⑳ 张爱玲. 流言[M]. 北京：北京十月文艺出版社，2009：24.

㉑ 唐文标. 张爱玲杂碎[M]. 台北：联经赤坂事业公司，1976：125.

玲发表了小说《霸王别姬》。张爱玲根据《项羽本纪》的材料，为《国光》写了这一部历史小说，引起了全校轰动。当下再读这篇小说，除了小说语言呈现出一种流畅华丽的美和技巧的纯熟之外，文本呈现的思想价值在当时也颇具现代性。张爱玲一反古籍中虞姬的附庸角色，突出地表现了虞姬的个体本位意识。故事的开始，虞姬“十余年来，她以他的壮志为她的壮志，她以他的胜利为她的胜利，他的痛苦为她的痛苦”[22]。项王的雄心壮志遮蔽了虞姬作为女性的个体价值。改写的巧妙之处在于张爱玲写到了虞姬个体意识的觉醒，“她怀疑她这样生存在世界上的目标究竟是什么……她仅仅是他的高亢的英雄的呼啸的一个微弱的回声，渐渐轻下去，轻下去，终于死寂了”[23]，小说呈现出虞姬对自我价值的定位和怀疑过程：当项王功成名就，虞姬的爱情也将会作为项王成功的附庸，于是虞姬作为个体存在的价值也将失去，张爱玲呈现了虞姬反省个体价值和追求个体价值的过程。张爱玲在小说的结尾处，以虞姬自刎作为她个体生命觉醒的方式，“她很迅速地把小刀抽出了鞘，只一刺，就深深地刺进了她的胸膛……项羽把耳朵凑到她的颤动的唇边，他听见她在说一句他所不懂的话：‘我比较喜欢那样的收鞘。’”[24]

张爱玲小说中塑造的人物群像是一个时代的伤痕，战乱时代赋予每个生命不同的生存困境，因而导致了人物不同程度的情感缺失。

樊文，就职于宁夏幼儿师范高等专科学校，硕士，2017年毕业于陕西师范大学，主要从事中国少数民族文学比较研究。

㉒ 张爱玲. 张爱玲文集：第一卷[M]. 安徽：安徽文艺出版社，1996：78.

㉓ 同上.

㉔ 张爱玲. 张爱玲文集：第一卷[M]. 安徽：安徽文艺出版社，1996：79.

地域·新作

现实主义女性命运人文观照的探秘之旅

——简评石凌小说《明姨》

◎彭永锋

作家石凌发表于《朔方》2020年第4期的中篇小说《明姨》，以20世纪70年代直至当下长达半个世纪的时空跨越为宏阔维度，通过在现代与后现代环境中成长起来的“我”——女儿和晚辈的特有细腻视角，讲述了从童年起就缺少母爱父爱的农村妇女母亲及其异父异母的妹妹明姨——一个自小深得疼爱、长相出众、气质高雅、工作稳定但不幸双目失明的女人之间大半生明来暗往的感情争斗和最终和解的故事。作品轻描淡写地悬挂起传统农业文明消融，工业商品文明繁兴，以信息化、智能化突进为代表的后现代文明日益居上的现实主义幕布，于不经意间悄然而成功地揭掉了紧紧包裹在主人公身上的表象的形而上的沉重外衣和概念化符号式的标签，将母亲与明姨这两个人物置于貌似复杂实则极具典型性的一组紧密扭结的家庭（亲戚）关系之中，通过恨情爱意在生命的萌生成长与枯萎凋落中的激荡与沉淀，将人性放在世事变幻这一冷暖寒热永难平衡的天平之上，以哭肠笑语和生离死别为砝码，在花落云散和山叠水远中称量出了女人的善良权重和慈爱质量。

作品选取特殊年代城乡环境中普通人物离散聚合与怨会爱别的日常故事推进情节，使人物关系成为一个牢不可破的闭环和独立的网，套紧或系牢了每一个角色。每个人都有不同的故事，每个故事的次第发生都更进一步丰富了主要人物的性格内涵和精神特质，并以智性探究与人文解密的深意，采取倒叙、顺叙与恰当插叙相结合的手法，使母亲与明姨两个人物不断地相互角力与助力、作用与反作用明暗映衬、互为情节，步步推进的线索。对其他人物如外公、外婆、后外婆、父亲、明姨的丈夫徐灵军、两个舅舅等次要人物的着墨均浓淡有致，也更加凸显和丰满了在红尘纷扰食色烟火中背负千钧之重前行的母亲和明姨这两个主要人物形象。

母亲和明姨两人自小均经历家庭巨大变故，一个丧母，一个失父，都承受了人生至苦至哀的伤痛，且都内心坚强，终身向命运抗争。但两人抗争的方式又截然不同，母亲是满怀屈辱，明姨是乐观面对，但都符合人物情感思想与性格特质发展的逻辑，也演绎出外观截然迥异而本质完全相同的命运轨迹。

身为县革委会副主任的外公常年忙于工作，无暇照顾乡下的家人，年轻的外婆因挣工分养活一家老小积劳成疾不幸吐血而亡，第二年，外公续弦娶了后外婆，年轻漂亮的后外婆还带来了一儿一女（这个女孩就是明姨），而外公又不自觉地对这一双儿女百般疼爱，这一切都在年幼的母亲内心留下了久久无法弥合的创伤。深感自己受到虐待的母亲愤而回到乡下生活，导致未能完成学业，终究成为一个地地道道的农村妇女，嫁给了先是民办教师后来转正的父亲。如此经历使得母亲自小对明姨心怀无尽的嫉恨，甚至称她为妖精、坏种、流氓的女儿。这种嫉恨是把她自己和明姨全方位对比之后发自内心的怨恨不平，却又无力改变这种业已造成的差距的强烈的反向心理作用力的对外爆发，是一种曲折的代偿性表现，是一种恒久持续的思想感情，偏执、深刻、毒辣、深入骨髓、日益放大，并通过一系列眼神、表情、语言、行为充分表现出来。

明姨虽然经历了父亲与奸妇合谋毒杀情敌未遂而锒铛入狱的巨大家庭变故，性格却与母亲完全不同。她的内心世界难免充满屈辱，但这种屈辱在外公的百般疼爱与呵护中渐次消融无形，加之她禀赋聪颖，天生丽质，出落得亭亭玉立，好学上进，能歌善舞，随着生活条件和环境的改变，人生之路渐显宽阔与平坦，似乎有更多鲜花与掌声等在她前行路上。熟料命运之神大手反复，一夜之间，明姨竟然双目失明，一下子跌入黑暗之谷。外公带她四处辗转奔波，终究无回天之力为她找回光明。面对命运的不测，明姨没有消沉抑郁，而是勇敢面对，她热情开朗，乐观坚强，在盲聋哑学校学习按摩技术顺利毕业，成为一名按摩大夫，拥有了一份正式工作，但在找对象的问题上波折重重，最后不得不嫁给了腿瘸、口吃、毫无男子汉气概的徐灵军。所幸徐灵军对明姨真心守护，成为她的眼睛。明姨心胸宽阔、知书达理、文雅贤淑，以医者仁心对待每一位患者，以坦荡心胸挚爱每一位亲人，赢得了尊重与赞扬。

即使如此，母亲对明姨视若仇寇，一直把她当成潜在的敌人，对明姨表现出的姐妹之谊嫉恨有加。性格决定命运，母亲一生都没有逃脱童年的阴影，童年缺失母爱与父爱，使她性格阴郁、多疑，她对命运的抗争是自我感觉失败的表现。母亲始终把外公对外婆的责任缺失，对明姨母女的偏爱以及童年丧母的伤痛作为思想行为的原点固化成石，筑造于内心的原野造成终生的阴影，因而是回顾式追溯性心理特质。明姨因其在童年不曾目睹和明了家庭变故的详情与原委，又因旋即随母亲被外公完全接纳并享受了近乎完全意义上的父爱，因而整个童年获得了完整而充满欢乐的情感哺乳。明姨虽然在年少时突发双目失明，但其性格形成的基石——童年心理塑形温暖完整，因而日益乐观坚强，如三丈之木立于风雨，虽折一枝，不损其壮，心理预期是向前向上的，双目虽盲但内心充满光明。

母亲与明姨都是善良女性，都从半个世纪的风雨中走来，同遭不幸而又进入同一家庭，命运轨迹曲折且际遇各不相同，却环扣丝连，情勾恨牵，喜悲同天，歌哭一屋。《明姨》的成功之处就在于成功刻画了母亲与明姨两个丰满鲜明、极具典型性的紧密联结、互为阐释、对比强烈的人物形象，对历经时代苦难带着鲜明屈辱胎记的主人公丰富的内心世界进行了掘井探矿式揭示和人文主义深度观照，完成了对一代女性命运现实主义的解析。

在外公和后外婆双双病倒乃至先后去世的悲怆中，母亲与明姨实现了平凡女性慈爱与博大心灵的回归，道德底蕴在最后的考量中焕发出富含温度的金色光芒。不是塑造，这两个满含着和煦光热的女性就在那一代人中间，是作者成功发现了她们，并把她们的不幸、抗争、怨恨、慈爱、泪水、欢笑以及眉与眼展现给我们。

母亲就是明姨，明姨就是母亲。作品中的两个人物就是我们千千万万平凡伟大慈爱的母亲在不同境遇下的两种不同面目而已。历史无法否定，但来路可以反思。母亲和明姨这一对人物作为一个相互矛盾的人文悖论，其解有几何？这也许正是作品提供的现实主义思想价值所在。

值得商榷的是，文本由十节构成，体量较大，由于作家倾力关注现实历史，加之长久积淀的人文思考宽阔深厚，于作品架构有铺放宽广敛收欠紧之嫌，导致主题在失却把控中发生非理性衍射。情节推进到外公和后外婆病亡乃至徐灵军意外去世，母亲和明姨实现和解时即圆满完结，这也足以凸显对一代女性命运进行现实主义人文观照与解析的主题。至于后面写到明姨的儿子乐乐又节外生枝去找人事部门负责人索要所送钱款乃至惹下祸端等情节，则完全可以割爱砍去。

彭永锋，甘肃灵台人，灵台县文艺评论家协会副主席，公务员，业余创作散文、诗歌、评论。

规避·匮乏·纰漏

——《人面桃花》的遗珠之憾

◎石　凌

茅盾文学奖已经评了十届，然而，在国人心中产生广泛影响的也就十部左右，这十部中，尤以《平凡的世界》与《白鹿原》影响深远，前者以宏阔的视野反映了改革开放之初底层民众积极向上的精神风貌，孙少平奋力改变命运的形象激励了无数底层青年。后者以绵密精准的针灸方式直抵中华民族的精神内核，塑造了一批社会转型过程中的典型形象：白嘉轩、鹿子霖、田小娥、朱先生……他们像雕塑一样屹立在中国现代文学长廊。这两部小说是人们评价后来的茅盾文学奖获奖作品的一个参照。

然而，获得第九届茅盾文学奖的《人面桃花》却缺乏这种激荡人心的精神力量与让人回味良久的人物形象。

其一是对历史真实与社会矛盾的规避。《人面桃花》通过陆秀米从官宦小姐成长为革命党人的人生经历，反映了清朝末年到民国初年江南小镇的历史变迁。陆秀米既是线索人物也是主人公。全书共分四章，第一章《六指》以陆秀米的视角看待成人世界，因《桃源图》发疯的"父亲"离家出走，引发了秀米探寻外部世界的欲望。革命党人张季元来家寄居，继而莫名惨死，留下一本日记，揭开了成人世界的不堪，成为秀米瞭望外界的窗口。这一部分写得比较成功的是张季元与梅芸及秀米之间的微妙关系。张季元作为革命党人的形象只是与秀米家人谈及变法，"一会儿'尸骨成堆'，一会儿'血流成河'"，再无其他依托。小说把张季元的日记对秀米的影响作为重点来写，但日记中谈及"革命"，仅有寥寥数语。日记里的张季元只是一个深陷情欲无力自拔的形象，张季元既无法抗拒梅芸的情欲索取，也无法压抑对梅芸的女儿秀米的情欲火焰。从反映人性的幽微而言，这些日记是有用的，但从革命党人这个角度看，这个形象仅靠日记支撑，显得有些单薄。第二章《花家舍》写秀米出嫁途中被花家舍的土匪劫掠，这是官宦小姐陆秀米人生的分水岭。作品一面把花家舍打造成一个世外桃源式的小岛，一面写花家舍头目与官府勾结、行凶作恶的表现。花家舍这处桃源不是被朝廷剿灭的，而是几个头目为了利益相互残杀消亡的。地位、金钱与女人是花家舍众头目追逐的最终目标。花家舍的消亡证明了乌合之众成不了气候。

出现在《人面桃花》第三章《小东西》中的陆秀米是从东瀛归来的革命党人，她冷静、沉着，把家乡作为根据地，策动反清革命。但作品重点放在对秀米家人的描述上，秀米东渡日本发生了什么？受到了哪些人的影响？作品以巨大的留白让读者处于一种悬空状态。秀米在家乡建立根据地，策划革命的过程写得极其简略，且多用侧写，未写出人物内心的斗争、纠结与彷徨。第四章《禁语》写秀米出狱，回到老家苟延性命，继而终老故乡。这一章用直笔，对秀米与喜鹊的日常生活极尽铺陈，读书、吟诗、种花……鸡零狗碎占了大量篇幅。显而易见，这种诗酒唱和的生活是作者熟悉的，因而写起来得心应手。而对人物生活时代的重大历史事件对人物的影响，人物之间，以及人物内心的矛盾冲突等都只是轻描淡写，缺乏令人信服的细节描述。

小说末尾对秀米在狱中所生孩子的归属交代尤其显得画蛇添足，那个孩子不仅做了县长，且认了亲，归了祖。这个圆满的结局就如同高鹗所续的《红楼梦》结尾，贾家“兰桂齐芳”，又要中兴一样，是个尾巴，削弱了作品的悲剧意义。

比照《白鹿原》直面惨淡历史，直陈社会矛盾，直述人物精神困境的写法，《人面桃花》始终没有让人怦然心动的感觉。阅读《白鹿原》，读者能看到近现代中国人是怎么走过来的。阅读《巨流河》，读者能够置身于宏大的历史场域当中，但阅读《人面桃花》只能生发对一个女人命运的感叹。

其二是激情与想象力匮乏。小说中的故事要引人入胜。如果作者缺乏激情，故事讲得四平八稳，就缺乏吸引力。《人面桃花》前两章以主人公陆秀米的视角窥探社会与人性，后两章以他者的视角窥探秀米的内心世界，虽然作品涉及人物众多，但多数人物形象较为扁平。秀米从清纯少女到革命党人，生活大开大合，其内心世界应该有闪电雷霆，但作品对此缺乏相应描述。秀米被劫到花家舍，整日与韩六相伴，在孤岛上游荡，心中仅有好奇，而无恐惧与希冀。秀米被花家舍几个头目强奸，亦表现得逆来顺受，缺乏对自我的审视与评判。秀米东渡日本完成了她的精神嬗变，对此，作品却一笔带过，无过程无体验，甚至在秀米以后的生活中无回忆无怀想，似乎这一过程可以完全忽略不计。一个弱女子流落异国遭受了什么样的欺凌与碾压，受到哪些人的影响，完成了启蒙与开化，最后脱胎换骨，灵魂觉醒，作品鲜少提及。最后一章以两个女人的日常生活填塞，给人一种想象力不足以呈现壮阔历史画面的感觉。

长篇小说从横向上而言，应反映波澜壮阔的社会画面；从纵向上而言，应揭示深刻的社会矛盾及其根源，但《人面桃花》既不宏阔亦不深刻。作家写起自己熟悉的日常生活总是得心应手，但对自己不熟悉的内容往往简略跳过。如果想象力不足以展现自己不熟悉的内容，至少应该备足了课再写，而不应泛泛而谈。

现代小说应以探析人性的幽谧之境为主，而不是以故事取胜。作为一部现代小说应该体现人的现代性，即小说应该关注人的精神困境，重视写人的意识、潜意识与梦境。在《人面桃花》创作过程中，格非一开始想向现代性上靠，但写到三分之一后就滑落了，对人的精神开掘流于表面，“父亲”、张季元以及花家舍的男人们都只是模糊形象。“父亲”罢官的原因，张季元参加革命党的动机，母亲冒险为张季元提供庇护所的缘由，秀米东渡、生子、接受现代思想洗礼，回家乡组建反清队伍以及与谭四的情欲纠葛等都写得非常简略。这些重大事件犹如锉刀，一点一点地把秀米打造成了一个冷静的革命党领袖。革命失败，她本人被捕入狱，那些非人的遭遇对她心灵的撞击应该是巨大的，但在作品的最后一章却很少提及。整部作品注重故事的编织，却不重视人物内心世界的挖掘。

其三是叙述手法传统，个别表述上的纰漏成为作品的硬伤。

《人面楼花》在写人方法上继承中国古典小说的成分多，写女人可见《红楼梦》的影子，写男人则有《水浒传》的影子。作为教授的格非对古典名著可谓烂熟于心，人物之间诗文唱和，韵对自如。但作为小说家的格非，现实生活中的俗语、俚语、谚语积淀不足，很多时候，人物语言与人物身份不符。《人面桃花》所写故事发生于清朝末年，民间口语已经接近现代白话文了，但文中人物对话半文半白，有夹生现象。被花家舍土匪劫持到小岛的尼姑韩六一出现就是老学究：“总揽把卧病不起，二爷和四爷不近女色……这庆老五将大爷的死讯隐匿不报，厝棺地窖，秘不发丧。一面挟天子号令诸侯，一面暗中私植党羽，收买人心，一旦时机成熟，这花家舍一场火并在所难免。”这段话根本不像一个被土匪蹂躏的尼姑所言，倒像一个心机满腹，具有谋略的政治家的语言。

另有几处描写不符合生活真实，成为作品的硬伤。

“由于终年不见阳光，他的脸像木炭一般焦黑，头发如飘动的玉米穗，泛出褐黄。”长年不见阳光，没有血色，脸色应是青白色，不可能像木炭一般焦黑。从后文（“据宝琛说，的确曾有过一张《桃源图》。那是丁树则在父亲五十寿辰时送给老爷的礼物。”）可知，“父亲”是五旬弃官，“父亲”看了《桃源图》后发疯，在阁楼上待了几年，他从家里出逃时已年近六旬，头发早已花白，加之晒不到太阳，毫无光泽，应是枯柴一般蓬乱，而不是像玉米穗一样泛出褐黄。由此推断,秀米是在“父亲”中年时才出生的,什么原因导致“父亲”中年才得孩子?这些在后文都无交代。

“其中有一个名叫庆生的,年纪十八九岁……”这几句用来描述一个十八九岁的小伙子显然有失准确。

“她一连发了五个誓,而且一个比一个刻毒……”发的什么誓?一个也没写,缺乏说服力。“她一连猜了七八遍,还是没有猜着……”她猜到了什么?应该写一写,反映她内心咋想的,但作品一笔带过。

“丁树则平常爱管闲事儿,最爱与人争辩……每逢丁树则与人争辩,双方各执一词、委决不下的时候,丁师母就会拿着个花手帕,一扭一扭地走到两人中间,笑嘻嘻地说:‘你们不要争,你们不要吵,把理由说出来我听听,我来替你们评判评判。’等到两人把各自的理由一说,丁师母总是这样做结论:‘你(她丈夫)是对的,你(她丈夫以外的任何人)是错的,结束!”这段话毫无机巧,不像一个中年妇女所言,倒像幼儿园孩子的话,而且“总是这样做结论”。丁师母那样一通毫无道理的简单评判就能把对方说服?语言的贫乏体现出的是想象力与智慧的贫乏。

“秀米又问他,好好的,怎么会碰着钉了?黄毛咴咴地笑:‘尴尬人难免尴尬事’。”黄毛只是一个不谙世事的孩子,如何能说出“尴尬人难免尴尬事”这么世故圆滑的话来?

作家残雪在《当今时代是作家们“混”的黄金时代》一文中写道:“《人面桃花》里面有什么呢?我只看到一个过早衰老的中年人,利用自己有限的一点历史感悟在勉为其难地拼凑所谓的‘中国故事’……《人面桃花》和其随后的获奖是一场中国文坛的滑稽剧。”未读作品之前,我感到残雪批评太过犀利。读过作品之后,不得不说,《人面桃花》的确令人失望,与茅盾文学奖这个“身份”不符。

石凌,原名张惠灵,甘肃灵台人。在《北京文学》《西北军事文学》《奔流》《边疆文学》《延河》《散文世界》《散文选刊》《海外文摘》《作品》等报刊发表散文、小说、评论300余篇,10多篇散文入编多部书籍。2018年被聘为《作品》特约评刊员,在《作品》杂志发表千字评7篇,已出版散文集《且行且吟》《素蓝如瓦》,评论集《一川巨流贯风烟》,长篇小说《支离歌》。

《七步镇》的人物塑造和地方文化呈现

◎瓦楞草

现居珠海的陈继明是在宁夏成长起来的作家，20 世纪 90 年代，他与石舒清、金瓯以令人瞩目的文学成绩被称为宁夏文坛的“三棵树”。其 2019 年出版的长篇小说《七步镇》获“中国·李庄杯”第十五届十月文学奖，该作品故事情节起伏跌宕，构思巧妙，以回忆症患者东声寻找前世为主线，揭开了一段陈年旧事。这部小说塑造了李广则、金三爷、东声、居亦等鲜活的人物形象，挖掘并呈现了甘肃甘谷县七步镇的地方文化，形成了可读的看点。

一、人物塑造

作为有着多年创作经验的作家，陈继明十分擅长小说人物的塑造，在《七步镇》中，通过细致的描写勾勒出李广则、金三爷、东声、居亦等性格迥异，独具魅力的人物形象，在读者脑海形成直观感受，以此构建文本的核心内容。

首先，这部小说对于历史人物的塑造是以后人讲述的形式呈现的。如在卷二中，安牧师描述李广则：“据说，鹞子李长得很标致，不像粗人，脑瓜子好使，能说会道，说话和下棋一样快，一张嘴就有气场，手下的人很听话。”这段文字在阅读中转化成动态的画面，李广则的形象出现在读者意念中，但这个视角主体只是意指行为的主体。在这里，安牧师并没有见过李广则，不过是讲述一种创造性的传闻，成功之处是作家借助这样的描述方式把人物表现得惟妙惟肖，毫无违和感。再如卷五中，海棠村人口中的金三爷：“个子大，但灵活，从小习武，打架没输过。每天睡两三个小时，而且不喜欢睡炕，喜欢睡在窄而长的东西上，比如树枝、板凳、扁担上。胆子大，不怕狼，不怕鬼，天一黑提一根扁担出去，睡在自家的田间地头，甚至坟地里。”这段描写较有特色，能够反映出人物的气质，可以说把人物写得很生动。作家通过对人物肖像、行为的勾画，将金三爷描述得栩栩如生，并且揭示了人物身份以及特定场合下的心理，达到了表现人物性格、精神面貌和思想品质的创作目的。

其次，小说的核心表达多通过人物形象的塑造得以实现。《七步镇》中，东声、居亦身上寄寓着作品的主要意义，而发生在他们身上的故事情节更是加深了读者对人物性格特点、思想品质、精神特征等的印象。作家笔下的东声是故事的叙述者，有完整的叙述对象，既可以在故事中出场，成为“同故事叙述者”，也可以不在故事中出场，成为“异故事叙述者”，而其自身也具有双重人格，呈现出“文和武”两个方面。小说里东声是个只会拿笔杆子的知名作家，形象斯文儒雅、稳重随和，历经三次失败婚姻依然不舍对爱的追求，深得女主角居亦的爱慕和追崇，给读者留下的整体印象是“文”气十足。另一方面，又因为他身受回忆症困扰，认为自己是军人、土匪出身的李广则的转世，并声称“是土匪，而且是土匪头子，杀人如麻”，以致渐入角色，骨子里有种“匪气”驱之不散，从而表现出完全不同的两种人格，呈现出别于常人的形象。而对居亦这个人物，作家刻画得比较单纯，“容易害羞，脸说红就红，连耳朵都红，但是，过不了多久，她又会露出相反的一面，口无遮拦，想什么就说什么。”她成为一个桥段有些老旧的爱情故事的主角，个性中没有多少心机，很可爱，让人感觉温馨。虽然，作家对其容貌、衣着没有太多描写，但在一些描写情爱的章节里对她的神情、姿态、语调却刻画得细致入微，使人物形象丰满，能给读者留下深刻印象。

总之，作家陈继明在《七步镇》中多角度、全方位地刻画人物，凭借艺术手段对李广则、金三爷、东声、居亦等主要人物进行肖像、心理、行为等塑造和描写，呈现出个性鲜明的人物形象和思想感情等内在活动，展现了人物与环境互为作用的关系，从而创造出丰满而成功的故事文本，提升了小说的品位和质量。

二、地方文化呈现

地方文化的生态、民俗、传统、习惯等与人的生活相融，打上了别具一格的标签，它是小说背景的最好素材，是影响文学发展轨迹的重要力量。《七步镇》对于地方文化的抒写，源于甘肃甘谷县七步镇地方文明对作家陈继明的小说创作产生的深远影响，这部作品也因为地方文化的渗透，更具有文化传承的意义。在《七步镇》中可见作家以挖掘一般的探寻，呈现了“打山歌”“人皮鼓”“道情”等彰显地方精神文化的描写。

“打山歌”在《七步镇》卷二的故事中两次出现。其一，在第六节中，东声躺在七步镇的一块麦田里，半空中传来了“打山歌”。作家介绍“打山歌”为家乡特有的调子，“和陕北的信天游不同，和青海、宁夏的花儿不同”。“‘打’就是唱的意思，但比唱更随便，相当于一声叹息，一声吼叫，歌词通常很简单，不厌其烦翻来覆去地打就可以。”其二，在第八节中，东声在七步镇海棠村附近的北山顶上想起自己的母亲，这时候耳边再次响起“打山歌”。小说中，“打山歌”和七步镇的地域环境形成了独特的人文背景，对故事中的人物塑造有着非凡的意义。人文是一方水土的根与魂，也是地方文明的核心，它作为一种精神的体现，被作家渲染得独具风采。

“人皮鼓”的描写贯穿于《七步镇》卷二、卷三、卷四的故事脉络中，作家以大量文字描写主人公东声意外得到的“人皮鼓”，随着故事情节由浅入深，环环相扣，这面来自七步镇姑嫂寺的“人皮鼓”的来龙去脉一目了然。其形状“是精致的小鼓”——“一面略大，一面略小。腰很细，一只手能握起来。”相传，“公主圆寂时留下遗言，把自己的一部分皮剥下来做成鼓，千人打万人敲，替她母亲消罪。她的母亲据说就是女皇武则天。”由此描写，揭开了七步镇鲜为人知的“人皮鼓”的文化历史。并且，在“人皮鼓”追踪溯源中，作家还呈现了美国波士顿馆藏的“人皮书”、18世纪欧洲流行的“人皮书装订术”等“人皮文化”的意义和内涵，可见作者对其有着浓厚的兴趣。

“道情”主要出现在《七步镇》卷四第一节中，作家介绍“道情”是七步镇土生土长的说唱艺术，也是一门“乞讨艺术”——“和秦腔一样，有稳定的曲牌和唱腔，唱词则是有旧有新，有才情的道情艺人可以根据现场情况随口现编，以唱为主，以说为辅。”作为一种地方文化的溯源，作家又写道：“道情的灵魂不是别的，是流浪，而且是从遥远的大汉大唐一路流传下来的……边夷地区的酸曲小调。”这些描写，凸显了七步镇的人文环境，将东声、李广则等人物放置在独具西部特色的文化背景之下，从而使作品脱离浅层的故事讲述和描写，显现出地方文明的厚重与深远。

《七步镇》中，随处可见的是作家对七步镇地方文化内涵多方面的阐释，这种创作手法对小说人物性格塑造具有重要的意义。可以说，《七步镇》地方性文化书写彰显了人与文化的亲和关系，作家关注人的命运和心灵，将其置于地域文明之中，使之在文化的积淀中产生全新的文学审美，是为成功之举，而注重小说的地方色彩，也是作家陈继明有意无意间形成的一种稳定的审美状态。综合来说，神秘有趣的故事和深厚的地方文化色彩是这部小说最大的看点，也构成了文本独特的人文氛围和景象。自然，在小说里呈现一方水土的文化精髓相当不易，在这一点上作家懂得取舍和识别，才使读者在纷繁的西部文化现象中看到令人瞩目的表达，也使得作品具有非凡的个性。

瓦楞草，原名于洪琴，现居宁夏银川市，从事诗歌、评论等文体写作，著有诗集《词语的碎片》。

年度·白草

石舒清《地动》读后

◎白 草

写一部反映海原大地震的小说，是石舒清多年的愿望。我不止一次听他讲过，这件事情大概只能由本地作家来做了，倘能最终完成，也是对养育了自己的故土的一个交代。后来又知道他在四处收集资料，尤留意于幸存者的口述。有一段时间内，印象中似乎他特别专注于资料收集。记得有次打来电话问，1920 年 12 月 16 日这天，鲁迅在干什么。我明白他的意思。可是，除了知道鲁迅日记中“夜地震约一分时止”这句外，我并不比他了解得更多些。就阅读过的多种鲁迅年谱和传记，其中关于鲁迅当天的行止记载，亦未提供详细信息。因而茫然无以应对。现在，这部名为《地动》的小说终于面世了（载《十月·长篇小说》2020 年第 2 期）。臆想中作者曾面对一大摞资料，阅读，剪裁，提炼，辛苦之状，或难备述。我问过作者：“写作时间很长吧？”回答殊出意外：“不足一月，就写成了。”

看来资料只是一个辅助因素。地震这一事件被作家列为写作计划，自那时起，于多年的体验、想象中，此事件渐次化为种种形象，成为另一种世界。原来他在等待，等那一世界自然长成，等那些死者和幸存者从废墟里爬起来，然后为他们轻拂脸上的尘土；他依然在等，等那一世界中的受难者骨肉丰满、生命充溢，再将小说推出。故而与其说他在寻找资料，倒不如说他在使自己的体验更充足、想象更开阔。写作过程中或许有苦痛，有愉悦，自进度一面而言之，大体上是顺利的，一气呵成，生气贯注。

地震不好写。大震无故事。就如《本地的事·袁家窝窝》一节中所写，大地震中并没有多少事情值得可讲。死人不说话，幸存者的讲述及经验其实多有雷同。那么，作家有权化身为多个叙述者，进入人物内心，设身处地，代替他们陈述那十几秒、几十秒灾难时刻的相同感觉:那一刻,"死是必然,活是运气";那一刻,"一切死物都要活了,一切活的都要死了";那一刻,人都会产生一种"荒诞的感觉",生死之间来来去去、真真假假,死亡反而不那么令人害怕了;那一刻,夷平的废墟中蠕动着的人好似游魂一般,而天上的月亮则如纸片一般飘散着,失了方向。《本地的事·太阳黑子》一节,叙述者代替了幸存者的感觉,"感觉很多声音被震得从耳朵里飞出来,感觉别的都是活的,就自己是死的。感觉地就像马车一样……感觉自己和飞不脱的麻雀一样……感觉什么就是什么……从来没有过那样多的感觉"。这些令人印象深刻的描写,在整个文本中所占比重甚微,只是于叙事进程中,浓墨重彩地涂抹了几笔。

将地震置于日常生活中来写,这才是《地动》艺术上的非同寻常之处。小说整体氛围上,当然笼罩着、弥散着一种极度不安的气息,但因小说自身视角多样,视野宽广,即使偶然写到一些惨烈场景,有如伍尔夫所说,不过分强调或激动,自会吸引读者跟着阅读下去(《普通读者》)。地震中怎能没有惨象,即便通过写日常生活来写地震,其惨象又如何不激起生理和心理上的反应。然而,在石舒清这里,他恰恰把那种令人不适的反应,巧妙地变幻、移置为某种阅读吸引和心灵呼应。他的第一部长篇小说《三岔河》(初次发表时名为《底片》)中不乏残酷场景,仍然诱使着人读下去。俄国形式主义文论大师什克洛夫斯基说过,艺术中的鲜血,没有血腥气(《散文理论》)。这是一种分寸感,石舒清凭自己内在艺术感觉,把握住了。

平静从容、张弛有度地描写日常生活,于令人意想不到的地方一下子写到了地震,看似突然,实则自然。阅读过程中,有时让人忘了这是在读一部写地震的小说,有时又诧异作者是不是忘了他在写地震。生活系常态,地震这种极端情境则为变数。《远处的事·昝学武》写一对小夫妇,燕尔新婚,其乐何如,偏是那不知足的丈母娘作怪,从中生事,生出种种小曲折,读来令人兴味十足。当看到小丈夫悄悄寻见新娘,两人慌慌地手拉手往家跑,要去做那甜蜜之事,猛可觉出不对劲来,作家忘了他的主题吗?至结尾引用一小段文献,其中有地震时"某夫妇被压粘连一片"云云,始则恍然于作者结穴之巧,终则让人不得不停顿下来,三致叹息。在小说整体中,地震有时是突发事件,有时是背景,有时更是远景,它与丰富多变的生活之间构成了一与多的关系,又使得作品主题明确,内涵丰盈。

石舒清写地震,其实就是写人性,写人的命运。人性具恒常性,无论平和环境中,还是某种极端境地里,人性不会发生本质性变异。不过,变化还是有的,极端事件及其情境中,人性会在两极处格外地展示自身。一极是良善,它较之于平日,要更单纯,因而也更坚定。那个头戴狐皮帽子的男人,摇摇晃晃地走在坟墓一般的县城,目的就是要招来狐皮帽子主人的后人，以便告诉其父的死信，因这主人曾替他的父亲解过危、济过困。须知，当此大难之际，这人首先该想到自己家人，该奔回自己家救其亲人，于伦理上无可谴责之处，但他未加思虑，即刻上路寻找狐皮帽子主人的后人（《本地的事·狐皮帽子》）。还有那个强势的、善经营的瓷厂老板娘，发话任由人拉走瓷缸以充棺材，拉完为止，"这样的时候，钱是个啥"（《本地的事·郭凤菊》）。还有那个长工——虽名为长工，寄身主家，与主人的关系处得"像老哥弟兄"，大震掩平了主人全家，只余一吃奶婴儿在废墟上舞着小手大哭。这长工"向着这一时喑哑的世界做了保证"，只要自己活着，就把孩子养大（《本地的事·老井》）……此处由于外力挤压，人性反而晶莹透亮，无杂质纤尘，它给凄惨、绝望的世界带来暖意，它给丧失了生之意志的人一种无形的力量。它不多想，不思虑，不计算。与此相对，另一极则显得可疑、混浊、阴暗，它似乎一意证明自身，哪怕大震还在持续、世界正在毁灭，也不愿改其恶浊本性和本质。这是一个显著的例子：那个光棍，无意间救了主人，知其家底，便伙同一乞丐威逼主人，命其交出家财。退让、隐忍至无可忍让之际，主人将光棍引入窑洞深处，暗暗打开了机关。读到这里，已经不再觉得大震有多可怕了，人性之恶远甚于大震；读到这里，亦觉善恶角力中，良善的人性终归更具优势，占据上风（《本地的事·关门山》）。这样的事例，在小说中还有不少，比如假扮念经人的乞丐（《本地的事·乞丐》），比如混在难民群里的土匪（《本地的事·自救队》），等等。还有一个颇具说服力的例子：名叫尕虎的年轻犯人，以偷牛罪名被判入狱 5 年，大震时趁乱跑出去，气吼吼地救出诬陷他的雇主夫妇，强拉到知县那里，以证自己清白。知县见此情状，大感意外，亦"大起快慰"，像看什么稀罕物那样看着这个年轻人（《本地的事·尕虎》）。感觉快意的何止是知县，作为读者的我们，亦觉痛快。

小说还写到了一种令人不敢想象的人性景象：一些秘密，一些家丑，被震了出来。年轻的养蜂人刨挖了三天，抢救亲人，呈现于眼前的景象则是妻与父像两口子那样同睡一炕，被打砸得不成样子了。儿子背对两具尸身，哭泣着，可这哭"没有声音"（《本地的事·养蜂人》）。想来此种丑事不少，将它写出来也需要一种艺术上的勇气，而且，还要写得不让人生厌、反感。或许，还需一种道德上的宽容。本节末尾，作家作为叙述者，直接出面，代死者向冷峻的苍天求得宽恕。

小说以"本地的事""远处的事""后来的事"结构成一个整体，这会令人不由想到，凡属人的事都应相互关联。然而，实际上，小说更多呈现的是一个个被打压在黄土下面的求生者，凭着最末的一点气力，努力救出自己。大难落在了头上，这就是人的命运；于孤独无助中反抗命运，正是生命的本质。废窑中的一对新婚夫妇，一边吃着糊墙纸——那是用面糊贴上的，一边轮换着掏挖，直到力气用尽，相拥而死（《后来的事·废窑》），即为感人一例。何止人的生命，便是动物，亦何尝不如是：几只被压在窑洞里的羊，吃自身的毛，或吃同伴身上的毛，竟然由冬天活到了春天，它们终于见到了阳光，“忍耐了那么长时间”，最后直着眼睛死去了（《后来的事·柳叶哨》）。这些深藏在黑暗地底、超乎想象的细节，因着作家深度体验，被呈现了出来。

阿尔贝·加缪说过：“天灾不由人，于灾难中死去成千上万的人，在漫长的历史以及想象中，无非一缕轻烟而已。”（《鼠疫》）那么，《地动》的艺术及其意义，正在于记住这些逝去的生命。于文本描述的世界里，我们分明听见了那个随时现身的叙述者的叹息声，借用石舒清此前短篇小说《十里店》叙述者的话：“可惜了大难中这无量数的生命。”

白草，宁夏社会科学院研究员，文学博士，著有《文学大家笔下的回族》《张贤亮的文学世界》《宁夏当代文学十四家》。

一部内涵丰富且充满张力的短篇小说

——读了一容新作《老实人》

◎白 草

一

在小说集《红山羊》后记中，了一容说道，他的小说关注人性的种种，特别是人所能达到的某种极限。因而在他早期的小说中，背景设置也多为极限境遇，借此来考验、探测人性。短篇小说《命途》即为典型一例：深山老林中，当同行的年长者举起石块时，他看到了那年轻人俯身饮水时单纯、明净的面孔，一种对生命本身的深切感触，化为强大的力量，阻截了其内心的"幽灵"，善终于战胜了恶。叙事风格上也相应显示出掩抑不住的激情，从始至终，未有暂歇。读了一容的小说，实为心灵经受激荡的过程，至篇末终了时，那种不安情绪方渐次平复下来。

人性中善与恶较量，美与丑角力，终则以善和美居上风，这是了一容多数小说表现的主题。质地刚硬，激情四溢如烈焰突闪，可显示出了一容小说基本叙事风格。

二

了一容近期小说创作出现了一个值得注意的变化，恰如绚烂之极终归于平淡，表面上那种灼烤般的激情，看似消失了，叙事语调、节奏显得从容、平和。实际上，有如水面平静了，水下极深处暗潮起伏涌动。这当然是一种功夫——节制的功夫。

了一容新作《老实人》颇能表现出这种变化。

情节发展至巅峰状态，仍然延续了过去那种模式——将人物放在极限境地中，让他们自省，把人性中诸种杂质自我过滤掉。水坝上堆满了从洪水中捞上来的有用或无用之物，而水坝将于瞬间崩塌。间不容发之际，此中人出于本能须做出选择，要物乎？保命乎？这是一道选择题，于日常无事之时，真的是万难抉择。可当此非常之时，竟变得无比简单：智浅者，庆幸保住了一条命；想得深一点的，则应由此反观自身，感性地虑及道德、生命等。至少会明确地向自己发问：人为贪欲所役使，对吗？

这只是小说主题之一，大有可说之处。视之为一种喻义丰富的寓言，亦无不可。大坝快要塌陷了，大坝上的人还在纷纷然争抢上流冲下来的弃物，这让人立刻联想到列夫·托尔斯泰《生活之路》中写的一则寓言故事：一个人被老虎追赶，幸好抓住了悬崖上的树藤，身子悬在半空中。眼前一颗鲜艳的草莓吸引了此人注意力，竟忘了下面还有一只吊睛白额大虫等待着，而一只老鼠正于此时啃咬树藤。

《老实人》的寓言则基于写实的基础，系从“捞浪渣”这一情节描写中推导出来。“浪渣”，这是一个已经消失了的词语，今人倘不了解当代史，则殊觉陌生。20世纪50年代，甚至到了80年代，西北地区一些比较贫困落后的乡村，物质匮乏，燃料亦缺，多从山野捡拾枯草败枝以及牛马驴羊等畜粪便充之。夏季，遇山洪，从上游遭灾村庄冲毁下来的诸物，下游村庄便如节日般全体出动，从洪水中捞取弃物，胆大者多取，胆小者少取。财产观念，这个术语还要等几十年后，才慢慢地进入乡村生活。《老实人》以相当大的篇幅详细描写了村民“捞浪渣”的场景，热闹非凡，紧张欢乐，为过往历史“留此存照”。

《老实人》的内涵要远为丰盈，“捞浪渣”仅为其子题之一。大体而言，这个短篇无论在结构设置，还是主旨、寓意方面，均体现出一种张力。

三

小说中的“老实人”已成了一种类型：老实人好欺负，老实人吃亏上当，老实人出力不讨好，等等。了一容笔下的老实人则多少有些不同，这个老实人所表现出的行为，与他内心所感所想的，或曰与他所真实渴望的，总是错位。他当然老实，否则，几十年的生活经历中不会有人看不来。同时，他也不老实。老实人不老实的一面，在于他不满足于自己处境。在一般人心目中，老实人只要有吃有穿，生活还算过得下去，不会再有过高期望。村民眼中的这个老实人，何尝不如是。一个人的形象，他的公共形象，除了自身平日所表现出的一面，固化为他本人的一种类型，还有他人塑造出来的形象，合起来即为一个人的全副形象。老实人力求表现得符合众人心目中的那个自我形象，必然会压抑他的另一面。小说对此有充分的描写：他的家，破破烂烂，野狗可以随时进入，尤当男主人不在家,只剩女人一人时,成群的野狗肆意进入,如入无人之境。老实人公之于众的想法和观点是一所房子只要能遮风避雨即可,何必建造得像模像样;肚子吃饱,也就行了;盖房子,等将来有能力再说。这似乎是一种颇能吸引人的生活哲学。不过,小说也写道,老实人真正的想法,为他人所不知,除了自己的妻子。他有一个梦,梦中有一座属于自己的崭新房屋。

> 但努总是常常会在梦中梦见自己盖新房子,醒来之后却是一场空。而妻子总是鼓励他,将来一定要盖一栋新房子,搬迁到更好的地方。他听说村子里有些人通过生态移民搬迁出去之后,打工赚钱,盖上了新房子,就也想移民搬迁出去,可总是挨不上他。另外,有件事说来也蹊跷:每当努在家的时节,野狗一只也不来,它们似乎担心激怒这个从来也没有脾气,而一旦真的生起气来大约会奋不顾身的人。

至此,可以大致明白小说所塑造的这个人物形象,非扁平型,非单一型,其形象要更复杂一些。一个老实人,他本不该为了维持一种公众形象,有意苫盖真实的一面。生活中,他应该能够做得更好,可为了向公众显示老实相,他消极无为。对他人显示不老实,不应称为不老实;对自己不老实,才是真正的不老实。不忠实于自己内心诉求,无怪乎要受到生活的惩罚。

老实人受到惩罚,受到教育,令其成为一个表里如一,忠于内心和自我的人,一个真正的老实人,这是小说的重要主题之一。

四

老实人接受的第一个最有力度,亦最具说服力的教训,是他的结发之妻。小说对夫妻二人的外貌描写,属用力刻画,然而,恰到好处,形象活现。两人外貌形象,正好相反。

> 努的个子不高,脸就像一张刮净了羊毛之后又被虫打了的干羊皮,那一丝肉都没有的干牙茬骨,看上去特别扎眼,眼睛就像猴儿屁股一样红红的。因为努整个人极其瘦削,大家便称呼他为“瘦干猴”,也有叫他“雀儿头”的。但是谁也想不到,事实上努十分健康,身上的肌肉很发达,力量也不可小觑,这完全都是因为他长期在山上的土里劳作所得。

> 努的妻子舍身材魁梧，宽大得跟一块结实的门板似的。她的手很特别，握成拳头如一座小小的山峰，每根手指头都粗壮得跟椽子似的。这完全是年深日久的劳动所致。她显得那么健康，那么富于农村女性的活力。她一顿可以吃下去两个大男人的饭食，但是她能吃也能干，常常独自从那十分陡峭的山路上拉着满满的一架子车粮食，可以不用人帮忙就能把粮食平安地运回自家门前的麦场上。
>
> 这是三两个大男人才能办到的事情啊！

单从力气一面比较，老实人远不如他的妻子。偏远乡村里，男尊女卑观念依然通行无阻，大男子主义笼罩于生活之上，故而在二人发生争执，或为琐事发生冲突时，有力气的一方，反受制于力气小的一方。小说写道，老实人打起妻子时，“手到擒来”，“得心应手”，而后者只能逆来顺受，从未向对方动过一根手指。老实人殴打无辜的妻子，这还能算是老实人?小说在这里显示出的信息，其实即是一种强烈的反讽意味。不尊重他人的人，再老实，亦不能称之为真老实；不尊重他人的人，同样也是不尊重自身的人，再老实，也不可称之为真老实。这种类型的人，一定要受到教训，只有教训，才会使其睁开眼睛，反观自身行为。值得一提的是，了一容小说往往有一种平等、正义观念。正义总会干预无理欺压行为。了一容从不用抽象观念，而是从生活中、从实际中，也即从人物性格命运内在逻辑上，生长出一种正义观念，化为具体行为。老实人的妻子，头脑简单，力气十足，但她不愚，不奴。她凭力气维持一个家庭，力量和劳动给了她自信，而自信恰是自尊的助力。自信和自尊的乡村女人，一旦觉醒，突破男尊女卑观念，就会充满生机和活力，对无来由的侮辱，定当起而反抗。小说有一节生动的描写。

> 确实如此。可是到了后来，当两个孩子都大一些时，有一次因为一件鸡毛蒜皮的小事两口子又争吵起来，直到努又像往常一样抄起锅台上的擀面杖去打老婆时，老婆舍像是突然从睡梦中睡醒来了一样，一下子急了，变得怒火万丈和歇斯底里，她火苗一样扑上去抓住擀面杖，左右两扭，就从努的手里夺了过来，顺手扔到院子里去了。
>
> 这回，努变得非常惊愕和愤怒，就又去撕扯舍的头发。舍的头发被他撕去了一绺。但是，她最终把他按摁在擀面的案板下面，双手攥住男人的脖子，捏得男人头红面紫，眼珠子一个劲儿直向后翻，露出绝望哀求的可怜样儿。

老实人受到了教训。这是他上的第一堂课，他接受了，再也没劲打妻子了。不是没劲，而是没理。他只能垂头丧气，瞪一眼那熟悉而又陌生的妻子。

五

老实人接受的第二个教训来自社会，即小说结尾部分所写的“捞浪渣”。

了一容的小说不卖关子，不打伏笔，所用技巧，融入情节描写中，则了无痕迹。在整个文本中，整齐的技巧被压在一种张力、一种反讽的效果中。老实人看似干瘦，其实健康有力，他本来可以很早就凭力气盖上一座漂亮的房子，然而，老实人被公认的表象阻止了进一步行动，这就是一种张力；他有一个满身是活力且能吃苦耐劳的妻子，然而，大男子主义竟令他毫无顾忌地殴打妻子，这又是一种张力；他本人大可依靠双手正当地谋生，不随大流，然而，在“捞浪渣”也即抢夺他人财产时不甘人后，潜入洪水漩涡，差点丢了性命，这更是一种张力。

“捞浪渣”，这是对老实人最后的教训，也是一次致命的教训。与其说是社会的教训，还不如说是隐藏在文本背后的那个叙事者，借一次以不义手段得来又得而复失的事件，嘲弄了所有的参与者，也嘲弄了老实人。叙事者所用标准，混合着道德的、财产的、文明的诸种观念因素。

> 有些会水的人竟然放大了胆子，挪着步子下到坝里去捞浪渣。那些胆大的人，可以捞到相对距离远一些的好浪渣。
>
> 还有些人竟然能在水里捞到一些从上游冲下来的有价值的东西。比如上游的人遭受了洪灾，洪水袭击了他们的家园，家里许多值钱的东西就都被冲下来了，于是下游的人谁捞到就成了谁的，这已经成为一种约定俗成的惯例和自然而然的事情。

如果缺少了叙事者的标准，缺少了一种观照，这种乱中取利的事件，仅为非常时期的，有如小说所说只是“约定俗成的惯例”。读者觉得这些事件热闹、好玩，惊险刺激，又喜气洋洋，无意得到的财产不是很快乐吗？可是叙事者不动声色地展现了一个更加刺激的结局。

> 人们逃离了坝沿，站立在山梁上心有余悸地看着坝堤，接着，一声惊天

> 动地般轰隆隆的一声巨响，坝面被陡升的水力冲得垮塌下去，那压抑得有些恼火的水流顿时比脱缰的野马还要疯狂几十倍地拥挤着，向那前方，以势不可挡的架势朝向下游奔腾而去。

这个结局显示了一种至高的道德的最终胜利，也扭转了人性的趋向：那么兴高采烈地捞取他人损失的财产时，就没有想想，倘若此事发生在自己身上，那感受又当是怎样的呢？

六

《老实人》是一个带有喜剧色彩的短篇小说，这种喜剧色彩贯穿文本的张力和反讽。它让人笑，但它有刺。它更是一种针砭，对准了人性深处的暗角。

不能说了一容的小说改写了小说中常见的老实人形象，但可以说，了一容的短篇塑造了一个与人所熟知的老实人类型全然不同的形象：对自己不老实的人，不能称为老实人；唯有忠实于自我本性的人，表里如一，内外相符，才称得上老实人。结尾那喧嚣不已的洪水声，伴着人群中吵闹不休的声音，构成了一幅绝妙的反讽图画：老实人终于消融在人群中，如此扰攘人世，老实人其实属罕见生物。

或许，那个躲在文本深处的叙事者，清醒着，发出沮丧的叹息声，他才是真正的老实人！

“一些词栽种在黄土上”
——读马占祥诗集《西北辞》

◎白　草

暮春之际的草叶，其色泽“像一段病句”；杨树的“修辞”是缓慢的；寂寞则是一个“形容词”；一个人走了，留下的只是“隐喻”……以术语直接入诗，偶然为之，会增益陌生化效果，一新人之耳目。这是《西北辞》（作家出版社 2019 年版）中的诗句。大诗人的作品里，有时也能见到。比如，海涅《星星待在高空》：“至爱者的面庞/就是我用的语法”。1992 年诺贝尔文学奖得主沃尔科特《海滩余生》：“……我抛弃/已死的隐喻：杏树的叶形心”。德国被誉为最伟大的女抒情诗人许勒《乡愁》：“我是你怀里/一本五彩缤纷的画册”，等等。

用得多了，出现次数频繁，则易流于模式。《西北辞》诸诗篇中同类用法随手可拾，试举数例。“抽象的修饰词伸出指尖掐着一滴雨”（《月底》）；“一朵怀抱心事的打碗碗花没有言辞”（《写给你》）；“阳光用大段的排比句修饰小城中的光亮”（《小城生活中那么多比喻句》）；“第三棵槐树的字典里有段词句属于叙事”（《那么久远的事》）；“初春应有之景：花朵开在诗书的字里行间”（《阳春歌》）；“走庄串户的人——小地域的版图缺乏美学”（《过梨花咀村》）……文学、音乐、绘画等门类种种术语，所在多有：隐喻、暗喻、章节、节奏、文字、语言、词语、语序、曲子、和声、高声部、抒情、修饰、歌谣、寓言、叙事、虚构、细节、情节、韵脚、修辞、中心词、剧情、图画、色彩、美学、修辞学、词典、典籍，等等。术语本系工具，有其严格内涵及外延规定，以之剪裁景、物、人以及主观情绪，目的在于创造出别样生命的新意象、新图景。拿工具比拟景、物，流连于工具本身，且把玩不已，是为一种不及物写作。诗集中同名诗《西北辞》抒写山峦、山谷之阔大辽远，以“诗句”一词来形容之——“宛如诗句呈现的迷醉”。先成诗句再令人“迷醉”，何如十万大山的苍莽之景能够荡人魂灵。

这是马占祥诗歌浅层面的一个特点。特点过于明显，即为局限，即为模式，却非风格。唯有经历了制造模式，打破模式最终又能走出模式者，才会形成自己的风格。《西北辞》里有不少颇为优秀的诗作，似另辟路径，把“动词”这一术语应有的精神融化入抒情、描写、叙事中，使得全幅画面即刻生动起来、活跃起来。诗人抛弃了惯用的、拿手的术语运用法，再没有将“动词”这一术语硬生生直接嵌入诗句中间，而是为诸多景物注入生命、灵气，呈现动态，且变化多端，各异其面。如果说，“大雨拉着黑色的布匹/在风中跑”（《雷雨之夜》），以“拉”“跑”二词状刻暴雨之斜飘倾倒的形态，辅之以浓黑色彩，二词、两笔便勾勒出了一幅动态图，已经令人甚觉奇异，那么，晨光初显的一刻，“河水也会醒来——微微泛红的光/从东山顶上下来，点燃河流”（《河畔小令》），“醒来”的河水，被阳光“点燃”，这活动的意象，猛可展现出天地间的无言大美，连色彩都是流动不止的，溢彩流光，令人顿觉胸间豁朗、开阔。

这才是一种风格，远非模式化的遣词造句法可比。在马占祥全部诗作里，这种表现方法也很容易被辨认出来，可谓一种手法、一种倾向、一种特点，又全然不觉其模式化、雷同化。动词化为动态，技巧化为生命，繁复的形象包蕴多层意味，诗作，便成功了。试再举数例。激扬的风“把湖面里的天空弄皱，又铺平”（《云的摆动》）；“荞麦的花朵藏着万古愁”（《风云起》）；“整个原野俯下身子/护住一颗草籽”（《野草歌》）；“山上熟睡的草木/怀抱大梦陷于白雪”（《白雪歌》），等等。类似诗句还可举出很多很多。更有甚者，冬日时分，“天空提着云朵的白裙子”，自天狼星下一直铺开来（《噫吁嚱》），那肯定不是物质的、给人穿的衣裙。而星期二，诗人在河边等待某人，他身边两只蚂蚁突然“聊起人间”，声音那样舒缓、有致而有趣，像是在唱歌（《河上歌》）。不止此也，瞧啊，此时此刻，“地上的黄土都长了翅膀，飞到了天上”（《一首小诗有赠南方》）。此际，诗人干脆现身了，指给我们看：芨芨草尖尖的叶梢在“试图表达风，表达土地的深渊”；红蚂蚁们的“社会”秩序井然；水蓬草上的蜂子“见多识广”；槐树里潜伏的火就要开出白色的花朵；众多草木和虫豸们“气定神闲”（《山中一日》）。自然之物活动了，动物开口说起了人话，显然属于拟人修辞格，系诗人擅用手法之一。此手法背后，则隐含着诗人所秉持的一种观念——凡物皆有生命，而生命于其至高意义上即为平等。“草木皆有命”，诗人如是说（《城南歌》）。

这些均为发生在黄土高原上的事情，是诗人自许要在黄土上“栽种”一些词语的结果。土地里播下的种子，需要水分、阳光以及养料，然后才能长出草木花朵，长出庄稼。那么，在黄土里“栽种”下的词语，当然也需要水分、阳光和养料。诗人自述道，事情起始于杨树的一枚叶子,那枚布满纵横纹路的宽大叶片,它需要诉说。于静观默察之中,诗人终于打开了自己,原来,他"心怀山川翠绿,河流汹涌"(《晚风吹》);再度回溯过往,跟着幼年的风一路奔跑而来,原来,他"胸中的河流和山峦都是故乡"(《旅人歌》)。同样,他内心还收集着"火焰"(《不能说出的,是我内心收集的火焰》),那其实是一种深切的爱,它不竭,愈给予则愈多。诗人开口了,他歌唱了,他为黄土加铺色彩:用香茅草的绿、刺玫的红以及向日葵的黄,不只为落日压着的西山"着色"(《宁夏川》),还为一切景、物上色。于是,单调、荒凉的黄土地,变得丰茂、清新,变得热烈、美好。

好诗予人以满足和愉悦。《西北辞》中少量带有叙事性质的抒情诗,令人感觉满足和愉悦之外,还须回味,且需停下来想一想。这些诗作近于小品,时、地、人、事,四者兼备。如《葡萄》《河西》《张掖行》《雨水歌》《窑山》《我在半个城的简历》,或内蕴复杂,或意绪纷繁,或味道醇厚,都是此类诗中峻拔特出者。其中《冬月叙事》,尤见诗人风格一斑:傍晚雨幕包围的老旧小街空寂清冷,柳树上的麻雀们身子缩小犹如竖起的叶子;小店门已上锁,小路上停放一辆载人三轮车;街上一排院落好似拥挤着取暖。一家包子店于开门之时灯光一闪,食物的味道顺着那束光散出,好像要把整条街道喂饱。这是一幅需要静心内视的图画,诸景诸物,皆于白昼活动之后,静息,安宁,而那束挟裹着食物香味的光,一闪之间,则将诸物诸景的静安状态,又加深了一点。

这幅有如梦幻般的画面,处处透露着一点烟火气。是的,那正是人间所有的一景。清冷,衰旧,然而不无美好。张贤亮说过:"人间烟火气,才是最为神圣的。"此之谓也。

年度·邹慧萍

“喊”出来的诗
——李增林先生旧体诗读后感

◎邹慧萍

李增林先生在《李增林旧体诗选》自序里说：“我可以说我和某些人的诗是‘喊’出来的。”并且回顾了那个激情火热的年代和诗词创作的关系：“1958 年 5 月，我们北师大的同学参加十三陵水库兴建劳动，这是我们所参加过的空前艰苦的劳动锻炼。每口激情澎湃，不吐不快，喊出来的几乎全是韵文。”

宁夏诗词界的老前辈吴淮生先生为李先生诗词集作序用的题目是“黄钟大吕铸新词”，可谓恰切！在此，我不惮拾人牙慧，谈谈我最强烈的几点感受。

一、黄钟谐大吕，真情奏强音

只有投身到火热的现实生活当中，才能创作出这火一般激情燃烧着的诗歌，如黄钟大吕般扣人心弦。

“诗言志，歌咏言”“情动于中而行于言”，自古至今，都强调诗歌的抒情性，然而抒什么样的情，言什么样的志才能让你的诗歌具有强烈的震撼力？我想这里的情它绝不仅仅是一己之私的“小我”之情，这里的志也绝不仅仅是关系到个人命运的“小我”之志，它必须是和人类、和国家的命运紧密相关，和现实生活的主旋律十指相扣的大情大意，大志大爱。

对时代精神的敏锐把握，对现实生活的激情参与，对人民创造历史的充分认识，对自我文化人格的自觉和自信，使李增林先生的诗具有历史的沧桑厚重、现实的生龙活虎、激情的昂扬奋进、艺术的豪放不拘，堪称时代的号角、人民的声音。

参加义务劳动，他不言其苦，而是“每日激情澎湃，不吐不快”，大学毕业分配到偏远边疆，他不觉命运不公，反而“激动得落泪，即兴而呼”。他歌唱着青春之美、劳动之美、自然之美、人情之美，他歌唱创造之乐、生活之福，他歌唱祖国发展的每一个强劲有力的足音和心跳。

从早期的拟竹枝词（青春曲四首 1959 年）《植树舜耕山》《植树迓春风》《今日秀才》（二首）到 20 世纪 70 年代末的《庆 1977 年高校招生会议召开（七古）》《喜庆全国科学大会胜利闭幕（五古）》《师生同乐即兴（五古）》等，到 20 世纪八九十年代的《国庆四十周年咏怀二十二韵》《贺中国共产党七十华诞二十韵》《香港回归》《澳门回归》《西部开发胜春时》《西北义士歌（乐府）》《题银川市中山公园雷锋塑像（五绝）》《纪念抗日战争胜利六十周年》《庆建军节八十周年》《爱我中华》（四言古风）、《庆宁夏回族自治区成立五十周年》（四言古风）、《银川赋》《银川诵》等，光读题目就能读出岁月的变迁、时代的更迭，李增林先生以一个文化人敏锐的人格自觉和坚定的文化自信践行着诗歌“兴”“观”“群”“怨”的功能，发挥着“立人”“成人”“化人”的作用，他的诗歌常常依着向美而生且直抒胸臆的歌赋节奏、犹如黄钟大吕，奏响着时代的最强音。“歌唱”“赞颂”“勉励”“惜时”“快马加鞭”“莫负青春好年华”“挽袖擦掌干一场”“放喉更唱日新歌”等词语和意象是李先生旧体诗词的主旋律。

二、文化铸沃土，才情育根苗

深厚的文化素养和敏感的心灵、不凡的才情完美结合，使李增林先生在旧体诗词创作的田野里纵横驰骋，左右开弓，游刃有余，表现出了题材广泛、体裁多样、风格刚柔兼美、辞采文质兼备等特点。

关于题材的广泛性、体裁的多样性显而易见，毋庸赘述。现就风格的刚柔兼美和辞采的文质兼备，说说我的感受。

第一，风格的刚柔兼美。李增林先生的诗多显得奔放自由，热情洋溢，刚毅坚定，这与他作为新中国新一代知识分子与祖国同呼吸共命运的使命和担当分不开，更与他作为中国文人积极乐观上进的性格和“兼济天下”的追求息息相关。这些洋溢着正能量的诗歌潜藏着巨大的精神力量，它给人进取、发奋和超越的力量。为达到这一艺术效果，诗人必须借助一定的艺术手段，这种手段就是直陈其事、直抒胸臆的“乐府诗”的风格，以质朴自然为本色当行，语言不避俚俗。

比如《国庆四十周年咏怀二十二韵》（五古），“华诞金秋至，国辰不惑年”以直叙其事开头，接着用比喻、拟人、象征、排比的手法描写场面：“人民掌九鼎，举觞祝南山。戈壁红云浮，南海翠羽翩……”从紫塞、闽粤、荒山、野岭，写到钢龙、银鹄、工农、科技、五洲、四海……极尽铺排之能事,然后直抒胸臆,择词用句充满阳刚之气,显得音韵响亮,意境阳刚,情绪热烈奔放。“奋起直追”“策马扬鞭”“谱写正气”“大展宏图”“肝胆相照”“众志成城”……这种质朴而充满正能量的词语在他的诗里比比皆是,同时他所选的意象也是正能量满满:大河、阳春、火、祖邦、粒沙、螺钉、马蹄、睡狮、赤龙、高山、大海,等等。

如果说“阳刚”是李先生诗词之主旋律,是黄钟的话,“柔美”就是李先生诗词的谐音,是大吕。

李增林先生旧体诗词的柔美表现在他对他所处环境、生活、大自然有一颗柔软善感之心,具体表现在他对自然之美、阴柔之美、情感之美、细小事物的歌颂和热爱上。典型的诗篇有《银川赋》和《南国红豆歌》《骑驼行》《三八歌》等。

《银川赋》以“江南娇”和“无是君”“西夏叟”的对话展开,极尽想象之妙、描写之功、歌赋之能,表达了对银川这座古城的热爱和对塞上江南美景的盛赞。《南国红豆歌》一反豪放的刚硬耿直,以质朴的语言抒写了捡拾红豆的经过和对红豆所代表的情思的阐发,情感内敛而细腻,大有柔情似水、佳期如梦之感。《骑驼行》颇有白居易《观刈麦》之风,在渲染了“骄阳如火炙,戈壁似炉蒸”之后,把目光转向了那头在沙漠中默默承载着游客的骆驼,感同身受地表达了对这个生灵的敬意。其情可谓细腻入微,其善可谓感人肺腑。《三八歌》笔法宏大,但不乏柔情似水,字里行间充满了对为祖国解放和人民幸福奋斗的女性英雄的体贴、尊重和爱戴。

第二,辞采的文质兼备。李先生多年从事中国古代文学教学,尤其是多年致力于《诗经》《楚辞》的诗译工作,对这两种堪称中国诗歌现实主义和浪漫主义鼻祖的诗歌形式的娴熟把握,使他的诗词歌赋糅合了鲜明的现实主义和浪漫主义色彩。在李先生的诗歌中我们既可以找到大量铺陈直叙的赋诵,也可以找到以彼物比此物的比喻,更有先言他物以引起所咏之物的起兴,同时他借鉴了《楚辞》的辞采典丽优雅和丰富的想象、幻想等艺术手法,使他的诗词歌赋兼具了文质之美。

比如《南国红豆歌》(《夏风》第 6 期,见《宁夏日报》1993 年 4 月 17 日):“南国有嘉树,枝叶似古槐。上有双飞鸟,翠羽红喙腮。其鸣类画眉,啁啾幽且哀。树下落红豆,多为尘土埋。”语言朴实自然,近似口头语,但不乏准确、形象的比喻,营造出画面感、色彩感极强的意境。“嘉”言其美,“槐”言其形,“古”言其意。看似平实叙述,实乃形、意、美兼具。“双”言其恩爱,“翠羽”“红喙”形状色彩兼顾,对比鲜明,言简意赅。“其鸣类画眉”以画眉之鸣作比,简单明了又引人遐想,使所摹之鸟兼具了画眉之美和想象之美,“啁啾”是对声音的摹写,“幽且哀”是对声音引起人之情绪的概括,看似描写客观之鸟鸣,其实是在抒发听者之忧思、哀伤。为后面的“红豆”出场,为“红豆”所代表的意象做了情绪的铺垫。“树下落红豆，多为尘土埋。”此句看似是写实，也许真的是在写实，但是一个“落”字，一个“埋”字谁能说没有隐含作者深情的哀叹和怜惜呢。因为在作者的心底里埋着那首著名的《红豆》：“红豆生南国，春来发几枝。劝君休（一说“多”）采撷，此物最相思。”而相思也好爱情也罢，都是让人割舍不得、醉人又虐心的情感，因此，一个“埋”字，可怜可爱之情溢于言表，可谓言有尽而意无穷。此种语言犹如本色织锦，质而见文，文质兼美。

这是直白的叙述，也是准确的摹写，更是形象的比喻。简单几句，就把这树，这鸟，这物（红豆），这情（相思）形象、生动、准确地呈现在读者面前。

往往看似简单的语句，却有着无法模仿和超越的艺术魅力。姜白石说：“人所易言，我寡言之；人所难言，我易言之，自不俗。”近似小儿语，大白话，但其情其味却绵延悠长，让人欲罢不能。正如白石所谓：“句中有余味，篇中有余意。”（《白石道人说诗》）让人情不自禁想低声吟咏，高声吟唱。

细雨鸟低飞，采者去复来。
泥土双手染，获豆意盈怀。
此物似赤心，热血沸灵台。
翠鸟衔红豆，交颈无嫌猜。

扁圆玲珑物，悠思逾江海。
莲藕水中生，丝絮难剪裁。
树影湖波映，情系同心带。
湖波碧连环，心牵关山外。

千里复万里，岭雁穿叆叇。
万水复千山，翠羽飘然来。
忽忆摩诘句，早劝休撷采。
既采不得舍，怀尔紫塞栽。

邹慧萍，宁夏幼儿师范高等专科学校教授。宁夏作家协会、宁夏评论家协会、宁夏诗词学会、宁夏朗诵家学会会员。出版散文自选集《行走的阳光》，教学专著《最美古典诗词100首诵读指导》，古体诗词集《轻抚丝弦唱素秋》，有小说、散文作品散见于《朔方》《黄河文学》《六盘山》等报刊。

略谈古体诗词的现代意识

——以张孝华古体诗为例

◎邹慧萍

张孝华是我区一位古体诗词爱好者。自 2016 年学习古体诗词写作以来,他的古体诗词被《诗刊》《中华诗词》《中华辞赋》等多家刊物选用,并多次获得全国不同级别赛事奖项。笔者认为,张孝华的古体诗词之所以能在当今众多古体诗词写作热潮中“浮出水面”,与他的现实主义写作风格不无关系。

古体诗词对于现代读者来说,常有“恍若隔世”之感。除了那些久经考验,众口相传,堪为经典的唐诗宋词之外,普通读者对于古体诗词常常是敬而远之的。但是随着 20 世纪 90 年代的“国学热”和“诵读经典”以及近年来中央电视台的诗词大会等活动的开展,人们对古典诗词的欣赏和古体诗词写作的热情都进入了前所未有的境地,学习古典诗词、写作古典诗词蔚然成风,至今方兴未艾,大有如火如荼之势。

但是相对于其他文学体裁,古体诗词始终处于“曲高和寡”“阳春白雪”的地位,是少数人的文学,而失去了“大众”读者。不过,张孝华的诗被报纸杂志屡屡选中,并广泛流传于微信圈,被比较多的读者认同,原因是什么呢?笔者认为这与他诗词写作的视角的“低”、篇幅的“短”、语言的“白”有很大关系,即他借助格律诗这种“古典”的形式抒写着当代人“当下”的生活,他替那些处于生活底层的读者抒发他们心中所思所想而笔下却表达不出来的情感,说出了他们心中想说但没有人能用古体诗词说出来的话。写得明白,读得明白,所以就有共鸣。这就是读者和作者之间最为切近也最为直白的关系,也是文学作品(无论是什么体裁的文学作品)的生命力之所在。

张孝华的古体诗有三个鲜明的特点。

其一是低。即选材接地气。古体诗词长期以来有一种几乎无古不雅的流俗。有人过于追求意境的优美而着意、蓄意美化生活，把情感寄托在一些虚无缥缈的东西上。还有人追求典雅，追求古典美，讲究“无语不有出处，句句皆有来头”，甚至不敢越前人雷池一步。遵古、拟古成风，甚至到了“六经字所无，不敢入诗篇”（黄遵宪《杂感》）的程度。这样的古体诗词只能是读书人写得出，写给读书人看的东西，成了真正的“案牍”之物，而远离了社会现实和生活实际。纵观历史，这样的案牍之物不在少数；观瞻今人，写古体诗词者大有不把古体诗词搞成“阳春白雪”誓不罢休的势头。当然对于意境的追求，你再怎么“羚羊挂角”“无迹可求”都不为过，但是一味追求拟古，以让人看不懂、看不明白为目标，就偏离了“文学为大众服务”的方向。而张孝华的古体诗词能着眼于底层，替那些粗识文墨或者说文化程度不高的“劳动民众”说话，写他们熟悉的生活，抒发他们熟悉的情感，那么引起共鸣就在情理之中了。

可以说，张孝华的古体诗是写给那些在现代生活中匆忙奔波而没有时间看长篇大论文章的打工者看的；是写给那些识字不多但有阅读欲望的现代人看的；是写给那些在现实生活中最需要情感关照的人看的。

其二是短。古体诗词本身就以精炼为特点，言少意多，含蓄蕴藉，一字千金。在短小精悍的古体诗词行列中，张孝华尤其喜欢选用绝句这种只有四句话的诗体来表情达意，不知是有意为之还是无心插柳柳成荫。这种言简意赅的精短小诗极适合人们利用缝隙化的时间进行碎片化的阅读。这也是现代大多数人（尤其是那些把手机微信圈作为主要阅读载体的人们）的阅读习惯。言简意赅又通俗易懂，极为切近“自己”的生活，具有情感共鸣，这就是微信圈里的“张孝华现象”形成的主要原因。

其三是白。张孝华把古体诗词写得浅显易懂，一如口头语。切合了大众文学的口味。关于大众口味，白居易有“老妪能解”的主张。白居易每作一首诗就念给老年妇女听，不懂就改，力求做到她们能懂。相传，他的《母子别》就是从他家的老保姆那里听来的故事。唐宣宗李忱曾写了一首题为《吊白居易》的诗，其中两联是“童子解吟《长恨曲》，胡儿能唱《琵琶篇》。文章已满行人耳，一度思卿一怆然。”极言白诗所知人多，所晓域广，通俗易懂，音韵和谐，圆润悦耳。可见，文字朴素、直白易懂，对于古体诗词而言并不是落于流俗，古体诗词最关键的是文字简白而意象丰蕴。白居易做到了，再往前数，李白也做到了：“床前明月光，疑是地上霜。举头望明月，低头思故乡。”而王维的“明月松间照，清泉石上流”，孟浩然的“春眠不觉晓，处处闻啼鸟。夜来风雨声，花落知多少”也都是小儿能解、老妪能听之语。再往前推，“采菊东篱下，悠然见南山”的陶渊明，“青青河畔草，绵绵思远道”的汉乐府诗，“关关雎鸠，在河之洲。窈窕淑女，君子好逑。”《诗经》里的《关雎》……哪一句是高深难懂或者生涩难解之语呢？因此，直白通俗并不是诗之大忌,运用得当才能大有佳境。白而好解,直而好读,简简单单,却意蕴丰腴,音律和谐,朗朗上口,有金玉之声,岂不快哉?

当今写古体诗词者大多数人遵《平水韵》《词林正韵》为正宗,拘泥于古韵,不能随时代的变化而变化。这也多多少少拘囿了古体诗词的写作和发展。要知道,随着时代的变迁,人类社会发生了翻天覆地的变化,语言当然也在发生着快速的变化,尤其是语音的变化更快,今人写古诗,读者是今人,而拘泥于古音古韵,实在是弊多利少。张孝华的诗以鲜活的口语入诗,既不出格出律,又浅白易懂,这一点值得肯定。

现以张孝华《农民工系列》(绝句四首)为例,略做分析。

农民工

京城又是雪飞扬,遥望归途万里长。
为解心头思念苦,天天劳累用钱量。

首句从京城飞雪的环境写起,把农民工放在了特定的环境中,而这样的环境(不论是雪花飞扬还是艳阳当空)都是出外打工的农民工习以为常的生活环境,他们或站在高高的脚手架上,或骑在摩托车上奔跑,什么天气、什么环境似乎都不影响其劳动和奔波的速度,因为用体力来挣钱养家糊口是他们唯一的目标,也是他们惯常的生活场景。对于他们而言,没有喘息机会,没有休息时间,如果休息就不能挣到更多的钱。而无论怎样窘迫的环境和劳动场面,都不能熄灭他们心中的思乡之情,因为他们都是血肉之躯,他们也有七情六欲、儿女情长。而唯一聊以自慰的是"挣钱"的理想在一天天接近实现。因此"为解心头思念苦,天天劳累用钱量"就语出肺腑,自然天成,道出了农民工在挣钱和思念之间的挣扎与安慰。唯一觉得不够诗味的是"天天劳累"这几个字因为太直白而味儿淡了些。

农民工(新韵)

半袋"乌江"两个馍,一瓶啤酒一人喝。
莫说都市打工苦,追梦人生都是歌。

此诗以小视角入题,"半袋'乌江'"和"两个馍"既是写实,又成佳对,半袋"乌江"榨菜和两个馍把农民工的形象异常鲜明地勾勒出来了。"一瓶啤酒"和"一人喝"是写实,更因为"一"的重复而带出了农民工形单影孤、寂寞无助的心理活动。而作者却躲在文字背后，只让文字说话。看似无情语，却深情藏泉下，汩汩作响，令人心动。下班之后，或者工作间隙，“半袋‘乌江’两个馍，一瓶啤酒一人喝”的情景对于这些在街头小憩的农民工来说是常态。一、二句，妙就妙在无一情语，却让读者、听者、经历者如鲠在喉。后两句稍显跳跃，似乎是跑出来“硬”说的话，虽然是光明的尾巴，却也是人之常情。不论是打工者还是现代写字楼里的金领白领，在这个人人追梦的年代，追梦是人生的主旋律，也是幸福生活的真谛。

回家过年（新韵）

大包拖曳小包扛，千里归家雪路长。

牢记爱妻私语事，纸烟换作口香糖。

此诗前两句似无奇处，朴素直白的语言描写了农民工归家过年之情景，大包小包，拖曳肩扛，司空见惯。“千里归家”还是“雪路长”也无奇处，只说归家路长，加上雨雪霏霏，倍增旅途艰难而已。奇处在于三、四两句的扭转和结牢。“牢记爱妻私语事”，突兀而起，令人眼前一亮，思绪联翩：私语者，何事也？“纸烟换作口香糖”是交代，也留有余音。为什么要把“纸烟”换作“口香糖”？不禁令人哑然失笑。小小一个的“换”字，便道尽夫妻之间的小情趣小情调，而倍增雅趣。回头再看前两句，那种受到城市文明熏染的打工者形象便如在目前。确实是字少言多，含蓄蕴藉，意在言外。

伏日里的农民工

晚归何处觅清凉，借宿街头凳作床。

但乞蚊虫莫惊扰，留些好梦到家乡。

此诗很得唐代金昌绪《春怨》之佳境：“打起黄莺儿，莫教枝上啼。啼时惊妾梦，不得到辽西。”艺术上有明显的仿古之迹。但是从题材上来说，他选取的是现实中的街头一景：睡在街头长椅上的农民工，他们经受着日晒虫叮蚊咬的辛苦，却也因为劳累而睡得香甜。三、四句是作者跑出来说的话：“但乞蚊虫莫惊扰，留些好梦到家乡。”也是打工者的心愿，更是远在家乡的亲人的盼望。父母、妻子、儿女，也可以说出这样的话，心存这样的疼惜。“留些好梦到家乡”只说“好梦”，何为好梦？好梦里都有谁？作者不说。而读者各有解读，各有好梦。

司空图说：“不著一字，尽得风流。语不涉难，已不堪忧。是有真宰，与之沉浮。如渌满酒,花时返秋。悠悠空尘,忽忽海沤。浅深聚散,万取一收。”(《二十四诗品·含蓄》)无一字直接述说自己的情思,而自己的情思却在寻常事物的描绘中得到了最完满的表现,这是诗歌的最高境界,也是“含蓄”的真谛。

张孝华的古体诗词内容以关注农民工、留守儿童、留守老人取胜,既有强烈的生活气息,又充分展现了“底层”人物的情感世界、生活环境、语用环境,可以说是非常“接地气”的“直如口头语”的古体诗歌,这在众多文人写作和案牍之物盛行的古诗词中无疑似春风拂面,令人耳目一新,心旷神怡。希望张孝华先生能够沿着自己“短、白、低”的路子继续探索,保持自己古体诗词的现代意识,写出更多反映现实生活的直如口头语、翁妪能解、小儿能吟又不失含蓄蕴藉的好诗来。

赋到情深句便工

——祁飞龙诗词浅谈

◎邹慧萍

论祁飞龙先生之诗词创作，首先，我称赞他的执着与勤奋。我不了解他的学业背景，只从他发在微信圈及公开发表的诗作看，他是一位十分勤奋又刻苦的人。看得出他是读过不少古典文学作品尤其是诗词作品的，因为在他的诗作里，常常会发现古人的影子和化典出新的句子。“遥望远山天阙近，身临绝顶我成峰”（《登高》）既有“会当凌绝顶，一览众山小”的气势，又兼顾了“欲穷千里目，更上一层楼”的哲理。可以说这是作者对古诗词意境出神入化的运用，也是自我意识的觉醒和抒发。登高而有如此感悟，近乎“通透”也。任何艺术几乎都离不开对前人的学习模仿和自己的创作创新，祁飞龙先生是一位好学且能静下心来向学的人，因此，我们有信心期待他的成功。

其次，他是一位颇具诗人气质的人。何谓诗人气质，才情才气兼具者也。南朝文论家刘勰在《文心雕龙》里把作家创作个性的形成归结为“才”“气”“学”“习”四个方面。这里的“才”应该指“先天之才”，不是所有的人都能成为作家，作家是需要一些天生的禀赋的。“气”指气质。气质又是性格和性情的综合体。刘勰说：“登山则情满于山，观海则意溢于海。”这就是指敏感而多情的性格和性情。不是所有的人都能够具有这样的性情。而“学”就是学养，学养从哪里来，从学习中得来。杜甫有“读书破万卷，下笔如有神”的感悟，陆游有“汝果欲学诗，工夫在诗外”的告诫。看来学习也有一个广阔的领域。甚至有人说：“行万里路胜于读万卷书。”可见读书、阅历和生活对于写作的重要性。“习”者，数飞也。小鸟反复地试飞才能学会飞翔。这里的“习”当然指学习的过程了。“才”“气”多指先天，“学”“习”多指后天，一个真正的诗人是先天禀赋和后天学习相结合的产物。飞龙既有先天禀赋，又具有苦学精神，何惧不成！

综合观之，祁飞龙先生的诗词特点有三。

一为善抒情言志。古人云："诗言志，歌咏言。"诗歌是更注重个人情感之抒发的文学体裁。祁飞龙先生善于用敏感而敏锐的心灵去感悟客观世界。不论是登高还是读史，都非常注重"以我观物，使物皆着我之色彩"。"莫言岁月催人老，览尽天涯路从容"（《登栖凤山》）这种登临绝顶而生的乐观情绪、从容心态，非阅尽天涯者不可有也，令人联想到苏轼的乐观。可谓意境、气势、胸怀一语皆出。祁飞龙的抒情不像大多数女性作者那样只关注于花花草草、日出日落、时序更迭，乃至于悲欢离合的一己之情，在他的诗歌里，有"天下兴亡，匹夫有责"的忧患意识和"大丈夫当立不世之功"的男儿气概，更有"远眺崇峦几度痴，登临且忘满怀思"（《望贺兰山》）的物我两忘和"水流冰下藏诗趣，雪裹梅开入画魂"（《雪梅》）的托物言志。

二为题材较为广泛。就诗作题材来看，写景抒情、记事咏怀、咏史怀古、登高抒怀、托物言志、歌唱时代等都有涉猎，可见飞龙先生眼界之宽、胸怀之广、关注之多也。诗人只有关注社会现实，关注人民的生活，关注身边的事，才能写出富有生命力的诗来。由此可见，祁飞龙先生所走的路子是对的。

三为体裁的多样化。在祁飞龙先生自己选编的四十余首诗词里，有十五首词和二十七首诗作，可见他在诗词体裁上的自觉学习和实践。应该说他的诗以"雄"取胜。且看以下《登高》这首七绝。

登高

攀崖越岭兴犹浓，眼底浮云涌浪层。
遥望远山天阙近，身临绝顶我成峰。

直抒胸臆，以"兴犹浓"起句，奠定了兴致盎然攀崖越岭的调子。以"身临绝顶我成峰"结束，表达了大无畏和乐观主义精神。因此他眼中之景也是"眼底浮云涌浪层"的豪迈和宏阔。与此相似的还有《黄河撷景》："黄河浩气锁长天，极目飞舟景壮观。日照斜空烟万里，霞铺叠浪锦千滩。"写壮观之景，抒豪放之情："斗心更胜情怀壮，放眼才知境界宽。志在八荒随鹭举，诗生彩翼驾青鸾。"有远志也。

与诗的豪放和豪迈相反，他的词以"柔"而佳。无论是写景的词，还是记事抒情的词，都写得含蓄、深沉。能感觉到他作为男儿的缱绻柔情。《南乡子·母亲节思慈母》："昨夜又凄凉，辞别清明早断肠。风过二楼门半掩，迷茫，身冷云昏月隐妆。 思念比天长，暗闪青灯雨打窗。不愿醒来谁唤起？心伤，梦里泪流知几行。""思念比天长"的款款情深不是无来由的，而衬托于“风过二楼”“身冷云昏月隐妆”和“雨打窗”的凄凉环境，更来源于“辞别清明早断肠”的“昨夜又凄凉”，此情映此景，此景生此情，真正的情景交融，情伤景凉，景情两融，情景两忘。结语“梦里泪流知几行”便是顺应自然，而不是无来由地无病呻吟。

有人把诗分为大人之诗、学者之诗、诗人之诗。言大人（政治家、伟人）之诗以思想气魄胜，一般人纵有豪言壮语，无以达境界，毛泽东《沁园春·雪》是也；学者之诗以学识功力取胜，典雅工稳，字字有来历，句句有深意，韩愈、柳宗元之诗是也；诗人之诗以情取胜，以心凝结，李杜诸公是也。

鄙人认为此语颇偏，有失公允，人无完人，各有特点，诗家亦如此。若论诗之佳境，非三者融合不可胜也。因此，学诗之径，始于规矩、兴于性情、佳于胸怀，三者皆有，便成佳作。可知，学诗之路，任重而道远！

专题·张铎

心明如镜 真善皆美
——读张铎诗集《榆钱儿》

◎王晓静

“人间四月芳菲尽，山寺桃花始盛开”，这美好诗句所形容的自然景象，呈现出的丰富色彩，可以欣赏，却无法言说，因为诗中每一种花用自己的方言向这个世界宣告其到来的必然，是山中独一无二的特色。另有一些植物不开花，直接以叶或者其他形式表现芬芳，榆树就是其中之一。无人形容它的颜色，更与想象中的崇拜或者祭祀一类的景象毫无关联，用最为乡村的日常生活化的说法取名曰“榆钱儿”。榆钱儿，既是叶的初春绽放，又是可食的果实。

榆钱儿可吃的历史由来已久，榆钱儿可读的历史才刚刚开始。读到本土诗人兼评论家张铎的诗集《榆钱儿》，首先就被这么朴实无华的名字吸引和触动。原来人之于家园故土，被童年记忆中的美味熏染，以为只是再普通不过的小事，可以闲谈，或者无视。未曾想到竟有人如此久历尘俗洗礼之后，愿意回到本原，最初的乡音乡情和乡味里，唤醒更多压抑在心灵底层的潜意识，释放出诗的意境来——那些不堪回首的往事中，可供代餐的野味有无数，与之藕断丝连且时时温暖着一个经历过饥寒的胃，从未离开过如同乡邻的存在，是门前的一棵大榆树，以及每年春天长出似古币一样浑圆的榆钱儿。

《榆钱儿》里每一首诗的长度和榆钱儿有点接近，一片一片随风闪动，串成一串，从繁到简，从密到疏，其中都经历过什么？作者用四个节拍和韵律做了回答。

这四个节拍分别为《塞上的歌》《生活的韵》《乡野的雨》《尘世的露》，至简风格的小题目，涵容的长高宽各有限定，却又无边界地连成一体。

从六盘山林中迈出漫游第一步，写与山相连的景色：野荷谷、苦水泉、臭水泉、麻水泉，看到历史深处的遗存——瓦亭和须弥山；从吴忠近处的黄河楼、石嘴山依傍的沙湖，到银川的西夏陵，象征宁夏坐标的贺兰山，昭示古老神话传说的岩画，现代气息浓郁的湖城、阅海、鸣翠湖，工业绩效明显的宁东，一番迂回曲折之后，又越过清水河，回归了六盘山。诗人边走边看，心与物齐，移步换景，一路走来，为塞上的自然景观、人文景象，用五色彩线编织美丽的歌，衷心赞颂，让读者忍不住重新审视生活的这片田园，如此美丽的风景，平日怎么熟视无睹呢？在诗人的眼中、诗人的笔下，美无处不在！

为塞上江南画像，不但画得真且美，其中最显诱惑力的是风。

《风情万种》组诗一共十首，四六字不等，三五句不齐，慢节拍缓韵律的抒怀，一丝一丝剪开来描述，这形容二月春风的绝句，原来还可以切分成尘世中数不清的微粒。这看不见摸不着的存在，附着作者细微的情绪、细腻的情感，一拍一拍地击打。节奏在风里，声音在风中，太阳随风跌到了树梢上，雨被风织成了斜线的幕帘，而那隐蔽的落叶，风吹不动，底下却藏着无数的奇兵——风的无数情态，被诗人一一描摹，化无形为有形，原来诗人早已心明如镜，尽管风也七十二变，一样被照出原形。

《榆钱儿》的每一首诗都既简且疏，寥寥几句，仿佛把诸多的体悟都涵盖进去，极为精炼，有“三秋树”和“二月花”的景象。删去了所有多余的缀饰，达到一字不多，一字无法少的境界。这是知天命之后的淡泊和安然，用平和的语气和态势表达激烈的矛盾冲突，一字一句，一首短诗的分量，俨然一座城池的重量。能把榆钱儿这样微不足道的小景致，写成一个菩提的世界，打破了小与大之间的界限，是经过生活磨砺之后，结出的智慧果实。

以前读诗人的诗集《三地书》，总感觉到字里行间的繁和密，似乎与年轻的心态有关，一下把积攒的各种资源和物品，恨不得一口气填满所有的空间，以至于读者读完后，竟感觉无法言说，似乎诗本身可以蔓延的空间，都被诗人自己说尽了。如今，这新出的《榆钱儿》却与之前的风格截然不同，一改往日密不透风的诗情缀饰，剪断随风叮咚作响的铃铛，抛弃了无数可以表现的物象，只留下风自身，以摇曳多姿的神态，简洁地与天空和大地两极帷幕相互映衬。每一首诗里几颗迥然不同的星星，挂在空白的纸面上，其后是辽阔悠远的海岸线。

城市生活令人向往，但在城市里“我是谁”却是个难以回答的问题。

在家的时候
我觉得我就是我
出门在外
老感觉我不是我

城市生活对人的异化，更多的是在无知觉中被动进行的。一起住的邻居，从不往来，咫尺天涯之感甚浓，那一扇关上的门，比乡村隔着几里远敞开的大门，距离还要遥远和陌生。诗人怀念着童年的榆钱儿，是基于眼前的景致而生：春夏季节，有数不清的人，特别是大妈们，围在榆树的周边，捋着翠嫩的榆钱儿，相互交流最好的做法，仿佛那些带着初春气息的叶片，能治愈人们冰冷了一个寒冬的心情。诗人以充满乡村和童年气息的榆钱儿题名，大概也在弥补久住城市的心理空白。

诗人描述的童年是这样的。

邻居的孩子
拿着一块白面馍馍
他看着我咬了一口
越嚼馍馍越白
我咽着唾液
想象着那馍馍的滋味
瓦蓝瓦蓝的天
是那么高远

同一片蓝天下，童年际遇的差别，往往令人刻骨铭心，奋斗一生，有时就是为了弥补这一道心灵上的伤痕。尽管已经不重要，但在童年，在一个孩子的眼里和心里，不明白那种天地间的裂缝因何而来，现在用诗情不经意地抹平后，发现瓦蓝的天并没有什么变化。从童年到中年，几十年，被一大片时空隔开，遥远的距离与陌生的情感，熟悉的味道与相似的情景，都是生活的原始滋味。不能说有多遥远或者多切近，因为行走的轨迹，与那些熟悉的景象相连。榆钱儿，这个朴实无华的意象，涵容了所有童年酸甜苦辣的滋味，春天唯一变化的景象，又似乎轰轰烈烈地与万千气象无二，过程都在诗人的人生轨迹中，由一个字句、一行诗文，一篇章节构成。

读《榆钱儿》，沿着诗人的心路历程，又一次回到了纯粹的童年，那有甜有痛的一段时光，延续着昨日和未来。

王晓静，宁夏文艺评论家协会秘书长，中国文艺评论家协会理事。出版文学评论集《梦断乡心又一程》，文艺评论集《落花有意染衣袖》。获第九届宁夏文艺评论一等奖。

生活在尘世间

——初读张铎诗集《榆钱儿》

◎李　亮

2016年,《朔方》出过一期“宁夏青年诗人作品专号”,最后一篇文章是张铎的点评,主要从边塞特征和农裔气质两个层面对宁夏青年的诗歌进行评述。初读张铎诗集《榆钱儿》,边塞特征和农裔气质用来概括这部诗集的艺术风格,也是非常贴切的。

《榆钱儿》分为四辑,《塞上的歌》《生活的韵》《乡野的雨》和《尘世的露》。在内容上,张铎的诗歌是生活的诗歌,和一片地域有关,形成了塞上风;过着远离现代都市的生活,充满着乡土味;不乏生活的情趣,散发出一种“入世”的烟火气。

一是塞上风,生活在塞外,吟唱《塞上的歌》。《湖城银川》《银川的风》《石嘴山》《吴忠印象》等诗篇,直接点明了描写对象,西夏陵、贺兰山、沙湖以及固原地区的野荷谷、须弥山、六盘山等,在诗人笔下,不仅是一种风景,更是一种记忆,每一幅画面,似乎都是穿越历史而来,充满历史的厚重感。如《六盘山》一诗写道:“啊,六盘山你不是风景照/也不是商标/你是人生之象征/历史之缩影。”

二是乡土味,生活在乡野,倾听《乡野的雨》。诗人将自己比作“山之子”,像山一样木讷,留恋着“乡土味”。这种农裔气质,一方面是朴实无华的生活,无非扫地、打电话、陪双亲逛街而已,另一方面是超脱聪慧的生存。看一下《尘土》这首诗:“天天扫地仍然有尘土/怪不得老伴经常让我扫地/不然的话/这人世的灰尘会把我们——提前埋掉。”这首诗里有低到尘埃的生活,天天扫地;有温情脉脉的爱情,听命于老伴,经常扫地;也有人生的隐喻,充满了生活的禅机,怎能让人世的灰尘提前把自己埋掉?做到像神一样,已经算是得到了人生的大智慧:“时时勤拂拭,莫使惹尘埃。”

三是烟火气,生活在人间,畅饮《尘世的露》。这些诗篇主要还是描写一种乡土生活，在自我身份的归属上，诗人是“土地的儿子”（很多现代作家、诗人都有这种身份定位），追忆童年生活，有乡村即景，也有脉脉亲情。这种对土地、乡村和亲人的情感，才是支撑这部诗集的情感基础。在《三代人》中，“发现父亲像祖父时/觉得有点好笑/发现自己像父亲时/却怎么也笑不起来”。这不仅包含命运的“轮回”，当然也是一种传承，父亲像祖父，自己像父亲，还有生命的感悟，从“有点好笑”到“笑不起来”的转变，是感同身受的理解，一种洞明世事的彻悟。与之相近的还有《父与子》这首诗，不想像父亲，却越来越像父亲；不像父亲时，却“活得不像个人”。

生活不在别处，生活就在尘世间。张铎的诗是生活的诗，不仅有生活的广度，也有情感的纯度，还有历史的厚度与哲理的深度。生活与情感的经历来源于人生经验，而历史与哲理的思考来源于阅读经验，也成为支撑这部诗集的哲理基础。尤其是一些短小精致的短诗，以一种辩证的视角看待世间万物，处处透露着哲理的机锋，如《读史有感》《下雪了》《远和近》《同一条路》《农夫和蛇》《我是谁》等诗篇，不再一一摘录。《读史有感》是这部诗集中最短的几首诗篇之一，全诗 13 个字，不妨把这首诗放到最后，“我是我/是悲剧/我不是我/是喜剧”。

李亮，宁夏文艺评论家协会副秘书长、宁夏民族艺术研究所《民族艺林》编辑。

从乡村到山林 从田园到山水

◎张 铎

王武军先生说，我的诗歌创作“在地性”比较突出，无论怎样写，都没有离开“三地”，即清水河、泾河、黄河三条河，须弥山、六盘山、贺兰山三座山。一河一山为一地，诚如吴淮生先生所言，这“三地”构成了我人生旅程的背景和成长的生活环境。苗雨时教授也讲：“张铎所谓的‘三地’是‘指故乡，小城，大西北。在空间转换中，又叠印着他的童年，青年，中年。三个境地，三样情怀，三种艺术修辞。它们各具特色，又相互交织，彼此相异，又前后贯通，从而描绘出了他一幅生命的图卷，弹奏出了他一曲人生的乐章。’”

三位先生讲得都不错，是客观事实。诗人大都有“在地性”，那些所在地的文化积淀，融入诗人的生命体验，从而成为创作的不竭源泉，以致形成了独特的精神气质。我曾说，写诗就是写自己。我写诗，诗也写我。诗就是生命的一种物化。风格即人。我是塞上的一棵榆树，自己的作品就像家乡的榆钱儿一样普通，是一种低到尘埃里的诗，朴朴实实的，毫不起眼，只不过比较自然，有生活气息罢了。我的诗里有我，我也写像我一样的诗。作为一个写诗的人，就应该像诗一样生活。我的习作虽“在地”特色较为明显，但也在慢慢发生着些微变化。在地域上看，从乡村又转向山林；在题材上看，从田园又转到山水。

过去写乡村生活的田园诗，大都重感情，写乡情、亲情、友情等，注重意象营造，用形象说话，力求像生活一样瓷实，像自然一样自然，达成明亮与凝重的对立统一，追求一种澄明之境。如《风景》：“蔚蓝蔚蓝的天/默默地注视着/收割后的田野/庄稼割倒了/一个个麦垛/像戴着黄绒帽的胖娃娃。”蓝天之下，麦浪金黄，刚刚收割后的土地是黄褐色的，土地之上的麦垛又像戴着黄绒帽的胖娃娃，色彩虽简单，但有层次感；意象不复杂，却给人一种古朴、接地气的感觉，有生活根基，也有画面感，单纯而又丰富。而作者的喜悦之情就藏在麦垛“像戴着黄绒帽的胖娃娃”这个意象之中，同时也折射出了时代的发展变化。诗要诞生艺术之美，就要锲而不舍地开掘意象，善用形象思维，并用爱的心灵去感应审美意象的深层意蕴。邹慧萍教授评说这个意象“就像梵·高的油画《向日葵》一样浓墨重彩，暗流涌动”。赵炳鑫先生说：“心尚原野，求法自然，在自然中写独特的这一个。”“自然”在我国传统诗学中，属于最为理想的审美形态。只有心灵充满阳光、充满幻想，自然才会给我们以诗意以灵感以运动着的美。所以两位先生都过誉了，那只是我的努力方向。又如《春歌》：“青铜色的肩背/倚在金色的麦捆上/丰收的喜气和着热汗/在闪光的脸上流淌/歇一口气/割二十趟/心里浮出一幅画/用金色的麦粒/铺成地毯/迎接没过门的新娘”。青年农民的肩背是“青铜色”的，有一种力量感，麦捆、麦粒是金色的，给人希望，青年的心里有一幅画，那就是“用金色的麦粒/铺成地毯/迎接没过门的新娘”，浓墨重彩，意象凝重，充溢着乡村年轻人对新生活的喜悦和幸福。农村青年的爱情，不同于城里青年，有自己的特点，用麦粒铺成地毯这个意象来表现较为真实准确，既有时代特色，又有乡土气息，同时也显得纯朴与深沉。事实上，意象这个审美中介，就是作者对生活的一种精神超越，使平常事物放射出光彩。诸如此类诗歌，比较温暖、喜庆，邹慧萍教授认为“像阳光一样瓷实、像自然一样自然”，瓦楞草先生认为是对乡村的投入与疏离，赵志浩先生认为是“塞上游子吟”，而孙爽先生认为是“在苦难书写与温情想象之间的土人”，李苏、马婷又认为是“黄土地上的歌唱者”，赵炳鑫先生则认为“三地诗篇蕴深情”，并强调“重建我们诗歌的象征意义，就是要从道德的、社会伦理的寓意之中去发现可能的意义，从而完成对当代社会的诗歌命名”。见仁见智，各位先生分析得都有道理，甚至有些内容我都没有想到。

现在主要写山水诗，无论模山，还是范水，乃至于勾勒风景等，崇尚空灵，重视构建意境，讲求言简意赅、形神兼备、意境深远，重视知、情、意、行相统一的中华美学精神，以此凸显对祖国山河的热爱之情。如《山城春色》，只有两行：“小姑娘的脸色/有点苍白”。这首诗触物起情，主要是在虚实显隐之间做加减法，追求空灵及意境。用吴老的评说就是：“如果将标题盖住，你能知道是写山城春色吗?恐怕不能。此诗用的是传统和现代相结合的方法。将山城比作小姑娘，显示了诗人偏爱山城的感情倾向。从传统的角度来说，将城比作人，是拟人；按现代的视角观察，以人状写城，则是隐喻。这不能不说是一种妙笔。山城地处高寒偏僻之区，春天来得晚，姹紫嫣红也较逊色。既然将城拟人，以人喻城，那么‘小姑娘的脸色/有点苍白’就很贴切了。”吴老对这首诗的分析，深得我心。别林斯基认为：“诗是寓于形象的思维。”当然山城的春天来得晚，不仅仅是季节的因素，还有其他多种原因。而用小姑娘比山城，又显示出了山城的可爱等，不仅是作者喜爱山城。对于诗人而言,写诗其实就是对美的一次发现。没有艺术美的发现,就不好写诗。又如刘东先生选入《世界汉语文学经典微诗一百家》的张铎经典微诗四首之一《沙湖》:“敦煌飞天/遗失在沙海的一块古铜镜/照在里边的/是一望无际的沙漠”。众所周知,敦煌壁画自被发现以来,就以其精彩绝伦的壁画和雕塑,从色彩、线条、造型等各个方面,对现当代艺术发展产生了极其深远的影响。把沙湖比作敦煌飞天女神的古铜镜,一是说沙湖与飞天仙女常用的镜子一样澄澈、明亮,“曾是惊鸿照影来”,而沙湖周边的沙漠是古铜色的,又与铜镜色调一致;二是侧写沙湖之美,即沙湖像飞天女神的铜镜一样,那么沙湖之美可想而知。前者实写,后者虚写,虚实结合,相得益彰,增加了诗作的张力。而照在古铜镜里面的,也就是照在沙湖里面的,“是一望无际的沙漠”,除了黄沙绿水,还有蓝天白云,境界辽阔,古色古香,美不胜收,作者的喜爱和赞美之情尽在其中,但又比较平静。作者以诗的形式呈现内心的情感波澜,又映照出了一个时代的社会镜像。故而苗雨时教授说张铎的诗是“一颗颗晶莹珍珠的闪亮”。吴淮生先生则认为是诗歌话语的回归,传统与现代并举,反映出了自然地理与人文地理的美学个性。

最后,我想借用苗雨时教授的一段话作结语。“他(张铎)不动声色,从容淡定,心态平和,在孤独的沉寂中,放飞灵魂。我们把他的诗比喻成一颗颗晶莹的珍珠,这珍珠是由生活之沙落入身心的蚌壳里,经由孕育和磨砺而生成的。它小巧而丰实,静默而闪亮。唯其小而能大,唯其静而能深。小而微,不是空无,而是于纤尘中见大千世界,所谓一沙一世界,一花一天国。宁而静,也不是死寂,而是动中之静,虽动而静极。诗人虚心应物,纳天地之寥廓,入澄明之心境,大小由之,动静谐和,不染浊思,以此敞亮生命与万物之真。这样的诗,深入人心,洗尽铅华,直达物我两忘、‘天人合一’的至境、极境。可以说,诗人在自己的创作中,体味到了这种奥秘,正一步一步地攀登艺术的峰峦!”

从乡村到山林,从田园到山水,从温暖到平静,从生活气息到人生况味,我的这个求索过程,其实是一个回归自然的过程。当然,这里的自然不是指客观存在的自然界,而是一种不加强制力量而顺其自然的状态。从山林里来,又回归山林;从自然里来,又回归自然,乃至物我两忘,达到天人合一的境界,对我而言,路仍很漫长,须长期探求!

张铎,本名张树仁。中国作家协会会员,中国文艺评论家协会会员,宁夏诗词学会副会长、诗歌学会名誉副会长,宁夏师范学院西海固文学研究所特邀研究员,银川文学院院聘作家。出版诗集《三地书》《榆钱儿》,散文诗集《春的履历》,评论集《塞上潮音》《塞上涛声》等。

专题·了一容

看了一容如何为“老实人”画像

◎韩春萍

作家了一容以他的小人物叙事和独特美学风格引人关注。他小说最大的特点就是突出空间性问题。小说是一种时间的艺术,依赖时间,依赖因果逻辑的推进。一个不注重时间元素的作者是如何构建小说的呢?我们就了一容近期发表在《天津文学》上的一篇短篇小说《老实人》为例,来谈这个问题。

《老实人》这篇小说讲的是宁夏西海固万山包围当中有一个叫黑山的村子,在那里生活着一群老实人。在这群老实人当中有一位最老实者名叫努。小说先简单地交代了努生活的背景和精神状态。接下来就讲了“今天”所发生的事。努犁地时一场雷阵雨到来,滚滚的雷雨带来了巨大的洪流,洪流携带着浪渣(牲畜粪便和枯枝败叶之类)流进村里的水坝。淋成了落汤鸡的努转而和妻子随人流蜂拥到大坝边去捞浪渣,努掉入水中差点淹死,正在人们为各自的浪渣多少而争吵撕扯的时候,大坝在洪水中决堤,浪渣被挟裹而去,人们作鸟兽散。

这是一个简单的故事,似乎并没有明显的戏剧冲突。但正是这样的故事让我们看到小人物的日常生活,在“小”与“大”的张力中,了一容给读者描绘了一个立体而深刻的老实人形象,甚至是老实人群像。短短数千字篇幅是如何做到的呢?笔者认为了一容是很善于用绘画技巧来写小说的一个作家。以这篇小说为例,其中涉及有无、远近、大小、浓淡的艺术处理。

首先,在这个简单的故事中,有多处闲笔。比如说写到了黑山这个地方似乎就是世界的一个死角,这里的人们是怎样生活的,有几处闲笔跟我们淡淡地描绘出来了,通过人们对于努和妻子的取笑、给努起绰号勾勒了主人公的生存状态。人们是怎样看待努的呢？作者很少评价人物，而是借助于努所生活的村庄环境，透过村民们的不同评价，通过全知全能的叙事视角一点一点让努在这个背景上活了起来。作为背景的“空”不是被创造的，只是一种空间性容纳和显现。努走到了我们的眼前，走到我们的心中，挥之不去。这样一个让人过目难忘的文学形象似乎不是被创造的，而是被这篇接近于“空”的真实而平淡的空间容纳和显现的一个结果。这个“空”在这里是一种背景，而不是没有，不是空白。了一容小说很擅长渲染这样一种“空”的背景。

了一容塑造人物方法可以说是“无中生有”，在如空气一般“空”的背景上显现了努这个人物。而对这个背景的塑造最为重要的艺术手法，就是远和近的艺术手法。比如在小说的叙事中，几处闲笔，写到了努在犁地的时候，翻出一种叫吉姑娘的白虫子，可以随人的命令而摆动，在泥土中蠕动，被喜鹊和乌鸦吃掉，虫和努的生活状态相互映照。写到努和妻子的关系时，看似漫不经心的几笔夫妻打架，淡淡勾勒出了努的精神状态。在亲密关系模式中体现出了他压抑的愤怒是如何投射到妻子身上的。这些闲笔给我们呈现了更为丰富的老实人的内心以及他们的能量发泄口。再比如写天上炸雷如何与黑村人的道德禁忌产生联系。凡此种种闲笔，寥寥几笔，淡远空茫，形成故事的远景。

故事的近景就是“今天”所发生的事，人们打捞浪渣的传奇经历。浓墨重彩渲染的近景选择了弃大抓小，通过小人物，通过这个最不起眼的人物身上所具有的某一种行为的爆发力，与那决堤的洪水相呼应，写出了小人物生命中的大事件。正是在有无、远近、浓淡中展现的小与大的辩证关系让人触动，打捞那些夹杂动物粪便和枯枝败叶的浪渣就是那么重大的事吗？值得努如此奋不顾身吗？可努就偏偏为此赌上性命。细察努的心理除了匮乏除了从众，还有赢得尊严的那种悲壮。这样赢得的尊严是有意义的吗?小人物的“大”与读者的“大”越悬殊，越具有悲剧性和震撼力。努的这起生命大事件之所以如此真实而触动人心，就在于努不是一个人在奋斗，几乎全村的男女都在大坝边做着和努一样的事。这些非理性的群众事件中隐含着多少无处可施的冲动力量？这个老实人群体吵闹撕扯模糊成一团，似乎成了一个时代的意象。

通过这些细节，我们看到了一容小说惯于采用有无、远近、大小、浓淡等对比关系。一般认为小说主要是关于时间的艺术，代表着认同，代表人对秩序的建构性倾向。而了一容这样的创作手法打破了时间，或者说冲击着人们对认同的执着，让人不得不放弃寻找某种绝对的事物。这给读者带来了一个不太好判断甚至是不适感的阅读体验，但作者恰恰探索的是一种精神上的无限可能性，接近于物理学家所说的冲破“时空泡沫”之后的混沌状态。在笔墨的有无、远近、大小、浓淡当中把我们带到了光明与阴暗的交界处，那里是一个秘密之地，是无数作家想要进入的地方，那里暗含着人性的善恶交会，以及转化的可能。一般的小说，通过强化认同，让“我”有别于他人的感受，确认叙事主体的存在感。对自身的认识能力越强，就越能掌控经验。但是一个人的自我认知很多时候执着在物质的、身体的、情感的、名誉的、道德的某个层面，究竟能在多大程度上认清他自身的全部经验呢？这是了一容小说让我们思考的。

在了一容的小说里，我们感受到人物是反典型化的，主人公的普遍性，就像一个原型意象让我们认出自己。这种人物的反独特性塑造手法是对个体自我执着式认知的一个讽刺。有一个远近、大小、浓淡相宜的空间感，这个生命一定会处在一个非常清醒的自我觉知状态，一如千江有水千江月。一切的空间关系都是人在天地万物中的自我定位的象征。了一容这种写法有利于读者看清看透人物，他不在此故弄玄虚，目的就是要看清看透，还要如照镜子一般照出自己的原形。通过努这样的小人物，了一容让我们看到你我之间并无差异，悲悯于此生焉。

了一容的文与画相得益彰，我觉得他这种小说艺术能力有助于写出传世短篇小说，写长篇就不确定了，但也不一定非要写长篇，短篇的短是聚焦于刹那中见永恒。

韩春萍，长安大学文学艺术与传播学院副教授，硕士生导师，路域文化研究所所长，文学博士。主要研究当代作家的文化叙事，担任一项相关的国家社科基金项目的主持人。在《光明日报》《民族文学研究》等报刊发表论文与评论 50 余篇，部分作品被光明网、人民网、中国政协传媒网、中国作家网等多家有影响力的网站转载。

论了一容小说的苦难书写

◎张一博

了一容祖籍甘肃，生在贫瘠的西海固，从童年开始颠沛流浪。过早经受历练的他较其他宁夏作家，更能在文本中呈现一种透视人心的质地感与悲怆感。张贤亮侧重政治苦难对灵魂的重创；马金莲关注的是匍匐男权体制下残喘的乡村女性的苦难；火仲舫关注市井生活中的人性险恶；李进祥注意到城乡一体化进程中人格异化引发的人性倾轧；张学东倾心书写各色女人的苦难命运；季栋梁深刻剖析封建家长制下，人们精神超负荷状态引发的道德失范、人性沉沦；南台专注描摹基层官场极具丑态的众生相；而了一容更关注深陷绝境的底层人物的生存困境，他把目光投放到被命运推到生死边缘的另类群体，用近乎绝望的笔调对他们的命运走向进行人文观照。

了一容特殊流浪经历决定小说整体基调冷暗阴鸷，赋予小说苍凉悲怆的西域风貌。他对底层社会烛照异常透彻，淘金工、流浪者、手艺人、牧马人等被抛到社会边缘的人物，在他笔下层出不穷，建构出一个不同于宁夏其他作家描绘的西部世界。小说叙事的变形与荒诞、意识流的穿插运用、魔幻现实主义的深层流露，明显受西方现代主义文学的影响，在文本中呈现一种内蕴审美张力，带给读者新奇阅读体验。了一容用新奇艺术构思架构一个晦暗的意象与生存空间，充满生的渴望、痛的挣扎、死的威胁。生存苦难与精神苦难的双重压迫让主人公深感窒息，人性倾轧如此惨烈，得益于了一容绝望生存体验与新奇审美视角。

笔者从生存苦难下的隐忍与抗争、精神苦难中伦理的异化、“文化寻根”对苦难的超越三个维度架构论文，为我们进一步开掘了一容小说深层文化蕴涵与社会意义提供思考。了一容对传统社会伦理异化的隐忧、对本民族文化的寻根与汲取、对中华传统文化的一再回望,对彰显优秀文化起到的凝聚共识作用,对民族伟大精神的继承与弘扬在当下具有显性时代意义,从中也折射出作者鲜明创作主题倾向与普世人文情怀。

一、生存苦难下的隐忍与抗争

了一容是流浪作家,能接触社会最底层的各类边缘群体,诸如流浪汉、淘金工、手艺人、乞讨者、牧马人、残疾人等,熟稔他们的生存困境。了一容对他们的情感观照始终透露悲悯情怀与人道主义精神,他们在生存苦难的重压下匍匐前行,隐忍成为其对抗命运苦难的唯一途径,对命运的安贫乐道何尝不是对苦难持以抗争的姿态呢?

《绝境》中,章哈与虎牛涉世未深,被骗到青海淘金。严酷的自然环境,老板动辄打骂,两人反复被推到死亡边缘。他们在出逃还是忍受现状的两极之间徘徊,心理矛盾的刻画在文本中构成显性二元对立,即将喷发出来,呈现一种内在紧张文本张力与异样审美体验。第一次出逃以失败告终,面对广袤戈壁、肃杀夜晚与嘶吼野兽,他们认为人起码比动物有温情,宁愿挨打也不出逃。回来后老板变本加厉地惩罚,被寒冷与饥饿裹挟意识的两人决定再次出逃,最终虎牛惨死荒漠,章哈带着身体与心理严重的创伤度过余生,小说具有极强现实批判力量。了一容用近乎绝望笔触,对主人公命运走向进行心理观照。人生已深陷绝境泥沼,试图抗争只能加重深陷程度,虎牛的死亡是作者向毫无人性的淘金老板的沉痛控诉。但作者没有停留在对苦难的表层叙事,而致力于挖掘深层民族文化内涵与精神价值取向,这一目标是通过对章哈的塑造来实现的。章哈与虎牛性格迥异,虎牛生性懦弱,优柔寡断;章哈坚韧果敢,顽强拼搏。虎牛的结局必然注定懦弱者在生存前没有出路,只有对命运持以抗争,扼住命运咽喉,才能顽强存活。最终章哈逃了出来,他对生存的强烈渴望及与厄运的顽强抗争也是作者本人的投射,只有经历苦难,才能理解信念在人生困境中的伟大支撑力量。

了一容的隐忍不同马金莲笔下的隐忍,以马金莲为代表的宁夏作家,侧重书写荒凉感与苦涩饥饿体验,在这种苦难观照下,女性被迫隐忍;了一容笔下的人物本身多悲剧色彩。《独臂》中的独臂少年因身体残疾备受歧视,他人嘲讽加剧其精神重负,生存尤为艰难;《废弃的园子里》展示一幅苦难下求生的画面,厄运接踵而来,像《活着》的徐福贵,厄运仿佛是为考验主人公而存在;《大姐》中,出嫁前善良叛逆的大姐,对知识与艺术极度痴迷,想嫁知识分子的愿望被现实击败,婚后苦痛不幸,隐忍度过一生;《挂在月光中的铜汤瓶》中,母亲与残疾儿子的相互扶持,支撑他们在西海固大街上挨过一个个冬日,即使无人救济,即使儿子对母亲百般刁难,母亲仍坚强活了下去。"了一容小说中的各类人物,社会身份有别,个人遭际不同,但都面对着在这种特殊环境中怎样生存下去的共有课题,从中发掘出底层人民所特有的与苦难相抗争的隐忍之美。”[①]这种抗争不屈精神贯穿其作品所有主人公,文本涉及大量死亡书写,用一系列死亡意象构造完整死亡美学艺术,试图达到感官刺激的极致审美体验,产生阅读的陌生化效果。理想与现实、希望与绝望、美好与残酷的绝对化冲突在文本中一直呈显性存在,环境的艰难变相激励主人公的生存斗志,体现作者对失落民族精神的深切追寻,对家园意识的深层呼唤,彰显作者的民族文化与地域文化身份认同。这种顽强抗争精神也从中国传统文化的基因里脱胎而来,显示作者对中华民族精神极强的归属感。从本民族文化与中国传统文化中汲取伟大、优秀的精神力量,体现作者致力于民族命运共同体的抒写,这为进一步弘扬民族精神,展现国家文化魅力起到促进作用,是顺应历史发展潮流的正确抉择。

二、精神苦难中伦理的异化

“伦理关系指人伦关系,人与人之间能体现并反应伦理规定的关系,它是指导人们处理人与自然,人与社会,人与国家,人与他人等关系的道德规范。”[②]人作为社会性存在的生物,人与他人、群体必然产生联系。在现代化浪潮的席卷之下,原有社会伦理价值体系逐步解体,人与其他群体的伦理关系呈全新发展态势,如何构建新型生态伦理观是急需解决的难题。生态伦理蕴藏人与人的关系,凸显特定时期伦理价值理念。了一容用饱含讽刺笔触,批判现代社会因利益诱导而道德滑坡的群体;用饱含深情的笔触,歌颂遭人性之恶仍顽强反抗的边缘群体。了一容深刻揭示这些群体,在现实苦难前找不到出路,内心长期压抑痛苦,产生精神危机与违法犯罪等社会伦理问题。

《独臂》《废弃的园子》中,主人公们不仅面临身体残疾带给他们的伤痛,更多是人性之恶造成无法回避的心理创伤,人性异化导致传统社会伦理解体。《去尕楞的路上》中,撒拉族老人与东乡族青年结伴同行,老人无意瞥见青年的钱袋,引发贪欲的人性之恶却转瞬即逝,隐喻民族信仰对现代异化人格的救赎,以及作者对新型生态伦理意识的深情呼唤。《出走》中,窝蛋与伊斯哈进城流浪,遭城里人侮辱打骂。城乡差异的鸿沟在文中被揭示,城里人的歧视引发的矛盾皆为人性之恶,赋予底层人物的是无尽的伤痛与折磨。作者隐忧社会伦理的异化,渴望健康伦理的重塑。《板客》中,主人公反复遭

① 了一容. 手掬你直到天亮[M]. 银川:宁夏人民出版社,2008:6.

② 龚群. 社会伦理十讲[M]. 北京:中国人民大学出版社,2008:11.

遇不幸,沦为板客,以骗人为生,以悲剧收场。社会比自然残酷在于人性之恶,它会吞噬良知,让人麻木堕落,无可挽回,揭示作者对利益主导下伦理关系异化的嘲讽,研究者发现:“中国伦理道德总体上处于市场经济主导的状态。”③

西部社会背景下,了一容凭借记忆将流浪往事文学再现,营造一个具有强烈批判社会现实性的精神空间。在回忆与想象建构的叙事空间中,作者以大开大合的叙事模式,展开时空联想,打破时空限制,昭示记忆空间的宏大将人性之恶挖掘得淋漓尽致。上层人物的骄奢淫逸与底层人物的步履维艰构成二元对立,人性倾轧对边缘人物的精神束缚被尽情开掘,这是一个对传统社会伦理不断解构的意象空间。作者对生态伦理给予关注,从本质上说,是对人类自身的道德关怀。人的浅层欲望引发的道德失范、人性倾轧、伦理解构都是人格异化的产物,终导致人类的自我否定。了一容深刻认识到,人的浅层次欲望会掩盖人的本质性需求,就是作为种的形式,类的存在物延续下去的必要。所以,了一容站在人类命运共同体的高度上,对现代社会进行人文观照,呼唤传统美德回归,实现对异化人性的救赎。对现代生存空间下生态伦理意识的深情呼唤,最大限度地实现“共生”现象,表现出作者强烈的人道主义精神。

三、“文化寻根”中对苦难的超越

了一容是东乡族作家,流浪生活使他长期浸没在苦难中。东乡族的族群身份,西海固的地域身份让他更有胆识与底气面对苦难。作者对苦难无一味情感宣泄,而试图开掘震撼人心的精神力量,通过对苦难的诗意化抒写,达到对苦难的深度超越,彰显作者的浪漫主义情怀。苦难叙事下隐喻的隐忍抗争精神的深层意蕴,彰显了一个民族,乃至一个国家深层意识形态与精神文化状态。通过对本民族文化强烈寻根,加深对民族文化的认同感与中国文化的强烈归属感。“根应该深植于传统文化的土壤上”④,“从中华传统文化的历史与现实看,对中华传统文化的认同是铸牢中华民族共同体意识之文化认同的基础”⑤。

无论身体流浪,还是精神流浪,了一容执拗回归中国传统文化,从中汲取肥沃精神养分,对中华民族优秀传统美德的一再回望与坚守,彰显作家的人文主义情怀。《挂在月光中的铜汤瓶》中的老奶奶,《绝境》中的少年章哈,《大姐》中的叛逆大姐,《妈妈》中

③ 樊浩.当前中国伦理道德状况及其精神哲学分析[J].中国社会科学,2009(4).

④ 韩少功.在后台的后台[M].北京人民文学出版社,2008:276.

⑤ 王福革.铸牢中华民族共同体意识之文化认同研究[J].学术探索,2019(4).

的隐忍后妈,《猴戏》中的母猴,《去尕楞的路上》中的东乡族少年,《出门》中的伊斯哈,小说的主人公们都在绝望边缘挣扎,虚妄无助的死亡气息充斥文本,他们仍执拗抵制人生附加的苦难,试图与苦难和解。了一容对中华民族精神的书写响应时代号召,走在时代前列,这也是作者本人的精神写照。东乡族人口相对较少,族源不确定性让了一容对族群归属质疑。《根基》中,主人公"我"说:"啊,我是一个失去根基的东乡族人,我们的民族是个苦难而流离失所的民族。"主人公就是了一容的缩影,东乡族历经沉浮的坎坷命运,民族苦难史深深刺激着作者,民族苦难何尝不是作者的苦难呢?同时,民族的苦难史又是一部奋斗史,东乡族在苦难中成长,向幸福走去,拼搏不息的民族精神给了一容极大激励,他选择把自我命运与民族命运绑定一起,把自我精神与民族精神深深契合。通过对本民族文化的寻根,了一容不仅充实小说容量,也让自我境界得到提升,灵魂得到升华,与苦难抗争时多了笃定与从容,彰显民族精神在当下的时代意义。民族优秀文化对个体审美心理、性格养成、人格塑造具有无可替代的价值和意义。

了一容流浪身份向作家身份转换,乡村身份向都市身份转变,身份的不确定性让了一容深陷痛苦。流浪经历虽使了一容积累了丰富创作素材,但也让他人对他的作家身份产生怀疑。同时,不适应都市身份与留恋乡下身份让其精神饱受压抑。身份认同尴尬让了一容产生错位,精神流浪不亚于身体流浪。《静土》中,主人公哈儿回乡探望哥哥,却被误解自私,昔日家园不复存在,城市生活又充满压抑,这种城乡边缘状态不也是了一容本人的写照吗?城乡身份转换的尴尬,更激励作者试图寻根。这种强烈归属感在流浪者形象上体现得更明显,流浪者群像的塑造是了一容的成功尝试,带有极强自传色彩,所以真实可信。流浪者们的迷茫无助,对自我身份认同的尴尬,也是了一容的写照。民族精神的强势介入尤为必要。民族精神是一个民族在长期历史发展下形成的价值取向,对该民族具有强有力的指导作用。东乡族一直与恶劣环境作斗争,迁徙流浪是常态,在历史长河中形成了坚韧不拔的精神品质,对生活坚定的信念深刻影响了以了一容为代表的东乡族人民。所以,了一容无一味展示苦难,而在苦难底色中透视底层人物蕴藏的坚韧民族精神;同时,作者对国民劣根性的批判也见诸笔端,体现作者对民族文化滞后性的忧虑与反思。笔者认为了一容小说此层面的精神寻根与韩少功不谋而合,有论者认为:"韩少功所关注的绝不仅仅是中国作家的精神寻根问题,而是现代中国国民的精神寻根问题。韩少功将寻根的方向与目标从传统生活转向了现实生活,这或许是因为他觉得现实的精神寻根问题比传统文化的寻根问题更重要更迫切。[6]"

---

⑥ 陈仲庚,韩少功. 从"文化寻根"到"精神寻根"[J]. 文艺理论与批评,2002(2).

了一容是当代文坛特色鲜明的东乡族作家，流浪经历让其审美观照对象趋于多元化，为读者建构一个容量丰富的叙事空间，在这个多元话语空间中，异质文化元素不断碰撞，在文本中形成极大张力，表现作者对文字超强控制力。小说囊括十几种社会职业，对其细致描摹彰显作者对底层社会的洞悉，不同阶层人物的情感取向在文本中形成内蕴审美张力，给读者造成紧张阅读体验，他的语言粗粝化，对苦难抒写极尽真实，营造出一个感官刺激达到极致审美的意象空间，形成一种咀嚼趣味。

主人公内心世界丰盈，与外部恶劣环境形成强烈反差，民族精神价值得到最大程度彰显，民族精神的介入让小说焕发出蓬勃生命力，这是作者执意文化寻根的结果，只有汲取民族文化的优秀成果，个人价值才能实现最大化，民族精神才能在新型话语环境下得以弘扬。同时，了一容以细腻平民视角关注社会伦理变化，表达内心隐忧。身体苦痛尚能容忍，人性之恶带来的精神创伤却难以弥补，人性倾轧终会导致传统伦理的瓦解，对社会稳定乃至国家长治久安也产生威胁，了一容站在人文立场上审视异化伦理关系，对现代社会人性异化提出批判。对民族文化的回望与坚守，对传统美德的呼唤与回归，暗含作者渴望重构生态伦理社会的诉求。了一容执拗回归民族传统文化，借民族精神实现对苦难的高度超越，不仅表明了一容对本民族身份的认同，也表明了一容的民族自信意识，对民族文化强烈归属让了一容小说极具力量感。

张一博，北方民族大学在读大学生。

天道自然(创作谈)

◎了一容

大概有一段时间,我写得少了,因为我发现自己需要慢下来,需要重新调整一下自己的状态,需要更多的时间读书思考。我隐隐感觉到,一切速朽的、肤浅的,都突出了一个特点——快。文学作品亦如此。

作品不经认真推敲,就急急忙忙拿出去发表,即使发表了,也没多大价值。所以,那种迷恋自己的名字频频出现就像演员迷恋他们的面孔频频亮相一样媚俗。写作者最终被检阅的是作品,而不是自己的名字和演员式的频繁演出。这些都是很容易招人烦的。譬如李白那样的诗,就不会被人遗忘,因为它们提供给人无尽想象的空间和美的标杆;像鲁迅的作品就不会被人遗忘,因为它们是人性的终极论证,这些大师的作品给人提供了无法磨灭的前瞻性。真的,作品不在多少,而在坚守真理和摒弃媚俗的骨头究竟有多硬。

写作,是要看人的风骨的,还要看你写些什么、为谁写。作家笔底流出的应该是和空气、阳光、水和粮食一样贵重的东西,要包含大爱。还有,写作毕竟是个体生命刻骨铭心的阅历与思想之结晶,所以不能够成批量生产和成集装箱加工。但凡特别易得、特别容易办到的,一定不是最珍贵的。

我们再没发现中国古典四大名著的作者还有别的什么作品如此著名,因为他们各自把全部的力量都用在了一部作品上。他们从来没有登过领奖台,但他们在读者的心目中一直都站在领奖台上。

行家都知道,文学是有感而发的,是从写作者的心里挡都挡不住地流淌出来的,这是要有深入骨髓的阅历和深厚的生活积淀的,不是硬挤出来的软蛋。经不住时间推敲的，最终都是过眼云烟，无论当时多么热闹与红火。

写作也好，各行各业也罢，归根结底，好东西是需要付出代价的，是弥足珍贵的。水利于万物而不争一日之长短，有些人用一生的时间反反复复锤炼和完成了一部作品，当然上天一定会给他们更牢靠的赏赐。

天道是最公道最公平的，有得必有失。龟行缓慢，但历经千秋，兔子蹦跶得特别欢实活跃，但寿命不长。

因此，只要心中有文学，慢慢地悟，从容地写，扎扎实实地钻研，不贪图名利，淡然面对，由心而发，遵循天道和自然的规律，是最好的归宿。

近两年，我每年就写两三个短篇，如果再写二三十年，对于写作这样的行业，已是一个可观的数字。一部长篇写了几年，觉得时机成熟的时候，抑或天意到来的时候再自然地出来，对我对出版方都是比较好的。

在此，感谢关心我的朋友，也谢谢默默帮助支持我的老师和同仁。

了一容，中国作家协会会员。鲁迅文学院第三届中青年高级作家班学员。中篇小说《向日葵》获“《飞天》十年（1996 2005 年）文学奖”。中短篇小说集《挂在月光中的铜汤瓶》入选“21 世纪文学之星丛书”，2008 年荣获全国少数民族文学创作“骏马奖”。

专题·计虹

多元分化格局与面向价值的写作

——计虹小说集《刚需房》论评

◎兰喜喜

有丰富编辑经验的计虹写小说着实令我惊讶，之前她写诗歌我知道，但她写小说，我丝毫未曾察觉，这多少有点说不过去。当然，这都是因为她对文学矜持、低调和不张扬的谦和态度。

《刚需房》就是这样一本矜持、低调和不张扬的小说。我之所以这样说，原因有三。第一，《刚需房》是作者站在多元文化格局的价值立场上，用女性主义的文化观念叙写的一本具有较强地域标签的小说集，正如作家郭文斌在序言里所说："她的小说，发生的空间多为我们熟悉的这座城市，无论是写街区，写单位，还是写家庭，都有一种熟悉而又陌生的既视感。我们经常谈论文学的地理性，其实计虹的文学地理就是银川……她正在写一本带有本土气息的'银川文学'，它是与湖滨街、北京路、凤凰碑、北塔、典农河、唐徕渠等根脉相连的文学。"第二，这是一部低调不失优雅，华丽且不张扬的小说，从表面上来看，它和本土其他女作家的写作没什么明显的区别，个性化写作观念并不突出，但从本质上来看，这又是一本有别于哈若蕙、马金莲、韩银梅、曹海英等一批先前在宁夏文坛上有影响的女性作者创作的小说。她在汲取同行创作经验的同时，以都市为轴心，另辟蹊径，为她的创作寻找到一个很好突破口，提供了更多的可能性。我们知道，都市是一种历史现象，它是社会经济发展到一定阶段的产物，又是人类文化发展的象征，在都市里，往往集聚的是不同文化、职业、语言背景的人群，这些人有着一定的匿名性。在计虹的小说中，这样的元素很多，如《老苟的狗事》中的老苟，《日子像流水》中的杜穆伟，《舞狮的老龚》中的老龚，他们出身不同，社会背景各异，但他们无不以都市为轴心，在高楼林立、人际关系复杂的都市代际脉络里展开他们的日常生活，消耗各自命运中的悲欢。第三,“现实主义”叙述策略是这部小说集最为耀眼的存在。这句话的调子可能太大,甚至不适合概括计虹小说所承载的文学意义和美学价值,但这并不妨碍这部小说在当下宁夏地域文学里的独特性。笔者以为,好的小说往往是“写实的”,这一点从计虹“耐心地写细节,耐心地写情节的发展过程,耐心地写人物的精微感受”[①]中就能看出,而这些恰恰是好小说最明显的特征,计虹的小说,已初步具备了这些特征。

一、多元文化格局下的“经验写作”

谈到“经验写作”,我们会自觉不自觉地把这个词和陈染、林白、卫慧、棉棉的写作联系到一起。20世纪90年代,中国文学出现了两股较强的写作热潮,一是以王朔为主的商业写作,二是以陈染、林白等为主的“个性化经验写作”,前者不论,就后者而言,“革命历史”题材的宏大叙述在她们脑海中是缺席的,或者说她们是有意排斥的。她们在历史的横截面上选择远离主流,与政治关系刻意保持距离。但在需求远远大于供给的商业狂潮袭击下,文学话语的新背景下,又为了更好地适应时代,寻找文学创作和价值意义上的突围,她们将目光投向都市小人物,关注小人物的悲欢离合,用私密的经验传达城市生活光怪陆离的生存现状,这一点,计虹与陈染、林白何其相似。有所不同的是,陈染、林白的写作从一开始就树立了一个反抗对象,即男权社会的价值立场。因此,她们的写作反抗性极强,叙述场景具体,甚至简单、粗暴。我们从陈染、林白的写作场景里,时常能搜寻到房间、床、酒吧、幽暗狭长的街道等名词,而在计虹的叙述中,这些场景演变为沙发以及柴米油盐的细枝末节。

我不能说计虹写作的经验就来自陈染、林白、卫慧、棉绵等人,但她们的路径惊人地一致。如《老苟的狗事》,这是一篇充满隐喻的小说。老苟退休后,赋闲在家和老伴儿过着无人打扰颐养天年的生活,他的生活简单、具体,没有多少闲杂事务,除了日常生活的烟火气息外,与外界的交流碰撞几乎为零,唯一的爱好就是抽烟。这一切对老苟来说,是多么惬意。就在他享受这种惬意生活的时候,生活的插曲来了,女儿怀孕了。

老苟的女儿喜欢养狗,品种是我们常见的迷你型贵宾犬。女儿怀孕后,担心养宠物会对孩子正常发育有影响,于是就让老苟代养狗。老苟是粗糙的人,生活邋遢,爱抽烟,对狗没有多少兴趣。可女儿让养着,他也只能将就着养。问题的关键是,这一接手,发现问题很多。尤其是女儿时不时地关心狗的生活状态,让他很烦。还有就是女儿为狗准备

① 贺雄飞.中国为什么不高兴[M].北京:世界知识出版社,2009:137.

的生活所需,让老苟觉得人有时活得还不如一条狗。女儿为狗置办了一间像草莓一样精巧的房子,精致的不锈钢碗,高档的进口狗粮,一年四季的狗衣服,纱裙子、小毛衣、小绒衣、小棉袄,各式各样的狗链和花样繁多的狗玩具。最让老苟感到意外的是一包像尿不湿一样的东西,这个东西,老苟带着老花镜研究了半天,终于才明白,原来是狗狗发情时穿的生理裤。老苟看着这些东西真是哭笑不得,嘴里大骂着:"这两个败家的玩意儿,对爹妈也没见你们这么上心过,狗比爹妈还金贵了……"

老苟这句话看似随口一说,可现实的意味却并非这样。计虹在这里向我们道出了潜藏在这个时代里的一个巨大隐喻性话题,"孝"在物质主义获得极大满足的时代里被缺席、被遮蔽的一面。事实也是如此,在当下甚至与我们擦肩而过的陌生人群里,可能就存在着一大批置父母感情于不顾而独自享乐的人,他们花天酒地,沉沦堕落,他们吟风弄月,恋猫恋狗,就是不愿在孝敬父母上多付出一点力气。特别是在公公婆婆与儿媳妇之间的关系中,这种现象就极为普遍。关于这个问题,计虹在小说中也有阐述,儿子当了北漂后,孙子一出生,老苟和老伴儿也被迫跟着当北漂。刚开始,一家人还能和睦相处,月子一出来,儿媳的脸色就不那么好看了。要说,老苟也还算温顺,毕竟他也是退休干部,可唯一的毛病就是喜欢抽烟。儿媳坐月子期间,刚开始,老苟烟瘾犯了就跑到走廊里抽,后来觉得麻烦,老伴儿也骂他进进出出把外面的贼风带进来,会影响孙子。于是老苟就想了个办法,干脆躲在厨房抽油烟机底下抽,油烟机的嗡嗡声就影响到儿媳妇的休息了,于是儿媳就向儿子告状说,整天嗡嗡嗡的,她的头都要炸了。儿子给老苟一说,气得老苟第二天就打道回府了。

这些微妙的关系,既具普遍性,又具典型性。计虹作为一个写作者,用很自然的笔墨,把现实生活的细枝末节很巧妙地勾勒了出来。正如玛格丽特·艾特伍德在《生存——加拿大文学主题指南》一书中说:"一本书可以是一种态度的征兆或反射(尽管它不一定是一本坏书),或者是对这种态度的有意识的考察(它也不一定是一本好书),后者看上去宿命感要少些,一种对受害经历的考察,包括成为受害者的需求,暗示一种更为现实的超经验的欲望,尽管他在那本书中表现得不明显。"②文学说到底,还是要传递或暗示一种更为现实的超经验的态度,关注弱者(受害者),因为"小说是对人生事实的回望和追忆,是人类对抗遗忘的一种手段……人类之所以不同于其他物种,就在于他不仅有回忆能力,而且懂得这样一个道理,只有通过持续不断地追问和反思,自己才能不断

② 玛格丽特·艾特伍德. 生存——加拿大文学主题指南[M]. 北京:中国文联出版社,1999:33.

地积累经验,才能变得更加成熟和智慧”。[3]

《日子像流水》是一篇别具韵味的小说,我之所以这么说,是因为这个小说在写人性复杂的同时,还写了复杂中蕴含的简单一面。这个小说读起来似乎并不一波三折,但极强的故事性和带入感让人看上几行就停不下来了。杜穆伟是一个因父亲患病而家道中落的人,为了给父亲看病,几乎耗尽了家里所有的钱财。即使这样,还是未能挽留住父亲。父亲走后,杜穆伟感觉像被抽走了筋骨,沉迷堕落,一蹶不振。昏睡间,父亲托梦说:“谁都可以瞧不起你,但你自己不能瞧不起自己。”醒来后,发现母亲坐在床边默默流泪。他想起父亲在医院的日日夜夜,以及为了医药费受煎熬的日子,最后振奋信心,去了南方打拼。

李想走后,生活归于平常,林晓芬这个养尊处优、爱慕虚荣的女人也因现实的变化而发生变化,她刚开始拒绝、排斥杜穆伟的一切行为,甚至怀恨杜穆伟与李想女朋友之间明暗不定的关系。尤其是在李想女朋友的月子里,杜穆伟为伺候她,忙前忙后,让林晓芬更是醋劲大发。这一切,李想的女朋友看在眼里,记在心里。她知道这样下去,不是长久之计,反而会拖累杜穆伟,使他们的夫妻感情变得更糟。最后,在孩子满月后,她选择一走了之。李想女朋友出走时,把孩子留给了他们,直到这时,林晓芬才彻底地改变了。我不知道这是作者有意而为之,还是因故事自身的力量推动作者这么叙述的,当然这并不重要,重要的是作者写了一种温暖的情怀,责任以及现实生活中的残缺的美。因为,林晓芬不能生育,而这种意外,正好弥补了她自身的某种缺陷,使得他们的生活从无望到充满希望,从想着逃离,到变为对温暖的守护。

这让我想起刘再复先生在《文学的反思》一书里说的这样一段话:“文学的思维,是一种创造性极强的思维。这种思维的基础和出发点,是作家自身对现实生活的真切感受。作家凭借自己的感受和生活的逻辑以及自己的情感逻辑进行创作时,往往会冲破作家原来的设想,出现他们未曾预料的结局。这种思维的特点保证了作家充分发挥自己的才华,也保证了文学艺术的丰富性和生动性。”[4]

二、现实主义的多样性与都市题材的策略叙事

赵炳鑫先生在《城市叙事的可能性表达》一文中谈到计虹小说城市叙事的自觉写

③ 李建军. 中国为什么不高兴[M]. 北京:世界知识出版社,2009:135-136.

④ 刘再复. 文学的反思[M]. 福州:福建教育出版社,2020:215.

作时说:“面对当下中国社会复杂深刻的变革和转型,真正意义上的小说家会饱受时代裂变所带来的思想的困惑、精神的阵痛和心灵的煎熬,这应该说是我们的小说家必须承受的代价,唯其如此,才可能真正把握时代的脉动,才能真正贴近世道人心,才能真正洞穿时代的迷雾,接受灵魂的洗礼,生发有智识的思想,从而有效地介入生活的肌理,并最终参与时代精神的建构。这是对现代小说家在思想认知上的要求,说透彻点,就是现代小说家要有现代性。”这话若单纯用于计虹小说的评价,那实在是给予了很高的评价。针对计虹的小说,笔者实在未敢用更高的标准来定位这部小说,怕判断失误。实事求是地说,如果用苛刻的文学研究标准来打量这部小说,它有很多可被我们挑剔的地方,比如《如果疼痛可以开花》《长颈鹿躲雨失败》《影子》等小说,已经自觉不自觉地跌入了当下短篇小说同质化写作的陷阱里了,这些小说从文本叙述上看,没什么问题,但从小说创作的美学叙事上看,我可以向计虹宣战,甚至批评她缺乏应有的创新之意,循规蹈矩,沿着老路练就新的步伐,这是何其别扭。但若稍微转变视角,变换思维,把它放在地域文学或都市文学的特定区间内考察,它就有了一定的独特性。

就《长颈鹿躲雨失败》这篇小说来讲,写得极为清新脱俗。小说写了女性在现实生活中被妥协的一面,方舒是一位单位的小职员,工作上兢兢业业,生活上勤劳能干,就是这么一个勤劳朴素的人,与她生活发生交集最多的两个男人,一个是老公丁大力。丁大力是经济全球化大背景下的弱势群体,无固定职业,跑保险、卖房子、做策划,忙忙碌碌,赚不到什么钱,而且三天两头换工作。他的现实处境,在方舒眼里,哪样都上不了台面。也就是这样一个在生活中混得一败涂地的男人,对待感情的态度也是十分差强人意的。在方舒外出学习的两个月,与其他女人鬼混到一起了。而方舒又是一个极为敏感的女人,出差后回家,第一眼看见丁大力,靠女人的第六直觉就能判断出丁大力出轨了,事实果然如此。

这让她感到委屈、窝火甚至想过离婚,可最终还是没有,因为孩子最终妥协了。他们之间已没有了感情,虽然之前的生活也是“一地鸡毛”,可丈夫出轨后,生活连“一地鸡毛”的凌乱感都找不到了。“一地鸡毛”虽然乱,可还有温度,现在他们之间连起码的温度都没有了。这篇小说里还有一个具有隐喻的人物,就是方舒的领导老黄。老黄这个人人如其名,内心淫荡得一塌糊涂,一天方舒上班迟到了大概半个小时,老黄不但没有批评责骂,反而高兴地又是抹桌子又是泡茶。实习生小黄打趣说:“黄主任,方姐回来你比她老公还开心哦!”老黄面对实习生的打趣,既不恼也不火,眯着眼,顶着个肉球脑袋说:“你个小丫头片子懂什么,你方姐老公肯定比我开心,开心得你方姐昨晚都没睡好觉,上班都迟到了……”紧接着对方舒挤眉弄眼。方舒说:“别挤了,就一道缝再挤该眼球内陷啦，老丁在外地根本就没在家，我这是让孩子拖累迟到啦。”老黄听了，摇着大脑袋打哈哈说：“不着急不着急，迟早回来要收拾你的嘛。”

这几句一来二去的简单对话，把人物内心的世界和脸谱表情刻画得淋漓尽致。计虹在这里，站在女性的对立面上重新审视男性世界，给出的结论是：男人无非也就是这样，仅此而已。

这种观点，在《刚需房》里也有隐约的流露。从结构上看，《刚需房》是一篇粗线条小说，探讨的问题依然很现实，略显粗暴。主人公林俊和阿芬是一对大学毕业生，两人在大学恋爱，毕业的时候，遇到就业难的问题后决定考研。结果双双落榜，考研失利后，林俊因生活所迫，不得不找一份工作来维持生计，就应聘了一份外资银行的工作。阿芬见林俊找到工作了，也不急着上班，于是就继续复习考研。二人合租房子同居了，于是阿芬就有了第一次怀孕。第一次怀孕后，他们毫不犹豫地选择了流产。术后，大夫告诉他们，阿芬的子宫本身就有点问题，后面怀孕就会有困难，运气差就可能怀不上。也因如此，阿芬哭闹了好些日子。从那之后，他们一直小心翼翼，不越雷池一步。直到有一天，隔壁合租的东北姑娘与其对象热火朝天、无所顾忌的时候，他们没有经受住刺激，逾越红线，不料又一次怀孕了。第二次怀孕后，阿芬再次开始哭闹，最后在东北姑娘的开导下，他们决定在上海买房。可要在一线城市的上海买房，对于刚毕业的小年轻来说，简直是天方夜谭，几乎不可能实现，于是阿芬给自己的母亲说了这些事情，阿芬的母亲又给林俊的母亲打了电话。最后，老两口东拼西凑，勉强凑够了首付款。故事的线条单一，机构并不复杂，类似的小奋斗故事还有《沙发客》等，在这里，就不一一分析了。

当然，计虹这部小说集里不尽然全是完美的小说，也有败笔之作，比如《老苟的狗事》，作者穿插第三人称的叙事策略，笔者以为较牵强，说严重点这是这篇小说最大的败笔。这种叙事策略老舍先生在《猫城记》里早就用过，老舍先生超凡的文学才华和过人的艺术造诣，使《猫城记》在中国文学史上具有了旗帜般的意义，计虹在一个短篇小说里采用这种叙事策略，有点过于炫耀写作技巧，从某种程度上削弱了这篇小说的文学价值。还有《浮世清欢》，这篇小说开头写得很好，具有极强的画面感，小说起笔就写道：“当高子健写下这串数字的时候，他已经守着肖梅的尸体二十四个小时了。现在他是杀人犯，他杀死了自己的妻子。”这种对暴力事件的高峰叙事策略，先锋文学的代表作家余华在《四月三日事件》《古典爱情》《鲜血梅花》中用过，余华的这种写作被温儒敏先生称为“零度叙述”。计虹的尝试，我觉得对她个人创作来讲算是有意义的。一个作者的写作应该有多种可能性，而不是贴有单一标签和烙印的庸常表达，这样的写作说白了就是缺乏想象力。正如林少华先生说：“语言的苍白，意味着内心的苍白，语言的贫乏，意味着精神的贫乏。”这话放在这里，虽然不那么准确，但也能说明一定的问题。但计虹的尝试，并没有一以贯之，开头部分用足了力道，但从第二节往后，开始用大量的笔墨交代肖梅、高子健的生活背景，以及他们在现实生活上的差距。当然，作者想通过门第关系的不对等来进一步阐明产生这场婚姻悲剧的根源，但这样的叙事路径对读者来讲，产生的效果甚至不如“一场婚姻的失败，再次证明了门当户对的重要性”这句话所带来的影响广泛。也恰恰是这样的生活化叙事，破坏了整个小说内在的精神和气质，使小说显得头重脚轻。在这里，作者也可能意识到了这种问题的不足，极力通过故事情节来弥补，但收效甚微，甚至从人物命运出发，依然未能扭转这种局面。小说的最后，笔者以为高子健面对死者，会良心发现，至少应该有忏悔意识。很遗憾，我们没有看到。

文学说到底是要让人觉醒，引导、启迪人向善、向内转，而不是抛下一个话题，逃之夭夭，甚至不了了之。这种文学，多少值得怀疑。我之所以这么说，是因为对计虹的写作抱有希望。正如鲁迅先生在《随感录》里说道：“想到人类的灭亡是一件大寂寞大悲哀的事，然而若干人们的灭亡，却并非寂寞悲哀的事。生命的路是进步的，总是沿着无限的精神三角形的斜面向上走，什么都阻止不得。自然赋予人们的不调和还有很多，人们自己萎缩堕落退步的还有很多，然而生命决不因此回头。无论什么黑暗来防范思潮，什么悲惨来袭击社会，什么罪恶来亵渎人道，人类的渴仰完全的潜力，总是踏了这些铁蒺藜向前进。”⑤

尽管，高子健已回头无岸，可面对守护了几天几夜甚至发臭腐烂的肖梅尸体，连最起码的忏悔意识都没有，这一点，我觉得作者应该有所觉醒，甚至觉悟。当然，对于计虹来说，文学写作的基本素养已经具备，但关于文学的终极价值意义到底是什么，她似乎还没来得及全面思考。

从根本上说，《刚需房》还算是一本相对能立得住、扶得稳、有追求的小说，我们期待作者在将来的写作道路上，重新审视文学与现实、与人的关系问题，写出真正属于自己的“心灵体验之作”，让我们拭目以待。

兰喜喜，宁夏人。在《小说评论》《西南大学学报》（社科版）、《创作与评论》《东莞文艺批评》《黄河文学》等刊发表作品20余万字。宁夏文艺评论家协会理事，银川市作协理事。著有长篇小说《零度青春》。

⑤ 鲁迅. 随感录[M]. 长沙：湖南文艺出版社，2008：218.

宁夏都市文学新尝试

——论计虹小说集《刚需房》的“新写实性”

◎马加骏

计虹新作《刚需房》，是宁夏近来鲜有的远离“苦难”与“乡土”的都市小说集。作者将笔触直指喧闹的都市生活，关注现代人们的生存境遇，刻画了一系列形象鲜明的都市小人物形象，具有鲜明的“新写实性”艺术特点。作品将高屋建瓴的文学世界拉回到了柴米油盐的现实时空，让我们不禁重新思考：在现代社会的现实语境中，文学创作究竟指向何方？怎样的“写作”才能适应当代语境的生成结构，回归文学的价值初心？

一、回眸：新写实与罗兰·巴尔特

20世纪80年代后期，一种竭力淡化社会阶级关系和政治历史背景，回归现实，直面人生的创作思潮在中国文坛蔚然成风，文学史将其定义为“新写实主义”。这些作家集中写小人物，写小事件，写“非典型”，作品内容大多指向日常生活，反映小人物的生存境遇，以近似零度客观的写作姿态，将文字驾驭于生活之中。这为文学创作的方向，提供了新的指引。中国的新写实主义，与改革开放之后的新语境，中西思潮交融碰撞等时代背景息息相关。之所以称其为新写实主义，与中国现代文学中的写实主义，甚至是之后的社会主义现实主义都有着较大区别。“它消解生活的诗意，拒绝乌托邦，将灰色、沉重的‘日常生活’推到了时代的前面。”[①]新写实主义给作家创作带来的最大启示便是对“典型”的抛弃与文本中对作家身份的冷淡态度。而这些特点，很大程度上来源于法

① 旷新年. 写在当代文学边上[M]. 上海：上海教育出版社，2005：90.

国符号学学者罗兰·巴尔特的写作观。因此,要想探究“新写实主义”之问题,首先需回到“零度写作”的源头。

20世纪西方哲学思想的一大标识之一,便是维也纳学派的伯格曼在《逻辑与实在》中所提出的“语言学转向”。简单来说,指的是哲学家们应该通过叙述确切的语言来叙述世界,语言成了哲学家思想的出发点。后结构主义者罗兰·巴尔特的符号学思想,正是以语言学为研究起点,构建起来的一套系统理论。罗兰·巴尔特基于语言符号学视角下的“写作观”主要表现在有关“零度写作”与“不及物写作”的论述上。“为了使文学摆脱政治的、阶级的、意识形态等因素的操纵,使‘写作’不再负载某种特定的、人为的意图,巴尔特提出了‘零度写作观’,并从中发展出‘不及物写作’等思想。”他把“不再指向某个深层思想或真理般的意义的‘写作’,‘写作’的价值取决于它自身,而不再是服务于某种意义或思想的工具……而不是一种从属的工具、一种表达意义的媒介和途径”[②]的写作称为“不及物写作”。显而易见,巴尔特十分偏爱这一写作理念,即将“写作”本身看作是具有独立意义的个体,而不在于付诸“写作”之上的其他因素。“写作”的主体性在于“写作”本身,其他所有欲加之上的东西都极大地破坏了其主体价值。

至此,再去回望文学的出路问题。当文学开始指向日常生活中的“柴米油盐”,则更为老百姓所喜闻乐见。毛泽东《在延安文艺座谈会上的讲话》曾深刻指出:“人民生活中本来存在着文学艺术原料的矿藏,这是自然形态的东西,是粗糙的东西,但也是最生动、最丰富、最基本的东西;在这点上说,它们使一切文学艺术相形见绌,它们是一切文学艺术的取之不尽、用之不竭的唯一源泉。”[③]巴尔特的“零度写作”与“不及物写作”恰好契合了这一特质需要,力求祛除写作之外的一切意图的东西,而将写作还原于生活。在这一点上,计虹成为这一理念在宁夏文学中的践行者,其短篇小说集《刚需房》正是她试验的最新成果,因此笔者意图通过考察其新作中的审美形式,开掘“零度写作”于当下宁夏文艺创作的现实意义。

二、计虹小说集《刚需房》于“零度写作”之试验

在短篇小说集《刚需房》中,作者将笔调直指她熟悉的城市,以城市中老、中、青三代小人物为中心,采用近乎“零度客观”的纪实笔法来展现生活的全貌,揭示现代城市

② 司文会. 符号·文学·文化:罗兰·巴尔特符号学思想研究[M]. 北京:中国书籍出版社,2016:135-136.

③ 毛泽东. 毛泽东选集:第三卷[M]. 北京:人民出版社,2008:860.

生活中各类群体的生存境遇。每一代表人物背后都有城市中某一类典型群体，作者以一种冷静的态度，审视着生活中的"鸡毛蒜皮"。

《老苟的狗事》中的老苟，代表的是城市"新一代留守老人"——子女在外，独自在家的退休老人。故事中的老苟由于生活习惯的差异，为了不给儿子造成困扰，独自返回家中。他的空虚，被新成员小狗娜娜所冲淡，与之相伴的是由娜娜引发的种种"狗事"。小狗娜娜潜移默化地成了老苟的心灵伴侣，而当娜娜死于难产之后，老苟的孤寂空虚一触即发，他迫不及待地想"北漂"寻找他的老伴儿和儿子。老苟是城市中典型的"新一代留守老人"，他们表面上不愿为子女带去烦恼，乐于享受没有子女陪伴的独处生活，实则所有的空虚与难处被潜藏在了内心最深处。这一点通过作者真切纪实的笔法展现得淋漓尽致。独居的"老苟躺在沙发上看电视，嘴里叼着烟，一双臭脚来回地搓着，就是不愿起身去洗洗"。此外，小说还详细描写了老苟在小狗娜娜陪伴期间，吃早点，打麻将，给小狗美容等琐事，似乎生活得不亦乐乎。但当娜娜离去之时，所有的幻影都拂袖而去，剩下的只是空虚。此时的老苟"很想念自己的孙子，很想吃老伴儿做的臊子面"。这类老人习惯于压抑自己的内心情感，而作者安排小狗的离去，正是揭开了他们内心的最后一层薄纱，将这种被压抑的情感"零度客观"地呈现在读者面前。作者没有刻意进行任何情感渲染与人物塑造，一切情感的体味都是水到渠成，蕴藏于纷繁的琐事之中。作品的主体价值来自作者的写作过程而非写作之外的其他因素，此处的写作过程便是生活过程，换言之，写作即生活。作者本着这样的创作理念，让形而上的文学透视于形而下的生活之中，更为读者所接受。在此部作品中，写作的主体价值来自人物"老苟"的真实，老苟是一个有着诸多陋习的退休老人，他的不爱干净、肆意抽烟、爱打牌寻乐等行为表现，都在作者的客观叙述中得以呈现。叙述过程没有明显的情感倾向，极大还原了老苟的生活实景，从而引发读者的共鸣与深思，拓宽了作品的思想审美意蕴。

在《长颈鹿躲雨失败》《沙发客》等作品中，以方舒、田文等人物为代表，集中展示了城市中年一代的"生存危机"。方舒与城市中大多数职业女性一样，需要同时兼顾事业与家庭，较之其他人，压在她们身上的担子似乎更加沉重。作品对方舒的日常生活进行了详细的叙述，出差、同事交往、接送子女、料理家事、亲朋往来等职责都落到方舒肩上。吵架是夫妻生活中不可避免的元素，工作与生活的重担让方舒已无暇再与之"应战"，而是选择以一种超然的态度来回应，"对于一场永远打不赢也输不掉的战争，方舒不知道一直战斗下去的意义何在，与其耗费精力，不如养精蓄锐做点有意义的事"。因此，方舒开始尝试写作，试图以一种"形而上的"精神超越来应对生活的"苦难"，这也是作者透过客观叙事展现的个性价值。"写作能让你成就你自己所有现实生活中的遗憾"，这来自他人的随口一言，却成为压垮方舒的最后一根稻草，她没有被琐碎的现实生活击垮，而被这一句话击中泪腺，崩溃大哭。作者并无细究方舒大哭的原因究竟为何，而是以客观陈述的口吻将这一场景娓娓道来。但读者通过阅读不难发现，击垮方舒的是“现实生活中的遗憾”，这也是本文矛盾的核心。作者同样不加以任何情感渲染，从小说开始，便始终以一种近乎“零情感”的语调记录着方舒生活的种种琐事，冷静的叙述与方舒的情感宣泄形成强烈的反讽意蕴，凸显了中年一代在城市生活中的种种危机。方舒虽找到了一种“形而上”的解脱方式，但面对现实生活，照顾父母，操心弟弟，安抚侄子，仍旧需要按部就班地逐一应对，暗合了“现实压倒一切”的矛盾核心。直到结尾，方舒都还在朋友圈寻找卖小狗的卖家以安抚伤心的侄儿，可谓彻底被现实生活扼住了咽喉。正如小说之名《长颈鹿躲雨失败》，作者在文中解释道：“它的头和屁股露在外面……致我们顾头顾不了尾的中年。”方舒终究生活在现实世界中，写作虽可以让她弥补现实中的遗憾，但面对“柴米油盐”的琐碎生活，我们终究要排除万难加以应对。小说以冷静而又略带戏谑的语调，向我们展现了城市里中年一代真实的生活图景，从而引发文本以外的“方舒们”的观照与反思。

《刚需房》中的林俊，代表的是城市中为了房子努力打拼的“后浪青年”形象。林俊出生于普通家庭，为家中独子。在全家人的精心呵护下，考取了上海某知名大学，其间认识了女友阿芬。毕业后两人共同在上海打拼，林俊努力工作，阿芬则努力考研。上海高额的房租迫使他们必须与他人合租。而后阿芳在备考过程中未婚先孕，在其室友的怂恿下林俊决定与阿芬步入婚姻殿堂，却为女方提出在上海买房的要求苦苦发愁。最后，仍然是在父母倾尽家中财力的资助下，得以付清这套刚需房的首付。阿芬虽然过了考研初试，但由于已怀有身孕，导师有所芥蒂，在复试中被淘汰。正如结尾所言：“刚需房，是美梦的开始，又是什么的结束呢？”现实生活中又有多少同林俊一样的“房奴后浪”呢?作者将“房奴”的窘境，寄于零度的叙述之中。精妙之处，便在于对二人租房初期“禁欲”的描写。高额的房价，迫使他们二人共居于一室之内，且约法三章，绝不逾越“雷池”。但最终也没抑住青春的欲火，恋爱中的青年男女，情投意合，男欢女爱本不该有所禁忌，此举是为何呢？小说后文似乎道出了答案，阿芬意外怀孕，流产之后明确提出：“结婚，除非结婚，其他的想也莫想。”可结婚意味着林俊必须要有一套房，这对于初入社会的他来说实乃遥不可及。因而，房成为这对青年男女禁欲的矛盾核心。小说并没有直接将二者之间的因果矛盾展现于叙述之中，而是将这对青年男女奋斗中诸多琐事加以陈述，从而达到不辩自明之效。作者完全抽身于文本之外，站在上帝的视角，以一种绝对客观的第三者姿态，俯瞰芸芸众生。此般零度写作，解放了“写作”本身，让“写作”自然流淌而非强加于“写作”某种观点或蕴涵，避免被作者以外的其他因素“绑架”。

纵观《刚需房》这一短篇小说集，作者具有明确统一的叙事态度，即有意识遮蔽作者观点。作者主要采取两种措施来达成这种“遮蔽”，一则不许作者出面，二则冲淡作者的主观态度。读者不能直接从作者那得悉其对老苟是怜悯还是厌恶，对林俊的生活是赞扬还是揶揄，对方舒是敬佩还是同情等情感态度。所有的情感指向都是在阅读完作品之后自然地流露。当然，细读文本不难发现，近似客观的“零度写作”不等于绝对的“零度写作”，对作者意识完全的遮蔽显然是过于苛责，作者本人难以做到不动声色的绝对客观，总是避免不了留有作家自己的价值指向，绝对客观的“零情感”写作会让文本丧失作者的创作个性和主体价值，而走向极端自然主义倾向。在这本集子中，我们便可隐约地感受到作者对诸多小人物生存境遇的思考。例如，在《长颈鹿躲雨失败》中，有一段既不属于人物也不属于叙述者的议论：“多少婚姻败给了焦虑、烦躁，败给了鸡毛蒜皮，能把日子过得和和顺顺的人，不就是人生赢家吗？”这一叙述很明显寄托了作者自身对于婚姻的态度，属于作者在参与叙述的过程中对人物的有感而发，不禁让人想到巴金在《家》中对鸣凤悲惨命运的真情流露。这同时说明，当写作完全独立于其他因素时，作家的情感指向则归顺于人物与情节的自由发展，并表露于叙述之中。虽附有作家本人的主观态度，但其夹于文本之内，而非欲加之情，属于“零度写作”中作家的创作个性，有别于自然主义的“毫无情感态度的绝对纪实”。

三、审美与批判：两代“新写实主义”者的艺术碰撞

在新写实主义盛行初期，不乏精湛成熟之作，诸如池莉的《烦恼人生》《冷也好热也好活着就好》，刘震云的《单位》《一地鸡毛》等，这些小说在新写实主义的创作阵营中皆颇有建树。计虹的《刚需房》小说集，打破了宁夏当代文学中常被诟病的有关乡土、苦难的“主题先行论”，将笔力直指城市生活中的小人物、小事件，拓宽了宁夏文学的题材视域，对于中国文学版图下的地域文学的多样化立体进程极具建设意义。较之以上同类小说，计虹也从中汲取了大量养料，在创作的初期，积铢累寸。但作品仍有较大提升空间，笔者主要从以下三点扼要展开论述。

其一，“去典型”而非“无典型”。“去典型化”为新写实主义小说突出特征之一，这也在一定程度上厘清其与现实主义的界限而突出其“新”的特征。但这并不意味着一味地追求“无典型”而失去了文本的创作个性。例如，池莉的作品《冷也好热也好活着就好》，通篇采用对话的叙述模式，可谓对典型人物的塑造进行了有力的解构。但文本并不失其自身个性。在几个主要人物的叙事对话与行为表现过程中，尽显武汉底层市民的热心、焦躁的性格特征，在此过程中，作者又融入了武汉人“过早”（吃早餐）、武汉城区街道的描写等极具个性的地域特征，让直指小人物，小事件的小说文本环绕了一层浓厚

的烟火气息,使文本在琐碎纪实过程中不丧失文字的生命力。计虹显然也在字里行间极力把控着这一尺度,例如在《长颈鹿躲雨失败》中那段夜市摊的描写:“这些外地人说着全国各地方言扎堆吃喝,大家都说来小城,不喝一场夺命 X5(本地啤酒)、不吃一顿大块羊肉,那就白来了。”扎堆的外地口音的人、极具代表性的本地 X5 啤酒,都是作者在“零度写作”中对于当地地域特征的观照。但是对比池莉关于武汉“过早”,以及字里行间对武汉人民个性的塑造显然稍欠火候,即选取的对象不够“典型”。要明确的是,池莉等人对于“典型”的刻画突出表现在作家有意识地将此类“典型”事物蕴藏于客观叙事之中,而非纯粹的“无典型”,即淡化作家的写作意图而凸显文本自身的纪实性来表现“典型”,此举未曾违背新写实的创作初心。但我们不能为此而过度苛责作家,因为就创作者自身的成长环境而言,她所塑造的都市环境势必会显现银川的影子。而银川,一直以来都被冠有“新移民”城市的称号,这里的人们来自五湖四海,自然比不上武汉更具典型。恰恰于此,银川的“新移民性”,可以成为作家笔下鲜明的环境符号。因此,假若作家在此方面再稍加用力,作品在个性上则会再上一层。

其二,对 “客观的把握尺度”欠精准。所谓 “客观的把握尺度”,主要指作者在创作过程中对 “零情感写作”的运用与拿捏。众所周知,“零度写作”的尺度如若把控不好,极易偏向冗长平淡的自然主义之中。为了在“零度写作”中不丧失文字的活力,作家通常在艺术形式上投入更多的精力。例如,《风景》通过对居住在武汉“河南棚子”中一家九口不同命运的书写,来表现武汉底层人民真实的生存境遇。作家并非平铺直叙地对九个人的命运挨个加以评点,而是以一位出生十六日就夭折的“八弟”的视角进行叙事,表现出一种奇特的审美效果。并且“八弟”的叙事视角与作家本身的叙事立场在文本的某些地方存在相像之处,更加剧其反讽的艺术审美特征。计虹在客观叙事之余,突出的艺术特征则是“倒叙”手法的运用。例如,《码头》开篇先写小高在收拾东西,准备离职等事宜,而后才对她们入职到现在,以及离职的原因进行详细叙述。《折腾》中以“活着,就得折腾”这一句“我”最后一次见到李梅的话为开篇,进而开始叙述“我”、李梅、苏方三人从小至今的成长经历与姐妹情谊。此类手法在这部集子中不胜枚举,亦为作者的创作特色之一。此外,前文所提到的作者通过冷静的笔调与现实的落差产生的反讽意蕴,也是其突出特色之一。但较之其他作家的同类题材而言,手法的运用有待于创新、变化。艺术手法缺乏变化,会无意地使一些情节落入模式化、格式化的陷阱之中,而缺乏新意。读者极易把握作家的创作意图与叙事策略,使得阅读趣味落入贫瘠。值得注意的是,在此之前,计虹作为文学刊物的编辑,审阅了大量参差不齐的文学稿件,其文学创作仍处于探索初期,要想一下从接受主体向作家身份转变,显然一时半会也难以实现。因此，我们在对作家的叙事策略，提出更高要求的同时，也要宽容，为作家下一阶段创作提出新命题。

其三，内容把控力度不足，使得部分作品的思想无法“立”于现有文本之上。20世纪八九十年代的新写实小说家们对作品的把控总是张弛有度，小说紧紧围绕人物与情节自身的发展脉络收放自如，完全基于文本自身为中心而隐藏作者的写作痕迹。依据具体情况的需要与创作的自然流淌，他们的作品主要以中短篇为主。计虹在创作过程中也主要以短篇小说为主，部分作品的结尾收束稍显仓促，许多情节与人物命运的交代不够完备，逻辑有所欠缺，这使得部分作品的思想无法完全“立”于现有内容之上，产生戛然而止之味。假若将这种戛然而止化为文本自身的余味，从而深化作品的思想深度，延伸文本的审美意蕴，作品质量也会得到极大提升。不过，相信作家在之后的创作中，随着文本世界逐渐繁荣，其对文本的把控会更加驾轻就熟。

多元共生的创作形态无疑适于当今现代化进程的快速推进，参与这一进程的宁夏作家也有义务顺应这一新型的创作理念。在计虹的小说集《刚需房》中，我们可以看到植根于生活土壤之中的城市书写所迸发的蓬勃生机，这是一种久违的观照，是长期被乡土与苦难所遮蔽住的另一充满朝气的生命力。笔者期许，当沿着新写实主义的历史脉络，描写城市化进程中市井人生的笔调进军宁夏这片沃土之时，不要再让贫瘠与苦难成为宁夏文学走向现代化发展的屏障。城市生活召唤着人们对于当下境遇的生存反思，乡土苦难寄托着我们对于民族之根的深刻感知。两条脉络相互交织，蓬勃发展，共同滋育了我们对宁夏文学未来的展望。

基金项目：宁夏哲学社会科学规划项目“新时期以来宁夏女性文学研究”(15NXBZW01)；宁夏教育厅产学研联合培养基地建设项目(YDT201606)；北方民族大学重点项目“多民族文学史观与宁夏当代文学批评研究”(2017MYA07)阶段性成果。

马加骏，广西桂林人，北方民族大学在读研究生，主要从事文艺学研究。

写作，是生命的另一种抵达（创作谈）

◎计　虹

2020年的开始似乎于每个人都毫无美妙可言，然而我们却享受了有史以来最长的年假。到后来，我们可以出门看看车流人海的时候，每到一个门口都会有一个提着体温枪的保安，指着你的脑门对你进行发自心灵深处的三个拷问："你是谁""从哪里来""到哪里去"。以前我们天天奔波在外，哪有人有时间去关心这个，除非事关生死。现在回想起当时的情景，心情已经没有了当时的忐忑、惶恐，和对未知的茫然。

夏天的时候，区评协为张铎、火会亮还有我的新集子《刚需房》开了个研讨会，会上，评论家们对我的书做了各自精彩的发言。有人拍了我在会上的照片，眉头紧锁，表情凝重，拍照的朋友问我当时在想什么深奥的问题。事实上是，那一刻的我并没有想什么，我其实很恍惚，从老师们嘴里点评的那些作品、人物是我写的吗？我当时在写的时候到底想了什么呢？这样的写作于我而言意义又是什么呢？身为编辑，每天都在考量稿件的存在价值，等到有一天自己变成作者，被评论家寻找自己作品的价值时，内心则惴惴不安，连一张松弛的脸都无处安放。所幸老师们都是厚道而仁慈的，对《刚需房》给予了过高的肯定与期许。现在，我得正襟危坐下来，仔细想想《刚需房》到底是怎么来的。

流年如风，耳边似乎还有人在对我轻轻吟唱："我还是曾经那个少年，没有一丝丝改变……"然而，让我猝不及防，毫无察觉的是：我的中年就这么扑面而来了！所以，休再对我提少年，就连青年我都已经在垂死挣扎的那个临界点上。也罢，也罢，这一地鸡毛的上有老下有小的日子，这一睁眼都是等着靠我而又无依无靠的生活，总得让它有个温暖的支撑点、蓬勃的出口吧。做什么呢？眼前飘来几个字："百无一用是书生。"让你多么地垂头丧气啊，可是灵感乍现的时刻，又让你那么地扬眉吐气啊。夜幕降临，城市的霓虹闪烁，窗外万家灯火照亮了夜空，沐浴更衣，泡一杯香气四溢的茉莉花茶，就像做一件神圣无比的事一般，打开电脑，噼里啪啦，噼里啪啦，那些发生在身边的，这个城市的；那些我的亲人、朋友、同学、同事；那些从我身边游走过的形形色色的人群；他们在这个熙熙攘攘的尘世中遭遇的困惑、焦虑；他们的日常形态；他们厘不清扯不断牵牵绊绊的感情经历；他们在这个“小时代”面临的生存境遇都化作了一行行字符从我的心中流淌出去。不管别人读来如何，我常常写得酣畅淋漓，那些熟悉的人、物、事经过艺术的加工改造提升，都具有了普遍意义并兼具了典型化。我写作的一切几乎都围绕着我生活了近三十年的这座城市展开、发展、延续，毫无乡土生活经验的我，写作中必然找不到乡土印痕，这或许是我和本地的很多作家截然不同的标签。所谓落花有意流水无情，大抵就是如此吧。

就像年初的那段只能在家里的厨房、卫生间、客厅、卧室、书房来回穿梭、折腾的日子，每日里，蓬头垢面，双眼浮肿，躺在沙发上，望着快被擦秃噜皮的地板家具，拿起手机，啪啪啪地按着按键，心中的抑郁、恐惧、烦闷、焦虑全部化作字符宣泄一空。写到这里，我终于知道写作于我而言究竟意味着什么——

写作，是生命的另一种抵达。

计虹，《黄河文学》副主编，出版有短篇小说集《刚需房》。

专题·李增林

仰天长啸发浩歌

——在李增林文学创作座谈会上的发言

◎张 铎

李增林先生曾任宁夏政协副主席、北方民族大学首任校长，又是著名的先秦文学研究家和楚辞专家，同时也是一位诗人。近期，中国文联出版社出版《李增林旧体诗选》《李增林抒情诗选》《李增林朗诵诗选》《溪原楹联与联墨选》四部文学作品集，是我区文学创作发展史上的一件大事，也是一个重要收获。这几部作品集以火热的赤子情怀，鲜活的诗家语言，勾勒出了鲜明的时代特征，反映出了浓浓的时代精神。李老的诗歌作品，除了具有鲜明的时代色彩，还具有鲜明的情感色彩、语言色彩。他各种体裁的文学作品把笔触伸向人民和社会的深处，画时代之像，传人民之神，展现中华审美风范。

一

诗人的代表作《给大海》，最初刊登于1962年7月号的《宁夏文艺》。诗作既有雄放之势，又有浓郁之情，时代特色鲜明。甫一发表，读者奔走相告，互相传抄。李老作为新中国培养的知识分子，用自己热情的歌声，参与了人民群众反对旧世界和创造新世界的伟大事业。他的作品受20世纪五六十年代苏联文学，尤其以叶夫图申科、罗日杰斯文斯基等为代表的“大声疾呼派”（又译为“响派”）的影响较大。不过，李老的作品除了反映历史的兴衰和人民的忧乐，又根据新的时代生活的表现需要，运用具有中国特色的诗歌语言方式，构筑新的形象意境，确立新的美学风格，创造了一种既有社会教育功能，又有艺术审美价值的诗歌作品。如《亲爱的党，下命令吧！》《给大海》等，就是其中代表性作品。诗作用语平易而不乏形象，有慷慨豪迈之气概，真挚动人，无尽的深情溢于言外，语浅意长。李老的诗歌创作在表现时代生活时，有一个突出的特点，就是饱含着自己独特的生活感受，融合着个人的真情实感，有自己鲜明的艺术特色。他诗中的情，是“这一个”知识分子的情，只不过诗中的“我”超出了诗人本身的范围，是“大我”。诗是最为个性化的文学形式，真正优秀的诗人，都是以“小我”表现“大我”，追求个性与共性的统一。高尔基曾说：“诗人是世界的回声，而不仅仅是自己灵魂的保姆。”是的，有责任感的诗人，怎能仅把诗写成自己心灵的历史。诗人之中的“我”，大多是借“我”这个抒情主体来传达一个时代的感情与愿望。诗人个性消失，就等于失去了诗的魅力，也失去了时代生活的丰富性。李老的作品大都是时代的产儿，是一个时代人民的感情(情绪)，其根基关键在于人民群众。从李老的诗歌创作实践看，应该说是忠实履行了对时代的责任，无愧于时代和人民。

二

新诗的发展历史告诉我们，优秀的诗人之所以能写出优秀的诗歌作品，就在于他们写出了时代的乐章，表达了人民的心声，诗歌作品的时代特色非常鲜明，这是李老他们这一代诗人的共同特征，不过与同时代的众多诗人相比，李老诗歌的感情色彩也比较丰富。李老除了表现具有广泛意义的社会现实以外，也写了许多优美的抒情诗。正如著名诗人吴淮生老先生所言：“以豪放为主调的诗人李增林也有柔情似水的诗章，其《李增林抒情诗选》大率如此。”众所周知，诗不能排斥感情色彩，何况感情色彩的高尚与低俗等，同样是有是非界线的。只有思想境界比较高，写出来的诗，感情色彩才可能是高尚的，能反映时代精神。如这本诗集中的《胡琴和风琴》《当桃花盛开的时候》等，就是一些抒情味很浓的诗章。诸如此类诗作，当然是可以写的，也是诗歌百花园所需要的。又如李老的山水诗《乙亥春咏银湖》：“天降彩虹桥，剪裁柔水娇。涟漪舟数点，莲叶半湖飘。”“天”“桥”“水”“舟”“湖”“涟漪”“莲叶”七个名词，“降”“飘”“剪裁”三个动词，以及形容词、量词等，被诗人巧妙地排列在一起，组成了一首诗，动静交错，时空交汇，情渗于景，意溢于言，婉雅纤丽，抒发了诗人热爱祖国大好河山的思想感情，足可摇动人心。从“诗家语”的角度看，真乃学者之手笔。这也有力地证明了题材不具有决定意义，思想认识水平的高或低、感情倾向的高尚或低俗对作品色彩的格调起着决定的作用。写山水诗，抑或小花小草都是可以的，但如果把写山水诗、小花小草作为一种厌恶“带时代色彩”的创作目的来追求，那就很不妥当了。因为一个真正的诗人，创作就不应带着某种思想偏见，那种认为只有“不带时代色彩”的诗才是好诗，或唯有时代色彩强的诗才是好诗,这些观点都是片面的。思想的偏狭就会带来创作上的偏颇。无论何种题材,都离不开作者的思想认识和感情倾向,把握不好,同样写不好。李老诗歌创作的主旋律是豪放,但也不排除婉约,二者兼得。李老的创作是丰富多彩的,既有自己的个性特色,也有自己的艺术主调,那就是为时代为人民放声歌唱,这是他诗歌创作情感色彩的主色调,即使山水诗也没离开这个大方向。当然,李老作为一个具有火热赤子心肠的诗人,他不可能只把兴趣集中在一些狭小的天地里,而看不到广阔的社会人生,发现不了更具有时代意义和美学价值的内容。为人民鼓与呼,为中国特色社会主义写诗,有了这个明确的目标,才能写出有骨气、有个性、有神采的作品。

三

诗歌语言是别有特色的语言,王安石称之为"诗家语"。著名学者周振甫曾说:"诗家语就是说诗的语言有时和散文不一样,因为诗有韵律限制,不能像散文那样表达。"李老作为知名的学者,他的诗歌语言也有色彩,主要体现在诗家语和音乐美上。其诗歌语言来自日常的现实生活,但又高于日常生活语言,有自己特定的语汇、语法、语序、逻辑和修辞。《七律· 仲夏游沙湖》诗云:"芦争绿簇翔鸥鹭,舟竞银波跃鲤虾。""争""翔""竞""跃","芦""鸥鹭""舟""鲤虾"动词与名词组合,时风古韵,跌宕有致,诗意隽永。"绿""银"设色清丽、意象鲜活,格律严谨,但不是与日常生活相对应的语言,而是对其的提炼、净化,尽管韵味浓郁,然"翔鸥鹭""跃鲤虾",在"文理"方面确有不通之处,可就是这个不通恰恰构成了地地道道的诗家语,体悟物性,慨然成篇,意旨绵邈,令人赏心悦目。又如阅读《南国红豆歌》《骆驼行》等这些感人的诗作时,我们首先注意的不是诗人提炼诗歌语言之苦,甚至忘记了诗人在写诗。这说明李老作为知名学者善用诗家语,诗歌意象感性大于理性,其诗歌语言艺术已经达到相当纯熟的境地了。

毋庸讳言,诗之所以为诗,还在于它的语言具有音乐性。诗歌是最接近音乐这种艺术品种的。诗的音乐是语言的节奏、音韵构成的交响。著名诗人闻一多先生在 20 世纪 20 年代提出了诗歌的"三美"之说,即音乐美、绘画美、建筑美,奠定了新格律诗派的理论基础。这种观点在一定程度上也克服并纠正了新诗过于松散、随意等不足,对我国诗歌事业发展作出了独特的贡献。李老是宁夏第一个出版朗诵诗集的诗人,他以自己近期出版的四部诗集提醒诗人们注意自己诗作的音乐美。这也是李老诗歌作品语言富有色彩美的又一个显著特点。因为朗诵诗、传统诗词、楹联等,都是具有音乐美的作品。音乐是诗的翅膀,诗歌只有插上音乐的翅膀,才能四处传扬。李老在这方面的实绩,大家有目共睹。诗歌语言不但给读者提供一个美的感情世界,而且它本身的音乐美也是读者鉴赏的内容之一。音乐美,是内心的诗,是诗的心理学,是哲学的冥想。

李增林先生不仅在学术研究方面硕果累累,影响深远,在诗歌创作方面的贡献也是多方面的。作为新时代的文艺工作者,我们应该像李老那样,到人民群众中寻找艺术的生命力与创作灵感,仰天长啸发浩歌,唱响时代先声,彰显改革精神,勇立时代潮头,不断推出高质量的文艺作品。

张铎,原名张树仁,中华诗词学会会员,中国文艺评论家协会会员,中国诗歌学会会员,宁夏诗词学会副会长,北方民族大学客座教授。诗歌《沙湖》荣获第二届“诗国·中华诗词创作”荣誉金奖。著有诗集《三地书》《春的履历》,评论集《塞上潮音》《塞上涛声》等。

增色山河　林木繁茂

——在李增林文学创作座谈会上的发言

◎张　嵩

在新中国和人民政协成立70周年来临之际，我们今天在这里举办“李增林文学创作座谈会”，意义自然不同一般。增林先生是政协的老领导，又是享誉区内外的著名学者、先秦文学研究专家，同时也是成就卓著的两栖诗人。今天我们就增林先生的文学创作进行研讨，既是对他所作贡献的肯定，也是对当代优秀文化的一次弘扬。

一、人文情结

中国传统诗词历来是文人诗词。增林先生自1959年创作发表《拟竹枝词青春曲四首》至今已经整整六十个春秋。六十年来他秉承中华优秀传统文化意蕴，创作了大量旧体诗词作品。其诗词作品主要特点在于文化性上。旧体诗词创作继承什么、传播什么、弘扬什么，我个人认为其价值取向就在于文化性这一特质上。增林先生教授先秦文学数十载，深得其精髓要义，尤其是继承了《离骚》中的爱国主义思想。其诗作坚持文人风骨，温文儒雅，形成了自己独特的创作风格，诗词之中富有深刻内涵的人文情怀。从《拟竹枝词青春曲四首》中“东风早把春送到，莫负青春好年华”“应趁青春争先进，放喉更唱日新歌”的青春少年，到三十年后再写青春的《青春寄语两首》“珍惜少壮勤劳作，莫等白头徒悲歌”“抚壮弃秽当奋发，火热青春献祖邦”。前者写自己满怀激情和理想，后者寄语自己的学生趁着青春时节，发奋努力，报效国家，莫等白头悲歌，一事无成。前后三十年，一脉相承，后者青春是前者青春的延续，只有时空转换，没有青春断续，表现的是对人的价值、使命的维护、追求和关切，也是对全面发展的理想人格的肯定和塑造。其中彰显的就是人文情怀，是中国历代有抱负的诗人和知识分子所共有的情结。在

《今日"秀才"其二书山》中更是明白无误地道出了诗人的这种思想:"书山学海苦追寻,锦绣文章壮国魂。今日秀才长才智,满腔热血献苍民。"这样的例子还有很多,表达的皆是诗人心中的向往和人生所要追求的价值。

二、家国情怀

历朝历代,但凡杰出的诗人都有浓厚的家国情怀,像屈原、杜甫、苏轼、辛弃疾等等。一个诗人如果不去关心自己的国家,不去关心时代的变迁,缺失社会责任,那他就不是真正意义上的诗人。我们不反对花前月下浅唱低吟,但更注重铜琶铁板、边塞雄风。陆游也曾发出"位卑未敢忘忧国"的感慨,那么我们今天的诗人就更应该关注祖国的命运、人民的苦乐、社会的进步与文明,要有文化自觉、自信和担当。增林先生的许多诗作为我们展现了他的家国情怀。如他在《登八达岭长城》中写道:"一帝长城百代功,登临远眺岭川雄。五湖游子心相许,修复金瓯奔大同。"蜿蜒绵亘的万里长城,壮丽雄奇的大好山河,燃起诗人心底的激情,以身报国,修复金瓯,期盼国家统一,共同奔向充满希望的未来。再看《香港回归》这首诗:"紫荆盛开醉香江,修复金瓯国运昌。奇耻百年今洗雪,煌煌大道更康庄。"香港回归,洗去了百年耻辱,举国欢庆,也道出了诗人心中的喜悦。修复金瓯,国家强盛,正好与前面提到的《登八达岭长城》一诗相互承续、遥相呼应,反映了增林先生关注国事,盼望祖国统一,共圆伟大梦想的浓浓情怀。这类诗在诗集中占有一定的比例,分量很重。我对增林先生家国情怀诗作的评价就是:年少报国怀壮志,两鬓飞霜情未了。

三、艺术情韵

增林先生的诗继承了中国诗词传统中豪放派的风格,语词宏博,气势豪迈,视野广大,意象丰富,而且韵味浓厚,颇具艺术魅力。他写祖国的发展变化,饱含深情,用笔酣畅,一挥而就,如《塞上春雪》《为沙坡头治沙勋绩作》《西部开发胜春时》等;写壮美河山,寄情于景,景象万千,不拘一格,如《登庐山》《过老龙潭》《为秦俑感赋》等;写友情亲情,情真意切,字里行间,充满着大爱,读之令人无不动容,如《仲秋夜话诗》《读斐然诗集》《忆秦娥·悼朱东兀兄》等;写他所熟悉的教育事业,不仅倾注了他的教育理念,更寄托了他的人生理想,语言质朴而深切,感情真挚而热烈,寄寓深远,如《今日秀才》《创业师生共勉辞》《西北第二民族学院校园杂咏十首》等,宁夏大学和北方民族大学是他工作过、生活过的地方,有他青春的印迹、有他三尺讲台授业解惑的身影,更有他作为领导者的风采。这些诗的体裁有古风、乐府、律绝、词曲,艺术手法多样,展现出的是异彩纷呈的景象。状景写人，韵味深长；抒情言事，清新自然。格调高昂而不失韵律，体裁多变而不忘本源，并且能够灵活运用赋比兴的表现方法，承接前人，自成一格，显示了增林先生融合百家、意蕴深沉悠远的艺术本领。他知识积累广博、国学基础深厚，我们从他一本本新诗、旧体诗、词集中就能窥得一斑。限于时间，我就不一一展开分析了。

总之，增林先生的诗词如他的人一样儒雅丰厚，深得大家的喜爱，他的旧体诗词创作既开了宁夏当代诗词创作的先河，又领了风骚，地位独特，带动和促进了宁夏新边塞诗词的创作与繁荣。增林先生是宁夏旧体诗词的代表性人物，为后来者树立了标杆，其情自可记，其功不可没，在此向他致敬！

张嵩，中华诗词学会常务理事、中国毛泽东诗词研究会理事、宁夏作家协会主席团委员、宁夏《共产党人》杂志特约评论员、宁夏文史馆研究员。著有散文诗集《遥远的岸》、诗文集《固原》、诗歌集《散落的羽片》、诗词集《渐行渐远集》、散文集《温暖的石头》、评论集《诗化留痕》6 部，诗作多次获区内外大奖。现在宁夏政协教科体卫委员会工作。

增林先生朗诵诗创作的意义

◎李九华

20世纪90年代初，我大学毕业分配到当时的西北第二民族学院（以下简称二民院）中文系，李增林老师是我们的校长，除了行政工作，李老师一直关心中文专业的发展，组织我们编教材、搞研究。这次李先生的朗诵诗选里，我的文章《礼赞大海 歌以咏志》作为诗选的序言之一，就是当时编写的写作范文《名篇鉴析》中的一个评论，很荣幸也很惶恐。记得第一次在中文系办公室见到李老师时，他问我叫什么名字，我说叫李九华，他说华就是花，在《楚辞》中代表美好的事物。那个记忆片断到现在算来已经28个年头了。李老师是我的老领导、老朋友。

关于李老师的创作和研究，在座的专家们都是比较熟悉的。我在此仅谈谈对其朗诵诗的价值思考。

一、诗和生活的关系

一直以来，我们的文学为了逃离原来经世致用、图解政治的窠臼，逐渐走上了创新之路，个性的凸显和哲理性的渗透是为可取之路。但是，一些作者剑走偏锋，追逐新奇，导致题材怪异、文字艰涩难懂，网络诗歌更多的是不知所云。反观李老师的诗，用他自己的话说，自己的诗歌是“喊出来”的，其关于祖国建设、教育起步和具体生活的书写几乎都是在现实的场景下产生的。我的感觉，诗可以是一种技巧，可能新鲜悦目，但一定要和生活关联，和此一时的情感关联，是一种行为艺术，或者说基于生活实践的艺术，无论什么时候读，那些浸透着生活的元素可能被读者无限拓展，继而产生共鸣，而非一味走“我是诗人，我不一定需要你懂”的路子。

二、诗歌的真实性问题

李老师的诗中对祖国、对党、对普通人的热爱是发自内心的，这个特点应当说是那个时代作家的群体特点。在特定的时代背景下，人们内心产生了强烈的政治激情，并用各种文学样式加以呈现，产生了一种体裁上的共性。我们今天再来读的时候，一些句子不免直白，但是我们无法质疑其诗心的真诚。例如《我们的誓言》，我们可以回想 1958 年 8 月这些来自大城市的知识青年的热血情怀，“我们绝不是来这里临时做客，要在这里扎根立业，献身边疆”，当时集体朗诵这首诗的 120 多位年轻人，说到，也做到了。而当前个别流行的诗歌包括歌曲，或者视角是高的，控制着诗歌的伸展；或者视角是低的，不走平常路子。怎样更好地写出心灵？我相信，虚与委蛇能打动耳朵，未必能令读者动心。

三、诗歌的史料价值

其实不只是诗，李老师还有好些笔记本，详细记录了宁夏总体发展，特别是宁夏大学从无到有的很多关键细节。例如宁夏大学最初的构成，以及一开始为什么没有挂“宁夏大学”的名字。中文系编写的一本诗集叫《红色诗刊》，创刊号他还留着。我们发现，宁夏大学之外一些厂矿的爱好者当时也参加了。谁写的、谁印的、谁朗诵的，都记得清清楚楚。据我所知，这些资料尚未有相关文史馆或者校史馆收藏。

总之，我觉得李老师的诗歌创作能经得起时间的考验，后学虽然不可能也没必要走前辈的路子，但其中一些创作的内核是具有借鉴意义的。

李九华，宁夏大学人文学院教授，硕士生导师。近代文学学会小说分会理事，宁夏朗诵艺术学会理事，国家级普通话测试员。主要研究方向为明清文学、近代文学、写作学。主持并完成国家哲学社会科学基金项目“近代回族报刊文学研究”、宁夏回族自治区社科规划项目“晚清文学报刊与近代回族报刊比较研究”等 7 项课题。著作有《晚清报刊与小说传播研究》(中国社会科学出版社，2014 年出版)。参编著作《名篇鉴析》《挑战明天》等。发表多篇学术论文。

记忆·留痕

蒋振邦创作年表、获奖情况及书籍出版

◎蒋振邦

一、创作年表

1956 年

1956 年开始文学创作。

1957 年

在 2 月 16 日《银川报》发表诗歌处女作《西大滩呀望不到边》(署名鱼希水)。

在 3 月 7 日《银川报》发表诗歌《姑娘的心愿》(署名鱼希水)。

1959 年

在 2 月 1 日《宁夏日报》发表诗歌《欢呼古巴人民的胜利》。

在 3 月 15 日《宁夏日报》发表通讯《满载而归》。

在 3 月 28 日《宁夏日报》发表散文《感人的友谊》。

在 9 月 16 日《群众文艺》发表诗歌《跃进歌声冲九天》。

在 9 月 16 日《群众文艺》发表小说处女作《十年前的故事》,该作品于 1960 年被收录在宁夏人民出版社出版的小说集《塞上新人》之中。

在 11 月 8 日《宁夏日报》发表小说《出征之前》。

在 12 月 16 日《群众文艺》发表小说《美丽的彩虹》。

1979 年

在《平罗文艺》第 4 期发表小说《队长的金娃娃》。

创作了中篇小说《金驹湖》,未发表。

1980 年

在 9 月 14 日《宁夏日报》发表诗歌《赶集》(外一首)。

在《平罗文艺》第 1 期发表小说《订亲酒》。

在《平罗文艺》第 2 期发表小说《月到中秋分外明》。

在《平罗文艺》第 3 期发表诗歌《致队长》《致老农》《致回乡知识青年》(署名鱼希水)。

在《平罗文艺》第 4 期发表小戏曲《两全其美》。

1981 年

在 1 月 3 日《宁夏日报》发表诗歌《莫要愁发家》。

在 4 月 4 日《宁夏日报》发表散文诗《路与桥》。

在 6 月 20 日《宁夏日报》发表诗歌《渔湖恋情》。

在《石嘴山文艺》第 1 期发表诗歌《春风》。

在《石嘴山文艺》第 2 期发表诗歌《鱼水情深》《晨光》《爱》。

在《石嘴山文艺》第 3 期发表小说《新任队长》。

在《平罗文艺》第 1 期发表小说《一位姑娘的心愿》(署名人之初)。

在《平罗文艺》第 2–3 期发表小说《一份入党申请书》(署名鱼希水)。

在《平罗文艺》第 2–3 期发表散文《在南泥湾的日子里》。

在《平罗文艺》第 4 期发表小说《菊花嫂的期望》。

1982 年

在 10 月 25 日《宁夏日报》发表散文《洪广营》。

在《朔方》第 1 期发表诗歌《照相》。

在《新月》第 2 期发表诗歌《考验》。

在《平罗文艺》第 3 期发表诗歌《三中全会放光华》(署名桂文)。

在《平罗文艺》第 1 期发表小说《悔》(署名鱼希水)。

在《平罗文艺》第 2 期发表小说《归队》(署名人之初)。

在《平罗文艺》第 4 期发表小小说《在希望的田野上》,其中有《老夫老妻》《婆媳之间》《春光万里》三题。

在《贺兰山》第1期发表小说《母女之间》。

在《朔方》第3期发表小说《春风》，该作品被收录在《石嘴山文学作品选》一书。

在《朔方》第7期发表小说《果园里》。

在《朔方》第8期发表散文《有时，忆及爷爷……》。

在《宁夏群众文艺》第3期发表散文《民间艺人"六六红"》。

在《宁夏群众文艺》第4期发表小说《哈三慌赶会》。

在《新月》第3期发表小说《三十晚上》。

本年度为平罗县广播站撰写广播散文《平罗风情》14篇。

本年度创作剧本《喜从何来》（与朱正安合作），发表在《平罗文艺》第3期。该剧由宁夏电视台录制，在宁夏电视台、中央电视台播出。

1983年

在3月27日《宁夏日报》发表散文《平罗古"八景"》。

在4月2日《宁夏日报》发表短评《他在探索中前进》（署名人之初）。

在6月14日《矿工报》发表散文《美的追求》。

在8月6日《宁夏日报》发表小小说《春水哗哗》。

在9月26日《宁夏日报》发表散文《石嫂子的笑声》。

在《宁夏群众文艺》第1期发表小说《价值》。

在《平罗文艺》第1期发表小说《王校长的悲哀》。

在《平罗文艺》第3期发表小说《劳模的心事》。

在《贺兰山》第1期发表小说《人情也是债》。

在《贺兰山》第3期发表小说《但道桑麻长》。

在《朔方》第8期发表小说《酒未醉人人自醉》。

在《朔方》第11期发表小说《沙枣花香五月天》。

在《当代》第5期发表中篇小说《在沿河村里》。

在《新月》第1期发表散文《鱼的美梦》。

在《六盘山》第2期发表散文《沙葱，在荒漠里扎根》。

在《宁夏戏剧》第4期发表散文《扎根在广大农村》。

在《宁夏戏剧》第4期发表散文《身背三弦走四方》。

在《平罗文艺》第2期发表散文《美妙的鼓点》。

在《平罗文艺》第4期发表散文《话说平罗剧团》(署名人之初)。

在《平罗文艺》第4期发表散文《寿佛寺及其传说》(署名桂文)。

本年度创作《贺兰群峰捧古刹》,后被收录在《宁夏风情》一书中。

1984年

在2月25日《宁夏日报》发表小说《"样样能"献艺》。

在9月25日《宁夏大学学报》(人文社会科学版)发表散文《留给记忆》(署名人之初)。

在9月《贺兰文化》发表随笔《金马驹的故事》。

在12月1日《宁夏日报》发表小说《削面师傅》。

在《宁夏创作通讯》第2期发表随笔《在沿河村的日子》。

在《宁夏群众文艺》第3期发表小说《人情也是债》。

在《新月》第3期发表小说《心上的宅基地》。

本年度创作中篇小说《兰山行》,该作品被收录在文选集《塞上情思》一书

1985年

在《贺兰山》第2–3期发表随笔《生活与思考》。

在《新月》第2期发表小说《但道桑麻长》。

在《贺兰文化》第14期发表小小说《高度》。

在《六盘山》第4期发表小说《全凭嘴儿甜》。

1986年

在《煤炭文学》第4期发表中篇小说《走出石板小屋》。

1987年

在9月25日《宁夏青年报》发表散文《农调队里的年轻人》。

在西吉县办文艺刊物《葫芦河》发表《顾问来信》及《致葫芦河》。

在《六盘山》第2期发表诗歌《西吉印象》二首(《童话中的现实》《初访火石寨》)。

与吉瑞钦合作创作《农村侦察兵》,由宁夏电视台录制成电视片,在宁夏电视台播出。

在《朔方》第5期发表中篇小说《谁在敲门》。

本年度创作纪实小说《断层·日记·足球——讲师团生活拾趣》,后收录在《沙湖情缘》一书中。

1988年

在《农调之友》创刊号发表诗歌《但愿被理解》(署名人之初)。

在《农调之友》创刊号发表散文《农调队里的年轻人》。

在《宁夏创作通讯》第2期发表随笔《醒来吧,手中的笔》。

在《宁夏青年报》发表小小说《广告》。

在《通俗文艺家》第5期发表中篇小说《总经理的烦难事》。

1989年

在5月1日《宁夏文谈》发表书评《读刘国尧报告文学集〈厚土〉》。

在《宁夏大学学报》(人文社会科学版)第2期发表书评《评刘国尧报告文学集〈厚土〉》(署名人之初)。

1990年

在《宁夏党校学刊》第3期发表论文《必须拿起批评与自我批评的武器》(署名人之初)。

创作中篇小说《花儿的故乡》该作品于1991年12月改名为《外面的世界》,后被收录在《沙湖情缘》一书中。

1991年

在《回族文学论丛》第4辑发表论文《丁一波与回族民俗民间文学》。

在《通俗文艺家》第1期发表小说《样板女子》。

《民间艺人"六六红"——记武义山》一文被收录在《宁夏民间文艺界人物录》中。

1992年

在10月1日《宁夏大学学报》(人文社会科学版)发表古诗五首《暑假万里纪行》。

在11月20日《宁夏大学学报》(人文社会科学版)发表诗歌《沙湖之秋》。

在《贺兰山》第1期发表《还我一个心愿》(节选自中篇小说《沙枣湾》。

1993年

在《黄河文学》第2期发表《进城序曲》(署名人之初)。

在《宁夏大学学报》(人文社会科学版)第4期发表书评《敞开真善美的心灵》(署名

人之初)。

在《通俗文艺家》第5–6期发表中篇小说《大学生与山里妹子》。

1994年

在《固原师专学报》第3期发表书评《真情的流泻 心灵的感应》。

在《朔方》第1期发表小说《教授的胡子》。

在《黄河文学》第4期发表小说《广厦》。

1995年

在《银川晚报》发表系列散文《贵州印象》。

在12月1日《银川晚报》发表《旅游扶贫》。

在12月8日《银川晚报》发表《天麻的误导》。

在12月29日《银川晚报》发表《话说"八大怪"》。

在《六盘山》第4–5期发表小说《放血》。

在《黄河文学》第6期发表中篇小说《古币》,该作品被收录在《宁夏文学作品精选》一书中。

在《朔方》第9期发表书评《横笛与口弦的奏鸣》(署名人之初)。

在《中国出版》第5期发表论文《走出混沌 开拓新路——高校学报面临严峻课题》。

在《中国出版》第12期发表论文《"文责自负"质疑》。

《论期刊个性特征的把握与拓展》论文入选1995年"中国编辑学会第二届年会",该作品被收录在《编辑工作与编辑学研究》一书中。

在贵州《新闻出版市场》第12期发表论文《文摘报刊的社会定位与前景把握》,该作品被收录在《中国当代学者论文精选》一书中。

1996年

在3月22日《银川晚报》发表散文《父亲》。

在4月14日《宁夏日报》发表小小说《玉器》。

在5月8日《银川晚报》发表杂文《火车上的"卤鸡"》。

在5月24日《宁夏日报·西部周末》发表散文《报以涌泉》。

在10月13日《银川晚报》发表随笔《阎宅:凝重历史 繁华民俗》。

在10月14日《银川晚报》发表随笔《三友情深》。

在10月16日《银川晚报》发表随笔《生命的滞留现象》。

在10月21日《新闻出版报》发表随笔《内部报刊必须"关整并转"》(摘要)。

在12月4日《银川晚报》发表随笔《旅游与购物》。

在12月29日《银川晚报》发表散文《献给银川人民的一首赞歌》。

在《贺兰山》第1期发表小说《脱水》。

在《贺兰山》第2–3期发表书评《在传统文化中挣扎的女性公民》,该作品后来被《文企报》转载。

在《宁夏教育学院学报》第1期发表论文《高校学报出路在于向社会开放》。

在山东《新闻出版导刊》第2期发表论文《文稿技术处理新探》。

在《宁夏大学学报》(人文社会科学版)第3期发表论文《论健全保障校对质量的制约机制》,该论文入选1996年"第二届全国校对理论研讨会",被收录在《校对的学问》一书中。

在湖北《出版科学》第2期发表随笔《期刊栏目的设置》。

在河北《今日出版》第4期发表论文《论内部报刊的阶段性转移》。

在河南《殷都学刊》增刊发表随笔《高校学报要强化"读者至上"意识》。

在贵州《新闻出版市场》第10期发表论文《试论建立编辑与作者、读者的新型关系》,该作品入选1996年"中国编辑学会第三届年会"。

在《今日出版》第6期发表随笔《高校学报要强化"读者至上"意识》。

在《宁夏学刊》第2期发表论文《试论期刊编校中的四个问题》。

在《中国出版》第9期发表论文《文摘报刊的误区与行为规范》。

在《编辑学刊》第3期发表论文《论期刊个性特征的把握与拓展》,该论文被人大报刊复印资料《出版工作·图书评介》第9期全文转载,并被收入《编辑工作与编辑学研究》《中国新时期社会科学成果荟萃》《第三届全国出版科研优秀论文集》等书中。

在《中国出版》第12期发表随笔《内部报刊要治散治滥》。

在《宁夏大学学报》(人文社会科学版)第2期发表论文《作者参与图书市场可行性研究》,该论文被人大报刊复印资料《出版工作·图书评介》第7期全文转载,并入选《改革开放与市场经济文选》一书。

在《固原师专学报》第4期发表论文《试论行业内部报刊质量与管理》,该作品当年被人大报刊复印资料《新闻学》第3期全文转载。

在《新华文摘》第 2 期发表论文《“文责自负”质疑》。

1997 年

在 1 月 3 日《银川晚报》发表诗《崂山行》《避暑山庄有感》。

在 3 月 28 日《银川晚报》发表散文《母亲祭》。

在 6 月 25 日《银川晚报》发表杂文《治家有学问》。

在 10 月 17 日《银川晚报》发表杂文《搭车配销为哪般》。

在 8 月 24 日《银川晚报》发表杂文《此风不可长》。

在 9 月 12 日《宁夏日报·西部周末》发表散文《李季与〈银川曲〉》。

在 7 月 13 日《宁夏日报》发表小小说《感动》。

在 8 月 20 日《新闻出版报》发表随笔《责编署名要规范》。

在 8 月 24 日《宁夏日报》发表书评《〈一朝县令〉情节生活化的断想》。

在《民族艺林》第 2 期发表散文《妙哉,山西民俗博物馆》。

在《许昌师专学报》第 2 期发表论文《论高校科研改革及其评价原则》。

在《学习与交流》第 3 期发表随笔《老有所为当何为》。

在《新闻出版天地》第 1 期发表论文《科技报刊的体制改革与功能强化》。

在《今日出版》第 3 期发表论文《必须依法规范报刊的编辑行为》。

在《新闻出版市场》第 4 期发表论文《论学术性期刊的标准化与规范化》。

在《宁夏工学院学报》第 1 期发表论文《科技报刊要尽快适应“两个转变”》。

在《宁夏大学学报》(自然科学版)第 2 期发表论文《论学术性期刊的标准化与规范化》。

在《宁夏教育学院学报》第 4 期发表论文《必须依法规范报刊的编辑行为》。

在《宁夏大学学报》(社会科学版)第 4 期发表论文《论编辑的职责与权利》。

在《固原师专学报》第 5 期发表论文《出版业专业期刊现状及出路初探》。

在《中国出版》第 8 期发表论文《培育“生态系统”实施战略策划》,该作品当年被人大报刊复印资料《出版工作·图书评价》第 9 期全文转载。

在《中国出版》第 9 期发表论文《论大学出版增长方式的转变》。

在《科技与出版》第 6 期发表论文《市场经济条件下编辑工作特点初探》。

在《新闻出版市场》第 9 期发表论文《法制是出版职业道德建设的基础》。

在《新闻出版市场》第 10 期发表论文《法制原则与出版行业职业道德建设》,该作品入选 1997 年厦门“全国出版理论研讨会”,并被收录在《97 全国出版理论研讨会论文集》中。

在11月7日《银川晚报》发表杂文《防微杜渐与集腋成裘》(署名人之初)。

在《宁夏大学学报》(人文社会科学版)第4期发表论文《论编辑职责与权利》。

在《中国出版》第12期发表论文《呼唤普及性读物》。

1998年

在5月29日《宁夏日报》发表散文《车轮滚滚思潮涌》。

在7月30日《银川晚报》发表随笔《房子的记忆》。

在10月31日《吴忠日报》发表诗歌《三中全会放光华》。

在11月15日《宁夏日报》发表书评《〈风尘岁月〉与民俗民间文学》。

在11月18日《固原日报》发表书评《串串脚印人生路——张光全散文集〈脚印〉序》。

在《新闻出版天地》第6期发表随笔《编辑的“甜”与“酸”》。

在《黄河文学》第3期发表随笔《生活感悟》。

在《共产党人》第6期发表散文《沙湖与我有缘》。

在《共产党人》第10期发表散文《宁大的故事》。

在《编辑学刊》第3期发表杂文《致〈编辑学刊〉主编的信》。

在《南都学刊》发表论文《民事案件审理值得探讨的几个问题》(署名桂文)。

在《今日出版》第3期发表论文《当前编辑学研究中的理论内容缺憾》,该作品入选1997年“全国编辑学理论研讨会”。

在《广西大学学报》(人文社会科学版)第2期发表论文《依法建构出版者与作者、读者的新型关系》,该作品于当年被人大复印资料第6期《出版工作·图书评介》全文转载。

在《宁夏大学学报》(人文社会科学版)第2期发表论文《校对学研究取向与校对队伍素质建设》,该论文入选全国校对理论研讨会。

在《朔方》第5期发表书评《漫话〈风尘岁月〉》(署名人之初),该作品被收入《宁夏文学作品精选》一书。

在《新闻出版市场》第6期发表论文《校对主体多元化与专业化》。

在《新闻出版市场》第8期发表论文《略论编辑风格》。

在《回族文学纵与横》第7辑发表论文《丁一波散文创作评述》。

在《出版动态》第5期发表《脚印·序》。

1999年

在4月4日《宁夏日报》发表书评《浅说〈脚印〉》。

在4月8日《银川晚报》发表散文《秦古长城一日游》。

在4月9日《银川晚报》发表随笔《在如林的期发表中徜徉》。

在4月14日《宁夏日报·税务周刊》发表随笔《莫忘当年创业难——旧照抒怀》。

在4月20日《宁夏日报》发表散文《心中的那面红旗》。

在4月25日《小龙人报》发表诗歌《春燕归来》。

在5月12日《宁夏日报·税务周刊》发表随笔《纳税从舍不得到荣誉感》。

在5月21日《石嘴山日报》发表悼文《50年代石嘴山的歌唱者——许育川》。

在6月4日《宁夏日报》发表随笔《祖孙情结》。

在6月5日《宁夏日报》发表杂文《戒烟需要动力》。

在6月8日《银川晚报》发表散文《沙枣树般的父亲》。

在6月18日《宁夏日报》发表随笔《沙枣花与甜粽子》。

在6月26日《宁夏日报》发表散文《阎宅:旧居新颜》。

在6月27日《宁夏日报》发表随笔《贫困生的大学梦》(上)。

在7月11日《银川晚报》发表杂文《包装与伪装》。

在7月14日《宁夏大学报》发表随笔《社会实践应提倡脑体并举》。

在7月23日《宁夏日报》发表随笔《执着的收藏》。

在7月30日《银川晚报》发表随笔《读书与书评》。

在7月31日《宁夏日报》发表散文《承德“外八庙”》。

在8月7日《银川晚报》发表散文《外婆和外孙女的故事》。

在8月10日《宁夏日报》发表随笔《贫困生的大学梦》(下)。

在8月12日《宁夏日报·西部商情》周刊发表随笔《注意孩子心态平衡》。

在8月27日《银川晚报》发表散文《花开花落几十春》。

在9月6日《宁夏日报》发表散文《鱼米飘香》。

在9月6日《银川晚报》发表散文《高原明珠红枫湖》。

在9月9日《银川晚报》发表散文《“三孔”沉思录》。

在9月10日《宁夏大学报》发表散文《老师的记忆》。

在9月29日《银川晚报》发表散文《神奇的沙湖》。

在10月8日《宁夏日报·西部商情》周刊发表随笔《祖孙之间》。

在11月7日《银川晚报》发表随笔《习惯与心态》。

在11月18日《宁夏日报》发表散文《惊心动魄　绚丽多彩——黄果树瀑布》。

在12月2日《银川晚报》发表散文《未被开垦的风景地——火石寨》。

在《黄河文学》第 3 期发表随笔《漫话歇后语》。

《双休日》第 8 期设《诚征天下妙对》栏目，本人以“沫若润之田中禾”应对上联“元白可染关山月”，以“评评评剧剧情”应对上联“谢谢谢添添酒”。

在《双休日》第 10 期发表江西散文《沙湖：神奇的塞上明珠》。

《沧桑半世纪 银川五十年》一书收录本人散文《抚今追昔话宁大》。

在《编辑学刊》第 6 期发表随笔《悠悠人生路 再会当何年》。

在《宁夏新闻阅评》第 4 期发表随笔《〈从“彩虹桥事件”谈工作责任心〉一文言不及义》。

在《宁夏新闻阅评》第 4 期发表随笔《宁夏电视台〈特别报道〉节目力度大效果好》。

在《宁夏新闻阅评》第 4 期发表随笔《评宁夏电视台〈99 展望〉栏目》。

在《宁夏新闻阅评》第 4 期发表随笔《宁夏电视台违规采播新闻发布会》。

在《宁夏新闻阅评》第 6 期发表随笔《以小见大 贴近群众》。

在《宁夏新闻阅评》第 5 期发表随笔《3 月份宁夏电视台新闻报道简评》。

在《宁夏新闻阅评》第 8 期发表随笔《宁夏电视台〈特别报道〉专栏简述》。

在《宁夏新闻阅评》第 9 期发表随笔《满腔热忱写女工 感人至深颂楷模》。

在《宁夏新闻阅评》第 9 期发表短评《与宁夏电视台编辑商榷》。

在《宁夏新闻阅评》第 11 期发表随笔《宁夏电视台午间新闻受到群众好评》。

在《宁夏新闻阅评》第 2–3 期发表短评《简评新闻话题“英雄少年王涛”》。

在《宁夏新闻阅评》第 7 期发表短评《〈石嘴山日报〉从〈三夏看结构调整〉栏目办得好》。

在《宁夏新闻阅评》第 8 期发表短评《〈石嘴山日报〉建市报道有力度》。

在《宁夏阅评报告》发表短评《错把鸵鸟变“驼”鸟》。

在《宁夏阅评报告》第 6 期发表随笔《不该有这样的“好消息”》。

在《宁夏阅评报告》第 9 期发表短评《加强编辑责任心，减少报纸文字差错》。

在《固原师专学报》第 1 期发表论文《倡导书评效益力 促图书营销》，该作品于当年被人大报刊复印资料《出版工作图书评介》第 3 期全文转载。

在《宁夏大学学报》（人文社会科学版）第 2 期发表论文《深化改革，强化出版行业协会职能》。

在《宁夏社会科学》第 1 期发表论文《略论编辑风格》。

在《许昌师专学报》第 1 期发表论文《试论行业报的定位与特色》。

在《编辑之友》第 4 期发表论文《期刊稿件“三审制”的思考》。

在《贺兰山》第3期发表论文《丁一波与回族民俗民间文学》。

1988年至1999年为《宁夏大学夜大学毕业生优秀论文集》撰写前言《"前言"四篇》。

2000年

在1月3日《银川晚报》发表随笔《话说当年"储金会"》。

在1月19日《银川晚报》发表随笔《第一次演讲》。

在2月29日《视听点评》发表短评《感人的事迹　动人的报道》。

在2月29日《视听点评》发表短评《观众爱看〈有线总汇〉》。

在3月4日《宁夏广播电视报·百姓故事》发表随笔《网迷》。

在3月15日《宁夏煤炭报》发表随笔《初次进山》。

在3月28日《宁夏大学报》发表随笔《德育的基础在家庭》。

在3月29日《石嘴山日报》发表随笔《作者心目中的编辑》。

在3月31日《视听点评》发表短评《广播电视新闻的缺憾》。

在4月12日《宁夏日报·税务周刊》发表随笔《小诗两首话当年》。

在4月15日《宁夏大学报》(人文社会科学版)发表短评《漫话读书与求知》。

在4月18日《银川晚报》发表短论《学生的德育基础在家庭》,该作品获市委宣传部、教委征文一等奖。

在4月18日《石嘴山日报》发表短评《异彩纷呈的回族文化》和《简评〈悠悠回乡情〉》。

在4月21日《宁夏日报》发表随笔《小析"外来的和尚会念经"》。

在《宁夏文艺家》第77期发表随笔《难以忘怀的人与事》。

在5月8日《银川晚报》发表散文《贺兰群峰捧古刹》。

在5月9日《石嘴山日报》发表随笔《人才"引进"与"挖潜"并重》。

在5月12日《石嘴山日报》发表随笔《旅游,在于"相互欣赏"》。

在5月19日《石嘴山日报》发表短评《喜读朱正安的〈反哺集〉》。

在5月23日《宁夏大学报》(人文社会科学版)发表随笔《沙枣花香话端阳》。

在5月29日《宁夏法治报》发表随笔《家和万事兴》,该作品被《周末文汇》转载。

在6月5日《银川晚报》发表散文《沙枣花香话端阳》。

在6月18日《银川晚报》发表随笔《走南闯北》。

在7月26日《石嘴山日报·文化周刊》发表散文《二上五台山》。

在8月1月《石嘴山日报》发表短论《苦口婆心传孝道》。

在8月15日《石嘴山日报》发表短论《言简意赅说历史》。

在8月16日《石嘴山日报·文化周刊》发表散文《登泰山小记》。

在8月21日《宁夏法治报》发表随笔《有感于“管好自己的手”……》。

在9月4日《石嘴山日报》发表随笔《旅游与西部大开发》。

在9月6日《银川晚报》发表杂文《旅游拾趣》。

在9月7日《石嘴山日报·交通生活》周刊发表随笔《路的记忆》。

在9月11日《宁夏法治报》发表随笔《特色要突出》。

在9月18日《宁夏法治报》发表短论《小康梦》。

在10月23日《宁夏大学报》(人文社会科学版)发表随笔《迁新居》。

在10月26日《石嘴山日报·交通生活》周刊发表随笔《话说走路》。

在11月16日《石嘴山日报·交通生活》周刊发表随笔《难忘的行程》。

在12月4日《石嘴山日报》发表短评《〈石嘴山日报〉印象》。

在12月14日《宁夏法治报》发表短论《漫话名言与民谚》。

在12月20日《石嘴山日报·文化周刊》发表散文《孔府·孔庙·孔林》。

在12月27日《石嘴山日报·文化周刊》发表随笔《老龙头与姜女庙》。

在《贺兰山》发表随笔《梦回大武口》。

在《编辑之友》第1期发表悼文《龙世辉,我的恩师》。

在《民族艺林》第3期发表随笔《对〈民族艺林〉的建议》。

在《民族艺林》第4期发表杂文《戒烟的经历》。

在《黄河文学》第4期发表随笔《未来从早晨起步》。

在《民族艺林》第5期发表散文《乔迁之喜》。

在《周末文汇》第7期发表散文《沙湖,神奇的塞上明珠》。

在《广西大学学报》(哲学社会科学版)第1期发表论文《校对主体多元化、最优化与专业化》。

在《黄河文学》第6期发表书评《一枝一叶总关情——评朱正安〈反哺集〉》。

在《固原师专学报》第6期发表论文《校对主体最优化与校对方法现代化》,该作品于2001年被人大报刊复印资料《出版工作》第3期转载。

在《出版界》1–2期合刊发表论文《浅谈“另有约定”的法定性》。

在《宁夏大学学报》(社会科学版)第4期发表论文《出版业发展与农村出版物市场开拓》。

在《宁夏新闻阅评》第9期发表短评《标题要精心制作》。

在《宁夏新闻阅评》第10期发表短评《〈新闻故事〉有新意》。

在《宁夏新闻阅评》第10期发表短评《〈宁夏煤炭报〉重视志愿军入朝作战50周年宣传报道》。

在《视听点评》第18期发表短评《润物细无声》。

在《石嘴山日报·交通生活》周刊发表短评《我读〈交通生活〉》。

在《视听点评》第22期发表短评《谈广播电视新闻的真实性》。

在《视听点评》第23期发表短评《克服消极心理　提高新闻质量》。

为2001年出版的《悠悠回乡情》一书作序《荐读〈悠悠回乡情〉》。

在《视听点评》第24期发表短评《认同与期待》。

在《视听点评》第25期发表短评《广播电视应倡导“文责共负”》。

2001年

在1月10日《石嘴山日报》发表短论《漫话编辑的天性》。

在3月1日《银川晚报》发表随笔《社会变动中的俄罗斯作家——简谈俄罗斯作家的昨天和今天》。

在3月29日《银川晚报》发表书评《宁夏的断代史〈郎家巷子〉》。

在3月29日《石嘴山日报》发表短论《作者心目中的编辑》。

在4月9日《宁夏大学报》发表短论《民谚里的传统美德》。

在4月11日《石嘴山日报》发表短论《漫谈撰稿要义》。

在5月2日《宁夏法制报》发表杂文《旅游业与羊杂碎》。

在5月10日《宁夏日报》发表短论《地域文化与民俗生活的融合——评长篇小说〈郎家巷子〉》。

在5月17日《银川晚报》发表短论《千锤百炼铸师魂》。

在5月17日《石嘴山日报》发表短论《投搞有技巧》。

在5月20日《宁夏大学报》发表随笔《革命何须怕断头》。

在7月1日《宁夏广播电视报》发表随笔《和孩子们做伴》。

在8月1日《夏风》发表《革命何须怕断头》。

在9月12日《宁夏法治报》发表杂文《“同居”现象何其多》。

在9月18日《宁夏法治报》发表短论《小康梦》。

在9月29日《银川晚报》发表随笔《镇北堡的诱惑》。

在10月18日《银川晚报》发表随笔《“文革”农村蹲点忆趣》。

在11月5日《宁夏大学报》发表随笔《国以民为本 民以国为家》。

在11月12日《宁夏大学报》发表随笔《有理走遍天下 无理寸步难行》。

在11月27日《宁夏大学报》发表随笔《团结协作 持之以恒》。

在《广播时空》第1期发表随笔《那时我们正年轻》。

在《编辑学刊》第1期发表论文《试论书发表责编的职责与素质》,该作品入选全国出版理论研讨会。

在《民族艺林》第1期发表散文《佳景有约在平罗》。

在《宁夏大学学报》(人文社会科学版)第1期发表论文《高校学报的改革开放势在必行——20世纪遗留的重大理论与实践问题》,该作品入选全国出版理论研讨会。

在《广西大学学报》(哲学社会科学版)第1期发表论文《校对主体多元化、最优化与专业化》。

在《广播时空》第2期发表随笔《有关典型报道的记忆》。

在《宁夏党史》第3期发表随笔《为谁辛苦为谁甜》。

在《民族艺林》第4期发表散文《铭心刻骨的"第一次"》。

在《贺兰山》第4期发表中篇小说《赌爱》。

在《宁夏党史》第4期发表随笔《留取丹心照汗青——古诗词中"舍生取义篇"》。

在《广播时空》第4期发表随笔《振动平台杂忆》。

在《贺兰文史资料》第6期发表随笔《洪广营》。

在《黄河文学》第6期发表中篇小说《沙湖情缘》。

在《出版动态》第6期发表书评《再现宁夏历史 弘扬地域文化——评长篇小说〈郎家巷子〉》。

在《周末文汇》第7期发表散文《沙湖,神奇的塞上明珠》。

在《共产党人》第8期发表随笔《先忧后乐话清廉》。

宁夏广播电台播出本人随笔《社会公德篇》之二、之四、之六。

2002年

在1月17日《宁夏政协报》发表随笔《留取丹心照汗青——古诗词中"舍生取义篇"》。

在2月1日《宁夏煤炭报》发表随笔《国以民为本 民以国为家——社会道德杂谈之一》。

在2月6日《银川晚报》发表随笔《国家兴亡 匹夫有责》。

在2月8日《宁夏煤炭报》发表随笔《有理走遍天下 无理寸步难行——社会公德杂谈之二》。

在2月15日《固原日报》发表随笔《曲不离口 拳不离手》。
在2月28日《吴忠日报》发表随笔《国破家亡 国富民强》。
在2月28日《宁夏政协报》发表随笔《远亲不如近邻》。
在3月1日《宁夏煤炭报》发表随笔《绳锯木断 滴水石穿》。
在3月2日《吴忠日报》发表随笔《井淘三遍出好水 人从三师武艺高》。
在3月4日《吴忠日报》发表随笔《家和日子旺 人和事业兴》。
在3月6日《石嘴山日报》发表随笔《俗语不俗》。
在3月6日《固原日报》发表随笔《秀才见面谈书 屠户见面谈猪》。
在3月7日《宁夏政协报》发表随笔《家家有老人 人人都会老》。
在3月8日《宁夏煤炭报》发表随笔《一人富不算富 大家富才算富》。
在3月10日《固原日报》发表随笔《不受苦中苦 难得甜上甜》。
在3月14日《宁夏政协报》发表随笔《克勤克俭 日子美满》。
在3月18日《吴忠日报》发表随笔《秧好一半谷 妻好一半福》。
在3月19日《吴忠日报》发表随笔《若要儿女做到 父母言传身教》。
在3月20日《宁夏煤炭报》发表随笔《鸟美在羽毛 人美在心灵》。
在3月21日《吴忠日报》发表随笔《当家才知柴米贵 养儿方知父母恩》。
在3月22日《宁夏煤炭报》发表随笔《苦干实干加巧干 样样活计都不难》。
在3月26日《吴忠日报》发表随笔《家家有老人 人人都会老》。
在4月1日《吴忠日报》发表随笔《远亲不如近邻 近邻不如对门》。
在4月4日《吴忠日报》发表随笔《莫学筛子千只眼 要学蜡烛一条心》。
在4月10日《银川晚报》发表随笔《国有尊严 人有人格》。
在4月10日《吴忠日报》发表随笔《宁穿过头衣 不说过头话》。
在4月11日《吴忠日报》发表随笔《近河知水性 近林识鸟音》。
在4月15日《宁夏文艺家》发表书评《社会变革中的女性公民》。
在5月8日《银川晚报》发表随笔《纸里包不住火》。
在5月10日《宁夏煤炭报》发表随笔《有钱不可乱花 有功不可自夸》。
在5月24日《宁夏煤炭报》发表随笔《骄傲来自浅薄 狂妄因为无知》。
在7月26日《宁夏煤炭报》发表随笔《名利观》。
在8月2日《宁夏煤炭报》发表随笔《学无止境》。
在8月16日《宁夏煤炭报》发表随笔《榜样的力量》。
在8月23日《宁夏煤炭报》发表随笔《路遥知马力》。

在8月30日《宁夏煤炭报》发表随笔《莫当长舌妇》。

在9月6日《宁夏煤炭报》发表随笔《做个有心人》。

在9月13日《宁夏煤炭报》发表随笔《诚信是宝》。

在9月24日《宁夏日报》发表随笔《说古道今田州塔》。

在9月27日《宁夏煤炭报》发表随笔《厚积薄发》。

在10月25日《宁夏煤炭报》发表随笔《后来居上》。

在11月1日《宁夏煤炭报》发表随笔《书是无价宝》。

在12月6日《吴忠日报》发表悼文《回族人民的好儿男——悼念丁一波先生》。

在12月20日《宁夏煤炭报》发表随笔《成功的经验》。

在《宁夏党史》第1期发表随笔《江山代有人才出》。

在《宁夏党史》第2-3期发表随笔《要留清白在人间》。

在《共产党人》第4期发表随笔《假日,我们去旅游》。

在《当代宁夏》第4期发表随笔《众人是杆秤　斤两称分明》。

在《党风建设》第7期发表随笔《弦章拒礼》。

2003年

在1月15日《固原日报》发表随笔《种瓜得瓜新解》。

在2月12日《固原日报》发表随笔《行行出状元》。

在2月12日《新消息报》发表随笔《与吃喝相关的往事》。

在《贺兰山》第1期发表悼文《悼念一波》。

在《宁夏党史》第1期发表随笔《八千里路云和月》。

在《民族艺林》第1期发表短论《银川曲:宁夏第一部电影剧本》。

在《民族艺林》第2期发表散文《菊残犹有傲霜枝》。

在《宁夏党史》第2期发表随笔《众志成城力无边——诗词中的"克敌制胜篇"》。

在《宁夏党史》第3期发表随笔《追求辉煌人生——古诗词中"送别劝勉篇"》。

《深情的星海湖》一书收录本人散文《情窦初开星海湖》。

在《宁夏党史》第4期发表随笔《一生真伪谁复说》。

《平罗古今诗词选》收录本人诗词《高阁远眺——平罗玉皇阁》兰山流金——平罗汝箕沟》《中国一绝——沙湖》《回乡异彩——平罗黄渠桥》和《大河激浪——黄河》。

在《宁夏党史》第4期发表随笔《大浪淘沙话真伪——古诗词中的"存真辩伪篇"》。

2004年

在4月19日《宁夏大学报》发表散文《抚今追昔话宁大》(蒋振国、蒋振邦)。

在4月22日《银川晚报》发表消息《〈沙湖情缘〉出版》。

5月为蒋向阳《心药》作序《好在不舍 贵在有为》。

在《宁夏党史》第1期发表随笔《民族团结谱新篇》。

在《宁夏党史》第2期发表随笔《理想至尊——古诗词中"理想抱负篇"》。

在《宁夏党史》第3期发表随笔《总把新桃换旧符——古诗词中"与时俱进篇"》

在《贺兰》第4期发表随笔《说说早期的两首诗歌习作》。

在《宁夏党史》第4期发表随笔《劳动最光荣——古诗词中"尊重劳动篇"》。

2005年

在6月10日《石嘴山日报》发表散文《与孔乙己合影》。

在6月17日《石嘴山日报》发表散文《惜别海南》。

在9月5日《宁夏大学报》发表回忆《日记里的宁夏大学》,首发《1958年11月23日晚日记》。

在9月27日《宁夏大学报》发表回忆续二,即《1958年9月26日日记》。

在11月2日《宁夏大学报》发表回忆《日记里的宁夏大学》续三。

在11月3日《石嘴山日报》发表特写《难忘〈平罗文艺〉》。

在11月9日《宁夏大学报》发表回忆《日记里的宁夏大学》续四。

在11月16日《宁夏大学报》发表回忆《日记里的宁夏大学》续五。

在11月23日《宁夏大学报》发表回忆《日记里的宁夏大学》续六。

在12月1日《宁夏大学报》发表回忆《日记里的宁夏大学》续七。

在12月8日《宁夏大学报》发表回忆《学子心向共产党》。

在12月21日《宁夏大学报》发表回忆《万里长空大道宽》。

在《贺兰》第1期发表回忆《谈谈早年的小说创作》。

在《贺兰》第2期发表随笔《母亲河给予我创作的激情》。

在《宁夏党史》第1期发表随笔《和谐安定向未来》。

在《宁夏党史》第2期发表随笔《祖国河山美如画》。

2006年

在2月28日《宁夏大学报》发表回忆《不爱红装爱武装》。

在3月1日《银川晚报》发表特写《最初的宁夏大学》。

在3月9日《宁夏大学报》发表回忆《因陋就简制化肥》。

在3月17日《宁夏大学报》发表回忆《跃进声中辞旧岁》。

在3月23日《宁夏大学报》发表回忆《整社上演快板剧》。

在3月30日《宁夏大学报》发表回忆《人生自古伤别离》。

在4月12日《宁夏大学报》发表回忆《书山有路勤为径》。

在9月9日《吴忠日报》发表随笔《感天动地百姓泪》。

在《塞上》第1期发表特写《难忘〈平罗文艺〉》。

在《贺兰山》第4期发表悼文《霜叶红于二月花》。

2007年

在3月12日《宁夏大学报》发表消息《真实的记录 历史的见证——〈岁月宁大〉与广大读者见面》。

在12月7日《银川晚报》发表特写《当年的快板剧——一位宁夏大学首届毕业生的回忆》。

在《银川文史资料》第16辑发表回忆《我的创作经历回顾》。

2008年

在1月5日《宁夏文艺家》发表消息《蒋振邦文集〈故园〉出版》。

在6月1日《新消息报》发表特写《宁夏大学首届毕业生难以忘怀的1962年》。

在6月11日《银川晚报》发表回忆文章《自治区成立之初的宁夏文坛》。

在10月《宁夏文史》资料第24期发表特写《困难时期的宁夏大学》。

应邀为公路局撰写参加全区文艺会演的作品，经实地采访，完成了宁夏道情《护路人的四季歌》与《贺兰山下廉政风》。

2009年

在《宁夏文史》第25期发表特写《区划交接亲历记》。

2010年

在《宁夏文史》第26期发表特写《宁夏大学首届毕业生》《自治区成立之初的宁夏文坛》。

为俞安民《风雨如歌》作序《自古人间重晚情》。

2012 年

在 4 月 16 日《新消息报》发表回忆《李季与宁夏首部电影剧本——〈银川曲〉》。

在 6 月 11 日《新消息报》发表随笔《难忘的聚会》。

在《贺兰山》第 4 期发表悼文《遥知不是雪　为有暗香来》。

在《宁大校友通讯》总第 4 期发表特写《宁大首届毕业生奔向何方》。

在《档案博览》第 3 期发表特写《宁夏区划交接亲历记》。

《贺兰》第 2、第 3、第 4 期连载本人中篇小说《在沿河村里》。

2013 年

在 9 月 16 日《银川日报》发表散文《月到中秋的念想》。

在《档案博览》第 2 期发表特写《宁夏最早的县办剧团——平罗秦腔剧团》。

在《档案博览》第 3 期发表随笔《民间艺人“六六红”的故事》。

在《贺兰山》第 5 期发表散文《月到中秋的诱惑》。

为刘宏儒《岁月沧桑》作序言《天地有正气　人间有正道》。

2014 年

在 4 月 4 日《宁夏广电报》《壹周生活·同学会》栏目发表《宁夏大学中文系 58 级首届学子聚会》。

在 5 月 9 日《宁夏广电报》第 20 期发表随笔《我的捐赠缘起“广电报”》。

在 12 月 25 日《宁夏公路》发表快板剧《公路职工四季歌》。

在《宁夏文史》第 1 期（总 30 期）发表报道《宁夏最早的县办剧团——平罗秦腔剧团》。

2015 年

在 9 月 28 日《宁夏大学学报》（人文社会科学版）发表古诗《咏唱宁夏新十景》。

在《宁夏文史》第 1 期发表《〈农调之友〉创发表纪实》。

在《贺兰山》第 5 期发表古体诗《沙湖绝唱》。

散文《贺兰山下沙湖缘》获“黄河文学”全国散文大奖赛优秀作品奖。

2016年

在4月5日《宁夏大学学报》(人文社会科学版)发表古诗《平罗“八唱”》。

在6月3日《银川晚报》发表随笔《铁打的营盘流水的兵》。

6月28日散文《长城、长征与文学之乡》获区党委老干部局纪念长征征文评奖三等奖。

在7月1日《宁夏大学学报》(人文社会科学版)发表诗歌《每当国歌奏响的时候》。

在《宁夏文史》第1期发表诗词《艾依春晓》《古堡新影》二首。

在《宁夏文史》第2期发表诗词《宁夏新十景》四首。

在《宁夏文艺家》第3期发表回忆《乐为少儿写童话　甘为他人做嫁衣——从〈路展童话选〉说起》。

在《学习与宣传》第5期发表随笔《古今小康梦》。

在《学习与宣传》第9期发表随笔《不到长城非好汉的宁夏精神与文学之乡》。

在《学习与宣传》第12期发表短论《阅读,是人生的一大课题》。

年初区党委宣传部出版《〈宁夏新十景〉诗词集》《宁夏景观文化征集作品选辑》,共收录本人诗词13首。

2017年

在3月20日《宁夏大学学报》(人文社会科学版)发表古诗《金沙岛之歌》。

在4月28日《宁夏大学学报》(人文社会科学版)发表《诗说创作60载》。

在7月8日《新消息报·新品读》栏目发表随笔《民间艺人“六六红”的故事》。

在《宁夏史志》第1期发表特写《解放前后乡村学校教育的追忆》。

在《扬正》第1期发表古诗《金沙岛之歌》。

在《扬正》第2期发表特写《家训与家风的故事》。

在《宁夏大学学报》(人文社会科学版)第2期发表论文《阅读,永远在路上》。

在《民族艺林》第2期发表论文《中国民间传统文化中的家庭美德》。

在《学习与宣传》第4期发表短论《万户千家总关情》。

在《民族艺林》第4期发表论文《中国民间传统文化中的社会公德》。

在《宁夏文艺家》第8期发表诗歌《诗说创作60载》。

在《黄河文学》第8期发表获奖作品散文《贺兰山下沙湖缘》。

2018年

在《扬正》第1期发表诗歌《养路工四季歌》。

在《扬正》第2期发表藏头诗《香溢五洲醉云天》。

在《学习与宣传》第2期发表短论《德才兼备兴百业》。

在《六盘山》第3期发表悼文《心系六盘赤子情怀——悼念张光全教授》。

在《档案博览》发表回忆《历史记忆 人生轨迹——自治区成立前后宁夏文学界》，分三部分在第1、第2、第3期发表。

在《宁夏文史》第3期发表特写《宁夏首届支教讲师团纪实》（节选）。

在《扬正》第4期发表短论《读有益之书》《延安精神是中华传统文化的精髓》。

在《档案博览》第6期发表特写《我区部分刊登物创刊登纪实》。

为庆祝宁夏大学建校60周年出版的《情牵金波 放歌贺兰——宁夏大学建校60周年回眸》收录本人《教学相长促教改》《首届学子奔何方》两篇文章。

2019年

在《民族艺林》第2期发表《中国民间传统文化中的职业道德》。

在《档案博览》第3、第4期发表《宁夏首届支教讲师团纪实》（节选）。

《党辉照耀下的人生》获区党委老干部局离退休干部征文比赛一等奖，该作品被《扬正》第4期转载。

在《朔方》第10期发表《筹建中的宁夏文联与〈群众文艺〉》。

在《朔方》第11期发表《悼念，也是为了传承》。

在《银川文史资料》第26辑发表《历史记忆 人生轨迹——自治区成立前后的宁夏文学界》《宁夏首届支教讲师团纪实》（节选）。

2020年

宁夏大学出版的《贺兰山下种树人》一书中收录有《记者访谈蒋振邦实录》《父亲蒋振邦的那些事儿》及《蒋振邦的笔墨人生》。

二、获奖目录

1. 文艺作品获奖情况

小说《月到中秋分外明》获平罗县1979—1980年小说创作二等奖。

诗歌《赶集》获平罗县1979—1980年诗歌创作一等奖。

小说《新任队长》获自治区1980—1981年小说三等奖、石嘴山市1983年小说创作荣誉奖。

小说《春风》获全区第三届文艺评奖小说二等奖、1983 年石嘴山小说创作一等奖。

小说《菊花嫂的期望》获平罗县 1981-1982 年小说创作一等奖。

电视剧《喜从何来》(与朱正安合作)获全区第三次文艺评奖电视剧二等奖。

中篇小说《在沿河村里》获全区第四次文艺评奖优秀小说奖。

小小说《价值》获《宁夏群众文艺》小小说评奖二等奖。

电视片《农村侦察兵》(与吉瑞钦合作)获 1987 年全区"好新闻"二等奖。

中篇小说《谁在敲门》获宁夏大学第二届科研成果及首届文艺创作小说一等奖。

1991 年,《评刘国尧报告文学集〈厚土〉》,获宁夏大学第三届科研成果及文艺创作评论三等奖。

1991 年,中篇小说《总经理的烦难事》获宁夏大学第三届科研成果及文艺创作小说二等奖。

1998 年,《"搭车配销"为哪般》获银川市精神文明办二等奖。

《车轮滚滚思潮涌》获宁夏日报天成杯朔方春秋征文三等奖。

《鱼米飘香》获宁夏日报国庆 50 周年征文三等奖。

《镇北堡的诱惑》获"我游西部影城"征文二等奖。

《学生的德育基础在家庭》获银川市委宣传部与教育局征文一等奖。

《千锤百炼铸师魂》荣获银川市"我喜爱的老师"征文二等奖。

2015 年,诗歌《当国歌奏响的时候》获宁夏老干部局优秀奖。

2016 年,散文《贺兰山下沙湖缘》荣获《黄河文学》全国散文大奖赛优秀作品奖。

2016 年,《铁打的营盘 流水的兵》获银川市阅读最美书屋奖。

2016 年,《长征、长城与文学之乡》获宁夏老干部局征文三等奖。

2018 年,《延安精神是中华民族传统文化的精髓》获宁夏大学关工委二等奖;获"庆祝改革开放 40 周年宁夏建区 60 周年"征文三等奖。

2019 年,《党辉照耀下的人生》获宁夏老干部局征文比赛一等奖。

2. 论文获奖情况

1996 年 3 月,《走出混沌 开拓新路》获中国出版杂志社 1995 年优秀作品;1996 年 4 月,该作品获宁夏第六届社会科学评奖三等奖。

1996 年 3 月,《"文责自负"质疑》获中国出版杂志社 1995 年优秀作品。

1996 年 11 月,《论期刊个性特征的把握与拓展》获第三届全国出版科研优秀论文奖,12 月,被国家教委条件装备司、全国高等学校文科学报研究会评为优秀论文;1998 年 11 月获宁夏第七次社会科学评奖三等奖,12 月获宁夏大学科研论文二等奖。

《倡导书评效益 力促图书营销》获宁夏第八次社会科学评奖三等奖。

《高校学报的改革开放势在必行——20世纪遗留的重大理论与实践问题》获全国第四届出版科研优秀论文奖。

1998年12月,《培育"生态系统" 实施战略策划》获宁夏大学科研成果三等奖。

1991年,《评刘国尧报告文学集〈厚土〉》获宁夏大学科研论文三等奖。

1995—2002年,有12篇论文入选全国性出版编辑理论研讨会。

1995—2002年,有15篇出版编辑科研论文在全国核心刊物发表。

3. 荣誉奖

1986年9月,在全区第三次社会科学评奖中荣获优秀编辑奖。

1999年3月,获第二届全区出版系统先进个人称号。

1999年,被宁夏出版局推荐为第六届中国韬奋出版奖评选候选人。

2000年,获宁夏大学科技先进工作者称号。

本人实绩入选10多部专家名人辞典:如1990年入选《全国高校编审名录》,1997年入选《中国当代著作家大辞典》和《中国当代学者大辞典》,1998年入选《世界华人文学艺术界名人录》等。

三、书籍、剧本

电视剧本《喜从何来》(和朱正安二人合作),1982年由宁夏台录制,在宁夏电视台、中央电视台播出。

电视片《农村侦察员》(和吉瑞钦二人合作),1987年由宁夏台录制播出。

故土小说选集《情债》,1994年由内蒙古少年儿童出版社出版,印数1000册。

随笔杂文集《说古论今话道德》,2002年由宁夏人民教育出版社出版,两次印数共计5600册。

散文选集《塞上情思》,2003年由宁夏人民出版社出版,印数1000册。

校园小说选《沙湖情缘》,2003年由内蒙古人民出版社出版,印数1500册。

论文选集《编辑论道》,2004年由内蒙古人民出版社出版,印数1000册。

长篇纪实《岁月宁大》,2006年由宁夏人民出版社出版,印数3000册。

文集《故园》,2007年由内蒙古人民出版社出版,印数1000册。

2019年宁夏小说创作年表

◎郎 伟

2019年是宁夏文坛发生事件颇多的年份。作为宁夏当代文学史上创刊的第一家文学杂志《朔方》，迎来其诞生60周年的日子。在这样的时刻，宁夏文学界不仅纪念一本刊物走过的峥嵘岁月，也在纪念宁夏文学由一棵不知名的小草成长为枝叶纷披的大树的非凡历程。从小说创作的总体态势看，2019年有喜悦也有让人伤心扼腕之处。石舒清在名刊《十月》发表系列短篇小说《九案》，试图从历史的河床底部打捞出一些久远的故事和人生，其意当然是为人类波谲云诡的命运沉思和慨叹，也为人性的复杂难言伤怀。马金莲继续着她的强势"演出"，不仅出版了中短篇小说集《伴暖》，而且新发表6篇中短篇小说。国家级文学大奖"茅盾文学奖"2019年颁发了第十届，宁夏作家依然榜上无名。究其原因，还是因为我们功夫未臻化境，不足以笑傲江湖。小说家张武和李进祥的辞世，带给宁夏文坛难以弥补的损失。张武的短篇小说《看"点"日记》，虽是40年前发表，如今读来，依然不失思想和艺术的光芒；而长篇小说《亚尔玛尼》的发表，只能视作李进祥的文学绝唱了。

1月

《朔方》第1期刊登特稿《在新时代新起点上，实现宁夏文学新突破新跨越——"中国文学的宁夏现象"研讨会纪要》。

《黄河文学》第1期刊登特稿《在新时代新起点上，实现宁夏文学新突破新跨越——"中国文学的宁夏现象"研讨会纪要》。

陈继明的长篇小说《七步镇》由人民文学出版社出版单行本第1版。

高丽君的长篇小说《疼痛的课桌》由中国文史出版社出版第1版。

《2018中国年度短篇小说》由漓江出版社出版第1版，内收宁夏回族女作家马金莲的短篇小说《山中行》(原载《清明》2017年第6期，《小说选刊》2018年第2期选载)。

《2018中国年度中篇小说》(上、下册)由漓江出版社出版第1版，内收马金莲的中篇小说《低处的父亲》(原载《长江文艺》2018年第7期，《小说选刊》2018年第8期选载)。

《2018中国年度小小说》由漓江出版社出版第1版，内收宁夏作家李方的小小说《生氽面》(原载《黄河文学》2018年第5期)。

石舒清在《十月》第1期发表短篇小说《九案》(9篇)。

石舒清在《朔方》第1期发表与日本友人德间佳信的通信《书札辑录》。

张学东在《百花洲》第1期发表中篇小说《惶惑八月间》。

吟泠在《都市》第1期发表短篇小说《苏拉的飞机》。

冶进海在《湘江文艺》第1期发表中篇小说《千灯万盏》。

什海在《野草》第1期发表短篇小说《地平线》。

邵步升在《六盘山》第1期发表短篇小说《赔偿空气》。

张颖(宁夏大学人文学院学生)在《朔方》第1期发表短篇小说《炎夏永昼》。

鲁兴华在《小小说大世界》第1期发表小小说《一条大辫子》。

《朔方》第1期《本期一家》栏目推出高丽君创作小辑，包括长篇非虚构作品《校园三记》(《疼痛的课桌》节选)、创作谈《我这样写〈疼痛的课桌〉》，并配发责任编辑火会亮的编后记《真诚的力量》。

《六盘山》第1期《新发现》栏目推出白莹短篇小说《高高的大漫坡》，并附作者创作谈《让自己的心鲜活起来》。

阿舍在《青年文学》第1期发表散文《火之吻》。

阿舍在《广州文艺》第1期发表散文《我不是来看电影的》《幽灵启示录》。

马为民在《六盘山》第1期发表散文《黑城旧事》。

王雪怡在《六盘山》第1期发表散文《一世情缘》。

殷桂珍在《六盘山》第1期发表散文《裁剪青春》。

梦也在《六盘山》第1期发表诗歌《小于一》(组诗)。

许艺在《六盘山》第1期发表诗歌《隐秘时光》(组诗)。

马晓雁在《六盘山》第1期发表诗歌《白风》(组诗)。

陈继明在 9 日出版的《文艺报》2 版发表创作谈《九问〈七步镇〉——关于〈七步镇〉的自问自答》。

付如初在 9 日出版的《文艺报》2 版发表评论《重新定义当代小说美学格调》，对陈继明的《七步镇》进行讨论。

王宁在《六盘山》第 1 期发表评论《高丽君创作散论》。

2 月

李进祥在《民族文学》第 2 期发表长篇小说《亚尔玛尼》，同期配发苏涛评论《被点亮的魂魄》。

张学东在《小说选刊》第 2 期《史料·我与〈小说选刊〉》栏目发表创作谈《一个美丽的差错》。

戈悟觉在《北京文学·精彩阅读》第 2 期发表短篇小说《口红式防狼喷雾器》。

杨军民在《朔方》第 2 期发表短篇小说《乡关何处》。

韩银梅在《西部》第 2 期发表短篇小说《距离》。

韩银梅在《黄河文学》第 2–3 期合刊发表随笔《“仅仅是因为刮来了一阵风”——小说阅读二则》。

《散文选刊》第 2 期刊载“西海固作家散文特辑”，包括石舒清的《西海固散文》、彦妮的《疼》、刘向忠的《秦腔》、刘汉斌的《南湾》、程耀东的《离职者》等。

马知遥在《朔方》第 2 期发表散文《白面馒头》。

古原在《朔方》第 2 期发表散文《掰玉米》。

吟泠在《啄木鸟》第 2 期发表散文《物是人非》。

刘建彷在《黄河文学》第 2–3 期合刊发表散文《白色的天空上》。

刘汉斌在《黄河文学》第 2–3 期合刊发表散文《作物词》。

郭可峻在《朔方》第 2 期发表散文《长城关》。

田鑫在《黄河文学》第 2 期发表散文《大地词条》。

邹慧萍在《朔方》第 2 期发表《诗三首》。

《朔方》第 2 期《我与朔方》专栏刊载刘向忠散文《唯有暗香来》。

杨森君在《朔方》第 2 期发表评论《追索与救赎——陈继明长篇小说〈七步镇〉阅读札记》。

3 月

4 日下午，中共中央总书记、国家主席、中央军委主席习近平看望参加全国政协十三届二次会议的文化艺术界、社会科学界委员，并参加联组会，听取意见和建议。他强调，新时代呼唤着杰出的文学家、艺术家、理论家，文艺创作、学术创新拥有无比广阔的空间，要坚定文化自信、把握时代脉搏、聆听时代声音，坚持与时代同步伐、以人民为中心、以精品奉献人民、用明德引领风尚。

石舒清的短篇小说《喜姐》（外四则）（原载《十月》2019 年第 1 期）被《小说选刊》第 3 期选载。

季栋梁在《清明》第 2 期发表中篇小说《脑袋里那个声音》。

李方在《百花园》第 3 期发表小小说《荞面油圈》。

曹海英在《民族文学》第 3 期发表短篇小说《多多的春天》。

韩银梅在《广西文学》第 3 期发表中篇小说《去斯米兰看海》。

殷高在《六盘山》第 2 期发表中篇小说《花开香秀》。

阿舍的散文《我不是来看电影的》《幽灵启示录》（原载《广州文艺》2019 年第 1 期）被《散文选刊》（海外版）第 3 期选载。

阿舍在《民族文学》第 3 期发表散文《像风一样》。

阿舍在《朔方》第 3 期发表散文《托尔斯泰的胡子》。

阿舍在《野草》第 3 期发表散文《一日之界》。

《朔方》第 3 期《我与朔方》专栏刊载阿舍散文《有赠》。

程耀东在《六盘山》第 2 期发表散文《浮生记》。

吟泠在《朔方》第 3 期发表纪实作品《海原》。

张学东在 22 日出版的《文艺报》发表创作随笔《灵魂依旧是文学的核心》。

计虹在《六盘山》第 2 期发表诗歌《西夏王陵》（外二首）。

郎伟在《宁夏师范学院学报》第 3 期发表《2015 年宁夏小说创作年表》。

郎伟在《宁夏文艺评论 2018 卷》发表《2014 年宁夏小说创作年表》。

郭彩娟，郎伟在《宁夏文艺评论 2018 卷》发表《南台小说创作年表》和《有关南台创作的研究评论文章》。

牛学智在《六盘山》第 2 期发表评论《漫谈王漫曦短篇小说〈陪读时代〉》。

马晓雁在《朔方》第 3 期发表评论《宁夏诗人代际诗语特征探析》。

吴佳燕在《长江丛刊·文学评论》第 3 期（上旬）发表评论《马金莲：本色书写与差异

呈现》。

《宁夏文艺评论2018卷》由阳光出版社出版。本书设《视角·宁夏》《聚焦·小说》《记忆·留痕》《聚焦·诗歌》《聚焦·散文》等栏目，收录区内外学者以及文艺评论工作者对宁夏文学现象及作家作品的分析研究文章。代表性研究文章有：郎伟的《新时期以来宁夏文学的崛起及“宁夏板块”的意义》《2014年宁夏小说创作年表》，蔡家园的《高原上壮观的文学森林——宁夏文学创作管窥》，苏宁的《从宁夏看世界》，张存学的《宁夏小说印象》，杨剑敏的《浅谈宁夏文学中的苦难叙事》，白草的《重读〈清水里的刀子〉》郭彩娟、郎伟的《南台小说创作年表》《有关南台创作的研究评论文章》等。

由宁夏文联主办、宁夏文学艺术院与中卫市文联、灵武市文联、青铜峡市文联承办的“宁夏文联第十至十二期文艺培训班”分别在沙坡头区、灵武市、青铜峡市举办，400多名当地文艺家和文艺工作者接受了培训。

18日，由山西文学院、北岳文艺出版社、山西晚报联合举办的“北岳文艺杯”2018全国小小说大赛评选结果揭晓，李方创作的小小说《火车上》获得本次征文比赛优秀奖。

4月

中共中央总书记、国家主席、中央军委主席习近平在16日出版的第8期《求是》杂志发表重要文章《一个国家、一个民族不能没有灵魂》。

30日，纪念五四运动100周年大会在北京人民大会堂隆重举行。习近平、李克强、栗战书、汪洋、王沪宁、赵乐际、韩正、王岐山等党和国家领导人出席大会。中共中央总书记、国家主席、中央军委主席习近平在大会上发表重要讲话。他指出，五四运动爆发于民族危难之际，是一场以先进青年知识分子为先锋、广大人民群众参加的彻底反帝反封建的伟大爱国革命运动，是一场中国人民为拯救民族危亡、捍卫民族尊严、凝聚民族力量而掀起的伟大社会革命运动，是一场传播新思想新文化新知识的伟大思想启蒙运动和新文化运动，以磅礴之力鼓动了中国人民和中华民族实现民族复兴的志向和信心。

马金莲的中短篇小说集《伴暖》由北京十月文艺出版社出版第1版。

阿舍的散文集《托尔斯泰的胡子》由广西师范大学出版社出版第1版。

石舒清的短篇小说《九案》（原载《十月》2019年第1期）被《作品与争鸣》第4期全文选载。

李继林在《朔方》第4期发表短篇小说《狗剩属狗》

钟元悦在《朔方》第4期发表短篇小说《鸽子》。

刘汉斌在《朔方》第4期发表散文《雪打灯》。

杨子在《朔方》第4期发表散文《我的2003,我的舞》。

董永红在8日出版的《文艺报》第8版发表创作谈《留些许生活热爱文学》。

马晓雁在《黄河文学》第4期发表《马晓雁的诗》。

贺绍俊在《朔方》第4期发表评论《〈宁夏文学六十年〉序》。

郎伟,杨志兰在《朔方》第4期发表评论《文学的现实持守与小说的温度——2018年宁夏中短篇小说述评》。

赵炳鑫在《朔方》第4期发表评论《暧昧的时代与灵魂的坚守——长篇小说〈盛宴〉读后》。

3日出版的《文艺报》第6版为2018年度“中国少数民族文学之星”丛书推介专栏,包括中国少数民族文学工程办公室的推介语、10部入选作品名录(包括宁夏李进祥的小说集《生生不息》、宁夏蒙古族女作家乌兰其木格的评论集《喧哗中的谛听》)、孟繁华的评论《扎实的生活和坚韧的写作》。

6日,复旦大学中国当代文学创作与研究中心举办“郭文斌创作研讨会”。复旦大学教授陈思和、栾梅健、张新颖、郜元宝、金理以及来自其他高校的专家学者、研究生参加了研讨会,作家郭文斌参加研讨会并做答谢发言。

12日,“中国·李庄杯”第十五届(2018年度)十月文学奖颁奖典礼在四川宜宾市翠屏区李庄古镇举行。陈继明创作的长篇小说《七步镇》(原载《十月》2018年第1期)获得本届十月文学奖长篇小说奖,其他两部获奖的长篇小说是肖亦农的《穹庐》和徐则臣的《北上》。对《七步镇》的授奖词是:“《七步镇》是一部探索之书、一部沉思之书。一个人停下脚步,打开背包,检视今生前世的沉重记忆。今世的生活,承担着前世的恩怨,作者不断追问的执着脚步使超现实的时空有了现实的重量。当两个世界渐渐融合、内部世界被层层解开时,我们感受到了生命中的贫瘠与丰饶、纠缠与解脱、遗忘与重建……重要的不再是答案,而是勇敢地走向自己。”

19日—21日,为深入学习贯彻习近平总书记关于文艺工作的重要讲话精神,提升新文艺群体的思想境界、创作格局和能力水平,推动宁夏新文艺群体工作再上新台阶,由宁夏文联主办、宁夏文学艺术院承办的“宁夏文联首期新文艺群体培训班”在银川举办。来自宁夏各地的60名新文艺群体学员参加培训,周由强、欧阳友权、向云驹、白草等专家教授为学员们授课。

21日,在第24个世界读书日来临之际,由宁夏文联主办、宁夏作家协会承办的“文学照亮生活”公益大讲堂启动仪式暨“文学宁夏丛书”读者见面会在宁夏图书馆举办。上午，鲁迅文学院原常务副院长、著名评论家白描以《辉煌与忧思——从文学陕军谈起》为题，为参加活动的文学界人士和读者奉献了精彩讲座。下午举行的“文学宁夏丛书”作者与读者见面会，宁夏作家石舒清、郎伟、漠月、金瓯、单永珍、张学东、平原等与来自银川市、石嘴山市、吴忠市的读者进行了面对面的交流。400 余名高校师生和读者参加了见面会。

28 日下午，宁夏回族自治区政协副主席李彦凯一行赴宁夏文联调研，并看望和慰问了文艺界的政协委员。

5 月

《朔方》第 5 期（总 605 期）为“创刊六十周年纪念专号”。《寄语》栏目刊载《朔方》老主编冯剑华文章《寄语〈朔方〉六十年》；《专稿》栏目刊载白草文章《〈朔方〉六十年：宁夏作家的“阶梯”，或渡船》；《怀念》栏目刊载杨小林文章《花开花落自有时，总赖东君主——深切怀念哈宽贵先生和他的同仁们》；《重读》栏目刊载张贤亮短篇小说《灵与肉》、随笔《我与〈朔方〉》，陈继明短篇小说《月光下的几十个白瓶了》，李浩短篇小说《将军的部队》，季栋梁短篇小说《吼夜》，马悦短篇小说《飞翔的鸟》，康志刚短篇小说《归去来兮》。

《朔方》第 5 期推出《鲁奖得主·三人行》栏目，刊载石舒清短篇小说《杨增新将军》、马金莲中篇小说《我的母亲喜进花》、郭文斌随笔《微记》。

季栋梁的中篇小说《脑袋里那个声音》（原载《清明》2019 年第 2 期）被《北京文学·中篇小说月报》第 5 期选载。

《长江文艺·好小说》选刊第 5 期刊载马金莲创作小辑：中篇小说《父亲的雪》（原载《朔方》2009 年第 1 期）、短篇小说《满儿》（原载《回族文学》2015 年第 1 期），并配发马金莲创作谈《写作让我在文字里幸福》《从漫天白雪到少年满儿》。

石舒清在《大家》第 3 期发表短篇小说《祖坟》。

张学东在《大家》第 3 期发表短篇小说《少年游》。

吟泠在《黄河文学》第 5 期发表短篇小说《收骨头的人》。

马悦在《芒种》第 5 期发表中篇小说《银玲珑》。

李慧英在《黄河文学》第 5 期发表短篇小说《月光石》。

蛮稀（王漫曦）在《六盘山》第 3 期发表中篇小说《百年心语》。

李继林在《六盘山》第 3 期发表短篇小说《龙舌兰》。

刘必隆在《六盘山》第 3 期发表短篇小说《阴影》。

《六盘山》第 3 期《新发现》栏目刊载柯万昌短篇小说《信仰》和创作谈《当民间记忆遇到历史》。

马知遥在 15 日出版的《宁夏文艺家》(总第 258 期)第 23 版发表创作谈《我的文学之路》。

彦妮在 15 日出版的《宁夏文艺家》(总第 258 期)第 23 版发表创作谈《我与〈朔方〉》。

马悦在 15 日出版的《宁夏文艺家》(总第 258 期)第 12 版发表创作谈《坚守与新时代》。

孙艳蓉在 15 日出版的《宁夏文艺家》(总第 258 期)第 11 版发表创作谈《风中的白杨树》。

阿舍在《芙蓉》第 3 期发表散文《八个片断:前往库尔勒的火车上》。

阿舍在《朔方》第 5 期发表散文《小石桥记》。

刘汉斌在《朔方》第 5 期发表散文《虫眼》。

田鑫在《朔方》第 5 期发表散文《阿哥的牡丹》。

彦妮在《六盘山》第 3 期发表散文《那年大雪封门》。

张九鹏在 15 日出版的《宁夏文艺家》(总第 258 期)第 13 版发表评论《对脱贫故事包含真情的诉说》。

15 日出版的《宁夏文艺家》(总第 258 期)第 10 版摘录孟繁华评论李进祥创作的文章《李进祥:扎实的生活和坚韧的写作》。

马慧娟在《黄河文学》第 5 期发表散文《从黑眼湾到红寺堡》。

《朔方》第 5 期《我与朔方》专栏刊载古原散文《深情的回望》、吟泠散文《我有旧情总未了》。

梦也在《朔方》第 5 期发表组诗《小于一》。

王怀凌在《朔方》第 5 期发表组诗《山水与桑麻》。

郎伟在《六盘山》第 3 期发表访谈录《有关文学评论、民族文学和西海固文学的问答》。

赵炳鑫在《朔方》第 5 期发表评论《生命中不能承受之重——马金莲中篇小说〈我的母亲喜进花〉及其他》。

尹书亭在《黄河文学》第 5 期发表评论《了一容小说集〈红山羊〉的悲悯情怀》。

9 日,宁夏文联机关各工作部门(包括宁夏作家协会和《朔方》编辑部)由银川市兴庆区文化东街 59 号宁夏文联办公楼整体搬迁到北京中路 57 号信通大厦 23~27 层,开始了新的工作征程。位于文化东街的宁夏文联老办公楼,始建于 1985 年,见证了新时期以来几代宁夏作家的成长——由宁夏走向了全国和世界。宁夏文坛的风云人物“两张一戈”“三棵树”“新三棵树”等，皆是从这座大楼走入和走出的。

10 日，中国作家协会公布“2019 年中国作家协会重点作品扶持项目”共 106 项，宁夏作家季栋梁的报告文学作品《西海固笔记》和网络作家我本疯狂（赵磊）的《铁骨铮铮》入选重点扶持项目。

15 日，第十届茅盾文学奖评奖办公室发布公告，公布第十届茅盾文学奖参评作品目录。经审核，共有 234 部作品符合《茅盾文学奖评奖条例》所规定的参评条件。宁夏作协推荐的季栋梁的《锦绣记》、李进祥的《拯救者》、马濯华的《喋血 1941——绥西抗战往事》，宁夏人民教育出版社推荐的董永红的《产房》、高麟的《刺向太阳》共 5 部长篇小说参加第十届茅盾文学奖的角逐。

24 日—30 日，由中国文联文艺研修院、宁夏文联联合举办的“宁夏基层文联暨协会负责人培训班”在北京举办，来自宁夏各地的文联暨协会负责人 50 人参加了培训。

6 月

中共中央总书记、国家主席、中央军委主席习近平在 16 日出版的第 12 期《求是》杂志发表重要文章《坚定文化自信，建设社会主义文化强国》。

李进祥的中短篇小说集《生生不息》由作家出版社出版第 1 版，该书为“中国少数民族文学之星丛书·2018 卷”之一。

张学东的小说集《阿基米德定律》由北岳文艺出版社出版第 1 版。

韩银梅在《朔方》第 6 期发表短篇小说《浪漫伴侣》。

朱敏在《朔方》第 6 期发表短篇小说《犯月羊命》。

鲁兴华的小小说《一条大辫子》（原载《小小说大世界》2019 年第 1 期）被《小说选刊》第 6 期选载。

骆少卿在《黄河文学》第 6 期发表短篇小说《七堡主》。

阿舍在《西部》第 6 期发表散文《魔盒》。

《朔方》第 6 期《我与朔方》专栏刊载平原散文《相顾亦然》。

马慧娟在《朔方》第 6 期发表散文《最后的伴儿》。

赵磊（我本疯狂）在 26 日出版的《文艺报》发表创作谈《〈铁骨铮铮〉：网络文学与工业题材的邂逅》。

乌兰齐木格在 26 日出版的《文艺报》发表评论《紧紧抓住属于自己的时代——评

工业题材小说〈铁骨铮铮〉》。

郑函在3日出版的《文艺报》发表评论《一场微醺的游荡——读李进祥〈亚尔玛尼〉》。

张倩，吕颖在《黄河文学》第6期发表评论《〈1987年的浆水和酸菜〉结构隐喻分析》。

《黄河文学》第6期刊登"特稿"《一个新的文学潮流的兴起——复旦大学郭文斌创作研讨会纪实》。

19日出版的《文艺报》第5版《文学院》专栏为宁夏作家赵华专版，包括赵华创作谈《经典与光芒》，苏梅评论《总有希望和光明相伴》，王泉根、严晓驰评论《不一样的艺术探索，不一样的"外星人"》。

18日，宁夏作协副主席、著名作家李进祥因病医治无效在同心县去世，享年51岁。李进祥1968年5月出生于宁夏同心县，1986年7月参加工作，2000年7月加入中国共产党。李进祥是新世纪以来宁夏文坛最为勤奋和活跃的小说创作家，先后创作出版长篇小说3部(《孤独成双》《拯救者》《亚尔玛尼》)、短篇小说集3部(《换水》《女人的河》《生生不息》)，多篇作品被《新华文摘》《小说选刊》《小说月报》等国内著名刊物选载，有作品入选中国年度短篇小说选、中国小说排行榜等。小说集《换水》荣获第十届全国少数民族文学创作"骏马奖"，短篇小说《四个穆萨》获得第六届鲁迅文学奖短篇小说提名奖。李进祥的作品曾被译介为英、法、韩、希腊、阿拉伯等文字。

7月

16日，庆祝中国文联、中国作协成立70周年座谈会在北京人民大会堂举行。习近平总书记发来贺信，代表党中央表示热烈祝贺。习近平总书记在贺信中指出，文艺事业是党和人民的重要事业，文艺战线是党和人民的重要战线。中国特色社会主义新时代呼唤着杰出的文学家、艺术家。

《朔方》第7期推出《〈朔方〉改稿班学员专号》，小说包括中篇小说1部：杨军民的《只想和你唱秦腔》；短篇小说10篇：吟泠的《与黄籽臻说再见》、朱敏的《屠兔》、瑶草的《许你一世安宁》、王玉玺的《结》、孙海翔的《北岔口》、樊文举的《抬水》、董永红的《纸上有座山》、郭乔的《星星屋》、卢永的《头羊》、鲁兴华的《列文的一天》；散文包括吴全礼的《菜店》、彦妮的《吴大侠》、李振娟的《永远的归宿》；诗歌包括羽萱的《满庭芳》(组诗)、马泽平的《点灯记》(组诗)等；评论包括马君成的《评论二则》(《〈清水里的刀子〉从民间传说开掘小说意义》《〈局〉的意义在于生命不容随意修改》)等。

石舒清在《飞天》第7期发表短篇小说《陈事》。

石舒清在31日出版的《宁夏文艺家》(总259期)第21版发表评论《两本书和一个夏天》。

张学东在《芙蓉》第4期发表短篇小说《归途》。

马金莲在《清明》第4期发表中篇小说《冯家堡子》。

马金莲在《安徽文学》第7期发表短篇小说《义诊》。

马金莲在《飞天》第7期发表中篇小说《局外》。

马金莲在12日出版的《文艺报》发表散文《我认识的作协那些人》。

阿舍在《钟山》第4期发表中篇小说《见信如晤》。

董永红在《六盘山》第4期发表短篇小说《等话》。

漠月在《北京文学》第7期发表散文《舞着的二姐》。

漠月在16日的《甘肃日报》发表散文《平凉二帖》。

田埂在《黄河文学》第7期发表非虚构作品《让他们好好长》。

《朔方》第7期《我与朔方》专栏刊载李继林散文《相伴十年》。

宋希元在31日出版的《宁夏文艺家》(总259期)第25版发表散文《在龙泉村看泉》。

赵磊(我本疯狂)在24日出版的《文艺报》发表创作谈《投身伟大实践 不负时代使命》。

王怀凌在《黄河文学》第7期发表组诗《仿佛一匹马在寻找遗物》。

杨军民在31日出版的《宁夏文艺家》(总259期)第23版发表创作随笔《读书记》。

马永成在31日出版的《宁夏文艺家》(总259期)第29版发表创作谈《腊月里的期盼》。

张鹏在31日出版的《宁夏文艺家》(总259期)第28版发表口述实录《宁夏电影的活字典》。

张鹏在31日出版的《宁夏文艺家》(总259期)第23版发表评论《〈原色〉之我见》。

31日出版的《宁夏文艺家》(总259期)第14~19版为李进祥缅怀专版,刊载李进祥创作谈《写有信仰的文字》(原载《文艺报》),余光慧散文《忆进祥:他在天空看着大家》、杨森群诗歌《清水河畔》、阿尔诗歌《在清水河的柔波里》、查文瑾散文《一个人从学走路起就行走一世》等。

《六盘山》第4期《新笔记》栏目集中刊发怀念作家李进祥的四篇文章:闫宏伟的《难舍清水河》、火会亮的《清水河畔一书生》、李方的《拯救者》、马金莲的《我所认识的李进祥老师》。

张倩在《宁夏大学学报》(人文社会科学版)第4期发表论文《季栋梁〈觉得有人推了我一把〉的后伦理解读》。

17日，中国作家协会发布公报，公布2019年度中国作家协会新发展会员共615人，入会日期为2019年6月25日。本年度新加入中国作家协会的宁夏作家共有8人：马泽平(回族)、马海波(马骥文,回族)、马濯华、李爱莲(女)、杨风军、杨贵峰(回族)、赵磊(我本疯狂,瑶族)、曹海英(女,回族)。

八月

《朔方》第8期推出《缅怀》栏目,刊载牛学智与记者赵枫的对话《深沉情感和现代意识的交融——李进祥及其小说创作》,白草评论《以拯救的主题来否定拯救——简评李进祥长篇小说〈拯救者〉》。

阿舍的散文集《我不知道我是谁》由作家出版社出版第1版,该书为“中国少数民族文学之星丛书·2019年卷”之一。

9日出版的《文艺报》《中国少数民族文学之星丛书》专栏刊载阿舍的创作谈《记忆的宫殿》,并配发张柠评论文章《在母语的故乡里团聚》。

秦中全在《朔方》第8期发表短篇小说《聂湾村旧事》。

王正有在《朔方》第8期发表短篇小说《纳鞋底的女人》。

吕言在《朔方》第8期发表短篇小说《背后的月光》。

石舒清在《黄河文学》第8期发表散文《我认识的导演》。

石舒清在《香港文学》第8期发表《诗八首》。

马卫民在《黄河文学》第8期发表非虚构作品《驻村笔记》。

包作军在《朔方》第8期发表散文《香港五帖》。

《朔方》第8期《我与朔方》专栏刊载田鑫散文《〈朔方〉给了我很多个第一次》。

郎伟在《宁夏师范学院学报》第8期发表论文《2018年宁夏小说创作年表》。

黄昭霞在《宁夏师范学院学报》第8期发表论文《艰难的反讽与人物的典型化——读升玄的长篇小说〈越秀峰〉》。

8月8日下午,宁夏回族自治区党委常委、宣传部部长李金科在自治区党委宣传部常务副部长杜银杰的陪同下,来到宁夏文联进行工作调研。李金科同志深入到文联机关各部室和11个文艺家协会,看望了全体工作人员,并与《朔方》编辑部一线编辑和部分艺术家亲切交谈。李金科同志在听取文联党组书记崔晓华等同志的汇报后，对宁夏文学艺术事业近年来取得的成绩给予了充分肯定，勉励宁夏的文学艺术家们把创作镜头对准老百姓，多出精品，再上新台阶。

16日，第十届茅盾文学奖在北京揭晓。第十届茅盾文学奖于2019年3月启动，评奖范围为2015年至2018年间在中国大陆首次出版的长篇小说。本届评选共有234部作品经推荐参评，经6轮投票，最终产生5部获奖作品：梁晓声的《人世间》、徐怀中的《牵风记》、徐则臣的《北上》、陈彦的《主角》、李洱的《应物兄》。宁夏多部长篇小说参评，未能获奖。

9月

《黄河文学》9–10期合刊为"庆祝中华人民共和国成立70周年·宁夏作家作品专刊"，推出"特稿"：《"一种特别珍贵的传统"——长篇小说〈农历〉研讨会纪要》；小说栏目推出作品7篇：李进祥的短篇小说《小说三题》（《鹁鸽》《鹞鹰》《粮食》）、吟泠的短篇小说《回春楼》、了一容的短篇小说《生死相依》、李继林的短篇小说《执勤》、郭乔的《微小说二题》（《埋单》《小鞋匠》）、马丽红的短篇小说《遇见》、吴全礼的中篇小说《退一步海阔天空》；散文栏目推出作品15篇：曹海英的《黑色的种子》、闵生裕的《约梅同醉一壶春》（外一篇）、赵华的《银色的蒲公英》、李方的《黄昏》、马凤鸣的《卖凉皮的女人》、王秀玲的《童谣》、殷桂珍的《秋雨过后就是冬》、单小花的《口口情》、水禾的《信访干部纪事》、高丽君的《沉默的黑板》（节选）等；诗歌作品有火禾的组诗《风景》、唐晴的组诗《西风烈》、许艺的组诗《伴念》、马晓雁的组诗《出尘记》等。

李方的小小说《遗产》（原载《人民日报》（海外版）2019年5月11日）被《小说选刊》第9期选载。

李方在《百花园》第9期发表小小说《眼泪》。

马金莲在《湘江文艺》第5期发表短篇小说《自助火锅》。

马金莲在《芒种》第9期发表中篇小说《主角》。

张学东在《当代》第5期发表中篇小说《一意孤行》。

张学东在《长城》第5期发表短篇小说《被狗牵着的女人》。

韩银梅在《西湖》第9期发表短篇小说《白头到老》。

马悦在《民族文学》第9期发表短篇小说《一粒米果》。

杨子在《朔方》第9期发表短篇小说《退休生活》。

李晨希在《朔方》第9期发表短篇小说《石榴树》。

石舒清在《天涯》第5期发表散文《手机文录》。

彦妮在《朔方》第9期发表散文《春天关掉的报刊亭》。

《六盘山》第5期推出“西吉文学作品小辑”，刊载短篇小说5篇：樊文举的《一双眼睛》、王对平的《羡慕》、袁志学的《浮生》、柯万昌的《能成不能成》、马强的《碎梦》；散文有郭文斌的《文学之乡文化之香》、火会亮的《陪客人回家乡》、刘汉斌的《放鸟的人》、李继林的《复活之河》、火仲舫的《回乡记》、火霞的《搬来搬去的家》、单小花的《老太》、马金莲的《与麻雀比邻的日子》等。

刘向忠在《六盘山》第5期发表散文《风口浪尖上的风平浪静》。

胡静在《六盘山》第5期发表散文《津门印象》。

韩春萍在《宁夏大学学报》(人文社会科学版)第5期发表论文《郭文斌论：从“安详诗学”到“农历精神”》。

张铎在《宁夏大学学报》(人文社会科学版)第5期发表论文《大漠上空的月亮——略谈漠月小说创作》。

杨四海在《宁夏大学学报》(人文社会科学版)第5期发表论文《逆风飞翔：在经典里遇见自己——阿舍〈托尔斯泰的胡子〉评析》。

苏涛在《朔方》第9期发表评论《抵达目的地是一件危险的事情》。

《朔方》第9期《我与朔方》专栏刊载赵华散文《在这里，留下生命的足迹》。

《马知遥油画风景集》由宁夏人民出版社出版第1版。

3日，由宁夏文联、宁夏文史馆主办，宁夏美术家协会、宁夏作家协会、宁夏书画院等单位承办的“马知遥风景油画展”在宁夏美术馆开展，共展出马知遥近年来写生创作的油画作品128幅。马知遥1964年毕业于中央民族学院美术系油画专业。近年，写作之余，马知遥重操旧业，多有油画创作。

21日上午，以“栉风沐雨砥砺行，绿树繁花文学林”为主题的《朔方》创刊六十周年座谈会在银川举行。中国作家协会书记处书记邱华栋，中国文联文艺评论中心副主任袁正领，福建作协副主席、《中篇小说选刊》主编林那北，陕西作协副主席吴克敬，百花文艺出版社总编辑汪惠仁以及在《朔方》编辑部工作过的老主编杨仁山、潘自强、冯剑华，宁夏作家马知遥、郎伟、金瓯等百余位文学界人士参加了座谈会。下午，来自区内外的作家朋友、《朔方》编辑部的编辑以及广大文学爱好者齐聚银川剧院共同欣赏了“《朔方》六十年文学会”。此台文学会以作品朗诵、为影片配音、音乐表演等形式盘点《朔方》六十年的不凡业绩，祝福《朔方》再育新苗、再结硕果。

10月

16日，宁夏第九届文学艺术奖突出贡献奖和优秀作品奖揭晓。获得突出贡献奖的是王志洪、李爱华、杨继国3人。获得文学类奖项一等奖的是李进祥的长篇小说《拯救者》，韩银梅的中篇小说《我们的晚年》，阿舍的散文《我不知道我是谁》，王怀凌的诗集《草木春秋》，李德明的报告文学作品《解放宁夏》。获得文学评论一等奖的是赵炳鑫的《批评的现代性维度》（文学评论集）。获得艺术批评一等奖的是王晓静的《落花有意染衣袖》（文艺评论集）。获得文学类奖项二等奖的是季栋梁的长篇小说《锦绣记》，王佩飞的长篇小说《儒仁的图腾》，张学东的中篇小说《父亲的婚事》，李向荣（穹宇）的短篇小说《局内人》，李方的散文集《一个人的电影》，田鑫的《收脚印的人》，赵建银（梦也）的报告文学作品《分与合——关于五牙子章》，杨贵峰的报告文学作品《奔跑的绿洲》等。获得文学评论二等奖的是张树仁（张铎）的《塞上涛声》（著作），许峰的《文化守成中的宁夏长篇小说》（论文）。获得文学类奖项三等奖的是赵华的长篇儿童文学小说《魔血》，董永红的长篇小说《产房》，火仲舫的长篇小说《浪子吟》，平原的短篇小说《风往北吹》，曹海英的短篇小说《我表哥姓王》，杨丽琴（杨子）的短篇小说《滴水观音》，刘汉斌的散文《草木与恩典》，程耀东的散文《在大地上过完一生》，马丽华的报告文学作品《寻访西军墓》，张树彬、张树林的报告文学作品《红旗漫卷西风》等。获得文学评论三等奖的是乌兰齐木格的《论少数民族抗战文学的书写向度》（论文），邹慧萍、张继业的《论杨绛散文的女性意识》（论文）。

马金莲的中篇小说《局外》（原载《飞天》2019年第8期）被《北京文学·中篇小说月报》第10期选载。

马金莲在《雨花》第10期发表短篇小说《盛开》。

石舒清在《上海文学》第10期发表《小说三题》。

吟泠在《湖南文学》第10期发表短篇小说《乔美人》。

《朔方》第10期推出“庆祝新中国成立七十周年特辑”，刊载王怀君的短篇小说《马鹿的第一本书》、李继林的短篇小说《豆花盛开》、冯华然的短篇小说《抓牛》、单小花的散文《采风记》等。

《朔方》第10期刊载陈莉莉根据录音整理的文学报道《栉风沐雨砥砺行，绿树繁花文学林——〈朔方〉创刊六十周年座谈会纪要》。

《朔方》第10期封三登载“《朔方》创刊六十周年座谈会”和“《朔方》六十年文学会”

图片。

《朔方》第10期《我与朔方》专栏刊载蒋振邦散文《筹建中的宁夏文联与〈群众文艺〉》。

15日出版的《宁夏文艺家》(总260期)第10版刊载文学史料“《朔方》大事记”。

15日出版的《宁夏文艺家》(总260期)第15版刊载马知遥的油画作品。

石舒清在15日出版的《宁夏文艺家》(总260期)第16版发表评论《说说马知遥老师和他的创作》。

祖丁远在16日出版的《文艺报》发表散文《想起张贤亮》。

张富宝在《朔方》第10期发表评论《宁夏文学六十年:历史、现状与问题》。

14日—15日,第六届全国少数民族文学创作会议在北京召开。宁夏作家代表团由宁夏文联副主席雷忠带队,单永珍、马占祥、阿舍、曹海英、乌兰其木格、赵磊参加了会议。

15日,宁夏文联原党组副书记、副主席,宁夏作协原副主席,著名作家张武因病医治无效在银川去世,享年81岁。张武原籍甘肃渭源,出生于1938年7月25日。1957年毕业于临洮农校并参加工作。1960年加入中国共产党。1961年至1980年,先后在宁夏中卫县畜牧站农工部,宁夏回族自治区党委组织部、宣传部、办公厅工作。1981年调入宁夏文联,历任文联办公室副主任、党组副书记、副主席,宁夏作协常务副主席等职务。国家一级作家。张武的文学创作开始于20世纪60年代初,1965年11月在《人民文学》发表短篇小说《红梅和山虎》。改革开放以后,张武是新时期前期宁夏小说创作的风云人物之一,1979年先后在《人民文学》发表短篇小说《选举新队委的时候》《处长的难处》《看“点”日记》,当时与张贤亮、戈悟觉并称为“两张一戈”。张武一生创作发表文学作品500多万字,其中短篇小说集4部(《炕头作家外传》《黄昏梦》《潇潇春雨》《百年人生》),中篇小说集3部(《新闻天地》《净土》《风流小镇》),长篇小说3部(《涡漩》《罗马饭店》《红运》),散文集4部(《张武散文集》《行路集》《人生简历》《光阴碎片》),古体诗1部(《得一斋吟草》)。长篇小说《罗马饭店》曾获得“五个一工程”奖,其他作品获得过宁夏文艺作品评奖一等奖等。

11月

漠月中短篇小说集《风过无痕》由阳光出版社出版第1版。

计虹中短篇小说集《刚需房》由阳光出版社出版第1版。

火会亮散文集《杂写三种》由阳光出版社出版第1版。

火会亮与人合作创作的长篇报告文学《大搬迁》由宁夏人民出版社出版第1版。

石舒清短篇小说《高邻》(原载《上海文学》2019年第10期)被《小说选刊》第11期选载。

张学东的短篇小说《被狗牵着的女人》(原载《长城》2019年第5期)被《小说选刊》第11期选载。

阿舍在《湘江文艺》第6期发表短篇小说《无边落木》。

阿舍在《福建文学》第11期发表散文《捕鱼者》。

孙海翔在《黄河文学》第11期发表中篇小说《半个母亲的夜晚》。

蒙彦琼在《朔方》第11期发表短篇小说《迎喜神》。

袁鸣谷在《朔方》第11期发表短篇小说《虎须》。

《朔方》第11期《本期一家》栏目推出王心军创作小辑,包括中篇小说《活在城里》、散文《刘大刀与霍大侠》、创作谈《真诚地面对生活》,并配发白草评论《人间烟火气中,自有向上的力量——王心军和他的中篇小说》。

《朔方》第11期《缅怀》专栏集中刊载怀念张武先生的文章,包括吴淮生的《文学论交五十年——怀念张武》、蒋振邦的《悼念,也是为了传承——追思老友张武同志》、赵含宁的《怀念张武先生》、张贺的《又是秋风叶落时——追忆爷爷张武》。

张学东在13日出版的《文艺报》发表创作谈《烛照平凡 感知冷暖》。

《朔方》第11期《我与朔方》专栏刊载杨军民散文《我的福地》。

石舒清在《六盘山》第6期发表组诗《眼睛》。

梦也在《六盘山》第6期发表组诗《在一座大山的北边》。

王怀凌在《六盘山》第6期发表组诗《去势》。

羽萱在《六盘山》第6期发表组诗《青花瓷》。

许艺在《六盘山》第6期发表组诗《老藤椅》。

马晓雁在《六盘山》第6期发表诗歌《菩萨》(外三首)。

胡静在《六盘山》第6期发表组诗《在你的眼睛里找到天空》。

杨慧娟在《宁夏社会科学》第6期发表论文《想象与进入世界的多重维度——新世纪以来宁夏女作家小说创作观察》。

张元珂在13日出版的《文艺报》发表评论《张学东中篇小说集〈阿基米德定律〉:现实维度与内风景叙事》。

25日,2019年度“21世纪文学之星丛书”入选作品名单揭晓,10部作品榜上有名。

宁夏青年作家田鑫的散文集《大地知道谁来过》入选该丛书。此前入选“21世纪文学之星丛书”的宁夏作家作品有石舒清小说集《苦土》(1994年)、马宇桢小说集《季节深处》(1996年)、陈继明小说集《寂静与芬芳》(1998年)、张学东小说集《跪乳时期的羊》(2002年)、了一容小说集《挂在月光中的铜汤瓶》(2006年)、牛学智评论集《世纪之交的文学思考》(2007年)、刘汉斌散文集《草木和恩典》(2014年)。

7日,宁夏文艺评论家协会创作研究基地(宁夏大学)揭牌仪式在宁夏大学图书馆举行。宁夏文联党组书记、副主席崔晓华,宁夏文联党组成员、副主席庾君,宁夏大学副校长、宁夏文艺评论家协会主席郎伟等40多位作家、评论家参加了揭牌仪式。揭晓仪式结束后,由宁夏文艺评论家协会、宁夏作家协会、《朔方》编辑部三部门承办的“宁夏中长篇小说创作研讨会”在宁夏大学图书馆举行。宁夏著名作家、评论家郎伟、季栋梁、漠月、火会亮、张学东、白草、牛学智、武淑莲、张富宝、许峰等20余人参加了研讨会。

19日—20日,由中国作协社联部组织的中国作家“文学公开课”在内蒙古呼和浩特市举行。宁夏作家郭文斌为内蒙古大学数百名大学生现场授课,讲述个人文学创作经验,分享文学创作体会,并与现场听众就创作和阅读等话题展开交流。

21日,《文艺报》《人民文学》创刊70周年座谈会在北京召开。中共中央政治局委员、中宣部部长黄坤明出席座谈会并讲话。

23日—26日,由《六盘山》编辑部、宁夏诗歌协会承办的“走进新时代:《六盘山》文学期刊宁夏诗歌专号诗人暨固原市县(区)文学期刊编辑、农民作家培训班”在银川开班。区内外著名诗人、编辑、作家、评论家龚学敏、聂权、古马、沈奇、郎伟、石舒清、杨梓、火会亮、王怀凌、张铎等参加了开班仪式并发言。

12月

石舒清《小说三题》(原载《上海文学》2019年第10期)被《小说月报》(大字版)第12期选载。

张学东的中篇小说《一意孤行》(原载《当代》2019年第5期)被《小说月报》第12期选载。

李方的小小说《眼泪》(原载《百花园》2019年第9期)被《小说选刊》第12期选载。

《朔方》第12期《本期一家》栏目推出计虹的创作小辑,包括短篇小说《舞狮的老龚》《沙发客》,创作谈《我爱这烟火人间》,并配发张富宝评论《“如果疼痛可以开花”——计虹的“尘世之心”与写作旨趣》。

苏炳鹏在《朔方》第 12 期发表短篇小说《人在天涯》。

苏炳鹏在《黄河文学》第 12 期发表评论《金瓯小说的现实与艺术感染力》。

什海在《朔方》第 12 期发表短篇小说《身边得躺个女人》。

柯万昌在《朔方》第 12 期发表短篇小说《枪》。

胡静在《朔方》第 12 期发表短篇小说《崖畔上的梅花》。

《朔方》第 12 期推出“宁夏文联第十期文艺研修班作品辑”，包括苏鹏云的短篇小说《那年那月》、殷桂珍的散文《相随》、赵全勇的评论《不动声色与激情燃烧——吴全礼散文印象》、罗春梅的评论《流淌于平淡中的韵味——评马金莲〈1987 年的浆水和酸菜〉》等。

李遇春在 13 日出版的《文艺报》发表评论《知识分子传奇的叙事转捩——重读〈绿化树〉》。

武淑莲在《朔方》第 12 期发表《评论二题》(《读石舒清〈底片〉》，《读丁小村的〈秦岭南坡考察手记〉》)。

孙永庆在《黄河文学》第 12 期发表评论《丝路名家美文赏读》。

10 日，《光明日报》第 9 版发表王建宏、何婉蓉采写的文学报道《宁夏文学何以硕果频出》。该报道回顾了改革开放 40 多年来宁夏文学的基本发展轨迹，认为宁夏文学的崛起带给中国文坛的是一种新的启示。

2 日—4 日，由中国作家出版集团、全国文学报刊联盟秘书处主办，内蒙古自治区文联、作协协办的全国文学报刊联盟会员大会在呼和浩特举行。全国文学报刊主编高峰论坛同期举办。此次论坛上，大家围绕“新中国文学 70 年初心与使命”的主题展开讨论。宁夏文学刊物《朔方》《黄河文学》等派人参加了会议。

漠月作为宁夏友好交流代表团成员，出访土耳其、伊朗两国。

30 日，“2019 年《民族文学》年度奖”汉文版终评会在北京举行。经过初评和终评，本年度《民族文学》汉文版的获奖作品有李进祥的长篇小说《亚尔玛尼》、益希单增的小说《暗香残留》、李伶伶的小说《春节》、红日的小说《码头》、白羽的散文《刻在卵石上的小羊》等。